新丝路文库
一条不容低估的文学带

# 两宫间

# بين القصرين

نجيب محفوظ

〔埃及〕纳吉布·马哈福兹 著

陈中耀　陆英英 译

上海文艺出版社
Shanghai Literature & Art Publishing House

新丝路文库

# 一

午夜，她醒了。她已经习惯每天夜里这个时候醒来，不必用闹钟或其他的东西，在她心里有一种灵异感应，一直忠实地准时催醒她。刚才，她还似醒非醒，迷迷糊糊地做着乱梦，感觉到梦中的声音，直到怕睡过头的担忧袭上心头，她才惊醒过来。她轻轻地晃了晃脑袋，睁开眼睛。屋子里漆黑一团，无法判断究竟是什么时间。窗下那条马路彻夜不安宁，几家咖啡馆里顾客的喧哗声和商店老板的招呼声不时传来，入夜时如此，半夜里如此，凌晨还是如此。因此，能够判断时间的只有她那像时针一样忠于职守的内心感应。家里寂静无声，这说明丈夫还没有进门，他的手杖还未点击到楼梯上。

这个时候醒来已经是她的老习惯。夫妻生活的礼教告诉她应该半夜醒来，等候丈夫消夜回家，然后一直伺候他睡下。这种习惯伴随了她整个青春年华，人到中年依然如此。为了摆脱温暖被窝的诱惑，她毫不犹豫地从床上坐了起来，念完“奉真主之名”后，便掀开被子下床，摸着床头和窗台，一直走到门口，打开房门。客厅内落地支架上的煤油灯发出的微弱光线立刻透进卧室。她小步走过去，端起灯回到卧室；玻璃灯罩口射出暗淡的光线，在天花板上映出一个镶着黑边的摇曳不定的光圈。她把煤油灯放在沙发前面的茶几上，卧室顿时被照亮了。这是一个四四方方的大房间，高高的墙上几根平行的横梁支撑着天花板。室内陈设豪华：地上铺着波斯希拉兹绣花地毯，一张有四条铜腿的大床，高大的衣柜，长沙发上覆盖着一条五彩花纹的小毯子。

她走到镜子跟前，向镜里的影子瞥了一眼，发现自己皱巴巴的咖啡色头巾缩到了后面，几绺栗色的头发披散在前额上，便伸手解开头巾，整了整，重新蒙在头上，并小心翼翼地系住两端。她用双手摸摸两颊，仿佛想抹去未尽的睡意。她已经四十岁了，中等身材，看起来略显瘦削，身体的架子虽小样，却长得细嫩、丰满、匀称。清秀的瓜子脸上高高的额头，一双漂亮的小眼睛闪烁着梦幻般甜蜜的目光，精巧的鼻子只在鼻翼处才略大，一张小嘴巴薄薄的双唇下长着尖圆的下巴。淡淡的麦色脸庞上，颧骨处点缀着一颗黑色的美人痣。她好像有点急，匆匆戴上面纱，走到窗式阳台门前，打开门走了进去。她站在封闭阳台里，脸左右转动着，透过窗格子间的小圆孔朝马路望去。

阳台下面就是大街，向南去的是纳哈辛街，往北去的是两宫间街，它们在这里相接。左边的马路狭窄弯曲，大楼上的住家已经进入梦乡，窗户里漆黑一片，底层因为被手推车的油灯、咖啡馆和通宵营业商店的煤气灯的光线照亮，还不太暗。右边的马路被黑暗笼罩着，那里没有咖啡馆，几家大商店天未黑就关了门；只有格拉文和贝尔古格两座清真寺的宣礼塔，宛如守夜巨人的身影屹立在灿烂的星光下格外引人注目。这就是她熟悉了二十五年的景色，可是从来没有看厌过。也许，她的一生是单调的，却还不知道什么是厌烦。相反，由于孤独，这么多年来，她对这些反而倍感亲切，仿佛从没得到过真正的温存和慰藉。

孩子们出生之前，在这个有着院子、深井、两层楼房和许多宽敞高大房间的住宅里，一整天的大部分时间里只有她一个人。结婚时她还是个不到十四足岁的少女。婚后不久，公婆相继去世，她便成了这所大宅院的女主人，只有一个老女仆帮她料理家务。一到晚上，女仆回院子里的厨房去睡觉，留下她孤零零的一个人，独守那幽灵出入的长夜。她打盹一阵，清醒一阵，一直要熬到壮实的丈夫消夜归来。

她养成了每晚由女仆陪着巡视各个房间的习惯，只有这样她才感到放心。女仆掌灯走在前面，她提心吊胆地跟着从楼下到楼上，仔细查看房间的每个角落，然后一间间锁好。一路上，她背诵着《古兰经》的章节，以便驱除魔鬼。最后，她才走进自己的卧室，关上房门，钻进被窝，嘴里还不停地念诵着经文，直到进入梦乡。刚住进这大宅院时，她是多么害怕黑夜啊！这个对精灵世界的了解远远超过对人类世界了解的女人，始终相信自己不是单独住在这所大宅院里的，魔鬼不可能长期不光顾这些空旷的旧房间，也许在她还没有嫁过来之前，甚至在她出生以前，它们就早已经住进来了。她不知有多少次听到过它们的窃窃私语，不知多少次被它们阵阵的气息弄醒。惟一能解救她的就是诵念“开端章”和“忠诚章”[①]，或者干脆跑到阳台上，透过小窗孔向外窥视咖啡馆和手推车上的灯光，倾听人们的欢笑声、咳嗽声，来平复自己的情绪。

后来，孩子们相继出世。但是，刚刚离开娘胎的孩子只是一团嫩肉，不但不能为她驱散恐惧，让她安心，反倒由于心灵的虚弱而对他们产生怜爱，生怕他们会遭到不幸，内心更加忐忑不安。无论是醒着还是在梦中，她总是双臂搂紧孩子，倾注了无限的母爱，老是用经文和咒语在他们周围

---

① “开端章”是《古兰经》第一章；“忠诚章”是《古兰经》第一一二章，这两章都是穆斯林经常诵读的章节。

构筑防护墙。在夜游的丈夫回来之前，她根本不能真正安下心来。常常有这样的情况，她独自一人在家爱抚地哄着孩子睡觉时，会突然把孩子抱到怀里，惊恐不安地倾听片刻，然后仿佛面对眼前出现的人似的，大声惊呼：

“走开！这儿不是你待的地方，我们是信仰惟一真主的穆斯林。”说完，便赶紧慌乱地诵念“忠诚章”。

天长日久，她天天跟幽灵打交道，可是它们并没有伤害过她，只是和她开开玩笑。时间一长，她就不再那么害怕了，对它们的恶作剧也不那么惊惶失措了。当她感到幽灵在巡游时，便会壮起胆子劝说道：

“你敢不尊重真主的奴仆[①]！真主就在你我之间，你还是知趣地走开吧。”

虽然如此，在丈夫回来之前，她依然无法彻底放下心来。是的，只要他在家里，不管他睡没睡、门有没有锁上、灯点不点上，她的心里都十分踏实。刚结婚那年的有一次，她对丈夫天天去外面寻欢作乐到深更半夜想用委婉的方式表示不满，可是刚一张口，丈夫就揪住她的耳朵，厉声喝斥：

“我是个男人，可以发号施令。我的行为谁也不能说三道四，对你来说只有服从。你给我小心点，别惹得我来教训你。”

通过这一次和以后的数次教训，她终于明白了：她对一切都得逆来顺受，包括与幽灵相处，千万不能让丈夫对她怒目而视。她应该无条件地服从，确实她也做到了，服从得忘了自己，甚至感到自己不应该责怪丈夫整夜不归，哪怕心里有这种想法也不行。她相信，真正的男子气概、蛮横霸道、玩乐到深更半夜……这些都是男人的本性。随着岁月的流逝，她彻底变了，她变得以丈夫的所作所为而自豪，尽管这些行为有的让她高兴，有

---

① 穆斯林认为人是真主的奴仆。

的让她悲伤。这样，在任何情况下，她都是一个百依百顺、贤惠淑德的妻子。她满足于这种平和、安分的生活，从未感到过遗憾。任何时候回忆起自己生活的往事，她总感到美满和幸福。即使恐惧和悲伤梦魇般地出现在眼前时，她也只是报以凄楚的苦笑。她不是已经和这样性格的丈夫生活了二十五年吗？在这漫长岁月里，她不是已经生养了几个视为掌上明珠的孩子，建立了吉祥如意的家庭，过上了幸福美满的生活吗？是啊，与幽灵为伍的每个夜晚都平安地过去了。它们并没有伸出魔爪伤害过她或她的任何一个子女。真主啊，它们只是开玩笑逗逗乐而已，有什么可抱怨的呢。不过，一切赞颂得归于真主，多亏真主的言词[①]才使她安下心来，凭着真主的仁慈，她的生活才顺心如意。

即使是中断她甜蜜的睡眠，半夜起来等候丈夫归来，然后还要做那些理应随着白天的消逝而结束的服侍工作，她的内心深处还是心甘情愿的，何况这已成了她生活中不可分割的一部分，并和许多的回忆交织在一起。这种情况过去是、现在仍然是她恪守妇道、为丈夫的幸福而作出牺牲的活生生标志。在夜复一夜之后，丈夫感觉到了她的牺牲精神。正因为如此，她站在阳台上透过小圆孔向外张望的时候，内心充满了喜悦。她移动着目光，不时看看两宫间街，瞧瞧赫兰富什胡同，望望哈马姆·苏尔坦门，瞅瞅清真寺尖塔，最后又扫视着道路两旁鳞次栉比的房屋。这些房子排列凌乱，宛如一队经过紧张训练正稍息放松的士兵。这个令人心醉的夜景，使她露出了微笑。周围的大街小巷都在沉睡中，唯独眼前这条街彻夜不眠。多少个夜晚，这条街在她失眠时给了她慰藉，在她孤寂时为她解闷，在她恐惧时让她坚强。黑夜并未使它发生变化，只是让周围的街区笼罩在沉寂

① 指《古兰经》经文。穆斯林认为《古兰经》经文是真主的言词。

里，使它的喧闹声变得更加响亮和清晰而已，这就像涂在画板四周的黑色，会让画面显得更加深沉和清晰。因而一到夜里，街上的笑声好像就在她卧室里发出的；平常声音的谈话，句句清晰可辨；粗重的咳嗽声，连呻吟般的尾音全都传入她的耳际。“上等水烟一支!”堂倌扯着嗓子的吆喝声像宣礼员[①]的呼叫声一样响亮。“天哪，都几点啦，这帮人还要水烟!”她感叹地自言自语道。这时，她不由得想起了还没回家的丈夫，心想：“唉，他现在在哪里呢？……他在干什么呢？……但愿他一切平安。”

是啊，有一次她听人说，像艾哈迈德·阿卜杜·嘉瓦德这样富有、健壮、英俊、又喜欢夜生活的男人，一定会乱搞女人的。听到这话的那一天，她顿生妒意，十分伤心，却鼓不起勇气去和丈夫说什么，只好向母亲倾诉苦衷。母亲总是尽量好言相劝，解除她的苦闷。母亲对她说：

“他是休了第一个妻子后才娶的你，他要是愿意的话，还可以把她叫回来的，或者再娶二房、三房、四房。[②] 他的父亲就是个经常结婚的人。感谢我们的真主吧，他毕竟只娶了你一个妻子。”

她深陷痛苦的时候，母亲的这番话并没有起多大作用，但是随着时间的推移，她终于接受了母亲的说教。就算别人说的话是真的，也许这种事情和他那喜欢夜生活和蛮横霸道一样，都是属于男人的本色。不管怎么说，只有一件坏事总比有许多坏事强。不能轻易地让流言蜚语来破坏她那安逸舒适的生活。况且，人们的议论或许只是捕风捉影，或者是恶意中伤。她发现自己对待妒忌的态度，就如同对待生活道路上所遇到的一切麻烦一样，不过是听天由命，把它当作是不可抗拒的命运。她无能为力，惟有忍耐和

① 伊斯兰教清真寺内按时呼唤穆斯林做礼拜的人。

② 伊斯兰教法规定，穆斯林可同时拥有四房妻室。

恪守妇道。这是她与一切讨厌的事情相抗衡的惟一办法。这样，就像容忍丈夫的脾气和与幽灵共处一样，妒忌和产生妒忌的原因也就算不了什么。

她注视着大街，倾听着从那里传来的谈话声。忽然，一阵马蹄声响起，她转过头去看纳哈辛街，发现一辆轻便马车正徐徐驶来，两盏车灯在深沉的夜色中闪烁着亮光。她如释重负地吐了一口气，喃喃自语道：

"到底回来了。"

果然，一位朋友的马车把消夜后的丈夫送到家门口，然后像往常一样，载着车主和住在这一带的几个朋友驶向赫兰富什胡同。马车在大宅前停下时，只听见丈夫提高嗓门笑着说道：

"再见，愿真主保佑你们……"

她倾听着丈夫向朋友们告别的声音，那声音既亲切，又十分异样。假如不是每夜这个时候听到，她还真不敢相信这是丈夫的声音。她和孩子们所熟悉的那个声音是那么粗暴、威严和专横，他怎么会有这么温和平顺、谈笑风生的语调呢？车主似乎想开个玩笑，对她丈夫说：

"你有没有听到这匹马在你下车时自言自语什么吗？它说：真遗憾，每夜我都要送这个只配骑毛驴的人回家……"

车上的人哈哈大笑，丈夫等笑声一停住，立即反唇相讥道：

"你没有听见它怎样回答自己的吗？它说：要是你不送那个贝克①，他就要骑着我家主人回家了……"

又是一阵哄笑。然后，车主说道：

"好吧，有话明天晚上再说……"

马车朝着两宫间街驶去。艾哈迈德走向大门，女人赶紧离开阳台走回

① 奥斯曼帝国统治埃及时期的一种封号，后成为对埃及有权势、有地位的人的尊称。

卧室，端起灯穿过客厅，来到外面过道的楼梯口上站着。外面传来关门上闩的声音，她揣摩着他正穿过庭院，收敛起刚才那副风趣、嬉笑的神色，恢复了冷峻和威严的样子。要不是亲耳偷听到那一切，她决不相信丈夫还会开玩笑。不一会儿，她听到了手杖敲在楼梯上的声音，便从栏杆上方伸出端着的灯，为他照亮路。

# 二

丈夫走到妻子伫立的地方，妻子立刻端着灯走在前面。丈夫紧随其后，轻声说道：

“晚安，艾米娜！”

艾米娜恭恭敬敬地低声回答：

“晚安，先生！”

不一会儿，两人走进卧室。艾米娜走到桌前放好灯；丈夫把手杖挂到床头边窗台上，摘下红毡帽，放在沙发中间的靠垫上。妻子随即走上前来帮他脱衣服。

丈夫站在那儿，高高的个子，宽宽的肩膀，强壮的身体，腆着一个结实的大肚子，穿着长袖衫和肥敞的大袍。他穿着讲究，足以证明他是个品位高雅、出手阔绰的人。他那头路分开、精心梳理过的两边的黑发，以及手上戴着的大钻石戒指和金表，无一不显示出他的不凡风度和殷实家业。他生就一张长方脸，皮肤光润，轮廓分明，表情丰富。这张脸配上一双湛蓝的大眼睛、长得很大但和脸盘十分相称的高鼻梁、大嘴巴、丰满的嘴唇、两端修得恰到好处的粗黑的胡子，显示出他突出的个性和潇洒的风度。

艾米娜走到丈夫身边，丈夫抬起双臂，她把他的大袍脱下，仔细地叠好放在沙发上，然后又转身过来给他解开长袖衫的腰带，脱下后小心翼翼地折好放在外套上面。这时，丈夫拿过阿拉伯大袍换上，戴上小白帽，伸了个懒腰，打完呵欠，一下子倒在沙发上，后脑勺靠在墙上，伸出两条腿。女人整理好衣服，过来坐在他脚前，给他脱鞋袜。一脱掉右脚的袜子，这个高大英俊身躯上的第一个瑕疵就暴露出来了：小脚趾上多年长老茧的地方，因为不断用刀片刮削留下了伤痕。艾米娜离开卧室几分钟后，拿来了脸盆和水壶。她把脸盆放在丈夫跟前，手提着水壶站在那儿侍候。丈夫坐直身子，伸出两手，用她从水壶里倒出的水洗了脸，擦了擦头发，还仔细地漱了漱口，然后从沙发靠背上拿起毛巾，擦干头、脸和手。这时，她又端起脸盆去盥洗室。这是她在这个大家庭里每天的最后一件工作，二十五年来天天如此，毫不厌倦，从不懈怠，干得满心愉悦。她从早到晚，还以同样的热情承担了家里的一切家务。由于她始终精神饱满地勤勉干活，当之无愧地获得了女邻居们送给她的"蜜蜂"的称号。

她回到卧室，关上房门，从床下拿出一个坐垫，放在沙发前，盘腿坐下。她认为自己无权和丈夫平起平坐。时间一分一秒地过去，她始终保持沉默，要等丈夫跟她说话她才能开口。丈夫懒洋洋地靠在沙发上，喘着粗气，满嘴酒气。他玩到半夜，现在已经疲惫不堪，由于酗酒，两只通红眼睛的眼皮沉甸甸的。他贪杯，每夜必喝酒，有时喝得酩酊大醉。不过，为了维护自己的威严和在家中的形象，他总是等到酒力消失，自己能够回家后才起身。他深夜归来时，家里惟一能见到他的是他的妻子，可是她除了能闻到他身上的酒气外，还没有发现他酒醉的迹象，更没察觉他有什么令人生疑的出轨行为。刚结婚时发生的事情早被她忘得一干二净了。和通常的预料相反，她在这个时候陪伴着他，倒可以亲近他，听他海阔天空地聊天，而在他完全清醒时，很难做到这一点。记得有一晚，他喝得醉醺醺地回来，她是多么惊恐啊！一看到他这种醉态，她脑海里立即联想到撒野、发酒疯和做出严重违背宗教的丑恶行为，她感到厌恶和恐惧。在像往常那样服侍他的时候，她受着从未有过的巨大痛苦的煎熬。过了些日子，她终于明白了，他每次深夜饮酒后回家，都要比任何时候和蔼可亲，不再那么严峻，话也多了，语气也随和了，这让她感到宽慰和放心。当然，她没有忘记祈求真主宽恕丈夫的罪过并让他悔过。她多么希望丈夫在清醒时也有这种温存的脾气。这种罪过竟能改变丈夫的坏脾气，她惊奇极了。她一方面出于传统的宗教观念而对丈夫的这种罪过十分厌恶①，另一方面又从丈夫暂时的温存中得到慰藉和安宁，她长期在这两种矛盾的心理中不知所措。但她把自己的想法深埋在心底，把它当作连自己也不敢承认的隐私藏在心里。

至于艾哈迈德，他千方百计地维护自己的威严和专横，他的温存都是悄悄流露出来的。他坐在那里，也许回想起了夜生活令人陶醉的场面，唇边不由得浮起一丝明显的微笑，可是他马上意识到了，赶紧闭住嘴，偷偷地瞥了妻子一眼，发现她像往常一样低垂着眼睛坐在面前，这才放下心来，继续他那美好的回忆。说真的，他虽然回到了家里，但他的夜生活并没有结束，它还在他的回忆中继续着。在他那强烈追求享乐的心里，存在着对醉生梦死生活的永不满足的贪欲。眼前仿佛依然是他们那些莫逆之交欢聚一堂、举觞相庆的场面，席间正坐着一位美若明月的佳人，这是在他生活的天空中不时出现的“明月”之一。他的耳边依然回荡着打情骂俏声和欢歌笑语声；当他酒醉亢奋时，他精于此道的才智更是发挥得淋漓尽致。他

① 虔诚的穆斯林是不饮酒的。《古兰经》第五章第 90 节中提到：“饮酒、赌博、拜像、求签，只是一种秽行，只是恶魔的行为，故当远离，以便你们成功。”

特别有兴趣地回味着那些妙语连珠的俏皮话，重温那些话在人们心里的刺激效果，欣赏它们使他成为最受欢迎人物的成功与欢乐。因此毫不奇怪，他常常感到自己在这种寻欢作乐的场合中扮演着举足轻重的角色，仿佛这就是那种花天酒地生活的希望。仿佛他的全部现实生活中必须每天留出几个小时和这些酒肉朋友一起开怀畅饮、放声高歌、欢笑调情。在这些回忆中，他的心里还响起了欢乐场面中反复回荡的那些美妙动听的旋律。当时，他心醉神迷地欣赏着这些歌曲，一曲终了，他发自肺腑地喊道：

“啊，真主至大!”

他喜欢这些歌声，正像他喜欢饮酒、欢笑、朋友和美人一样，聚会中少了这些歌声他会受不了。他不在乎路远，会不辞辛劳地前往开罗各处的高级别墅区去听哈慕利、奥斯曼或曼尼拉维的演唱会，让歌声进入他那广袤的心田，犹如夜莺飞上了枝繁叶茂的大树。他竟然在听歌中获得了旋律和流派方面的知识，同时使他在欣赏和演唱上颇有点名气。他用自己的精神和肉体热爱着歌唱：在精神上，他感到心荡神怡；在肉体上，他会手舞足蹈，尤其是头和双手晃动得更起劲。因此，某些歌曲的片断在他心灵里留下了不可磨灭的精神上的和肉体上的回忆，例如“你为何郁郁寡欢不近人”“明天会相识，今后能相见”“请留下，过来听我说”……他只要听到这些歌曲，甜蜜的回忆立即浮上心头，不由得如痴如醉地摇头晃脑，嘴角泛出怡然自得的微笑，两手按照节奏打着榧子，如果没有人时，还会纵声歌唱起来。虽然如此，唱歌并不是惟一的使他心驰神往的爱好。唱歌只是他那束鲜花中的一朵，鲜花因他而鲜艳。在真诚的朋友、忠贞的情人、醇香的美酒、风趣的妙语中间，歌曲是大受欢迎的。独自欣赏歌曲，比如在家里听唱片，无疑是一种美好的享受，但是没有气氛、环境和场合，根本不过瘾。他渴望的是在两首歌曲的间歇时，来上几句令人捧腹的俏皮话和在重复歌词时的碰杯豪饮。他喜欢在朋友的脸上和情人的眼中看见兴奋的迹象，喜欢大家齐声喝彩。

夜生活不仅留给他种种美好的回忆，而且回家后能享受舒适的生活，这也是夜生活的一个优点。他那顺从的妻子会发觉面前是个和蔼可亲的男人在和她促膝谈心，向她倾诉内心的秘密，并让她感到，哪怕只是一时感到，自己并不是个女仆，而是他的生活伴侣，便会更加体贴他。在这样的气氛中，他与她谈家事，告诉她已经委托几个熟悉的商人为他购买家里要储备的黄油、小麦和奶酪。他抨击这三年来使世界遭难的战争所引起的物价飞涨和日用品的匮乏。如同往常一样，只要一提起战争，他就会诅咒那些澳大利亚士兵①，说他们像蝗虫似的遍布开罗，到处胡作非为。其实，他怨恨这些澳大利亚人有一个特别的原因，那就是他们以势压人，使他去不成艾兹贝基亚区的娱乐场所。那些士兵公开抢劫，随意迫害和侮辱当地人，并以此取乐。对于那些士兵他无能为力。所以，除了偷偷溜过去几次外，大多数时间他只好垂头丧气地退了回来。接下来，他询问孩子们的情况，不管是对在纳哈辛学校当文书的大儿子，还是对在海利勒·阿加小学念书的小儿子，他都一概称为“孩子”。他意味深长地说：

“凯马勒怎么样？这孩子，尽调皮捣蛋，你可别袒护他！”

妻子想起自己的小儿子。对于那些毫无危险的正当游戏，她确实袒护他，不过她的丈夫却把任何形式的游戏和娱乐都看成是不正当的。她谦恭地回答道：

“他很遵守父亲的嘱咐。”

---

① 1914年12月18日，埃及沦为英国的“保护国”。当时，英国征用了大批澳大利亚士兵到埃及服役。

丈夫沉默了片刻，显得心不在焉，他又去获取那甜蜜夜生活的记忆片断了。他再往前想去消夜前白天发生的事情，猛然感到这是个多事的一天。他不打算向妻子隐瞒外面人人皆知的事情，于是自言自语似的说道：

“凯马勒丁·侯赛因太子真是个高尚的人！你不知道他怎么做的吧？他拒绝了在英国的保护下继承已故父亲的王位。”

妻子虽然昨天就听说侯赛因·卡米勒国王[①]已经逝世。但是她还是第一次听到太子的名字，不知道该说些什么。出于对丈夫的尊敬，她得对他的每句话给予满意的回答，她怕办不到，只好咕哝道：

“祈求真主怜悯国王，赐他儿子尊荣。”

丈夫继续说：

“艾哈迈德·富阿德亲王已经接受了王位，不，从今以后应称富阿德国王了。他今天已经举行了登基大典，将由布斯坦宫迁往阿比丁宫了……赞颂永恒的真主。”

艾米娜饶有兴趣高兴地听着这一切。她对外面世界几乎一无所知，外面世界的任何消息都让她产生兴趣。丈夫与她谈论这么重大的事件时，高兴地向她投来慈祥的目光，这使她感到骄傲。再说，他的话里有知识，她常常将这些知识津津有味地转述给孩子们听，特别是那两个与她一样对外面世界一无所知的女儿。报答丈夫的仁爱，最好的办法就是多说几句祝愿的话，她知道丈夫喜欢听，就像她心里也喜欢听一样。于是，她说道：

---

① 1805年至1952年，埃及由穆罕默德·阿里家族统治。侯赛因·卡米勒是穆罕默德·阿里的曾孙，1914年上台，1917年病故。按埃及当时的继位法，应由其长子凯马勒丁·侯赛因继位，但被其拒绝。英国乘机让艾哈迈德·富阿德继任埃及国王，执政至1936年。

“我们的主①一定能让阿拔斯先生②回来的。”

丈夫摇摇头，咕哝道：

“回来？……什么时候回来？……只有真主才知道。我们从报纸上看到的尽是英国人胜利的消息。到底是他们真的胜利了，还是德国人和土耳其人最后获胜呢？真主啊，昭示我们吧！”

丈夫疲倦地合上双眼，打着呵欠，然后伸伸懒腰吩咐说：

“把灯拿到厅里去吧。”

妻子随即站起身，走到桌子前，端起灯朝门口走去。她刚要迈过门槛，就听到丈夫打了一个饱嗝，于是她轻声说道：

“愿您健康！”

---

① 指真主。

② 这里指阿拔斯·希勒米。他是穆罕默德·阿里的玄孙，1892年继位，史称阿拔斯二世。1914年12月18日，英国宣布埃及为英国的“保护国”，次日，下令废黜正在伊斯坦布尔和土耳其苏丹密谋反对英国的阿拔斯二世，扶植其叔父侯赛因·卡米勒上台。阿拔斯从此流亡欧洲。

# 三

天边刚出现鱼肚白，庭院中的厨房里就传出捶打面团的声音，宛如阵阵鼓声冲破了清晨的宁静。艾米娜起床已经快半个小时了。她做过小净、晨礼[①]后就下楼，去厨房唤醒乌姆·赫奈斐。这个年届四十的女人从少女时代起就在艾哈迈德家帮佣，结婚时曾一度离开，离婚后又回来了。女仆动手和面，艾米娜就去准备早餐。这房子有个宽敞的院子。院子顶头右侧有口井，从孩子们能下地爬行时开始，井口上就盖了块大木板，后来又安装了自来水管。院子左侧尽头，在成年女子入口[②]处旁，有两大间屋子，一间修了炉灶做厨房，另一间当储藏室。厨房虽然是孤零零的一间，艾米娜却对它抱有无限的感情。要是算一算她在厨房中度过的岁月，那真是整整一生了。逢年过节时，她总把厨房布置得喜气洋洋的，这正是追求生活乐趣的人们心灵所祈盼的，同时也让一张张贪吃的嘴巴对各种美味佳肴馋涎欲

---

① 伊斯兰教信徒每日五次礼拜，分别称为晨礼、晌礼、晡礼、昏礼、宵礼。每次礼拜前都要做小净，即依次洗手、洗脸、洗肘、漱口、洗鼻孔、用湿手抹头和冲洗双足。

② 在阿拉伯国家传统的穆斯林家庭里，成年女子不允许与家庭成员以外的男子在一起。在富裕的家庭里，常常有专用的女子通道和房间。

滴。一个又一个的节日，她都能做出应时食品：斋月[①]的荷夏芙果茶[②]和各种果冻，开斋节的糕点和油炸食品，宰牲节[③]的羊肉等等。在宰牲节里，把精心养肥的羊当着欢呼雀跃的孩子们的面宰杀，她同时还会掉下几滴同情的眼泪。厨房里，拱形炉门深处烈焰欢腾，它宛若欢乐的火焰在大家心里熊熊燃烧，也像是节日的点缀和吉兆。艾米娜一直觉得，她在楼上是一个名义上的女主人、是个有名无权的代表；而在这里，她是大权独揽的女王，炉灶的生死由她一手操纵，堆在房间右边角落里的煤块和木柴的命运全凭她一句话。对面墙上放锅碗瓢盆的壁架下的灶火让它熄灭或吐火舌，也全由她一手指挥。她在这里既是母亲也是妻子，既是大师傅又是艺术家，全家人满怀希望地期待着她亲手做出的美味佳肴。丈夫对她精心烹饪的食品总会夸奖几句，除此之外，她很少得到他的赞扬，这也足以证明她的手艺很好。

在这个小小的王国里，不管是她亲自安排和操作，还是由她的哪个女儿在自己的指导下操练手艺，乌姆·赫奈斐都是得力的助手。乌姆·赫奈斐是一位体态臃肿的胖女人，身上老长赘肉增加脂肪，根本谈不上美。不过她自己倒很满意，她认为肥胖本身就是最大的美。这一点不奇怪，因为她在这个家庭里的首要任务就是把全家，更恰当地说是把这个家庭里的女人都养胖，其他任何工作与这项任务相比都是无足轻重的。她的办法是为她们制作神奇的“贝拉比阿”，它是美的魔方和秘诀。虽然“贝拉比阿”并

---

① 直译为“拉马旦”月，伊斯兰历第九月的月名。这一个月里，穆斯林每天从日出到日落，不吃不喝，称为把斋。此月结束后的第一天即为开斋节。

② 用葡萄干、无花果干、杏干等泡成的饮料。

③ 与开斋节同为伊斯兰教的两大节，亦称“古尔邦”节。在伊斯兰历十二月十日举行。也是朝觐者在麦加活动的最后一天。

不总是那么有效，但多次使用，它就无愧于人们对它寄予的希望和梦想。这样看来，乌姆·赫奈斐长得肥胖就在常理之中了。她虽然肥胖却精力旺盛，只要女主人一叫，她就精神抖擞地起床干活。她疾步走到面团盆前，取出面团，开始捶打起来。

捶打面团的声音在这个家庭里起着闹钟的作用，它先是传到楼下儿女们的房间，然后又传到楼上父亲的房间，提醒他们该起床了。艾哈迈德·阿卜杜·嘉瓦德翻了个身，睁开眼睛。这搅乱梦境的声音不禁使他恼怒地皱起了眉头，但他马上又忍住了火气，因为他明白应该起床了。他醒来后通常第一个感觉是头脑昏昏沉沉的，他凭毅力控制住自己，尽管还想再睡一会儿，可还是在床上坐了起来。他不会因为欢乐的夜生活而耽误白天的正事，不论睡得多晚，他总是这个时间醒来，以便八点以前赶到自己的店铺里。再说，中午还有充裕的时间来弥补睡眠的不足，以恢复精力准备新的夜生活。因此，早上醒来时是他一整天中最难受的时刻。他全身乏力，脑袋昏沉地去迎接白天那种缺乏甜蜜回忆和温情脉脉的生活，枯燥乏味的生活在他脑海和眼里仿佛变成了一种沉重的负担。

捶面的声音一声接一声地落到睡在底楼人们的头上。法赫米醒了。虽然他用心攻读法律书熬夜到很晚，但还是很惊醒的。他醒来第一个感觉，就是脑海里闯进了一个有着一双黑亮眼睛的象牙色圆脸庞，心中不由得暗暗叫了声“玛丽娅”。如果他摆脱不了这倩影的诱惑，就会赖在床上，久久地与倩影在一起，想象着自己温柔地陪伴着她，无限眷恋地凝视着她，与她推心置腹地交谈，向她吐露一个又一个秘密，大胆地接近她——只有在清晨，躺在这温暖的被窝里，他才会这样大胆。不过和往常一样，他把这种心灵交流推迟到星期五早上。于是，他从床上坐了起来，看看睡在邻床的哥哥，嚷道：

"亚辛……亚辛……快醒醒！"

亚辛停止了呼噜，感到憋气似的大口喘着气，瓮声瓮气地说：

"已经醒了，我比你醒得还早呢。"

法赫米笑眯眯地等待着，等到亚辛又一次打起呼噜时，又大声喊道：

"你醒醒！"

亚辛满腹牢骚地在床上翻了个身，被子的一边露出了他那丝毫不亚于父亲的肥壮的身体。他睁开两只充满血丝的惺忪睡眼，紧皱眉头，恼火地说：

"去你的！……怎么这么快天就亮了！我们为什么老是不能睡个够呢？……家规，老是家规！……好像我们是当兵的！"

他一边用双手和双膝支撑着爬起来，一边晃动脑袋驱逐睡意。他朝另外一张床瞥了一眼，只见凯马勒睡得正香，半个小时之内谁也不会去惊扰他的。他心里十分羡慕："他真是个幸福的少年啊！"他稍微清醒了一些，便盘起腿坐在床上，两只手托着脑袋，打算回想一下白日美梦里出现的甜蜜情景，可他和父亲一样，刚醒来时头昏脑涨，想不起梦。这时脑海里即使出现了女琵琶手宰努芭，他的嘴角会挂上微笑，但是在他的感觉里，她没有给他留下在他清醒时所有的那种印象。

在隔壁房间里，海迪洁不用捶面声的提醒就已经起床了。全家中她最像母亲，充满活力、惊醒警觉。她起床下地时故意重手重脚弄出声响。阿依莎通常听到这响声就醒了，免不了和姐姐发生争吵。次数一多，这倒成了一种庸俗的玩笑。今天她醒来和姐姐吵过几句后并没有起床，她在下床前，还要沉湎于那幸福的美梦中。

整个底楼有了生气。窗户打开了，阳光照射到屋里，随着新鲜空气传来了马车的辚辚声、工人们的说话声和卖牛奶麦片粥小贩的吆喝声。一家人在卧室和浴室间忙碌着。满身肥肉的亚辛穿着宽敞的长衫。身高体瘦的法赫米完全是父亲的翻版，就是太瘦了点。两个姑娘到厨房去找母亲。姐妹俩的相貌完全不同，这在一个家庭里是很少见到的。海迪洁皮肤黝黑，五官不协调；阿依莎却长得雪白红润，五官标致。

这时，一家之主艾哈迈德独自待在楼上，由于艾米娜的周到安排，他已不用人侍候了。桌上已经有只托盘，满满的一杯牛奶让人顿生食欲；他走进浴室，浓郁的香气扑鼻而来，椅子上放着叠得整整齐齐的干净衣服。他像往常早上那样，洗了个冷水澡，这是他无论冬夏从不间断的习惯。然后他精神焕发地回到卧室，浑身充满活力。他把搭在沙发靠背上卷着的礼拜毯拿来，展开铺在地板上，开始做晨礼。做礼拜时，他一脸虔诚的神色，完全与会见朋友时满脸春风的样子和面对家人时严肃冷峻的神情截然不同。这是一张两侧下垂的脸，松弛的脸庞因谄媚、讨好和祈求宽恕而变得温和，流露出对真主敬畏、热爱、企求的神情。他做礼拜并不是机械地口中念念有词，身子站起又跪下，而是满怀深情地做。他做礼拜的热情，和他全身心沉湎于五光十色的生活享受时的热情如出一辙，就像他工作时忘却自己、交友时忠于情谊、谈情说爱时全身心投入、饮酒时一醉方休那样，不管干什么事，他都是一心一意的。就这样，做礼拜成了他灵魂的朝觐，使他神游天房。做完礼拜，他盘腿坐下，伸出双手，祈求真主保佑他，宽恕他，赐福给他的子女，保佑他生意兴隆。

母亲准备好早点，让两个女儿准备餐具，自己到儿子们的房间去。她发现凯马勒还在沉睡，便微笑着走到他床前，把手放在他的前额上，诵念开端章，然后才轻轻地摇他，叫他起床，直到他睁开眼睛才离开。法赫米走进房间，他一看见母亲，便微笑着向她问早安。母亲双眼里闪烁着慈爱的目光，回答道：

“早晨好，我的宝贝……”

她同样慈祥地向丈夫和前妻生下的儿子亚辛问好，亚辛也以应有的敬爱之情向母亲问候。艾米娜在他的心目中确实是位好母亲。海迪洁从厨房出来的时候碰上了法赫米和亚辛。这兄弟俩，尤其是亚辛，总喜欢拿她开玩笑。无论是她那五官不协调的相貌，还是她那尖酸刻薄的舌头，都成了他俩开玩笑的材料，尽管她总是无微不至地照料他俩，兄弟俩对她也十分敬佩。在这方面，阿依莎远不如她。阿依莎在这个家里是最漂亮的姑娘——她窈窕、妩媚，但一点没用。亚辛首先针对海迪洁说：

“海迪洁，我们正在谈论你呢。我们刚才还在说，倘若天下女人都长得像你这个模样，那男人们就彻底死心了。”

海迪洁不假思索地反击道：

“要是天下男人都像你这副德行，他们那浑浑噩噩的脑袋就全省心了。”

这时，响起了母亲的喊声：

“先生们，早餐准备好啦！”

# 四

楼上是饭厅和父母的卧室。此外，还有两个房间，一间是起居室，另一间空着，只放了一些玩具，凯马勒空闲时常在里面玩。饭桌已经摆好，桌子周围放了几个坐垫。艾哈迈德进来了，他盘腿坐在正对门的位置上，三个儿子相继进屋，亚辛坐在父亲右边，法赫米坐在左边，凯马勒坐在对面。兄弟们规规矩矩地坐下，全都低着头，仿佛集体在做礼拜。这时，无论是纳哈辛学校的文书，还是法学院的大学生或是海利勒・阿加小学的学生，他们全都一个样，谁也不敢抬头正视父亲一眼。只要父亲在场，他们甚至都不敢交换眼色。谁要是因为某种原因按捺不住笑出声，准会招来一顿空前未有的可怕的责骂。除了在早餐桌上，他们平时见不到父亲，因为下午回家的时候，父亲已经吃过午饭，睡过午觉，回店铺去了。他这一走要到后半夜才回来。早餐时间虽然不长，但要遵守军人般的礼仪，给他们的心灵压力很大，吓得他们手足无措。恐惧控制着他们，越想不出错，往往越会出错。再说在这种气氛下用早餐，早就倒了胃口，食之无味。常有这样的事，在母亲端上食盘之前，父亲总是利用这短暂的时间，用锐利的目光审视着孩子们，只要发现有一点点不顺眼，哪怕是他们中谁的眼神稍有异样，或衣服上沾了污点，都会被他狠狠训斥一顿。有时，他会声色俱厉地问凯马勒："你洗过手了吗?"如果回答说洗了，他就会命令他："伸出来让我看看。"凯马勒咽了一口唾沫，战战兢兢地把两手摊开。父亲不仅不会夸奖儿子洗得干净，反而用威吓的口吻说道："如果你哪一次忘记饭前洗手，我就把你的双手剁掉，让你彻底轻松。"有时，他还会问法赫米："狗崽子好好复习功课了吗?"法赫米不假思索就知道"狗崽子"指的是凯马勒。法赫米便回答说，他功课挺好。确实，凯马勒这孩子脑瓜灵活，也没有自恃聪明而不用功，出类拔萃的成绩足以证明这一点。然而，正是他的聪明常常惹得父亲生气。父亲只要求儿子们惟命是从，这对于把玩耍看得比吃饭还重要的孩子来说，是接受不了的。正因为如此，父亲针对法赫米的回答恼怒地说道："礼貌要比学问重要。"然后他又会盯着凯马勒，厉声说道："听见没有？狗崽子!"

母亲端着大食盘进来了。她把盘子放在餐桌上，然后退到墙边，站在放长颈冷水瓶的桌子不远的地方，随时准备听候召唤。铮亮的铜盘里放着一只椭圆形大盘子，里面装满了加黄油的焖蚕豆和鸡蛋。铜盘的一边放着热乎乎的烤大饼，另一边放着几只小碟子，分别装着奶酪、腌柠檬、醋渍辣椒、红辣椒、盐和黑胡椒。香气扑鼻的早餐激起了兄弟几个的食欲，但他们故作稳重，装作没看见眼前的美食，仿佛对这些诱人的食品无动于衷，直到父亲伸手拿起一张饼来一撕为二，嘴里咕哝一声"吃吧"，他们才按照长幼次序，先是亚辛，接着是法赫米，最后是凯马勒，一个接一个地伸手拿过大饼，老老实实开始用餐。

父亲大口大口地吃着，速度很快，上下牙床犹如切削机似的忙个不停。他的嘴里尽管塞满了许多食物——焖蚕豆、鸡蛋、奶酪、辣椒、腌柠檬——在使劲咀嚼的时候，他的手又在准备下一口的食物。不过，孩子们倒是慢慢悠悠地吃着，尽管这样要有极大的耐心，而且和他们平时无拘无束的性格也不吻合。因为他们谁都不敢疏忽，只要稍不经意，或者放松自己，忘了必须从容吃饭的规矩，就可能招来一顿臭骂，或者被狠狠地瞪上一眼。凯马勒是三兄弟中最忐忑不安的，因为他最惧怕父亲，两个哥哥的处罚顶多是挨一顿训斥，而他动辄就会被踢一脚或打一拳。因此，他总是小心翼翼地吃着饭，不时偷偷地瞥一眼越来越少的食品。食品越少他越担心，他焦急地等待着，等待父亲作出吃饱的表示，这样气氛就缓和了，他就可以填饱肚子了。尽管父亲狼吞虎咽地吃个不停，各种食物都往嘴里塞，但凭经验他知道，对他最有威胁的是两个哥哥，他们更让他恼火。父亲吃得快也饱得快，而两个哥哥等父亲一离开餐桌，真正的战斗才开始，他们一直要把盘中的好东西收拾得一干二净才罢休。所以，父亲刚起身离开饭厅，凯马勒立即卷起衣袖，发疯般扑向铜盘。他双手并用，一手伸向大盘，一手伸向小碟，但是他的努力在两个哥哥的劲头面前收效甚微，于是他只好另想办法了。每当在这种对他有威胁的情况下，他就采用这种手段：故意对着盘子打个喷嚏。这样，两个哥哥赶紧往后退，气呼呼地瞪着他，最后笑着离开了餐桌。凯马勒发现在战场上只剩下自己一个人，他早晨的美梦便实现了。

艾哈迈德洗完手后回到卧室，艾米娜端着杯子跟了进来。杯子里盛着用少量牛奶冲的三个生鸡蛋。她把杯子递给丈夫，丈夫喝完杯中之物，然后坐下来喝早咖啡。牛奶冲鸡蛋营养丰富，是他早餐中的最后一道美食，也是他在餐后或餐中经常服用的“单方”之一——就像除了食用各种肉类和众所周知的油脂食品外，还要补充鱼油、核桃、杏仁、蜜饯、榛子等补品一样。以此来保养他那肥胖的身体，补偿放荡生活所造成的损耗。他认为素淡的饮食和普通的饭菜对他简直是“闹着玩”，是“浪费时间”，对他这种人是不合适的。有人曾给他开过大麻作为开胃剂，说大麻还有其他好处，但是他试了一下，不习惯，就毫不遗憾地放弃了。他认为大麻不是什么好东西，因为吸食后会萎靡不振、喜静寡言、性情孤僻，哪怕是最好的朋友也不愿往来。他天性喜好寻欢作乐、追求刺激、迷恋美色、擅长诙谐和逗笑，讨厌与他天性不能相容的东西。为了不失去情场老手的优势，他改用一种贵重的麻醉剂。萨加区萨利希亚大街头上卖麦片粥的穆罕默德·阿扎米，暗暗出售这种麻醉剂是出了名的，他专门卖给有钱的顾客——富商和显贵们。艾哈迈德并没有上瘾，他只是在有了一位新欢，尤其是当那个女人对付男人是很有经验的时候，他才使用。

丈夫喝完咖啡站起身，对着镜子把艾米娜递过来的衣服一件一件穿上。他打量着镜子里自己的外表，梳了梳分散在脑袋两边的黑发，把胡子捋开重新捻好。他端详着自己的面容，慢慢地把脸转向左边看看，又转向右边看看，直到对自己的模样满意了才伸出手，接过妻子递给他的哥隆香水。这香水是理发师侯斯尼大伯为他准备的。他洗了洗手和脸，在大袍前襟和手帕上喷了点香水，然后戴上红毡帽，拿起手杖，离开了房间。他的身前身后留下了一股沁人脾腑的香气。这种由各种鲜花提炼出来的香水味，全家人都熟悉，不管谁，只要闻到这种香味，眼前就会出现艾哈迈德那张威严冷峻的面孔，敬畏感也随之油然而生。香味如果是在早晨随着艾哈迈德的离家而飘散开来的，大家心里就会有一种不可名状的快乐，就好像被打开手铐、脚镣的俘虏那样兴奋。每个人都知道自己马上可以恢复说话、嬉笑、唱歌、活动的自由了，而不会有什么危险。亚辛和法赫米已经穿好了衣服。凯马勒在父亲出屋后，立即跑进去，模仿从门缝里偷看来的父亲的动作，来满足自己的好奇心。他站在镜子前面，仔细而得意地欣赏着自己的身影，故意粗着嗓门，用命令的口吻对母亲说："艾米娜，把哥隆香水拿来！"他知道母亲不会理会他，但还是做出往自己的脸上、夹克和短裤上抹香水的样子。尽管母亲忍俊不禁，他仍然装出一本正经的严肃样子，对着镜子端详自己的脸庞，从右边转到左边，然后捋开假想中的胡子，在两边捻上，接着打了一个饱嗝，转身离开镜子。他朝母亲望去，见她只顾笑，便抗议道："你为何不对我说'祝你健康'呢？"母亲笑着含含糊糊地说："祝你健康，我的主人。"然后，凯马勒学着父亲的走路姿势，仿佛拄着手杖一样动着右手，离开了房间。

母亲和两个姑娘赶紧跑到阳台里，站在俯视纳哈辛街的那扇窗户后面，从小窗孔里目送着走在路上的家里的男人。艾哈迈德神气十足地款步前行，时不时挥动着手向熟人打招呼。理发师侯斯尼大伯、卖蚕豆的达尔维希哈吉、卖牛奶的富里和卖饮料的比尤米纷纷站起身来向他致意。母女们用热爱和骄傲的目光送他远去。接着是法赫米迈着急匆匆的脚步走了过去。随后是身体像公牛的亚辛，走路斯文得像孔雀。最后是凯马勒，他刚迈出两步就回过头望着阳台，他知道母亲和两个姐姐就躲在窗户后面。他粲然一笑，夹着书包继续往前走，一边走一边用脚尖踢着路上的小石子。

这是母亲最幸福的时候，但是她又无比担心家里的男人们会遭到毒眼①，所以在一直不停地念诵着："免遭嫉妒者嫉妒时的毒害"②，直到他们消失在她的视线之外……

---

① 嫉妒者的目光称为毒眼。阿拉伯人认为毒眼会带来灾祸，故要尽量避免。

② 见《古兰经》第一一三章第5节。

# 五

母亲和海迪洁先后离开了阳台，阿依莎磨磨蹭蹭不肯走，等到阳台上只有她一个人时，便转到俯视两宫间街的另一边窗户，焦急不安地从小窗孔向外张望。她的两眼熠熠发光，紧咬着嘴唇，看来是在等待什么。没过多久，从赫兰富什胡同口闪出一位年轻的警官，慢悠悠地朝着嘉马利亚警察署的路上走去。姑娘赶紧离开阳台，奔向客厅，来到旁边的窗户前，扭动窗把，把两扇窗子推开一道缝，站在窗子后向下眺望，她的心因激动和恐惧而怦怦直跳。青年军官走近这所房子时不敢抬头，只是谨慎地往上面撩了一眼。在当时的埃及，没有哪个人敢在这种情况下抬头往上凝望的。一丝不易觉察的微笑使他容光焕发。姑娘见此情景，脸上立即泛起羞涩的红晕。她长长地叹了口气，神经质地砰然关上窗户，仿佛在抹去罪犯的痕迹。她从窗户前退了回来，由于激动闭上了眼睛，顺势倒在一张椅子上，用手托着脑袋，畅游在无边无际的感情的海洋里。这些感情既不是纯粹的幸福，也不是纯粹的恐惧。她的心处于幸福和恐惧之间，被它们无情地争来夺去。当她沉浸在喜悦之中时，恐惧之锤就会敲打起她的心头，发出警告和威胁。她真不知道该怎么办才好：放弃这种冒险，还是不屈地放纵自己？爱情和恐惧都是那样的强烈。她闭眼歇息，不知过了多少时间，待恐惧和呵斥声平静下来，便安宁地陶醉在温馨的梦幻之中。

她回忆起——她常常进行甜蜜的回忆——那天她正在把窗帘上的灰从半开着的窗户里掸出去时，无意间往马路上瞥了一眼，正好看见了他。他诧异、迷恋地仰望着她的脸，然后像受到惊吓似的赶紧往回缩。但在他走开之前，她已把他肩上有一条红杠和一颗金星的英姿深深地印在了脑海里，那令人心驰神往的形象久久地浮现在她的眼前。在第二天和接下来的许多天的这一时刻，她都会站在窗缝后面向外窥视，而他却看不到她。当她看见他是怎样恋恋不舍地仰望着那关闭着的窗户时，便会沉浸在胜利的喜悦中。然后，她又看见他怎样从窗缝后辨别出她的身影，脸上露出欣喜的光彩。她那颗第一次觉醒的青春的心热切地期待着这一时刻，幸福地品尝着它的甜美，做梦似的与它告别。过了一个月，又到了掸窗帘的日子。这一次她主动揽下活儿，故意站在半开着的窗户后面，边掸窗帘边往外看。就这样，时间一天又一天、一月又一月地过去了，对爱情的渴望终于战胜了压在内心的恐惧，她迈出了那疯狂的一步：敞开两扇窗户，站在窗前，她的心因激动和恐惧而怦怦地跳着，仿佛要向他宣布自己的爱情，更像是一个为逃避四周熊熊烈火而要从万丈高楼纵身往下跳的人。

恐惧和自责的情绪渐渐平静下来，她又泰然自若地沉浸于甜蜜的梦幻之中。不一会儿，她从梦幻中清醒过来，下狠心要甩掉扰乱她心境的恐惧，便自慰地自言自语道："天没有塌下来，一切都平安过去了，谁也没看见我，也决不会有人看见我，再说我又没干什么坏事!"她站起身，离开房间时若无其事地用甜蜜的声音哼了起来："肩上有条红杠杠的人哪，你俘虏了我的心，怜悯怜悯我的软弱吧!"她一遍又一遍地唱着，直到听见从饭厅里传来姐姐海迪洁语带讥讽的尖厉喊声：

“穆妮莱女士，马赫迪娅女士[①]，请吧，你的女仆已经给你摆好餐桌了。”

姐姐的喊声像惊雷，使她完全清醒过来，从理想世界回到了现实世界，说不清什么原因，她多少有点儿心悸。本来一切都像她自言自语时说的那样平安过去了，可是姐姐的尖声打断了她的歌声和思绪，这本身就让她不寒而栗。或许现在海迪洁对她又要吹毛求疵了吧。然而她驱逐了这种突如其来的不安感觉，扑哧地一笑，算是回答了她。她跑进饭厅，见桌子确已摆好，母亲正端着盘子进来。阿依莎刚跨进饭厅，海迪洁就恼怒地对她说：

“你躲得老远的，磨磨蹭蹭的，什么都让我一个人准备……我们听够了唱歌！”

阿依莎为避免姐姐刻薄舌头的伤害，总是好声好气地和她说话；但是海迪洁一有机会就要冷言冷语讽刺她，有时把她惹火了，她会装得一本正经地反击道：

“我们不是说好分工做家务的吗？你干你的活，我唱我的歌……”

海迪洁眼睛望着母亲，却针对妹妹挖苦道：

“她可能想当歌星呢！”

阿依莎并不生气，反倒十分平静，装得郑重其事地说道：

“那有什么？……我的声音就像鹂鸟声那么好听嘛！”

她前面的那句话显然是开玩笑，海迪洁没有动气，但是后面这句话惹恼了她，因为那是实话。她对阿依莎的甜美声音和其他优点总是耿耿于怀，这时更是板起了脸。

“妈妈，你听听她说的什么话！我们是正经人家，这个家里的姑娘即使

---

① 穆妮莱和马赫迪娅是二十世纪初埃及著名的女歌手。

嗓子难听得像驴叫也不丢脸。可是外貌长得像画上一样美丽却毫无用处，那才丢人呢。”

“要是你的声音也像我的声音一样优美，你就不会说这话了！”

“那当然！如果你我来个轮唱，你唱‘肩上有条红杠杠的人哪，哎……’我就唱‘你俘虏了我的心，怜悯怜悯我的软弱吧！’这样我们就得把扫地、抹桌子、做饭等事统统留给这位太太了！”海迪洁指着母亲说道。

母亲对这种争吵司空见惯了，她坐在自己的位置上，请求着说：

“看在真主的分上住嘴吧，坐下来，让我们太太平平地吃早饭。”

姐妹俩走到饭桌前坐下，海迪洁嗔怪道：

“妈妈，你就管教不好一个人……”

“愿真主宽恕你，你来教育吧，但别忘了你自己，”母亲平静地轻声说，然后把手伸向盘子，诵念道：“奉至仁至慈的真主之名……”

海迪洁二十岁，除了同父异母的哥哥、刚满二十一岁的亚辛外，她就是大姐姐了。她长得粗壮——这得归功于乌姆·赫奈斐，身材偏矮，脸上兼有父母的相貌特征，很不协调。她继承了母亲的一双漂亮的小眼睛、父亲的大鼻子，鼻子虽然没有父亲的那么大，却没法和整个脸庞相配。尽管这种鼻子长在她父亲脸上显得很匀称，使他平添了几分威风，但长在这位姑娘的脸上就起了不同的作用。

阿依莎是年方十六的妙龄少女，红颜动人，身段苗条——在这个家庭里，苗条被认为是美中不足，这只能留给乌姆·赫奈斐去调治了。她那鹅蛋形的脸盘白里透红，长着一双从父亲那儿继承来的蓝眼睛，配上像母亲一样的小鼻子，还有一头金黄色的头发。遗传规律证实，只有她继承了祖母的金发。海迪洁自然明白她和妹妹之间的差异。她会持家，擅长刺绣，精力充沛，不知疲倦，并不比妹妹差什么呀。她对妹妹常常产生嫉妒情绪，而且从不掩饰这种情绪，从而使漂亮的妹妹在很多时候对她敬而远之。这种天性的妒忌并没有造成海迪洁的心理阴暗，她只是用舌头刻薄地冷嘲热讽，出出自己的怨气，这是不幸的。不过，海迪洁虽然天性喜欢寒碜人，家里谁也逃脱不了她尖刻的挖苦，可就她本性而言，她的心里对家人充满了深厚的感情，她的妒忌的情绪只不过一阵阵发作，时间有长有短，但并没有自然而然地转成仇恨或憎恶。然而，由于她老要嘲讽人——尽管在家里只是开开玩笑，在邻居和熟人中间她成了头号好挑毛病的人。她只要一看见人，立即就会挑人家的毛病，宛如指南针永远指着南极一样。一旦别人的毛病没了，她还要千方百计地寻找，添枝加叶地扩大。然后拿别人开心，根据各种缺点给人起绰号。在她家庭社交圈内的人，几乎无人能幸免。她父母最老的朋友肖克特的寡妇说起话来唾沫四溅，被她称为“机关枪”；隔壁邻居乌姆·玛丽娅太太不时上她家借日常用具，被她叫做“找麻烦”；两宫间街相貌粗陋的私塾先生，因职业关系经常反复诵念《古兰经》中“免遭他所创造者的毒害”这一节①，被她唤作“毒害”；卖蚕豆的由于谢顶被她呼作“光头”；卖牛奶的因弱视被她称作“独眼龙”。同时，给家里人也取了一些不算尖刻的外号：起床最早的母亲被她称为“宣礼员”，长得瘦削的法赫米被她叫做“床脚柱”，身材苗条的阿依莎被她叫做“芦苇秆”，身躯肥胖、衣着讲究的亚辛被她称为“万花筒”。海迪洁嘴尖舌利，不仅出口就挖苦人，而且对外人还表现得冷酷。就这样，她损起人来毫不留情，没有半点宽容之心，已经不会顾忌别人因日复一日受到她的讽刺而感到的痛苦。这种粗暴在家里体现在对待乌姆·赫奈斐的态度上，家里人只有她会如此对待佣人。甚至对待猫之类的宠物她也是粗野不堪，而阿依莎对宠

① 见《古兰经》第一一三章第2节。

物则是百般呵护，喜欢得无法形容。对乌姆·赫奈斐的这种态度，使她与母亲之间有了分歧：母亲把仆人当作家里人，认为人人都是善良的天使，从来不会对任何人产生猜疑；而她总是对乌姆·赫奈斐有成见，这是和她不相信任何人的天性是一致的。她最不放心的就是乌姆·赫奈斐过夜的地方离储藏室不太远。她曾对母亲诉说："她身上这么多肉是从哪儿来的？……是因为她做的单方吗？可是我们大家都吃她的单方，怎么就没有像她那么胖呢？恐怕在我们睡觉时，不知她偷吃了多少黄油和蜂蜜呢！"

母亲竭尽全力为乌姆·赫奈斐辩护，当她被海迪洁的喋喋不休弄烦时，索性就说："她爱吃什么就让她吃吧。好东西多着呢，她只有一个肚子，再吃也吃不到哪儿去，不管怎样我们决不会挨饿的。"海迪洁对母亲的话不以为然，她开始每天早上检查盛黄油和蜂蜜的罐子。乌姆·赫奈斐笑眯眯地看着她检查而不生气，因为她尊敬好心肠的女主人，热爱这一家人。与这些截然不同的是，海迪洁对家里人十分关怀，谁要闹点病，她准心神不安。凯马勒患麻疹时，她非要和他睡一张床守护着他，就连阿依莎碰到什么小小的倒霉事，她也难受万分。所以，论冷酷和仁慈，谁的心也比不了她的。

海迪洁一在餐桌旁坐下，立即忘记了她与阿依莎之间的口角。她津津有味地吃着蚕豆和鸡蛋，胃口之好在家里堪为典范。她们认为，食物除了营养价值外，还有美容的作用，食物是肥胖的自然基础。所以，她们集中精力、从容不迫地吃着饭，细嚼慢咽，吃饱了还不住口，一定要到把肚子吃撑为止。母亲总是最早吃完的，接下来是阿依莎，海迪洁是最后一个对付桌上盘子的人，不把盘中食物吃得干干净净决不罢休。阿依莎吃东西十分卖力，却总不长肉，就连仙食"贝拉比阿"对她也不见效。她因此受到海迪洁的奚落，说什么邪恶的诡计使她成为光播良种不见收获的土地。海迪洁总喜欢把阿依莎苗条的原因说成是她对信仰不诚，她对她说："斋月里我们人人把斋，只有你假装守斋，却像耗子一样钻进储藏室，用核桃、杏仁、榛子填饱肚子。然后等到开斋时，你又跟着我们大吃大喝，那种狼吞虎咽的劲头让守斋的人都自叹不如。但是真主是不会赐福给你的。”吃早饭的时候是难得的相处时间，这时只有她们母女三人，大家可以畅所欲言，尤其可以谈论那些在家庭聚会上羞于启齿的事情。海迪洁虽然一个劲儿地吃，却不耽误说话。她用和刚才大喊大叫截然不同的细声细气说：

“妈妈，我做了一个怪梦。”

母亲为了表示特别看重这个厉害的女儿，没等咽下嘴里的饭菜就答话道：

“孩子，如蒙主愿，是好事吧。”

“我梦见自己好像在平台的围墙上行走，”海迪洁加倍郑重其事地说，“这平台可能是我家的，也可能是别人家的。突然，不知是什么人推了我一下，我就惨叫着掉下去了……”

母亲停止吃饭，神色紧张起来。海迪洁故意沉默不语，以便更加引起母亲的关注。母亲喃喃地说道：

“真主啊，祈求您让这个梦变成好事吧……”

阿依莎忍住笑，问道：

“不知什么人推了你，总不会是我吧……是不是？”

“它是梦，不是闹着玩的，你别再胡说了，”海迪洁生怕妹妹的玩笑会破坏气氛，便对她喊道。接着她又对母亲说，“我惨叫着坠落下去，可没有像预料中的那样掉到了地上，而是落到一匹骏马身上，它驮着我飞了起来……”

母亲松了一口气，仿佛明白了这个梦的涵义，便放下心来，脸露微笑继续吃饭，她说：

“谁知道呢，海迪洁，或许他就是你的如意郎君！”

只有在这种场合才能提及“郎君”一词，而且还是简单地点到为止。海迪洁的心里没有什么事情像婚姻大事那样使她感到苦闷。她相信梦，也相信圆梦。因此，母亲的话使她从心底里感到高兴，但她还是像以往那样用调侃来掩饰自己的羞怯，哪怕不惜调笑自己：

“你以为那骏马是我的郎君？……我的郎君只能是头驴。”

阿依莎笑得连嘴里的饭都喷了出来。她怕这会引起海迪洁的误解，赶紧说道：

“海迪洁，你对自己太不公平了！……你没有什么可被人指责的事……”

海迪洁凝视着妹妹，目光中露出警惕和怀疑的神色。这时，母亲又开口了：

“你是一个十分难得的好姑娘，心灵手巧、精力充沛，谁能与你相比？……再说，你性格活泼，容貌姣好，不是吗？除了这些，你还想要什么呢？”

海迪洁用食指指了指自己的鼻尖，笑着问道：

“不就是这个堵塞了婚姻之路吗？”

“胡说八道……孩子，你年纪还小呢。”母亲脸带笑容说道。

一提到年纪小，海迪洁心里就不痛快。按结婚年龄来说，她认为自己已经不小了，所以，她又对母亲说：

“妈妈，可你不到十四足岁就已经结婚了。”

事实上，母亲的焦急并不亚于女儿，她安慰道：

“结婚早还是晚，都得听凭真主的意愿……”

“海迪洁，愿真主让我们不久就为你办喜事。”阿依莎真心诚意地说。

海迪洁忽然想起曾有一邻居太太上门来为儿子求亲，要娶阿依莎，但父亲不愿长女未出嫁小女儿先嫁人，拒绝了这门亲事。她疑惑地望着妹妹，问道：

“你是真的希望我结婚，还是盼望我给你让路，让你先嫁人？”

阿依莎乐呵呵地笑着说：

“两样都希望……”

# 六

早饭吃完后，母亲说道：

“阿依莎，今天你洗涮，让海迪洁打扫房间。收拾完后你们到厨房来……”

艾米娜总是一吃完早饭就给姐妹俩分派活儿。她们俩虽然都听从母亲的吩咐，但阿依莎是一声不响地答应下来，海迪洁却好发表意见，总要摆摆架子或者争争吵吵。因而她对阿依莎说：

“如果你觉得洗的活儿重，我可以让你打扫房间。但你如果借口洗东西待在浴室里，等厨房里的活儿完了才出来，我把话说在头里，那样不行。”

阿依莎假装没领会她的意思，低声唱着歌向浴室走去。海迪洁讥讽道：

“在浴室里你可走运了，那里的回声就像留声机的喇叭，你唱吧，让邻居们都听见……”

母亲离开饭厅来到过道上，顺着楼梯登上平台。她每天早晨总是先在上面转一圈，然后才下楼到厨房里去。姐妹俩拌嘴，对她来说已不是什么新鲜事，早已习以为常。除了晚上一家人一起高兴地聊天时，或者父亲在家时以外，她俩总要斗嘴。母亲只能好言相劝，开个玩笑，做个和事佬。这是她对付孩子们的惟一办法，她的性格柔弱也只能这样。教育子女有时要果断一点，她却一点儿也不懂。或许她曾想严厉些，却办不到。或许她曾试图那样做，但软弱得总使她下不了手。仿佛她对孩子们只有温情和慈爱，纠正他们的过错、做规矩，那是父亲的事，或者说是父亲用他的身份对孩子们进行遥控的事。所以，由于她对两个女儿的宠爱，这种无谓的争吵一点没有减少。就是对热爱唱歌、喜欢照镜子的阿依莎也不会说什么。阿依莎虽然常常偷懒，但她在灵巧和持家方面并不亚于海迪洁。艾米娜性格上有一种近乎病态的怪癖，她对家里大大小小的事情都要亲自动手。要不是这样的话，她本可以有时间休息的。当两个女儿收拾完后，她还要一手拿扫帚、一手拿撢子，开始巡视各个房间、大厅、过道，查看每个墙角、墙面、窗帘、家具，对每一点可能被遗忘的灰尘都要清除干净，并像去掉眼中钉那样感到痛快。她的怪癖还包括在洗衣服前一定要把衣服检查一遍，发现谁的衣服破了，或特别脏，总要把衣服的主人找来，提醒他应该注意些什么。从不满十岁的小儿子凯马勒到二十开外的大儿子亚辛，无一例外。亚辛在衣着方面有两个明显矛盾的地方：他特别注重外表中的外套、帽子、衬衣、领带、皮鞋，而对内衣整洁却无所谓。

出于性格，母亲自然不会忽略平台和放养在平台上的鸽子和鸡。她待在平台上时，心里充满了喜爱和欢愉之情：这里有她劳动的成果，又可供她消遣。这并不奇怪，因为平台是一个在她来这个家之前，从未有过的新的天地。她费尽心血，在保持整幢住宅很久以前的风格时，把平台改造一新。高墙上钉着鸽笼，上面落着许多鸽子，咕咕地欢唱着。木板鸡窝前的一块空地上，一群鸡咯咯地叫着。每当她撒下谷粒或者把水罐放在地上，母鸡跟着公鸡便朝她奔来，尖尖的嘴喙像缝纫机的针头一样，迅速而有节奏地啄着谷粒，一会儿就在撒上土的地面上留下一个个小眼，宛如雨点打过的痕迹。这时她是多么快活啊！她看看小鸡，发现它们亮晶晶的小眼眷恋地望着她，仿佛在向她询问什么，她那颗仁慈的心对它们产生了怜爱之情，这时候，她是多么的高兴啊！她不仅喜欢鸡和鸽子，而且喜欢真主创造的一切。她亲切地对它们说话，好像它们都能听懂她的话，并有所反应。因为她把动物，甚至有时把没有生命的东西都当做有理智、有感情的生物。她深信万物都会赞颂真主的伟大，都与灵魂世界有千丝万缕的联系。她所生活的这个世界，包括大地、天空、动物、植物，是一个有理智的活生生的世界。这个世界的特点不仅在于生命之美好，而且要用信仰使生命臻于圆满。正因为如此，被她解救的公鸡和母鸡的数量日益增多就不足为奇了，理由则是各种各样的：这只鸡太长寿了，那只鸡是蛋鸡，另一只鸡清晨打鸣让她可以早起……要是依了她的心愿，那就不会用刀去抹鸡的脖子了。如果非要宰鸽杀鸡时，她总是愁眉不展地选好对象，先让它饮点水，求真主怜悯它，念诵"以真主的名义"①，并恳求真主宽恕，然后才动手杀它。她聊以自慰的是，她享受的是大恩大惠的真主慷慨赐予其奴仆的权利。

这个平台上最值得欣赏的地方是面临纳哈辛街的南半部分，这里是她多年来亲手侍弄起来的一个花园。这一带人家的平台上，一般都覆盖着一层家禽的污秽物，像她家那样的平台花园是绝无仅有的。最初，她只种了几盆丁香和玫瑰，后来养的花一年比一年多，一排排地摆满了墙根，长得招人喜爱。忽然，她灵机一动，想在平台上搭一个花棚，于是请来木匠架起棚架。接着，她又种下了素馨花和常春藤，让它们沿着棚架攀延而上，一直布满顶部和支架，不断延伸着，越来越茂密，终于这里成了绿荫如盖的花园。素馨花从各个角落散发出醉人的芳香，平台上有鸡有鸽，又有满棚绿荫的花园，是她美丽可爱的天地，是她在这个一无所知的大千世界里

---

① 穆斯林宰牛、羊、鸡、鸽等时，必须念诵"以真主的名义"，否则不能食用。

舒心的乐园。她每天都这个时候来照管自己的乐园，扫地、浇花、喂鸡、饲鸽，然后脸带微笑，眼睛里闪烁着幻想的目光，尽情地欣赏着周围的景色。随后，她走到花园尽头，站在盘绕交错的藤蔓后面，从缝隙间展望无际的苍穹。

这些寓意深远直冲蓝天的宣礼塔，真令她惊叹不已啊！近处，格拉文和贝尔古格清真寺的宣礼塔上的挂灯和月牙形顶尖历历在目；远处是侯赛因、古利和爱资哈尔各清真寺的宣礼塔的轮廓，难以分辨出它的细部；在遥远的天际，格勒阿和鲁法阿清真寺的宣礼塔只能隐隐约约地看到一点。她转动着脸，望着远远近近的宣礼塔，一种虔诚、敬慕、热爱、信仰、感激和希望的情感油然而生。她的灵魂在塔尖之上翱翔，临近苍昊。随后她的视线落在侯赛因清真寺的宣礼塔上。她热爱侯赛因[①]，因而心里最喜欢这座清真寺。她用温存而渴慕的目光扫视着它，每当想起自己离使者[②]外孙的安息地只有几分钟的路程却不能前去拜谒时，一股愁思涌上心头。她深深地叹了口气，从沉思中回过神来，开始眺望各处平台和条条马路，以排遣心中的烦闷，但她的向往之情依然没有消失。过后，她转身离开了围墙，一种探求未知世界的渴望充满心里。这个未知世界对于别人来说是指幽冥的世界[③]，而对她来说，是指开罗，而且是指那些只闻其声却未见其形的邻近街区。唉，世界上到底有什么呢？她看到的只是宣礼塔和附近的平台！

---

① 侯赛因（约 626—680），伊斯兰教创始人穆罕默德的第二个外孙。生于麦地那。娶波斯萨珊王朝末代皇帝之女为妻。穆阿维叶时代，随兄哈桑退居麦地那。哈桑死后成为什叶派首领。由于拒绝效忠倭马亚王朝哈里发亚齐德（680—682 在位），一度避居麦加，后离开麦加，想取道库法与支持者会合。途中遭倭马亚骑兵追击。在伊斯兰教历元月十日战死于卡尔巴拉。据说他的头颅被运到开罗安葬，人们在该处修建了侯赛因清真寺。

② 这里指伊斯兰教创始人穆罕默德。

③ 在伊斯兰教中指只有真主才知晓的一切，包括人的命运、来世、精灵、精神世界等。

她被幽禁在这所住宅里已经有二十五年了，走得远一点的几次，也就是去赫兰富什胡同探望母亲。每次都是由丈夫陪伴坐马车前往的，因为丈夫无法忍受旁人的目光落在他妻子的身上，无论她是独自一人或由他相陪着。她对这些不生气，不抱怨，她根本就不会生气和抱怨了！不过，当她从素馨花和常春藤的枝叶中望着天空、宣礼塔和平台时，两片薄薄的嘴唇上露出了温和的、充满幻想的微笑。此时法赫米正在上课的那个法学院在哪里？海利勒·阿加小学在哪里？凯马勒肯定地说，他们学校离侯赛因清真寺只有一分钟的路……在离开平台之前，她摊开双手，祈求真主："真主啊，求你保佑我的丈夫和儿女，保佑我的母亲维依斯；求你保佑所有的人，不管是穆斯林还是基督教徒。至于那些英国人，真主啊，求你满足法赫米的愿望，把那些讨厌的英国人从我们的家园里赶出去……"

# 七

艾哈迈德·阿卜杜·嘉瓦德的店铺坐落在纳哈辛街的贝尔古格清真寺对面。他来到店铺时，伙计嘉米勒·哈姆扎维已经打开店门准备营业了。艾哈迈德亲切地跟伙计打过招呼，微笑着朝账桌走去。嘉米勒·哈姆扎维五十岁上下，在这个铺子里已经干了三十年，先在店铺创办人阿卜杜·嘉瓦德哈吉[①]手下干活，老店主死后，又给其儿子艾哈迈德干。由于工作和感情上的双重关系，他对主人忠心耿耿。和所有与艾哈迈德有工作联系或交往的人一样，他对艾哈迈德是崇敬和热爱的。其实，艾哈迈德只是在家人面前摆出一副威严可怕的样子，在朋友、熟人和伙计面前，他完全是另外一个人。他有威望，受人尊敬，但首先他是一个受欢迎的人物，他有许多为人称道的品性，最受欢迎的是风趣。就这样，外面的人不知道他在家里的情况，家里的人也不知道他在外面的情况。

艾哈迈德的店铺中等规模，货架子上和墙边堆满了咖啡豆、大米、坚果和肥皂。对着店门的左角处摆着主人的账桌，上面放着账本、单据和电

---

① 阿拉伯人的全名一般由本人名、父名、祖父名（或家族名）组成，有时也省略，直呼家族名。哈吉意为“朝觐者”，伊斯兰教对到过麦加朝觐的教徒的一种荣誉称号，是一种尊称。

话。主人座位的右边，有一个嵌在墙内的绿色保险柜，样子很坚固，它的颜色使人联想到钞票。账桌上方的墙面正中挂着一个乌木镜框，框里面有“以真主的名义”几个镀金字。店铺在上午九点以前不营业，这时主人就复核前一天的账目。这是他继承了父亲传下来的习惯，每天精力充沛地保持着。这时候，哈姆扎维站在门口，两只手臂交叉抱在胸前，用别人听不清的低沉声音连声念诵着容易背诵的《古兰经》经文，只有不断翕动的嘴唇和不时约略可辨的“西恩”和“萨德”这两个字母的发音，说明他正在背诵经文。哈姆扎维不断地念诵着，直到双目失明的谢赫[①]来了才打住。他是主人安排每天早晨上门来念《古兰经》的。主人每次隔许久才从账本上抬起头来听念经，或注视着马路上川流不息的行人、手推车、马车和又大又笨重、行驶起来摇摇晃晃的载重货车，还有那些小贩们唱歌般的叫卖番茄、锦葵、秋葵的声音。三十多年来，主人已经习惯和适应了这种环境，嘈杂的声音不会妨碍他集中注意力工作，过于清静反倒会使他烦躁不安。

顾客一上门，哈姆扎维就忙开了。主人的一些商人朋友和邻铺老板便来到这里，他们喜欢和主人共度美好时光，哪怕是一会儿也好。他们先是互相问候，然后就笑谈起来，用他们的话来说，是来换换口味的，是来听先生高谈阔论和连篇妙语的。主人为自己是个卓越的演讲家而感到自豪。在交谈中，他充分显示自己的丰富文化知识。这些知识自然不是读书得来的，因为他只上过小学，而是从读报纸和结交名流、达官显贵和律师中所获得的。他天资聪颖、风趣幽默，又有大商人的社会地位，这就使他有资格与那些大人物平起平坐地进行交往。他在有限的经商智慧之外，为自己

---

① 伊斯兰教对宗教人士的尊称，可意译为“长老”、“教长”等。可以用于称呼族长、酋长和一切年高德劭者。

发掘出新的智慧，因而受到那些出类拔萃人物的赏识、尊敬和恭维，这就更使他自命不凡。有一次，一个人真心诚意地对他说："艾哈迈德先生，假如你有机会学法律的话，那你早成了一位不可多得的高谈雄辩的大律师了。"这句话使他越发自负起来，但他用儒雅、谦逊、随和将自负情绪掩盖起来。这些来客谁也坐不久，他们先后离去了。店铺里的买卖逐渐活跃起来。突然，有个人像被人推着似的，风风火火地闯了进来。他站在店铺中间，眯缝着两只小眼睛使劲朝主人的账桌望去，尽管他离账桌只有三米远，但怎么使劲也看不清什么，只得大声问道：

"艾哈迈德·阿卜杜·嘉瓦德先生在吗？"

"欢迎，欢迎，穆泰瓦里·阿卜杜·萨姆德谢赫！请坐，你带来了吉祥。"主人微笑着说道。

这人转过头来，恰巧哈姆扎维走到他跟前，伸出手来要和他握手问候。他没注意到哈姆扎维伸出的手，却冷不防地打了一个喷嚏。哈姆扎维赶紧往后退，边退边苦笑着掏出手帕擦脸。谢赫一面快步走向账桌，一面喃喃念诵道："一切赞颂，全归真主，全世界的主。"① 他撩起长袍下摆擦擦脸，坐到主人给他搬来的椅子上。谢赫已年过七十五岁，身子仍然健康得令人羡慕。除了老眼昏花、眼睑发炎、满口牙齿已脱落外，别的什么病痛也没有。他穿着一件褪了色的破旧长袍，尽管行善的人们可以施舍给他一件较好的长袍他也不肯换下。据他所说，因为他在梦中看见过侯赛因，侯赛因向他祝福，并赐予他这件有无穷无尽福祉的长袍。他慷慨地给人算命、治病和画符，更以直爽和风趣著称。他谈吐诙谐，妙语连珠，这点特别得到主人的赏识。虽然他就住在本街区，但他从未使任何一个他频频拜访的施

① 见《古兰经》第一章第2节。

舍者感到为难。他或许会连续数月不露面，谁也不知他的去向，而在久别之后他又会受到人们的欢迎，让人们思念，并得到一些馈赠。这时，主人已经指示伙计按照常例为谢赫准备了一份礼物，包括人米、咖啡豆和肥皂。接着，他表示欢迎地对谢赫说：

“穆泰瓦里谢赫，自从阿舒拉节①以来一直无缘见到你，我们好想你啊！”

谢赫毫不在意地直截了当地说：

“我高兴走就走，高兴来就来，从不考虑为什么……”

主人对他的作风了如指掌，便会意地一笑，低声说着好话：

“你虽然不在，但你带来的吉祥还留在这里啊……”

谢赫对他的恭维无动于衷，反倒不耐烦地晃了晃脑袋，粗声粗气地说：

“我不是提醒过你好多次了，别抢在我头里说话！要保持沉默，等我讲完了再开口！不是这样吗？”

“真抱歉，阿卜杜·萨姆德谢赫！我忘记了你的提醒，那是因为你很长时间不来了，我自然记不住了。”主人故意逗他。

“找借口比犯错误更丑恶，”谢赫两手一拍，大声说道。接着，他伸出食指做了一个表示警告的动作，“如果你老是跟我过不去，我就要拒绝接受你的礼物了！”

这一次主人只好闭上嘴，摊开双手，无可奈何地强迫自己缄默不语。萨姆德谢赫静默了一会儿，肯定主人已服从了他，便清了清嗓子说道：

---

① 阿舒拉节在伊斯兰历元月十日。原为犹太教的赎罪日。622年穆罕默德由麦加迁往麦地那后，该日定为斋戒日，次年改为自愿斋戒日。穆斯林视该日为神圣日。680年侯赛因于该日被倭马亚朝骑兵所杀，故又成为什叶派纪念侯赛因的哀悼日，后发展为阿舒拉节。

"让我们首先为万民爱戴的人类之主[①]进行祈祷吧。"

主人诚心诚意地祈祷着：

"愿真主赐福给他，并使他平安!"[②]

"我赞赏你的父亲，他是值得赞赏的。愿真主宽厚地怜爱他，让他住进寥廓的天堂。当初他就坐在你现在坐的这个位置上，你父亲一直是缠着头巾的，你却换成了红毡帽，此外，你们父子俩一点区别也没有。"

"祈求真主宽恕我们!"主人脸带笑容低声说道。

谢赫打了一个呵欠，连眼泪都挤出来了，然后继续祈祷：

"我祈求真主保佑你的子女亚辛、海迪洁、法赫米、阿依莎、凯马勒以及他们的母亲万事如意、信仰虔诚，阿敏[③]!"

主人在很久以前要求谢赫给两个女儿画符时，曾把她们的名字告诉过他。尽管如此，听谢赫提到海迪洁和阿依莎的名字，他的心里总有一种很不是滋味的感觉。谢赫念到她们的名字，这既不是第一次，也不会是最后一次。可是，内眷的名字在家庭之外被人反复提及总是不合情理的，哪怕是穆泰瓦里谢赫，也在他心里产生反感。但这种不愉快的感觉一会儿就消失了，他喃喃地祈祷着：

"阿敏，全世界的主啊!"

谢赫叹了口气，说下去："我祈求大恩大惠的真主，让我们的阿拔斯先生得到哈里发的一支看不见首尾的大军的支持，回到我们身边来。"

"我们祈求真主，这对真主是易如反掌的。"

---

① 这里指伊斯兰教创始人穆罕默德。

② 穆斯林每提到穆罕默德的名字时，就要诵读这句祷词。

③ 原义为"真诚"。伊斯兰教徒祈祷完后均应诵此词，表示"主啊！你答允我们的祈求吧"。伊斯兰教认为诵此词是一种"圣行"。"阿敏"即基督教的"阿门"。

谢赫提高嗓门，又愤慨地诅咒道：

“让英国佬及其走狗遭到可耻的失败，从此一蹶不振。”

“愿我们的主把他们全部消灭。”

谢赫忧心忡忡地摇着头，悲哀地说道：

“昨天我在莫斯基走着，两个澳大利亚士兵拦住我，向我索要东西，我没有办法，只好把所有的口袋都翻过来给他们看，把身边仅有的一个老玉米给了他们。一个士兵接过去，把它当做球一脚踢开了，另一个士兵抢走我的缠头布，又解去我的头巾，把它撕裂后扔在我的脸上。”

主人使劲忍住笑，为了遮掩，还故意扯大嗓门，愤愤不平地嚷道：

“愿真主诅咒他们、毁灭他们吧！”

“我把双手伸向天空，大声呼唤：‘威力无比的主啊，摧毁他们的民族吧，就像他们撕毁我的缠头巾一样。’”谢赫的故事总算讲完了。

“真主会接受我们祷告的。”

谢赫向后一靠，闭目养神。主人笑容可掬地注视着他的脸。过了一会儿，他睁开眼睛，换了一种语气，声音平静地与主人开始了新的话题：

“阿卜杜·嘉瓦德的儿子艾哈迈德啊，你是个多么高尚、侠义的人呀！”

主人满意地微笑着，低声说：

“求真主宽恕我，阿卜杜·萨姆德谢赫……”

谢赫抢过来说道：

“你先别忙，阿卜杜·嘉瓦德的儿子！像我这样的赞扬只是开场白，接下来我就要说真话。”

主人的眼睛里闪现出专注和警惕的神色，喃喃自语道：

“愿真主仁爱我们！”

谢赫用骨节变了形的食指点着主人，威吓似的质问道：

“你说什么？你是虔诚的信徒，怎么这样好色呢？”

主人对他的率直已经习以为常了，对他的指责不但没有不快，反而笑着说道：

“我有什么呢？真主的使者不是也说他爱香料和女人吗？”

谢赫对主人的这种逻辑很不以为然。他板起脸，噘着嘴，反驳道：

“阿卜杜·嘉瓦德的儿子，准许的当然不是禁止的①，结婚不同于乱搞。”

主人两眼茫然地望着前面，郑重其事地申辩道：

“我心里向来不愿意侵犯良家妇女的贞操或者冒犯别人的尊严，赞颂真主，我做到了这一点。”

谢赫两手拍着膝盖，毫不客气地指责道：

“完全站不住脚的理由，只有信仰不坚的人才找这种借口。淫乱是受诅咒的，即使是狎妓也一样。你父亲，愿真主怜爱他，他好女色，先后结了二十次婚，你为什么不走他的老路，偏要去干这种罪恶的勾当呢？”

主人听了哈哈大笑，说道：

“你是真主的圣徒，还是合法的全权证婚人？我父亲生育能力极差，所以才老是结婚。他虽然只生了我一个，但他的家产，除了他生前合法开销中挥霍掉的外，留下的临死时被他四个老婆分去了大半，余下来才是我的。我是有三个儿子和两个女儿的人，决不能由着自己娶那么多老婆，把真主恩赐给我的钱财挥霍掉。你别忘了，穆泰瓦里谢赫，今天的歌女就是过去

---

① 伊斯兰法理学将人的行为分为五大类：必须做的（法律命人为之，理应遵守，违背者受罚）、可嘉的（法律劝人为之，遵守者获赏，违背者不受罚）、准许的（法律上无关紧要，不获赏也不受罚）、受谴责的（道德上不允许但未违法，只受谴责，不受惩罚）、禁止的（法律上明令禁止的、犯禁者应受惩罚）。

的婢女，真主允许合法买卖婢女的。不论过去还是将来，真主都是宽恕的、仁慈的。”

谢赫长叹一声，左右晃动着上半身，叫嚷道：

“阿丹①的子孙们哪，你们真是巧舌如簧，能把坏事说成好事啊！凭真主起誓，阿卜杜·嘉瓦德的儿子，要不是出于爱护你，你这种陷于女色不能自拔的人，我是不屑搭理你的。”

主人摊开双手，笑嘻嘻地说道：

“真主啊，你答应吧。”

谢赫愤然大声嚷道：

“你要不是这样嬉皮笑脸，你是个最完美的人！”

“完美只属于真主。”

谢赫看着他做了个手势，仿佛是说“我们不谈这个吧！”接着，他又用预审官的口吻，咄咄逼人地问道：

“那么酒呢？……你有什么可说的？”

主人的情绪顿时低落下来，眼睛里流露出不安的神情，一声不响了。谢赫见他哑口无言，心里大快，得胜似的叫道：

“酒难道不是禁止的吗？真心顺从真主、热爱真主的人怎么能不弃绝它呢？”

主人好像大祸临头似的，连忙辩解道：

“我是多么真心顺从真主和热爱真主啊！”

“光凭嘴说，还是用实际行动？”

---

①《古兰经》故事人物，被称为安拉的六大使者之一。据载系安拉以土造化的第一个人，为人类的始祖。六大使者是阿丹、努哈、易卜拉欣、穆萨、尔撒和穆罕默德。

尽管回答是现成的，但主人还是慢慢吞吞地思考着不答。他像那些几乎无法静下心来的人一样，不习惯进行自思或反省。他的思想只有在外界事物——男人、女人以及现实生活中的某种因素刺激下才会活跃起来。他完全沉浸在生活的洪流中随波逐流，除了洪流表面映照出来的自己的形象外，对自己就什么也看不到。尽管他已经四十五岁了，但追求生活的激情未减，依然有着血气方刚的青年人才有的那种充沛的精力。因此，他的生活里集中了种种矛盾，表现为时而是个虔诚的崇拜者，时而是个堕落者。生活虽矛盾，却令他满意。这种矛盾既没有什么个人哲学为依据，也不像别人那样故意做作，而是出自他特有的本性。他的行为里体现出他心地善良、动机纯洁和做任何事情的诚实态度。他的胸中从未掀起困惑彷徨的狂飙，倒是十分心安理得。他的信仰是坚定的。诚然，这种坚定的信仰是继承了家风，他个人没有下过什么功夫。不过，他感觉敏锐、心地善良、为人真诚，这些使他具有一种高度敏感的辨别力，使他避免盲目的模仿，不固守出于单纯的希望或畏惧而奉行的某些宗教仪式。总而言之，他的最显著的特点是信仰广博而纯洁的爱。凭着这一点爱，他履行着真主规定的一切义务：从挚爱、热情、愉快地做礼拜、把斋和纳天课[①]，到养成光明磊落的心地、博爱众生的胸襟、豪爽侠义的精神，使他成为人们喜欢亲近的朋友，他们争相从他那儿得到珍贵的友谊。凭着充沛的精力，他敞开心怀追求生活的享受，贪婪珍馐美味，嗜好琼浆玉液，沉湎于女色之中。他尽情地享受这一切，心里很轻松没有任何犯罪的感觉，连一丝不安的疑虑也没有。他真正地体验了生活赐予他的一切，仿佛生活的权利和真主的要求在

---

① 伊斯兰教五功（念功、拜功、斋功、课功、朝功）之一。伊斯兰教法定的施舍。即“奉真主命而定”的宗教赋税，又称“济贫税”。该教规定：教徒资财达到一定数量时，每年应按规定税率纳课，它是必须遵行的“天命”。

他内心里没有冲突。他有生以来任何时候都没有感觉到自己已远离真主或即将面临真主的惩罚，他总是心安理得。

难道他一个人身上有着双重的人格？还是因为他认为真主是宽宏大量的，不相信真主会真的禁止寻欢作乐，即便是禁止，也会宽恕那些没有伤害他人的罪人？他可能是用自己的心灵和感觉来接受生活的，而不去加以思考和审视。他发觉自己有着强烈的本能冲动：这种冲动一部分引导他归向真主，以崇拜真主来满足；另一部分促使他追求享乐，使他纵情声色。他在自己的心里理直气壮地将这些搅和在一起，没有因为它们的不相容而痛苦。只是面对这位穆泰瓦里·阿卜杜·萨姆德谢赫的批评压力，他才不得不考虑作出辩解。在这种情况下，他发觉扪心思过比受谴责更为难受。这并不是说他对自己在真主面前受指责毫不在乎，而是因为他根本不相信自己会被指责，或者说他根本不相信不伤害任何人的寻欢作乐会真的惹怒真主。然而思过一方面使他厌烦，另一方面也暴露出他对宗教知识的贫乏。因此，他对谢赫挑衅地提出的“光凭嘴说，还是用实际行动”这个问题感到棘手，只好用掩饰不了的窘迫的口吻回答：

“嘴巴与行动一起来。我做礼拜、把斋、纳天课，无时无刻不在想着真主。此外，我找一点既不伤害任何人，又不耽误功课的娱乐，来放松一下自己这也违反禁令？”

谢赫双眉往上一挑，闭上双眼，表示不以为然。过了一会儿，他才咕哝道：

“真是个强词夺理的人！”

闷闷不乐的主人突然变得像往常那样兴高采烈。他豪爽地说道：

“真主是仁慈、宽恕的，阿卜杜·萨姆德谢赫！我永远不能想象至高无上的真主会发怒或恼恨，即使他的惩罚也是一种无形的仁慈。我在真主面前贡献出热爱、顺从和忠诚。要知道，做一件好事得十倍的报偿①……

“那么，计算一下你所做过的好事，你倒是有利可图了！”

主人一边暗示嘉米勒·哈姆扎维去把送给谢赫的礼物拿来，一边高兴地夸道：

“凡事依靠真主，这是不错的。”

嘉米勒·哈姆扎维拿来一大包东西，主人接过来递给谢赫，笑着说道：

“祝你健康……”

“愿真主赐你富裕的生活，求他宽恕你。”谢赫接过包袱说道。

主人低声应道：“阿敏。”然后微笑着问道，“我们的谢赫，你难道从未做过有利可图的好事？”

“愿真主宽恕你，你是一个慷慨的好心人。借此机会，我要警告你不要过分慷慨大方，因为它不符合商人惟利是图的宗旨。”谢赫哈哈大笑着说。

“你是让我收回礼物？”主人诧异地反问道。

谢赫站起身，说道：

“给我的礼物不违背那个宗旨，你从其他礼物开始吧。阿卜杜·嘉瓦德的儿子，再见，愿真主保佑你。”

谢赫快步离开店铺，转眼不见了。主人沉思了一会儿，心里琢磨着方才和谢赫的争论，然后举起双手，祈求真主，咕哝道：

“真主啊，你宽恕我过去和今后的一切罪过吧！真主啊，你确实是宽恕和仁慈的。”

---

①《古兰经》经文说：“行一件善事的人，将得十倍的报酬；做一件恶事的人，只受同样的惩罚；他们都不受亏枉。”见第六章第160节。

# 八

晡时[①]，凯马勒夹在小学生拥挤的人流里，离开了海利勒·阿加学校。学生们把路堵得水泄不通，但不一会儿就各奔东西了。有的前往德拉赛区，有的去新马路，还有的走向侯赛因大街。这时，一些小贩提着满筐的果仁、花生、椰枣和糖果，在学校前面的岔路口上拦住了学生们，一群群的学生把他们围成了一个个圈。此外，为怕学校惩罚而将矛盾憋了整整一天的那些学生，此刻就在马路上打起架来。凯马勒很少卷入这种斗殴，他在这所学校已经读了两年书，也许还没打过两次架。这倒不是因为他不和别人闹矛盾，其实他和同学间失和也不少。这不是因为他憎恨动武，而是他不得不避免打架，为此他深感遗憾。因为，这所学校大多数学生的年龄比他大，使得与他差不多年龄的同学在学校里成了少数可欺的对象。这些同学超过了十五岁，有的甚至快满二十岁，留起了小胡子。他们一个个神气活现，到处逛荡，老找穿着短裤的低龄学生的碴。这些大龄学生，有的无缘无故地在学校操场上拦住凯马勒，一把抢过他手中的书，像抛球一样把它扔得远远的；有的抢走他的糖果，不管他是否同意就塞进自己的嘴里，一面还

① 又称申时，即下午三点钟到五点钟的时间。

若无其事地继续与别人谈话。发生这样的事，他也想动手打上一架，但一想到后果便只好忍气吞声了。直到有一次一个年龄小的同学招惹了他，才如愿以偿地打了一架。他挥拳向对方冲过去时，发觉自己被压抑的对抗情绪得到了发泄，恢复了对自己力量和勇气的自信。不过打架或者受欺侮，都算不上他受到的最大侮辱。除此以外，他时常有意无意听到一些谩骂和侮辱，其中有些他听得懂的，便小心提防；有些他不明白的，回到家里就无意识地学说一遍，这就掀起了轩然大波，被告到学校教导主任——他父亲的朋友那里。最倒霉的是，在他仅打过两次架中，第二次的对手竟然是德拉赛区远近闻名的流氓家庭的孩子。打架的第二天下午，他发现一帮小伙子手持长棍气势汹汹地站在校门口等他。当与他打过架的那个孩子对他指指点点，让那帮人注意他时，他知道大事不妙，拔腿逃回学校，向教导主任求援。教导主任企图说服那些人不要打架，但那些人满口秽言恶语，他只好喊来警察，把凯马勒送回家里。同时，教导主任又到艾哈迈德的店铺里，把威胁他儿子安全的事情告诉了他，劝他用忍让的态度灵活地处理此事。主人便请出一些他熟悉的德拉赛区的商人，到对方家去为他讲情。就这样，主人借助他闻名的豁达大度和与人为善的美德终于化险为夷，使对方不仅原谅了凯马勒，还许诺像对待自己儿子一样保护他。当天，他又派人给对方送去礼物。凯马勒虽然逃过了流氓的棍棒，但他逃过一劫还有一劫，父亲的棍子打在他的腿上，起到了没有打着他的那几十棍的作用。

凯马勒离开了学校。宣告一天学习结束的铃声使他感到无比的高兴，这些天他从未这样高兴过。学校大门外可以尽情呼吸的自由空气，并不能拂去最后一节课——他所喜爱的宗教课在他心中留下的深刻印象。这一天，谢赫给学生诵读“你说：‘我曾奉到启示，有几个精灵已经静听……’”这一节[①]，并作了解释。凯马勒聚精会神地听着讲解，不止一次地举手询问自己搞不明白的地方。由于他听课时全神贯注，《古兰经》有关章节又背得滚瓜烂熟，谢赫对他另眼相待；对他的问题来者不拒，这是其他学生很难得到的。谢赫对他大谈特谈精灵及其种类，尤其提到精灵中有的皈依了伊斯兰教，将和他们的人类兄弟一样，最后能进入天园。凯马勒将谢赫说的每一句话都牢牢记在心里。直到这个时刻，他穿过马路向对面的贝斯布赛[②]商店走过去时，心里反复回味着课上的内容。他酷爱宗教，知道不能自己学了就算完事，还有责任回家后把理解的讲给母亲听。自从进私塾后，他就已经习惯这样做了。他向母亲讲述自己学到的知识，母亲根据儿子的讲述，重温以前从父亲——一个爱资哈尔[③]谢赫——那里学到的知识。母子俩反复温习宗教知识后，儿子让母亲背诵她以前未曾背过的《古兰经》章节。这时，凯马勒走进商店，伸出小手递上他从早晨放到现在的几个米里姆[④]，愉快地接过一块果仁酥。只有在这种美妙的场合，他才会感到如此高兴，他会浮想联翩，梦想有朝一日自己成为一家糖果店老板，这不是为了卖糖果，而是为了能吃个痛快。他一边吃一边哼着歌在侯赛因大街上走着。此时，他忘却了自己被关了一整天，不能随便活动，更谈不上游戏玩耍了，脑袋时刻处在老师教鞭的威胁之下。尽管如此，他并不完全讨厌学校，因为他在学校里是出类拔萃的——这多亏了哥哥法赫米，总能得到夸奖和鼓励，而在父亲面前却一丁点儿好话也听不到。

路过一家香烟店时，他在商店招牌下面站住了，两只小眼睛盯着那幅

---

① 见《古兰经》第七十二章第1节。

② 这是一种阿拉伯人十分喜欢的糖块，里面加果仁（核桃、杏仁等），用糖整块制成，然后切成小块出售或食用；这里是商品名，下面译成“果仁酥”。

③ 即埃及的爱资哈尔大学，伊斯兰教的最高学府，创办于公元972年。

④ 埃及钱币单位，每埃镑合一千个米里姆。

彩色广告画。这已经成了他每天这个时候的习惯。画上画着一位美女斜靠在睡椅上，红艳艳的双唇间叼着一支冒烟的香烟，一只手臂撑在窗沿上，拉开的窗帘外面是椰枣林田野和尼罗河的支流。凯马勒在心里把画上的女人称作“阿依莎姐姐”，因为她们两个人很相像，都是金黄的头发和碧蓝的眼睛。他虽然还不到十岁，但是对画中的美女的爱已经超出了他这个年纪的感情。他多么希望这个漂亮的姑娘能活起来，多么想能在一间舒适的房间里与她共享美满的生活，为她，不，为他俩有一种田园风光：有大地，有椰枣林、有流水、有蓝天，他要在青翠的郊野里唱颂歌，他要乘着画面角上那影影绰绰的小舟在尼罗河上畅游，他要摇落椰枣树上的果实，坐在美女面前尽情欣赏她那迷人的眼睛。他不如两个哥哥长得仪表堂堂。也许一家人中，只有他像姐姐海迪洁，把母亲的小眼睛和父亲的大鼻子拼凑在一张脸上。他是完全继承了父亲的大鼻子，海迪洁的鼻子多少还秀气点。他的脑袋很大，前额明显突出，使他的小眼睛显得很深凹。不幸的是，他的这副模样总惹人嘲笑。有个同学称他“双头人”，于是他勃然大怒，发生了一场殴斗。这就是他有一次打架的缘由。事后，他心中还忿忿不平，回家后把心中的烦恼向母亲诉说了。母亲也为他的烦恼难过，她劝慰他，强调说脑袋大的人聪明，先知穆罕默德就是大脑袋。他既然长得与真主的使者相像，难免招惹别人嫉妒。

凯马勒从抽烟女子的画上收回了心，继续向前走去，这一次是看见了侯赛因清真寺。这座清真寺的起源在他心里产生了无限的遐想和感情。侯赛因是先知的后裔，在他的心中占有至尊的地位，就像在他们一家人，尤其是母亲心中所占的地位一样。可是，他对侯赛因及其生平不甚了解；他对先知生平的知识，对了解侯赛因帮不了多少忙。他总是渴望听说侯赛因的事迹，并从这些最高尚的故事和最深厚的信仰中得到充实。这些事迹虽然已经流传了许多世纪，但是人们依然喜爱它，相信它，为侯赛因的悲壮牺牲而痛哭。侯赛因殉难的传说中最离奇的是，据说这位殉难者的头颅从圣洁的躯体上砍下来以后，不愿就地安息，最终一尘不染地滚到开罗，在赞颂声中下葬。人们为他建立了陵墓。凯马勒多少次站在陵墓前浮想联翩，要是自己的目光能穿透陵墓，瞻仰到侯赛因端庄的遗容该有多好。母亲曾肯定地对他说，由于真主的喜爱，侯赛因的面容经久不变，保持着生前的风采和光芒，照亮着黑暗的墓穴。凯马勒发现自己无法实现愿望时，只好满足于凝神伫立，在冥冥之中进行倾诉，向侯赛因表达自己的爱，向他诉说由于想象到魔鬼而产生的烦恼和对父亲威胁的恐惧，祈求他保佑自己通过每三个月一次的考试。最后，他总是恳求侯赛因在他梦中显灵。凯马勒每天早晚都要路过侯赛因清真寺，这使他特别激动的心情稍许平静了一点，但是只要一看到这座清真寺，他就会为侯赛因诵念开端章，即使一天里路过多次也照诵不误。是的，他的习惯并没有消除他胸中梦想的快乐，清真寺高墙总会与他的心进行交流，高高的宣礼塔依然令他的心即刻产生共鸣。

他诵念着开端章走完了侯赛因大街，拐进哈纳·贾法尔大街，然后走向法官公馆大街。但是，为了不经过父亲的店铺门前，他不走纳哈辛大街径直回家，而是横穿广场，朝冷清得令人恐惧的洋红巷走去。父亲让他不寒而栗，即使是魔鬼出现在他面前，也不会比父亲大发雷霆时可怕。更使他苦闷的是，父亲老是逼着他放弃他喜爱的游戏和娱乐，对于这些严厉的命令，他没有一天是心服的。如果他老老实实地服从父亲的意愿，那就只好抄手盘腿坐着度过课余时间了。因此，他没法顺从那种蛮横强制的意愿，只要一有机会，不管是在家里还是在路上，他就偷偷地玩上一阵。除非他过分淘气和贪玩，惹得家里人讨厌，才把他的事告诉父亲，否则父亲什么也不会知道。有过这样一件事：有一天，他搬来一架梯子，要爬到屋顶平台那攀满常春藤和素馨花的棚架上去，母亲看到他悬在半空中，吓得惊叫起来，强迫他下来。事后她担心这种危险的游戏会闹出不堪设想的后果，便顾不得父亲的严厉态度，把这件事情告诉了父亲。父亲立即把他叫去，命令他伸出两腿，用手杖朝他腿上就是一顿痛打，任凭他哭喊得全家都能听见。当他步履蹒跚地走出房间时，看见哥哥姐姐都在大厅里忍俊不禁，只有海迪洁没笑，她用手扶着他，在他耳边轻声说道："你真是讨打……怎么能爬棚架呢？都快碰到天啦！难道你以为自己是齐柏伦飞艇？"不过，除了这类危险的游戏，母亲总是袒护他的，随便他怎么玩。每当想起父亲的态度前后判若两人，他就感到十分奇怪。不久以前，他还很小的时候，父亲对他是那么和蔼可亲，总逗着他玩，不时给他买各种糖果。他总也忘不了割礼[①]那一天是怎么度过的。虽然十分可怕，但父亲对他关怀备至，巧克力和新衣服摆满了整个房间，使他完全沉浸在父亲的怜爱之中。后来，一切很快都改变了，严厉代替了爱抚，呵斥取代了说笑，打骂替换了逗乐，以致连割礼本身也成了恐吓他的手段。在很长一段时间里，他晕头转向，还真以为他们能把割去的包皮重新接到剩余的部分上！他对父亲不仅仅是害怕，同时还怀有敬意，敬意丝毫不少于害怕。父亲强壮魁梧的身体、威严的外表和做工讲究的服饰，使他崇拜父亲，相信父亲无所不能。或许是母亲谈到自己丈夫时的敬畏之情影响了他，使他不能想象世界上有谁能在力量、威严、财富方面与父亲相比。说到爱，家里每个人对父亲的爱几乎到了崇拜的地步。由于环境的影响，这种爱也沁入他小小的心灵，不过它一直是深藏在因恐惧而关闭着的心扉里的一颗宝石。

① 割礼原是犹太教的一种宗教仪式，在男婴诞生后第八天，割去外生殖器上的包皮。以后伊斯兰教亦有此俗，但放在男孩童年时举行。

黑洞洞的洋红巷拱廊越来越近了，那儿是魔鬼夜间嬉戏的场所。但为了绕过父亲的店铺，他宁愿走这条路。他一踏进拱廊，就大声诵念：“你说：他是真主，是独一的主!”① 声音在黑咕隆咚的拱形顶板下回荡。他的目光向远处望去，拱廊出口处透进路上的光亮。他加快步伐，嘴里反复诵念着经文，驱逐他心里想到会显现的魔鬼。用诵念《古兰经》来护身，魔鬼就无可奈何了。然而父亲发起火来，他即使背诵整部《古兰经》也无济于事。他穿过了拱廊，来到洋红巷的另半段，望见了巷口外两宫间街和哈马姆·苏尔坦门，接着映入眼帘的是自家住宅的墨绿色阳台和装有青铜门环的大门。想到家里有多少乐趣在等待着他，他立即喜笑颜开了。过不了多久，邻居家的孩子会一个个跑到他家宽敞的院子里，院子里有几间屋子，中间一间是厨房，他们会吃着烤白薯尽情玩耍。这时，一辆公交马车缓缓地驶向两宫间街，他灵机一动，想出一个淘气的主意。他立即把书包往左边腋下一夹，跟在马车后飞奔一阵，然后纵身一跃，上了马车的后踏板。但是，卖票的没让他高兴多久，马上来到他面前让他买票，并用怀疑和锐利的目光盯着他。凯马勒恳求说，车子一停就下去。卖票的气呼呼地转身大声招呼赶车人把车子停下。凯马勒趁机踮起脚，冷不防掴了卖票的一记耳光，一跃而下，飞也似的跑开了。身后传来了卖票员恶狠狠的像密集的石块一样的叫骂声！这个恶作剧并非事先想好的，也不算他的拿手好戏，只不过是早晨看见一个孩子这样干过，觉得有趣，便也来模仿一下。

① 见《古兰经》第一一二章第 1 节，穆斯林认为诵读此章可以避邪驱恶。

# 九

日落之前，除父亲外，全家人聚集在一起喝咖啡。他们把这叫做“家庭咖啡会”。地点选在底楼大厅。大厅周围是孩子们的卧室和客厅，还有一个小房间是书房。大厅里铺着几张五颜六色的席子，墙边放着几只带坐垫的有扶手的大沙发。天花板上吊着一只大灯托，里面点着一盏汽灯。母亲坐在中间的沙发上，面前放着一只大火盆，已经燃成灰的炭火里半埋着一把咖啡壶。右边是张小桌子，上面放着一只黄色盘子，里面放着几只杯子。孩子们都坐在她的对面。现在，不论是可以和她共饮咖啡的亚辛和法赫米，还是按照风俗习惯不能喝咖啡的两姐妹和凯马勒，都陪着她在聊天。这是一家人最幸福的时刻，他们享受着天伦之乐，体验着闲聊的情趣，在母亲的羽翼下赤诚相爱、亲密无间。他们有的盘腿坐着，有的靠在沙发上，显得轻松、舒适。海迪洁和阿依莎总是催着大家快喝咖啡，以便用他们的杯子给他们看相。亚辛一会儿侃侃而谈，一会儿看民间故事集《两个孤女》。这个青年人常常在空闲时间阅读小说和诗歌。在当时，有小学程度已经相当不错了，所以他并不感到自己学历低。他看书只是为了消遣，喜欢诗韵和简洁的写法。他那肥硕的身体穿着宽敞的大袍，犹如一只巨大的皮囊，但他的体态和他的相貌由于年岁的关系，显得并不矛盾：圆头圆脑的棕色的脸盘上长着一双动人的黑眼睛和两道浓密的一字眉，还有两片性感的嘴唇。他虽然不满二十一岁，浑身上下却充满血气方刚的男子汉气概。凯马勒紧挨亚辛坐着，不时地听哥哥讲一则奇闻轶事，以满足他每天这个时候都会有的强烈的渴望心情。每当他缠着亚辛的时候，他不会顾及哥哥的不耐烦。可是亚辛会很快把他晾在一边，不是和别人谈话，就是埋头看自己的书。凯马勒问急了，有些问题还能回答，他便不时应付几句，还有一大堆新问题，他就无法回答了。亚辛读书入了迷，书本给了他神奇世界的钥匙。凯马勒用羡慕和苦闷的目光凝视着哥哥，他不能读小说心里是多么难过啊！一本书在他手里，他可以随意翻动，却不能理解其中的内容，不能让它把自己带入一个神奇的梦幻世界，他有多么苦恼啊！亚辛激发了他的幻想，给他带来了种种快乐，但也使他的饥渴得不到满足而备受折磨。他常常仰望着哥哥急切地问他："后来怎么样了？""你别老缠着问啦！别心急，今天不讲了，明天讲吧。"哥哥得意地回答他。没有什么比拖到明天更令人难过的了，明天这个词，在他脑海里是和悲伤联在一起的。他常常在席散之后走到母亲跟前，希望母亲能告诉他后来怎么样了，但是母亲不知道《两个孤女》的故事，更不知道亚辛看的其他小说。她只是不愿自己的回答让儿子失望，于是便把能记得的那些强盗和魔鬼的故事讲给他听。他的想象力渐渐地转到这些故事上，精神上得到了慰藉。在这种"家庭咖啡会"上，凯马勒有被家人们忽视、遗忘的感觉是不足为奇的。几乎没有人注意到他，他们都在没完没了地交谈。为了吸引大家对自己的注意，哪怕是短暂的几分钟也好，他不惜编造谎话。当大家谈兴正浓时．他会大胆打断别人的谈话，仿佛突然想起了一件惊人的大事，放机关枪似的尖声叫道：

"今天我回家时碰见的事情真叫人忘不了！我看见一个男孩跳上公交马车的后踏板，掴了卖票的一记耳光就飞快地跑了。卖票员追上去，一把抓住他，使出浑身力气朝孩子的肚子上踢……”

他转动着目光扫视着大家的脸庞，看看自己的话有什么反应。他看见大家一点兴趣也没有，还是若无其事地继续谈话。不过，他看到母亲刚想转过头来听他讲，阿依莎就伸出手扳住她的下巴，让她把脸转回去。他看见亚辛虽然还在低头看书，嘴唇边却浮现一丝嘲讽的微笑。于是，他的牛劲上来了，大声嚷叫道：

“孩子倒下了，身子扭曲着，人们围过去看时，他已经断气了。”

母亲把杯子从嘴边移开，惊叫道：

“啊，可怜的孩子！你是说他死了？”

看到母亲对他的故事颇感兴趣，他高兴极了，宛如一个绝望的进攻者，在固若金汤的城池里发现了一个薄弱点。他说：

“真的死了，我亲眼看见的，血汩汩地流出来……”

法赫米用嘲弄的目光盯着他，似乎在对他说：“这种故事我可以说上许多。”然后他冷言问道：

“你不是说卖票员踢在他的肚子上吗？那么血是从哪儿流出来的呢？”

吸引母亲注意后，他双眸闪烁着的胜利光芒，此时立刻暗淡下来，取代的是慌张和气恼。但他的丰富想象力解了他的围，双眼又放出光彩：

“当卖票员踢孩子的肚子时，孩子仰面倒下，摔得头破血流！”

“或许血是从嘴里流出来的。身上没有伤，血也会从嘴里流出来的。你不必担心，像往常一样，这种胡编乱造的新闻怎么解释都可以。”亚辛说这话时眼睛并没有离开《两个孤女》。

凯马勒抗议哥哥说他胡编，他发誓赌咒说这是真事，但他的抗议声淹没在一片男女粗细嗓音的喧闹声中。海迪洁爱好讥讽的天性又发作了，她说道：

"在你嘴里死的人可太多了。倘若你说的这些新闻都是真的，那么，纳哈辛街区的人就没有活的了……如果我们的真主为这些新闻跟你算账，看你有什么话可说?"

凯马勒对海迪洁总是有战胜她的办法。他像往常一样，一遭到她的挖苦，便以她的大鼻子进行报复：

"我就对真主说：一切都怪我姐姐的大鼻子!"

"你我都是彼此彼此，咱们还不是一样的倒霉!"海迪洁笑着说。

"说得不错，妹妹!"亚辛接口道，但他一见海迪洁扭过脸准备向他发难，便赶紧放出软话，"我惹你生气了，干吗呢?我不过是公开支持你的意见……"

"在揭别人短处时也该先想想自己!"海迪洁恼怒地说。

亚辛装出一副为难的样子，抬起眼睛，低声咕哝道：

"凭真主起誓，再大的缺陷也比不了这个大鼻子。"

法赫米装作不以为然的样子，从他的语调上表明他已加入了进攻方的行列：

"哥哥，你说什么?你是说鼻子还是在说罪过?"

法赫米很少参加这样的争论，所以亚辛对他的话表示出很大的热情，说道：

"两样都有。你想想，将这位新娘介绍给倒霉的新郎的人，他该负什么罪责!"

凯马勒捧腹大笑，声音像断断续续的哨音。母亲不忍心女儿成为众矢之的，便想把话题拉回来。她平静地说道：

"别胡扯了，你们的话太离题了。刚才我们在谈论凯马勒先生的消息是真是假，既然他已发了誓，我想就不必怀疑了。对，凯马勒决不会发假誓的。”

凯马勒复仇的快感立即烟消云散。尽管哥哥姐姐们还在不时地开着玩笑，但是他已经心不在焉了。他和母亲会意地交换了一下眼色，然后就独自忧郁地陷入了沉思中。他知道发假誓的严重后果，它会激怒真主和众圣人①。他热爱侯赛因，以侯赛因的名义发假誓尤其使他不安。但是，他发现自己常常处于今天这样的窘境，不发假誓就过不去，他便身不由己地陷了下去。不过，他并没有把这不当一回事，每当想到自己的罪过，总是忐忑不安。他真想把过去的罪过连根清除，重新开始新的、纯洁的一页。他想起了侯赛因，似乎自己站在高耸入云的宣礼塔下恳求侯赛因原谅他的过失，他感到自己犹如那敢于以不可宽恕的恶作剧亵渎敬爱的侯赛因的人一样，颜脸扫地。他整个身心都沉浸在祈祷之中，过了良久才慢慢清醒过来，注意周围的一切，留心听他们的谈话。有的话是老生常谈，有些说的是新鲜事儿，只有很少几句话引起他的注意。谈话中间几乎少不了重提家中远远近近的一些往事和左邻右舍的悲欢离合故事，也谈两个哥哥在威严的父亲面前的种种窘态。海迪洁在开玩笑和幸灾乐祸中重新进行描述和分析。从这些和那些的事情中，凯马勒的脑海里汇聚了一些奇怪的知识。这种知识的构成，受到两个人——海迪洁的尖酸刻薄和母亲的宽厚慈祥的影响。最后，他注意到法赫米对亚辛说：

“兴登堡②最近这次进攻极为重要，不排除它会决定这场战争的胜负。”

亚辛对弟弟的期望有同感，但他十分平静，显得无所谓。其实，他同

---

① 圣人分四个等级：至圣、大圣、钦圣、列圣。至圣专指穆罕默德一人。

② 兴登堡（1847—1934），第一次世界大战期间的德军元帅、东线司令官，1925 年被选为总统，1932 年连任。

样盼望德国人获胜，这样土耳其可以沾光，恢复哈里发国家[1]昔日的荣耀，阿拔斯和穆罕默德·法里德[2]可以返回祖国。但是这种种愿望丝毫没有占据他的心，只是闲谈时偶尔想到。他点点头说道：

“转眼过去四年了，我们还在重复这句老话……”

“任何战争都有个结束，这场战争也一定会结束，我认为德国人不会战败！”法赫米满怀希望，十分关切地说道。

“这就是我们祈求真主实现的事情。但是，一旦我们发现德国人像英国人所说的那样，你说该怎么办呢？”

这一问点燃了法赫米的怒火，他提高嗓门说道：“要紧的是我们要摆脱英国人的魔掌，恢复哈里发国家昔日的尊严，到那时我们会找到出路的……”

“你们为什么喜欢德国人呢？他们老派齐柏伦飞艇来我们这儿扔炸弹。”海迪洁插嘴质问道。

法赫米像往常一样，强调德国人扔炸弹不是炸埃及人，而是炸英国人。话题又转到了齐柏伦飞艇上，他们谈论飞艇的体积、速度和威慑力量，一直到亚辛从座位上挺身站起来，回到卧室穿衣服准备外出消夜。不一会儿，亚辛穿戴整齐回到大厅，衣冠楚楚、仪表堂堂。他那魁梧的身体、成熟的男性的气质和络腮胡子，使他显得比实际年龄大得多。他和大家打过招呼就走了。凯马勒用羡慕的眼光目送亚辛出门，十分眼红他可以自由活动。

---

① 指土耳其人建立的奥斯曼帝国。1517 年，埃及成为奥斯曼帝国的一个省，由土耳其驻埃及省督（帕夏）执政。1805 年 5 月 13 日，穆罕默德·阿里被拥立为埃及省督，从此开始了穆罕默德·阿里家族的统治。1914 年阿拔斯二世被英废黜后，埃及人都希望借助土耳其的力量让他复位。

② 穆罕默德·法里德（1868—1919），埃及民族运动的领袖之一。1908 年当选为祖国党主席。1912 年起被迫流亡欧洲和土耳其。

他注意到大哥自从当上纳哈辛学校的文书以来，出入家门就没有人过问了，他可以随心所欲地在外消夜，什么时候回来都行。这有多么美妙和幸福啊！来去自由，夜里可以玩到任何时候，完成学业后可以只读小说和诗歌，这样的人有多么幸福啊！突然，他向母亲提了一个问题：

“我工作以后也可以像亚辛那样晚上出去吗？”

“你现在就梦想到外面去消夜是不对的！”母亲微笑着回答。

“可是，”凯马勒不服气地大声说道，“爸爸晚上到外面去消夜，亚辛也这样。”

“你赶快长大吧，”母亲为难地扬起眉毛，低声应付道，“等你长大后成了职员，到时真主自然会指点你的！”

凯马勒迫不及待地问道：

“为什么我不能在三年后就到小学里做事呢？”

“不到十四岁就做事？”海迪洁嘲讽他，“要是你在工作时尿了裤子怎么办？”

没等凯马勒反击姐姐，法赫米就轻蔑地说：

“你这头蠢驴！为什么不想到像我一样进入法学院呢？亚辛是迫不得已才这样的，他二十岁小学毕业，不然他会继续念书的……你不知道自己想的是什么呀？没出息！”

# 十

法赫米和凯马勒来到家里平台上的时候，即将落山的太阳变成了一只软软的、没有生气的发白的圆球。它的热情冷却下来，火焰熄灭了，爬满了素馨花和常春藤的屋顶花园沉浸在苍茫暮色中。兄弟两人走到平台另一边，那里没有棚架阻挡落日的余辉。他们来到围墙边上，紧挨着是邻家平台的围墙。十一月的天气，在傍晚时分已经是凉飕飕的。可是每天黄昏时，法赫米总是借口要在凉爽的空气中温课，带着凯马勒上这儿来。他让弟弟背靠着墙站在那里，自己站在他的对面，这样他就可以向前看见邻居家平台上的一切动静。这时，对面平台晒衣绳间出现了一位二十岁上下的姑娘，正在专心地把晒干的衣服收起来，放进一只大篮子里。尽管凯马勒像往常一样大声说着话，但是姑娘还是只顾埋头干活，仿佛不曾注意到这两个不速之客。法赫米经常这个时候上平台来是怀着一个愿望：希望邻家姑娘能有事上自家平台，或许他能赢得姑娘的青睐。但是，实现这个愿望并不是容易的。他的脸因过分兴奋而变得红彤彤的，心脏因意想不到的喜悦而怦怦直跳。姑娘来回走动着，根据她与绳子上晾着的衣服和米拉叶[①]之间的相

① 阿拉伯妇女穿在衣服最外面的长袍。

对位置，她的身影时隐时现，有时露出一部分另一部分被遮住。法赫米心不在焉地听着弟弟说话，一双眼睛不安地偷偷搜寻着姑娘的身影。

姑娘长得身材适中，皮肤白皙细嫩，一双乌黑的眼睛充满生气、活泼和热情。但是，无论是她的美貌，还是他跃跃欲试的情感和目睹了姑娘芳容的感觉，都不能消除他心中的不安。这种不安在她出现时还算一般，当他独处时却是十分强烈。产生这种不安的原因是她竟大胆地在他眼前走来走去，好像他不是一个像她这样年龄的姑娘应该回避的男人，或者说，她是一个在男人面前露面而不用顾忌的姑娘。他常常纳闷：她怎么不像海迪洁和阿依莎那样，遇到男人时惊恐地避开呢？这是个多么奇特的灵魂啊，它使她违背了传统的习俗和神圣的礼教！如果她显得缺乏少女的矜持和羞怯，哪怕他目睹了她而得到了无法用语言表达的兴奋，他的心能平静下来吗？……不过，他又千方百计替她寻找理由：他们是老邻居，她是独生女，或者还有两家关系非同一般。他不断用这些理由同自己的心灵讨论、争辩，直到使自己心悦诚服。既然他没有姑娘那样的胆量，就只好偷偷地向附近几家平台溜上几眼，确证没有人看见才放下心。因为一个十八岁小伙子偷看邻家闺秀，尤其是看穆罕默德·拉德旺先生这样好邻居的千金，这是一种丢尽颜面的行为。因此，他感到自己的行为很危险，害怕传到父亲的耳朵里就会大难临头，所以一直是胆颤心惊的。但是，爱情蔑视恐惧，这是自古以来就有的奇事，任何威吓也不能破坏爱情的产生，更不能从他梦想的爱河中硬将爱情赶走。于是，他继续注视着她时现时隐的倩影，直到晒衣绳上没有什么东西挡住视线后，她就和他迎面相对了。她的两只纤手忽起忽落，手指时屈时伸，慢慢悠悠地干着活，好像在故意拖延时间。他觉察到了这一点，心里既有怀疑又抱有希望。他非常快乐，但没有得意忘形到心飞向九霄云外，欣喜若狂。姑娘始终没有抬起眼睛瞅他一眼，不过她的神态、飞红的双颊以及躲闪的目光，都说明她强烈地感到他的存在，或者说他的存在已经引起了她的反应。

她显得文静、沉默，十分稳重，仿佛不是那个来他家拜访过他的姐妹、使整个家里充满欢声笑语的姑娘，不是那个让银铃般的笑声传遍屋子每个角落的姑娘。她来访时，他待在房门后面，手里拿着一本书，准备有人开门时就装作背书的样子。他全神贯注地倾听她的笑语。尽管她的声音混杂在其他人的声音中，但他能清楚分辨出来，几乎感觉不到其他声音的存在。他的注意力犹如磁石可以在各种杂物中单把铁吸引住一样。也许他在穿过大厅时瞥见过她的身影。也许他俩的目光在刹那间曾碰出过火花，足以使他心荡神迷，仿佛收到了一封生死攸关的情书，让他头晕目眩。他只不过偷看了几眼，她的面容便时时浮现在他眼前，印在他的心中。虽然那只是一闪而过偷偷地瞥了几眼，他却被她掳去了灵魂和感情。她那轻轻的一瞥，是那样勾魂摄魄，比那久久的对视和仔细端详还要有力量。那目光如同一道闪电，倏忽一现，满天通亮，强光炫目。他的心陶醉在一种奇妙的欢快之中，但悲哀的阴影总是尾随着他，就像伴随明媚春光而来的"五旬风"[①]那样。他一刻也忘不了完成自己的学业还需要四年时间，在这段时间里，真不知有多少人会伸出手去摘取这只成熟的果实。他父亲的铁掌卡着一家人的脖子。假如家里不是父亲制造的这种令人窒息的气氛，那他还可以寻到最简便的办法使自己安心，但他总是怕自己一旦吐露心声，就会遭到父亲严厉的训斥，从而使一切化为泡影。

他一边将目光从弟弟的头上飞越过去望着姑娘，一边在心里思忖：她脑袋里到底在想些什么？难道她真的一心收衣服，没有别的心思？难道她

---

① 埃及每年自三月中旬至五月上旬期间刮的季节热风，经常夹带风沙。

还没有觉察出是什么吸引他一个傍晚一个傍晚地伫立在这里？她的心里怎么看待他所采取的这种大胆的步骤呢？……他甚至想象趁着暮色跨过围墙走到她身边，想象着她可能产生的反应：或许她就是在等待他前去，见他过去后或许她会大惊失色地立即逃离。接着，他又想象这以后会发生什么事，想象着自己怎样向她倾诉衷肠，叙说思慕之苦，甚至还要嗔怪几句，紧接着的也许是拥抱和亲吻。但是，这些纯粹是幻想而已。由于受到教规和礼仪的束缚，他比谁都清楚这些幻想都是荒诞非礼、不可能实现的。现在平台上静寂无声，但是在静默之中却有一股电流，几乎不用舌头说话也能传情达意，以至凯马勒的一双小眼睛里也露出困惑不解的目光，仿佛在询问哥哥这样不同寻常地出神是什么意思？这激起了他的好奇心，但他想不出原因，终于他忍耐不住，提高嗓门说道：

“我已经背出了生词，你不在听我背吗？”

凯马勒这一喊使法赫米回过神来。他从弟弟手里接过词汇本，开始问他一些词的意思，凯马勒回答着他的问题。法赫米忽然看到一个绝妙的词，发现了一个能和她联系上的办法，便故意提高嗓门，询问这个词的意思：

“‘心灵’怎么背？”

凯马勒在回答，而他却从姑娘脸上寻找她对此词的反应。接着，他又大声询问：

“‘爱’呢？”

凯马勒有些慌乱，过了一会儿，用不满的声音说道：

“词汇本上没有这个词……”

“但我已经多次向你提到过这个词，”法赫米笑嘻嘻地说，“你应该记住了！”

凯马勒皱起眉头，仿佛要把两眉弯成弓去射住那个溜掉的单词。可是，哥哥不等他想出结果，继续大声问他：

“‘结婚’怎么背?”

此刻，他仿佛瞥见姑娘的唇边闪过一丝微笑，他的心急促而热烈地怦怦跳动，心里充满了胜利的喜悦，他终于把自己胸中燃烧着的热电传导给她了。不过他又暗自思忖：为什么要等说出“结婚”这个词她才有所反应呢？难道是她假装不理会前面说的两个词，抑或是她的耳朵首先听明白的是最后这个词？谁知道呢？……凯马勒对这种复习词汇不耐烦了，抗议地说道：

“这些词太难理解了。”

法赫米心里对弟弟这句天真的话深有同感，这句话使他想到了自己的情况，他的兴奋心情顿时荡然无存，或者说几乎是消失了。他想说些什么，忽然看见她弯腰提起篮子，朝着和他家平台相邻的围墙边走来，把篮子放在围墙上，用手压着衣服。她站的地方离他这么近，不过两臂之隔。她本可以选择到围墙的另一处去做她的事，但她似乎故意要和他面对面地进行挑战。这次进攻显得胆大妄为，简直让他惊恐不安、手足无措。他的心又急促而热烈地跳动起来，意识到生活以它的宝库向他展示他以前未曾见到过的新的色彩，温存、美好而又充满生机和欢快。但是，她只在他近处站了一小会儿，紧接着便提起篮子转身朝平台门口走去，从他眼前消失了。法赫米呆呆地望着那扇门，根本不理会一再抱怨生词太难的弟弟。他真想独自一人待在这里，再体验这段新的罗曼史。他假装吃惊地望望天空，好像刚刚注意到天边抹上了黑色，低声说道：

“我们该下去了……”

# 十一

凯马勒为了离母亲和姐姐们坐的地方近些，便在大厅里温习功课，把书房让给了法赫米一个人。“家庭咖啡会”以后，母女三人继续留下来闲谈闺中之事。她们从中得到一种无与伦比的乐趣。她们像往常一样挤在一起，好像一个身体上长着三个脑袋。凯马勒在她们对面的沙发上盘腿而坐，把翻开的书本搁在腿上，时而读上几句，时而闭上眼睛背诵，在读与背中间偶尔看看她们，听听她们谈些什么，以此解闷。法赫米自然不同意弟弟远离他的监督单独温习功课，但弟弟在学校里成绩优异，这就使他有理由任意选择自己称心的地方温习功课。说真的，用功读书是凯马勒惟一被人称道的优点，要不是他过于顽皮，这个优点一定会得到父亲的鼓励。他虽然用功和聪明，但也常常有厌烦的时候，讨厌学习与纪律，羡慕母亲和姐姐们的悠闲自在，也许，内心还希望这个世界上男人的命运能与女人一样。不过这种念头只是一闪而过，他不能忘记自己身为男孩所享受的特权，常常有意无意地触犯她们，表现自己的骄傲和得意。他不止一次地用挑衅的铿锵声音询问她们：“你们谁知道开普[①]的首府在哪儿?”、“英语的‘青年’

① 现南非的开普省。

怎么说?”这时他会发现阿依莎可爱地低头不语;海迪洁坦白承认自己不知道,但总要对他反唇相讥:“只有脑袋长得像你一样的人才懂这些鬼东西!”至于母亲,则直爽、自信地对他说:“要是你像教我宗教知识一样把这些东西也教给我,我决不会比你了解得少。”

母亲为人随和、谦让,十分珍惜自古以来祖先一代代遗传下来的民间文化,并不认为自己需要更多的知识,也不认为她已掌握的宗教、历史、医学知识需要加以补充。她的父亲,或者说她成长的家庭教会了她这些知识,使她深信不疑。她的父亲是一位有学问的谢赫——他们都能背诵《古兰经》,真主使他们比其他学者更胜人一筹。要用其他知识来取代她父亲的学识,实在是荒谬的。不过,为了家里安宁,她没有公开说出自己的意见。因此,她对学校里教给孩子们的某些内容总是抱有成见,她实在搞不懂为什么要讲解这些东西,或者说将这些东西传授给一代少年。小儿子从学校学来的宗教知识和她所知道的倒没有什么出入,因为学校里的课程无非是诵读和讲解《古兰经》,阐述宗教的基本教义。她于是有机会讲一些神话传说。她认为这些神话传说是与宗教的真实和本质不可分离的,她或许经常从这些神话传说中看到了宗教的真实和本质。多数神话传说是关于先知、圣门弟子①和先贤②的奇迹和德行,也有驱鬼降魔和祛病消灾的各种咒语。凯马勒相信母亲的话,对这些东西深信不疑。这一方面是因为它出自母亲之口,另一方面是由于这些新的内容和学校的宗教知识之间没有矛盾。再说宗教课老师的思想,正如他有时在讲解《圣训集》③ 时所表露的那样,虽和母亲的思想多少有些出入,但大同小异。凯马勒喜爱听神话传说,枯燥

① 指伊斯兰教创始人穆罕默德的门弟子。
② 指历代圣人和圣徒。
③《穆罕默德言行录》的别称。

乏味的讲课提不起他的兴趣，所以听母亲讲故事是他一天中最幸福的时刻，能给他带来乐趣和幻想。除宗教外，他和母亲常常因为这样那样的原因发生争论。例如有一次谈到地球，母子俩的说法就大相径庭：地球到底是自己在空中旋转呢，还是顶在公牛的脑袋上？母亲发现儿子固执己见，只好假装让步。但是她悄悄走进法赫米的房间，问他顶着地球的公牛是怎么回事，公牛是否还在顶着地球。法赫米想顺着母亲，就专挑她喜欢的话来回答，说地球是靠真主的力量和智慧悬在空中的。母亲很满意这个答复，愉快地离开儿子的房间，尽管脑海里仍未抹去那头大公牛的形象。

凯马勒喜欢在这里温习功课，并不是想炫耀自己的学问，也不是喜欢思想交锋，从心底里讲，他不愿意离开母亲和姐姐们，即使在学习时也不愿离开。一看到她们，他就感到无比的快乐。母亲，他爱母亲胜过爱世上的一切，他无法想象离开母亲将如何生存，哪怕离开片刻。这个海迪洁，她尽管尖嘴利舌，连开玩笑也刺人，在生活中却起到了母亲的作用。再说阿依莎，虽然向来没有服侍人的热情，但对他却是呵护备至，他也对她报以同样深沉的爱，甚至喝一口水，也要让阿依莎先喝了，他才在姐姐口水抿湿的瓶口上喝。这天的闲谈，就像每天晚上那样，在将近八点的时候，两个姑娘才站起身，向母亲道过晚安后回卧室去了。这时，凯马勒急急忙忙地把书读完，然后拿起宗教课本，走到坐在对面的母亲身旁，用吊胃口的口吻告诉她：

“今天我们听了伟大的《古兰经》中一章的解释，你一定会喜欢的。”

母亲坐直了身子，肃然起敬地说道：

“我们主的话都是伟大的。”

母亲的认真使他高兴，一种欣喜和自豪的感觉油然而生。这种心情只有每天最后一节课的时刻才有。是的，他发现这堂宗教课有许多理由让他感到高兴：他至少有一半时间可以扮演老师角色，他将尽可能地把老师教课时的姿态、动作，以及那种高傲和有本领的样子展现出来。在剩下的另一半时间里，他可以愉快地聆听母亲讲述传闻轶事。在这段时间里，只有他和母亲在一起，没有别人。凯马勒带着明显的卖弄神情看着书本诵念道："奉至仁至慈的真主之名。你说：'我曾奉到启示：有几个精灵已经静听，并且说：我们确已听见奇异的《古兰经》，它能导人于正道，故我们信仰它，我们绝不以任何物配我们的主……'"[①] 他一口气诵读完这一章，母亲的双眸里流露出惶惑不安的神色。她早就警告过他，不要随便说出"魔鬼"和"精灵"这两个词，以免招来祸患。她为吓唬他曾经提到过几次精灵这个词，可是出于对他的疼爱和谨慎，有些名词她是从不出口的。现在儿子在诵读神圣的《古兰经》这一章时，念到了这两个危险的名词，她不知道该怎么办才好，更不知如何才能阻止他背这一章。要是他像往常一样，让她跟他一起背诵这一章那怎么办呢？凯马勒看到她满脸不知所措的神色，心中大喜，产生一个淘气的念头，故意重诵这一章，并把那危险的名词诵念得特别铿锵有力。他一边诵念，一边观察着母亲惴惴不安的神色，期望母亲最后用求饶的口吻要求他别念了。但是，母亲虽然极度惶恐，却缄默不语。于是，他把听来的解释向母亲进行回述，说道：

"你该明白了吧？精灵里面有的听到过《古兰经》，并且皈依了伊斯兰教。也许咱们家里就有这种穆斯林精灵住着，否则，他们不会那么多年和我们相安无事的。"

"或许是这样，"母亲有些窘迫地说，"他们中间也有可能不是这样的，所以我们最好还是不要提他们！"

---

① 见《古兰经》第七十二章第1、2节。

“提这个名词没什么可怕的。我们老师就是这样说的。”

“老师也不是什么都懂。”母亲用责备的目光瞪了他一眼，说道。

“即使这个名词出现在神圣的经文里也不准提吗？”

母亲对儿子的询问无以作答，但又不能回避，便敷衍道：

“真主的话都是吉祥的。”

这么说觊马勒十分满意，他继续谈论对经文的注释：

“我们的谢赫还说，精灵的身体是一团火！”

母亲的惴惴不安达到了极点。她赶紧祈求真主保佑，念了好几遍“以至仁至慈真主的名义”。凯马勒还在继续说道：

“我问谢赫，皈依伊斯兰教的精灵也可以进天堂吗？他说，是的。我又问：他们的身体是一团火，怎么进天堂呢？老师生气地回答我说，真主是无所不能的。”

“真主的能力是最伟大的。”

“如果我们在天堂里遇见了精灵，他们的火难道不会烧着我们？”凯马勒关切地凝视着母亲问道。

“天堂里没有伤害也没有恐惧。”母亲笑了，满有把握地说。

凯马勒两眼出神地幻想着，突然转换话题，问道：

“我们在末日能亲眼看见真主吗？”

“这是千真万确的，没有一点疑问。”母亲同样有把握地回答。

凯马勒梦幻般的目光中闪现出向往的神色，仿佛是在黎明前的黑暗中透露出来的曙光。他心里在想：什么时候能看见真主呢？真主是什么样子的呢？想到这里，他又一次突然变换话题，问母亲：

“爸爸害怕真主吗？”

母亲吃了一惊，不满地指责他：

“看你说的什么话！……孩子，你爸爸是个虔诚的信徒，虔诚的信徒都是敬畏真主的。”

“我想不出爸爸还会惧怕什么。”他困惑地晃晃脑袋，嗫嚅道。

“愿真主宽恕你！愿真主宽恕你！……”母亲连声责怪道。

他微微一笑，对自己的话表示歉意。接着，他让母亲和他一起背诵新的一章经文。母子俩一节一节地反复背诵着。背累了，他起身回卧室去。母亲跟着他，等他钻进小被窝后把手掌放在他额头上，给他诵念科尔希节[①]经文，然后俯身在他面颊上亲了一下；他顺势用手臂搂着母亲的脖子，报之以出自他幼稚心灵深处的长吻。母亲晚上和小儿子告别的时候，总会被他缠住不放。他千方百计地让母亲待在身边，让自己在母亲的搂抱下安稳地进入梦乡。他发现，要达到自己的目的，最好的办法是要求母亲摸着他的头诵念《古兰经》，如果诵完了科尔希节，就让她诵念第二个章节，再诵念第三个章节……他一见母亲微笑着要托辞离开时，就借口害怕一个人待在卧室里，或者说他老做噩梦，要她多诵念一些神圣的经文驱邪，哀求母亲留下。为了缠住母亲，他还时常装病。他不认为自己这样做有什么罪过，而是坚定地认为这是对他被剥夺的神圣权利的补偿。自从他被强行与母亲分开、被带到两个哥哥卧室里睡在这张单人床上起，他的权利就遭到无情的践踏。他常常黯然神伤地回忆起过去不久前和母亲同睡一床的情景。那时他枕着母亲的胳膊，母亲用柔和的声音在他身边尽情地讲述着众先知和圣贤的故事。父亲半夜归来前他已经入睡，等他醒来，父亲早已起床去了浴室，因此，除了他和母亲以外，没有第三个人。那个世界曾经是属于他的，谁也不能与他共享。后来，一个他不知有什么可取之处的盲目决定，

① 即《古兰经》第二章第255节。也有译为“库尔西节”的。

硬把他和母亲分开了。他观察着母亲，想看看她有什么反应，奇怪的是母亲竟表示赞同，而且还鼓励他，并向他祝贺道："现在，你已成了大人，独自睡一张床是你的权利。"谁说他为自己长大成人而高兴呢？谁说他贪图独自睡一张床呢？他第一次单独睡觉时暗自啜泣，把枕头都哭湿了；他对母亲发誓说自己一辈子都不会原谅她。尽管如此，他却不敢溜回过去的大床上去睡，因为他知道这个专横的行动是父亲的主意，不容半点违抗。他是多么伤心啊，连梦中也在悲泣！他又多恨母亲啊！这倒不是因为他不敢怨恨父亲，而是因为母亲令他失望。不过，母亲知道怎样安慰他，让他慢慢恢复平静。最初几天，母亲都等他睡着后才离开，陪伴时对他说道："我们并没有分开呀，你怎么说分开了呢？你看，我们不是在一起吗？我们会永远在一起的，只是睡觉时才分开。即使我们睡在一张床上，睡着了不也是分开的嘛。"现在，这些往事产生的惆怅情绪早已消失殆尽，他已经适应了新的生活，但他还是不放母亲走，想尽办法让她在自己身边多待一会儿。他依恋不舍地抓紧母亲的手，就像小孩子使劲抓住抢到手的玩具那样。母亲抚摩着他的头，一节一节地诵念《古兰经》，直到他渐渐沉入梦乡，才带着温和的微笑告别他。她走出这间卧室，来到隔壁的房间，轻轻地推开门，朝着右边隐约可见的一张床望去，悄悄地问道："你们睡着了吗？"

屋里传来了海迪洁的声音：

"阿依莎小姐的鼾声震天响，哪能睡得着？"

接着，又听见阿依莎的声音，她睡意蒙眬地咕哝道：

"谁听见我打呼噜了？倒是她喋喋不休，不让我睡觉。"

"我怎么嘱咐你们的？睡觉时不要瞎聊！"母亲责备地说。

她关上门，走到书房门口，轻轻敲了几声，然后推开房门，把头伸进去微笑着问道：

“我的小先生，还需要什么吗?”

法赫米从书本上抬起头，满面笑容地感谢母亲。她一边关上门悄悄离开，一边祈求真主赐予儿子成功和长寿。她穿过大厅来到外面的走廊，顺着楼梯来到楼上自己的卧室，一路上不停地诵念着《古兰经》。

# 十二

亚辛离开家时，心里自然早就盘算好了，他要去每晚必去的地方。他像漫无目的似的先在街上逛一逛，这是他的老习惯了。一路上，他风度翩翩地缓步而行，似乎一刻也没疏忽自己有着伟岸的身材和一张精神饱满、男子气十足的脸庞，以及那身讲究的别致的服装。无论冬夏，他手里离不开一把象牙拂尘。高筒红毡帽往右偏戴着，几乎压到眉毛上。他还有一个习惯：走在路上总是不抬头但眼睛往上瞟，溜几眼别人家窗户，也许能看到点什么。由于眼珠子不停地转动，使他还没走完一条马路，就感到头昏目眩了。贪婪地凝视着路上遇见的女人，是他不可根治的毛病。他不仅迎面定睛细看她们，还要从后面欣赏她们的臀部。他像一头发情的公牛那样骚动不安，甚至忘记了自己的身份，不再故弄玄虚地掩饰自己真正的去处。日子一长，理发师侯斯宁大伯、卖蚕豆的达尔维希哈吉、出售牛奶的富里、卖饮料的比尤米和炒货店老板艾布·赛利阿等人都看出来了。但由于都是邻居，碍于艾哈迈德·阿卜杜·嘉瓦德的地位，大家都装聋作哑，十分宽容。不然的话，早就有人拿他取笑，甚至当面抨击了。他的精力十分旺盛，使他一刻也闲不住，稍有空闲就坐卧不宁。他总是感到欲火中烧，引燃了他的感官。旺盛的精力是骑在他身上的魔鬼，随心所欲地驾驭着他。不过，这个魔鬼既没有使他恐惧，也没有使他烦恼，他不但不想摆脱它，或许还希望进一步受它驾驭。但是，他一走近父亲的店铺，那个魔鬼立即隐去，他变成了温柔的天使。这时，他就目不斜视，脚步变得规规矩矩，一副彬彬有礼、温文尔雅的样子，不顾一切地加快脚步朝前走。路过店铺门口时，他朝店内瞟了一眼，发现里面有很多人，而且与坐在账桌后的父亲的目光不期而遇，他恭恭敬敬地把手举到头边微微一躬身，父亲笑了笑，算是回答儿子的问候。父亲这一笑使他极为高兴，犹如得到了稀有的恩惠，继续往前走去。的确，自从他进入国家公务员行列后，父亲那种有名的严厉有了明显的改变，但在他看来，父亲还是严厉的，只不过态度有所缓和罢了。他当小学生时心中对父亲的恐惧感至今犹在。他还是有父尊子卑的感觉，在父亲面前，他总感到自己渺小、父亲伟大，他仿佛像一只小麻雀，一块小石子掉下来也会吓得发抖。他一离开父亲的店铺，走出父亲的视线之外，立即恢复了趾高气扬的神态，一双眼睛又盯上了女人，不论是太太小姐，还是卖水果的女贩，全不放过。因为教唆他的那个魔鬼是卑劣的，喜欢各式各样的女人，不论高贵低贱，在他看来全都是一样的。比如，卖椰枣和橙子的那些女贩们，她们席地而坐，皮肤粗糙，满脸尘垢，但有时也不乏姿色，像高耸的乳房、描过眼睑的大眼睛，除了这些还有什么更令人神往的吗？

接着，他向萨加区走去，从那里转到奥利亚街，最后走进位于萨纳迪基亚大道头上的阿里咖啡馆。这家咖啡馆中等规模，门开在萨纳迪基亚大道上，靠奥利亚街的一面有一扇装着栅栏的窗户。咖啡馆里整齐地摆着椅子。他在靠窗的一张椅子上坐下，要了一杯茶。几个星期以来，他选的都是这个座位。他坐在那儿，目光可以轻松自如地往窗外张望而又不引起人们的注意。每当他想观望时，他就从窗口向上望着马路对面一所房子的小窗户。其余窗户都是紧闭的，唯独这扇窗没有，留下了一条缝。这并不奇怪，因为它是歌女祖贝黛的住宅。祖贝黛并不是他追求的目标。追求祖贝黛谈何容易，需要百折不挠的精神和各种手段，还得分阶段实施。他是在等待祖贝黛的养女——祖贝黛歌班子的明星、女琵琶手宰努芭的出现。长期以来，在严父的那令人胆战心惊的阴影下，他始终小心翼翼地忍气吞声地过着苦行僧般的生活。后来，做了公务员，这段时间的生活才充满了许多难忘的记忆。他于是像瀑布似的奔腾而下，跌进了艾兹贝基亚的深渊，但是他受到了被战争的车轮带到开罗来的那些士兵的骚扰，后来在广场上又出现了澳大利亚人，他为逃避野蛮外国兵的人身侵犯，被迫放弃了去那些寻欢作乐的场所。

可以去的地方越来越少，他像疯子似的，在他居住地附近的几个胡同里转来转去，最大的欲望是在卖橙子的女人或占卜的吉普赛女郎身上寻找乐趣。直到有一天，他遇见了宰努芭，便神魂颠倒地跟踪到她家门口。以后一次又一次地碰见她，差不多可以从她那儿得到令人轻松的暗示了。宰努芭是女人，凡女人都是他想望得到的，更何况宰努芭颇具姿色，这更使他痴迷入魔了。对于他来说，爱情不过是那种盲目的肉欲，或者说是一种明眼的肉欲——这就是他的所谓爱情。他透过窗栅纵目向对面空空的窗户望去，焦躁不安的心情使他忘却了一切，端起茶杯就喝，根本没注意到刚泡的茶水还是滚烫的，烫得他直咂嘴。他把茶杯放回黄色托盘内，偷眼去瞅闲聊的人们。他们嘈杂的声音使他心里烦乱极了，仿佛就是他们高谈阔论才使他被茶水烫了，也仿佛这种嘈杂的声音造成了宰努芭不肯在窗口露面……“天哪，这个该死的小妞在哪儿呢？难道她故意不露面！她准知道我在这里……或许她已经看见我来了……要是她成心撒娇到底，我今天又得像往日那样痛苦难熬了。”他又一次窥视周围的茶座，看看是否有人注意他。还好，他们全在没完没了地聊天。他暗自高兴，目光又回到了既定的目标上。想起今天不顺心的事情，他的思路被打乱了。这是在学校里发生的：校长怀疑承包伙食的人舞弊，组织人进行调查，让亚辛以学校文书的身份参加。他对这项工作有些松懈，因而受到校长的训斥，使他后半天极不痛快。父亲和校长是老朋友，他如果不是害怕父亲知道后会更加严厉地责骂他，真想去父亲那儿发泄对校长的不满……“让这些愚蠢的想法见鬼去吧！该死的学校和校长，都已经过去了……现在我只想见见那个不肯瞅我一眼的滑头姑娘！”这时他的脑海里出现一连串荒诞的幻影。每当他盯着一个女人或者回想这个女人时，这些幻影常常浮现在他的脑海里。疯狂的情欲凭空创造出一个个身体都剥光了衣服的人，就如她们被真主创造时那样一丝不挂，他本人也赤身裸体，毫无顾忌地进行各种男欢女爱的嬉戏。

正当他陶醉在这种幻想里的时候，“吁——”，一个车夫吆喝驴子的声音把他惊醒了。他循声望去，只见一辆大车停在歌女的家门口。他暗自想：这大车是来接歌班子成员，到某家婚礼上去演出吧？……他叫来侍者，付过账，准备必要时站起身就走。他两眼一直盯着门口，等了好一会儿，门才打开。歌班子的一个女人领着一个瞎子出现在门口，瞎子穿着大袍和外套，戴着一副墨镜，腋下挟着一把竖琴。女人先上车，接过竖琴，拉住瞎子的手，车夫在后面扶住瞎子上了车。两个人紧挨着坐在大车前面。接着，第二个女人拿着铃鼓[①]，第三个女人挟着一包东西也上了车。她们穿着紧身米拉叶，都没有戴蒙头面罩[②]，脸上蒙着色泽鲜艳的金银丝镂空面纱，一个个宛如新娘。啊，那是什么？……他怀着激奋的心情用焦灼的目光望着门

① 圆形的单面小扁鼓，周围一圈带着响铃。
② 传统的穆斯林妇女出门时须戴蒙头面罩，全身的每一部分都不能让家庭成员以外的男性看到。

口，门里露出套着红皮套的琵琶，宰努芭终于出现了！她的米拉叶在头顶处被揭开一角，露出了带穗饰的大红头帕。头帕下一对含笑的黑眼睛闪烁着逢场作戏、诡谲狡黠的目光。她走到大车跟前，把琵琶递给车上的一个女人，抬腿踏上车轮。这时，亚辛正咽着口水、伸长脖子，透过橙黄色连衣裙下摆看着什么。他发现她绷在膝盖之上的袜口处露出一块肌肤，显得光滑细腻……

“啊，真希望身子下的椅子能陷进地里一米……真主啊，别看她的脸有点黑，身上却是白白的……起码是非常接近白色的……真不知她屁股怎么样？……肚子又怎么样？……肚子，天哪！”这时，宰努芭的两手攀住车板，一使劲膝盖上了车沿，手脚并用地慢慢朝前移动。“唉呀，真行啊！唉，要是我就在她家门口该多好！即使在穆罕默德·塔拉比什的铺子里也好呀……你瞧那狗崽子，他那一双狗眼睛目不转睛地盯着小碉堡一样的大乳房，真是的！从今天起他该把自己的狗名改成穆罕默德·法梯赫[①]……唉，真行啊！救苦救难的真主啊……”宰努芭挺直身子从大车上站立起来，敞开米拉叶前襟，抓住两边抖了几抖，犹如小鸟在扑扇翅膀。过一会儿，又用米拉叶严严实实地裹住身上，清清楚楚显露出全身每一部分的轮廓，尤其是那隆起的闪亮光滑的臀部。她坐在车尾，受压的屁股鼓了出来，时左时右赘出一堆肉，这坐垫真幸福啊！……亚辛站起身，走出咖啡馆。这时大车已经启动，他激动得咬紧牙关，气喘吁吁地跟了上去。大车摇摇晃晃地走得很慢，车上的女人们也随着左右摇摆。亚辛的目光始终集中在女琵琶手身下的坐垫上，随着它的颠簸而移动，不一会儿那垫子便跳起了舞。狭窄的马路上渐渐昏暗起来，大部分商店开始关门了。行人们大多是劳动

---

① “法梯赫”阿拉伯语原义为“开创者、征服者”等，这里表示“大开眼界者”。

者，正拖着精疲力竭的身子赶路回家。天色已暗，赶路的人们无暇他顾，亚辛发觉这正是机会，他可以放心地大饱眼福，放肆地想象。“真主啊，你别让这条路有个尽头，也别让那舞蹈动作结束……啊，这是那位既骄傲、又可爱的女王的屁股呀！像我这样失意的人只要望一眼就能感受到它的柔软和丰满！米拉叶清楚地显露出一道美妙的分界线，把它分成两半……衣服下面隐藏的东西更伟大了！现在我才明白，为什么有些人要先跪拜两次才入洞房……这不就是拱北①吗？是呀，在拱北之下有谢赫，我就是被谢赫吸引的一个……啊哈，这也传染呀……”大车快到穆泰瓦里门时他连咳几声，宰努芭回过头瞥见了他。他依稀感到，宰努芭回头看他时，双唇上掠过了一丝微笑，他的心怦怦直跳，陶醉在一种火热的喜悦中。

大车穿过穆泰瓦里门后往左拐去。亚辛看到前面不远处张灯结彩的景象和欢快的人群，不得不收住了跟车的脚步。他稍稍后退几步，依然目不转睛地盯着琵琶手宰努芭，贪婪地看着她下车。宰努芭下车后朝他送来一个迷人的秋波，然后迈步走向新郎家，在一片振舌的欢呼声②中进了大门。亚辛长长地叹了一口气，流露出迷惘的神色，仿佛不知该去哪里。“愿真主诅咒那些澳大利亚人！……艾兹贝基亚，你在哪里？我要把自己的烦恼和苦闷都交给你，从你那儿得到一点忍耐力……”然后，他掉转脚跟，自言自语地说：“去寻找剩余的慰藉吧，去科斯塔基。”一提到这家希腊食品店的名字，他脑袋就一热，仿佛闻到了美酒的醇香……女人和酒是他生活中相辅相成、不可缺少的东西。在女人的陪坐下他第一次饮了酒，从此他饮酒成瘾，杯中物成了他享受的源泉和动力。但是，女人和酒常常不能同时

① 原词音译。此词阿拉伯语原义为“圆屋顶建筑”，这是盛行于阿拉伯各国的一种建筑形式。清真寺一般都有圆屋顶。

② 阿拉伯妇女在欢庆的场合，用舌头在口内搅动发出的欢呼声。

得到，许多夜晚他没有女人陪伴，只得以酒浇愁。日子一久，痼疾难除，他仿佛为了饮酒而饮酒。他顺原路回去，直奔位于新马路口上的科斯塔基食品店。这是一家大店铺，外间卖食品杂货，里面是个小酒馆，中间隔着一扇小门。他先站在店门口，混在顾客中间仔细地扫视着马路，生怕父亲会在附近什么地方。确信父亲不在后才朝那扇小门走去。但是他刚跨出一步，忽然发现有个人站在磅秤前，科斯塔基先生亲自在给他称一大包东西。亚辛的注意力不由自主地被那个人吸引过去，顿时皱起眉头，浑身一阵剧烈的颤抖，他的心也由于恐惧和厌恶而收紧了。其实，此人的外表并不至于引起这种敌对情绪。他年纪约六十岁，穿着一件肥大的长袍，头上裹着缠头布，白白的胡子给人一种年迈慈祥的感觉。亚辛心绪不宁地继续往前走，仿佛想早点避开，不让这个人看见自己。他使劲推开小酒馆的门闯了进去，连脚下的地板似乎都被震得颤动起来……

# 十三

亚辛浑身乏力、面色苍白地跌坐在进门后就见到的那把椅子上，招来堂倌，用迫不及待的口吻要了一瓶法国科纳克白兰地。这个小酒馆就像个普通的房间，天花板上吊着一盏大汽灯，屋内摆着几张木桌和藤椅。坐在桌旁的几个人都是本地人，有打工的，也有有身份的人。房间中央汽灯下放着几盘石竹。奇怪的是，他并没有忘记那个男人，他一眼就认出了他。最后一次看见他是什么时候呢？他不能肯定。但有一点可以肯定的是，十二年间他只见到过他两次。其中一次就是眼前让他浑身震撼的这次。毫无疑问，这个男人已经变了，变成了一个安详持重的老人！……这次邂逅相遇，那不是安拉对他的疏远吗？他厌恶而气恼地撇撇嘴，感到口水里流动着耻辱的苦味。这是多么不光彩的耻辱啊！他几乎是顽强而费劲地从往日耻辱的旋涡里摆脱出来了，可是今日可诅咒的不期而遇，又勾起了令人痛心的回忆，再次把他推进了旋涡里，使他感到万念俱灰。他头脑和心里产生的一股翻江倒海的力量，使他无可奈何地回想起可恶的过去；黑暗中许多光怪陆离的幻影，作为痛苦和怨恨的象征，一直在向他进攻。从这幢幢幻影中他辨认出坐落在思慕宫路口上的一家水果店，看到一个模糊不清的身影，那就是少年时代的他。他看见那个身影迈着小步向水果店走去，那个人接他进去，给了他满满一纸袋橙子和苹果。他高高兴兴地接过来，抱着它回到打发他到水果店去的女人身边。那个正等着他的女人就是他亚辛的生身母亲。唉，这太让人难堪了！……

这一回忆使他愤怒和忧闷，紧皱起眉头。接着，他的脑海里又出现了那个人的形象，他惶恐地思量：要是那个人看见他，会不会认出他呢？……他还能记起多年以前的那个孩子、那个女人的儿子吗？……他恐惧地感到一阵寒战，魁梧的身体顿时软绵乏力，这些往事随之在他的感觉里逐渐淡化，最后化为乌有。这时，堂倌送来了酒和杯子。他斟满一杯酒，神经质地一饮而尽。他连喝几杯，希望快点进入那种精神亢奋、忘掉一切的境地。忽然，母亲的面孔从遥远的过去出现在他面前，他不由自主地啐了一口。应该诅咒什么呢？是诅咒他摊上这么一个母亲的命运，还是诅咒母亲那招蜂引蝶而让他灾祸连连的美貌？……说真的，他无法改变命中注定的事情，他只能顺从伤害他自尊心的命运的判决。而且，他还得像犯了弥天大罪似的，为这判决去赎罪，这有什么公道可言呢？……他不知道自己为什么会这么倒霉。像他这样一生下来就由离异的母亲抚养的孩子并不在少数，但和他们中的大多数孩子不同，他从母亲那里得到了无限的爱，受到了她无微不至的关怀和娇宠，却没有父亲的严厉管教。所以，他有一个幸福的童年，享受到宠爱、庇护和体贴。

他的脑海中依然保存着对思慕宫路老家的许多记忆。比如说，从他家平台上可以鸟瞰无数家的平台，眺望四面八方的宣礼塔和圆屋顶建筑；他家的阳台俯视着嘉马利亚街，晚上常有以蜡烛照明的迎亲队伍通过。要是有游手好闲的无赖们围观，往往会发生冲突，棍来棒去，非流血不可。在那个家里，他对母亲的爱是无以复加的，但在他心里也产生了模糊的怀疑，从而在他心中播下了儿子对母亲反感的第一批种子。这种反感的心理是十分奇特的。播下的种子总是要生长、壮大，随着时间的推移，转化成怨恨这种不治之症。他常常对自己说：坚强的意志或许能为我们每个人带来锦绣前程，但是不管我们的意志多么坚强，我们只能有一个过去，这是无法回避的。现在，他又暗自思量，他以前不知多少次这么思量过：他是什么时候意识到母亲在生活中不是独自一人的呢？在很早，他就确信了这一点。记得在很小的时候，他总觉得有个陌生的男人常常闯进这个家。他亚辛诧异地瞅着这个生人，心里有些害怕。那个人想尽办法亲近他，得到他的好感。亚辛翻出这些陈年旧事时的心情十分痛苦和反感，但他认为抗拒是无济于事的。这种过去宛如一个脓肿，但愿能不理会它，但又不时可用手去触摸它。

还有一些事情也无法忘却。比如，在老家那扇最高的窗户下，也就是在镶着红蓝两色三角条玻璃的饭厅门口，他清清楚楚记得在那个地方，在什么情况下他记不清了，他突然看见那个不速之客在那里扑向母亲，一把将她搂在怀里，吓得他从内心深处发出惊叫，哇哇地大哭起来。母亲惊慌失措地赶忙过来哄他，安抚他。由于极度的怨恨，连绵的思绪到这里中断，无法再继续下去。他闷闷不乐地环视四周，把瓶子里的酒倒在杯子里喝了下去。他把酒杯放回原处时，发现夹克衣襟上有一颗滚动着的水珠。他以为是酒，取出手帕想把它擦去，但突然意识到什么，便去查看杯子外面，发现杯底下还挂着几滴水，这才恍然大悟，掉在夹克上的是水不是酒，便放下了心。但是，任何放心都是自欺欺人！他的目光又回到心里可恨的过去的镜子上。他记不准上述事情发生在什么时间，也不记得自己当时是几岁，但他真真切切地记得搂抱母亲的那个人不断来老家，经常带些他爱吃的水果来讨好他。后来，母亲带他出门散步时，他看见那个人就在胡同口那家水果店里。凭着孩子的天真，他注意到母亲朝那个人看，还使劲地拉着他远离那个人，禁止他向那人指指点点，以后他明白了，陪母亲上街要假装不认识那个人。那个人在他眼里越来越莫名其妙了。后来母亲叮嘱他，不准在老舅父面前提起他。当时老舅父还在人世，经常来看望他们母子俩。他听从了母亲的话，只是更加困惑不解了。命运对他的戏弄并未到此为止。那个人只要几天没来，母亲就派他去约他“今夜”来！那个人亲热地接待他，给他装满一纸袋苹果和香蕉，不管来还是不来，无论如何总给他带回一个口信。后来他竟到了这样的地步：一想吃水果，就要求母亲派他去请那个人来过夜！想到这里，他感到耻辱，额头冒着汗，胸口憋得直喘粗气，于是又倒了一杯酒灌下肚。酒的热力渐渐渗入他的血液，开始发挥神奇的作用，帮助他分担烦恼……

“我说过一千遍了，应该把过去埋葬进坟墓……想这些一点没有好处……我没有生母，只有温柔贤淑的继母……除了这些往事外，一切都是美好的。不过，她毕竟是我的母亲呀……真是的，我干吗老让这些事情折磨自己，一次一次把它们从坟墓里挖掘出来！……为什么呢？……这就是那多蹇的命运让我今天与那个男人狭路相逢，但那个人总有一天要命归黄泉的……并不只是他一个人，很多人我都盼望他们死去……”他理智上抗拒着这样的回忆，无法平静的思绪却继续在过去的黑暗里驰骋，不过无论如何，他紧张的心情平缓了许多。对了，这个故事的结尾并不复杂，他度过了黑暗的童年之后，生活中总算有了光芒，比较明亮起来。这些是他回到父亲的怀抱之前那几年里发生的事情，母亲鼓起勇气向他言明，那个水果店老板多次来向她求婚，她正在犹豫是否答应他，为了顾全儿子的体面，她多半是会拒绝的！天哪，这话能当真？前尘如烟，要把往事的每一细节弄明白是不可能的。但是毫无疑问，他当时是想搞搞清楚的。他的头脑虽然理解不了，心里却遭受着这种难以名状的怀疑的痛苦。他忍受着各种忧虑的折磨，完全失去了平静。于是，他的心里生成了孕育反感种子的土壤，那种子随着时间的推移，发展成后来那种情况。他九岁时被父亲接回家抚养，在那以前，父亲为了避免和母亲发生摩擦，只去看过他很少的几次，他来到父亲身边时，还是一个尚未接受过启蒙教育、一字不识的顽童。他被母亲娇宠出来的种种恶习使他付出了代价。刚开始上学时，他心里厌恶，意志消沉，要不是父亲严加管教和新家庭的良好风气，他可能到了十九岁还不能小学毕业。随着年龄的增长，他认识事物实质的能力有所提高。回顾起他在母亲家的那段生活，反复思考其实质，用新的认识来阐述，更认清了其丑恶和痛苦。每逢他在生活中前进一步，过去就像一支毒箭扎在他的心口，伤害他的尊严。起初，父亲常常问起他在母亲家的生活，他年龄虽小，却知道避免触及那些令人痛心的记忆。受了伤的自尊心，压抑了想引起父亲对自己关心的念头，失去了像他这样年龄的孩子那种喜欢好说好动的天性。他始终缄默不语。

后来，他听到了一个出乎意料的消息，说他母亲嫁给了穆贝达街上的一个煤商。他哭了很久，心中十分气愤。等稍为平静，他才向父亲谈起母亲与那个水果店老板的事，把母亲曾有一天谎称为了儿子拒绝嫁给水果店老板的话捅了出来！从此，他与母亲断绝了关系。十一年来，除了父亲偶尔转告他一点消息外，他对母亲的其他情况一无所知。从父亲嘴里他才知道，母亲和煤商结婚两年后被休了，被休后第二年又嫁给了一个军士长，过了两年又一次被休……在他与母亲断绝关系的漫长岁月里，母亲总想再看看他，一再派人来向父亲求情，允许儿子到她那里去一趟。尽管父亲一再劝他要有一颗宽容的心去原谅母亲，但被他断然拒绝了。他对母亲确确实实怀着强烈的怨恨，这种怨恨来自一颗受伤的心灵深处。因此，他对母亲关闭了原谅和宽恕的大门，并在门后插上了愤懑和怨恨的门闩，他认定自己这样做并没有亏负母亲，而是她自甘堕落的报应……“女人，是的，她仅仅是一个女人……凡是女人都是可诅咒的、肮脏的……女人不懂得贞节是什么，除非淫乱的路子统统被堵死……就是我这位贤慧的继母，只有真主知道，要不是有我父亲，还说不定会怎么样呢！”

这时，有个人高声说话，打断了他的思路。“酒，只有好处，谁不这么说，我就拧断他的脖子……大麻、‘慢助力’麻醉剂、鸦片害处多多。酒，没有一点害处……”一个酒友问他：“酒的好处是什么呢？”那个人不高兴地说道：“酒的好处是什么？你问得真怪！我说过了，酒，它只有好处……你是明白并相信这些的！”那个酒友又问：“可是大麻、鸦片和‘慢助力’麻醉剂同样有好处呀，你也应该明白和相信这些的……人们全都这么说，你能反对公认的说法？”那个人迟疑片刻，承认道：“这么说，所有的东西都有好处，酒、大麻、鸦片、‘慢助力’麻醉剂，以及将来新发明的东西，全都有好处。”他的酒友用胜利的口吻接着指出：“但酒是真主禁止的！”那个人恼火地说道：“那我就走投无路了！纳天课、朝觐、舍饭给穷人吃……赎罪的办法多得很呢！做一件好事得十倍的报偿，你要动动脑子！”

亚辛开心地笑了，是啊，他终于能够开心地笑了：“让她下地狱吧，让她把过去一起带走吧……我对任何事情都没有责任……每个人在生活中都会受到玷污，遮羞布一拉开，定叫人大吃一惊。……我最关心的一件事，就是她的财产，即在哈姆扎维的商店、奥利亚的住宅和思慕宫路的那个旧家……我可在真主面前保证，只要有朝一日我全部继承了这些遗产，我一定毫无遗憾地祈求真主宽恕她……啊，宰努芭，我差点将你忘了，只有魔鬼才会让我忘记你。一个女人使我备受折磨，另一个女人使我得到宽慰……啊，宰努芭，直到今天我才知道你的衣服里面有这么好的肤色……呸！我应该从脑子里摈除这种杂念……说真的，我母亲真像一颗松动的大牙，不拔掉它就老不安宁……”

# 十四

艾哈迈德·阿卜杜·嘉瓦德坐在店铺的账桌后面，左手捋着精心修理过的胡须，目光不知望着哪里，脸上露出怡然自得的神情，每当他若有所思的时候，总是这副样子。人们对他的爱戴与友情，他毫无疑问是心满意足的。人们对他的爱戴若是每天都有表示的话，那么，他每天都会容光焕发地兴高采烈。多次重复，他的兴奋劲也不会减退。今天又有一个新的例证：昨晚有一个朋友请他出席一个聚会，他不得已没有赴约。今天早晨，他在店铺里刚刚坐下，请客的和被请的几个兄弟就上门来兴师问罪，把他埋怨了一阵，说他没去使大家极为扫兴，他要承担责任。他们又说，往常和他在一起时总是欢声笑语不断，昨晚他们可没有开怀大笑过，连酒也不像和他一起痛饮时那么有味。用他们的话说，这次聚会缺少了他这个灵魂。啊，他正得意而愉快地回味着他们的话，他以热忱的道歉对待他们尖锐的批评。不过，他多少有些内疚，因为他本性就喜欢满足知己朋友们的愿望，真心诚意地愿让大家从他那儿畅饮友情的甘泉！好友们情绪激动正说明他们心里热爱他，这使他感到无比的满足和自豪。要不是这样，他几乎会闷闷不乐的。是啊，友爱将他和朋友们相互吸引，滋润着他的心田，给了他所希望的欢乐和自豪。他仿佛首先就是为友谊而生的，此外，还有体现这种友爱的另一种标志，更确切地说，那是另一种爱。

今天上午媒婆乌姆·阿里登门拜访，围绕她的来意转弯抹角地说了一通后，对他说："你知道阿里·杜素基哈吉的遗孀努芙赛太太吧？她在马格利布林有七家店铺！"他微微一笑，本能地意识到这个女人话中的意思。他的心告诉他，她这一次不仅是个媒婆，而且是个负有秘密使命的使者。他不止一次想到努芙赛太太经常上他的店铺购买日用品，这不几乎是公开表示对他的好感吗？……不过，即使是采取开玩笑的办法，他也要套出这个女人的真话来。于是，他假装关心地问："你应该给她找个合适的丈夫，好丈夫可不容易找啊！"乌姆·阿里以为目的已达到，便说："我看别人都不配，就是你合适。你说呢？"他纵声大笑起来，显出自己的高兴和自信，但他却斩钉截铁地回答："我已经结过两次婚，第一次失败了，第二次真主让我如愿以偿，我决不能辜负真主的恩典！"说真的，再婚的机缘很多，他总是以顽强的自持力克制了再婚的诱惑。他好像没有忘记父亲的前车之鉴，父亲失去理智接连娶了好几个老婆，家财耗尽，麻烦不少，留给他这个独生子的只有不多的一点钱财。而他呢，目前家道小康，经商的收入和其他进项可以让一家人过上舒适富裕的生活，还可以为他提供在外花天酒地的花费。这种美妙和谐的状况，保证了他的尊严和自由，他怎么能让它毁于一旦呢？确实，他没有积聚万贯家财，这并非是他缺乏敛财之道，而是他本性慷慨，深信花钱和享受钱所带来的欢乐是挣钱的惟一目的。同时，对真主及其真主恩赐的深刻信念，使他心里充满了安宁和自信，使他不像许多人那样，为生计和前途忧心忡忡。他虽然抵挡住了再婚的诱惑，但是每当出现良机时，他都掩盖不住喜悦和得意之情。再说，想选他做丈夫的是努芙赛太太这样的美人，他怎能不往心里去。他脑子里老思忖着这件事，脸上露出梦幻般的笑容，两眼出神地望着伙计和顾客们。

他喜形于色地想起今天早晨一位朋友拿他讲究的服饰和身上的香水味打趣道："行啦，行啦，老家伙！"老家伙？是啊，他已经四十五岁了，但他精力旺盛，身强体壮，连头发也乌黑发亮，指责者对他有什么可说的！他的青春感从未减弱，更未消退，虽然已人到中年，却活力尽显。他从未忘却自己的优点，反而强烈地意识到它，只是出于谦虚和大度才未表露在外，内心里却为此感到自豪和喜悦。他特别喜欢听人奉承。他的谦逊和随和仿佛是为了赢得更多的赞扬，这种聪明的办法已经换得朋友们的巴结。他非常自信，甚至认为从精力、体貌、为人和才华上来说，他都是个最好的男人。尽管这样，他绝对不会让人感到为难，因为谦虚同样是他的天性和美德。他天生笑口常开，待人真诚，充满爱心。的确，他出于禀性，总是像别人爱他那样去爱别人。他不断地寻求更多的爱，在如饥似渴地追求爱的本能驱使下，他的性格趋向于忠实、守信、坦率和谦逊。这些品质就像鲜花招引蝴蝶似的，带来友爱与舒心。从这点出发，他的谦逊既可以说成是一种策略，也可以说成是一种天性。最确切地说，应该说成是一种天性，这种天性在没有意志的刻意安排下，只是从本能的启示中引出了自己的策略，而且显得十分自然流畅，既不勉为其难，也不矫揉造作。因此，为了寻求同情和爱戴，他对自己的德行和优点避而不谈，而对自己的缺点和不足则时而提上几句；他不喜欢宣扬和吹嘘自己的德行和优点，认为那样往往会招惹是非，让人嫉恨。这是一种明智的策略，它促使爱戴他的人颂扬他是个有理智、讲面子的大度量的人，使他的优秀品质广为人知。他要是自己去传播决不会有如此效果，反而会牺牲他的人品中最美好的部分，失去他所赢得的不掺杂任何瑕疵的吸引力和友爱。甚至在放荡的生活中，在寻欢作乐的场所，他都受到这种本能的支配。在那些场合里，即使酒后头晕目眩的时刻，他也不失理智和风度。他轻松活泼，头脑敏捷，风趣幽默，妙语连珠，只要他愿意，就可以不费吹灰之力横扫谈话对手。但是，他凭着机智和豁达左右着欢乐聚会，让每个人都可以尽情发挥。他用爽朗的笑声鼓励爱开玩笑的人，即使玩笑开得不得体也没关系。他尤其注意不使自己的玩笑在任何人心中留下伤害。如果情况迫使他非攻击某个同伴不可，他在攻击之后必定又会去捧他，去讨好他，甚至不惜拿自己取笑，以消除攻击产生的后果。他不到人人开心、心情舒畅、对他留下美好的印象，决不离席。

他那天赋的才智，或者说他那有才智的天赋，决不只是在娱乐生活中小试锋芒，而要在社会生活的各个重要领域大显身手。这种才智或天赋，最好地体现在他那有口皆碑的慷慨上，不论是在自家大宅设宴请客，还是给予那些与他有买卖往来或私人关系的求助者种种接济，都体现出他出手大方。他的才智或天赋还体现在急公好义和帮助朋友熟人方面。他把助人为乐看做是义不容辞的事情，是一种渗透了友情和信义的嘱托。当人们在工作或经济方面遇到烦恼的事情，或者碰到诸如求婚、结婚、离婚等个人和家庭问题时，需要有人出点子、调解甚至跑腿什么的，他总是心甘情愿地出面帮忙。是啊，他愿意担任这种角色，尽力而为但分文不取，只是为了友爱。所以，他既做中间人，又当证婚人，还充当仲裁人。他认为，辛辛苦苦地做这些事情，会使生活充满情趣和欢乐。他做了许多对社会有益的事情，却从未向人提及，好像宣扬这些好事反倒会造成对朋友最大的伤害。像他这样的人，当他独自遐想时，在众人面前显示出来的羞涩感便不复存在，自然不免会久久地欣赏自己的优点，听其自然地让骄傲和自负的情绪蔓延。正因为如此，他回想起爱戴他的那几位朋友的嗔怪和媒婆乌姆·阿里的提亲，感到洋洋自得、心旷神怡和津津有味。他不由得自我陶醉起来，但在陶醉之余又隐隐地感到一丝遗憾的苦涩，便暗自思忖：“努芙赛太太的许多优点是不容忽视的，不知道有多少人想得到她，而她偏偏看中了我……但我决不能再娶，这是没有办法的事情。她又不是那种可以不结婚而和男人暗中往来的女人……我是我，她是她，我们俩怎么可能在一起！……这些日子澳大利亚人堵死了我们寻欢作乐的通道，要是这件事发生在别的日子那倒好办了，在我需要女人的时候，她却送上门来了。唉，太令人遗憾了！……”

一辆轻便马车在店铺门口停了下来，打断了他的思路。他抬头向外望去，只见一个肥胖女人把马车压得偏向店铺这边，女人从车上下来，动作十分缓慢，为的是让浑身的肥肉勉强松弛一下。一个黑人女仆先下了车，伸出手去扶她。胖女人似乎从车上下来累坏了，像一顶轿子似的，站在那儿直喘粗气。过了许久，“轿子”才摇摇摆摆地向店铺走来。这时女仆好像为女王开道似的，大声喊道：

“让开点，小伙子们！歌坛皇后祖贝黛女士到了！”

祖贝黛女士扑哧笑了一声，用假装责怪的口吻对女仆说道：

“愿真主宽恕你，朱尔朱勒[①]！你敢再叫一声歌坛皇后我就不客气！……你就不晓得谦虚点！”

嘉米勒·哈姆扎维咧开嘴笑着，赶紧迎上前去说：

“欢迎，欢迎！我们本应该在地上铺好沙子……”

主人站起身，用惊奇和疑问的眼光打量着她，接过伙计的话头说下去：

“不，应该用指甲花和玫瑰花垫道！可有什么办法呢？财神上门，事先也不给我们报个信……”

主人见伙计去搬椅子，便抢先向前一步，伙计掩口而笑赶紧让开。主

---

① 意为“小铃铛”。

人亲自给她搬过椅子，做了个欢迎的手势，意思是说“请坐!”，但他的手指可能是无意识地撑开着，活像一把蒲扇。这大概是他看到她的大屁股，使他的脑子里想到这样肥大的臀部会把椅子塞得满满的，肥肉将会挤到椅子外面来的缘故吧。胖女人嫣然一笑，以示感谢。她没有戴面罩，漂亮的脸蛋暴露在外。她坐了下来，满身珠光宝气，晶亮闪烁。她侧过头瞧着女仆，有意说给别人听似的对她说道：

“朱尔朱勒，我不是对你说过吗？我们这儿有这么上档次的商店，买东西还用得着东奔西跑吗？”

女仆附和着女主人的话道：

“皇后，你说得对。我们为什么要舍近求远呢？我们这儿有尊敬的艾哈迈德·阿卜杜·嘉瓦德先生呀!”

朱尔朱勒这么露骨的话似乎把胖女人吓了一跳，她缩了缩脖子，向女仆丢了一个责备的眼色。接着，她的目光又在主人和女仆之间来回移动，好让主人看出她对女仆的不满，然后掩饰住自己的笑容，说道：

“真丢人哪！……朱尔朱勒，我跟你说的是店铺，不是这个艾哈迈德先生!”

聪明的主人心里顿时感觉到胖女人的话所带来的友好气氛。他凭着不安分的本能，立即融进这种气氛中，微笑着低声说道：

“皇后，店铺和艾哈迈德先生是一码事。”

胖女人卖弄风情地扬了扬眉毛，温和地反驳道：

“可我们要找的是店铺，而不是艾哈迈德先生。”

显然，感受到皇后创造的美好气氛的，已经不是艾哈迈德先生一个人了，就连嘉米勒·哈姆扎维也一边在和顾客讨价还价，一边偷眼去看歌女身上暴露的地方。那些顾客们，他们的目光也借机在货架中来回移动，顺便溜上胖女人一眼。看来，歌坛皇后大驾光临已经吸引了一些路人的注意，主人只好走到皇后身边，用宽阔的背脊对着门和路人，以挡住那些想大饱眼福的人的视线。不过，他没有忘记刚才的谈话，接着说：

“真主的安排真是奥妙无比，有时候竟让无生命的东西比人还幸运。”

胖女人意味深长地说道：

“我看你是夸大其词了。东西决不会比人更幸运，不过它往往会更有用些。”

主人那对碧蓝的眼睛要把她看透似的紧盯着她，故作惊奇地问道：

“更有用？”他用手指了一下，“是说这个店铺？……”

胖女人冲他甜蜜地莞尔一笑，然后故意粗声粗气地说：

“我要白糖、咖啡豆、大米，为这几样东西，人能少得了店铺吗？”她又毫不在意似的撒娇加了一句，“再说男人们总是多心眼的！”

艾哈迈德已经动了心，觉得他正面临着比买卖更重要的事。他抗议道：

“并不是所有的男人都一样，皇后！谁跟你说人离不开大米、白糖和咖啡豆？……其实，在人的身上就可以获得营养、尝到甜味、满足需要的！”

胖女人笑吟吟地反问道：

“你是说人还是厨房？”

艾哈迈德用得意洋洋的口吻回答道：

“如果你从近处看，就会发现男人和厨房有着惊人的相似……这两者的存在，都是为了满足口腹之欲！”

胖女人闭上了眼睛良久。主人等着她抬起头来，朝他露出灿烂的笑容。谁知她用严肃的目光看着他，他立即感到她已改变了“政策”，或许她不太喜欢这种放肆，改变了主意。然后，他才听到她平静地说道：

“愿真主让你受益！……可是，今天我们只要大米、咖啡豆和白糖。”

主人装出一本正经的样子，转过身把伙计叫来，大声吩咐他给这位女士准备她所要的东西。他的态度表明，他也放弃了“亲热”而回到“工作”上来。但是这样做只不过是一种权宜之计，紧接着他便恢复了出击性的微笑，轻声对皇后表示：

“本店铺和它的主人听候你的吩咐!”

他的策略收到了效果。胖女人嬉笑着说：

“我说店铺，而你总是慷慨显示自己!”

“毫无疑问，我本人比我的店铺好，或者说，比我店铺里的东西好。”

她容光焕发，带着狡黠的笑容打趣道：

“我们只听说你的货物好，这可和我们听说的不一样了!”

主人哈哈大笑，说道：

“你的嘴这么甜，还用买糖吗?”

这场舌战之后是一阵沉默，看来两人都心满意足。歌女打开手袋，取出一面带银把的小镜子，端详着自己的面容。主人回到账桌旁伫立着，饶有兴趣地注视着她的脸。其实，当他的目光一落到她身上时，他的心就告诉他，她特意到他这里来，决不是为了买东西。随后，她的热情的谈话更肯定了他的猜测。那么，他所面临的问题是现在作出决定：是和她继续来往，还是就此彻底分手。他和她并非初次见面，在某些朋友的婚礼上他曾多次见到过她。他还听到传言，说她与赫利勒·巴南先生姘居了很长时间，不久前两人才分手。也许这就是她找新的店铺买东西的原因吧！她在歌女中虽然只是二流角色，却长得容貌娇艳。尽管她是个可爱的歌女，可更使他动心的是，她确实是个惹人喜爱的女人。她身上的肥肉，在即将来临的严冬里足以让人温暖身子。哈姆扎维提来三包东西，打断了他的思路。女仆接过东西，胖女人把手伸到手袋里，像是准备掏钱，主人作了个手势拦住说：

“啊呀，这就不对了。”

胖女人故作惊讶地说道：

“有什么不对，先生！……买东西付钱是天经地义的。”

“你这次光临敝店，我们备感荣幸，我们理应表示一点心意，但愿我们没有怠慢之处。”

她不等主人说完就站起身来，对店主的客气没有认真地表示推辞，只是说：

“你这么热忱，会使我下次再来时犹豫再三的。”

主人哈哈大笑，说道：

“你放心吧，我优待顾客只在头一回，以后就会设法捞本了，哪怕是暗中捣鬼！我们买卖人都有这么一手！”

胖女人微笑着向他伸出手，告辞道：

“像你这样大方的人只会被人捣鬼，哪会对别人捣鬼……谢谢你，艾哈迈德先生！”

“不客气，不客气，皇后！”主人真心诚意地说。

主人伫立着，目送着胖女人摇摇晃晃地走出店铺，爬上马车坐定，朱尔朱勒坐在她的对面小凳子上。马车载着这些人远离了他的视线。这时，哈姆扎维翻动着账本问道：

“这笔账怎么做？”

主人笑眯眯地看了伙计一眼，说道：

“在数额处写上‘情爱消耗品’。”

接着，他一边朝账桌走去，一边喃喃自语道：

“真主至美，也爱美……”

# 十五

傍晚，艾哈迈德关上店门后离去。他浑身散发着香水味，心怀疑惧地从萨加来到奥利亚，一直到了阿里咖啡馆。在经过咖啡馆门前时，他注意地观察了一下歌女住的房子及其周围的情况，发现附近的商店仍在营业，路上的行人熙熙攘攘。于是他继续前行，到一位朋友家里待了一个小时，告辞离开后又回到奥利亚街。这时，夜幕已经降临，街上冷冷清清。他放心地走到那所房子前，敲了敲门。等开门时，他仔细地打量着周围，除了阿里咖啡馆的窗户和新马路拐角处一辆手推车上的灯亮外，没有一点亮光。门打开了，闪出一个小女仆的身影。他用一种暗示着希望得到真诚和信任的有力声音毫不犹豫地抢先问道：

“祖贝黛女士在家吗？”

小女仆仰起头望望他，因职业使然，小心谨慎地问他：

“请问尊姓大名，老爷？”

他用响亮的嗓音说道：

“就说有个人要和她商量晚会演出的事。”

小女仆进去禀报，几分钟后回来说：“请进！”闪到一边让他进了门。他跟在小女仆身后，沿着低矮的台阶拾级而上，来到楼上过道。小女仆打开对面的一扇门，他进入一间黑咕隆咚的房间。他站在离门一步远的地方，听见小女仆渐渐离去的脚步声，不久她拿了一盏灯回来。他的目光尾随着她，只见她把灯放在桌子上，端过一把椅子放在屋子中间，站上去把挂在天花板上的大吊灯点亮，之后把椅子放回原处，拿起小灯，走出屋子前彬彬有礼地对他说道："请坐吧，老爷！"

艾哈迈德朝放在屋子正面近墙边的一张沙发走去，毫无拘束地坐了下来，表明他对这种场合或类似这种场合早就习以为常。他坦然自若，感到满意和舒心。他摘下红毡帽，放在沙发中间的靠枕上，舒服地伸开两条腿。这间房间大小适中，地上铺着波斯地毯。三面墙边放着大沙发和椅子，每张沙发面前是一个镶嵌贝壳的茶几。两扇窗户和房门上都挂着帘子。空气中弥漫着扑鼻的异香，使人感到心旷神怡。他闲着无事，便看着飞蛾扑灯作为消遣。不多工夫，小女仆送来了咖啡。又等了一会儿，传来了踢踏踢踏的拖鞋声，带着悦耳的节奏，逗得人心里痒痒的。他集中精神，两眼直盯着门口，很快看到一个肥胖的身体几乎塞满了整扇门的空间。这个胖乎乎的身体裹在天蓝色连衣裙里，十分性感。女人的目光刚一落在他身上，立即停住脚，惊叫起来：

"啊，至仁至慈的真主，原来是你呀！"

他那贪婪的目光匆匆地在她身上打量了一遍，活像一只老鼠围着米袋绕圈，想找个洞钻进去。他洋洋得意地说：

"赞颂真主，没想到吧！"

她在门口站了一会儿，笑容可掬地走了进去，并且装出惊恐的样子，说道：

"瞧你这眼神！求真主保佑我……"

他站起身，一把握住她那表示欢迎伸出来的手，并用他的大鼻子使劲吸着她身上散发出来的沁人的芳香，说道：

“你有这么好的香料，不怕别人嫉妒吗？”

她抽回手，后退一步，坐在旁边的沙发上，说道：

“我的香味能带来万幸和吉祥，是我亲自用各种阿拉伯香料和印度香料配制的，它能够使人的身体免受一千零一个魔鬼的纠缠！”

艾哈迈德回到自己的座位上，绝望地把双手一摊，说道：

“可是我的身体例外！……我的身体里有另一种魔鬼，香味对他们是无济于事的。这种情况是最严重和危险的……”

女人拍拍自己像装满水的皮囊那样鼓鼓的胸脯，大声说道：

“但是我只给婚礼助兴，不给来访者凑趣！”

艾哈迈德带着希望，试探道：

“我们会看到我的病在你们这里能否治愈！”

两人沉默不语。女人若有所思地盯着他看，仿佛在摸清他此行的目的，难道他真的像小女仆所说，是来商洽堂会事宜的？……她急于要弄个明白，便打破沉默，问道：

“是举办婚礼还是欢庆割礼？”

艾哈迈德微笑着回答：

“一切听你的！”

“你家是有刚行过割礼的孩子，还是有待嫁的新娘？”

“我全都有……”

她嗔怒地瞪了他一眼，仿佛在说：“你这个人真讨厌！”接着，她讥讽地低声说道：

“不管怎么样，我们随时为你效劳。”

他把两手举到头顶上，做了个表示感谢的姿势，并装作庄重沉稳的样子，说道：

“愿真主赐你更大的能力……不过，我还是坚持让你自己挑选！”

她对这半真半假的玩笑恼怒地吸了一口气，说道：

“我自然愿意为婚礼助兴啰！”

“可我是个已婚的男人，不需要再迎亲一次！”

“你这个人真是啰唆……那么是欢庆割礼吧。”她的声音大了起来。

“就算是吧……”

“你儿子？”她试探地问道。

“我自己！”他一边捻着小胡子，一边直截了当地回答。

皇后捧腹大笑，她已决定不再考虑那个大告不妙的堂会问题了，大声嚷道：

“你真是个滑头的人，我的手要是够得着，非揍断你的脊梁不可！”

他站起身，走到她面前，说道：

“好吧，这下你可够得着了吧……”

他在她身边坐了下来。她真想揍他，但迟疑了一下，便收回了手。他不安地问道：

“干么不赏个脸呀？打吧！”

她摇摇头，揶揄道：

“我怕破坏了小净……”

他急不可待地问：

“我能奢望和你一起做礼拜吗？”

这句调情的话一脱口，他赶紧暗暗祈求真主宽恕。他神魂颠倒，贫嘴滑舌，话越说越离谱，连他自己的心也忐忑不安起来，不在内心祈求真主饶恕，他就无法继续取乐。那女人却依然在挑逗地取笑说：

“大德[1]，你指的是胜于睡觉的礼拜[2]吗?”

“不，我说的是与睡觉一样的礼拜……”

她禁不住大笑起来：

“你这个人哪，表面上道貌岸然，骨子里却色胆包天。现在我总算相信人们说你的话了……”

他认真地坐直身子，急忙问道：

“说我什么来着？真主啊，我可受够了流言蜚语的伤害呀!”

“人们对我说你是个酒色之徒……”

他叹了口气，叹息声流露出他轻松的情绪，说道：

“这是对我的人身攻击，祈求真主保佑……”

“我不是说过，你是个滑头的色鬼!”

“这证明我已经被接受了，感谢真主!”

女人傲慢地仰起头，说道：

“慢着！……我可不像你所认识的那些女人……不是说大话，我祖贝黛的自重和选择标准是远近闻名的。”

艾哈迈德将两掌放在胸前，用挑衅和温和的目光注视着她，不慌不忙地自诩道：

“一场考试，人定贵贱[3]。行不行，一试便知。”

“你哪来这样的自信？你不是还没有得到证明行过割礼吗?”

艾哈迈德浪声大笑一阵，说道：

---

① 这是对宗教学者的尊称，原义为“有大德行者”。这里显然是在挖苦对方。

② 晨礼的唤拜词中有“礼拜胜于睡觉”一语，这里借来用作调情的话。

③ 这是一句著名的阿拉伯谚语。

“可敦[1]，你不信吗？如有怀疑就……”

她在他的肩膀上拍了一下，让他把下面的话咽了回去。他一怔，接着两人一起纵情大笑。艾哈迈德对她陪伴自己大笑十分开心。经过一番明来暗去的相互挑逗之后，他估计她这一笑等于宣布她已同意。她那用化妆墨涂过眼睑的大眼睛流溢出来的煽情微笑，更加强了他的这种意识。他正在考虑说哪一句得体的亲热话来回报她的娇媚，她却警告他道：

“你可不要迫使我把你想得更坏!”

这句话使他想起她刚才说的那些关于他的流言蜚语，便关切地问道：

“谁跟你谈论我了?”

她用一种责备的目光瞪着他，脱口而出：

“嘉丽莱!”

这个名字使他感到突然，他就像被原告闯进幽会的场所抓了现行似的，十分尴尬地笑了笑。嘉丽莱是个有名的歌女，他曾迷恋上她一阵子，玩厌后就与她分道扬镳了，但平素他们还藕断丝连地偶尔来往。不过他毕竟是情场老手，便不露声色地说道：

“天哪，你看她的脸蛋和声音，”到此便把话岔开去，“我们不谈这些了，还是谈正经的吧……”

皇后话中带刺地追问：

“是嘉丽莱不值得你说一句温情体贴的话，还是你一提起跟你分手的女人都是这副模样?”

艾哈迈德有些尴尬。但这种尴尬的感觉，溶化进了他的新欢在谈论旧爱时他心中掀起的自负的狂潮中。他沉浸在甜蜜的胜利的喜悦中。过了许

---

① 土耳其语，对皇后、夫人的尊称。

久，他才重新开口，话中显示了他出了名的圆滑老练：

“守着面前这位绝色佳人，我怎能丢开她去回忆已经忘却了的往事呢?”

皇后脸上讥嘲的神色尚未消失，但对这种溢美之词她不能无动于衷，唇边不由泛起一丝微笑。她扬起眉毛，故作不屑一顾地说道：

“商人的舌头真厉害，只要能够达到目的，什么好听的话都慷慨奉送。”

“可别这样说。人们老是冤枉我们商人，光凭这一点我们也应进天堂。”

皇后鄙夷地耸了耸肩膀，毫不掩饰自己的关切，问道：

“你什么时候跟她好上的?”

他摆了摆手，像是在说“陈年老账别提啦!”过一会儿，才嘟嘟囔囔地说：

“很久很久以前的事了!”

皇后讪笑着，用发泄私愤的口吻讥诮道：

“是已经逝去的年轻时候吧?”

艾哈迈德用责备的目光端详着她，说道：

“我真想从你舌头上吸走这种挖苦人的话。”

皇后用同样的口吻继续说道：

“你和她相好的时候是一块肥肉，被她抛弃的时候却是一根骨头。”

艾哈迈德警告地用食指点点她，说道：

“我这么壮实的男子，六十岁还可以娶老婆……”

“那是为了爱情，还是老朽昏庸?”

他嘿嘿直笑道：

“女圣徒[①]，敬畏真主吧，让我们谈谈正经事吧。”

---

① 埃及对信奉伊斯兰教的妇女的尊称。

“正经事？……你是指商量堂会助兴的事吧？”

“我是指一辈子助兴的事！”

“一辈子还是半辈子？”

“真主会安排我们好命运的……”

“愿真主成全我们好事。”

他预先在心里祈求真主宽恕，然后问道：

“我们现在念开端章吗？”

女人佯装不懂他的邀请，霍地站起身，故作焦急地大声说道：

“真主啊，时间过得真快，我今天晚上还有重要的事情哩……”

艾哈迈德也一跃而起，一把抓住她的手，打开她染了指甲花的手掌，神情迷恋地谛视着她。她想把手抽回去，却被他死拉住不放，一次、二次都抽不回去，她便掐他的手指，威胁性地伸手去抓他的胡子，说道：

“放开我，要不你从我家出去的时候会只剩下一根胡子的……”

艾哈迈德发现她的手臂离自己的嘴很近，便不再与她说什么，慢慢地把嘴唇凑了过去，埋在她那柔软的肉团里，一股带有甜津津味道的丁香味钻进他的鼻孔。他舒了一口气，喃喃地说道：

“明天行吗？”

这一次，她用力挣脱出手，目光逼视着他良久，然后才笑嘻嘻地低声吟唱：

我的小鸟呀，那是我的小鸟！
让我与他一起玩耍，把满腹的心事向他诉说。

她送他出门时，还反复吟唱道“我的小鸟呀”。艾哈迈德离开房间时，也低声重复着这几句歌词。他的嗓音里充满了持重和沉稳，仿佛正在琢磨这首曲子的弦外之音……

# 十六

歌女祖贝黛家里那个叫做“聚乐厅”的地方，是住宅中间的一个大厅，实际上有多种用途。最重要的用途，是歌女和她的演出班子在这里进行排练和背记新歌。她之所以挑选这个地方，一是因为它离马路比较远，中间隔着卧室和接待室；二是它很宽敞，适合举办各种私人聚会。这种聚会她一般邀请几个最亲近的朋友和知己，大家在一起唱唱歌、调调情。举办这些聚会的动机，不单是显示她的豪华阔气——即使搞得豪华气派，那也往往由朋友们自掏腰包，她是借此方式广结名流雅士和权贵富豪，这些人不但会请她参加堂会演出，还会在他们交往的上流人物圈子里为她作宣传。此外，她还可以从他们中间物色如意的情人。现在轮到艾哈迈德·阿卜杜·嘉瓦德了，他可以在几个贴心朋友的簇拥下进入这个幸福的大厅出风头了。其实，自从他到祖贝黛家进行了大胆的拜访后，他就积极活动开了，不仅马上派人给她送去坚果、糖果等丰厚的礼物，还派人为她定制了一个做工精细、花纹优美的镀银脚炉，把它作为相爱的定礼。这样，皇后才约他来举办这次庆贺新的爱情的聚会，并让他随心愿邀请几位挚友参加。聚乐厅显示出浓郁的地方特色：大厅两侧摆满名贵华丽的柔软的沙发，沙发上蒙着用金银线织成的浮花锦缎。正面墙边是女主人的大沙发，周围放着许多供歌班子人员用的坐垫和靠枕。长方形的地面上，铺着五颜六色各种图案的地毯。双斜屋顶上有几个玻璃天窗，开向屋顶平台。夜里暖和时天窗敞开着，寒冷时就把它关上。屋顶中间有一块吊平顶，上面垂下一盏大吊灯。右侧中间墙上有一只斜撑着的枝形灯架，每个支架上都插着点燃的蜡烛，枝形灯架宛如一颗美人痣，鲜艳明亮，点活了整个大厅。

祖贝黛盘腿坐在大沙发上，右边是她的养女琵琶手宰努芭，左边是弹竖琴的瞎子阿卜杜胡。还有几个女子坐在左右两边，有的拿着铃鼓，有的抚弄着陶鼓，有的耍着铜钹。歌女让艾哈迈德坐在右边的第一个位子上，他们的几个朋友也就毫不客气地各自坐下，如同就在自己家里一样。这毫不奇怪，因为他们对这种气氛并不陌生，和歌女也并非初次见面。艾哈迈德把他的朋友向歌女一一介绍，首先介绍的是面粉商阿里先生，祖贝黛眉开眼笑地说道：

“阿里先生并不陌生，去年我就在他千金的婚礼上演唱过……”

接着介绍的是铜器店老板法尔先生，有人插话说他是贝姆芭·库施尔的追随者，法尔先生赶忙说：

“我就是来忏悔的，皇后！”

相互介绍完毕之后，女仆朱尔朱勒端来几杯酒，依次送到客人面前。在座的个个兴致勃勃，心情愉悦，豪情满怀。显然，艾哈迈德毫无争议地成了晚会上的新郎。朋友们全都称他“新郎”，他自己心里也有这种感觉。刚开始时他还有点局促不安，这是很少有的情况，于是他以嬉笑来掩饰。等酒下肚后，这种局促才烟消云散，他又像往常那样坦然自若，全身心地沉浸在欢乐之中。在这种欢乐场中会激起多少欲念啊！每当情欲难忍时，他那色眯眯的眼睛就射向坐在沙发里的皇后，在她丰满迷人的身体上留连忘返。命运赐给他这样的恩惠，使他心花怒放。他祝贺自己今夜和今后的每个夜晚都将得到盼望已久的偷情的乐趣："'我行不行，一试便知'，我这么露骨地向她挑衅过，今天可要说到做到呀。天哪，她到底是怎么样的一个女人啊！她有多大能耐，到时候我就一清二楚了。我必须随机应变，决不能败在她的手下，但应该估计到她是无比厉害和高明的。我决不放弃自己的老规矩：把我自己的快感放在第二位，要把她的高潮作为目标和终极。只有这样，我才能最完美地得到享受。"

艾哈迈德虽然是风月场中的老手，但除了血肉之躯滚在一起的肌肤之亲外，没有尝过恋爱的滋味。不过，他总是把爱理解成最细腻和最纯洁的形式。他并非真的是野兽，除了兽欲外，他还具有丰富的感情和灵敏的感觉，深深喜爱情歌和音乐，这使他的情欲达到登峰造极的地步。仅仅为了情欲，他第一次结婚，然后第二次结婚。是的，随着日子一天天过去，他那做丈夫的感情里受到了亲昵相爱等新因素的影响，但这种情分就本质来说，仍然是肉体的欲望。正因为如此，每当他感情冲动，尤其是过剩的精力和更新的体力无法用一种方式发泄时，他就会像一头发情的公牛冲进风月场中去追求声色。每当他产生慕恋之情时，便会显得热情奔放、心荡神移。任何女人，他看到的只是肉体，但是在他发现这个肉体真正值得他去看、摸、嗅、尝和听时，他才会对它低下自己的头。这是肉欲，不错，但它不是兽性的，也不是盲目的，而是经过人为的改良，受过艺术的熏陶，所以得用音乐、诙谐和笑容来制造气氛，创造环境。他的身体就是情欲的最佳象征：他那魁伟强壮的身体充分显示出冷酷和兽性；但是同样在他内心深处也隐藏着温柔、细腻和友爱，有时故意披上果断和严厉的外衣。因此，他的目光虽然在吞食着皇后，但他那活跃的想象力却并没有集中在这一切上，起码直到现在这个时候，他还是对这些梦幻般的嬉戏、娱乐、唱歌、闲谈心不在焉。祖贝黛感到了他火辣辣的目光，便向客人们的脸上扫了一眼，娇媚而得意地对他发话说：

“看够了吧，新郎，当着你同伴们的面，你就不感到难为情？”

艾哈迈德惊奇地回答：

“在这么一大堆肉面前，我哪里还顾得上难为情啊！”

歌女发出银铃般的笑声，十分快乐地问其他人：

“你们对这位朋友怎么看？”

大家异口同声地说道：

“情有可原！”

这时，弹竖琴的瞎子摇晃着脑袋，努着下嘴唇，低声说道：

“原谅告戒者。”

他的格言受到了大家的欢迎。祖贝黛气恼地白了他一眼，在他胸脯上捶了一拳，嚷道：

“你住嘴，把你哇哇乱叫的嘴巴塞住……”

瞎子挨了这一拳先是一笑，继而张开嘴好像还要说什么，但为了太平起见还是闭上了嘴。歌女转过头，用威胁的口吻对艾哈迈德说道：

“这是对放肆者的惩罚。”

艾哈迈德佯作不安地接口说：

“可是我来这里，正是为了学习粗野无礼的。”

歌女用手拍着胸脯，大声嚷嚷道：

“他说什么话！你们听见他说什么来着……”

几个人异口同声地回答：

“到现在为止，这是我们听到他说的最好的话。”

“不过，如果他过分放肆，你应该揍他。”一个朋友补充一句。

另一个人自信地说道：

“他即使粗野无礼，你也必须顺从。”

歌女表示惊讶地扬起眉毛，其实她根本没把这句话往心里去。她问道：

“你们喜欢粗野竟然到了这种程度！”

“愿真主让我们永远粗野。”艾哈迈德感叹地说。

歌女再也无话可说，伸手拿起铃鼓，说道：

“我让你们听一点最好听的东西。”

她开玩笑似的朝艾哈迈德打了个榧子。这清脆悦耳的榧子声，友好地提醒正在喧闹的人们安静下来。大家纷纷改变姿势，歌班子人员准备好演出，客人们把杯中物一饮而尽，然后伸长脖子望着歌女。整个客厅里鸦雀无声，表明人们翘首等待演出。祖贝黛向班子人员作了个手势，他们便奏起《奥斯曼贝克的光荣》乐曲。在场的人随着音乐的节奏来回晃动着脑袋。艾哈迈德完全陶醉在拨动他心弦的竖琴的旋律声中。悠扬缠绵的琴声，宛如汽油浇在余火未尽的炭块上，在他心里，与他这么多年来在无数的夜间欢乐聚会上所听到的五花八门的曲调，产生了共鸣。是的，竖琴是他心里最喜爱的乐器，这不是因为一代乐师阿加德的演技精湛，而是由于竖琴本身的音色给他无限快感。他知道，他欣赏艺术大师阿加德或阿卜杜胡的演奏，那完全是他那颗追求情欲的心把他引入艺术的宫殿。乐队奏完序曲，祖贝黛引吭高歌：“迷人的姑娘使我醉……”歌班子人员热情地在为她伴唱。其中两个对唱人的声音最好听：一个是瞎子竖琴师，嗓门粗犷雄厚；另一个是琵琶手宰努芭，声音尖细激昂，带着童音。艾哈迈德精神亢奋起来，端起面前的酒杯一饮而尽，激动地随声唱了起来。开始时，还未咽下的口水堵在喉咙口，无法放声，因此声音低沉。很快，朋友们也来了劲，学着他的样子唱了起来。整个大厅立即出现了大合唱的场面，异口同声唱着同一支歌。重唱部分结束，艾哈迈德情绪激昂，准备倾听照例由皇后唱的独唱夜间情歌。谁知皇后却用一阵银铃般的笑声结束了唱歌，显得很快乐和得意。她开玩笑地祝贺合唱团“新队员们”，问他们想听什么。艾哈迈德心里有些不快，一时不知如何是好，这是在考他对歌曲的热爱程度，是一场严峻的考试。他周围的许多人尚未意识到这一点。不过他马上明白，祖贝黛像所有的歌女，其中包括贝姆芭·库施尔本人一样，不擅长唱如诉似泣的夜间情歌。他希望祖贝黛选择一支在堂会上为太太们演唱的小调，而不要试图去唱这种走红的歌曲，她一定唱不好这种歌的。他为了不使自己的耳朵遭殃，便提议她唱一支适合她的嗓音的小曲：

“来一个《妈呀，我的小鸟》，好不好?”

他含情脉脉地注视着她，仿佛要挑起她的情绪，让她唱几天前他俩在客厅里相见时唱的那首小曲。但是，从大厅那头传来一个声音，挖苦地喊叫道：

“最好让你妈叫她唱!”

大厅里一阵哄堂大笑。艾哈迈德的计划泡了汤。没容他再次建议，就有人要求她唱《穆斯林们，真主的眷属》，还有人要她唱《你好，我的心上人》。但是，祖贝黛为避免满足一部分人而得罪另一部分人，便宣布为大家演唱《对我的灵魂，我是罪人》，于是得到满堂喝彩。艾哈迈德借助于酒和对今夜幽会的幻想，无法掩饰心头的愉快。他的嘴角挂着灿烂的笑容，一看就知道他进入了醉生梦死的情景之中。他不禁同情起这个为满足有音乐修养的听众们的口味而主动去唱走红歌曲的女人，尽管她本人不乏歌女们固有的那种自视甚高。正在歌班子人员准备伴奏时，一个朋友站了起来，狂热地喊道：

“让艾哈迈德先生打铃鼓，他是个铃鼓老手!”

祖贝黛摇摇头，将信将疑地问：

“真的吗?”

艾哈迈德的手指迅速而灵巧地做了几个动作，仿佛在向她展示自己的技艺。祖贝黛笑嘻嘻地说道：

“这有什么可奇怪的，你是嘉丽莱的徒弟嘛!”

客人们纵声大笑。在不断的笑声中，法尔先生高声问皇后：

“你打算教给他点什么呢?”

她别有用意地说道：

“我打算教他竖琴，你对这不会高兴吧?”

艾哈迈德恳求道：

“如果你愿意的话，还是教我和声吧。”

许多人都催促艾哈迈德拿起铃鼓参加演奏。他站起身脱去外衣，那高高大大的身体在茴香色的长衫里，活像一匹准备扬蹄腾跃的骏马。他卷起衣袖，露出两条胳膊，朝大沙发走去，打算坐在皇后身边。为了给他让出地方，她半起身向左边挪动，红色连衣裙下露出圆滚滚、白里透红的小腿，腿上有磨皮拔汗毛的痕迹，脚腕上戴着一副金脚镯。他双臂轻轻地搂住她，人们看到这一情景，惊雷般的喊声响了起来：

“哈里发国万岁!”

艾哈迈德的目光抚摸着歌女的大乳房，接着欢呼：

“不，应该高呼最伟大的胸脯万岁!”

“小声点，不然，英国人会让我们到监牢里过夜的。”歌女高声警告道。

艾哈迈德已被酒冲昏了头脑，喊道：

“就是判终身苦役我也跟着你……”

不止一个声音大声嚷嚷：

“别美了，谁也不会放你们俩单独走开的!”

歌女想结束由她的小腿引起的风波，便把铃鼓递给艾哈迈德，说道：

“让我瞧瞧你有多大本领。”

他接过铃鼓，满面微笑地用手抚摩了一下，然后手指灵巧地弹奏起来。这时，器乐齐鸣，祖贝黛望着那些目不转睛地盯着她的眼睛，唱了起来：

对我的灵魂，我总是罪人；
情海恐无边，苦恋永沉沦！

艾哈迈德发觉自己处在一种奇妙的境界中：皇后的气息向他阵阵袭来，碰上一股股从他的脑门冒出的酒的火焰，立刻，哈慕利、奥斯曼、曼尼拉维名歌的回响声在他意识中消失了。此时此刻，他生活在满足和幸福中。她的嗓音拨动了他的心弦，使他热血沸腾，把铃鼓摇得出神入化，连专业演奏者也望尘莫及，当她唱到“远行之风啊，托你捎个信：何日君再来，给我甜蜜吻！”时，他已由陶醉到疯狂，浑身火辣辣的难以忍耐。朋友们也先后被酒击倒，人人胸中燃烧着欲火，狂乱地手舞足蹈，宛如风暴中的大树枝叶乱舞。

晚会渐渐临近尾声。祖贝黛反复重唱那首歌首句“对我的灵魂，我总是罪人”这一句，缠绵的歌声既让人感到刻骨铭心、回味无穷，也让人知道晚会结束了。歌声消失了，就像一架飞机载着情人消失在天际。这时，爆发出一阵雷鸣般的欢呼声和掌声，接着便是一片宁静，说明在狂欢和亢奋之后人们已精疲力竭，他们的心恢复了平静。大厅里只有咳嗽、清嗓子、划火柴的声音，或者有人说一两句无关紧要的话。过了一会儿，有人对客人们说：

“请吧，祝大家晚安！”

有人回头去看狂欢时脱下来搭在沙发扶手上的衣服，另一些人对晚会还恋恋不舍，不尝完最后一点乐趣决不离开。他们中有人喊道：

“我们一定要送艾哈迈德先生和皇后入了洞房才离开!”

这一建议得到支持和欢迎。艾哈迈德和歌女不置可否地大声笑着，他们还未喘过气来就被一伙朋友围住，把他俩扶起来，并且叫班子人员演奏婚礼进行曲。

他俩并肩站在一起，女的像轿子，男的像骆驼，倒也是珠联璧合的一对巨人。她娇柔地拉起他的手臂夹在自己腋下，示意围观的人给他们让路。一名女演奏员打起了铃鼓，整个歌班子便合奏起来，宾客们跟着旋律唱起了婚礼进行曲：“美男子，抬起你的眼睛瞧瞧吧……”一对新人半喜半醉地昂着头，迈着缓慢的步伐向前走去。宰努芭见此情景，不知不觉地停住了弹琵琶的手，拉长声音打了个响亮的震舌欢呼声，用形象化的说法，这种舌头在口腔内搅动发出的欢呼声，就像彗星的尾光划破天空。朋友们争先恐后地走到他俩面前表示祝贺：

“白头偕老，多子多福!”

“诞生一批歌舞天才!”

“今日之事，别拖到明天!”一个人大声提醒艾哈迈德。

歌班子继续边奏乐边唱歌，朋友们挥手告别，直看到艾哈迈德和皇后消失在通向内室的门后。

# 十七

艾哈迈德正坐在店铺里的账桌后面，想不到亚辛会闯了进来。儿子这样做不仅出乎他的意料，而且首先让他觉得反常，儿子在家里总是尽可能地躲着他，现在却到店里来找他，这是不正常的。再说，亚辛显得心神不定、目光游移。他平时在父亲面前总是毕恭毕敬的，今天朝父亲走来时只是机械地举手到脑袋边，仿佛忘却了自己是儿子。接着，他显得十分激动地说：

“你好，爸爸！我来是想告诉你一件重要的事情……”

艾哈迈德抬起头，用询问的目光看着他，心里忐忑不安，但他凭着自己的意志克制着不流露出来，平静地说道：

“愿真主保佑你万事如意！”

嘉米勒·哈姆扎维对亚辛的到来表示欢迎，他给他端来一把椅子。父亲命令他坐下，他把椅子往父亲跟前移了移，坐了下来，犹豫片刻，才愤然吐了口气，声音颤抖地直说：

“我妈又要嫁人啦！”

艾哈迈德虽然预料到不会有好消息，但他再怎么悲观地猜测，也不会往这个早已被他丢到脑后的问题去想。这突如其来的消息使他慌了手脚。

他立即皱起了眉头，就像他每次听到有关前妻的消息时那样。他首先感到郁闷不快，心烦意乱，这件事直接伤害了他儿子的自尊心。他就像许多绝望中的人提出问题不是为了了解新情况，而是要寻求摆脱现状的出路，或者说是为了给自己留下一个缓冲的思考时间，控制一下神经那样，询问儿子：

“谁告诉你的?”

“她的亲戚哈姆迪谢赫今天到学校来跟我说的，并且肯定她在这个月内就要嫁过去……”

这消息是确实无疑的了。她生活中这又不是第一次，从过去看将来，也决不会是最后一次。可是，这个小伙子有什么过错，要遭受这样没完没了的残酷惩罚？艾哈迈德对儿子产生了怜悯和同情。人们碰到麻烦都来找他排忧解难，面对痛苦不堪的儿子他怎能袖手旁观。他扪心自问：要是他自己不幸摊上这么一个母亲，他会怎么样呢？想到这里，他的心一阵发紧，对儿子越发同情和怜悯。他本想问一问她未来的丈夫是谁，但他克制住了。他所以没问，要么是出于疼爱孩子，不忍使他的伤口加大加深；要么是被他自己否定了，在目前的悲剧里，对前妻怀有好奇心显然是不合时宜的。谁知亚辛情绪激动地主动说了出来，仿佛是在回答他心里正想着的问题。

“她要嫁给怎么样的人？……德拉赛区一个面包房老板，名叫叶阿古卜的……三十来岁！”

他激动得声音都颤抖了，说出这最后一句话时，就好像把卡在喉咙口的一块骨头吐了出来。他这种憎恨和厌恶的情绪感染了父亲，他在心里反复嘀咕：“三十来岁……这是多么丢人的事情啊……这是披着婚姻的外衣，实际上是淫荡堕落……”艾哈迈德气不打一处来，既是为儿子，也是为自己。他总是这样，每当听到前妻自甘堕落的消息时总要勃然大怒，好像做过他一日的妻子，就要对他终身负责；或者说，即使时过境迁，他还是不能让她不服从他的管教，逃避他的教训！他只要想起与她共同生活的日子——尽管相处时间不长——就像想起被热病折磨得苦不堪言的情景。也许他的想象太夸张了，但像他这样自视甚高的男子总应该认为，只要有不服从他意愿的想法，就是一种不可宽恕的罪行，一种致命的失败。再说她过去是，或许她现在仍然是一个女性味十足的大美人，很有吸引力。他和她共同生活的最初几个月里，生活是美满的。后来，她开始对他在家人面前说一不二的权威意志有了一点反抗。她认为得到点自由是不过分的，至少要允许她不时回娘家看望父亲。艾哈迈德火冒三丈，使用各种方法逼她就范，先是训斥，后来就痛打，于是这个娇生惯养的女人只好逃回娘家去了！傲慢得不可一世的丈夫气昏了头，认为教训她，让她恢复理智的最好办法，就是暂时把她休了。当然，这只能是暂时的，因为他实在是舍不得她。就这样，他把妻子休了，装出一副若无其事的样子。过了几天、几个星期，满以为她的亲人中会有人出面说合，但谁也没有来敲他家的门，他的傲气受到了践踏，只得派人去摸情况，准备言归于好。哪知派去的人回来说，对方欢迎和解，但有个条件：不准限止她的行动自由和随意打骂！他一直期待着不附带任何条件的和解，这个答复让他怒不可遏，心里发誓永不和她复婚。就这样，他俩劳燕分飞。于是，亚辛被注定一生下来就远离父亲，在母亲家里度过一段屈辱和痛苦的岁月。

这个女人已嫁过好几次。虽然在儿子眼里，母亲再婚是一种最体面的堕落，但是这次再嫁比前几次更骇人听闻，更使他痛苦。这一方面是因为他母亲已经是一个上四十岁的女人了，另一方面是因为亚辛已经长大成人，是一个有知识的青年人，有能力按照自己的意愿捍卫尊严，免受伤害和耻辱。他已经不是过去的亚辛了。那时他少不更事，一听到母亲那边令人气愤的消息，只能是惊愕、恼怒和哭泣。而现在他要采取新的立场，他要显出自己是一个有责任心的男子，对这种侮辱不应袖手旁观。这种种想法在艾哈迈德的脑海里转悠，他忐忑不安地估计着这件事的严重后果。他决心要把大事化小，使他有办法让大儿子避免麻烦。于是，他装出一副轻蔑的样子，耸了耸宽大的肩膀，劝道：

“我们不是讲好了吗？就当没有她这个人……”

亚辛既难过，又失望地说道：

“可是她毕竟存在着呀，爸爸！……不论我们怎么讲好，无论在我的眼里，还是在其他人的眼里，她总归是我的母亲……这有什么办法呢？”

年轻人深深地叹了口气，用母亲遗传给他的一双漂亮的黑眸子凝视着父亲，带着明显的求助的神色，仿佛在对他说：“你是我的父亲，你有权势，有能力，伸出你的手拉我一把吧！”艾哈迈德激动不已，但他继续装得满不在乎，平静地说：

“我不否认你很痛苦，但我不希望你过于悲伤。你愤恨，我可以理解，但总要有一点理智，这样你就不难冷静下来了。你平静地问问自己，她结婚对你有何相干？女人总要结婚的，就像每天、每小时都有女人结婚一样。不要因为她过去的行为，就对她结婚这件事有成见，或许她倒应该感谢这次结婚呢。我曾经对你说过多次，你不把她从心里一笔勾销，就好像她根本没有存在过似的，你的心就永远不会平静。凭真主起誓，你照我说的去做，你的心灵就会得到安宁。不管别人怎么说，结婚总归是合法的、体面的事情……”

艾哈迈德这也是嘴上说说而已，因为这些话和他天生对这种有辱门庭的事具有的反感是不相容的。但他热情地说这番话时如同真的一样。这归咎于他处事圆滑。正因为这样，他才配充当为人们排难解纷不可或缺的最好的和事佬和公正人。他的话不会白说，不管对自己的哪个孩子，他的话都不可能被当做耳边风。但是，亚辛的一肚子气可不是轻易就能烟消云散的。父亲对他说的话，犹如一杯冷水倒在一壶开水里。亚辛立即对父亲说道：

“结婚确实是合法的事情，爸爸，可是它常常是违反教规的，我心里在琢磨，是什么促使那个男人娶她呢?”

情况是严重的，但艾哈迈德有点讽刺性地在暗自思忖：“你最好先问问是什么促使她嫁人的!”没等他开口，亚辛继续说下去：

“是图财，不会是别的!”

“他或许是真心实意地愿意娶她……”

年轻人又激动了，义愤填膺地喊道：

“不，只能是图财!”

情况确实严重，儿子对他大声嚷嚷，口气激动，想到儿子的处境和悲痛，他心中不无烦恼，但又不能重复强调前面的话。既然不能重复，他只好用比较平静的口吻附和儿子的话：

“也只有贪图钱财和房产，才会促使那个人去娶一个比自己大十岁的女人!”

艾哈迈德发现把讨论的话题转移到这一点上是大有好处的，这也体现了他的聪明才智。这样，使亚辛不要再一门心思地考虑那些让他痛苦不堪的十分敏感的事情，把他的视线从母亲为何嫁人转移到那个男人为何要娶她的问题上。再说他十分清楚，儿子对这桩婚事的看法是摆得上桌面的，他心里很快就接受了，并与他一起担心起来。是的，亚辛的母亲海尼娅颇有资财，她在几度结婚和婚外情中得到许多财产。她年轻时是个有魅力又迷人的漂亮女人，男人既为之倾倒，又对她有所顾忌。而现在，她已经不大可能像过去那样掌握自己了，更不要说去控制别人。这样，她的财产就会在一场她不自量力的爱情角逐中消耗殆尽。他绝对不能让亚辛从这场大悲剧的地狱中出来时两手空空，带着备受损伤的自尊心。于是，他又开导儿子，话是对儿子说的，却仿佛是在讲给自己听：

“孩子，我看你说得很对。像她这种人老珠黄而又有家财的女人，一些图财的男人会对她垂涎三尺，她也很容易上钩。可是，我们能做些什么呢？难道我们能设法去找那个男人，逼他放弃这种拐骗行为吗？不行，采用威胁恫吓的手段不是我们的道德所允许的，也不是我们这样体面人所干的。低三下四地去苦苦哀求他，同样是我们的尊严不容的耻辱。现在，我们只有去找那个女人了！我不是不知道，你早已与她断绝关系，至今没有来往，这本来是合情合理的。说真的，若不是迫于无奈，我是不愿意你与她有联系的。但是，在迫不得已的情况下自然另当别论了。对你来说，不管有多难，但总得去你母亲那儿一趟。谁知道呢？或许你的突然出现，多多少少会促使她回到正道上来……”

亚辛在父亲面前，如同一个被催眠术法师没花多少时间就弄得精神恍惚、一语不发的人。他的这种情况说明父亲对他影响力之大，或许还证明他对父亲的建议并不感到突然，很可能他来之前就这样考虑过了。但他还是咕哝着问道：

“难道没有更好的办法了吗？”

“我看这就是最好的办法。”父亲明确而有力地回答他。

亚辛仿佛自言自语地说道：

“我怎么能到她那儿去呢？……我怎么能使自己再投身于早已脱逃离弃的那种生活中去呢？我不愿意有人来妨碍我的生活！……我没有母亲，没有母亲……”

尽管亚辛这样说，艾哈迈德却感到他已使儿子接受了自己的观点，便开诚布公地说道：

“这倒也是实情。不过我认为，你在离开她这么长时间后突然出现在她面前，对她不会毫无影响。或许她看到面前的你已经长成一个成熟的青年，她的母性会有所触动。这样，她就要考虑不伤害你的尊严，从而改弦易辙……谁知道呢？”

亚辛低头沉思着，不像刚才那样愁苦和绝望了。他一直在为怕发生丑闻而胆战心惊，认为这是最让他丢尽颜面的丑闻。但是这与他对自己等待有朝一日能继承的财产可能不翼而飞的担心相比，后者是有过之而无不及。那么，他该怎么办呢？他翻来覆去地琢磨，仍然想不出有比父亲的主意更好的办法。在左右为难之中，他认为还是父亲的主意能使他既保全体面，又能免除许多烦恼。“就这样吧！”他暗自下定决心，于是对父亲说道：

“就照你说的办吧，爸爸！”

# 十八

亚辛一踏上嘉马利亚街，心里立即紧张起来，感到透不过气。他离开这里已经十一年了。在过去的十一年里，他的心里从未想念过它，或者说他一回忆起在这里的往事，就如坠入由梦魇织成的恐怖的深渊里，令人揪心。其实，他并不是离开了这条街，而是找准了机会逃之夭夭，以后就愤懑和失望地对它再也不望一眼，再后来就竭力回避这个地方。他再也不到这条街上来办什么事，也不路过这里到别的地方去，压根儿就像不知道有这么一条街。然而这里依旧是他孩提和少年时代的老样子，丝毫没有改变。街道还是那么狭窄，一辆手推车横在路上就几乎能把路堵住。看看这些住房，几乎阳台连着阳台。鳞次栉比的小商店，里面的嘈杂声，犹如蜂窝里的嗡嗡声。土路上到处坑坑洼洼的，孩子们赤着脚到处乱跑，把小脚印印在地面上。行人熙来攘往，络绎不绝。哈桑大伯的杂货店和苏莱曼大伯的饭铺都依然如故。若不是因为过去的痛苦和眼前的烦恼，他的嘴边恐怕会泛出怀旧的微笑。对他的儿童时代他是想笑而笑不出来啊！

思慕宫胡同就在眼前了，他的心怦怦直跳，几乎要把耳朵震聋。接着，在胡同口的右边拐角处，出现了将一筐筐橙子、苹果摆在门前人行道上的水果铺，他羞愧地咬着嘴唇，闭上眼睛。想起过去他就感到耻辱，直想把脑袋钻进泥坑里。他真想大喊大叫，吐出对屈辱和痛苦的怨气。但是，如果把他的整个过去放在天平的这一头，把这个水果铺放在另一头，那么，水果铺的一头要沉重些，因为它是往后岁月的一个标记。水果铺的位置、它的老板、筐子、水果，以及对它的回忆，都包含着难以容忍的耻辱、说不出的痛苦和沉重的打击。如果说往事已成过去，记忆自然也会淡漠甚至忘却，但这水果铺却是一位具体的见证人，让模糊的记忆变得清晰，使已经忘却的往事重新出现。他在这胡同口每前进一步，便不由自主地远离当前，时间倒退回去数年。他仿佛看到在店铺里站着一个男孩，仰着头对老板说："妈妈叫你今晚到我家来！"接着，他仿佛又看到那个孩子捧着一纸袋水果高高兴兴地往回走去，还似乎看见孩子被母亲领着走在路上，孩子要让母亲看那个人，却被母亲拽着胳膊拖开，害怕被别人瞅见。他还好像目睹这孩子发现那男人粗野地扑向母亲时，吓得哇哇直哭。每当那个人在脑海浮现时，根据现在的经验，他都会把他想象成一头凶猛的野兽，让他变得更加丑恶。这一幅幅回忆的情景像熊熊大火，在追逐着他，他在拼命逃脱，但他刚从一幅情景中摆脱出来，又落入另一幅情景之中。那种野蛮而疯狂的追逐，在他内心深处激起了愤怒与憎恨。他继续朝目的地走去，心情糟糕到了极点。"胡同口上有个水果铺，我怎么绕过它走进胡同呢？那个人，你看他，不就是站在原先的地方吗？不，决不能往他那边瞧！是什么邪恶的力量偏要引诱我去看呢？倘若我们的目光碰上了，他还认得出我吗？要是他认出了我，我就杀了他。但他怎么能认出我呢？不光是他，就是这里的其他人，都不会认出我的。十一年了，我离开的时候还是一个孩子，回来时已经像头公牛，有两只角的公牛！可是我连消灭那些毒虫的力量都没有，反让它们不断地螫我！"

他慌慌张张地走进胡同，想象着人们的目光一发现他，便会相互询问：

“我们在什么地方、在什么时候见到过这张脸的!”他顺着不平的斜坡往上走，决心抹去脸上和头上令人窒息的尘埃，哪怕是一会儿也好。为便于做到这一点，他的心要溜得远远的，不去想往事。于是，他举目四望，自言自语道：“不要讨厌这条令人难堪的胡同吧！你小时候坐在一块木板上、顺着斜坡往下滑时，是多么喜欢这地方呀!”不过，当老家的外墙出现在眼前时，他心里又在嘀咕：“我这是到哪儿去呢？到我母亲那儿去？真是不可思议呀！我真不敢想，我怎么见她，她又怎么见我！我真想……”他向右拐入一条死胡同，然后往左边第一扇大门走去。一点没错，这就是他的老家了。他像小时候那样走着这条路，既没有犹豫，也不用打听，仿佛是近在眼前的昨天才离开似的。只是这一次，他一进门就感到慌乱，不像往常。他迈着沉重的步子，缓慢走上台阶。他尽管心里忐忑不安，发觉自己还是关注地察看着周围的一切，把它与保留在自己记忆中的印象一一对照。他发现门比他记忆中的窄了些，棱棱角角的地方有些磨损，对着楼梯间的台阶边上有点残破。对过去的回忆很快掩盖了他眼前的心情。在这种情况下，他穿过租出去的两个层面，来到顶楼。他站在那儿定定神，胸脯一上一下，直喘粗气。然后才像个满不在乎的人那样，耸耸肩膀去敲门。一分钟左右，门开了，露出一个中年女仆的脸。她看门外站着的是一个陌生男人，就闪身躲进门后，很有礼貌地问他有什么事情。这个女仆竟然连他都不认识，一股无名之火蓦然升起。他迈着坚定的步子进了门，一边朝客厅走去，一边用命令的口吻说道：

“告诉你太太，说亚辛来了!”

“女仆会把我当成什么人呢?”他回头望了一眼，发现女仆正急急忙忙朝里屋走去。也许是他命令的口吻镇住了她，也许是……他咬着嘴唇走进客厅。虽然他带着火气，匆匆忙忙来不及细看，但认定客厅是下意识的，它的确是客厅。不用人指点，他还记得这套房子的每一个角落。假如不是处在目前的境地，他一定会回想起这里的一切，从他被抱进去时哭叫不停的浴室，到每晚都要从窗孔后朝外观望迎婚队伍的阳台……啊，这客厅里现在摆的家具，还是很久以前的那些吗？

他已记不清这屋里有些什么家具了，只记得有一面长镜子，装在一个镀金的池子上面。池子表面有很多孔孔，上面刻着五颜六色的图案。池子两边，固定着枝形灯架，灯架叉枝上垂下一串串水晶球。他当时很喜欢摆弄这些水晶球，透过水晶球往池子里看，一切变得奇形怪状。如今景象面目全非，但他还是记得自己当时是怎样迷恋它。不用问，房间里的家具已经不是原先的了，这不仅是因为家具需要更新，而且是因为一个多次改嫁的女人的房间是要常变常新的，就像她换丈夫一样，先是亚辛的父亲，然后是煤炭商，再到军士长。亚辛感到紧张和烦恼，他感到自己不但敲开了老家的门，而且挑破了肿胀不愈的、充满脓血的伤疤。他没有等多久，或许比他预料的时间还要短些，就听到一阵急促的脚步声和嗓音很高、却听不清词语的说话声。他背对着门，已经感觉到她来了。她“砰”地一声撞开关着的房门，气喘吁吁地高声说道：

“亚辛，我的孩子！我真不敢相信自己的眼睛。真主啊，亚辛已长成大人了！”

血一下子涌上他绷紧的面孔，他慌忙转过身，不知如何面对她，更不知道见面会有什么结果。但是她不容他想好就冲了过来，一下把他搂在怀里，神经质地搂得紧紧的，开始吻他的胸部——他站在那里，她的嘴最多只够得到那里。接着，她的眼泪夺眶而出，哽咽着说不出话来。她把脸紧偎在他的胸膛上，让自己慢慢平静下来。直到这时，他一动没动，也一言不发。他万分痛苦地感到，这样僵立着是最令人忍受不了的，但他又不知该怎么来改变，便一直僵立着、沉默着。不过他非常激动。起初，他对出现的情况还把握不大，所以并未流露出激动，虽然母亲热烈地迎接他，但他尚未有扑到母亲怀里的想法，更不要说去亲吻她。或许他无法摆脱从少年时代起就像慢性病一样缠绕在他心里的那些痛苦的记忆。他虽然决心暂时把过去赶走，以便控制住自己的思想和理智，但是过去仍然挥之不去，在他心头上留下了阴影，就像落在嘴上的苍蝇被轰走了，却留下了传染的细菌。在这种可怕的处境中，他比过去更加深刻地认识到那个让他的心一直流血的痛苦的事实：他的心里已经根本容不下母亲的位置了。女人抬起头望着他，要求他把脸靠近一些，他无法拒绝，便把脸凑过去，让她吻了双颊和前额。母子俩的目光在拥抱中相遇了，他吻了吻母亲的前额，但除了慌乱和羞愧外，没有其他感觉。接着，他听见母亲说：

“女仆跟我说亚辛来了。我问，亚辛？哪个亚辛？但除了你还会是谁呢？我只有一个亚辛，可是这个亚辛既不肯进我的家，又不让我见到他。究竟发生了什么事情？我的祈祷怎么终于灵验了呢？我不敢相信自己的耳朵，发疯似的跑过来，一看果不其然是你，不是别人，赞颂全归真主。你离开我时还是个孩子，现在却长成了大人。我真是太想你了，可你心里根本没有我这个人……”

她拽着儿子的胳膊向沙发走去。亚辛一边跟着她走，一边心里在琢磨：这种热情接待的狂潮什么时候才会消退，让他有办法说明来意呢？他在好奇索隐和诧异不安中，偷眼向母亲望去，她好像没有什么变化，只是身体更加丰满了些，还保持着那优美的身材。麦色的圆脸和一双画过眼睑的黑眼睛，几乎和他们两人生活时一样漂亮。他看到她脸上和脖子上涂着脂粉，心里有些不快。她一贯注重容貌、刻意打扮，不管有无必要，即使她一个人的时候也是如此。他仿佛期望在母子断绝关系的这些年里她会改变这种习惯。母子俩并排坐下，她时而怜爱地注视儿子的面孔，时而惊喜地目测着他的身高和肩宽。然后，她声音颤抖地低声说道：

“真主啊！我简直不敢相信自己的眼睛，这就是亚辛，我不是在做梦吧？一晃多少年了！我请了你多少次，求了你多少次，一次次派人去叫你，都被回绝了，我能说什么呢？让我问问你：你的心对我怎么这么狠？为什么拒绝我的请求？你为什么不能体谅我悲哀的心？为什么……为什么呀？你怎么能忘记这里还有你孤零零的母亲？”

他的注意力放在她的最后一句话上，他觉得这句话令人不可思议，既可笑又可怜，仿佛她是在激动得忘乎所以时脱口而出的。不错，是有东西，甚至有许多东西，随时随地地提醒他有一个母亲，但是，这是什么东西呢？

他困惑地抬头看着她，一言不发。刹那间，母子的目光交会在一起了，女人问他：

“你怎么不说话呢？”

亚辛重重地叹了一口气，摆脱困惑，无可奈何地说道：

“我经常想念你，可是我的痛苦实在是最难熬的……”

他的话还没说完，女人眼睛里的光芒暗淡了，双眸里蒙上了绝望和沮丧的云翳，令人追悔莫及的往事吹散了她的热情。她不再直视儿子的眼睛，垂下眼睑，忧郁地说道：

“我还以为你已经摆脱了过去的痛苦呢。真主明鉴，那也不值得你生那么大的气，一走十一年不见我。”

他对她的责备感到奇怪，这使他十分恼怒，好像往他压抑着的怒火上浇油。要不是考虑到此次前来的目的，他心中的火山一定爆发了。她真是这样想的吗？还是她对过去的行为根本不在乎？抑或是以为他对过去的事情什么都不懂？不过他没有忘记自己的来意，便用意志控制住自己的神经，

说道：

“你说那些事情不值得我生那么大的气？我倒觉得生再大的气也是应该的。”

她身子一软，瘫倒在沙发上，向他投去既像责备又像哀求的目光，问道：

“一个女人离婚后再嫁，难道有什么过错吗？”

他感到全身血管里怒火奔腾，但是他除了把两片嘴唇闭得更紧，并没有表露出来。她还在坦然地讲着，好像坚信自己是无辜的！她问一个女人离婚后再嫁有什么过错，好吧，一个女人离婚后再嫁没有过错，但如果这个女人是他的母亲，那就得另当别论，完全是另一码事。她说的“再嫁”是怎么回事呢？结婚、离婚，再嫁、再离，又再嫁又再离，这算什么？何况还有令人最痛苦最难堪的“水果店老板”的事情！难道要将这一点向她挑明吗？难道他该用自己心里痛苦的回忆来掴她的耳光？是否要明明白白地告诉她，自己并不是她想象的那样什么都不懂？这一次，回想往事带来的痛苦，使他再也无法保持平和的态度，终于怒不可遏地说道：

“结婚离婚，再嫁再离，这种丑事你不应该做，它无情地撕碎了我的心。”

她绝望地将双臂交叉放在胸前，痛心疾首地诉说道：

“这只能怨我命不好，没有别的可说！我是命途多舛，事实就是这样。”

他脸上的肌肉紧缩着，鼓起腮帮子，像吐出晦气似的吐出胸中的恶气，一字一顿地说：

“你别想为自己开脱，那样只能使我痛上加痛。既然我们无法把痛苦彻底抹去，那最好给它盖上遮羞布，把它隐藏起来。”

她心犹不甘地沉默不语，心中非常惋惜，往事的波涛破坏了这次美好的会见，冲淡了她对这次会见寄予的希望。她忐忑不安地望着儿子，似乎要他和盘托出心思。她忍受不了儿子的不言不语，才抱怨地说道：

“你是我惟一的亲人，别这么折磨我了。”

这句话在他心里产生了一种奇怪的、仿佛是第一次发现似的感觉，这种感觉成为他激愤和紧张的一个新的因素。他是她的儿子，她也是他惟一的母亲，这些是确确实实的。但是，她有多少个男人呢？他转过脸，不让她看到他脸上流露出来的厌恶和愤怒的神色。接着，他闭上了眼睛，逃脱回忆中那些丑恶的景象。这时，他听见她温柔地恳求道：

“让我相信眼前的幸福是真实的，不是幻觉吧！是的，它是真的，不是幻觉。让我相信，你来找我，你心里永远抹去了过去那些苦恼……”

他目不转睛地久久凝望着母亲，目光流露出他此刻正在考虑重要的心事：他一定要达到目的，没有什么能够让他改变主意的，哪怕是推迟也不行！于是他含蓄地说：

“这就取决于你了，只要你愿意，你就想要什么有什么……”

女人的双眼里流露出不安的神色，说明她已经听明白儿子的言外之意，不禁感到恐惧地说：

“我要你的心，我朝思暮想的就是得到你的心。我千方百计地想得到它，可你总是无情地拒绝我……”

他心烦意乱，没有理会她这番热情的话。他说道：

“如果你让理智作向导的话，你追求的都在你手上，完全在你手上！”

女人惶恐不安地问：

“你这话是什么意思？”

他见她假装听不懂，很为恼火，便不满地回答：

“我的意思很清楚，那就是你要改变主意。假如我听到的传言是真的，那将是对我的毁灭性打击!"

女人瞪大眼睛，板起面孔，毫不掩饰地露出失望的神情，不知该说什么地嘟哝着：

"什么意思?"

他认为她执意装糊涂，便火气很大地说道：

"我的意思是取消新婚的计划，再也不要考虑这方面的事情了。我已经不是孩子了，再也忍受不了新的打击……"

她极度伤心地低下了头，久久不语，像是打瞌睡似的。然后，她慢慢地抬起头，脸上露出出乎意料的愁容。她自言自语似的有气无力地说道：

"那么，你是为这而来的?"

他不假思索地回答：

"是的!"

他的回答犹如扔下一颗炸弹，周围的一切即刻变了样，空气也随之紧张起来。接着，他回忆起和母亲会面中的这番谈话，对自己说过的话一一加以肯定，惟独最后这句回答，他举棋不定，不知是对是错，犹豫了很长时间。母亲茫然地望着前面，喃喃地说道：

"我多么希望是自己的耳朵听错了。"

他意识到自己操之过急而失去了机会，感到痛悔不已，但他还是迁怒于别人。为了掩饰错误，他毫无理智地脱口而出，使自己在错误中陷得更深：

"你总是随心所欲，根本不考虑后果。而我一直是牺牲品，无辜地受到伤害！我本以为你上了年纪会理智一些……最让我吃惊的是听说你又打算结婚！这是多么丢人的事啊，隔几年就要来一回，简直没完没了……"

她由于过分失望，听着儿子的话好像没有反应。过了一会儿，她悲哀地说：

“你是牺牲品，我也是牺牲品，在你爸爸和抚养你的那个女人的挑唆下咱们母子俩都是牺牲品！”

她这样借题发挥，令他十分诧异。这种说法是可笑的，但他笑不出来，只是火气更大了：

“爸爸和继母跟这件事毫无关系！你别回避自己的行为，别往好人脸上抹黑。”

她怨恨地叫了起来：

“我真没见过像你这样狠心的儿子！这就是离别十一年后你对我说的话！”

“失德的母亲就配生一个狠心的儿子！”他愤怒地摆摆手表示抗议，咄咄逼人地说道。

“我没错……我没有错……你却是铁石心肠、冷酷无情，像你父亲一样……”

他暴躁地向母亲吼叫起来：

“又是我父亲，够了！你要敬畏真主，别做这件丢人现眼的事情……我要不惜一切代价阻止这件丑事发生！”

“这件事与你有什么关系？”由于过分失望和悲伤，她的声音变得冷冰冰的。

“我母亲的丑事怎会与我无关？”他骇异地大叫着。

“其实你根本没有把我当做你母亲！”她伤心地、语含讥诮地说道。

“你这是什么意思？”

“既然你心里已经没有我了，你就不该管我的事。”她没有理会儿子的问话，沮丧地嘟哝道。

"过去的事我已受够了，我决不允许你再玷污我的名誉。"他火气冲天地大声喊道。

"真主作证，那根本不是玷污名声的事情。"她咽着口水说道。

"那么，你坚持要嫁人?"他责备地问道。

她低头不语，沉浸在悲痛和绝望之中，过了良久，才深深地叹了一口气，用低得几乎听不见的声音说道：

"事情已经决定了，婚书也写了，我不能推翻了。"

亚辛颤抖着站起身，肥胖的身体僵立在那儿，脸色蜡黄，两眼盯着母亲低垂着的头。他气得七窍生烟，终于狼嚎似的吼叫道：

"你真是一个……罪恶的女人!"

"愿真主宽恕你。"她用含混的声音喃喃地道，表示她已听之任之了。

这时，他脑袋里闪过一个念头：把她还认为他不清楚的那件丑事去刺激她，把她与水果店老板的丑事当作一颗炮弹突然轰到她的头上，让她脑袋开花，他也可以痛痛快快地报一下仇。他两眼闪出可怕的光芒，皱着双眉和额头，紧绷的脸上带着恶意和恫吓的表情。他张开口，刚要向她开火，舌头却紧贴着上腭停住了。他虽然屡遭磨难，但并未完全失去理智。这可怕的时刻在激烈的震动中瞬息而过，使人感到死神的气息已喷射在他的脸上。这一刻过后，一切复归平静。他忍住怒火吐出一口气，毫不遗憾地决心作罢，额头上已沁出了冷汗。他在事后回想起这次奇特的见面的全过程，想到这一点时，对自己的最后退让感到十分满意，而且极为惊讶。最使他惊奇的是，他感到自己就此罢休是为了怜悯自己而不是怜悯她。尽管他对整个事情了如指掌，都不予以揭露，这只是为了维护自己的尊严，而不是维护她的尊严!

他把怒气都发泄在自己的双手上，他拍着手说：

“你这个罪恶的女人！竟做人所不齿的丑事！我怀着良好的愿望来见你，以后想起它，我会嘲笑自己这么愚蠢！……”

接着，他用冷嘲热讽的口吻说道：

“我真奇怪，有了这种事情你怎么还指望我的感情?”

她惆怅、凄楚地倾诉道：

“我心里曾经希望，不管发生什么事，我们母子俩总能和睦生活在一起！你的突然到来，在我心里燃起了热切的期望，我以为你这次来，我就能够把心中最崇高的母爱毫无保留地给予你。”

亚辛后退几步，仿佛在躲避母亲这几句温柔的话，没有什么比这几句话更令他气恼的了。他愤怒而绝望地感到，在这种恶劣的气氛中再留下去已经毫无用处。他转身准备往外走，并说道：

“我恨不得杀了你!”

“假如你真杀了我，倒使我解脱了……”母亲闭上眼睛，悲痛地说。

他烦恼到了极点，便深恶痛绝地看了她最后一眼，离开了这个地方，两脚把地板踩得直颤悠。他走到马路上慢慢冷静下来时，才第一次想起忘了谈房产和钱财的事。他把这事忘得一干二净，只字未提，好像他并不是为了这个首要目的而来的。

# 十九

艾米娜太太推开房门探进头去，用往常的温柔声音问道：

“有什么事吗？我的小主人！”

“妈妈，进来！只要几分钟时间……”房间里传来法赫米的声音。

艾米娜高高兴兴地答应着走进房间，看到儿子正站在书桌前，一脸严肃认真的样子。他拉住她的手，走到离房门不远的沙发前让她坐下，自己坐在她身边，问道：

“他们都睡了吗？”

艾米娜知道儿子让她进来不是要她做什么，一定是他碰上了不寻常的事，否则不会这么郑重其事，单独和她说。她那顺从预感的心马上受到了儿子态度的感染，便一本正经地回答：

“海迪洁和阿依莎每晚这个时候都回房去了，凯马勒我刚刚安顿他躺下。”

法赫米从傍晚起就坐在书房里，等待着这一时刻。他捧着书，却无法像往常那样心无旁骛地看书。他不时地听到母亲和两姐妹的闲聊，心里焦急，不知她们谈话何时结束。接着，他听到母亲和凯马勒一起背诵《古兰经》消息章[①]，最后到大厅里寂静无声。后来，母亲来向他道晚安，他才把她请了进来，等待的紧张情绪才消失。尽管母亲像只温顺的鸽子，他在母亲面前从不感到拘束和惧怕，但是，他觉得要把心里想的表达出来实在难以启齿。他深感腼腆不安，沉默了好一阵子，才眨巴着眼睛开了腔：

"妈妈，我把你请来，是为了一件与我关系很大的事情。"

这种郑重其事的口气让母亲感到了压力，她那温柔的心开始惶恐不安，或者说是像恐惧。她说道：

"说吧，孩子，我听着呢！"

法赫米深深地吸了一口气，松弛一下紧张的神经，说道：

"你看要是我……我是说难道不能……"

法赫米吞吞吐吐地停住了，然后换了一种口气，亲切、迟疑而又慌乱地说道：

"除了你，我的心事不能向任何人披露……"

"当然，孩子，那是当然的。"

法赫米鼓足勇气央求道：

"如果我请你去隔壁穆罕默德·拉德旺家，为我向他的女儿玛丽娅求婚，你看行吗？"

听到法赫米的话，艾米娜首先有点吃惊。她先是微笑，这微笑与其说是高兴，不如说是惶惑。然后，她心里的紧张感逐渐消失，最后，她听明白他的心事，脸上绽开笑容，这表明她由衷的高兴。但她不知说什么是好，犹豫了一会儿，这才激动地说：

"这真的是你的愿望？……我坦率地告诉你吧：如果有一天我能给你订

---

①《古兰经》第七十八章。

下一个好姑娘，那肯定是我一生中最幸福的日子……”

年轻人的脸红了，感激地说道：

“谢谢你，妈妈！”

母亲脸上露出亲切的微笑，端详着儿子，满怀希望地说：

“那一天该是多么幸福啊！我受了那么多的累，吃了那么多的苦，就是盼望真主让我的付出有所补偿。我盼望的就是这一天，而且要有许多像这样的日子，让我心满意足地看到你和你的姐姐海迪洁、妹妹阿依莎办喜事。”

她眼前的幸福的幻景消失了，突然，她醒悟过来，宛如一只猫遇见一条大狗迎面扑过来，脑子里惶恐不安，可怜地嗫嚅着：

“可是……你爸爸呢？”

“所以我才找你商量嘛。”法赫米苦笑着说道。

母亲想了一会儿，自言自语似的说道：

“我真不知道你父亲对这件事会抱什么态度。你父亲脾气古怪，和别人不一样。别人认为正常的事，他会看成罪过。”

法赫米皱起眉头，说道：

“这件事没有什么可惹他生气和反对的吧。”

“我也这么认为。”

“要等我毕业后找到工作才正式结婚，这是不言而喻的。”

“那当然，当然……”

“那么，还有什么可反对的呢？”

母亲看了儿子一眼，仿佛告诉他：“如果你爸爸硬不讲理，谁能说服得了他呢？”她在丈夫面前只知道盲目服从，不管他是对还是错，是公正还是不公正。不过她嘴里却说：

“但愿他会同意你的要求……”

年轻人激动起来，说道：

“爸爸结婚时也就是我这个年龄。我这话不是说马上要结婚，我会等待的，自然到任何人都不会反对的时候才成亲。”

“愿真主让我们如愿以偿。”

母子俩无言地相互望着，都在考虑同一个问题。母子之间十分了解，凭直觉就可轻而易举地明白对方的心思。过了良久，法赫米才把两个人同时考虑的问题讲出来：

“我们只要考虑一个问题，谁去跟爸爸谈这件事！”

母亲笑了笑。由于疑虑重重，她笑得很不自然。她意识到，机灵的儿子是在提醒她，家里只有她才能承担这个责任。她没有反对，也没有办法反对，只好勉强接受下来，许多事情她都是勉为其难的。她祈求真主赐予一个美满的结果。她安慰儿子道：

“除了我还会有谁去跟他说呢？愿真主保佑我们。”

“要是我自己能跟他说，我早就说了，可惜不行。”

“我去跟他说，如蒙主愿，他会同意的。玛丽娅是个既漂亮，又有教养的姑娘，再说家庭也不错……”

说到这里，她沉默片刻，仿佛突然想起了什么事情，补充问一句：

“可是她与你同年，还是比你大吧？”

“我根本没注意这一点！”小伙子性急地表示。

“托真主洪福，愿真主与我们同在。”母亲微笑着说。接着，她一边起身，一边又说，“我该走了，愿真主保佑你，明天见。”

她俯身吻了吻儿子，然后走出房间，随手关上了门。这时，她发现凯马勒坐在沙发上，全神贯注地看着手中的一个本子，不由得大吃一惊，大声问道：

“你怎么又跑到这儿来了？”

凯马勒微笑着站起身，局促不安地说道：

“我想起自己忘了英文本子，便回来取，顺便再温习几个生词。”

母亲又一次把凯马勒送回卧室，直到他钻进被窝才离开。但凯马勒并没有睡，他的大脑兴奋地醒觉着，想出了一个鬼点子。他听到母亲的脚步声上了楼，赶紧跳下床拉开门，跑到姐姐的卧室，推门进去。他存心不关门，让大厅里的灯光照进黑洞洞的房间。他一边轻声呼唤“海迪洁姐姐”，一边朝床边跑去。海迪洁吃惊地坐起身。他跳上床，靠在姐姐身边，激动得直喘气。他似乎觉得只向一个人倾吐那个使他无法入睡的秘密还不过瘾，便伸手去摇阿依莎的身体。阿依莎其实已经知道他来了，便掀开被子，好奇地抬起头，质问道：

“这么晚了，你来干什么？”

凯马勒并不在乎姐姐质问的口气，因为他相信，他的秘密只要透露一个字，她们俩的态度就会有个一百八十度的转变。他的心为此欢快地跳动着。于是，他生怕会有第四个人偷听似的，压低嗓音说：

“我有一个新奇的秘密……”

“什么秘密？”海迪洁问道，“有话快说，让我们看看你灵活不灵活。”

凯马勒再也憋不住了，说道：

“法赫米哥哥要向玛丽娅求婚……”

这消息像一盆冷水泼在人的脸上，阿依莎不由得在床上猛然坐起身。三个人影凑在一起，在大厅透进卧室的微弱灯光下，映出一个金字塔形的黑影。从敞开的房门流泻进来的淡淡光线，形成一个平行四边形，四边随着灯芯的摇曳而晃动着。从微开的窗户外吹进来的微风，把三人窃窃私语的声音吹向大厅，传播着秘密。海迪洁关切地问道：

“你怎么知道的?”

“我下床去取英语本子，在书房门口听见哥哥说话的声音，我就坐在沙发上听着。”

接着，他把自己在虚掩着的房门外听到的话，向两个姐姐学说了一遍。姐妹俩屏息静听着，直到他说完。阿依莎仿佛还需要进一步证实，便问海迪洁：

“你相信这事吗?”

“这么有鼻子有眼的故事，”海迪洁指指凯马勒回答说，声音好像是从遥远地方来的长途电话，“你想他能编得出来吗?”

“你说得对，”阿依莎笑了笑，以便冲淡一本正经的气氛，说道，“编造一个孩子死在路上的故事是一回事，这次说的可是另一回事。”

凯马勒对姐姐们的话很有意见，海迪洁没有理会他，问阿依莎：

“依你看，怎么会发生这种事的呢?”

阿依莎嘻嘻地笑着，说道：

“我不是跟你说过一回吗？我怀疑吸引法赫米天天上平台的不是常春藤!”

“是另一种常春藤缠住了他的腿。”

阿依莎心血来潮地低声吟唱起来：

爱他吧，我的眼睛，你是无可指责的!

海迪洁责备妹妹，说道：

“嘘……现在不是唱歌的时候……玛丽娅都二十岁了，法赫米只有十八岁，妈妈怎么会同意呢？”

“妈妈？她可是个温顺的鸽子，从来不知道说个不字。可是平心而论，玛丽娅不真是个漂亮的好姑娘吗？再说，在这一带，我们家是惟一没有举办过喜事的人家。”

海迪洁和阿依莎一样喜欢玛丽娅，可是她的眼睛不会因为喜欢而忘了挑毛病，不管她喜欢的人有无毛病可挑。必要时，她就不会仅停留在吹毛求疵上了，当婚姻触动她内心的隐忧和嫉妒时，她对女友立刻会从爱转到恨。她的心拒绝玛丽娅做她的弟媳。她说：

“你疯啦？玛丽娅是长得不错，可她哪里配得上法赫米，差远呢。傻丫头，法赫米是大学生，有朝一日要成为法官的。你想想，玛丽娅配当一位有地位的法官太太吗？……她顶多和我们差不多，在很多方面还不如我们，就是我们也嫁不了法官呀！”

阿依莎心里在想：“谁说法官比警官好！”她于是抗议般反问道：

“为什么嫁不了？”

海迪洁没有注意妹妹流露出的不满，继续说下去：

“法赫米得娶一个比玛丽娅漂亮一百倍的姑娘，而且还要受过教育、家境富裕，是贝克家小姐，甚至帕夏①家的千金。何必忙着与玛丽娅订婚？玛丽娅不过是个大字不识一个的长舌妇，你哪有我了解她……”

阿依莎意识到，玛丽娅在海迪洁眼里已经变得一无是处了。对海迪洁把玛丽娅说成是“长舌妇”，阿依莎借着黑暗的掩饰忍俊不禁。“长舌妇”这个称呼其实最适合海迪洁本人了。但她不想惹恼她，便退让地说道：

---

① 帕夏和贝克都是奥斯曼帝国的爵位，后在埃及成为一种尊称。“帕夏”用于称呼高级文武官员，在埃及是一种最高的封爵。“贝克”则是对次高级官员和社会地位高的人的尊称。

“让我们听凭真主安排吧！”

“天上的事听凭真主安排，地上的事要听爸爸的。明天，我们就晓得爸爸的主意了……”海迪洁信心十足地说。然后，她面对着凯马勒吩咐道：“现在你该回到自己床上去了，再见！”

凯马勒回到自己卧室，自言自语地说道：“只有亚辛还不知道，明天告诉他。”

# 二十

楼上，父母的房门紧闭着，海迪洁和阿依莎面对面地蹲着，耳朵紧贴着房门，小心翼翼地屏声敛气，伸着耳朵捕捉着室内的动静。时间是晡时前不久。艾哈迈德午睡后刚起床，做完小净，像往常一样坐在那里喝着咖啡，等候宣礼声，准备做完晡礼后回店铺去。姐妹俩估计母亲会在这个时候向父亲提起凯马勒告诉她们的那件事，因为现在是最合适的时候了。从室内传出父亲谈论家庭琐事的洪亮声音，姐妹俩一边纳闷地交换着眼神，一边急切地静心倾听着。后来，终于听到母亲用柔顺的口吻，恭恭敬敬地说道：

"老爷，我能与你谈一件事吗？法赫米求我将这件事转告你。"

这时，阿依莎朝屋里努努嘴，仿佛在说："开始谈啦！"同时，海迪洁想象着母亲准备谈这件大事时的心情，不由得咬紧嘴唇，十分同情母亲。接着，她们听到父亲询问的声音：

"他要求什么？"

静默了一会儿，正在偷听的姐妹俩觉得过了很长时间。然后听到母亲柔声细气地说：

"法赫米是个很好的孩子，老爷，他为人正派、成绩优异、通情达理，得到你的喜爱。愿真主保佑他免遭毒眼！或许他让我转告自己的愿望，正是考虑到他在你心目中的地位……”

“他要求什么？说吧。”父亲回答的口气姐妹俩听起来是满意的。

姐妹俩把脑袋又向门前凑了凑，目不转睛地凝视着对方，却几乎看不清楚。她们听到母亲用细微的声音说道：

“老爷，你认识我们的好邻居穆罕默德·拉德旺先生吗？”

“当然认识……”

“他可是个有德行的人，像你一样，一家人也都规规矩矩，真是个不可多得的好邻居。”

“是的。”

母亲犹豫了一下，继续说道：

“老爷，法赫米问，他爸爸能否答应……他要向我们好邻居的闺女玛丽娅求婚，让他们先订婚，到合适时再成亲？”

“求婚？你说什么？太太……这个孩子，真主啊……你把话再说一遍……”艾哈迈德提高了嗓门，语气里带着怒气和责备。

母亲的声音颤抖起来，海迪洁想象着母亲的处境，吓得浑身哆嗦。她听见母亲说道：

“他只是问一问，仅仅是问了一下，老爷，事情由你决定……”

“他不用跟我耍花腔，我根本不信那一套！”艾哈迈德勃然大怒，吼叫道，“我真不明白，一个学生怎么就变坏了呢，竟然提出这种想入非非的要求？像你这样娇纵孩子的母亲，到头来是毁了孩子。假如你拿出做母亲的样子来，他决不敢跟你说这种不知耻辱的荒唐话……”

两个姑娘吓得目瞪口呆，海迪洁心里除了恐惧外，还有些幸灾乐祸。接着，她俩听到母亲忍辱负重的声音：

“别气坏了身体，老爷！只要你不生气，一切都好办。我从没想惹你生气，你也别疑心孩子做了什么，他只是天真地把想法告诉我，好心求我转告，我也认为应该将这件事情告诉你。你的意见既然是这样，回头我告诉他就是了，他一定会听你的，他一向是听话的。”

“不管他是否愿意，都得服从。不过我还是要说，你这个母亲太没用了，指望不了你办什么好事！”

“我一定照你的嘱咐管教好他们……”

“告诉我，他怎么会想到提这种要求的？”

两位姑娘神情专注地听着，心里好不着急，没想到父亲突然会提出这样一个问题。她们没听见母亲的回答，想象着她惊慌得两眼发红的神态，心里越发可怜母亲。

“你怎么不说话啦！……告诉我，他看见过那个姑娘没有？”

“不，老爷，我儿子从来不会抬眼去看邻家女孩，也不会去瞧其他姑娘……”

“没有见过她怎么会想到向她求婚？我真没想到自己的儿子竟会去偷看邻居家的女孩！”

“真主保佑，老爷，真主保佑……我的儿子就是走路也不会东张西望，在家里没事几乎连房门都不出……”

“那么，他为什么要向那个姑娘求婚呢？”

“或许，老爷，或许听他姐姐或妹妹谈起过她。”

正在门外偷听的两个姑娘浑身一阵剧烈的颤抖，吓得目瞪口呆……

“她们姐妹俩什么时候成了媒人？……真主啊，难道我应该丢开店铺里的工作，坐在家里管教儿子，不让他堕落吗？”

“老爷，凭真主起誓，你的家人是最清清白白的，”母亲用哭泣的声调大声说："你别生气了，这件事已经过去了，只当没有这么回事……"

"去告诉他要学礼义、知廉耻、懂规矩，最好是集中精力读好书。"他大声吼叫着，语气里充满着恫吓。

两个姑娘听到房间里有了走动声，赶紧小心翼翼地站起身，踮着脚尖离开房门。

艾米娜知道，如果自己惹丈夫生气，他有了原谅的表示，自己最好这时离开房间，不听到招呼不要回来。经验告诉她，在他气头上对他好言相劝，只会是火上浇油。动怒时，他的双眼、脸色、举动及言语都带着明显的怒火。只要当他独自一人时，这些怒火才会平息，但心底里无形的怒火会残留下来，如同锅底的灰一样会越积越厚。

确实，艾哈迈德在家里常常为一些鸡毛蒜皮的小事而大发雷霆，这不仅是他的治家方式，也是他暴躁脾气的大暴露。在外面，他熟练地使用智慧的"刹车"来克制怒气，在家里却怎么也约束不住。他在外面与人交往时必须自我克制、宽容别人、温文尔雅、体谅别人，不惜一切代价去换取人心；在家里发泄无名之火或许是为了放松一下。在不少情况下，他清楚地知道自己毫无必要大为光火。但是，即使在这种情况下，他对自己的过火行为也从不后悔。他认为，为微不足道的小事发一顿脾气，或许可以防止真正值得动肝火的大事发生。不过，今天听说的法赫米这件事，他不认为是个无关紧要的过失，而认定它是一种丑恶的出格行为，他不能允许自己家里尚在上学的孩子有这种心思。他总是千方百计地让自家的孩子在一尘不染的纯净气氛中成长，从未想到"男女私情"这种玩意居然还是渗透到家里来了。

晡礼的时间到了，这是一个平息情绪的好机会。他丢开刚才的事情，心平气和、从容不迫地跪在礼拜垫上，摊开两手祈求真主赐福予他，保佑他人财两旺，特别祈求真主指引孩子们走正道，使他们功成业就。他离开家的时候，脸依旧绷着，但那不过是一种吓唬人的手段，仅此而已。到了铺子里，他遇见了几个朋友，便立即向他们讲述“今日奇闻”。不过他不是把这件事作为家丑来说的，他痛恨家丑外扬，他只是把它当作一桩有趣的笑料，让大家借此调笑一番，他也和大家一起讪笑。等朋友们离开时，他还在开怀大笑。他对待这桩“奇闻”，在铺子和家里采取了截然不同的态度。现在，他可以拿这件事逗趣，但同情之心油然而起。最后，他洋洋得意地微笑着，自言自语地说道：

“像他的父亲，错不了。”

# 二十一

凯马勒走出家门时，黄昏正在毅然决然地降临大地，把大街小巷，以及清真寺的宣礼塔和圆屋顶笼罩在暮色之中。这么晚的时候被允许出门是极少的，所以他对这次意外地外出感到十分兴奋。更让他骄傲的是，法赫米派他去送口信。他心里明白，法赫米在一种神秘的严防外泄的气氛中，把这件事委托给他而不是其他人，这足以说明这口信，从而也说明他本人有特殊的重要性。他小小的心灵里体会到了这一点，觉得无比高兴和自豪。他纳闷地思忖着：是什么让法赫米受到震动，陷入不安和忧虑之中，整天灰溜溜的，变得像一个陌生人似的？他以前可从来没有看见或听说过法赫米有这种情况。法赫米是他惟一的榜样。父亲像火山一样为一丁点小事就会大发雷霆，亚辛虽然说话很甜，但也容易闹脾气，就连海迪洁和阿依莎有时也会耍点性子，只有法赫米与众不同。他高兴起来脸露微笑，生起气来只是绷紧面孔，不管是触动真情还是热情洋溢都那样沉稳，显得十分平静。因此，凯马勒不记得法赫米有过像今天这样的情况。他决不会忘记刚才他俩单独在书房里的情景：法赫米目光游移、精神紧张、声音颤抖，用苦苦恳求的口吻与他说话。他有生以来第一次见哥哥这样，这使他颇为得意，觉得理应把这个口信背熟，他一遍又一遍地重复着口信的内容。他从这个口信中理解到，这件事与他在门外偷听到的那次不同寻常的谈话有密切关系，他把谈话传给了两个姐姐，引起了她俩的争执。总之，这件事与玛丽娅有关。

那个姑娘常常和他逗着玩，他也屡屡跟她寻开心；他有时对她感到亲昵，有时觉得她惹人生气，但决没有想到她有这么大的威力，可以扰乱哥哥的平静和安宁。玛丽娅……为什么只有她，而别人就不能对他亲爱的杰出的哥哥产生这么大的影响呢？他觉得有种神秘的气氛，就像鬼怪幽灵的生活那样神秘，这常常引起他的好奇和恐惧。他惶惑和急切地渴望了解这个秘密。但这并不使他分神，他把口信多背诵几遍，就像刚才背给哥哥听一样，保证一字不漏地记住全部的内容。他默默地背诵着口信，从拉德旺家住宅下面走过，拐进第一条胡同，他知道那里有扇门。他对这所房子熟门熟路，经常溜进它的小院子里玩耍。院子的角落上放着一架卸了轮子的手推车，他常爬到车子上，把它看成一辆修好了轮胎的车子，可以随心所欲地推着它走。他随便进出那里的房间，而且还受到女主人和她的女儿的欢迎，有时还逗他玩。他年龄虽小，却把她俩当做自己的“老朋友”。他熟悉这所房子：三个房间，中间是个小厅，厅的窗户前放着一架缝纫机，窗下是哈马姆·苏尔坦门。这就像他熟悉自己家里有几个宽敞的房间和一个大厅，每晚大家就在大厅里举行“咖啡会”那样。此外，这所住宅的有些情形在他幼童的心里留下了难忘的印象。比如，在与玛丽娅卧室相通的阳台的顶上有一只野鸽窝，鸽窝的边沿就在阳台的墙边，窝口呈半圆形，周围用杂草和羽毛粘成，有时还露出随意站立的母鸽的尾巴和短喙。他看到野鸽窝，心里就产生了两种矛盾的想法：一种是出自他的本心，要去逗弄那些鸽子，把它们抓走；另一种是来自母亲的影响，只想观赏和爱护它们，还幻想着与鸽子一起享受天伦之乐。再有，玛丽娅房间里挂着的歌星赛菲莱的画像，色泽鲜艳，显现出细腻的皮肤和秀美的姿容，比他每天下午在马图西杨店门前看到的那幅招贴画上的女人更美。他总是凝视着这幅画像，打听画中人的故事。玛丽娅便口齿伶俐地向他讲述她知道的和她自己编造的有关这位歌星的故事，使他入迷和激动。所以，他对这所房子是毫不陌生的。

他径直走进了小厅，谁也没有发现他。他向第一个房间扫了一眼，瞥见穆罕默德·拉德旺先生正躺在床上。几年来他已看惯了这种情形，知道这位谢赫有病，听很多人说他已经瘫痪了。有一次他问母亲瘫痪是什么意思，母亲急了，立刻祈求真主保佑，以免儿子提到此词招来祸患，吓得他连连后退，不敢再问了。从那天开始，他觉得拉德旺先生可怜，对他既好奇又畏惧。接着，他路过第二个房间，看见玛丽娅的母亲正站在镜子前面，手里拿着像面团一样的东西，贴在脸颊和脖子上，又迅速把它拽下，反复几次，再用手指去抚摩那块皮肤，感到皮肤变细嫩了才满意。她虽然已四十开外，却和女儿一样漂亮动人，并且爱笑爱闹。她只要一见到凯马勒，立即就会高兴地走过来吻他，仿佛迫不及待似的，问他："你什么时候才能长大呢？我好嫁给你呀！"凯马勒羞得不知所措，可又对她的玩笑有兴趣，希望她多说几遍。她时常对着镜子聚精会神做那件事，凯马勒对此产生了极大的好奇心。他有一次问母亲，玛丽娅的妈妈在做什么，被母亲训斥了一顿。训斥是母亲使用的最严厉的教育手段。母亲责备他不应打听与自己无关的事情。玛丽娅的母亲倒是十分宽厚和温柔，有一次瞥见他正诧异地端详着她，就让他站在她面前的一张椅子上，用手指沾上一点他起初认为是面团的东西，然后把她的脸蛋凑过去，嬉笑着说道："你来试试，看看你的手艺。"他开始模仿她的动作，直到他以轻巧的动作证明了他的手艺，博得了她的好评。但是他并不满足于动手尝试的乐趣，他问她："你为什么要这样做？""再等十年你不就自然明白了？"她格格地笑起来，说道，"不过，没必要等那么久了，你只要想一想，皮肤细嫩总比粗糙好吧？要细嫩就得这样做！”今天路过她的门口时，他的动作轻得连自己都觉察不出来，因为这个口信太重要了，除了玛丽娅一个人外，他不能见任何人。他终于在最后一个房间里见到了玛丽娅。她正盘腿坐在床上嗑瓜子，前面摆着一只碟子，里面堆满了瓜子壳。她看见他进来，惊异地喊道：“凯马勒！”她刚要问他这么晚了来干什么，一想到这样会吓着他或使他难堪，便改口道：

“欢迎你来我们家……来，坐到我身边来……”

凯马勒身穿条纹布大袍，戴着红杠蓝底便帽。他向玛丽娅伸手问好，然后脱下高帮皮鞋，跳上床。玛丽娅温柔地笑着，往他手里塞了一把瓜子，说道：

“嗑吧，小麻雀！磨一磨你那珍珠似的小牙……还记得那一天我胳肢你，你咬了我的手腕？就这样……”

她说着把手伸向他的腋下，他赶紧将两只胳膊抱紧在胸前保护两腋，嘴里发出神经质的笑声，仿佛她的手指已经抓挠到他的腋下。过了一会儿，他嚷嚷起来：

“饶了我吧，玛丽娅姐姐！”

玛丽娅放开他，对他这样怕痒感到诧异，说道：

“为什么一胳肢你就痒得浑身打战？你瞧我一点不在乎！”

她满不在乎地开始胳肢自己，还用一种瞧不起人的目光望着他。凯马勒忍不住向她发出挑战：

“来，让我胳肢你试试看！”

她立即把双臂举过头顶。凯马勒把手伸到她腋下，尽量轻巧而迅速地抓挠她，两眼紧盯着她那双迷人的黑眼睛，以便捕捉到她告饶的第一个反应。谁知她不为所动，他不得不失望地抽回两只手，难为情地喘着气。她见他抽回手，便脸露微笑，嘲讽道：

“看见了吧？不中用的小男孩！今后可别再以男人自居了。”

接着，她好像突然想起一件重大的事情，说道：

“哎呀，我的机灵鬼，你忘记吻我了！我不是再三提醒你，一见面你该先用个吻来问候吗？”

玛丽娅把脸送到他面前，凯马勒便噘起小嘴吻了她的脸颊。过后他发现自己嘴里漏出来的一粒瓜子沾在了她的脸上，便不好意思地用手拨了下来。玛丽娅右手捧过他的下巴，一遍又一遍地亲吻他的小嘴。过了一会儿，她才十分惊奇似的问：

“这么晚了，你怎么还从大人手中溜出来？说不定你妈正在到处找你呢。”

哎呀，他只顾说笑逗闹，差点忘了带口信的事。她这一问倒提醒了他。他用异样的眼神凝视着玛丽娅，想从她身上发现扰得他那稳重的好哥哥心神不宁的秘密。她从他的神态中隐约感到，他可能带来了令人不愉快的消息。接着，他愁眉苦脸地说道：

“是法赫米派我来的。”

玛丽娅的眼睛里流露出一种新的异常严肃的目光，心事重重地定睛望着凯马勒的脸，想从中看出个究竟来。凯马勒感到气氛完全变了，仿佛已从一个季节转入到了另一个季节，只听见她轻声问道：

“有什么事？”

“法赫米对我说，让我代他向你问好。他让我转告你，他请求父亲同意向你求婚，但父亲不同意，说他还是学生，要等到完成学业后再说。”他向她和盘托出这些话，说明他虽然已本能地觉察到口信的重要意义，但并不了解重要到如此的地步。

玛丽娅十分关注地望着他的脸，听他把话说完。然后，她一言不发地低垂着眼睛。屋子里一片沉默，凯马勒的小小心灵里烦躁起来，迫切希望她无论如何能表个态，于是说道：

“他要对你强调：父亲拒绝他无可奈何，但他希望这几年早点过去，他一定要如愿以偿。”

他发现自己的话没有产生影响，使她开口说话，便急切地盼望让她恢复刚才的快乐和喜悦，于是就逗她：

“要不要我告诉你法赫米和妈妈是怎样谈论你的?”

玛丽娅有心无心地问道：

“他们都说了些什么?”

她终于开口了。凯马勒取得了部分的成功，心里喜滋滋的，便把自己在门外偷听到的谈话、直到他来这里的经过，全部讲给了她听。他似乎听到她叹息了一声，忧郁地说道：

“你爸爸真是个严厉、可怕的人，大家都知道的。”

“是的，爸爸就是这样。”他无意地随口附和。

他忐忑不安地抬起头来望着她，看到她茫然若失的神情。他想起了哥哥的嘱咐，便问道：

“我怎么给哥哥回话呢?”

玛丽娅耸耸肩膀，从鼻子里发出笑声，刚想开口，忽然又把话咽了回去，好像想起了什么。过了良久，她的眼睛里闪出狡黠的目光，说道：

“你告诉他，在这段漫长的等待日子里，如果有人上门求亲，她不知该怎么办。”

凯马勒用心记住了这个新口信，但没有用心去理解它。他觉得自己的任务已经完成，就把吃剩的瓜子放进大袍的口袋里，和玛丽娅握手告别，然后下床，溜出了门。

# 二十二

阿依莎对着镜子，仔细地欣赏着自己，不仅是她的家里人，而是整个街区哪一个姑娘不赞美她这条金黄色的长辫和碧蓝的眼睛？亚辛公开地逗引她，法赫米有事无事地找她谈话，眼睛里免不了露出赞叹的目光。而小凯马勒甚至连喝水也要在她口水抿湿的瓶口上喝才觉得甜美。母亲宠爱她，把她称作“月亮”[①]，为她瘦弱单薄的身体担心，老是催着乌姆·赫奈斐为她调制发胖的单方。阿依莎比别人更了解自己出众的美貌，她十分注重保养，喜好修饰，就足以说明这一点。但她过分的花心思总免不了受到海迪洁的评论、埋怨和指责。这并不是因为海迪洁生性邋遢，其实论起爱整洁和风度，只有她继承了母亲的脾性。她只是看不惯阿依莎清早起床后，什么家务也不干，一心梳妆打扮，仿佛自己漂亮的容貌一刻不修饰都不行。可是，注重打扮并不是阿依莎一早就要修饰的惟一动机。当家里的男人们都出去后，她就赶紧钻进厅里，把临两宫间街的那两扇窗户推开一道缝，怀着忐忑不安的心情，站在窗户后面望着两宫间街等待着。这天早晨，她又站在窗户后面，目光在哈马姆·苏尔坦门和两宫间街之间游移，一颗青

① 阿拉伯人自古以来，就喜欢把美人比作月亮。

春的心激烈地跳动着。直到看见“意中人”在远处出现。他穿着一身警服，肩头上两颗星闪闪发光，正从赫兰富什胡同出来。他走到阿依莎家附近时，小心翼翼地举目不抬头地往上张望，来到她家房子跟前时，脸上泛出一丝微笑，恰如每月初的细细月牙，这与其说是看出来的，不如说是她凭心感觉到的。接着，他消失在阳台下面了。阿依莎连忙转身，准备跑到临纳哈辛街的另一扇窗户前面去继续观望他。但她刚一转身，就发现海迪洁正站在两扇窗户间的一张椅子上，她的目光越过阿依莎的头顶向街上张望着。阿依莎不由得“啊”的喊了一声，吓得目瞪口呆，站在原地动弹不得……海迪洁是什么时候来的？怎么进来的？怎么没有察觉她登上了椅子呢？她看见了什么？她什么时候这样做的？怎么能这样做？到底要干什么？……阿依莎满腹疑团。海迪洁一声不响，慢慢地眯缝起眼睛紧紧地盯着她，尽量拖延时间，仿佛故意延长对她的折磨。过了一会儿，阿依莎稍稍恢复了自制力，好不容易垂下眼睑，强装镇静地朝床边走去，嘴里嘟哝道：

“谢赫，你可把我吓坏了！”

海迪洁不予理会，依然站在椅子上，两只眼睛的目光穿过窗缝向街上望去……过了一会儿，她才讥讽地咕噜道：

“我把你吓坏了？愿真主赐你无恙！我本来就是个妖怪嘛……”

阿依莎后退几步，避开海迪洁的目光，既气恼又绝望地紧咬一下牙关，声音平静地说道：

“我没有发觉你进来，突然看到你在我的头上，真是吓了一跳。你为什么悄无声息地偷偷进来？”

海迪洁一跃而下，放松地坐在椅子上，挖苦道：

“对不起，妹妹！下回我一定在脖子上挂个铃铛，就像消防车那样提醒你我来了，就不会吓着你了。”

阿依莎惊魂未定，哭笑不得地说道：

“用不着挂铃铛，你只要走路像真主创造的普通人一样就行啦……”

“真主明鉴，我走路从来与普通人一样，”海迪洁意味深长地瞟了妹妹一眼，反唇相讥道，“但是显而易见，你只要在这窗户边一站，我是说站在这条窗缝边上，你就会让前面的东西给迷住了，对周围的一切都毫无知觉，那才不像个真主创造的普通人呢。”

阿依莎叹了口气，低声说道：

“你总是这样！”

海迪洁又沉默了一会儿，把目光从她的俘虏身上移开，皱起双眉，仿佛在思考一道难题，片刻之后，好像找到了正确的答案，显得十分高兴。这一次，她看也不看妹妹，自言自语地说道：

“噢，原来就为了这个，她老是哼唱‘肩章上有条红杠的人哪，哎，你俘虏了我的心，怜悯怜悯我的软弱吧！’我太好心了，总以为这是一首她为了解闷而哼哼的小曲呢！”

阿依莎的心剧烈地跳动着，担心的事情终于发生了，再抱幻想是不现实的，她惊恐得整个心都在颤抖，几乎要哭出声来。但是绝望的心情使她拼命地为自己辩护，她大声叫嚷着，说话的声音有些慌乱不清：

“这是什么话？让人听不懂！”

海迪洁没有听清妹妹说的话，但她继续自言自语：

“怪不得她大清早就梳妆打扮！我一直在纳闷，一个姑娘在扫地、掸尘、抹灰之前有什么好打扮的呢？但是，那是在扫什么地，掸什么尘呀！海迪洁，你这个可怜虫，你这个傻呵呵活着的人！只有你扫啊，掸啊，干活前不梳妆，干活后也不打扮。你这个不幸的人啊，修饰有什么用？你从窗缝中往外瞧，就是从今天看到明天，路过的警官会注意到你，那才怪呢!”

阿依莎六神无主，神经质地嚷叫道：

“你不能这样……不能……”

“人家做得对。海迪洁！这就是艺术，你呆头呆脑的是无法理解的。蓝眼睛、金黄的头发、红条杠、闪亮的金星，啊，这些好理解，是很好理解的东西!”

“海迪洁，你错了。我只是看看街上，我不看什么人，也没有人看我。”

海迪洁回头瞅瞅她，仿佛第一次注意到她，道歉似的说道：

“小姐，你是在跟我说话吗？对不起，我正在考虑一些重要的事情，你等一会儿再说吧。”

她又若有所思地点点头，自言自语地说：

“不难理解，合情合理！但是你，艾哈迈德·阿卜杜·嘉瓦德先生啊，你作了什么孽呀？德高望重的长者，我真为你惋惜呀！来吧，至尊的老爷，来看看你的千金吧!”

一听到父亲的名字，阿依莎感到头都晕了。她耳边响起了母亲向父亲转达法赫米希望向玛丽娅求婚的事时父亲说的话：“告诉我，他看见过那个姑娘没有？……我真没有想到自己的儿子竟会去偷看邻家的女孩!”这是他对儿子的态度，对女儿更不知会怎么样呢！想到这里，她上气不接下气地喊道：

“海迪洁……不能这样……你在瞎说……在瞎说……”

但是海迪洁对她不屑一顾，继续说道：

“这就是爱情吧？有可能！人们不是说‘爱情是我心中的一只绵羊，一走近肥美的牧草地，我就把它放开’吗？那么，肥美的草地在哪里呢，莫非在纳哈辛街上，或许就在艾哈迈德·阿卜杜·嘉瓦德先生的家里。”

“我真受不了你这么说话，请你嘴下留情吧！天哪，你为什么不相信我呢?”

“这事可得三思而行啊，海迪洁！它可不是闹着玩的。你是大姐，不管多苦的事你也免不了责任，应该让能够处理这件事的人知道！你会把这秘密告诉爸爸吗？说真的，我真不知道如何跟他谈这么重要的秘密。告诉亚辛呢？那等于零，他最多只用含混的话敷衍几句。对法赫米说？不行，他也同情那一头金发的人，金发可是一切祸害的根源！我看最好还是告诉妈妈，让她看着该怎么办就怎么办吧。”

海迪洁动了动身子，好像要站起来。阿依莎像一只待杀的母鸡，快步走到姐姐跟前，抓住她的双肩，胸脯一起一伏，嚷叫道：

“你打算干什么?”

“你要威胁我吗?”海迪洁反问。

阿依莎刚要开口回答，突然眼泪潸潸地流了下来，哽咽着说不出话来。海迪洁沉默不语，若有所思地注视着她，心里不免难过起来，脸上挖苦人的快乐神情消失了。她阴沉着脸，第一次用严肃认真的口吻，说道：

“你错了，阿依莎。”

刚说了一句就停顿了，她的脸色更加阴沉，鼻子似乎变得更大了，显然被妹妹哭得感动了，继续说：

“你得承认自己错了。疯子，你说，你怎么能对自己开这样的玩笑?”

阿依莎擦干眼泪咕哝道：

“你冤枉我了。”

海迪洁皱着眉头长叹一口气，仿佛对妹妹的执迷不悟很不开心。但她最终还是放弃了攻击甚至是捉弄人的念头。她知道开玩笑应有分寸，要适可而止。这场恶作剧满足了她无情攻击人的心理，便像往常一样心满意足了。但是她还有另一种心理尚未得到满足，它与敌对和残酷风马牛不相及，那是她做大姐的感情，甚至是母亲般的感情。家里人谁都不否认她有母亲般的感情，即使有时他们会受到她猛烈的攻击。为了满足这种友好心理的愿望，她说道：

“别嘴硬了，我什么都看见了。现在我可不是跟你开玩笑，不过我要坦率地告诉你：你大错特错了。这种出格的行为，我们家过去没有过，当然，也不希望现在或将来发生。这是一种轻浮的行动，你竟会这么干！你听我的劝告吧，好好想一想，再也不要这样做了。任何事情，隐瞒得再长，总有暴露的一天。你想想看，如果有某个邻居或过路人撞见了这种情况，那会怎么样？人言可畏你是知道的。你再想想，如果风言风语传到爸爸那里又会怎么样？愿真主保佑！”

阿依莎低头不语，表示默认。她羞得满脸通红。这是她的良心受到过错的伤害，从内心深处涌上来的热血。此时，海迪洁叹了一口气说：

“要小心再小心，懂吗？”

接着，她心里又浮起了想说俏皮话的念头，便悄悄改变了口气，说道：

“他没看见你吗？为什么不像个有身份的男人那样登门向你求婚？到那时，我们就会对你说一千遍再见，而且我们会依依不舍送你到夫家的，小姐！”

阿依莎仿佛从久久的昏迷中第一次醒了过来，松了口气，咧开小嘴笑了，双眸闪烁着光芒。海迪洁也洋洋得意，她把妹妹长时间捏在手里，这时才让她摆脱了掌心；看见她露出了笑容，便冲着她嚷起来：

“你别以为这就万事大吉了，我这张嘴如果你不能好好堵住的话，它是不会沉默的……”

“你是什么意思？”阿依莎高兴地询问。

“别让它闲着没事，否则又要坏事的。弄一些糖果让它忙乎忙乎，哪怕是一盒巧克力也行……”

“你想要的都给你，只多不少！”

大厅里寂静下来，姐妹俩各自想着自己的心事。海迪洁的心里从一开始就怀着各种矛盾的心情：嫉妒、恼怒、怜悯、疼爱……

# 二十三

艾米娜太太正在忙于准备咖啡用具，为下午例行的“咖啡会”作准备。乌姆·赫奈斐急如星火地跑来，从她那一双明亮的眼睛里，可以知道她带来了好消息。她用神秘的语气说道：

“太太，有三位陌生的太太想要见你。”

母亲放下手里的活计，赶紧站起身，说明这消息对她很有影响。她用非常关切的目光凝视着女仆，仿佛这些客人可能来自达官显贵之家，或者是从天上降下来的。她想了解得更清楚些，便轻声问道：

“不认识她们吗？”

“是的，太太！”乌姆·赫奈斐的口吻里带着胜利的喜悦，“她们敲门，我就打开了门，她们问我：‘这里是艾哈迈德·阿卜杜·嘉瓦德的家吗？’我回答说：‘是的。’她们又问：‘太太在楼上？’我答：‘是的。’她们说：‘我们想拜访你们太太。’我问道：‘请问怎么称呼你们？’其中一位笑着说：‘让我们当面介绍吧，你只要通报一声就可以了。’我就迫不及待来报告你了。太太！我心里在思忖：‘真主啊，愿我们美梦成真吧！’……”

“快请她们到客厅坐，快去！”母亲赶忙吩咐道，她的目光中还是带着关切的神色。

她原地不动地站了几秒钟，沉浸在新的思绪里，陶醉在幸福的梦幻中。近几年来，她一直梦想着那个繁花似锦的梦幻世界突然展现在她跟前。她回过神后，用刻不容缓的口吻呼唤着海迪洁，姑娘应声而来。当母女俩的目光碰到一起时，母亲满脸笑容，抑制不住兴奋的心情，嘱咐道：

“客厅里来了三位陌生的太太。快换上你最好的衣服，打扮打扮……”

海迪洁一听脸就红了，母亲也满脸发红，好像女儿的羞涩感染了她。母亲说完便离开大厅，回到楼上的卧室去修饰一番，准备接待客人。母亲出去后，海迪洁还在茫然失措地望着门口，心怦怦直跳，很不好受。她问自己：“这次访问会有什么结果呢？”接着，她让自己镇定下来，她的头脑马上恢复了超凡的活力。她叫住从法赫米房间里走出来的凯马勒，对他说：

“你到玛丽娅姐姐那儿去一趟，对她说：‘海迪洁问你好，她想借你的粉盒、眼睑膏和口红，让我来取’……”

凯马勒听完吩咐立刻跑出去了，海迪洁赶紧回卧室，一边脱下外袍，一边对正在用诧异的目光盯着她看的阿依莎说道：

“替我挑一件最漂亮的连衣裙……要一条最好的，没有褶子的……”

阿依莎问道：

“有什么重要的事？来了客人吗？谁来了？”

“三位太太，”海迪洁轻声说道，接着，进一步压低声音：“全是陌生的……”

阿依莎惊奇地缩一下脖子，两只迷人的眼睛睁得大大的，高兴地大声说道：

“啊！这还不明白是谁……啊，真是好消息！”

“先别下结论……谁知道会怎么样？”

阿依莎朝衣橱走去，给姐姐挑选合适的连衣裙。她嘻嘻地笑着说：

“这空气里有点什么……喜事像香气一样是能闻到的……”

海迪洁“扑哧”一声笑了，以此掩饰自己的慌乱心情。她走到穿衣镜前仔细地端详着自己的形象，然后用手捂住鼻子，自我解嘲地说：

“这样，我的脸就不错，说得过去了！”

说着，她挪开手，叹息道：

“我这副样子，只有靠真主拯救了！”

阿依莎一边帮姐姐穿上那件白底紫花连衣裙，一面嘿嘿地笑着说道：

“你别自己小看自己，你的嘴就吐不出一句好话来？……提亲也不只光看鼻子，你不是还有漂亮的眼睛、披肩的长发和活泼的性格吗？”

海迪洁撅着嘴，指出道：

“可是人们见到的总是缺点……”

“像你这样的人，的确只看到别人的缺点。但是，赞颂全归真主，并不是所有的人都和你一样！”

“等我有空再来回敬你的攻击！”

阿依莎帮姐姐整理身上的连衣裙，轻轻地拍着她的腰说：

“别忘了这丰满、柔美的身材……多好的身材啊！”

海迪洁快活地笑了笑，说道：

“要是新郎是个瞎子，我也用不着为此犯愁了……如果是那样，即使新郎是一个爱资哈尔的谢赫，我也会满意的！”

“爱资哈尔的谢赫有什么不好？他们身上不是有像海洋一样多的优点吗？”

海迪洁穿好连衣裙后，阿依莎烦躁地哼了一声。海迪洁问她：

“怎么啦？”

阿依莎抱怨地说：

"我们家里连粉盒、眼睑膏、口红都没有，好像家里没有女人似的……"

"你最好去向爸爸提抗议！"

"难道妈妈就不是女人，不该化妆打扮？"

"妈妈不打扮也这么漂亮！"

"那么小姐你呢？你就这样去见客人？"

"我已经派凯马勒去玛丽娅那儿借粉盒、眼睑膏和口红了，"海迪洁笑着说道，"我这副面孔，一点不修饰怎么去见客人？"

现在一分钟也不能耽搁。海迪洁取下头巾，解开两条又粗又长的辫子；阿依莎拿过梳子，一边替她梳理披散开的长发，一边说道：

"多么柔软的长发呀！把它梳成一条辫子怎么样？那样不是更好看吗？"

"不，还是两条辫子吧……你说说，我是继续穿着吉拉卜[①]呢，还是光着小腿去见她们？"

"现在是冬天，应该穿上吉拉卜。可我又怕你不脱掉吉拉卜，她们会疑心你腿上有毛病，故意遮盖起来！"

"一点不错，现在等着我进去的房间，简直比法院还无情！"

"你放心吧，真主会给我们安排好一切的。"

这时，凯马勒疾步如飞地奔了进来，喘着粗气把化妆品递给姐姐说道：

"我一路上和上下楼梯都是跑着来的……"

海迪洁笑着对他说道：

"好极啦，好极啦！玛丽娅对你说了些什么？"

"她问我是不是咱家来了客人，她们是谁？我回答说不知道。"

---

① 冬天保护小腿的无底筒袜。

海迪洁的眼睛里露出关注的神色，又问道：

“你这样回答她相信吗？”

“她让我以侯赛因起誓，把我知道的一切全部告诉她。我发誓说，我真的什么也不知道。”

阿依莎手不停地忙着，笑着说：

“她一定会猜到是怎么回事的。”

海迪洁一边往脸上扑粉，一边说道：

“她也是个大姑娘了，哪能瞒得过她！我敢与你打赌，最迟明天她就会上咱家来，全面打听情况……”

凯马勒不愿离开房间，也许是被眼前的情景吸引住了。他有生以来第一次看到这种情况，以往他从未看见过大姐的面孔有过这么大的变化，完全换了一副新的容颜：白净的皮肤，绯红的面颊，眼睑上涂了淡淡的一层黑粉底，画出诱入的眼圈，使两个眸子更加清澈明亮。看到这样的崭新面容，凯马勒心里乐开了花，他高兴地叫嚷起来：

“姐姐，你现在真像个洋娃娃，就是爸爸在先知诞辰日买的那种……”

两个姑娘哈哈大笑。海迪洁问他：

“我现在这样子，你喜欢吗？”

他快步走到大姐跟前，伸出手点点她的鼻尖，说道：

“要是这里小一点就好了！”

海迪洁避开他的手，对妹妹说道：

“把这个多嘴的孩子轰出去！”

阿依莎抓住他的手往外拉他，不管他怎么挣扎，还是把他拽到了门外。她赶出小弟后关上门，回来继续给姐姐梳妆。姐妹俩一声不响、认认真真地各自忙碌着。虽然家里人说好只让媒婆见海迪洁一个人，但海迪洁还是诡谲地对妹妹说道：

“你也该准备见见客人。”

阿依莎像姐姐一样诡谲地回答：

“在把你送到新郎家之前，我决不见媒婆！”接着，她赶在姐姐开口前又补充一句，“在目前，月亮怎么能和星星一块儿出来呢？”

海迪洁用疑惑的目光瞥了妹妹一眼，问道：

“谁是月亮？”

“当然是我呀！”阿依莎格格地笑着回答。

海迪洁用胳膊肘捅了妹妹一下，然后叹口气说道：

“要是你能像玛丽娅借给我粉盒那样，把你的鼻子借给我就好了！”

“别老惦记着你的鼻子，至少今天得把它忘掉。鼻子就像痤疮一样，你越琢磨它，就越觉得它大！”

梳妆打扮这时已近尾声，海迪洁的注意力不再集中在自己的外貌上，而是提心吊胆地转向正在等待着她的那场面试，感到心乱如麻，这是她从来没有过的感觉。这不仅是由于气氛严肃，而且是面试的结果十分关键——这一点才是最重要的。

“这种命定我得参加的见面真让人害怕呀！你设身处地想一想，在几个陌生的女人面前，你既不了解她们的脾气，又不知晓她们的来历，更摸不透她们是诚心诚意来提亲还是仅仅来寻开心的？要是她们是专挑刺挖苦人的，”海迪洁诉苦道，说到这儿干笑一声，“都是像我一样的人，那我不就惨了吗？嗨，那我只好老老实实地坐在她们中间，任凭她们前后左右仔细看，毫不犹豫地听从她们的吩咐，让我站起来就得站起来，让我走几步就得走几步，让我说话就得开口，直到她们把我的言行举止和全身每个部位都审视一遍才肯罢休。受完这般‘凌辱’后，我们还得赔笑脸说好话，称赞她们心肠好、人厚道，可到最后还不知道是让她们满意了还是招她们生气了！呸，真讨厌，打发她们来的人真该死！”

阿依莎话中有话地抢先说了一句：

“愿真主保佑他消灾弭祸！”

“等到他确实成为我家的一分子后，再为他祈祷吧，”海迪洁讪笑着说，“啊，真主，我的心怎么跳得这么厉害呀！”

阿依莎怕姐姐再捅她，便一步一步地往后退，远离她的胳膊肘，说道：

“忍着点吧，往后你会找到很多机会来报复今天这个可怕的相亲场合。等你当了家庭女主人，她们就得一遍又一遍地祈求真主，让你的尖刻的舌头饶了她们。到那时候，她们想起今天提亲这件事，或许会自言自语地说：当初不那么做就好了！”

对妹妹的这番话，海迪洁没有充裕的时间进行回击，只好一笑了之。她过去“攻击”别人，总感到其乐无穷，今天却对“攻击”索然无味。她心慌意乱，不知所措，既抱有希望，又诚惶诚恐。姐妹俩打扮完后，海迪洁站起身，对着镜子上上下下地打量，阿依莎在姐姐身后两步远的地方，仔细地反复对照姐姐原来的相貌和镜中的形象。

“你的手可真巧！我打扮后的模样还真不错，不是吗？我还是海迪洁，可现在这大鼻子却不显眼了……真主啊，你的智慧一显示，任何事情稍加努力就能如愿以偿，可是为什么……”海迪洁念叨着，说到这里赶紧改口，“祈求伟大的真主宽恕，任何事情里都体现了你的智慧。”

她往后退了几步，仔细地审视着自己的形象。接着，她在心里默默地诵念《古兰经》开端章，然后看着阿依莎，说道：

“为我祈祷吧，好妹妹！……”

说完就走出了卧室…

# 二十四

冬天来临，“咖啡会”有了新的特色：大厅中间放着一个大火炉，一家人围炉而坐，男的穿着外套，女的裹着头巾。这样，一家人不但品尝咖啡、聊天取乐，而且还有围炉取暖的情趣。近几天来，法赫米一直默默无言、郁郁寡欢。今天他似乎有什么重要的消息要向家里人宣布。他这样瞻前顾后、进行了长时间的思考，正说明这件事的严肃和重要。然而，经过反复的认真考虑，他终于拿定主意要一吐为快，把包袱扔给父母和命运。他说道：

“我有件重要的事情要跟大家说一说。”

所有的人无一例外地把关注的目光投向他。这个年轻人素以稳重著称，一听说有重要的事情，大家都认真地等他宣布。法赫米继续说道：

“事情是这样的：你们都知道，嘉马利亚警署的警官哈桑·易卜拉欣先生是我的一位朋友，他约我见了面，希望我转告父亲，说他想向阿依莎求婚！”

这个消息立刻引起了各种不同的反映——这是法赫米早就预料到的，他为此才进行了这么长时间思考而犹豫不决。母亲十分关切地望着法赫米；亚辛一边吹着口哨点着头，一边用戏谑的目光凝视着阿依莎；阿依莎羞得低着头，躲避着大家的视线，不让人们从她的脸上看出她内心的激动；海迪洁一听到这个消息，先是惊奇，随即感到莫名其妙的恐惧和悲观，就像一名在等待考试成绩的小学生，结果听到自己的同学成功了。

“他就说了这些吗？”母亲忐忑不安地问道，口气与现场的欢乐气氛极不相称。

法赫米的目光避开海迪洁，回答道：

“他一见面就说，他很荣幸，要向我妹妹求婚。”

“你跟他说了些什么？”

“不用说，我对他的好意表示了感谢……”

母亲想了解的情况太多了，但她没有接二连三地向儿子提问，她要掩饰自己的惶惑不安，摆脱突如其来的感觉，仔细考虑这件事。她心里在忖道：难道这次求婚与前几天来访的那三位太太有关系？她忽然想起，那天海迪洁尚未露面时，其中一位太太在谈到艾哈迈德先生的家庭时说，听说先生家有两个女儿，她当时就意识到她们两个姑娘都想见，但是她假装不懂，没有理会。那三位太太说她们来自洋红巷的一位商人家庭，也就是说并不是警官父亲派来的。法赫米有一次曾说起过，警官的父亲是工程部的职员。但这丝毫不能肯定他们两家之间没有关系。有些家庭为慎重起见，总是先委托亲戚去做媒，而不由自己家里人亲自出面，这是常见的。她多么想向法赫米问清这一点，但又害怕得到的答案正好证实了她的担心，那样大女儿的希望就成了泡影，使她再一次受到失望的折磨。凑巧的是，海迪洁这时为解开心头的疑团，尴尬地淡然一笑，把母亲想的问题提了出来：

“也许，前几天来访的那几位太太，就是他派来的吧？”

法赫米赶紧回答：

“不是的。他对我说，如果我们同意，他就让母亲上门来求亲。”

他的语气听起来十分肯定，但说的却不是实话。他从警官的谈话中得知，来拜访母亲的那三位太太就是警官的亲戚。他不忍心伤害姐姐。他虽然爱阿依莎，深信她与自己的警官朋友非常般配，但他和海迪洁同样手足情深，对她的不幸命运感到十分痛苦。也许正是自己遭受到的打击，才使他对姐姐的同情达到了顶峰。

亚辛粗声大笑起来，像孩子似的兴高采烈地说：

“看来我们不久要双喜临门了！”

“愿真主应允你的祈祷。”母亲大声说，流露出她真诚的喜悦。

“你替我跟爸爸说说这件事，好吗？”

法赫米这样问的时候，心里只想着朋友的委托，没考虑别的。但这句话刚一脱口，他的耳朵里却产生了奇特的感觉，仿佛这句话不是从他嘴里说出来的，那声音来自他的记忆深处。或者说这句话没有停留在他的耳朵里，而是钻入他的内心，然后又浮了起来，带出了埋藏在他心底的回忆。他立即想起在类似的情况下向母亲提出的类似的问题，感到自己的心在抽缩，痛苦万分。他再次感到自己受到不应有的对待，埋葬了他的希望。他就像近日来不知多少次自言自语那样，又在心里说道：倘若父亲不作出那么冷酷的决定，我今天对未来美满的生活就有了盼头，那该多幸福啊！回忆使他顾不上别人的事情，沉浸在刻骨铭心的悲痛中。

母亲仔细思索之后，说道：

“你爸爸如果问我，那位警官既然两姐妹都没有见过，为什么他指名要阿依莎，而不是海迪洁，我该怎么回答呀！我们最好考虑好如何回答……”

母亲的看法同时引起了两个姑娘的注意，或许她俩同时想起了站在窗户前面的那一幕。不过海迪洁回忆这件事时比平时更加愤愤不平，她在心里抨击命运之神瞎了眼，为什么对那些轻浮、胡来的人给予善报？乐不可支的阿依莎听到母亲的话感到沮丧，就像她正在津津有味地品味着美味佳肴，突然被一根刺卡住了喉咙，享受美食的快感顿时消失殆尽一样。动人心魄的喜悦和热情马上被恐惧所代替。只有法赫米对母亲的话来了情绪，其实他不是在帮阿依莎，他不会在这样敏感的问题上当着海迪洁的面维护阿依莎的，他是为了发泄不能在父亲面前公开表露的怨气，他不由得借母亲撒气，说出一番对抗父亲的话来：

“真是蛮横不讲理，稍微有点理性或者智慧的人就知道这话讲不通！难道男人们就不能从女亲戚的闲聊中知道深闺中的姑娘们的许多情况吗？再说，那些女亲戚们的谈话目的，不也就是要将男女青年合法结合在一起吗?”

母亲刚才的话，本来只是想拿父亲作挡箭牌，借以摆脱自己夹在两个女儿中间的困窘处境。既然法赫米公开提出抗议，她就不得不把心里想的和盘托出。

“最好还是等那三位太太给我们回音后再说吧，你看呢?”

海迪洁心里忧虑和希望这两种情绪正斗得不可开交，但出于自尊心她无法沉默下去了，只好表示对这件事毫不在乎。她说：

“这是一回事，那又是另一回事，没有必要为那回事而耽误这回事……”

母亲有些激动，但仍然平静地说道：

“我们大家都希望先办海迪洁的婚事再嫁阿依莎。”

阿依莎不得不表示同意，温顺地说：

“理所当然!”

听到妹妹的温柔声音，海迪洁满腔怒火。可能正是这种语气最使她窝火。这种语气里的怜悯，正是她坚决拒绝的。她倒希望妹妹直言不讳地表示反对，这样她就有机会对她攻击，发泄胸中的怒火。而那种可憎的虚假的怜悯，倒成了保护阿依莎免受伤害的盾牌，使她急待发作的怒火更大了。最后，她只好开口说话，语气里仍带着几分火气：

"我不同意这事就这么定了，你们让背运的人妨碍走红运的人，这不公平！"

法赫米能听出海迪洁表面上激动的话中所含的意思，他后悔自己在气头上说那番话，海迪洁或许会认为他在明显偏向阿依莎，他便赶快抛开个人的悲伤，对海迪洁说道：

"跟爸爸谈哈桑先生的要求并不意味着阿依莎比你先结婚。就是爸爸同意这门婚事，订婚也可以推迟到适当的时候再宣布呀！"

亚辛并不同意姐姐必须先妹妹而嫁的观点，但他又没有足够的勇气亮出自己的看法，便说了一句怎么理解都可以的话：

"结婚是每个人的归宿，今天不结婚，明天也会结婚的。"

这时，响起了凯马勒尖尖的童声——他一直在关注地听着大家的谈话，便迫不及待地问道：

"妈妈，为什么结婚是每个人的归宿呢？"

母亲没有理会他，别人也没在意他的话，只有亚辛哈哈大笑一阵，但也没有说话。这时，母亲说道：

"我知道，每个姑娘早晚都得嫁出去，但有些老规矩是不能忽视的……"

"妈妈，你也要结婚吗？"凯马勒又问道。

大家哄堂大笑起来，这一来缓和了紧张的气氛。亚辛抓住这个机会，鼓足勇气说道：

"把这件事情告诉爸爸吧，无论如何得他说了算。"

“一定要告诉，一定要!”海迪洁格外坚持这一点。

她说这话的意思是：一方面，她知道这种事不可能瞒过父亲；另一方面，她相信父亲不可能同意阿依莎比她先结婚。除此之外，她还要坚持摆出一副满不在乎的样子。她并不知道警官和来访的三位太太之间有什么关系，但是她始终摆脱不了从一开始就感到的悲观和沮丧。

# 二十五

艾米娜太太生活中经历过许多烦心的事情，但是她以前没有遇到过这种突如其来的，又有这么多原因的事。这事非同寻常，与她以前经历过的事迥然不同，大家都把它当做关系到人生幸福的终身大事的基础。尽管如此，它在她家里，尤其在她心里，却变成了种种烦恼和不安的重要根源。她是多么朴实啊！她想：有人求亲本来是件谁都盼望的好事，谁能想到它会给我们带来这么多的麻烦！但是情况就是如此，她思绪纷繁，不得安宁。她一会儿觉得，同意阿依莎先结婚，这一定会毁掉大女儿的前途；一会儿又认为，办事古板，不服从命运的安排，这是极其危险的，可能会给两个女儿带来最坏的后果。此外，使她感到更为棘手的是，如果在这个青年警官面前关上大门，命运再次慷慨地送上这么出色的女婿是不大可能的。但是，如果答应了这桩婚事，海迪洁会采取什么立场？海迪洁的命运和前途又会怎样？……她实在心中无数。她本来就缺乏主见，面对这种两难问题就更找不出两全其美的办法了。因此，她认为只有把所有的问题让丈夫去解决，才能感到舒坦。但是，她又怕与丈夫谈这件事，丈夫不会很好地处理。不过，她尽管心里害怕，但毕竟可卸掉负担，使自己轻松些。她一直等到丈夫喝完咖啡，才恭恭顺顺地低声说道：

“先生，法赫米对我说，他有一位朋友求他向你转告，他要向阿依莎求婚。”

艾哈迈德坐在沙发上，两只蓝眼睛闪出关注和诧异的目光，盯着坐在离他脚边不远处那个小垫子上的妻子，仿佛在问：“三位太太来访后，我一直在等着她们关于海迪洁的消息，你怎么又跟我谈起阿依莎的事情呢？”为了弄清是否听错了，他问道：

“阿依莎？”

“是的，先生！”

艾哈迈德不悦地望着前方，仿佛自言自语地说道：

“我早就说过，谈论阿依莎出嫁的事为时尚早！”

女人惟恐丈夫以为她在反对他的意见，便急忙表白道：

“我知道你的意见，先生！但是我应该把家里的事告诉你一声……”

男人用锐利的目光审视着她，仿佛在咂摸她的话是否真实和坦白。他脑海里突然产生了一个新的想法，眼睛一亮，顾不上再看她了，而是关切和担心地问道：

“你看这件事和三位来拜访你的太太有没有关系？”

是的，她单独和法赫米谈话后，知道这两者有关系。法赫米建议她在同父亲谈这件事时，不要将这个情况告诉他。她答应儿子好好考虑一下，但她想了许久，仍拿不定主意。最后，她决定接受儿子的建议，不说出来。但是，当被丈夫面对面问及时，她感到他的目光犹如强烈的阳光，溶化了她的决心，她放弃了原先的主张，毫不迟疑地回答：

“有关系，先生。法赫米知道她们是他那个朋友的亲戚。”

艾哈迈德恼火地板起了脸。他总是这样，白净的面孔一生气就涨得通红，眼里直冒火星。谁看不起海迪洁，就是对他的侮辱；谁损伤了海迪洁的面子，就是触犯了他的尊严。但他一时不知怎样发泄怒火，只得提高嗓门，放粗声音，愤愤不平而又不屑一顾地问道：

“他这位朋友是谁？”

“哈桑·易卜拉欣，”她提到这个名字时，不知为什么心里直打鼓，“他是嘉马利亚警署的警官。”

丈夫激动地追问道：

“你不是说，只让海迪洁一个人见过了女客吗？”

“是的，先生。”

“她们又来过没有？”

“没有，先生，否则我早就告诉你了。”

“他打发亲戚来，她们只见了海迪洁，他却偏偏指名要阿依莎！这是什么意思？”主人声色俱厉地问道，仿佛她该对这件蹊跷的事情负责似的。

女人咽了一口唾沫，低声说道：

“有这样的情况，媒人们总是先访问左邻右舍，把情况打听明白了，才有目的地登门求见。实际上，那天她们跟我谈话时就提到，她们听说我们有两位女儿，也许让她们见了一个，没见另一个……”

她本想说“也许让她们见了一个，没见另一个，倒给她们证实了她们听说过的话：小女儿漂亮”！但她话说了半截就停住了，一则怕惹得丈夫更加生气，二则不忍心公开挑明她头脑里挥之不去的这一事实，引起心中的烦恼和伤感。于是，她没把话说完，只是摆了摆手，仿佛在说：“一言难尽啊！”

丈夫狠狠地逼视着她，她屈从地闭上了眼睛。他的心情十分烦恼和悲伤，胸中的怒火越烧越旺。他拍打着自己的两肋，以减轻胸中的郁闷和苦楚，然后，他狂怒地吼叫道：

“一切都明白了。现在有人向你的女儿求婚，你说怎么办吧?”

她觉得丈夫的问话正把她拖向无底的深渊，便摊开双手，毫不迟疑地说道：

“你的主张就是我的主张，先生，我没有别的意见。”

“如果真的这样，你就不会跟我提这件事了。”他咆哮起来。

“先生，我跟你说这事，是想把家里的事情都告诉你，”太太可怜地说，“这是我的责任，我必须把家里的事都告诉你……”

“真想不到啊，凭真主起誓，这是谁也想不到的，”主人愤怒地摇摇头，说道，“你毕竟是个女人，女人就是不动脑子，特别是婚姻问题会使你们鬼迷心窍，或许你……”

妻子打断他的话，声音颤抖地说：

“先生，求真主保佑，别对我多疑。海迪洁是你的女儿，也是我的女儿，是我的血肉……我为了她的命运把心都操碎了。阿依莎年纪还小，等真主保佑她姐姐出阁以后再谈她的婚事也不迟。”

丈夫的手神经质地捋着浓密的小胡子，忽然，他想起了什么事情似的，停住了手，问道：

“海迪洁知道了吗?”

“知道了，先生!”

“既然谁也没见过阿依莎，这个警官为什么偏偏指名要她呢?”丈夫愤怒地挥挥手，大声吼道。

“我说过了，老爷，她们或许听说过阿依莎。”太太的心瑟瑟发抖，嘴里却热情地说。

“可是他就在嘉马利亚警署，也就是在我们街区里工作，好像还是本地人。”

“我们的两个女儿自从辍学后，没有一个男人看见过她们……”女人十分激动地说。

“算了，算了，太太！你以为我对此有怀疑吗？要是怀疑这一点，我杀人也不解恨！”他拊掌对她嚷道，“我是说某些不了解我们的人，他们的脑子里会有想法。‘没有一个男人会看见过她们。’……天哪，难道你希望男人的目光落到她们身上？你真是个多嘴多舌的疯女人！我是想那些无聊的家伙们可能会说三道四。是的，他是本街区的警官，早晚都在周围几条街上走动。人们一旦知道他娶了我的女儿，不排除有人会怀疑他看到过我女儿。我不喜欢、也不愿意把女儿嫁给一个可能使我的名声受到影响的人。任何人要娶我的女儿，除非我肯定他娶亲的首要目的是真心诚意地要做我……我……我的女婿，否则我决不把女儿嫁给他。‘没有一个男人会看见过她们’，多亏这样，恭喜你，艾米娜太太！”

艾米娜太太不声不响地听着丈夫的话。屋子里寂静无声。过了一会儿，丈夫站起身，这就提醒她，他要换衣服准备回铺子去了。她赶紧站起来。丈夫把两只胳膊从大袍里退出来，撩起大袍准备脱下，但卷起的大袍刚脱到下颌处又停下来，大袍像狮鬣一样堆在他的肩膀上。

“法赫米就没有想到他这个朋友向他提出的要求有多严重吗？”他遗憾地摇摇脑袋说，“人们羡慕我有三个儿子，实际上我只有女儿……五个全是女儿！”

# 二十六

主人一离开家，他对于阿依莎婚事的态度全家都知道了。尽管每个人都顺从了，无可奈何地顺从了。但是各人的心里产生了不同的反响。法赫米感到遗憾，为阿依莎失去像他朋友哈桑·易卜拉欣这样一个如意郎君而痛惜。是啊，在父亲作出决断之前，他的心情就很矛盾：既热切盼望求婚的新郎成功，又同情海迪洁的尴尬处境。现在事情已有结果，同情海迪洁已没有必要，只剩下为阿依莎失去幸福而痛惜了。他可以公开表示自己的观点了：

"毫无疑问，我们大家都很关心海迪洁的前途，可我不同意一定要剥夺阿依莎的好机会。命运莫测，只有真主知道，或许真主为晚嫁的人准备了比先嫁的人更好的命运呢。"

一家人中大概数海迪洁最有负罪感了，因为她又一次妨碍了妹妹。在等待父亲一锤定音前，她并没有这种感觉，当父亲的意见传来，威胁她的风险已不存在，气愤和痛苦也随之烟消云散，取而代之的就是一种折磨人的感觉——羞愧和负罪的感觉。她心里盼望大家一致赞同父亲的意见，只让她一个人表示反对，所以她对法赫米的话并无好感，但她仍然附和着他说道：

“法赫米说得对，我一直都这么想……”

亚辛再次强调自己以前的观点：

“结婚是每个人的归宿……你们不用担心，也不必发愁！”

这一次，他觉得这句话说得非常得体。他喜欢阿依莎，深为她所受的委屈而愤愤不平，但他又怕公开表达自己的观点，会造成海迪洁的误解，让她以为她常常和他开玩笑拌嘴，他才偏袒阿依莎。再说，他总感到自己只是个她们同父异母的哥哥，面对重大的家庭敏感问题，不宜妄下结论，以免伤害任何人……

阿依莎还是一言不发。她很痛苦，沉默会使她的痛苦暴露无遗，她必须强迫自己开口，来掩饰自己的痛苦，摆出一副毫不在意的样子，尽管这样做她会更加苦闷和紧张。这个家庭不承认她们有表达感情的权利，真心的爱情得用冷漠和虚伪的面具掩盖起来。

“我比海迪洁先结婚当然不合适，爸爸的主张再好没有了。”说到这儿，她微微一笑，“你们为什么忙着要我们出嫁呢？谁告诉你们的，我们到婆家后也能过上家里这样的幸福生活？”

每天晚上的围炉闲谈照常进行。她虽然神思恍惚、心情沮丧，也不得不尽量参与大家的闲聊。实际上，她多么像一只被宰的母鸡：它耗尽生气和活力，拼命地扑打着张开的翅膀，血从脖颈上喷涌而出，走向生命的终点。

把这件事交由父亲决定之前，阿依莎就预料到这个结果了，就是在梦里也不抱什么希望，正如不敢奢望买彩票中头奖一样……起初，她一方面出于对自己的幸运和胜利而高兴，另一方面又同情命途多舛的姐姐，所以主动表示反对这一婚事。现在，这种快乐荡然无存，同情心也随之消失，剩下的只有怨恨、愤慨和绝望。这桩婚事由不得她作主。这是父亲的意旨，不容提出异议。她只有俯首帖耳地顺从，而且要愉快地接受，稍有不快便是不可宽恕的罪过，公开反抗，那更是大逆不道，为礼教和廉耻所不容。整整一昼夜，她陶醉在无限幸福的憧憬中，清醒过来时却是漆黑一片的绝望。在艳阳高照的光明之后到来的黑暗是多么浓重啊！在这种情况下，使人痛苦的不仅仅是当前的黑暗，叹惜一去不复返的光明更使人痛苦。她询问自己：既然能够出现光明，为什么不能持久下去？它为什么要暗淡下去？又为什么要消失？新愁和旧怨在她心中交织在一起，她在过去的回忆、眼前的现实和未来的梦想中感到悲哀。她沉浸在思索之中，越想越痛苦。她又一次询问自己，但又似乎觉得那是第一次询问自己，仿佛痛苦的事实是第一次把她美好的感觉撞得粉碎：光明就真的这样不复存在了吗？

难道这个使她倾心相爱、朝思暮想的年轻人，就这样和她断了缘分？

这个问题尽管反复提出，它还是一个新问题，这种打击已经伤及骨髓。钻心的悲痛，一刻也没有停止过。她被藏在内心深处的绝望和在空中飘荡着的希望争夺着。每当希望的光芒从她身上飞走，失望便回到她的心底。希望接二连三地飞出去，失望一次又一次地钻进她的心底。最后希望告别了她的心灵，又变成失望，深藏在她的心底不再离开。一切都结束了，好像没有发生过，再也寻不到它的踪影。他们多么不把这件事当回事啊！他们把它当作日常琐事对待，与比如我们明天吃什么呀，我昨夜做了一个怪梦啦，或者屋顶平台上茉莉花开香气扑鼻等等相提并论。大家东一句西一句，这个提建议，那个摆观点，出奇的平静，同样的不介意，然后是含笑安慰她，说上几句逗趣似的鼓励话。最后话题一转，一切随之结束，这事便成为历史，全家把它置之脑后了。

面对这一切，她的心在哪里呢？她没有心，谁也不会想到她还有心，她的心也确实没有了。她多么孤独啊！她是个被遗忘的人，无人理会。他们不属于她，她也不属于他们。她是个孤独的被遗弃者，但是，她怎么能忘记，只要父亲开口说一个词，世界就会改观，她就有新的生活。不要多，仅仅一个词，只要说个“行”，奇迹即刻发生。说出这个词，远比费很多口舌，最终又拒绝要省事得多。但是，父亲不愿意那样做，宁可让她遭受这样的折磨。她虽然心里痛苦、怨恨和忿懑，但一到父亲面前，所有的这一切都不复存在，她如同一头发怒的猛兽遇到既爱又怕的驯兽员一样服服帖帖。她无法怨恨父亲，即使在内心深处也是这样，她的心仍然对父亲充满了忠诚与爱戴。她对父亲只有忠诚，仿佛他是一位天神，只能顺从、爱戴和忠诚地来对待他的裁定。

这天晚上，年轻姑娘细细的脖子被绝望的绳索勒得紧紧的。她深信，自己那颗情窦初开的心已经枯竭，将永远是块荒地。她强使自己在人们面前扮演一个无忧无虑、笑口常开的角色，这使她的神经紧张、心力交瘁。她勉为其难地参加大家的闲聊，直到她披着金发的脑袋沉甸甸的，头晕目眩为止。待到她回到卧室时，她已经疲惫得好像一个病人。只有在卧室的黑暗中，她的脸上才第一次出现愁容，流露出心中的真实情感。

可是，一个监视者跟着她进了屋，那就是海迪洁。阿依莎一开始就知道，自己的做作行为绝对瞒不过姐姐。所以，她一直躲避姐姐的目光。现在，海迪洁坐在她的身边，再也没法逃避了。她估计姐姐会用她众所周知的执拗劲来抨击这件事，她期待着姐姐的抨击声钻入她的耳朵。她真心欢迎那些话，倒不是那些话会给她带来新的希望，而是盼望从姐姐真诚的歉意和内疚中寻得一点慰藉。没等多久，姐姐的声音穿破黑暗传到了她耳朵里。

“阿依莎，我非常难过和遗憾。可是，真主明鉴，我有什么办法呢？我多么希望自己有勇气去求爸爸改变主意。”

听到姐姐的这番话，她顿时又恼怒又激动地暗自思忖姐姐这番话是真心的还是假意。但是，她不得不再次用在母亲跟前说话时的那种口吻说道：

“不用难过和遗憾，父亲没错，他做得有道理，我的婚事不必着急！”

“这是第二次因为我而耽搁你了！”

“那也不用遗憾。”

“可是这次和上次不同。”海迪洁意味深长地说道。

阿依莎瞬间就听出了姐姐这句话的意思，她的心悸动着，既烦恼又悲痛，为友谊和爱情哭泣起来。这种深藏在心底的爱情，在外来因素有意或无意的刺激下，立即就会被激发起来，犹如伤口或疔疮受到触摸或挤压就感到疼痛一样。她想说点什么，但欲言又止，因为她的呼吸不匀，一说话就会显露出自己的情绪来。这时，只听到海迪洁叹了一口气，说下去：

“正因为如此，我才特别难过和遗憾。可是，真主是博施恩惠的，患难之后必有厚福。也许他会耐心地等待着，早晚还是属于你的，别看现在一时不顺。”

阿依莎心里高喊：“但愿如此！”但嘴里却说：

“我没什么，你也别多想了。”

“希望能这样……阿依莎，我真的太难过、太遗憾了！”

这时，房门突然被推开。从门缝里漏进来的暗淡灯光中显出凯马勒的身影。海迪洁没好气地对他喊道：

“你来干什么？你有什么事？”

“别那么凶好吗……”凯马勒的声音里对大姐的粗暴态度显出不满，“给我让点地方……”

凯马勒跳上床，跪在两个姐姐中间，一只手伸向阿依莎，另一只手伸向海迪洁，想胳肢她俩，以便冲淡海迪洁刚才那种叱喝造成的气氛，为自己说话找机会。她俩拨开他的手，几乎同时对他说：

“该睡觉了，回去睡觉。”

“我不问明白了决不走!”凯马勒气呼呼地嚷叫起来。

“这么晚了，你还要问什么?”

为了能得到回答，他换了一种口气问道：

“我想知道，你们结婚后是不是离开咱们家了?”

“等到结婚时再说!”海迪洁大声说道。

“结婚是怎么回事?”凯马勒固执地追问。

“我还没有结婚，怎么回答你呢？快去睡吧，真主保佑你。”

“我不弄明白决不走。”

“好弟弟，信赖真主吧，快走吧!”

“我想知道，你们结婚后是不是离开家了?”凯马勒难过地问道。

“会的，小少爷，你想干什么?”海迪洁不耐烦地回答。

“那你们不要结婚……我就想这样……”凯马勒着急地说。

“行，就听你的吧。”

“我不让你们离开我们，我要祈求真主，不让你们结婚……”凯马勒激动地说道。

“你这张嘴是通天的大门，好……好……祈求真主答应你。现在该走了吧，再见……”海迪洁大声嚷道。

# 二十七

这一天，家里的人都有一种感觉：摆脱沉闷紧张的生活，可以轻松自在地过一天了。今天，他们可以在无人监视的情况下，随心所欲地呼吸自由的空气。凯马勒打算无拘无束地在家里或外面玩上一整天；海迪洁和阿依莎商量着是否晚上去玛丽娅家，痛痛快快玩上个把小时。家里产生这种轻松的气氛，并不是因为使人难熬的几个月的冬天过去，温暖明媚的春天已经来临，因为春天并没有把冬天剥夺的自由偿还给他们。而是由于艾哈迈德先生要去塞得港①办事，大家才感到轻松。因买卖上的需要，他每隔几年都要到那儿去一趟，住上一天或数天。这一次正好是星期五早晨走，全家没有人上学。② 他们迫不及待地渴望在父亲离开后立即出现的安宁舒畅的气氛中享受充分的自由。不过，母亲没有答应两个女儿的要求和小儿子的狂想，虽然口气不太坚决。她希望全家人还和往常一样生活，即使父亲不在家，也要和他在家时一样循规蹈矩。因为与其说她信服其暴戾和冷酷的家规，不如说她是害怕违反家规而产生严重的后果。但是，出乎她的意料，

① 位于苏伊士运河北端的河口海港城市。

② 阿拉伯国家每周星期五休息。

亚辛对她说：

“凭真主起誓，你别阻拦了……我们过的这种生活，别人家是没有的！我想出一个新主意：你自己为什么不也去散散心呢？……你们认为我这个建议怎么样？”

一双双眼睛都在惊奇地望着他，谁也没说一句话。或许他们和母亲一样，并没有把他的话当真。母亲用责备的目光盯着他，只听他继续说道：

“你们为什么这样看着我呀？我又没有说错什么，这样做也没什么罪过。赞颂全归真主，只不过是出去转一转就回来，你在这个街区住了四十来年，还不知道它是什么样，你这次可以去看一些地方……”

“愿真主宽恕你。”母亲叹了一口气，轻声说道。

“宽恕我什么呀？难道我犯了不可饶恕的罪过？”亚辛哈哈大笑着说。“凭真主起誓，我要是你的话，早就去朝拜侯赛因清真寺了。你没听说过吧？你朝思暮想的侯赛因墓，别以为它很远，其实就在这附近。去吧，它正在召唤你呢……”

母亲的心剧烈地跳动着，脸上泛起一片红晕。她低下头去，掩饰着内心的激动。这时，一种力量出乎意料地突然在她心中爆发，这既不来自她本人，也不来自她周围的任何人，甚至不来自亚辛。它就像在从未经历过地震的大地上发生了一场地震。这股力量使她的心响应那个召唤，但她不知道自己的心怎么会响应这个召唤的，她的目光怎么会越过妇道的禁律，更不知道自己怎么会把这种冒险看成是可能的、诱人的，甚至是不可抗拒的。是的，朝拜侯赛因的陵墓是一种神圣的事情，这可以成为自己实现异想天开的意愿的充分理由。但是，这决不是她想外出的惟一原因。那召唤只是顺应了目前被禁锢着、却渴望奔涌而出的一股股潮流，就像本性渴求厮杀的人以保卫自由和和平为借口来响应战争的号召一样。她不知道如何表达这个想冲破禁条的重大决定，只是望着亚辛，声音颤抖地问：

“拜谒侯赛因陵墓是我一辈子的心愿，可是，你爸爸……”

“爸爸已经在去塞得港的路上了，明天十点以前绝对不会回来。”亚辛笑着说道，“不过为慎重起见，你可以借用乌姆·赫奈斐的米拉叶，把身体裹得严严实实的，你离开家或回来时即使碰巧被人看见，也会把你当做是来访的女客。”

母亲怀着羞涩又畏怯的心情，眼睛在儿女们身上转来转去，好像在寻求更多的鼓励。海迪洁和阿依莎热心地支持这个建议，仿佛借此表达能够取消对她们限制的愿望。如果有这样的变革，她们就可高高兴兴地上玛丽娅家去串门了。凯马勒心里激动得嚷叫道：

“妈妈，我陪你去，我给你带路……”

法赫米凝视着母亲，看到她纯朴的脸上欣喜和困惑的神色，犹如得到新玩具的孩子那样快活，不由得产生了同情。他用满不在乎的口吻鼓励母亲，说道：

“去看一看世界，这有什么大不了的！我倒担心，你一直关在家里，连路都要不会走了！”

趁着兴奋劲，海迪洁跑到乌姆·赫奈斐那里借来了米拉叶，大家七嘴八舌地笑成一团。这一天成了他们谁也没经历过的幸福的节日。所有的人都不由自主地参加了反对外出的父亲的行列。艾米娜太太瞧瞧米拉叶，把黑色面罩戴在头上，照照镜子，忍不住笑了好久，直笑得浑身颤抖。凯马勒穿上衣服，戴上帽子，抢先走到院子里。但是母亲没有跟他出来。临到出门的关键时刻，她自然而然地产生了畏缩心理，便抬头看看法赫米，问道：

“你们看，我真的能出去吗？”

“你就信赖真主吧！”亚辛大声回答。

海迪洁走到母亲跟前，把手放在母亲的肩膀上，轻轻地推着她，说道：

“去吧，没事的。”

她一直把母亲推到楼梯边。母亲在儿女们的簇拥下下了楼。乌姆·赫奈斐在楼下等待着，她用审视的目光打量着女主人，更确切地说，是看女主人身上穿的那件米拉叶。她不满地摇摇头，走到女主人跟前，为她整理一下米拉叶，让它紧裹在她身上，并告诉她怎样抓住米拉叶的衣角。第一次穿紧身米拉叶的女主人听凭女仆摆布。乔装打扮停当，女主人平时被宽松大袍遮住的优美曲线显露了出来。海迪洁满脸笑容，用欣赏的目光看了母亲一眼，并对阿依莎使了一个眼色，两人不约而同地哈哈大笑起来。

艾米娜迈出家门，踏上街的一瞬间是个微妙的时刻。她感到嘴巴发干，惶恐不安袭上心头，在犯罪感的沉重压力下，欢快的心情不复存在。她神经质地抓住凯马勒的手，缓慢地移动着脚步，好像初学走路一样。当人们的目光纷纷向她投来时，她觉得非常羞愧。这些人她从阳台的小孔里早就认识了：理发师侯斯宁大伯、卖蚕豆的达尔维希、卖牛奶的富里、卖饮料的比尤米、炒货铺老板艾布·赛利阿。她猜想他们认识她就像自己认识他们一样，或者说因为她认识他们，他们也一定认识她。其实，这些人从来没有看见过她，这是一个不言而喻的事实。可是她的头脑里却为证实这一点自寻烦恼着。就这样，他们穿过马路，朝洋红巷走去。虽然走这条路去侯赛因清真寺不是近路，但它不像走纳哈辛街，得路过丈夫的铺子。再说，这条路上没有什么商店，行人稀少。在走进洋红巷前，她停了一会儿，回头朝自己家的阳台望去，只见一扇关着的窗扇后面有两个女儿的身影，另一扇窗敞开着，露出亚辛和法赫米两张笑脸。他俩的神情给了她勇气，帮助她克服了心中的慌乱，迈开了步子和儿子一起比较从容自若地走进了这条冷清的小巷。她心里多少还有点不安和犯罪感，但也就是那么一点点，她的感觉中心已被面前的世界所占领。呈现在她面前的世界是：这里是一条小巷，那里是一个广场，广场上有奇形怪状的建筑物和形形色色的人……她同人们一起自由自在地活动，感到有一种纯真的欢乐。她已在大宅深院里，被囚禁了整整二十五年，一年只有数次由丈夫陪同坐马车去赫兰富什胡同看望母亲。在路途上，她连偷眼望一下街上的勇气都没有。她每看到一个景色、一幢房子或者一个地方，都要问问儿子，儿子不厌其烦地洋洋得意地以向导身份向她介绍，这是有名的洋红巷拱廊，进去前必须诵念开端章，以防居住在里面的魔鬼的伤害。这是法官公馆广场，周围长着高大的树木，根据这些树上的花的起名，也称之为“老人须”[①] 广场，有时又用卖土耳其巧克力小贩的名字，把它叫做“新吉里广场”。这幢大房子就是嘉马利亚警署。凯马勒只对门岗腰间挂着的刀剑感兴趣，而母亲却满怀好奇地望着这幢房子，因为里面住着一个曾向阿依莎求婚的人。两人来到哈纳·贾法尔幼儿学校，凯马勒在进入海利勒·阿加小学前曾在这里读过一年。他指着那个样式古老的阳台说：

“在这个阳台上，我们稍有过失，麦赫迪谢赫就让我们脸贴墙站着，他穿着靴子踢我们，五下、六下或十下，由着他性子来！”

说完，他指指就在那阳台下面的一个店铺，他停在这里不走就是为了一个目的，对母亲说道：

“那边是卖糖果的萨迪格大叔！”

母亲明白他的心思，给了他一个基尔什[②]，买了一块红色牛皮糖。母子

---

① 阿拉伯橡胶树开的花细细长长，白色的，被俗称为“老人须”。

② 埃及辅币。100 基尔什合 1 埃镑。

俩在这里拐进哈纳·贾法尔大街，远远望见了侯赛因清真寺外部的景象。清真寺裙房中部是用阿拉伯花纹装饰的大扇窗户，顶部是一圈平台，平台外侧的墙上是矛头一般的雉堞，看上去很密集。母亲兴高采烈地问道：

“这就是侯赛因清真寺？”

听到儿子肯定的回答后，她自离开家以来第一次加快了步伐向前走去。她把眼中看见的景象和自己想象中的样子进行比较，发现两者并不一样。她原先的想象是借助在平台上目所能及的范围内看到的，诸如格拉文、贝尔古格等清真寺为蓝本，再根据侯赛因在她心中的地位随意想象出来的。走到面前才发现它不如想象中那么宏伟壮观。不过，这丝毫不影响她喜悦的心情，能够到这里来瞻仰足以使她陶醉了。母子俩绕着清真寺来到绿色的大门前，跟着摩肩接踵的妇女们走了进去。她的脚刚踏上寺内的地面，立即感到自己的肉体融解在温顺、同情和怜爱的感情之中，灵魂升腾而起，在天空中展翅飞翔，神圣和灵感的光辉把天空照得透亮。她热泪盈眶，表现出内心的激动、敬爱、虔诚、感激和由衷的快乐。她那好奇和渴慕的目光，尽情地欣赏着寺内的墙壁、天花板、大柱、地毯、吊灯、讲坛和壁龛①。

在她身边的凯马勒则从另一个角度来观看清真寺。他觉得清真寺白天和入夜前是人们参观游览的场所，入夜后是侯赛因烈士的住所。侯赛因在清真寺来来去去，作为主人使用着清真寺内的一切家具。他四处转悠，在壁龛里祈祷，登上讲坛，或者登高站在窗户前俯视周围的街区。凯马勒多么希望人们关门时把他忘在里面，这样他就可以与侯赛因相见，陪着他直到次日黎明。他想象着在见面时如何向侯赛因表示爱戴和顺从，怎样向他

① 清真寺殿内纵深处墙正中间的小拱门或小阁子，教长宣讲教义和率众礼拜的地方。

表达希望和要求，请求他的怜爱和祝福。他想象自己低垂着头向侯赛因走去，烈士温和地问他："你是谁?"他一边吻着烈士的手一边回答："凯马勒·艾哈迈德·阿卜杜·嘉瓦德。"烈士问他是干什么的，他回答说："海利勒·阿加小学的学生。"当然他不会忘记告诉对方自己成绩优异。烈士问他为什么这么晚了还来这个地方。他就告诉烈士，说他热爱所有圣裔，尤其是侯赛因。烈士怜爱地向他微笑着，让他陪着自己夜间巡游。这时，他就向侯赛因和盘托出自己的希望："请你保佑我在家里或外面随心所欲地玩耍，让阿依莎和海迪洁永远留在家里，让爸爸的脾气改变一下，让妈妈长生不老，让我有足够的零用钱，让我们全家不经清算就全部进入天堂……"

缓缓行进的妇女参观者汇成的人流，裹着母子俩徐徐向前走去，终于让他们来到了侯赛因陵墓前面。她一直渴望拜谒这座陵墓，总以为今生今世无法实现这个幻想，谁知她现在就站在它的面前，而且就紧挨着墓室的墙，透过泪花瞻仰着陵墓。要不是人太多，她多么希望能够多待些时间，尽情享受这幸福的时刻。她把手伸到墙板上，凯马勒仿效着她。接着，母子俩一起诵念了开端章。她抚摸墙板，亲吻墙板，嘴里不停地祈祷着。她真想在这里多站一会儿，或者坐在一个角落里，仔细地再看一遍，重新绕行一次。可是，清真寺的寺役站在那儿看着，不准人们多逗留，挥舞着手中的长竿以示警告，催促依依不舍的女人们快走，要人们在主麻拜①时间之前结束参观。艾米娜太太的感觉就像饮了甘露却仍未解渴似的，但要真正解渴简直是不可能的！瞻仰圣墓使她的情感像清泉一样在喷涌、流动和积聚，要更多地亲近圣裔才能宣泄得畅快。当她发现自己身不由己地被推拥

① "主麻"是阿拉伯语"星期五"的音译，亦称"主麻拜""聚礼"等。指穆斯林每星期五正午过后于当地清真寺举行的集体礼拜。

着离开清真寺时，真有种失魂落魄的感觉。她转身出去时，心里还眷恋着这里的一切。她觉得自己是在和清真寺作最后的告别，这种感觉折磨着她，使她非常痛苦。不过，她生性就容易知足和顺从，这使她逐渐摆脱了痛苦，使她重新慢慢品味得到的幸福，忘记了离别清真寺的苦恼。

凯马勒让母亲去看看他的学校。于是，母子俩便来到侯赛因大街的尽头，站在学校前面看了很久很久。当母亲想从原路回去时，凯马勒意识到这次陪母亲的幸福外出即将结束。这是过去连做梦也不敢想的事他要尽量延长时间，不轻易放过这次机会。他建议母亲走另外一条路，从新马路走到奥利亚街。戴着面罩的母亲这时笑着皱起了眉头。为了打消母亲的顾虑，凯马勒凭侯赛因发誓，非要母亲依他。母亲叹着气，只好让儿子的小手拉着，在熙熙攘攘的人群中往前走。街上四面八方的行人汇成了一股人流，来时那条冷冷清清的街道和它相比相差百倍。母亲有点惶惑不安，心跳越来越快。她埋怨儿子选的这条路人头攒动，太难走。但是凯马勒正逛得来劲，他充耳不闻母亲的抱怨，一个劲地鼓励母亲继续往前走，并叫她看商店、车辆和行人，好让她忘记烦恼。母子俩缓慢地朝奥利亚街口走去。刚到街口上，凯马勒看到一家糕点铺，不禁馋涎欲滴，目不转睛地盯着各色糕点，脑子里转动着想如何说服母亲为他买只馅饼。这时母子俩已走到店铺门口，凯马勒正在想着让母亲买点心的事，不知不觉放开了母亲的手，他刚紧张地回头看，只见她“啊”地尖叫一声，迎面倒了下去。他吓得目瞪口呆，一动不动。与此同时，他瞥见一辆汽车紧急刹车，发出刺耳的响声，车后掀起一股烟尘，就差那么一尺的距离，快要压到母亲的身上了。人们乱成一片，喊声四起。许多人从各个方向往出事地点跑来，恰如孩子们听到耍杂戏人的哨声狂奔而来一样。他们在母亲的周围严严实实地围了一大圈，个个都伸长脖子，瞪着好奇的眼睛往里瞧，七嘴八舌地议论着。

被突发事件弄懵的凯马勒稍微清醒了些，他一会儿看看跌倒在他脚边的母亲，一会儿望望围观的人群，流露出恐惧和求助的神色。接着，他跪在母亲身边，用手摇着母亲的肩膀拼命喊叫，但母亲没有答话。他抬头瞅瞅人们的脸，“哇”地一声大哭起来。哭声盖过了周围的嘈杂声，几乎使在场的人都沉默下来。有的人站出来安慰他，说上几句无关痛痒的话。有人则俯下身去查看母亲的情况，他们的目光中表现出两种意思：一种是希望这个倒霉的女人平安无事，一种以为她已生还无望，只想看看无法避免的死亡之神怎么夺走了他人生命的。他们仿佛希望这是一场彩排，让这最危险的角色在玩耍之间避免命赴黄泉，结束生命。

“汽车左边的门撞到了她的背！”有人大喊道。

司机已经下了车，站在那里，周围沸沸扬扬的指责声压得他透不过气来。这时，司机说：

“她突然从人行道上下来，我赶紧急刹车，但还是来不及，撞了她一下，还好撞得不重，要不是真主保佑，早就压着她了……”

“还有气……她只是昏过去了。”盯着母亲看的人群中有人说道。

“只是轻轻地碰了一下，”司机瞧见挎着剑的警察走了过来肯定地说，“她不会受伤的……她没事的……大家看，她没事，凭真主起誓……”

这时，那个首先站出来查看母亲情况的男子站起了身，发表演说似的说道：

“大家散开点，别挡着新鲜空气！……她睁开眼睛了……没事了……赞颂全归真主，她没事了！”

他兴奋地说着，有点洋洋得意，仿佛是他让这个女人死而复生的。说完，他转身对着那小孩。六神无主的凯马勒这时哭得真伤心，人们怎样安慰他也无用。他爱怜地摸摸孩子的脸颊，安慰道：

“别哭了，孩子！你妈妈没事……你等等……来，帮我扶她起来……”

凯马勒还是哭个不停，当他看见母亲动弹了，便赶紧朝她俯下身去，把她的左手放在自己肩上，由那个人帮着，费了好大的力气，才让母亲站立起来。母亲软绵绵地站在儿子和那个人中间，身上的米拉叶也褪落下来，有人赶紧伸手帮她重新披在肩上。这次事故发生在糕点铺门前，糕点铺老板给她搬来一把椅子，人们扶着她坐下，又给她端来一杯水，她喝了一口，有一半从嘴边流到了脖子和胸脯上。她用手抚摸着胸脯，长长地吐出一口气。她竭力镇定一下心神，迷惘地望望周围注视着自己的一张张脸，问道：

“怎么啦？发生了什么事？……真主啊，这是怎么啦？凯马勒，你为什么哭？”

这时，警察走到她面前问道：

“你感到有什么不舒服吗？太太！能不能走到警察署去？”

“警察署”这个名字使她脑子“轰”地响了一下，她的整个心都揪紧了，便惊恐地叫起来：

“为什么要去警察署？……我决不到警察署去！”

“这辆汽车把你撞倒了，”警察对她说，“你要是感到有什么不舒服，应该和司机一起去警察署，搞一份事故备忘录。”

“不……不……”母亲喘着气说道，“我决不去……我没有什么不舒服的感觉！”

“你一定要这么说，那么站起来走几步，让我们看看你有没有事。”警察说道。

母亲害怕去警察署，便硬着头皮毫不迟疑地站立起来，整理好米拉叶，然后在众目睽睽之下迈开了脚步。凯马勒跟在她的身边，拍打着母亲衣服上的尘土。

“这不，我挺好的……”母亲只盼赶快结束这种令人难堪的场面，宁愿不惜一切代价。接着，她指指司机对警察说，“让他走吧……我没事。”

周围那么多人盯着她看，特别是站在她面前的是一个警察，这场面让她实在忍受不了。她长年深居简出，恪守不抛头露面的古训，现在却被那么多人的目光从四面八方盯着看，吓得浑身哆嗦。更有甚者，她眼前浮现出艾哈迈德的形象：他正用冷峻的目光怒视着她，对这难以想象的伤风败俗的行为大为光火。于是，她再也顾不上全身软绵无力，抓住凯马勒的手便朝萨加大道方向走去。人们纷纷给她让开路。母子俩到路口拐弯后，她才深深地吸了一口气，自言自语似的对凯马勒说道：

“真主啊，刚才发生了什么事？凯马勒，你看到的是怎么回事？真像是一场噩梦呀！我只感到天旋地转，一下子从高处掉进了黑咕隆咚的深渊，然后就什么也不知道了。等我再睁开眼睛时，就看到那幅可怕的情景！真主啊，那警察真的想把我带到警察署去吗？仁慈的真主啊，救命的真主啊，我们什么时候才能到家呢？凯马勒，哭得太多了，别哭坏了眼睛……用这块手帕擦擦眼睛，回到家好好洗个脸，听见了吗？”

快走完萨加大道时，母亲站住了脚步，手扶着小儿子的肩膀，皱起了眉头。凯马勒抬起头，惶恐地望着母亲问道：

“你怎么啦？”

母亲闭上双眼，有气无力地说道：

“我没力气，一点力气也没有，两条腿撑不住了。凯马勒，快看看，有什么车赶紧叫住……”

凯马勒举目四顾，只见一辆两轮轻便驴车停在格拉文医院门口。他招呼一声，车夫立即把车赶到他们面前。母亲扶着凯马勒的肩膀慢慢地移动脚步走到车边上，在儿子的帮助下，扶着车夫的肩膀上了车。她盘腿坐在车上，痛苦地喘着气。凯马勒坐在她边上。车夫纵身一跃，坐在车板前端的位子上，用鞭子柄碰碰驴子，吆喝一声，驴子慢慢地走起来，驴车摇摇晃晃地向前行进，发出咯吱咯吱的响声……母亲一边呻吟，一边低声说道：

“好痛啊，肩膀的骨头都要散架了！”

凯马勒焦急不安地凝视着母亲。车子路过艾哈迈德的铺子时，母子俩谁也没去瞅一眼。凯马勒一直望着前面，终于见到了自家的阳台……这次幸福的出游在他心里留下的只有这个痛苦的结局……

# 二十八

乌姆·赫奈斐打开大门，见女主人盘腿坐在驴车上，感到吃惊。起初，她还以为太太来了兴致，坐车消遣一下，便露出笑容迎上去。但是，她很快发现凯马勒两眼哭得通红，这才发觉苗头不对。再看太太，只见她一副有气无力的样子，还“啊唷”地发出呻吟，便赶紧走到车前，大声问道：

“太太，你怎么啦？没出什么事吧？”

车夫说道：

“但愿是走累了，快帮我扶她下车！”

乌姆·赫奈斐抱着太太下了车，搀扶着她走进大门。凯马勒一声不响，愁眉苦脸地跟在后面。海迪洁和阿依莎早已走出厨房，等在院子里，心里都在想着看到母子俩怎么跟他们开玩笑。但是一看到乌姆·赫奈斐几乎是背着母亲出现在过道时，姐妹俩不由得倒吸一口凉气，同时惊叫了一声，慌乱地奔过去，大声喊道：

“妈妈，妈妈，你怎么啦？”

几个人合作把母亲抬了进去。海迪洁迫不及待地询问凯马勒发生了什么事。凯马勒提心吊胆地咕哝道：

“汽车！”

“汽车？”

两个姑娘大惊失色，同时喊出了这骇人听闻的两个字。海迪洁恸哭起来，大声说道：

“多吓人哪，妈妈，但愿你平安无事！”

阿依莎说不出一句话，只是一个劲地哭。母亲连最后一点力气也没有了，但她头脑还算清醒，便强打起精神安慰女儿们，有气无力地说道：

“我没事，没什么事，只是累了。”

亚辛和法赫米听到嘈杂声，赶紧走出房门，站在楼梯口往下看，见状便慌忙地跑下楼，询问出了什么事。海迪洁不愿提那两个可怕的字，便指指凯马勒，让他回答。两个年轻人立即望着弟弟，凯马勒难受而又惶恐地嘟哝道：

“汽车！”

说完，号啕大哭起来。两个年轻人只好把必须问清楚的问题暂时搁下，丢下凯马勒，把母亲抬到姐妹俩的房间里，让她坐到沙发上。法赫米焦急又痛苦地问道：

“妈妈，告诉我你怎么了，我想知道所有的经过。”

但是，母亲只是把头往后靠在沙发背上，一句话也没说。她要缓缓气，定定神。这时，海迪洁、阿依莎、乌姆·赫奈斐和凯马勒都放声痛哭起来。法赫米被哭声闹得神经快崩溃了，便呵斥了他们几句，哭声才停住。接着，他把凯马勒拉到跟前，细细地盘问：事故怎么发生的？人们把司机怎么样了？你们俩被带到警察署没有？事故的过程中母亲的情况怎么样？……凯马勒毫不犹豫地详细回答了所有的问题，许多细节都很具体。母亲虽然精力不支，还是注意地听着他们的话，等小儿子一说完，她使出全身力气，说道：

“我没什么，法赫米，你别担心！他们想让我去警察署，被我拒绝了。我一直到快走完萨加大道时才突然感到没有力气。不用担心，休息一会儿就能恢复体力的。”

发生了这次事故，亚辛除了着急外，还十分窘迫，因为对这次倒霉的出游——出了事故后只好用“倒霉”一词来形容它，他该负首要责任。他建议请医生看看，说完后未等别人发表看法，就去实施自己的主张了。母亲一听说请医生，就像刚才听到让她去警察署一样，吓得浑身发抖。她让法赫米追出去劝亚辛改变主意，强调说自己不用请医生就会复原的。但是，法赫米拒绝了母亲的要求，向她说明请医生的种种好处。这时，姐妹俩已经把母亲穿的米拉叶脱了下来，乌姆·赫奈斐端来一杯水。大家全都围在母亲身边，不安地注视着她十分苍白的面孔，连连问她有什么不舒服。母亲尽可能地强作镇静，只是痛得实在忍受不住时才说：“右肩有一点点痛。”但立即又补充一句：“不过用不着请医生。”

的确，她绝对不愿意请医生。一方面，她从来没看过医生，倒不是她从不生病，而是生了点小毛小病她总能自己调养好，因此她不相信正式的治疗。在她的心目中，医生是和危险的事件和重大的灾祸联系在一起的。另一方面，她认为一请医生准会把事情闹大，而她想在丈夫回家以前把这件事平息过去。她再三向孩子们述说自己的顾虑，但是在这种关键时刻，儿女们关心的只有一件事，那就是她的安全。

诊疗所就在法官公馆广场，亚辛出门只有一刻钟就把医生直接领到了母亲面前。除了亚辛和法赫米留下来陪着医生外，其他人都离开了房间。医生问母亲有什么不舒服，母亲害怕得喉咙发干，咽了口唾沫才指着自己的右肩说道：

“我觉得这儿痛。”

医生在来的一路上已经听亚辛介绍了事情的经过，于是，他根据母亲指点的部位进行检查。等在屋里的兄弟俩和等在门外紧张地侧耳细听的几个女子都觉得检查的时间特别长。检查完毕，医生离开受伤者，转身对亚辛说道：

“右边的锁骨骨折，没有别的伤。”

一听到“骨折”，屋里屋外的人无不惊愕失色，对后半句“没有别的伤”都感到诧异，仿佛他们得承受更严重的事情。不过，他们从医生说话的语气和神态中体会到，医生这么说是为了让他们宽宽心。法赫米既担心又怀着希望地问道：

“情况严重吗？”

“不严重。我会让断骨复位，把它固定好的。可是她得有几个晚上要垫着枕头坐着睡，因为仰卧和侧卧都不行。骨头接好复原要两个星期，最多三个星期。你们不用担心，现在我就把断骨接上……”

不管怎样，大家等得喉咙发干，最后终于听到了平安的消息，等在门外的人也知道断骨已经接上了。海迪洁细声说道：

“她是为朝拜圣裔侯赛因才出门的，愿侯赛因赐福给她！”

这句话提醒了凯马勒，他仿佛想起了一件忘了很长时间的大事，诧异地说道：

“妈妈已经去朝拜圣裔侯赛因被赐了福，为什么还会发生车祸呢？”

乌姆·赫奈斐说得浅显明了：

“要是她没有朝拜圣裔侯赛因，没有他的赐福，谁知道她会遭受什么样更大的祸事呢？愿真主保佑太太！”

阿依莎还没有从这个打击中清醒过来，听到乌姆·赫奈斐的这句话，心里很不是滋味，便大声祈求道：

“啊，我的主！这一切什么时候能过去，就像什么事情也没有发生过呀?”

“她干吗要去奥利亚街呢?”海迪洁黯然神伤地说道，“要是她朝拜完后顺原路直接回家，就不会发生这种事了!”

凯马勒的心怦怦直跳，既恐惧又自责，都是他的罪过才酿成这场车祸的，他想逃脱罪责，便用埋怨的口气说道：

“妈妈想逛逛街，我想拦没拦住。”

海迪洁用责备的目光瞪着弟弟，想追问一句，但发现他面色蜡黄，心中产生了怜悯和同情，便自言自语地说：

“行啦，我们现在谁都不好受。”

门开了，医生走出房间，对跟在他身后的两个年轻人说道：

“我必须每天来复诊，直到她完全康复。我已经跟你们说过了，不用担心。”

大家冲进房间，看见母亲坐在床上，背后垫着折叠起来的枕头，没有什么异样，只是连衣裙的右肩鼓得高高的，显然是下面缠着绷带。他们来到母亲跟前，同声说道：

“赞颂全归真主。”

医生在处理断骨时，她疼得多么厉害啊！她不断呻吟，要不是生性腼腆，一定会大声喊叫起来的。现在已经不痛了，至少是看起来不痛了。她感到舒服了一些，心里也平静了，不过剧痛过去以后，她的理性又恢复了活力，便从各个方面考虑目前的处境，不由得忧心忡忡。她那茫然若失的目光在儿女中间游移，并且问道：

“你们父亲回来后，我该怎样对他说呢?”

这个问题使他们平静的心又波涛翻滚，在嘲弄般地向他们挑衅，就像安稳行驶的船只在航线上触到暗礁一样。这个问题并非突如其来的，只是他们的心被母亲受伤的消息“撞”得痛苦不堪时，才被淹没在椎心泣血的感觉中暂时被遗忘。现在，它又回来了，占据着他们心灵的首要位置，他们不得不去正视它。他们确实感到这个问题对于母亲和他们来说，远比不久即可痊愈的伤势严重得多。母亲见他们听到问题后全都沉默不语，感到自己仿佛是案发时被同伙抛出来的罪犯一样孤立无援，便带着抱怨的口气嘟嘟哝哝地说道：

“这件事他一定会知道的，而且会知道我是出门受的伤。”

乌姆·赫奈斐的担心并不亚于这一家人，她知道问题的严重性，但她总想说句宽慰人心的话，一方面缓和一下气氛，另一方面她觉得自己应该这样做，作为这家忠实的老仆人，不能在太太遇到车祸时保持沉默，使人误以为她漠不关心。于是，她说了几句自己也知道无用的话：

“老爷知道你受伤了，决不会再计较你的过失，只会赞颂真主救了你。”

除了凯马勒，在场的人谁都清楚这件事会有什么后果，所以都顾不上礼貌，对她的话不予理睬。只有凯马勒相信这番话，他仿佛补充乌姆·赫奈斐的话似的，满腔热忱地说道：

“尤其是我们可以告诉爸爸，我们出门是为了朝拜圣裔侯赛因。”

母亲绝望的目光在亚辛和法赫米两人脸上转来转去，问道：

“我该怎样对他说呢？”

亚辛深感自己责任重大，悔恨不已，便说道：

“我中了什么邪，偏要劝你出去？我的一句话闯了这么大的祸，那句话要不说该多好呀！但是，命运就是这样，将我们抛进了令人痛苦的狼狈境地。不过，我可以告诉你，我们会找到办法应付爸爸的。无论如何，你不要再费神去考虑这些了。真主会让这件事平安过去的！你今天吃苦受惊得够多的了……”

亚辛这番话说得很激动，满怀感情。他痛恨自己出的主意，心痛母亲遭了这么大的罪。他的话说得很得体，既表达了自己窘迫不安的心情，同时又道出了几个人，甚至所有在场的人心里可能想说的话，这样就可以博得大家的赞同，使他们不必再说什么了。经验告诉他：保护自己最好的办法，往往是向自己开刀，主动承认错误可以得到谅解，越想抵赖就越招致众怒。他最怕海迪洁借此机会，逼他公开承认是他的建议造成了这一后果，从而把它当做攻击他的把柄。所以，他来个先发制人，堵住了她的嘴。他的估计一点不错，海迪洁确实是想把他作为第一责任人，为妈妈找出个退路，见亚辛这么一说，便不好意思再提了。再说她平时攻击他，只是为了斗斗嘴，并非有宿怨。这样，亚辛的处境好了一些，而大家还是一筹莫展。最后，还是海迪洁打破沉默，说道：

“为什么不说母亲是从楼梯上摔下来的呢?”

母亲凝视着海迪洁，脸上流露出切盼获救，采取什么方法都行的神色。听完海迪洁的话后，她的双眸闪出乞求的光芒，又看看法赫米和亚辛。但是法赫米却拿不定主意，提出了一个问题：

“医生怎么办？他每天要上门来给母亲治疗，必然会遇见爸爸的。”

海迪洁的话仿佛敞开了一扇门，从门外吹进了可以把亚辛从痛苦和恐惧中解救出来的希望之风，他可不愿意这扇门被关上，便赶紧建议：

“我们可以与医生讲好，让他知道该对爸爸说些什么，行吗?”

在场的人面面相觑，未置可否。但不一会儿，他们的心里都感到这是一个救急的好办法，脸上露出总算可以如释重负的神色，沉闷的气氛变成了欢快的气氛，宛如满天乌云之中出人意料地露出一线蓝色，并奇迹般地迅速扩大，几分钟内就晴空万里，阳光普照了。亚辛吁了一口气，说道：

“我们获救了，赞颂全归真主。”

在新的欢快气氛中，海迪洁又一如既往地活跃起来，抢白地说道：

“不，是你一个人获救了，出主意的先生！”

亚辛哈哈大笑，笑得浑身的肥肉都在颤动：

“对呀，我总算逃脱了你那蝎子般的舌头，获救了。我一直在提防着它不知什么时候会伸出来蜇我……”

“可恰恰是我的舌头救了你。这正如俗语所说，为了浇玫瑰，杂草也沾了光……”

他们在获救的喜悦中，几乎忘了母亲因锁骨骨折还坐在床上，甚至连母亲自己也差点忘掉了这一切……

# 二十九

母亲睁开眼睛，发现海迪洁和阿依莎正坐在她脚边的床沿上，她们都用希望和担心的目光凝视着她。她叹了口气朝窗户望去，从百叶窗的缝隙里漏进来的强烈日光，说明时间已是上午十点左右了。她惊愕地咕哝道：

“我已睡了这么长时间。”

“不，你才睡了几个小时，”阿依莎说道，“你一夜也没合眼，天亮后才入睡……这一夜真够受罪的，我一辈子也不会忘记……”

母亲想起昨夜疼得未能入睡，双眸中流露出怜悯的神色，既怜悯自己，又可怜两个女儿。她们陪着她熬了整整一夜。她的两片嘴唇轻轻蠕动着，嗫嚅着祈求真主保佑，接着不好意思似的低声说道：

“让你们俩受苦了！”

“为你受点苦我们愿意，可你别再吓着我啦！”海迪洁用诙谐的口吻说道，接着又动了感情，“你痛得怎么那么可怕呀？我以为你好一些了，入睡了，我也躺下准备睡一会儿，刚睡下，就被你‘哎唷’声惊醒。这以后一直到天亮，你都是‘哎唷’‘哎唷’地叫个不停。”

阿依莎脸上洋溢着乐观的神色，说道：

“不管怎么说，我告诉你一个好消息。早晨法赫米来问你的伤，我把你一夜的情况告诉了他，他说，你觉得疼痛，这是折断的骨头在愈合……”

法赫米的名字把母亲从万千思绪中拉了出来，她问道：

“真主保佑，他们都走了吗？”

“当然走啦，”海迪洁说道，“他们都想当面向你问候才安心，可你好不容易才睡着，我不让他们把你叫醒……”

母亲无可奈何地叹了口气，说道：

“不管怎样说得赞颂真主，结局还算太平……现在几点啦？”

海迪洁回答：

“还有一个小时就要宣晌礼①了。”

时间已经不早了，她低头沉思片刻，抬起头时眼睛里流露出不安的神色，喃喃低语道：

“或许他现在正在回家的路上……”

姐妹俩明白妈妈指的是谁，虽然她们内心也害怕，阿依莎却充满信心地说：

“欢迎爸爸回来。你不用担心，我们按照商量好的话对他说，这事就会过去的。”

丈夫即将回家，她那颗脆弱的心深感不安，便又问了句：

“不知能不能瞒得住他？”

“怎么瞒不住？”看到母亲越来越担心，海迪洁拉大了嗓门，说道，“我们就按商量好的对他说，保证平安无事。”

这时，母亲真希望亚辛和法赫米留在她身边，给她壮壮胆。海迪洁说“我们就按商量好的对他说，保证平安无事”，可是已经发生的事，难道可

---

① 晌礼是穆斯林一日五次礼拜中的第二次，在正午时进行。

以成为永远不会泄露的秘密？难道这里面不会有什么破绽，让他得知事实真相？再说，她怕丈夫知道事实真相，但更怕说谎骗人！她真不知道什么命运在等待着自己……她的目光可怜巴巴地在两个女儿身上转来转去，刚想开口说点什么，乌姆·赫奈斐急急忙忙冲了进来，生怕屋外有人偷听似的，压低声音说道：

“太太，老爷回来了！”

所有人的心都惶恐不安地悸动着。两个姑娘慌乱地从床上一跃而下，站在母亲面前。母女三人面面相觑，沉默不语，后来还是母亲喃喃地说道：

“你们俩别开口，我怕你们骗他会受罚的，还是让我跟他说吧，愿真主帮助我……”

房间里寂静无声，空气很紧张，犹如几个孩子在茫茫黑夜里听到屋外有脚步声，以为是魔鬼在巡游，吓得不敢出声似的那种沉寂。她们听到了主人上楼梯的脚步声，脚步声越来越近。母亲鼓起最大的勇气打破沉寂，喃喃地说道：

“他上楼进卧室，会一个人也见不到的！”

接着她瞅瞅乌姆·赫奈斐，说道：

“去告诉老爷，说我在这里病了，别的什么也不要说。”

说完，她做了个吞咽口水的动作。两个姑娘也赶紧溜出房间，留下母亲孤零零的一个人。母亲发现自己在这个世界上处于孤立无援的境地，只好听天由命了。她为人处世从不反抗，凡事逆来顺受，这看起来常常是一种消极形式的勇敢行为。她聚精会神地思索着该说哪些话，但心里对这种做法是否妥当还是有些疑惑。这种疑惑在她内心深处萦绕，产生了不安、紧张和信心不足。她听到了丈夫的手杖点击着大厅地板的声音，便喃喃自语道：

“真主啊，求你慈悲，帮我渡过难关！”

说完，双眼盯着门口，直到他那魁梧的身体出现。她看着他一边往房间里走，一边瞪着两只大眼睛，用审视的目光望着她。他走到房间中央站住脚，用平常没有过的亲切的声音问道：

“你怎么啦？”

她微微闭上眼睛，说道：

“感谢真主保佑你平安归来，老爷！只要你平平安安我就踏实了……”

“乌姆·赫奈斐告诉我，说你病了……”

“肩膀受了点伤，老爷！”母亲用左手指指右肩，说道，“真主保佑，你看到了，没有什么大的关系。”

丈夫关心地看看她的右肩，担心地问道：

“怎么受的伤？”

命中注定的，事情到了紧急关头不能不说了。如果说那套自我解救的谎话，不仅可以平安过关，还可以得到丈夫更多的关爱。她抬起眼睛正准备说，正好遇上了他的目光，更确切地说，她的目光被他的目光逮住了。她的心紧张得怦怦乱跳，头脑中拿定的主意不翼而飞，她的意志、决心烟消云散，她心慌意乱地眨巴着眼睛，犹豫地用眼角观察着丈夫，一句话也说不出口。艾哈迈德见她这样惊慌，心里纳闷，便再次问道：

“艾米娜，到底发生了什么事？”

她不知道该说些什么，好像根本就没有什么话可说的，但有一点可以肯定，她是撒不了谎的。她不知道怎么回事，让机会给溜走了。即使可以再试一次，那些话从她嘴里说出来也一定是支离破碎的，一定会露馅。她犹如一个被施了催眠术后走钢丝的人，一旦清醒过来让他再试试这种冒险，是决不敢的。时间一秒秒地过去了，她越来越茫然失措，最后，完全陷于绝望中……

“你为什么不说话？”

啊，他的口气表明他已经不耐烦了，离发怒为时不远了。真主啊，她太需要帮助了，她真是鬼迷心窍，外出还碰上倒霉事……

“奇怪，你难道不想说话？”

她再也沉默不下去了，只好用颤抖的声音，绝望而苦恼地轻声说道：

“我犯了大错误，老爷，让汽车撞着了……”

艾哈迈德吃惊地瞪大眼睛，露出焦虑和疑惑的神色。他怀疑她是神经错乱了。艾米娜不再犹豫，决心全部向他坦白认错，不管后果如何，就像一个为了摆脱疾病折磨的人，冒着生命危险去接受手术治疗一样。这时，她倍感自己罪过的严重性和坦白的危险性，不由得流下了泪水。她克制不住自己的情绪，或者是想用这种毫无希望的努力来赢得丈夫的同情，哭哭啼啼地说：

“我觉得圣裔侯赛因在召唤我去朝拜他，我便应答了他的召唤……我去朝拜了……回家的路上被汽车撞了……这是真主的安排，老爷……我倒地后是自己爬起来的，没让任何人扶一把。”最后这句话她说得特别清楚。她继续说，“起初我一点也不觉得痛，还以为太平无事，便继续走着回了家。到家后才痛起来，孩子给我请来了医生。医生检查了我的肩膀后，说是骨折，答应每天上门来治疗，直到痊愈……老爷，我犯了大错误，受到了应有的惩罚……愿真主宽恕我，慈悲我……”

艾哈迈德僵立原地，闷声不响地听着她诉说，虎视眈眈地逼视着她，脸上没有任何表露。艾米娜恭顺地低下了头，仿佛等候判决一般。接着是长时间的沉默，令人窒息的沉默，紧张的空气中出现了雷霆万钧前的预兆。她摸不准丈夫的心思，不知道他会作出怎样的判决，也不知道自己到底会有什么样的命运。最后，终于听见他用异常平静的声音问道：

“医生说了些什么？骨折有没有危险？”

艾米娜抬头茫然望着丈夫。凭良心说，她什么可能都估计到了，惟独没有想到他会说出这么温存的话。要不是处于这种令人胆战心惊的境地，她一定会要求他重说一遍，以确认自己没有听错。她感动得不禁掉下两大滴眼泪，便赶紧抿住嘴，强忍住才没有哭出来。过了一会儿，才自卑又侘傺地低声回答道：

“医生说绝对不用担心，老爷，真主保佑你免除一切难堪……”

艾哈迈德又站了一会儿，压下了详细询问的念头，转身往外走去，边走边说道：

“你就卧床静养吧，直到真主帮助你痊愈……”

# 三十

父亲一走，海迪洁和阿依莎赶紧跑进房间。她们站在母亲面前，用询问的目光注视着她，目光中既有关心又有不安。发现母亲哭过，两眼通红，姐妹俩都惊呆了。海迪洁心里有种恐惧的感觉，问母亲道：

“如蒙主愿，没什么问题吧?”

母亲不安地眨眨眼睛，开门见山道：

“我向他说出了事情真相……”

“说出了真相?”

“我不能不说出来，事情不可能永远瞒住他，我这样说清楚反而好……”母亲坦然地说道。

海迪洁拍着胸脯大声嚷道：

“哎呀，我们今天要倒霉了!”

阿依莎同样感到吃惊，凝视着母亲的脸，一言不发。母亲倒是满脸笑容，好像有些羞怯和得意。她回味着刚才丈夫对她的体贴，苍白的脸上泛起了红晕。当时她估计丈夫一定会大发雷霆，毁掉她的名声和前途……是的，她自豪和羞怯，她准备谈谈丈夫在她患难时对她的体谅，说说他怎样对她表示关爱和怜恤而忘了发脾气，因而她把声音压低到别人几乎听不见：

“他对我很宽容，愿真主赐他长寿！他默默地听完我的讲述，问了问医生认为骨折有没有危险，临走时嘱咐我卧床静养，直到真主帮助我痊愈。”

姐妹俩几乎不相信自己的耳朵，互相交换着惊异的目光，心中的恐惧感很快就化为乌有，舒坦地吁出一口气，脸上浮现出庆幸的光亮。海迪洁兴奋得叫了起来：

“看见了没有？这就是侯赛因赐的福！”

“什么事情都有个度，爸爸爱发火也不例外。他看到妈妈受伤的样子，火也发不出来了。现在我们才看出妈妈在爸爸心中的地位了……”阿依莎得意地说到这里，又对母亲打趣道，“妈妈，你好福气呀！既受到了尊重，又得到了关爱，恭贺你啦！”

“愿真主赐他长寿！”母亲的脸又不好意思地红了起来，结结巴巴地祈愿道。接着，她叹了一口气说，“赞颂全归真主，这场祸事总算过去了！”

她蓦然想起一件事，就回头看看海迪洁，郑重其事地交待道：

“快跟爸爸上楼去，他肯定需要人伺候的……”

海迪洁在父亲面前总感到心神不定，手足无措，母亲这句话仿佛让她投入罗网一样，便急忙表示反对：

“为什么不叫阿依莎去呢？”

母亲嗔怪地说道：

“你比阿依莎会伺候父亲，孩子，别磨磨蹭蹭了，或许他现在正需要你呢！”

海迪洁知道再推脱也无济于事。事情向来是这样：每当母亲认为她做某件事比阿依莎强而叫她去做时，她总是坚持让母亲说出自己比妹妹能干这句话。她性格暴躁，好攻击人，舌头是她得心应手的锐利武器，迫使母亲再次说出“你做某某事情比阿依莎能干”这句话，算是母亲对她能力的认可，也是对妹妹的警告和对她本人的安慰。其实，如果母亲将这种“重大”事情交给阿依莎去做，而不叫她做，她一定会更加恼火，并从中阻挠的。她心里总觉得自己在家里是地位仅次于母亲的女人，做这些事情是她的职责，是她的权利。但同时她又拒绝公开承认做这些事是在行使权利，而偏要说成是迫不得已接受下来的沉重负担。所以，找她做事的人犹豫再三才敢开口，她总是借机发泄不满，争辩一番，听几句赞扬她的话，这情就记在她账上，成为值得别人感谢的美德！……这时，她一边离开房间，一边说道：

“你一有麻烦就叫海迪洁，好像你跟前只有海迪洁一个人，要是没有我怎么办?”

但是，她刚走出房间，这种神气活现的神态就消失了，随之而来的是惶恐不安。她纳闷着在父亲面前该怎么做？如何伺候好父亲？要是自己说话结结巴巴，动作慢慢腾腾，甚至慌了神做错了什么，父亲会怎样对待她呢？艾哈迈德这时已经脱了衣服，穿上了大袍。她站在门口问父亲需要什么，他吩咐她去煮一杯咖啡。她赶紧去办，然后，惶恐而羞怯地低垂着头，放轻脚步，把咖啡送到父亲手里。回到大厅后，她便一直待在那儿，随时听候吩咐。她心里的畏惧感始终挥之不去，不由得思忖起来：父亲每天要在家里待上好几个小时，自己怎么才能把他侍候好呢？这样精心侍候得整整三个星期，天哪，自己能做得好吗？……这件事对她来说，确实显得十分艰巨。她第一次体会到母亲在这个家里的重要性。她为母亲祈祷，望她早日康复，这一方面是出于对母亲的爱，另一方面也为了早日解脱自己。

不幸的是，正如她预料到的那样，父亲由于一路劳累想休息一下，不去店铺了。这样，她就只好像女囚似的守在大厅里。阿依莎走上楼来，悄然无声地溜进大厅，看看坐在那儿的姐姐，向她挤眉弄眼了一番，然后撇下她回到母亲身边。海迪洁的肺快要气炸了，她虽然喜欢戏耍别人，可要是谁调笑她，她准会气得发疯。当然，她一时上还没有恢复自由。等到父亲上床睡觉后，她立即飞跑到母亲身边，加油添醋地向她汇报侍候父亲的情况，说她从父亲眼神中看出他对自己的侍候十分满意和赞许。她还没忘记顺便说几句阿依莎，把妹妹那种顽童般的调皮行为痛骂一顿。父亲醒来后，她又赶紧回到他身边，侍候他吃午饭。父亲吃完饭后，坐下来翻阅书报，过了一些时间才把她叫去，吩咐她等亚辛和法赫米一回家就让他们到他那儿去。

听说要叫兄弟俩见他，母亲感到忐忑不安，害怕丈夫压抑着的怒火已经窜出火苗，要往两个小伙子身上出气。亚辛和法赫米回家后知道了所发生的一切，听说父亲要找他们，脑子里产生了与母亲同样的想法。他们诚恐诚惶地走进父亲房间。出乎意料的是，父亲见到他们时，显得异常的平静。他询问了车祸发生的经过和医生的诊断情况。他们尽自己所知，详详细细地回答了父亲的问题。父亲听得十分认真，最后问道：

"她外出时，你们俩在家吗？"

尽管这个问题一开始就在预料之中，但父亲在不寻常的平静之后，再提出这个问题，却让他们很慌乱，生怕它只是一个前奏，会让母亲顺利过关的曲调走样。他们不知说什么好，只能沉默不语……奇怪的是，父亲也不再追问，好像他早已推断出结论，根本就没打算听到什么答案。或者说他想把他们的错误记录在案，并不在乎他们是否承认……过了不一会儿，他指着房门，示意他们可以走了。他们走出门外时，听到父亲在自言自语地说道：

"真主啊，你既然没有赐给我真正的男孩子，那祈求你赐予我耐心吧。"

种种迹象表明，这件事震撼了艾哈迈德的心，他的行为举止已不同于往常，使全家人诧为奇事。但是，这件事没有影响他的照常夜游；一到晚上，他就穿戴整齐离开房间，一路上散发出扑鼻的香味。路过妻子的房间时，他总要进去问候一声，使她万分感激地久久为他祈祷。妻子卧病在床，他却出去玩乐，她不仅不觉得丈夫无情，反而把他顺便进屋问候一声视作额外的恩典。再说，他没有对她大发雷霆，这不就是对她连做梦也想不到的恩惠吗？……在父亲没有出去之前，儿女们曾经问过母亲："爸爸今晚会不会放弃玩乐？"母亲回答说："他既然知道我的伤不用担心，为什么还要守在家里呢？"其实，她心里又何尝不盼望丈夫放弃夜游，给她一点温存呢。一个丈夫在妻子受了伤后，是应该这样做的。但是她十分了解丈夫的脾气，早就为他找好了借口。一旦他像她所预料的那样仍出去消夜，她为掩饰自己的难堪，可以用这编造出来的借口，对他缺乏关心家人的出行进行搪塞。但是，海迪洁看不下去，说道："看到你这种状况，他怎么还有心思玩乐呢？"亚辛反驳妹妹的看法说："既然爸爸对妈妈的伤势放心了，出去散散心有什么不可以呢？男人的悲痛与女人不一样，男人出去消遣不但说明他有心事，而且可以排解烦恼，以便轻松地面对艰难的生活。"

亚辛与其说是在为父亲辩护，不如说是在为自己找理由，因为他的心里也开始动了夜游的念头。不过他再狡猾也瞒不过海迪洁，她询问亚辛：

"像你这样，也能通宵在外面喝咖啡吗？"

"我当然不行，爸爸是另当别论！"亚辛赶紧表白，心里却在诅咒海迪洁。

丈夫出门后，艾米娜感到摆脱了危机四伏的险境，恢复了愉快的心情，便满脸春风地说道：

"或许他看到我遭到的报应足以抵罪了，便宽恕了我。愿真主宽恕他，宽恕我们大家。"

亚辛拍着双手，抗议道：

“像爸爸这样好吃醋的男人固然不少，有的还是他的朋友。可是他们都允许女人在必要的时候，或者为了应酬，可以出去走走。真不知爸爸是怎么想的，干吗要把家弄得像个无期徒刑犯的监狱呢？”

海迪洁望着他，嘲讽地问道：

“你在爸爸面前为什么不发表这套言论呢？”

亚辛纵声大笑着，笑得大肚子都颤动起来，然后才回答道：

“首先，我必须要有你这样的鼻子，才敢凭着它，在必要时为自己辩护……”

艾米娜一连在床上躺了好几天，虽然身子和肩膀稍微动一动还会有疼痛，但是不再像第一天夜里那样剧痛了。由于她具有健壮的体魄和充沛的生命力，断骨在迅速地复原。正因为她生性好动，静不下来，所以遵照医嘱静养成了一件艰巨的任务，甚至比骨折的剧痛还难忍受。要不是儿女们严密监视，她早冲破了医生的禁令，起身干活去了。就是躺在床上，也没有妨碍她对家务事的监管。委派两个女儿干活时，总要絮絮叨叨地叮嘱一些事情的细节，生怕她们疏忽或者忘记。比如，她会一再询问“窗帘的最上面掸了没有？……百叶窗板缝里擦了吗？……给爸爸的浴室熏过香了吗？……是否给常春藤和素馨花浇过水？……”有一次海迪洁被惹火了，对母亲说道：“你要知道，如果对这个家你的关心是一分的话，我的关心就是二十四分。”到了这种地步，母亲被迫放弃了令人瞩目的主妇地位，这使她产生了复杂的感情，备受折磨。她不免在心里思忖：难道这个家，或者家里的某个人，没有因为她放弃主妇位置而感到乱了套和不舒适吗？唉，两种情况她究竟喜欢哪一种呢？是让她亲手调教出来的两个女儿把家务料理得与过去一样妥帖，还是让家里由于她不主持家务而造成失衡，让大家想到这个家离了她就不行呢？就拿丈夫来说，他会感到不便，会体会到她的重要性，还是会对她的过错更加生气呢？让女儿主持家务是理直气壮的，但又怕显不出自己不可或缺的地位，她在这两者间久久徘徊。的确，要是有什么事情乱了套，她会十分难过；但要是一切尽善尽美，一点差错也没有，她也难免心绪不宁……

事实上，无人能够填补她的位置。两个女儿再尽心尽力也不能安排好这一家子的生活。因此，母亲无论内心里还是表面上都怏怏不乐。她掩饰着对自己地位患得患失的情绪，真诚而热情地为海迪洁和阿依莎辩护。后来，她实在焦躁和痛苦，再也没有耐心卧床静养了……

# 三十一

艾米娜仿佛是一个被放逐后重新复位的国王，盼望已久的那一天终于到来了。天一亮，她就兴奋得像个孩童似的，轻巧地起了床。按照中断了三星期的老习惯，她下厨房唤醒乌姆·赫奈斐。女仆几乎不相信自己的耳朵，她睁开眼一瞧，立即跳下床与女主人拥抱，并为她祈祷。然后，主仆俩无比愉快地开始了早晨的活儿。当太阳射出第一缕曙光时，她登上台阶，来到底楼，孩子们欢呼着迎接她，向她祝贺，与她亲吻。她来到凯马勒床前把他叫醒。儿子睁开眼睛，又惊又喜地叫起来，一把搂住母亲的脖子。母亲轻轻地推开他的胳膊，说道：

"你不怕我的肩膀再弄得骨折吗？"

凯马勒雨点般地吻着母亲，调皮地嬉笑着问道：

"亲爱的妈妈，什么时候我们再一块出去呀？"

"等到真主让你懂事之后，这样就不会违背我的意愿，硬把我拉到几乎让我送命的那条路上去了！"母亲微笑着回答，语气里不乏责备之意。

凯马勒明白母亲话中的意思，他的执拗是造成车祸的直接原因。他纵情大笑，这是负罪三个星期突然得到解脱的人才有的笑声。是啊，他当时真害怕哥哥姐姐们会追问到底，把他这个隐藏的罪犯揪出来。要不是母亲坚决袒护他，把事故的责任独自承担下来，有时是海迪洁，有时是亚辛，都对他怀疑过，差一点将他从隐藏的角落里揪出来。当事故传到父亲那里时，他更是恐惧万分，随时随地都害怕父亲叫他去询问。整整三个星期中，他看到心爱的母亲坐在床上忍受着极大的痛苦，既躺不下，又起不来，良心上便受到折磨。现在事情过去了，灾难随之结束，没有人再会来追究了。母亲又一如既往地早晨把他唤醒，晚上哄他入睡，一切恢复了原先的样子，平平安安，万事大吉，他当然可以开怀大笑，他的心情特别愉悦。

母亲走出房间，来到楼上。在卧室门前时，她听到丈夫在做晨礼时反复念着："赞颂伟大的真主"，她的心怦怦直跳，离门口仅一步之遥，她却迟疑不决，站在那儿心中思忖："是进房去问候他呢，还是先去准备早餐好呢？"她并不是真的要考虑这个问题，而是借以逃避心中的畏惧和羞愧的情绪，甚至这两者都不是，就像人们常常制造一个假想的问题，借它来逃避难以解决的某个现实问题一样。

她来到餐厅，十分仔细地动手干活。但不安的情绪越来越强烈，推迟见丈夫的考虑并没有产生预期的效果，也没有带来让她所希望的那种轻松自在。等待的痛苦比她面对丈夫时畏缩的心情更加难受。她真奇怪，既然丈夫在她卧床静养期间，从不间断每天来看望她，她自己怎么会吓得不敢踏进"自己的房间"，仿佛她是第一次进房间似的呢？确实，伤好后，伤痛给她的安全屏障随之拆除了。她感觉到，这是她的过错暴露后，第一次单独和他见面……当儿子们一个一个来到餐厅时，她的孤寂感才稍有缓解。不一会儿，丈夫穿着一件宽松的大袍走了进来，看见她时脸上没有任何表情，只是一边走向自己的座位，一边平静地问了一句：

"你可以起来了？"

他坐到自己的座位上，对孩子们说道：

“都坐下吧……”

父子们开始吃早饭。她还是站在原先的地方。虽然丈夫进门时她恐惧到了极点，但在这以后，也就是在她伤愈后夫妻第一次相安无事见面后，她的心逐渐恢复了平静。这时，她觉得待会儿到卧室去与他单独见面也不会有麻烦了。吃完饭，丈夫回到卧室。过了几分钟，她把一杯咖啡端进卧室，将它放在小桌上，然后伫立一旁，准备等他喝完后帮他穿衣服。丈夫啜饮着咖啡，板着脸一言不发。这种沉默既不是表示原谅了她，也不像劳累之后需要休息，更不说明他胸中空荡荡无话可说，而是故意造成一种令人窒息的沉默。她本来希望——尽管这种希望十分渺茫——他对自己说一句体贴的话，至少像往常每天这个时间里一样，同她扯扯家常事，然而他却故意沉默着，这使她感到纳闷，又一次思忖：难道他心里还有这件事？她又一次产生如坐针毡的感觉。不过，令人难堪的沉默并没有持续多久。丈夫全神贯注地思考着什么，他可从来没有这样凝神思索过。他在想的不是一时想起的事，而是几天来一直萦绕在心中的顽固不化的老问题。最后，他对着喝完咖啡的空杯子，头也不抬地问道：

“你完全康复了吗？”

艾米娜低声回答道：

“赞颂全归真主，老爷，我好了。”

“我真奇怪，简直没法说我有多么奇怪，你怎么敢做出这样的事情来！”丈夫痛苦地说。

她的心剧烈地跳动着，一声不响地低下头。她平时为别人的错误打圆场时，都忍受不了他发火，现在是她自己犯下罪过，这可怎么得了！她吓得连舌头都动弹不了，可他却要她回答。他继续责备道：

“这么多年来，你一直在欺骗我，我还一无所知。”

这时，艾米娜慌了神，痛苦地摊开双手，呼吸急促地低声说道：

“祈求真主保佑，老爷，我的过错的确很大，但我不是你说的那样。”

“你怎么敢犯这么严重的过错！”丈夫继续说道，他的声音平静得比咆哮更可怕，“难道就因为我到外地去了一天？”

她浑身瑟瑟发抖，连说话的声音也颤抖起来：

“我错了，老爷，求你宽恕！我心里渴望朝拜圣裔侯赛因，自以为这种吉祥的朝拜可以成为我外出的理由，况且只有这么一次。”

丈夫颇为恼怒地摇摇头，仿佛在说“再狡辩也没有用”。接着，他抬起头，怒容满面地盯着她，用不容还价的口吻说道：

“我只有一句话：立即离开我的家！”

这句话犹如晴天霹雳落在她头上，她吓呆了，既说不出一句话，也不会动了。在她最痛苦的时刻里，也就是等候丈夫从塞得港回来的期间，她曾考虑到各种可怕后果：他会对她大发雷霆、吼叫辱骂，甚至不排斥会动手打人，但怎么也想不到会把她赶出家门！不用说别的，单凭她与他共同生活了二十五年，她就想象不出还有什么理由可以把他们分开，或者是把她赶走，她已成为这个家庭中不可缺少的一分子。

至于丈夫，说出最后一句话，总算从三个星期来压在他心头的沉重负担中解脱出来了。从妻子坐在床上，哭哭啼啼地向他承认过错的那一刻起，他就开始了思想斗争。起初，他真不敢相信自己的耳朵，逐渐冷静下来，才意识到这桩伤风败俗的丑事是对他的个人尊严和自我主义的挑战。但他看到她正忍受着伤痛，便暂时压下了怒火。更确切地说，他熟悉这个女人，欣赏她的长处，她的伤使他产生了恻隐之心，深为她担心，这种担心达到了恐惧和焦躁的程度，以至于忘记了她的过错，更顾不上考虑如何回击对他个人尊严和自我主义的挑战。他祈求真主赐她平安。面对威胁着她健康的危险，他收敛起大丈夫主义，蕴藏在内心深处的绵绵柔情复苏了。那天回自己卧室时，他感到十分悲痛和抑郁，不过无论在妻子或任何孩子面前，他的脸上丝毫没有流露出这种心情。后来，他看到她伤势迅速好转，顺利痊愈，终于放下了心，从而重新开始审视这一事件的前因后果。这次是用另一种眼光，更确切地说，是用他过去审视家里事情的那种习以为常的老眼光来看待这件事。不幸的是，这自然是艾米娜的不幸，他独自冷静地反复考虑后认为，他心里虽然对她十分同情，但是，如果顺从恻隐之心而宽恕她，那么，他的威信、尊严、体面和家规统统丧失殆尽，缰绳就会从他手中滑落。总而言之，如果宽恕了她，他就不再是艾哈迈德·阿卜杜·嘉瓦德了，变成了他永远不情愿做的另一个人。艾米娜的不幸，恰恰出于他独自冷静重新审视这件事的结果。如果在她认错的时候，有机会让艾哈迈德发泄一顿，怒气消失了，事情也就过去了，不会再有严重的后果了。但当时他无法发作，而在她静养了三个星期痊愈之后，他出于傲气不能再发火了。因此，他现在的火气与其说是真的动怒，倒不如说是憋着一股劲，他那暴跳如雷的情感，往往由于天性和人为两方面的原因而发作，既然天性方面没有及时找到发泄的渠道，那就必须人为地发难了。在冷静重新考虑后，他发现了一个大好机会，终于找到了一个有效的手段。与她的过错相适应的方式，来实现他的想法。这样，一度威胁她生命的危险，激发了丈夫的同情，保护她躲过了他的怒火，但却成了严酷惩罚的工具，使他有充分的时间进行思考和安排。丈夫阴沉着脸站起来，转身走到沙发边去取衣服，冷酷地说道：

"我自己会穿衣服的。"

她僵立在原地不动，两眼茫然地望着四周，听到他的声音才惊醒过来。

她从他刚才的话里和现在的行动中，立即意识到他在命令她走开。她迈着无力的脚步向门口走去，还未出门就听到他追加一句：

“我不愿意在中午回来时看到你还在这里！”

# 三十二

一出门到大厅，艾米娜就感到支撑不住，瘫倒在沙发里。那几句冷酷绝情的话，一直在她心头翻腾。那可不是说着玩的，他什么时候开过玩笑？她虽然想一走了之，但还不能立即离开，因为一反常态在丈夫离开家之前就离去，势必引起儿女们的猜疑。他们知道她被逐出家门会难过的，她不愿意他们心情郁闷地去迎接新的一天。此外，还有另外一种感情，或许是羞怯，使她没有勇气带着被驱逐的耻辱与他们相见。她决定待在这里等丈夫离开家，或者躲到饭厅去——这样更好，丈夫往外走的时候不会与她照面。她赶紧溜进饭厅，心都碎了，坐在垫子上脸色苍白，心事重重。天哪，他到底是什么意思呢？他究竟是暂时赶她出家门，还是永远将她扫地出门？她不相信他真的想休了她，他是个有地位的体面人。不错，他是火暴脾气，但如果看不到他的豪侠、仁义和宽容，那也过分悲观了。她怎能忘记自己卧床休养时，他为她而发愁？他如何每天去探望她的伤情？……这样的男人决不会随便拆散一个家庭、摧毁一个人的心，更不会忍心让母亲与孩子们骨肉分离的。这些想法在她脑海里徘徊，她那颗震悚的心好像多少平静了些。如坚持这样想，如果这能说明什么的话，那只能说明她的心里难以长久地平静，就像有的病人，越感到自己虚弱就越要显示自己有力量一样。

因为她不知道，一旦希望破灭，担心的事情成为现实，她将怎样安排自己的余生，或者说生活会给她唱怎么样的悲歌。

丈夫走出卧室，手杖点击地面的声音传入她的耳际，她的思绪不翼而飞。她忧心忡忡地谛听着，直到手杖声消失。这时，她对自己的处境感到悲不自胜，对毫不考虑她的虚弱、强加于她的那种强暴意志愤愤不平。她全身无力，硬撑着站起身，走出饭厅，准备下楼。刚到楼梯口，听到儿子们相继出门的声音。她从楼梯扶手上探出头去，看见法赫米和凯马勒跟在亚辛后面，朝通向院子的大门走去。强烈的母爱涌上心头，使她张皇失措。她奇怪自己怎么不与亲生儿子告别，就让他们走了呢？接下来的几天或几个星期内，她不是见不到他们了吗？在她的余生中，不是有可能只像陌路人似的偶尔见上他们几面吗？……她伫立在楼梯口，一阵阵悲哀撞击着她的心房。她那充满母爱的心怎么也不能相信，如此悲惨的结局是她注定的命运！她虔诚地信仰真主，在过去的孤寂之中，真主保佑她免受魔鬼的骚扰。她相信自己站得稳，决不会垮掉。在以往的岁月中，她从来没有遭受过破坏她宁静生活的厄运。所以她心里估量，目前的灾难是一场她必须经历的严峻考验，决不会永无尽期。

她发现海迪洁和阿依莎又像往常那样在争吵。但姐妹俩发现母亲愁眉苦脸、双目无神地站在那儿时，便停止了争吵。她们以为母亲身体尚未完全康复就起床操劳，旧伤复发了。海迪洁不安地问道：

“妈妈，你怎么啦?”

“我不知道，凭真主起誓，我不知道该说什么……我要走了……”

虽然最后这句话十分简短，句意也不确定，但她那绝望的目光和哀怨的口吻无疑使这句话带上了悲惨的含义，吓得她俩异口同声地叫了起来：

“去哪儿?”

“回外婆家去。”母亲椎心泣血地说。她为两个女儿，不，是为她自己听到这句话感到凄惨。

两姐妹惊恐不安地跑到母亲面前，问道：

“说什么呀？别再说这样的话了……到底发生了什么事？”

母亲从两个女儿的反应中得到了一丝安慰，但这又加深了她凄楚的情感。

“他没有忘记那件事，没有宽恕我，”她强忍住泪水，声音颤抖地说道。这句话她伤心地重复了一遍，这说明她无比痛苦。“他一直对我憋着一肚子火，只是推迟到我伤好后才发作，然后对我说，立即离开我的家！他还说，我不愿意在中午回来时，看到你还在这里！”说到这里，她的口气里带着悔恨和失望的情绪，“他说怎么就怎么吧，我听他的！”

海迪洁神经质地大声嚷起来：

“不行，不行！你别这样说吧……这世界到底是怎么回事呀？”

“决不能这样！他怎么能这样不顾我们大家的幸福？”阿依莎声音颤抖地喊道。

“他是什么意思？妈妈，他想干什么呢？”海迪洁愤愤不平地问道。

“我不知道，这都是他的原话。一字不多，一字不少。”

母亲说到这里不说了。她或许认为话越少越能博得女儿的同情，看到她俩为此忧虑也是对自己的一种安慰。但是，她一方面出于对女儿的疼爱，另一方面也想让自己宽宽心，便又补充说道：

“依我看，他的目的只不过是想让我离开你们几天，惩罚我的越规行为。”

阿依莎抗议似的问道：

“你受的罪还不够多吗？”

母亲难过地叹了一口气，咕哝道：

“听凭真主安排吧……现在我该走了……”

但是海迪洁拦住了母亲，哽咽着说：

“我们决不放你走，你不能离开自己的家。我想爸爸回来见到你还在家里，也不一定会发火的。”

“你就等到法赫米和亚辛回来吧，”阿依莎央求道，“爸爸决不会愿意把你硬从我们大家身边赶走的。”

母亲好像警告似的说：

“与他顶着干是不明智的，他这种人是吃软不吃硬的。”

姐妹俩还想再次拦阻，母亲摆摆手，表示不必开口了，她说道：

“再说也没有用，我是必须走的，我去拿上几件衣服就离开。你们不用着急，我们不会分开很久的。如蒙主愿，我们会团聚的。”

母亲回到二楼的卧室，姐妹俩像小孩子一样哭着跟过去。母亲刚从衣柜往外拿衣服，海迪洁就一把抓住她的手，冲动地问道：

“你这是干什么呀？”

母亲感到眼泪即将夺眶而出，没有答话，生怕一开口会控制不住，当着两个女儿的面痛哭。她强忍住不哭，便做了一个手势，好像说“既已如此，我不得不收拾衣服了”。

但海迪洁心里不痛快地说道：

“你只带一套替换的衣服就行了……一套就行了！”

母亲叹了一口气，她真希望这只是一场噩梦而已。她咕哝道：

“我怕他看见我的衣服还在这里，会更加生气的！”

“那就藏到我们那里去。”

阿依莎按照姐姐所说，把母亲的衣服收拾在一起，只给母亲留了一套。

母亲由着她俩去做，心里舒服多了，仿佛把衣服留在家里就能肯定她真的可以回来。她找出一块布，把女儿让她带走的衣服放在里面打成一个包袱，然后坐到沙发上去穿袜子、鞋子。姐妹俩心酸而茫然地望着她。她感到两个女儿好可怜，便装得若无其事似的说道：

“不久，一切都会恢复正常的。你们要振作起来，不要惹爸爸生气。我把这个家和他们爷儿几个托付给你们了，我深信你们有能力当好这个家的。我毫不怀疑阿依莎会好好配合姐姐的。我们原先一起做的那些事情，你们要把它做好，就像我仍在家里一样。你们两人都是善于料理家务的好姑娘，可以撑得起一个家。”

说完，她站起身，穿上米拉叶，蒙上白色面纱。她的动作慢腾腾的，故意在拖延时间，好让这难舍难分的最后时刻尽量拖长一些。母女三人面对面地站立着，谁也不知道下一步该做什么。母亲实在难以开口说离别话，两个女儿谁也没有勇气像母亲所希望的那样投入她的怀抱。在这种痛苦和不安的气氛中，时间一秒秒地在流逝。母亲始终强忍着悲痛，她生怕再下去自己可能会支持不住，便向女儿走近一步，俯下身连连吻着她们，喃喃地说道：

“振作起来，真主与我们大家在一起。”

这句话刚说完，两个女儿一把搂住母亲，呜呜地哭了起来。

母亲噙着眼泪赶紧走出家门，一到外面泪珠就滚落下来，连马路看起来也模模糊糊了。

# 三十三

艾米娜敲着娘家的大门，心里痛苦又羞愧地思考着：自己这样被丈夫一怒休回家，将会产生什么让人焦灼心烦和悒悒不欢的事情呢？娘家的门开在赫兰富什胡同的一条死巷里，巷子的尽头很久以前有个小清真寺，后来由于年久失修而倒塌，现在只剩下断壁残垣。每当她回来探望母亲时，见到这些残迹就会回想起自己的童年。那时，她常常站在门口等父亲做完礼拜出来；有时，在人们礼拜的时候，她会好玩地探进头去看他们鞠躬和跪拜；有时她会看见街上的一些居民聚集到那条胡同里，点上灯，铺好席子，念着济克尔①。

门开了，一个五十岁上下的黑人女仆伸出头来，一见是她，脸上马上露出喜色，大声对她表示欢迎，然后闪到一边让她进去。艾米娜进门后，女仆仍站着不动，仿佛在等另一个人进来。艾米娜看出她的意思，不高兴地小声说道：

“莎狄盖，把门关上吧。”

“先生没陪你一起来？”女仆惊诧地问道。

① 伊斯兰教信徒对真主的颂诗、赞词。通过念诵这些颂诗和赞词，对真主表示怀念。

她对女仆的惊诧故作未见，摇了摇头。进门就是院子，院子的一边是厨房，左角上有一口水井。她穿过院子，顺着不宽的台阶而上，走进一幢平房内，沿着一条过道，来到母亲的房间。母亲正盘腿坐在房间正中的一张沙发上，两手拨弄着垂到两膝中的一串长长的念珠，眼睛盯着房门。毫无疑问，老太太听见了敲门声和越来越近的脚步声。当艾米娜走到她身边时，她问道：

“谁呀?”

她询问时嘴角泛出一丝微笑，表示欣喜和欢迎，似乎她已猜出了来者是谁。艾米娜又沮丧又忧伤，低声回答道：

“妈妈，我是艾米娜。”

老太太把两只脚垂到地上，用脚摸索着找到了拖鞋，穿上后站了起来，伸开双臂热切地等待着。艾米娜把包袱往沙发上一扔，投入母亲的怀抱，吻着母亲的前额和面颊。母亲的嘴唇也是碰到哪儿就吻那儿，吻到了女儿的头，面颊和头颈。拥抱完了，老太太疼爱地拍拍女儿的背脊，站在原地，脸带微笑地对着门，表示欢迎另一位，表情与刚才莎狄盖的一模一样，艾米娜心里清楚母亲站着在等待谁，她用温顺平和而又无可奈何的口气说道：

“妈妈，我是一个人回来的。”

“你一个人?”老太太好像不解地向她扭过头，喃喃地问了一句。接着，她又强装微笑，企图驱逐袭上心头的不安，说道：“赞颂永恒的真主!”

老太太退回到沙发前坐下，这一次询问的口气里明显地有不安的情绪：

“情况怎么样?他为什么不像以往那样陪你来?”

“他生我的气了，妈妈!”艾米娜在母亲身边坐下，回答时的口气如同一个小学生承认自己考试考砸了。

老太太郁悒地眨眨眼睛，黯然神伤地絮絮叨叨起来：

“祈求真主保佑我们免受该诅咒的魔鬼的伤害，我的心可敏感呢，一听你说‘妈妈，我是一个人回来的’，我的心就抽搐了！天哪，像你这样好心肠的天使，男人们到哪儿去找啊，是什么事惹得他大发脾气的？……告诉我吧，孩子……”

艾米娜连声叹气，说道：

“他去塞得港的时候，我去朝拜了圣裔侯赛因。”

老太太闷闷不乐地考虑了一会儿，问道：

“他怎么会知道这件事的？”

艾米娜从一开始就拿定主意，不提被汽车撞伤的事，这一来是怕老母亲担心，二来也想使自己的责任轻一些，所以她按照事先准备好的话来回答：

“也许是有人看见了我，跟他说了……”

“除了家里和你接触过的人以外，没有人会认识你，”老太太愤愤不平地说道，“你自己有没有跟谁说起过？会不会是老妈子乌姆·赫奈斐告的密？还是他前妻的儿子捣的鬼？”

艾米娜十分有把握地告诉她：

“说不定是哪个女邻居看见了我，漫不经心地告诉了她的丈夫，那丈夫又把这事捅到了我丈夫的耳朵里，传话人并没有估计到后果会如此严重。你怎么想都不应怀疑到我们家的哪一个人……”

老太太既困惑又怀疑地摇摇头，说道：

“你这辈子总是那么心地善良，真主明鉴，一定不会让阴谋诡计得逞。可是你丈夫呢？这么一个精明的人，都快五十岁了，难道找不到别的方法出气，非得把终身伴侣从孩子们身边赶出去才消气？……真主啊，赞颂你！……人们年龄越大越理智，我们却越活越糊涂！难道一个好女人朝拜一下圣裔侯赛因陵墓也能算大逆不道？他的朋友们的醋劲和大男子汉主义并不比他少，可哪个不允许自己的老婆有事出趟门呢？……就拿你爸爸来说吧，他是一名研读《古兰经》的谢赫，他都允许我去邻居家串门散心呢！”

房间里一阵沉默，充满了忧郁的气氛。过了很久，老太太的嘴角上泛出微笑，脸朝着女儿，不解地责备道：

“这么多年来你对他一直是惟命是从，这次有什么事引诱你违抗他呢？真让我想不通！……不管他脾气有多么火暴，总归是你的丈夫。为了你自己的安逸和孩子们的幸福，最太平的办法还是对他百依百顺，是不是，我的孩子？最让我惊异的是，你可是从来不需要别人开导的呀！”

艾米娜的嘴角上泛出一丝笑容，看得出她的恐慌和羞愧减退了一些，她喃喃地说道：

“是魔鬼迷了心窍！”

“愿真主诅咒魔鬼。你竟让它破坏了你们夫妻和睦美满地生活了二十五年的生活，就是这个魔鬼当初唆使我们的祖先阿丹和哈娃①走出天园的！……这太让我伤心了，孩子！可是，这不过是夏天的一片乌云，不久就会飘散的，一切都会恢复如初的……”接着，她仿佛自言自语地说道，“要是他为人宽厚些，这对他有什么不好呢？不过，他是一个男人，哪个男人也免不了有一些不上台面的毛病……”

说到这里，老太太又装出高兴的样子，用欢迎的口吻说道：

“把外衣脱了休息吧，不要把这件事放在心上，在你出生的这间屋子里跟妈妈一起过几天清闲的日子，有什么不好呢？”

---

①《古兰经》中记载的阿丹（亚当）之妻，即《圣经》中的夏娃。

艾米娜的目光漫不经心地扫视着那张旧床，床腿颜色已经变得暗淡无光；那块破损的地毯，尽管还可辨出花纹的颜色，但绒毛已经磨光，四边也破了……她的胸中充塞着亲人离散的愁绪，没有心思去回顾往事。在她心情舒畅的时候，这个房间唤起的回忆，总能使她心潮澎湃；而今日，母亲要她在这儿过几天清闲日子的话，并没有让她心情激动。她忍不住唉声叹气，说道：

“妈妈，我真放心不下孩子们哪！”

“真主会保佑他们的，至仁至慈的真主不会让你与他们分离太久的。”

艾米娜站起身，脱去米拉叶。这时，莎狄盖从房门口退了出去。她刚才一直站在那里，听了她们母女间的对话，心里很不是滋味。艾米娜走到母亲身边坐下，两人开始滔滔不绝地闲谈个没完。母女俩紧挨着坐在一起，使人联想到遗传的奥妙和时间的无情，她俩好比一个人的两个影子：一个影子映在未来的镜子里，另一个影子映在过去的镜子里。本人和这两面镜子里的影子之间，显示了遗传法则和时间法则间的可怕斗争。一方面，遗传法则力图创造相像，维护存续；另一方面，时间法则定要促进变化，导致死亡。这种斗争往往表现为遗传法则先后遭受的一系列失败，最后，遗传法则充其量只不过是在无情的时间法则的范围内尽到一些微不足道的职责。在时间法则的管辖下，年迈的母亲变得骨瘦如柴，面容衰老，双目失明，感官无法察觉各种变化。她甚至连生活的乐趣也没有，只剩下人们所说的“夕阳美”，即平静的心态、饱经风霜的稳重，以及满头银丝。

她出身于一个沐雨栉风身弥坚的长寿家庭。所以，她虽然已达七十五岁高龄，仍然保持着半个世纪以来的清晨即起的老习惯，不用女仆指点，自己摸到浴室去做小净，再回到卧室做晨礼。白天的其他时间，她不是数念珠，就是静坐默思，谁也不知道她在想些什么。女仆整天忙于家务，稍有空闲就陪着她聊天。母亲的勤勉态度和对生活的满腔热情，已经成了一种习惯，直到这个年纪始终没有半点改变。比如对于日常开支，事无巨细都要问过，与女仆锱铢必较；在洒扫庭院、整理房间等家务琐事上计划周密，女仆哪一件重要的事情耽误了，出门采购回来晚了，她都要嘀咕；她还时不时地让女仆以《古兰经》起誓，保证向她汇报的关于打扫浴室、涮洗器皿、拂拭窗户等方面的情况属实，让她完全可以放心。她的斤斤计较到了疑神疑鬼的程度。她老是这样对待女仆，这可能是她保持了年轻时在心里扎下根的某种老习惯，也可能是上了年纪后得的怪癖。她天性执拗，丈夫死后，孤零零一个人硬守着旧屋，甚至双目失明后还坚持不肯离开。艾哈迈德一再请她搬过去一起住，以便得到女儿和外孙、外孙女们的照应，但她对此充耳不闻。人们说她年老昏聩，艾哈迈德也只好作罢。其实，她不肯离开自己家是因为她对这个家感情太深，又怕住女婿家会无意中受到怠慢，再说搬过去后会给肩头压着重担的女儿增加新的负担。她不愿意走进女婿家中生活，还因为女婿对家人过于苛刻，动不动就大发雷霆。她生怕自己不知不觉中冒犯了他，影响女儿的幸福。还有，她出自内心的高傲和对女儿的体恤，使她宁愿住在自己拥有产权的家里，依靠真主，依靠已故丈夫留给她的抚恤金生活。此外，让她固执地坚持留在家里还有其他一些原因，那是用敏锐的感觉和正确的眼光说不清道不明的。比如，她担心一旦搬出去住，这房子要么是租出去，要么空关着。租出去让陌生人住，她心里不好受，对于她来说，除女儿和外孙、外孙女外，这所房子是她最心爱的东西；空关着，它就会成为魔鬼们嬉戏的场所。而这房子是她的丈夫，一位研读《古兰经》的谢赫住了一辈子的地方。再说，搬到女婿家去住，会给她带来许多复杂的难题，她认为这些难题是无法轻易解决的。她从女婿邀请她那日起，就一直在心里思忖：接受女婿的邀请，住在他家一分钱也不出，这使她不能心安理得；住在女婿家里，把抚恤金交出去，这样自己就会一无所有，而随着岁数越来越大，她本能地感到手头总归要有点钱，这已成了她“疑神疑鬼”的一个主要因素！

不仅如此，当女婿一再要求她搬过去住时，她有时会胡思乱想，认为他怀有野心，想侵吞她的抚恤金和搬空后的房子，便更加存有戒心，死活不同意。女婿只好尊重她的意愿，此时她便高兴地对他说：

“不要怪我固执，孩子！你对我的这番好意，真主会赐福给你的。难道你看不出来我不能离开这个家吗？我出门实在不方便，凭真主起誓，你要是想得到我这个多病的老太婆，最好就是让艾米娜和孩子们时常来看望我。”

这样，她如愿以偿地在自己家里住了下去，享受着当家作主的权利和自由，保持着许多本性难改的老习惯。有些习惯，比如对家务和理财方面的过分操心，是和开明的老年人应有的那种悠闲自在和豁达大度的心境格格不入的，从而成为她年老体衰的反常现象之一。她还保持着另一种习惯，那就是笃守教规。这种习惯足以使青春大放异彩，使老年备受敬重。笃守教规，过去是，现在仍然是她生活的目的、希望和幸福的体现。她父亲是位宗教学者，她从小就在父亲的熏陶下养成了这种习惯。在她嫁给了在敬畏真主和信仰虔诚方面绝不亚于父亲的另一位谢赫之后，这种习惯更是深入到她的心灵深处。她一直凭着爱心和诚心在履行着教规，对于真正的教义和纯粹的传说同样虔诚，女邻居们称她为“吉祥的女谢赫”。女仆莎狄盖最了解她的一切。有时，主仆两人闹了点不愉快，女仆便对女主人说：

“太太，你有时间多做点功课，难道不比为了一些鸡毛蒜皮的小事吵吵嚷嚷来得好吗？”

她马上会怒不可遏地回击道：

“别耍嘴皮子，你让我做功课，并非真心诚意为我好，而是为了给你有时间可以马马虎虎干完活，随心所欲地玩耍，把房间搞得乱七八糟，甚至还会明拿暗偷……真主命令人们要洁净和忠实，所以我督促你，跟你算账，这就是在做功课，也会有报偿的！”

既然宗教在她的生活中占有如此崇高的地位，那么，父亲和丈夫在她的心目中同样享有超过一般亲属关系的崇高地位。她一直羡慕他们能够将《古兰经》和圣训烂熟于胸，认为这是他们的骄傲。也许正是想起了这一点，她才安慰和鼓励艾米娜，说道：

“丈夫把你从家里赶出来，只是因为你违反了他的禁令，他借此出出气，但决不会超过这个限度的。是的，你有着那样受人尊敬的父亲和外祖父，他不会跟你过不去的……”

提到父亲和外祖父，艾米娜心头一热，就像在黑夜中迷路的人得到巡逻的人指明道路一样。她由衷地相信母亲的话，不仅是由于她渴望让心里踏实下来，而且深信这两位已故的谢赫会降福后代。她在感觉、信仰和性格各方面都是母亲的翻版。此刻，她满怀着挚爱和信赖的心情，脑海里涌现出对父亲的种种回忆，于是她祈求真主看在她父亲的分上，救她脱离困境。这时，老太太干瘪的双唇上泛出亲切的微笑，又开始安慰女儿：

“真主总是慈悲地关怀着你。想一想那年闹瘟疫——祈求真主千万别再发生那样的灾祸了——真主只救了你一个人，让你安然无恙。你的姐妹们都死了，你却好好的！”

艾米娜虽然心里苦闷，还是露出了笑容。她努力回忆起几乎忘却了的过去那段黑暗的岁月，一些情景在她混乱的记忆中逐渐清晰起来，唤起她心中对那恐怖年代的余悸。那时，她还是个小姑娘，几个姐妹不是卧床不起，就是躺在停尸榻上，为防止传染房门也关着。她却一个人在户外蹦蹦跳跳玩耍，有时站在窗户前向外张望，看到送葬的队伍络绎不绝，行人们惟恐避之不及。她还听见许多人惊恐、绝望地找像她爸爸那样的宗教人士①，大声抱怨，哀求创造天地的真主。虽然那场瘟疫如此凶险，让她的姐妹们都丢了性命，而她却平安无事，躲过了瘟疫的魔爪。除了每日被迫喝一两次柠檬洋葱混合汁外，她没有受其他的罪。母亲用温存和爱抚的声音继续在说话，把她带回到无限的回想中，她仿佛回忆起了那无忧无虑的时代，回忆起将她与青春连在一起的那种珍贵的使人备感亲切的生活和毫不掺杂痛苦的东西。她说道：

"你有洪福，经历了瘟疫而没被感染上，成为全家的独女，在我们的心窝里长大，全家在这世界上的希望、宽慰和幸福都寄托在你的身上。"

听了这番话，艾米娜的心里觉得这间房子和原来不一样了。墙壁、地毯、床、母亲，甚至她自己，都焕发了青春。父亲也复活了，就坐在原来的位子上。她又听到了宠爱和娇惯的话语，幻想着众先知的故事和层出不穷的奇迹，回想着先贤们的传闻轶事：从圣门弟子②与异教徒间的战斗，到阿拉比③帕夏反抗英国人的斗争。过去的生活重现在她眼前，给她带来神奇的幻想、可兑现的希望、有盼头的幸福。接着，老太太在作了合乎逻辑的铺垫后得出了肯定的结论，说道：

"难道真主不是一直在保佑着你、关怀着你吗？"

这句安慰话本身就促使她注意到目前的处境，于是她从过去的美梦中

---

① 暗示人们在找宗教人士，给垂危病人做临终祷告。

② 此词可音译为"撒哈比"，原义为"同伴、伙伴"，指穆罕默德的早年弟子，尤其是与他过从甚密的穆斯林。

③ 阿拉比（1841—1911），埃及早期民族独立运动领袖之一。

清醒过来，重新回到懊丧之中，正如一个人刚刚把烦恼置之脑后，听到别人好心说的一句安慰话又发起愁来一样。她无所事事地待在母亲身边，除了生病的日子外，还从来没有这般清闲过，但她讨厌吃闲饭，心里很不畅快。她一面继续和母亲谈着话，一面陷在苦闷和担忧中不能自拔。莎狄盖端上饭来的时候，老太太为了让女儿抛开心事，对女仆说道：

“这下可有明眼的人看着你啦，你一偷东西就会被抓住了！”

但是，艾米娜此时根本没有兴致关心女仆偷不偷东西。女仆对女主人的话也不计较，这一方面是表示尊重客人，另一方面她也习惯了女主人的絮絮叨叨，知道她是刀子嘴、豆腐心。已经是晌午了，艾米娜的心十分牵挂着家里，思念着一家大小，因为这时候丈夫该回家吃饭和睡午觉了，等他回铺子时，儿子们就先后回家了。她在痛苦和怀念的幻觉中汲取了神奇的力量，使她仿佛看到自己的家和一家子成员就在眼前。她看到丈夫没有她的帮助自己在脱大袍和长袖长衫。自从卧床养伤以来，她就生怕丈夫习惯自己料理生活后就不再需要她了。她力图从他的脸上看出他的内心：她走后他是否会感到空虚？他在家里不见她的踪影后，心里会有怎样的感觉？他会不会因为某件事提起她？……唉，儿子们回来了，他们渴望着“咖啡会”，匆匆走进大厅，发现母亲的座位空着，问她去哪里了，两姐妹用满脸愁容和泪汪汪的神情回答了他们。天哪，法赫米听到消息后会怎么样呢？凯马勒是否理解“妈妈不在”意味着什么？想到这里，她感到心如刀割，疼痛得直抽搐。他们会不会商量好久？他们还在等什么？……或许，他们正在争先恐后地来这儿的路上。他们该是在路上了，丈夫会不会发布命令，不让他们来看望她？不，他们应该走进赫兰富什胡同了，她一会儿就可见到他们……

“艾米娜，你是在跟我说话吗？”

老太太的问话惊散了她的幻觉，她慌乱而又羞怯地看看母亲，意识到自己不知不觉地让心里的话脱口而出，声音极轻仍被听觉敏锐的母亲听见了，便只好回答道：

“妈妈，我是在想孩子们会不会来看我？”

“我估计他们已经来了！”

老太太一边说着，一边朝前伸长脖子，竖起耳朵仔细听着。艾米娜也静静地谛听。这时，传来一阵又急又猛的敲门声，犹如急切的呼救声。艾米娜立即听出这是凯马勒的小拳头在神经质地乱捶门，她早就熟悉了这声音，因为他总是这样敲打厨房门的。她急忙冲到门前台阶上，让莎狄盖去开门，然后从扶栏上探身向前，只见凯马勒跳跃着沿台阶而上，后面跟着法赫米和亚辛。凯马勒一把搂住妈妈的脖子不放，两个哥哥只好等一会儿才和母亲拥抱。他们悲喜交加，一边朝房间里走，一边抢着说话，谁也不管别人在说什么，直到进屋发现外婆伸出双臂站在那里，满脸笑容地对他们表示充满疼爱的欢迎，才暂时停止说话。他们先后走上前去向外婆行礼。大家静悄悄的，只听见相互亲吻的声音。最后，亚辛声音里流露出难过哀叹和忿忿不平的情绪，大声说话：

“我们现在没有家了，你不回去我们就不会有家了。”

凯马勒好像从家里逃出来似的，躲进妈妈的怀里，第一次说出自己在家里和路上想好的主意：

“我就留下来陪陪妈妈，不跟你们回去了……”

法赫米一声不响，久久地凝视着母亲。他像往常一样，在用目光与母亲进行交流，艾米娜从他无声的目光中找到了母子同心的最好表达。这个最贴心的儿子对母亲的爱，只有母亲对他的爱能够相提并论。他在同母亲的谈话中极少用言词表达自己的感情，但这些感情会从他的内心冲动和言行举止中自然流露出来。法赫米从母亲的目光中看出了痛苦和羞愧的神色，他十分伤感，便痛苦和难过地说道：

“是我们建议你出门的，鼓动你出门的，到头来却让你一个人承担后果……”

母亲困惑地微微一笑，说道：

“我不是小孩子，法赫米，我本不应该那样做……”

亚辛听到这段对话，心里颇受感动。他作为提出这个倒霉建议的人，感到无地自容，懊丧极了。他瞻前顾后地犹豫了好一阵子：当着外婆的面再次为自己的建议表示道歉，生怕受到外婆的责怪，至少心里会怨他；如果闭口不说，又无法摆脱心中难堪的处境。最后，他拿定主意，把法赫米的话换成了另一种说法：

“是我们做错了事，却让你倒了霉，”接着，他一字一顿地说，如同在向父亲的顽固和冷酷施加压力，“不过，你会回去的，笼罩在我们头上的乌云很快就会消散的。”

凯马勒把手放在母亲的下巴上，让她把脸转过来向着自己，向她提出一连串问题：为什么要离开家呀？在外婆家住多久？假如和我们一起回去会怎么样？……他打算留下来陪妈妈，但是能不能留得下来他自己首先怀疑，所以心里很不踏实。问了这么多问题，母亲一个问题也没有像样的答复，这更使他的心七上八下了。

三兄弟各自倾诉完自己的心思后，话题便改变了。他们开始认真研究如何应付目前的形势，正如法赫米所说的那样：“光说已经发生的事情毫无裨益，我们应该多考虑以后的事情。”亚辛就法赫米的建议，发表了自己的看法：

“爸爸就是这么个人，像妈妈出门这种事，他决不会高抬贵手的，他一定要采取让母亲难以忘却的方式来发泄怒火，不过他也就仅此而已了。”

这种看法与大家心里的想法不谋而合，得到认同。法赫米的话说明他赞同亚辛的观点，并表达了自己的希望：

“你的看法是对的，其证据是爸爸并没有进一步的动作，他如果决定了要干什么，就会立即付诸行动的。”

他们纷纷谈论起父亲的“心”来，一致认为：父亲虽然脾气暴、性子躁，但心地是善良的。他们深信父亲决不会做出可能损害家庭名声或伤害家人的事情。此时，外婆明知自己的话说了也白说，但仍然开玩笑似的一吐为快：

“你们要是真正的男子汉，那就得想办法摸透你们爸爸的心，让他不再那么固执。”

亚辛和法赫米相互交换了自嘲的目光，他们这两个“男子汉”，一提到父亲就硬不起来。艾米娜生怕两个小伙子和外婆的话一多，会说出她遇车祸一事，便赶紧指指自己的肩膀，再指指外婆，摆摆手让他们明白这件事还瞒着外婆。接着，她挺身而出好像捍卫两个青年“男子汉”似的，对母亲说道：

“我不要他们中哪一个去惹恼父亲。随他去吧，等他自己想通了，愿意宽恕……”

凯马勒立即问道：

“什么时候他才宽恕呢?”

母亲用食指向上一指，低声说道：“这要听凭真主的安排。”

事情通常就是这样：谈来谈去还是老问题，每个人都是翻来覆去那几句话，连用词都一样，就是有一些新的词，也不过是一些玫瑰色的设想。话说了那么多，却没有新的内容，一直到夜幕降临该回去了。离别的愁绪像一团浓雾塞住大家的心，使他们不想说话，周围一片沉静，就像暴风雨前夕的那种寂静。为了减轻沉闷的气氛，或者逃避正视离别的心理压力，大家无话找话地说上一两句，仿佛每个人都想把宣布离别的责任压在别人肩上，以免由自己惹得大家伤心。老太太的心里已经猜出了眼前几个人的心思，她眨着两只什么也看不见的眼睛，手指快速地拨动着念珠。时间一秒秒地过去，短暂的几分钟使人感到窒息，如同一个做噩梦梦见自己从高空坠落下来时的须臾之间的那种感觉。最后，大家听到了亚辛的说话声：

“我想我们该回去了，如蒙主愿，我们不久就会来接你回去的。”

老太太仔细听着，想知道自己女儿话别时的声音是如何颤抖的，可她没有听到艾米娜的说话声，只听到一阵响动，坐着的人站起来了，他们在亲吻，说着含糊不清的告别话。两个哥哥使劲地拉凯马勒走，但他说什么也不肯离开，竟然哭了起来。在充满忧伤和压抑的气氛中，老太太与外孙们告别了。最后，脚步声渐渐远去，把她留在孤寂和哀愁之中。

艾米娜脚步很轻地走了回来。老太太不安地凝神细听着，大声对女儿说道：

“你哭了吗？别犯傻了！好像在妈妈身边过上两夜都忍受不了似的！”

# 三十四

海迪洁和阿依莎对母亲的离家比兄弟三人更加悲愁难遣。她俩除了与他们一样难受外，还要承担家务、伺候父亲。家务还可以对付，而伺候父亲则是件要赔一千个小心的事情。阿依莎干脆躲得远远的，找借口说在母亲卧床养伤期间，海迪洁曾经学习过如何伺候父亲。海迪洁在父亲面前为他做事时，总觉得自己是在受罪，处于一种提心吊胆不敢发生丝毫差错的境地。她发现自己不得不又挑起服侍父亲的重担，再次面临那种局面。母亲刚走不久，海迪洁就说：

“这种情况可不能持续太久，没有妈妈，在这个家里生活简直是活受罪。”

阿依莎也有同感，但觉得自己拿不出解决的办法，只有不停地流泪，等待兄弟们从外婆家回来。兄弟三个回到家，不等阿依莎开口，就你一言我一句地谈起母亲在“流放地”的情况来。阿依莎听着这些话，心里觉得十分别扭和不满，因为他们谈话的口气，好像都是些不相干的陌生人，不由得情绪激动起来，气恼地说道：

“如果我们每个人都一声不响地等待着，这事或许会拖上几天甚至几个星期，妈妈老回不了家，会急出病的。跟爸爸谈这件事的确很难，但总比沉默等待要好。我们应该想想办法……我们应该说话……”

她最后那句“我们应该说话”，虽然包括所有在场的人，但大家不用想就明白，这个“我们”指的是一两个人。这两个人一听到这句话就心慌意乱，这自然瞒不过任何人。海迪洁接过妹妹的话，说道：

“我们谁有什么事总要求妈妈去跟爸爸说，其实她去说并不比我们容易，尽管如此，她为了我们还是毫不迟疑地去跟爸爸谈。那么，我们为了妈妈，也应该作出同样的牺牲，这样才公平嘛！”

亚辛和法赫米对望了一眼，感到绞索已经套到头上，开始在迅速收紧。他们谁也不敢开口接茬，以免被选中充当“替罪羊”，只好如同老鼠见了猫一样，老老实实地等待商讨的结果。海迪洁不再转弯抹角，冲着亚辛直截了当地说道：

“你是我们的长兄，又是有工作的，是个不折不扣的男子汉，你最适合去办这件事。”

亚辛深深地吸了一口气，又把气吐了出来，神色不安地摆弄着手指，闪烁其词地回答：

“父亲是火暴脾气，说一不二，从不会重新考虑自己的意见。从我来说，正如你说的，我已不是孩子，是个有工作的大人了，可是我最怕他当面对我大发雷霆，我会失去控制与他顶撞起来！”

大家虽然心情沉重，神经紧张，但还是禁不住笑了起来。阿依莎差一点笑出声来，她赶紧用手捂住脸。或许紧张情绪本身就想找个机会笑一笑，让他们摆脱一下紧张和痛苦。这就像人们在愁断肠时，往往会抓住一星半点的原因而自得其乐，用欢快来冲淡忧伤一样。他们觉得亚辛说的，是十分可笑的骗人鬼话。他明明知道自己在父亲面前不要说顶撞，就是连这样想一想的胆量也没有。他也明明知道自己这么说只是为了逃避去见父亲，免得父亲的火发到他的头上。他发现大家都在嘲笑他，只好耸耸肩，露出苦笑，仿佛在求大家“饶了我吧”。只有法赫米笑得极不自然，因为他感到不等自己笑容收敛，事情就要落到他的头上。他的感觉果然不错，海迪洁对亚辛大失所望，便不屑地扭过头去，满怀希望和同情对法赫米说道：

“法赫米……你是我们家的男子汉……”

法赫米惶惑不安地扬起眉毛盯着海迪洁看，仿佛对她说：“你最清楚事情的后果！”诚然，他具有家里其他人没有的优势：他是法学院的学生，他比兄弟姐妹们都有头脑、有见解，在紧急情况时能把握住自己，这说明他有魄力和男子汉气概。但是一旦站在父亲面前，这种种优势立即化为乌有，只知道盲目服从。他心中茫然，不知道说什么好。海迪洁朝他使使眼色，催他表态，他只好吞吞吐吐地回答道：

“你认为父亲会接受我的请求吗？……不会的……他还会训斥我说：‘这不关你的事，别乱插手！’……这还是没把他惹恼的情况，一旦他上了火，那就会对我说出更凶狠、更冷酷的话来！”

亚辛心里十分赞同法赫米这番“明智”的话，觉得它也为自己作了辩护，他仿佛补充弟弟的看法似的说道：

“或许我们一出面，反倒引起爸爸重新跟我们算账，追问妈妈出门那天我们是什么立场，这就给我们自己捅了一个无法补救的大娄子！”

海迪洁义愤填膺地盯着他，尖刻地挖苦道：

“不是你出的主意，你没什么罪过！”

法赫米从“热爱生存”的本能中汲取了新的力量，自卫地说道：

“我们还是把这件事考虑得周全些。我认为，爸爸会把我和亚辛看作是这件错事的同谋，我们去求情，他决不会答应的。我们要是再替妈妈讲几句好话，事情更不可收拾了。如果你们两人中有谁去跟爸爸说一说，或许会成功，让他产生恻隐之心，即使作最坏的设想，他也不过是平心静气地拒绝你们，不至于火冒三丈。你们俩不管是谁，何不去和爸爸说一说呢？海迪洁，你不妨去试一试！”

海迪洁被将了军，不禁紧张起来。她那愤怒的目光不敢看法赫米，而是盯着亚辛，说道：

“我认为这种事情应该由男人去办！”

法赫米继续自己的和平攻势：

“只要我们想把这件事情办成功，那反过来做才是正确的。别忘了，你们俩长这么大，爸爸从来没有对你们发过火，就算偶尔对你们生点气，那也算不了什么。爸爸对你们温和，对我们严厉，这是他的习惯！”

海迪洁不安地低头沉思，好像担心老不说话会遭到更猛烈的攻击，这件棘手的任务就会落到她的身上，于是抬起头说道：

“这件事真像你说的那样，阿依莎去说比我更合适。”

“我！为什么？”阿依莎吓得叫了起来，就像一个自以为处境安全、一直袖手旁观的人突然发现自己成了危险的靶子似的。尤其是她年龄小，像个娇憨的女孩，从没有经历过大事，更不用说这种谁去做都有可能遭遇不测的最危险任务了。不过海迪洁本人也没有什么明确的想法来为自己的提议摆出理由，但她却执拗地坚持着，执拗之中饱含着苦恼。她揶揄地回答妹妹道：

“因为要利用你的一头金发和一双蓝眼睛来帮助我们获得成功！”

“我的头发和眼睛与向爸爸求情有什么关系呢？”

此时的海迪洁，与其说是在说服大家，还不如说是在为自己寻找一条退路，因而不惜把大家的思路引向近乎调侃的气氛中，为自己的撤退做好准备。对于身陷困境而又无充足理由自卫的人来说，逃跑是最安全的途径。

开玩笑正是为自己开辟一条生路，在哄笑声中逃走，免得受到指责和轻侮。于是，她说道：

“我知道阿依莎的头发和眼睛有人见人爱的神奇力量。亚辛、法赫米，甚至凯马勒都是这样，为什么父亲就不会被吸引呢?”

阿依莎的脸涨得通红，惊慌失措地推辞道：

“我怎么敢和爸爸谈这样的事呢？他的眼睛一看我，我的魂都吓飞了！”

他们一个个逃避了这个危险的任务，这时，没有谁再感到有直接的威胁了。但是，得救并没有使他们摆脱有罪感，或许正因为得救了，才使他们有这种负罪感。一个人处在危险之中时，总是集中精力去思索得救办法，一旦脱险，内心就会重新展开斗争。宛如一个人身体的某个部位得了病，全身的活力就会动员起来与疾病抗争，一旦恢复健康，这些活力就要分散到一时顾不上的各个部位去。海迪洁似乎想减轻这种负罪感，便说：

“既然我们全都不敢去和爸爸说，那么，我们还是请邻居乌姆[①]·玛丽娅出面帮忙吧。”

她一提到玛丽娅的名字，就下意识地去瞧法赫米。姐弟俩的目光对视了一会儿，法赫米对姐姐的建议很不高兴，但马上装出若无其事的样子把头扭开了。自从法赫米想向玛丽娅求婚的想法被否决后，家里还没有人当着他的面提起过玛丽娅的名字，这一方面是照顾他的感情，另一方面因为他公开承认爱她之后，玛丽娅有了一种新的身份：按这个家庭的规矩，她进入了不允许在当事人面前被公开谈论的妇女的圈子。玛丽娅佯作不知他们一家人关起门来议论过她，仍不断地来他们家串门……法赫米和海迪洁对望的瞬间那种尴尬的神情并没有逃过亚辛的眼睛，但他想消除它可能产

① “乌姆”是阿拉伯语“母亲”的意思，这里即玛丽娅的母亲。

生的影响，便把大家的注意力引向别的方面。于是，他把手放在凯马勒的肩上，用半调侃半鼓动的口吻说道：

“这是真正的男子汉，只有他才能要求爸爸把妈妈还给他!”

谁也没有把他的话当真，凯马勒本人更是如此。不过，亚辛的话引出了他的一个想法。第二天，凯马勒大部分时间都在思念被赶走的妈妈，放学回家穿越法官公馆广场时，他不再朝洋红巷走，而是迟疑不决地望着纳哈辛大街，他那悲哀的心在痛苦地悸动着。过了一会儿，他改变方向朝纳哈辛街走去。他的步子缓慢无力，拿不定主意，失去母亲的痛苦使他往前走，怕见父亲的心情又让他往后退。本来一提到父亲他就不寒而栗，何况要他去向父亲提出要求呢。他简直不敢想象自己怎么敢站在父亲面前谈母亲的事。他心里很清楚，倘要这样做会遇到多大的惊吓。他还未拿定主意，两条腿却继续慢慢向前移动。直到铺子大门出现在眼前，他那颗受折磨的心得到了一丝慰藉，尽管这种慰藉起不了什么作用，犹如一只鹞鹰围着抓走雏鹰的人飞来飞去、却没有勇气对他发动攻击一样。他一步步走近铺子，在离开门口几米远的地方停住脚步，既不向前，也不退后，站立良久，还是拿不定主意。突然，一个人哈哈大笑着从铺子里走了出来，父亲跟在后面，一直送到门口，同样大笑着同他道别。这种突如其来的情景，让凯马勒愣住了，他僵立在那里望着父亲那满面春风的笑脸，感到无比的诧异和不解。他不相信自己的眼睛，以为有一个新的个性进入了父亲的肉体，也许这是个长得与父亲一模一样、却是他第一次见到的陌生人。这个人喜形于色，笑声不断，满脸生辉，灿如太阳发出的光芒。艾哈迈德正要转身往里走，一眼发现凯马勒正在出神地望着他。孩子站在这个地方，带着这种神色，使他大吃一惊。他的脸马上恢复了严厉、庄重的表情，凝视着儿子的脸问道：

“你到这儿来干什么？”

凯马勒虽然神思恍惚，内心深处的自卫本能立即复苏了。他走上前去，伸出小手抓住父亲的手，一言不发地低下头，毕恭毕敬地吻了吻。父亲又一次问他：

“你要什么东西吗？”

凯马勒咽了口唾沫，为安全起见，只说了句“我什么东西也不要，只是放学回家路过这里”。父亲见他磨磨蹭蹭，一脸的不高兴，便厉声问道：

“你别像个泥人似的站在这里，说话呀，你想干什么？”

这句严厉的话直刺凯马勒的心窝，使他瑟瑟发抖，张口结舌，仿佛话都卡在喉咙口了。父亲越发生气，恨恨地吼道：

“说话呀！你哑巴啦？”

凯马勒把全部精力集中在一个意愿上：他要不惜一切打破沉默，免得父亲发火，便张开口想到什么说什么：

“我正从学校回家……”

“那你为什么像傻子似的站在这儿？”

“我看见……我看见你出来，我想吻你的手……”

父亲的眼睛里流露出怀疑的神色，粗暴地挖苦道：

“就为这事站在这里？你就这么想念我？你想吻我的手，连明天早晨都等不及了？你听着！你要是在学校里闯了祸可当心点，我什么都会知道的……”

凯马勒心急慌忙地回答：

“凭真主起誓，我什么祸也没闯。”

父亲失去了耐心，大声说道：

“那么你请走吧，不要不分场合地浪费我的时间，马上从我面前滚开！”

凯马勒离开了站着的地方，慌乱得几乎看不清自己踩在哪里。父亲转过身子，走向铺子。凯马勒一离开父亲，马上恢复了生气。他抓住机会，没等父亲进去，不知不觉地大声喊道：

“让妈妈回来吧，愿真主保佑你！”

他说完撒腿就跑了……

# 三十五

艾哈迈德正在卧室里喝咖啡，这时，海迪洁走了进来，用几乎听不见的声音说道：

“我们的邻居乌姆·玛丽娅太太想见你……”

“穆罕默德·拉德旺太太？她来做什么？”父亲诧异地问。

“我不知道，爸爸。”海迪洁回答道。

他收敛住诧异的表情，吩咐女儿请她进来。尽管邻居的太太们很少找他，但也不是没有。她们一般是为了买卖上的事情，或者请他出面调解她们与丈夫——他的朋友之间的矛盾。但这位太太不会为了这类事情来找他的，那到底有什么事呢？他脑海里突然闪出一个想法：莫非是为了玛丽娅？妻子曾与他谈过法赫米要求向玛丽娅求婚的事，但这个家庭秘密不可能传到外面去的，她的来访与这件事会有什么关系？他又想到了穆罕默德·拉德旺先生，或许来访与他有关系？但是拉德旺先生和他只是普通邻居，从来没有升格为朋友关系。以前，他们间也仅是些必要的应酬，即使是拉德旺先生瘫痪时，他也只去看过他几次，后来只是逢年过节才去拜访。乌姆·玛丽娅太太他倒并不陌生，记得有一次，她到他的铺子里买东西，曾主动地通报姓名，以引起他的注意。当时他慷慨地给了她一些照顾，尽了邻居之情。还有一次，他正要出门，在家门口撞见她带着女儿来串门，对他打招呼说："晚上好，先生！"这种大胆的做法使他不胜惊讶。是的，他和朋友们交往中了解到，对于那些要求家人严格遵守的祖传礼法，朋友们都相当宽容，他们觉得老婆出外串串门或者购买东西算不了什么。像乌姆·玛丽娅太太这样见面随便打个招呼也无所谓。他虽然属于罕百里教派[①]，但对于愿意打破传统礼仪的朋友们和他们的妻女，并无非议。对于某些有财有势的朋友带上妻女坐车出游，甚至去娱乐场所消遣，也从未有过厌恶的感觉。遇到这种情况，他只不过重复这样一句话："你们有你们的报应，我也有我的报应。"[②] 这就是说，他不主张把自己的观念盲目地加在别人身上，认为应该真正地善于分清"善"与"恶"。但是，对于所有"善"的东西，他也并非敞开胸怀一概接受，而要看它是否符合他那严守传统礼法的专横秉性。因此，他把妻子朝拜侯赛因陵墓看作是一桩罪过，对她的惩罚是他第二次结婚以来最严厉的惩罚。正因为如此，乌姆·玛丽娅的拜访，使他在惊诧中带有某种不安，尽管他并没有把她的品行往坏的方面想。

他听到门外咳嗽一声，意识到客人表示要进来了。片刻之后，客人走了进来。她全身裹在米拉叶里，脸藏在黑色的面罩后面，面罩中两个带金边的小窟窿里露出一双画出眼睑的黑黑的大眼睛。她颤动着屁股，肥硕的身子向主人移近。主人起身相迎，伸出手来说道：

"欢迎，欢迎你光临寒舍。"

她用米拉叶下摆裹住手，再把手伸给他，以免男女肌肤接触破坏了他的小净。她说道：

---

① 伊斯兰教逊尼派四大教法学派之一，以坚持经典传统著称，现盛行于沙特阿拉伯。
②《古兰经》第一〇九章，第 6 节。

“愿真主赐你荣华富贵，先生!”

主人请她坐下，自己也坐了下来，然后客气地问她：

“穆罕默德·拉德旺先生好吗?”

这个问题仿佛触动了她的痛处，她叹了口气，轻声回答：

“感谢真主，总算还过得去，真主对我们大家都是开恩的……”

主人表示遗憾地摇摇头，低声说道：

“愿真主帮助他，赐他耐心，让他康复。”

这几句客套话之后是短暂的沉默。客人准备进入正题，说明自己的来意，就像歌手在奏完序曲之后准备开口歌唱似的，这时，主人矜持地微合双眼，唇边留着微笑，表示欢迎对方即将开始的谈话：

“艾哈迈德先生，你是个宽宏大量的人，在整个街区堪称楷模。谁有事来求你，你总慷慨应允，不会让人失望的。”

主人心中暗忖：“这些话后面究竟有什么名堂?”一边不好意思地咕哝道：

“不敢当，不敢当!”

“问题是我刚才来看望乌姆·法赫米太太，我与她情同姐妹，听说你对她生气，让她离开了家，这真叫我大吃一惊……”

她说到这里停了下来，想看看对方的反应，听他怎么说。但主人沉默不语，仿佛无话可说似的。他对提起这件事感到不快，但唇边依然挂着欢迎的微笑。

“难道还有哪位太太比乌姆·法赫米太太更完美的吗?她明礼仪，知廉耻，我们做邻居二十多年了，只听说她待人温和。她这一次怎么惹得你这样公正的人生了气呢?”

主人佯装没听懂她的话，继续沉默着。接着，种种想法浮上心头，使他更为不快：谁知道这个女人是来串门碰巧知道这件事的，还是有人安排请她来说情的？是海迪洁？是阿依莎？还是艾米娜自己？几个孩子都是不遗余力地维护他们的母亲。他怎能忘记，凯马勒居然对着他大喊要让母亲回家。这件事他一直耿耿于怀，一想起来心里就冒火！

“她是一位多么好的太太呀，不该受这样的惩罚。你是一位仁慈的先生，也不会这么冷酷无情的。这都是万恶的魔鬼在作祟，愿真主使我们看清魔鬼的手法，你的高尚德行足以挫败魔鬼的诡计。”

这时，主人觉得再也不能沉默了，为了应酬客人，他打破沉默，故意长话短说，喃喃地敷衍道：

“真主会改变这个状况的。”

她见自己终于成功地让对方开了口，大受鼓舞，便热情地说道：

“我们这位好邻居在这里深居简出几十年，过着有尊严的生活，突然离开了家，真叫人难过啊！”

“水流千里归大海，但‘凡事有其时’[1] ……”

“你是我的兄弟，不，比兄弟还亲，既然你这么说了，我也不多嘴了！”

这是一个新的情况，自然逃不过他那警觉的注意力。他的脑海里记下了这一情况，就像观察站记下远方发生的地震一样，不管它的震动是多么细微。他感到她在说“你是我的兄弟”时，声音是那么温柔和甜蜜，当她说“不，比兄弟还亲”时，又提高了声音，并带有暖暖的柔情，使拘谨的气氛中飘荡着一股好闻的香味。他感到惊奇和纳闷，再也不能为避男女之嫌而微闭着眼睛了。他缓缓抬起眼皮，偷偷看看她的脸，没料到她那一双乌黑的大眼睛正定睛望着他。他的心一慌，既惊讶又难堪地低下头。然后，

① 这是一句阿拉伯谚语，意思是：任何事情到合适的时候自然会解决的。

他为掩饰自己的激动，便把谈话继续下去，说道：

“感谢你把我当作兄弟……”

他心里又在想：在整个谈话过程中她都是这样盯着他看，还是他抬起眼睛瞅她时凑巧她在瞧他呢？当两个人的目光相遇时，她不闭上眼睛，这是什么意思？……但他很快就自嘲起自己的这些想法，思忖着：自己迷恋女色并精于艳情，使他对女人总有些敏感的错觉。毫无疑问，面前的事实绝不像他想象的那样。不过，这个女人或许天性风骚，还以为他不识风月之情，并非多情种子。这种想法是否对，得证实一下，为此他又抬起目光，发现她还在凝视着他，更为吃惊了。这一次他壮了壮胆，定睛看了她一会儿，她仍然毫无顾忌地大胆望着他，使得他万分惶惑，便垂下了眼皮。这时，她那软绵绵的声音又飘了过来：

“通过这次求情，我要看看自己在你这里是不是真有分量……”

分量？如果这个词不是在这种充满疑虑和惶惑的十分敏感的气氛中说的，听过也就算了，不会留下什么印象。可是现在呢？他颇为放肆地又一次向她望去，她的目光中有种种令他胡思乱想的含义。他能确定这个感觉吗？如果她只是为妻子来求情的，怎么会有这种眼神？像他这样对女人富有经验的人怎么会看不出来呢？一个风流的太太陪伴着一个瘫痪的丈夫！此刻，他的内心热血奔放，充满自豪感，感到无比的兴奋。但是，这种感情是什么时候产生的呢？难道它由来已久，一直在寻机迸发吗？她曾去过他店铺，那一次并无什么可让他怀疑的。对呀，店铺不是她那种女人没有事先准备就可放心地发泄被压抑的情欲的地方。只有歌女祖贝黛才会那样做。那么，这是即时而生的感情，男女一旦在同一室里就会产生这样的感情？如果是这样，那她就是个披着正经太太外衣的另一个祖贝黛。尽管他好拈花惹草，但他特别看重邻里关系，是这方面的模范，便只好对她的挑逗佯装不知，这就并不奇怪了。不管是怎么回事吧，他该怎么回答她呢？“你在我这儿的分量超过了你的想象”，这话挺漂亮，但她会认为这句客套话响应了她的召唤。不，他不愿这样，坚决拒绝这样做。这倒不是因为祖贝黛他尚未享受够，而是因为他不能偏离自己的原则：名誉至上，尤其不能触犯朋友和邻居。正因为如此，尽管他寻花问柳、偷香窃玉，他的脸上始终没有沾上一点污点，让他在朋友、邻居或任何正派人面前抬不起头来。他虽然花天酒地，但始终不忘敬畏真主，就像他办正经事时敬畏真主一样。他行为放纵但有限度，只做他认为可行的事，至多犯一些小过失。这并不意味着他有超人的意志可以坐怀不乱，而是他只愿花钱买笑，从不觊觎良家妇女。他在这个街区生活了半辈子，从来没有故意去瞧过哪个成年女子的脸。他记得有一次为了怜悯一个熟人，将到手的艳遇放弃了：一天，有个拉皮条的人来约他当晚去与某个寡妇共度良宵，当他得知这个中年寡妇是一个熟人的妹妹时，听完介绍后没有答复，便把来人客客气气地打发走了。这以后，他好几年都不光顾那家人居住的那条街。

或许乌姆·玛丽娅是个可能动摇他的原则的第一尝试人。他虽然对她动了心，但并没有顺从自己的欲念，理智和尊严占了上风。他要维护好自己的名声，不能授人以柄遭人耻笑，仿佛他宁要好名声，而放弃猎艳纵情。再说，他时常有机会涉足不会招致不良后果的婚外情之中，可以得到自慰。他这种忠于朋友、言而有信的精神，即使在寻欢作乐时也固守不变。他既不勾搭同伴的情妇，也不染指朋友的相好，从来没有因为这方面争风吃醋而受到指责。他一直把友谊置于情欲之上，经常说：“朋友带来永恒的友谊，情妇只供一时的欢愉”，所以他总是找些没有情夫的女人作为自己的情妇，要不就等她与别人断了关系，他才抓住机会补缺。有时他对某个女人动了情，还要先找她的旧相好，取得他的同意。这样，他就可痛痛快快玩弄女人，既不至于后悔，也不会因别人的怨恨而破坏自己的情绪。换句话说，他成功地把一味追求女色的“兽欲”和注重崇高原则的“人性”结合得天衣无缝，让两者浑然一体，任何一方不会侵害另一方，各自独立地享受着愉快而舒适的生活。如同他以前成功地把虔诚和悖逆结合成一个整体，这样既无犯罪的感觉，也无压抑的心理。他这样做并不光是为了重义气，还出于他那固有的愿望：他要一直受人爱戴，保护好的名声，这和重义气同等重要，甚至更为重要。他在情爱领域频频得手，使他可以轻而易举地拒绝那种打上背叛或卑鄙印记的男欢女爱。除了重义气和固有的愿望外，他从未懂得真正的爱情。真正的爱情会让他两者必取其一：要么服从强烈的感情，而不顾一切做人原则；要么陷入严重的道德和感情的危机，受到烈火的烤炙。乌姆·玛丽娅不过是一碟美味的菜肴。如果怕吃了它后会消化不良，那餐桌上有的是美味佳肴，不妨放弃它而用其他安全的美食吧。于是，他温和地回答道：

“如蒙主愿，我接受你的调解，不久你就会听到好消息……”

“愿真主使你万事如意，先生！”她说着，站起身。

她向他伸出细嫩的手，他微微合上眼睛把手伸过去。他仿佛觉得她在握手时，稍微使劲地攥了他的手一下，心里便在想：这是她握手的方法，还是故意这样的？他竭力回忆以前与她见面时握手的情形，但怎么也想不起来了。他在回铺子之前的大部分时间里，一直在琢磨这个女人的言谈、温柔和握手的动作……

# 三十六

“爸爸，肖克特先生的太太泰伊宰要见你。”

艾哈迈德没好气地瞅了海迪洁一眼，大声问道：

“有什么事?”

他那恼怒的语气和冒火的眼神，都表示他的意思并不仅仅是问“有什么事”，而似乎说“昨天我刚打发走一个说情者，今天你又请来一个。谁告诉你这种办法对我管用呢？你们兄弟姐妹几个怎么敢对我耍花招?”

“凭真主起誓，我不知道……”海迪洁的脸色发黄，声音颤抖地回答。

他摇了摇头，似乎在对她说道：“不，你清楚，我心里也明白，跟我耍花招只能自讨没趣。”接着，他气呼呼地说道：

“请她进来吧，从今以后我再也不能舒舒服服地喝咖啡了，我的卧室简直成了法官、证人的法庭，这就是我在自己家里所得到的快乐。真主诅咒你们这些不孝子女!”

海迪洁没等父亲把话说完就溜之大吉，活像老鼠听到响声吓得躲了起来。艾哈迈德板着脸，生了好一阵子闷气。他的脑海里浮现出海迪洁刚才丧魂落魄地往外跑，穿着木屐的脚打了个趔趄，脑袋几乎撞到门上的样子。于是，他的唇边不由得浮出一丝微笑，怜悯之心油然而起，抹去了他将发作的怒火，胸中充满了同情。这些孩子多有情义啊，一分钟也忘不了他们的母亲！他望着门口，满脸笑容地准备迎接客人。几秒钟之前他因来客上门发过火，现在好像根本没有这回事似的。他在自己家里，经常为一些鸡毛蒜皮的小事，甚至平白无故地就上了火，他没有办法控制住自己。可是对这位来客则是另一回事，她有着特殊的地位，这是经常来串门的女客中没有人比得上的。肖克特夫妇一家是他家的世交，从祖父辈就开始友好交往了。已故的肖克特先生在他心目中具有父亲的地位，他的遗孀则被他当做母亲对待，因而他的一家都把她视作至亲。他娶艾米娜，是她做的媒；几个孩子出世，又是她接生的。再说人们都以与肖克特家族交友为荣，这不仅是由于他们的祖先是土耳其人，而且由于他们具有社会地位，在哈姆扎维地区和素来因地区有大量的房产。如果说艾哈迈德属于中产阶级的中间阶层，那么不用说，肖克特家族就是中产阶级中的最上等人家了。肖克特太太和他就像母子一样，这是他俩都感觉到的。正因为如此，他预料她是来说情的，这就使他感到尴尬和为难。她对他说话不讲什么客套，也不必苦口婆心地进行劝说。再说她是有名的率直泼辣，这自然是因为她的年龄和地位。是啊，她不会……

听到了客人的脚步声，他不再想下去，站起身表示欢迎，说道：

“欢迎欢迎，真是贵客临门啊！”

一位上了年纪的老太太拿着阳伞走了进来，仰起白白净净的面孔望着他。透明的白面纱遮不住她满脸的皱纹。她微微一笑，接受他的问候，露出一口金牙，向他问好。然后，毫不客气地在他的身边坐下说：

“人活着总能见到稀奇古怪的事情，就拿你这样的人来说吧，在你美满的家庭里，也会发生这么些难以启齿的事情！你未老先衰了，凭侯赛因的主起誓，你简直是老糊涂了……”

她任凭舌头絮絮叨叨地说个没完，不给艾哈迈德一点插嘴或接口的机会。她告诉他，自己登门拜访，却发现女主人不在家。“起初我还以为她是出去串门了，便诧异地拍着胸脯，说道，‘这世界到底怎么啦？艾哈迈德怎么会不顾真主的法律、为人处世的规矩和奥斯曼的敕谕，允许她外出呢？’”她说她很快就了解到事情的真相，“我这才放下了心，我说：‘赞颂全归真主，这个世界太平无事。真的，这才是艾哈迈德先生，不能期待他比这样做更宽容了！’”接着，她改变了挖苦的口吻，开始责备他冷酷无情，一个劲地为艾米娜抱不平，认为她是最不该受到惩罚的女人。每当艾哈迈德想插嘴，她就大声吆喝：“嘘，你一个词也不用说，收起你那套甜言蜜语吧，你说得再好听，我也不会上当。我要的是实际行动，不是花言巧语！”她坦率地指责他对家人太刻薄，简直不通情理。认为他在家里最好能宽容些，带点温情。他一直洗耳恭听，过了良久，她说累了，才允许他开口。他向她解释了自己众所周知的观点。尽管老太太为艾米娜作了热情的辩护，老太太在他心目中享有崇高的地位，但并没有妨碍他向她强调，他不会更改治家方针。最后，他像上次允诺乌姆·玛丽娅一样，答应她会妥善处理此事的。他以为这次见面可以到此结束了，不料她却说：

“艾米娜太太不在家真让我扫兴。我来找她是为了一件十分重要的事情。我年事已高，出趟门很不容易，我现在真不知怎么样才好，是跟你说呢，还是等她回来？”

“悉听尊便！”艾哈迈德笑着说。

“尽管你什么事情都不会让她作主，我可真希望她是第一个听到我提出这件事情的人，现在看来要大失所望了。不过，要是能借这个好机会让她回来，那倒是对我的安慰。”

艾哈迈德对她的话感到困惑不解，他凝神望着她，问道：

“你想说什么事呀?”

“我就长话短说吧,”她用阳伞戳着地毯,说道,“我已经看中了阿依莎,让她做我儿子赫利勒的媳妇。”

艾哈迈德骤然一惊,这是他根本就没有想到的事,因而感到手足无措,甚至烦恼不堪。其原因十分明显,他立即意识到自己那个“大女儿未出嫁前决不聘小女儿”的原则,这一次碰上钉子了。肖克特太太的愿望他是不能忽视的。她明明知道他的原则,却偏要提出这种要求,这说明她事先就拒绝了他的原则,不肯按照他的想法去办……

“你怎么不说话,难道没听见我的话?”

“这是给我们莫大的光荣!”艾哈迈德抹不开情面,慌乱地挤出一丝笑容,先用客套话应付一下,再细细地考虑对策。

她瞥了他一眼,好像在告诉他:“你别灌迷魂汤了,另找办法吧!”她用进攻的口吻说道:

“别想用空话来捉弄我,你不痛痛快快地答应,我是决不会罢休的。赫利勒要我帮他挑个对象,我告诉他,你家的阿依莎就是最合适的,他听了十分高兴。赫利勒也没有哪一点不配当你的女婿……难道对我提出的这个要求,你就用沉默来对付,不肯正面回答吗?天哪!怎么能这样!”。

他怎么会面临这么复杂的两难问题呢?不管怎么样,总有一个女儿受到残酷的打击!他望着对方,在祈求老太太体谅自己的处境似的,吞吞吐吐地说道:

“事情并不像你想象的那样,你提出的要求使我喜出望外,不过……”

“嗯,不过什么?别说什么你决定大女儿未出嫁前决不聘小女儿!你是什么人,竟然要决定这个决定那个?这些该由真主决定的事,就让真主去决定吧,真主是至仁至慈的!你要是愿意听,我可以给你举出几十个例子，都是妹妹先嫁，并不妨碍姐姐找到如意郎君。海迪洁是一个好姑娘，只要真主愿意，自然会有好丈夫的……你何必要让她去妨碍阿依莎得到自己的幸福呢？阿依莎难道不是你的女儿，就不应该得到你的同情和怜爱？”

他心里在嘀咕：既然海迪洁是个好姑娘，你为什么不选中她呢？他想就像她咄咄逼人那样让她也难堪一回，但又怕她回答时无意中会说出伤害海迪洁，从而使他本人颜面也挂不住的话。于是，他用认真和关切的声音回答道：

“别的倒没什么，我只是心疼海迪洁。”

“每天都发生这样的事情，谁也没有被难住，”她振振有词地说道，好像是对方在求她，而不是她在求对方，“真主厌恶他的奴仆顽固不化和狂妄自大。接受我的提议吧，把一切托付给真主，不能拒绝我的要求，在你之前，我还没有向别人提过……”

艾哈迈德脸上浮出笑容，掩饰住内心的激动，说道：

“我刚才就说了，这是莫大的光荣……我只是希望你能宽限几天，让我考虑考虑，好好安排一下。如蒙主愿，我会让你满意的……”

“不能再耽误你更多的时间了。再说，我问你答地谈得越多，我越觉得你不肯痛痛快快地答应。”她用准备结束谈话的口吻，说道，“我是个说话直来直去的人，想什么就说什么，只要你回答一个字‘行’，用不着揉面团似的拖时间。我不再多说了，最后说一句：赫利勒是我的儿子，也是你的儿子；阿依莎是你的女儿，也是我的女儿！”

老太太说完站起身，艾哈迈德也起身准备送她，不料她没说告别的话，反倒逐字逐句提醒他记住她的嘱咐。她仿佛担心他会漏听什么重要的内容，又详细地复述了一遍。他以为她说完了，谁知她又滔滔不绝地进行补充，支持某些意见，强调另一些看法。接着，她又联系到一些想法唠唠叨叨地说个没完。她在他面前颠来倒去地说了那么多，他听出的主要意思还是一个求亲问题。话多到这种程度，她还不想结束，一定要给不在家的艾米娜留一两句话。谁知她又浮想联翩，一说就收不住。艾哈迈德几乎听得神经麻木了。最后，她说“我不能再耽误你更多的时间了”，惹得他差点笑出声来。他送她到门口，每迈一步都生怕她会再停下来，没完没了地喋喋不休。

送走客人回来坐定后，艾哈迈德深深地叹着气，陷入烦恼和沮丧中。这是一颗脆弱的心，人们想象不出它有多么脆弱，简直脆弱得过分。见过他愁眉苦脸、暴跳如雷的人，或者是见过他谈笑风生、妙语连珠的人，谁能相信这一点呢！忧愁使他的心备受折磨，使他感到生活乏味、生命无光。不管付出多大代价，只要能使两个女儿幸福，他这个做父亲的就心满意足了。两个女儿，一个长得和妈妈一样美，另一个却姿色平平，但两个人都是他的心头肉、掌上明珠。肖克特的遗孀来为儿子提亲，她那个儿子可是个“垃圾”：年龄二十五岁，月收入三十来镑，像许多富家子弟那样游手好闲，受教育太少，只会最起码的读读写写。不过他总体上继承了其亡父的优点，为人还算慷慨。他该怎么办呢？应该尽快决断，因为他不喜欢拖泥带水，不习惯找人商量，更不愿在家人面前显得优柔寡断，哪怕是片刻时间。那么，要不要和知心朋友商量商量？重大事情找他们商量，他觉得并不有伤体面。事实上，他们的夜生活往往从讨论令人烦恼的问题开始的，当酒性发作使他们飞到另一个世界时，什么烦恼和问题都烟消云散。但是，他是一个说一不二的人，心里拿定主意后，决不会改变的。他是那种通过商量来寻求支持自己的意见，而不是让别人来提不同看法的人。但是，在这种情况下，商量是一种安慰和解脱。艾哈迈德想得心烦意乱，不由得脱口喊道：

“谁能相信，我这些难以排解的烦恼，竟是真主恩赐给我的福分[①]的结果！”

---

① 这里指子女。

# 三十七

艾米娜回到娘家后无事可做，只好坐在母亲身边闲聊，不论是很久以前的，不久以前的，还是眼前的事，想到什么说什么，有幸福的回忆，也有眼前的不幸。要是没有骨肉分离的痛苦和随时被休的阴影，她一定会安安心心地过这种新的生活，权当它是假期，可以在紧张的劳累之余休憩几天，或者把它看成在记忆的世界里作梦幻旅行。不过，日子一天天过去，她所担心的事情并没有发生，后来又听说乌姆·玛丽娅和肖特克的遗孀去向丈夫求过情，这些都使她感到安心和宽慰。儿子们每天晚上都来看望，一天也没有中断，这使她哀伤的心里升起了新的希望。她在娘家和儿子们相聚的时间，和在自己家里差不多，因为无论在哪里，都要等他们晚上空闲下来后才能在一起。尽管如此，她还是十分思念他们。就像一个沦落遥远异国他乡的人思念久别的亲人。这是一个被剥夺权利，不能与亲人同呼吸、共生活，无法对他们的饮食起居、读书娱乐进行照料的人的刻骨铭心的思念。如同一个人在生离死别的道路上，身体每移动一寸，心里便感到移动了好几米。老太太一听不见艾米娜说话，便知道她又出神了，这时，总会用好言安慰她：

“要有耐心，艾米娜！我理解你的心情，母亲一旦离开孩子，就觉得周围生疏，即使住在自己出生的老家也是这样。”

是的，她觉得生疏。仿佛这里不是她出生和长大的家，仿佛眼前这位老太太也不是过去她片刻不能分离的母亲。这里只是她的流放地，她在这间房子的四壁之中焦急等待着自天而降的赦令。她等了又等，日复一日过了许多天，赦令终于到了。一天傍晚，儿子们带来了这个喜讯。那天他们进来的时候，一个个眼睛都熠熠生辉，她的心怦怦直跳，使整个胸腔都随之震动。她真担心自己是不是把这种目光的涵义理解错了。但是凯马勒扑过来，一把搂住她的脖子，眉飞色舞地大声嚷嚷：

“快穿上米拉叶跟我们回去吧！”

“事情解决了！”亚辛笑呵呵地补充了一句。接着，他和法赫米一起告诉母亲，“爸爸把我们叫去，对我们说：‘你们俩去把妈妈接回来！’”

她闭上眼睛，掩饰着心头的喜悦。但在她心里激荡着的各种情感根本无法隐藏！她的脸恰如一面毫不失真的镜子，把她内心深处的各种情感丝毫不差地全部反映出来。她真想拿出身为母亲的沉稳来对待这个幸福的消息，但她实在控制不住自己，欢快的心情使她喜笑颜开，显得像孩子似的兴奋不已。同时，她不知道为什么又感到不好意思，久久地僵坐在那儿。凯马勒早已失去了耐心，抓住她的手像拔河似的使劲拽她起来，她顺势站起身，有一种令人奇怪的惶惑。她不由自主地回头望着母亲问道：

“我去吗，妈妈？”

这句话问得令人不可思议，带着慌乱和羞怯的语气。法赫米和亚辛不禁笑了起来，只有凯马勒心里纳闷，显得挺不高兴，急忙肯定他们带来的消息是千真万确的。母亲完全体会得到女儿的全部感受，猜得出她的心思，不由得心里发酸。她不愿表示艾米娜这样提问不妥，甚至对女儿微微一笑都不行，她便用一种认真的口气说道：

“回你自己的家去吧，真主保佑你平安无事！”

艾米娜去收拾东西和穿米拉叶，凯马勒跟在她身后。这时，外婆带着慈祥的笑容，语气婉转地问两个小伙子：

“你们爸爸应该亲自来接，是不是？”

“外婆，你是最了解我父亲脾气的……”法赫米抱歉似的回答道。

“事情总算过去了，让我们赞颂真主吧！”亚辛笑呵呵地插嘴说。

外婆嘴里不知叽里咕噜说了些什么。接着，她叹一口气，好像是在回答刚才的自言自语，说道：

“不管怎么说，艾哈迈德就是个与别人不一样的男人。”

母子几个离开了外婆家，他们的耳朵里还回荡着外婆祝福的声音。他们有生以来第一次一起在街上走，这种母子同行的情景在他们看来分外新奇。法赫米和亚辛互相交换着含笑的目光。凯马勒想起那天和今天一样，他拉着母亲的手穿街过巷往前走。接着，他回忆起那天发生的连做噩梦也没有梦到过的那件痛苦和恐怖的事情，至今仍心有余悸。不过眼前的欢乐很快使他忘记了过去的悲伤，他想寻寻开心，便笑着对母亲说道：

“走，我们拐过去先去朝拜圣裔侯赛因吧！”

亚辛哈哈大笑，意味深长地凑趣道：

“愿真主喜欢他。侯赛因是位喜爱人们作出牺牲的先烈。”

他们看见了自家的阳台，窗缝的后面有两个人影在晃动，母亲的心已经飞向女儿，充满了对她们的爱怜和思念。乌姆·赫奈斐站在大门后面迎接女主人，抓起她的手吻了又吻。海迪洁和阿依莎在院子里等着，一见到母亲就像小孩似的搂住她不放。大家欣喜地吵嚷着，游行似的簇拥着母亲上了楼。大家团聚到母亲的房间，七手八脚地帮她脱去外衣，把这套衣服当做骨肉分离的可恶象征。他们纵情地说笑，沸反盈天。母亲在儿女们中间激动得连气都喘不过来了。

“对我来说，今天比结婚坐轿更难得!”凯马勒高兴得无法形容，他找不出比这更合适的话了。

好久没有举行“咖啡会”了，今天全家团圆后第一次聚在一起，在欢乐的气氛中闲聊着，比那段分离和忧伤的日子前更加兴味盎然。仿佛经过一周严寒之后，又到了温暖的天气，使人倍感心旷神怡。虽然处于久别重逢的喜悦中，母亲作为家庭主妇的本能，仍然不忘询问两个女儿家务处理得如何，从厨房一直问到常春藤和素馨花，还问了许多丈夫的情况。当她得知他脱穿衣服时不让别人帮忙时，心中特别高兴！不管怎么说，她为他的生活作了周密的安排，当她不在家的时候，他的生活习惯还是起了变化。毫无疑问，这种变化给他带来不便，只有她回来才能恢复正常。她，也就是她才能保证他过上习惯而舒适的生活！但有一件事是艾米娜万万没有想到的，那就是有人虽然为她的回家感到高兴，但同时却十分自然地勾起了自己的悲伤和忧愁！事情就是这样：这些人的心里在为母亲担忧时，一时顾不上自己的烦恼，一旦看到母亲平安回到了家而不用再为她担心时，又重新考虑起自己的伤心事了。这好比一个人突然急性腹痛发作，会暂时忘却慢性眼炎，腹痛好了，眼睛又开始不舒服了。法赫米就在思忖：“看来任何忧愁都有尽头，母亲已经不必犯愁了，可是我的忧愁呢？好像永远没个尽头!”阿依莎的心事是个无人知晓的秘密，她这时又浮想联翩，眼前出现了许多梦幻，脑海里涌上种种回忆，只不过她的心情比哥哥平静，不十分介意罢了!

艾米娜并没有看出他们的心思，所以她的愉快心情并没有被任何烦恼所打扰。她晚上回到卧室，由于过度兴奋而难以入梦，只是迷迷糊糊地睡了一会儿。半夜，她下床走到阳台里，像往常一样等丈夫回家，透过小窗孔望着通宵不宁的马路。直到看见丈夫坐的那辆马车摇摇晃晃地驶来。她感到羞愧和不安，心怦怦直跳，脸也红了，宛如是与他初次相会，又好像对与丈夫即将见面的瞬间没有做好准备，她怎样见他呢？分开了这么久，他会怎样对待她？她该对他说什么，而他又会向她说什么呢？她真想能够假装睡着！但她不会装假，也不习惯他进来时自己躺在床上，更不能忽视自己的职责，应该端着灯到楼梯口去为他照明。再说，他对她的气消了以后，让她回到了家，她应该心满意足，应该表现得既往不咎，甚至把全部过错的责任一个人承担下来。尽管丈夫没有亲自去娘家接她，但她认为他是真心实意与她和好的。她拿起灯走到楼梯口，从栏杆上伸出去。她伫立着，听到越来越近的脚步声，心猛烈跳动着，直到他上了楼来到她面前。她垂着头，面对丈夫时却没有看清他的脸，不知道当他看见她的时候，脸上是什么表情。

“晚安！”她听到了问候，丈夫的口气很自然，根本没有已经过去的那件遗憾事情的痕迹。

“晚安，老爷！”她喃喃地回答。

他朝卧室走去，她端着灯跟在后面。他默不作声地脱衣服，她赶紧走上去帮助他。她能这么做，心里总算踏实了。她想起那个倒霉的早晨，当时他站起来穿衣服，冷酷地对她说：“我自己会穿衣服的。”只是现在回忆起来，已经没有当时那种痛苦和失望的感觉了。他一直不允许别人帮他脱衣服，只让她做这件事，她恢复了以前的荣誉。他坐在沙发上，她盘腿坐在他脚前的垫子上，谁都没有说话。她本以为丈夫会说上一两句忠告、警告之类的话，来了结“遗憾的过去”，她作好了思想准备，谁知丈夫却没事似的问道：

“你母亲好吗？”

“她很好，老爷！”她松了一口气，回答道，“她向你问好，为你祈祷。”

又是一阵沉默。然后，丈夫好像漫不经心似的说道：

“肖克特先生的太太向我提出，她希望把阿依莎许配给赫利勒。”

艾米娜骤然一惊，感到意外，抬起头望着他。但是，丈夫只是不在乎地耸耸肩膀，似乎担心她的意见会与自己尚未告诉任何人的决定不谋而合，因而使她以为他是采纳了她的看法，便赶紧说道：

“这件事我考虑了很久，想来想去还是答应了吧。我不愿意再耽误阿依莎了。不论过去还是将来，还是听凭真主的安排吧！”

# 三十八

阿依莎年方及笄便高兴地做着出嫁的美梦，任何事情都替代不了她对婚姻的憧憬。乍听到这个消息，她几乎不相信自己的耳朵，父亲真的同意了？难道结婚即将成为现实，而不再是被人无情嘲笑的美梦？……她的希望被扼杀，已经过去快三个月了。这件事的打击对她是刻骨铭心的，随着时间的流逝，这种痛苦日益减轻和淡漠，现在已经变成了一些暗淡的记忆，只是偶尔才产生一丝惆怅的感觉。在这个家里，一切都要盲目服从一个最高的意志，这个意志像宗教一样，具有无限的统治力量。在这个家里，即使爱情在忸怩、迟疑和没有自信的情况下偷偷潜入人的心田时，也无法发挥它通常所具有的不可抗拒的力量。因为在这里，只有这个最高意志才是不可抗拒的。所以，父亲的一个"不"字，就在她心中扎下了根，她深信一切都彻底完了，既不能逃避，也无法挽回，更不会有新的希望。好像这个"不"字就是昼夜交替的宇宙运行规律，任何反抗都无济于事，只有顺从。这种信念使她自觉或不自觉让一切事情都完结，也使她暗自思忖：如果父亲同意她结婚的话，她早就结婚了。三个月前他为什么坚决反对，现在却又改变主意了呢？难道自己与心爱的小伙子无缘？难道在这种让人难以理解的出尔反尔中真有她幸福的命运？不过，这种疑问她只隐藏在心中，谁也不会了解，连母亲也不例外。因为仅仅对一个泛泛而指的新郎表示高兴，就被认为是不知廉耻的轻佻行为，那么，公开表示爱上某个男子岂不更是大逆不道了！尽管如此，她虽然对这个未来的新郎一无所知，但听了母亲在谈论两家关系时提到过的他，就已经对这个喜讯感到无比的高兴了。她发现自己那么渴望爱情，它像磁极一样吸引着她去追求。她的爱仿佛只是一种"欲望"，并不是执着地爱上哪个男人。当一个男人被排除，另一个男人顶替他的位置时，她的欲望同样可以得到满足。凡事都要顺其自然，她或许会喜欢这个男人而不是那个男人，但决不会到非他不可的地步，不会因为失去他而感到生活无味，更不会反对和抗拒这桩婚事。她的事情有了着落，她的心幸福地悸动着，心情十分舒畅。这时，她必然萌生了对姐姐的同情和怜悯，她真心希望姐姐能在她之前嫁人，她像抱歉又像鼓励似的对海迪洁说道：

"我真希望你先成家！可是命运竟如此安排。不久，一切都会有安排的。"

海迪洁听到妹妹这种同情的安慰话很不高兴，产生了一种难以掩饰的极度恼恨。在那以前，母亲曾对她表示过歉意，用温存和体贴的口气对她说：

"我们都盼望你先成婚，为此作了不止一次的努力。可是对于这种我们无能为力的事情，或许正是因为我们不肯变通，才把你耽误到今天。现在还是让事情按真主的意愿进行吧。说不定晚成家会更好呢。"

亚辛和法赫米也一样同情她，他们有时直接好言相慰，有时在相处中表现出来。过去，她与他俩之间，尤其是与亚辛之间，总是唇枪舌剑，挖苦逗趣，现在他们是客客气气，关怀备至。其实，周围的人越同情她，她越悲叹自己不幸的命运。这倒并非是因为她天性讨厌同情，而是因为她宛如一个患流行性感冒的人，一到流通的空气中，病情就会加重，而健康人吹到风却往往感到心旷神怡一样。她明白，同情就是失望的不光荣的代名词。此外，她或许还怀疑人们对她同情是有什么动机。那些媒人和父亲之间，不总是通过母亲做中间人吗？谁知母亲做中间人只是在尽主妇的责任，而没有怀着私心为阿依莎的婚姻尽力呢？法赫米不正是带来了嘉马利亚警察署某警官的求婚口信吗？他难道就不会擅自更改口信的内容？

亚辛难道就不会帮阿依莎……但是，她有什么理由责怪亚辛呢？最亲近的人不都已经背叛了她？这种同情算得了什么？极端虚伪，绝对是欺骗！因此，她厌恶同情，认为它全是恶意，毫无善心。她心里充满了愤慨和烦恼，但是她把这两种感情埋在心底，一点不显露出自己对妹妹的幸福而吃醋，以免有人对自己幸灾乐祸。她把人们往坏处想，自然会感到他们都跟她过不去。

她不得不把自己的感情隐匿起来。因为在这个家庭里，隐匿，尤其是隐匿感情，是这家人的固有的习惯，是在父亲的淫威下自然养成的道德准则。她一方面愤慨和烦恼，另一方面又要隐瞒真实情感，强颜欢笑，她就这样接二连三地受到生活的折磨，不断地克制着自己。

父亲是怎么回事？他为什么要改变自己的一贯主张？难道他以前觉得长女后嫁不合情理，现在却轻而易举地突破了？会不会是父亲失去了等她先嫁出去的耐心，决定牺牲她，让她听天由命？她真想不通，他们全部舍她不顾，竟然没把她当作一回事？她在气头上，把全家人过去如何维护她的种种事情置之脑后，只想到他们最后的“背信弃义”。但她对大家的怨恨，与她心里对阿依莎的妒忌和忿恨相比，简直算不了什么！她忌恨妹妹的幸福，对妹妹为掩饰幸福的心情而装腔作势更是看不顺眼，连妹妹的美貌也惹她生气。在她看来，花容月貌是一种惩罚和折磨人的工具，就像被追捕的人讨厌皎洁的明月一样。她还憎恨生活，因为生活给她带来的只有失望。

日子一天天地过去，新郎家的彩礼和贺仪一批批地送来，使整个家庭里洋溢着幸福和欢快的气氛。这种情况却使海迪洁愁上加愁，她觉得自己孤苦伶仃，十分凄凉，宛若臭水塘里滋生出的蛆虫一样，于是心里平添了无穷无尽的哀怨。接着，父亲开始为新娘准备嫁妆，每晚的家庭聚会上谈的全是置办嫁妆的问题。各种家具和衣服摆了出来，让大家评论、比较与臧否。大家兴致勃勃地各抒己见，褒贬不一，竟将海迪洁忘了，想不起该向她表示应有的安慰和寒暄。就连海迪洁本人为了假装高兴，也不得不参与其间，与大家一起热情地进行没完没了的讨论。这种复杂的感情，在一个不了解这个家庭的人看来，似乎不会有好结果。但当大家商量为新娘裁制新婚礼服时，情况突然改变了。人们的目光纷纷投向海迪洁，把全部注意力和希望都集中到她身上。她早就料到这是她无法推卸的责任，心中恼火，极不愿意接受，可又无法拒绝，否则会把自己的失意心情暴露无遗。大家的眼睛都在看着她，母亲叮嘱她要为妹妹做点好事，妹妹更是用羞怯和期待的目光凝视着她。法赫米当着她的面对阿依莎说道：

“海迪洁要是不给你缝制嫁衣，你决当不了真正的新娘。”

“那当然，”亚辛附和着说道，“这是个不容争辩的事实。”

在这种情况下，她的怨恨平息了，心中反而产生了羞愧，被掩埋的善良感情又浮现了出来，恰如甘甜的清水使埋在泥里的种子抽出绿色的嫩芽。她并没有像以前怀疑“虚伪的”同情那样，怀疑大家推崇她的动机，这一方面是因为她觉得大家的推崇是真诚的，另一方面是由于她做女红手艺高超是不容置疑的。大家信赖她，仿佛等于公认她的重要性，具有无人替代的地位。这种与她无缘的幸福，如果没有她的奉献就不是尽善尽美的。她迎接这件新工作时，尽量摆脱自私心理的影响。这一家人和大多数人一样，也会有一些自私的心理，但它不会使这家人的心都变成黑色，并且沉淀下来。他们中间有人好发火，就如酒精见火就着，但怒火来得快去得也快，火一熄便心灵开朗，待人宽厚。如同埃及冬天的日子，虽然有时乌云密布，却下不了多少雨，过不了一个甚至半个小时，便会云消雨停，露出碧蓝的天空和灿烂的太阳。

这并不意味着海迪洁忘却了自己的忧愁，而是她的宽容剔除了她的怨恨和愤懑。日子一天天逝去，她终于不再责怪阿依莎和家里的任何人，只恨自己命运不济，把命运当成发泄怨恨和牢骚的靶子。命运对她十分刻薄，使她姿色平平，都超过二十岁了，婚事依然渺茫，她不能不为将来感到担忧和恐惧。最后，她只有像母亲一样的想法：听天由命。她从父亲身上继承的火暴脾气，同因环境所养成的复杂心理一样，都拿坎坷的命运毫无办法，而借助从母亲身上继承来的平和的性格却能求得解脱，于是，她只好向命运投降。她像一个无计可施、不能取胜的将军，只好退守天险来整顿残部，或者呼吁停战和和解。她开始在礼拜和向真主祷告时倾诉哀怨。的确，她从小就随着母亲忠诚信仰、恪守教规，她在这些方面持之以恒，不像阿依莎那样忽冷忽热，偶尔心血来潮，没有一点恒心。海迪洁拿自己的命运和妹妹的命运相比较，就觉得不可思议：她信仰虔诚，结果却是不幸；妹妹对信仰那样轻视，却得到那么美好的报酬……“我一直按时做礼拜，她却从来没有连续坚持过两天。我在斋月天天把斋，她只把上一两天，然后就佯装把斋，找机会偷偷溜进储藏室，吃一肚子果仁。开斋礼炮一响[①]，她总抢在把斋的人之前，跑进餐厅坐在饭桌旁！”即使在容貌方面，海迪洁

① 斋月期间，开罗每天晚上以放炮为号，表示一天斋戒结束，可以开斋。

也不是无条件地向阿依莎认输。确实，她从未向任何人亮出过自己的观点，她甚至常常攻击自己以堵住寻衅者的嘴。她喜欢对着镜子观赏自己的容貌，自言自语地说："是的，阿依莎长得漂亮，但她太瘦。肥胖就是一半美。我心宽体胖，脸蛋丰满，甚至能说这个大鼻子也不太显眼。剩下的只有靠命运帮忙了！"

她经常这样叨念着美貌、肥胖和命运，但在妹妹成为待嫁新娘所引起的这最近一次危机中，她终于丧失了信心。不过这一次她重新面对自己，却是要发泄因缺乏自信而惴惴不安的情绪。正如我们常常借助逻辑来解决某些问题，如健康与疾病、幸福与苦难、爱与恨等，以求得心里安宁一样。其实，这些问题与逻辑是毫无关系的。

艾米娜作为新娘的母亲，虽然事情千头万绪，但始终没有忘记海迪洁，也可以说在她为新娘高兴的同时，又提醒她得为新娘姐姐而犯愁，正像我们用麻醉的方法得到的安宁，会使我们想到痛苦不久又要回来。阿依莎由于自己的婚事勾起了她很久以来对海迪洁的担心，她要想尽一切办法使自己安心，便派乌姆·赫奈斐带上海迪洁的手帕，到绿门的拉乌夫谢赫那儿去算命。女仆带回了一个喜讯，她告诉女主人，谢赫对她说："不久你就会带两磅糖来看我的。"虽然关于海迪洁的这类喜讯，她听到的已经不是第一次了，但她还是希望成真。这次算命就像一帖镇静剂，使她那无时无刻不在担忧的心能暂时平静下来。

# 三十九

亚辛坐在阿里咖啡馆里，两眼穿过俯瞰奥利亚街的小窗，紧盯着歌女祖贝黛的家，心中思忖道："难道还没有到时间吗，自负的姑娘？我溶化了，穆斯林们，我像肥皂一样溶化了，只剩一堆泡沫。她明明知道这一点，却不愿开窗！来消遣消遣吧，自负的姑娘，来玩玩吧！我们不是约好这个时间的吗？当然你有权利……你胸前的一对乳房，一只足以使马耳他[①]成为废墟，另一只足以炸飞兴登堡，这就是你的宝贝。愿真主对我仁慈，愿真主对我和所有像我一样可怜的人仁慈！高耸的乳房、滚圆的臀部和描过眼睑的眼睛，使我们一个个无法入眠。眼睑乌黑倒可放在最后，因为臀部肥大、乳房高耸的盲女，要比眼睑涂过化妆墨，但胸平无臀的干瘪姑娘胜过上千倍。喂，祖贝黛的养女，坦拉比阿胡同的佳丽，这个原则教会了你卖弄风骚的本领，提供给你秀色可餐的秘诀。所以，你任凭许多情郎一再抚弄你的乳房，使它们迅速胀大。我们已经约定好的，我不是在做梦。你打开窗户吧，打开吧，自负的姑娘！把窗户打开吧，使我心灵颤动的美人儿！吻嘴唇吮乳头，我要待到黎明。你会发现我可以随你摆布，如果你愿意的

---

① 位于欧洲南部的地中海岛国。

话，我可以做你那辆摇晃不停的驴车后座，让你把它坐在屁股底下；我还可以做一头拉车的毛驴供你驱使……活该你倒霉，亚辛！阿卜杜·嘉瓦德的儿子啊，你败坏了门风，被澳大利亚大兵戏弄！我呢，我这个丧家之犬，到不了艾兹贝基亚，只好困守在嘉马利亚街区！可恨的战争啊，威廉[①]在欧洲发动战争，住在纳哈辛街的我却成了牺牲品！打开窗户吧，你妈妈的心肝，打开窗户吧，我的宝贝……”

每当焦躁不安时，他便会沉湎在幻想中，这虽然能抚平他的焦虑，却更使他欲火中烧。就像某些医用安眠药，能治疗失眠，却影响心脏。他在追求琵琶手宰努芭，已经向前迈出了一大步，走出了准备阶段，进入了谈判阶段，即将勾引到手了。在准备阶段中，他傍晚坐在阿里咖啡馆向外张望，跟在驴车后面走，挤眉弄眼地捻着小胡子，冲她微笑。这一切都发生在狭长的坦拉比阿胡同里，胡同两边像蜂巢似的鳞次栉比的小铺子，一家家都支着可张可收的帆布顶篷。张开的顶篷连在一起，仿佛给整条胡同加了顶棚。坦拉比阿胡同对他来说并不陌生。为什么？因为这里是一个各阶层妇女络绎不绝的市场。在这里，小巧实用的商品琳琅满目，各种香料应有尽有，五光十色的化妆品令人目不暇接。摩肩接踵的女顾客可在这里采购到既美观又实惠的东西。这里是他的目的地。没事的时候他都到这里来闲逛，这里成了他星期五上午消遣的场所。他笃悠悠地从胡同这头走到那头，人多拥挤自然走不快，可他打心眼里喜欢这样悠闲地迈步。他表面上好像是在浏览这些店铺，挑选所需要的东西，实际上是在扫视女人的脸孔和身体，尤其是面纱没遮住的部位和紧身米拉叶所鼓突出的曲线，有时只瞥见一个轮廓，有时可窥视到细部。这里到处飘荡着清香，不时传出低低

---

① 指威廉二世（1859—1941），发动1914—1918年第一次世界大战的德国皇帝。

的谈笑声。他一如既往地不逾礼数规定，风度翩翩，压制着对女性的欲望，只是满足于欣赏、比较和品评，从眼前情景中猎取上佳的形象，来充实和美化自己记忆的宝库。他只要遇见前所未见的白净肤色、从未领受过的迷人秋波、十分诱人的高耸乳房、异乎寻常肥大或形状优美的臀部，便会感到无比的幸福。他每一次回去后总会自言自语道："当时站在某某店铺前的那位太太的乳房，今天可得第一！"或者说："今天可是第五号臀部出彩的一天！"或者惊叹："她们一个个胖得都像鼓鼓囊囊的行囊！今天可是上等行囊大展示呀！"……

他的本性就是如此：垂涎于女人的肉体，而不关心其人品。在肉体中，他又把注意力集中于某一部分，而忽视其全貌。仿佛这样可以激发他层出不穷的遐想，遐想的内容不断更新。他好像是一个有生以来从未接触过女人的男子，把女人当做自己全部生活的目标，只要在今天或明天抓住一个可能的机会，就可在这种猎艳的漫游中，在极为难得物色到的情况下，捕获到称心的猎物。一天傍晚，他正坐在阿里咖啡馆临街的窗户下面，忽然看到琵琶手宰努芭独自一人走出家门，他立即起身跟了上去。她拐进坦拉比阿胡同，他也跟进胡同。接着，她在一家出售香料的店铺门前站住，他便站在她身旁。商人正在接待其他顾客，她等待着，他也在旁边等待。她并没往他这边瞧一眼，他认为这种"视而不见"的举动恰恰证明她已意识到他的存在，实际上她必然从一开始就猜到他在追她。他凑到她耳边低声说道："晚上好！"她虽然还在看着前面，他在一边却察觉到她的嘴角露出一丝微笑，表示回答了他的问候，或者说这是对他每天傍晚锲而不舍追她的回报。他相信自己的耐心终于有了收获，便获得胜利似的惬意地舒了一口气，馋得流出了淫荡的口水，就像一个饿汉闻到了烤肉的香味。他觉得明智的做法是装作同她一起来的样子，殷勤地为她购买的指甲花、野石榴根等付钱。这种殷勤是一个相信自己尽了责任定有厚报的男子必然有的行为，并不在乎她会因为他将代她付款而心安理得地大肆采购。他的行为将得到最甜蜜的乐趣和享受。在回去的路上，他担心这条路即将走完，便急切地对她说道：

"漂亮美丽的小姐，你看到了，我追随你这么长时间了，我们能不能见一次面，作为你对仰慕者的酬报？"

她用狡黠的目光望着他，讥诮地问道：

"只是见见面？"

他高兴得整个心里美滋滋的，几乎笑出声来。他每逢高兴得忘乎所以时都会纵情大笑，但这是在路上，他怕笑声会引起路人的注意，便赶紧闭上嘴，轻声回答道：

"见见面，还有必要的一套！"

她用抨击的口吻说道：

"你们男人全是一个样，只是简简单单要求'见见面'，说得多么轻巧，其实却有更大的野心，对有些人来说，要达到这个目的必须经过许多程序：打听、说媒、求婚、念开端章、下聘礼、备嫁妆、由全权证婚人主持仪式……骆驼一样高大肥胖的先生阁下，你说对不对呀？"

他的脸变得通红，困惑地说道：

"这一顿训诫可真厉害呀！可是不管你的话多么刻薄，只要是从你的嘴里说出来的，它就像蜜一样甜。美人儿，自从真主创造地球和地球上的一切生物以来，爱情不就是这么一回事吗？"

"我只是一个弹琵琶的，哪里懂得什么爱情呀？我的骆驼，你认为爱情还有什么必要的一套吗？"她边说边扬起眉毛，扬起的眉毛几乎与面纱上端的边沿平行。她这样子活像一只展开翅膀的蜂王。

他竭力憋住笑，说道：

“和见面时必要的一套是一码事！”

“没有增加，也没有减少？”

“没有增加，也没有减少。”

“一个在上，一个在下？”

“一个在上，一个在下。”

“或许那就是人们所说的发生关系那种事吧？”

“对，不折不扣，就是那回事！”

她嘻嘻地笑了，说道：

“好吧，你每天晚上坐在阿里咖啡馆里等着，当我打开窗户时，你就来我家。”

他等了一个晚上又一个晚上。第一个晚上，她与班子的人一起坐着驴车出去了。第二个晚上，她陪歌女祖贝黛乘马车走了。这是第三个晚上，那所房子里一点动静也没有。唉，他一直等到现在了，望眼欲穿地一直注视着对面的窗户，累得脑袋的神经都麻木了。已经深更半夜了，商店都关了门，街上空无一人，整条奥利亚街笼罩在黑暗之中。与往常一样，面对这幽静和黑暗的街道，他体内潜在的欲念奇怪地被激发起来，使他欲火中烧，急不可待。不过，凡事总有个结束，就连这看来仿佛永无结果的等待也不例外。就在此时此刻，他听到沉浸在黑暗中的对面窗户传来“吱呀”一声，心里立即燃起新的希望，如同在南极的迷路者听到嗡嗡的飞机声，估计这飞机是到冰天雪地中来寻找他的，心里产生求生的希望一样。对面的窗户推开了一条缝，透出一道亮光。接着，出现了琵琶手宰努芭的身影。他立即站起来走出咖啡馆，穿过马路来到歌女家门前。他没有敲门，门一推就开了，看来事先就有人拔掉了门栓。他走进去，里面黑得伸手不见五指，没法找到楼梯口，便只好就地站着不动，以免撞着或跌倒。他脑海里涌上一个使他有些担心的问题：天啊，宰努芭约他来，难道歌女祖贝黛不知道？歌女会允许宰努芭在她家里会情人吗？但是他只是轻蔑地吐了一下舌头，现在已经没有东西能够阻止他去冒险了。在这个靠情人的血汗钱建造起来的住宅里，即使哪个情人被抓住，也用不着担心会有什么恶果。突然，一缕暗淡的灯光从上面照下来，打断了他的思路。灯光在逐渐清晰起来的墙面上晃动，他看清了自己所站的位置，楼梯口就在右边，离他只有一臂的距离。不一会儿，宰努芭端着灯走过来，他欣喜若狂地奔过去，含情脉脉地紧紧抓住她的胳膊，既表示感激，又显出了他的欲望。她会意地妩媚一笑，显示出她善解人意，又表示不必顾忌，她诡谲地问道：

"你等久了吧？"

"我都快成了白发青年了，愿真主宽恕你，"他用手指理理鬓发，抱怨了一句，接着压低声音问道，"祖贝黛女士在家吗？"

她调皮地模仿着他那样的低声回答：

"在家……正在和打得最火热的一个相好幽会呢。"

"她要是知道我这时候来这里，会不会生气？"

"难道会你这样的情人，还有比这更合适的时间吗？"她边说边毫不在乎地耸耸肩膀，转身登上楼梯。

"这么说她不反对我们在她家里相会？"

"或许我们不相会，她倒不高兴了！"她的头像跳舞似的点了点，说道。

"好极了，太好了！"

她带着自豪的口吻继续说下去：

"我不光是个琵琶手，还是她的外甥女，她对我什么都舍得的……你只管放心来吧！"

他俩上楼来到过道时，听到房间里传出悦耳的歌声，还有琵琶和铃鼓的伴奏。亚辛仔细听了听，问道：

“这是在幽会还是开晚会?”

“既是幽会又是晚会，”她附在他耳边悄声说道，“皇后的这个情人最会寻欢作乐，有他在场一刻也少不了琵琶声、铃鼓声、碰杯声、欢笑声……但愿你今后也能那样!”

她转身推开一扇门走了进去，他跟在她身后进了房间。她把灯放在灯架上，然后站在穿衣镜前审视一眼自己的仪容。亚辛已经把祖贝黛和她那个善于寻欢作乐的情人置之脑后，两只色眯眯的眼睛盯着宰努芭性感的身体。他第一次看见这个脱掉了米拉叶的身体。他全神贯注地盯看她看，两只眼睛从上到下，从下到上地欣赏着。他心里翻腾着几十种主意，哪一个都没来得及实施，就听到宰努芭好像要把刚才被打断的话继续下去似的，说道：

“这个人风趣温情，喜好玩乐，无人可以与他相比，而他的慷慨大方，更是说上一天也说不完。这样的人才算得上情人呢，要不然就不……”

她这样赞赏祖贝黛的情人的“慷慨大方”，话中意思亚辛不会不明白，他从一开始就认定这次新的艳遇将使他破费许多，但是她这样的暗示却使他不快，觉得太低级。出于本能，他为自己辩护说：

“他大概是个阔佬吧?”

“有钱没钱是一回事，大方不大方又是一回事……有钱的人说不定是个吝啬鬼!”她仿佛要与他辩论似的，回答道。

“这个慷慨大方的人到底是谁呀?”他顺便问了一句，并不是想打听什么，只是为了打破沉默，而不至于暴露自己的不悦。

“他就是我们街区的人，你一定听说过，他叫艾哈迈德·阿卜杜，嘉瓦德……”她调节一下灯钮，将灯芯捻高了一点说道。

“谁?”

她诧异地回头瞧瞧他，不知他为什么吃惊，只见他僵立在那里，眼珠子都鼓出来了，就困惑不解地说道：

“你怎么啦?”

她说出的这个名字，就像一把铁锤狠狠地砸在他的头顶上。他惊恐万状，不由自主地大声问道。他一下愣住了，完全意识不到周围的一切。等他清醒过来，发觉宰努芭脸上惊奇不解的神色时，又怕暴露自己的身份，便只好集中全部意志，设法为自己的失常辩解。他掩饰住自己的心情，装腔作势地两手一拍，仿佛不相信她的话，认为那是个正经的人，十分诧异地咕哝道：

“艾哈迈德·阿卜杜·嘉瓦德先生，就是纳哈辛铺子的那位老板吗?”

她用批评的目光瞪着他，责怪他平白无故地让她吃了一惊。她取笑他说：

“是啊，就是他。你怎么像大姑娘破了处女膜似的，大声喊叫?”

他极不自然地笑了笑，心里赞颂真主，亏得自己在与她相识的那天没有把全名告诉她。他装出惊奇的样子，叹息道：

“谁能相信那个稳重而又虔诚的人会这样?”

“你真是为这个大惊失色？不会是还有别的原因吧?”她用怀疑的目光望着他，挖苦道，“你以为他是圣人吗？他这样有什么可指责的？难道有情人就不是好人啦?”

“你说得对，在这个世界上没有什么事情值得大惊小怪的，”他用道歉的口吻说道，接着又神经质地哈哈大笑，“你能想象得出这个正人君子竟会跟皇后打情骂俏，喝酒唱歌，寻欢作乐!”

她仿佛要把他的话补充全似的，仍用嘲讽的口吻，说道：

“他总是亲手打铃鼓，比鼓手安尤莎还出色。他妙语连珠，让周围的人笑死。虽然在这里是这样，他回到铺子里又是典型的正人君子，这一点也不奇怪。正事是正事，玩乐是玩乐嘛。有虔诚礼拜真主的时候，也有满足心灵需要的时候……”

他总是亲手打铃鼓，比名鼓手安尤莎还出色！他妙语连珠，让周围的人笑死！这个人到底是谁呀？

是他的父亲艾哈迈德·阿卜杜·嘉瓦德？他就是那个专横跋扈、令人生畏、信仰虔诚的人？这个能让人怕死的人就是那个能让周围的人笑死的人？

他怎么能相信自己的耳朵？这是怎么回事，到底是怎么回事？会不会是个同名同姓的人，这个打铃鼓的风流情种和他父亲会毫无关系？可是宰努芭肯定他是纳哈辛大街上开铺子的老板。在纳哈辛大街上，只有他父亲是这个名字呀！真主啊，他听到的这些话是真的，还是胡说八道？他多么想亲眼看看真相啊！要亲眼看见，不通过中间人。一时间内，他被这种愿望控制了，实现这个愿望成了他一生中最重要的事情，他不能违抗这个愿望。他像一位贤人智士似的，一边朝姑娘讪笑，一边摇摇脑袋，仿佛在说：“这种年头里真是无奇不有啊！”然后，他仿佛被好奇心驱使似的，问道：

“我能不能站在一个他看不见我的地方，悄悄瞧他一眼呢？”

“你这个人真奇怪，干吗这么鬼鬼祟祟？”她表示反对地说道。

“这种情景值得一看，你就让我看一眼吧！”他恳求道。

她轻蔑地笑了笑，说道：

“别看你身材魁梧，还这么孩子气！我的骆驼，是不是？但是，你这么求人，谁让你失望就不得长寿。这样吧，你躲在过道里，我给他们送一盘水果进去，把门敞开着，直到我出来……”

他走出房间，怀着一颗怦怦直跳的心跟在她身后，然后躲在过道的一个黑暗的角落里。宰努芭径直走进了厨房。过了一会儿，端了一盘葡萄出来，向传出歌声的那个房间走去。她敲了敲门，等了片刻后推门进去，并没有随手把门关上。亚辛从开着的房门望进去，看到一个欢乐的场面：房间的正中央，祖贝黛怀抱琵琶，一边用指尖拨着琴弦，一边唱着；“众穆斯林呀，真主的臣民！”在她身边坐着的不是别人，正是他的父亲。一看见父亲，他的心跳得更加厉害了。父亲的大袍已经脱掉，衬衣的袖子挽着，露出两条胳膊。他喜眉笑眼地望着歌女，手里摇着铃鼓。门只开了一两分钟，宰努芭就退了出来。但在这短短的时间里，他却看到了一幅新奇的情景、一种奥妙无比的生活、一则全方位演示的故事。他犹如一个沉睡了很久的人被剧烈的地震惊醒了。在这两分钟里，他看到人的整个一生浓缩在一幅图画里，正如一个人在片刻的梦境里，看到了一幅把现实世界多少年发生的所有事件浓缩在一幅图画里。他真真切切看到的那个人，不是别人，就是他父亲，但和他往常看到的父亲判若两人。他以前从未见过父亲如此随心所欲、逍遥自在，竟然脱去了大袍；从未见过他那一头黑发如此蓬乱，好像是光着头跑过来似的；从未见过他将腿跷在椅子上，从缩上去的长衫下露出赤裸裸的两条腿。他更没有见过——是的，凭真主起誓——他父亲手持铃鼓，时而摇动，时而叩击，发出被优美叩击声打断的响铃的嚓嚓声。当然，他从来没有见过——这一点或许是最出乎他意料之外的——父亲竟有一张那么友善和慈祥的脸。这张脸让他惊呆了，就像凯马勒那天去店铺找父亲要求将母亲接回家时，在门口看到他纵声大笑时感到惊奇一样。所有这一切都是在两分钟内看到的。当宰努芭关上门，回到自己的房间时，他仍然呆立在那儿，头昏目眩地听着歌声和铃鼓的嚓嚓声。

这就是他刚走进这所房子时听到的声音，但在他心里留下的印象竟有如此大的差异！这声音向他转达了一幅多么有新意的图像啊！这铃声真像学校里的铃声，当孩子们尚未入学时，它给他们带来憧憬；而等到孩子们成了学生之后，这铃声却成了繁重学习任务的警示。宰努芭敲了敲房门，招呼他跟上，他从出神的状态中惊醒过来，便向她走去。他竭力控制住自己，以免在她面前露出慌乱的神情。于是，他走进房间，唇边泛出舒心的微笑。

“怎么啦？看到这种场面，魂都被勾走啦？”

“真是难得见到的情景、美妙动人的歌声！”他的口气里露出满意和兴奋。

“你希望我们也像他们一样吗？”

“我们第一晚就那样？不，我不愿意有什么事烦扰你，哪怕是歌声也不愿意！”

如果说在开始时，他要在她面前，同时在自己心灵面前表现得自然、平静，还有点勉强，那么几句话一说，他就能轻松地畅谈了，连他自己也没有估计到竟会这么快恢复正常状态。这如同有人在追悼会上装模作样哭泣，后来竟真的痛哭起来一样。当他突然想起刚才的惊人一幕时，便在心里思忖：“这是多么荒诞的事情啊，我从来没有想到过，我和宰努芭在这儿，爸爸和祖贝黛就在旁边的房间里，父子俩竟然在同一所房子里！”但是他很快耸耸肩，心里继续说：“事情就是这样，我为何要自寻烦恼、惊诧不已呢？既然是亲眼所见，为何偏要认为它难以相信？他就在不远的房间里，我却还在不可思议地询问：这会是真的吗？这不荒谬吗？让我相信吧，不要诧异，他这样有什么不可以的呢！”

想到这里，他感到一种难以形容的快乐。这并不是因为他需要借此来鼓励自己继续这种放荡的生活，而是因为他和大多数沉湎于这种淫乱生活的人一样，为自己有了一个同路人而感到自慰。他父亲是遵守传统习俗的楷模，自己面对着他自觉或不自觉地感到恐惧，父亲竟然与自己是同流，真让人感慨万千啊！他除了高兴，什么也顾不及了，仿佛这是他平生赢得的最尊贵的东西。他对父亲产生了新的热爱和钦佩，与过去的那种热爱和钦佩迥然不同。过去的热爱和钦佩是在浓重的敬重和惧怕的心理笼罩下产生的，而新的热爱、钦佩出自他的心灵深处，与他心里的原始根茎纠缠在一起，甚至和自我热爱和自我钦佩是一码事。他不再把父亲看作是高不可攀、不可接触、城府极深的人，而把他当做至亲至近的人，是自己心灵的一部分。父亲和儿子，同一个灵魂。在那个房间里打铃鼓的人不是艾哈迈德·阿卜杜·嘉瓦德，而是他亚辛本人。情况是这样，理应这样，也必须这样。他俩完全一样，只在年龄、经历上有所区别而已！“祝贺你，爸爸！今天我总算认清你了，今天是你在我心目中的新生日。今天这个日子真是太棒啦！你是个多么好的父亲啊！以后我不再是孤独的。喝酒吧、玩乐吧，不用鼓手安尤莎了！我为你自豪，难道你还会唱歌？……”

“艾哈迈德·阿卜杜·嘉瓦德先生不唱歌吗？”

“你怎么还在想着他呀？你这个讨厌的家伙！对，他经常唱歌，我的骆驼！他兴致一高，还参加和声伴唱呢……”

“他的声音怎么样？”

“粗犷动听，就像他的脖子……”

“哦，我们家里人唱歌的嗓子原来得追溯到你呀。家里人人都会唱歌，真是一个爱好音乐的世家。我多么希望哪怕听你唱一次也好呀！在我的记忆里，有的只是你的咆哮和训斥。我们人人知道，你惟一的歌声就是‘小子！’‘蠢牛！’‘狗崽子！’我真想听你唱唱《秀色之爱难长久》或《我爱你呀，嘉米勒[①]》。爸爸，你是怎样酩酊大醉的？又是怎样放浪形骸的？我应该知道这些，以便我效仿你！你是怎样调情的？怎样拥抱的？……”

他这时注意到宰努芭，发现她正对着镜子用手指整理着刘海。她那无袖连衣裙的敞口处，露出光滑白嫩的腋窝，再往里就看到了像白面团似的乳房，一股欲望的冲动流遍他的全身，他便饿虎扑食似的扑了过去……

---

①“嘉米勒”是最常见的阿拉伯人名之一，意为“美男子”，所以常在歌词中出现。

# 四十

朋友们主动提供的三辆汽车停在艾哈迈德先生家门口，等候着把新娘和女眷送到住在怡心园胡同的肖克特家去。将近黄昏，夏日的阳光已经从马路上移到新娘家对面的房子上。除了三辆汽车中的第一辆上扎着花彩外，这里没有其他办喜事的迹象了。附近店铺里的人和许多行人纷纷驻足观看着彩车。在这一天以前，订婚、送聘礼、运嫁妆、签婚约，该办的事情都办了。住宅里并没有响起妇女们振舌的欢呼声，门前也没有张灯结彩，更没有一般人家习以为常的办喜事的吉庆气氛。一般人家总是要在这种场合自豪地炫示一番，借机表达他们的情绪，唱啊，跳啊，尽情欢乐，妇女们振舌的欢呼声震天响。然而，这一家人却在不事张扬、平平静静中完成了大事。除了至亲好友和几家关系特别密切的邻居外，谁也不通知。艾哈迈德始终保持着严肃冷峻的态度，坚决不肯松动，不允许家里任何人越雷池一步，哪怕片刻的欢庆也不行。尽管乌姆·赫奈斐反对这么沉闷地办喜事，但是新娘和女客们还是在冷冷清清的气氛中离开了家。阿依莎迅速钻进汽车，似乎生怕婚礼服或者绣着茉莉花和素馨花的白绸面纱在围观者的目光下燃烧起来。海迪洁、玛丽娅和另外几个少女跟着阿依莎坐进汽车。母亲、女亲戚和女邻居上了另外两辆车。凯马勒坐在第一辆汽车的司机边上。母亲要车队绕道去侯赛因大街再开往怡心园胡同，以便重新看一眼她向往的地方。上一次她来这里已经付出了高昂的代价，这一次她要祈求圣裔侯赛因为新娘祝福。汽车顺着那一天她和凯马勒一起走过的那条路驶去，从她几乎丧命的那个路口拐进奥利亚街，最后汽车载着她们停在怡心园胡同口的穆泰瓦里门。怡心园胡同太窄，汽车开不进去，大家只好下车，徒步走进胡同。整条胡同张灯结彩，喜气洋洋，孩子们欢呼着向她们跑来，肖克特家响起了妇女们振舌的欢呼声。

一进胡同，右边第一家就是肖克特家。楼上的各个窗口里探出许多妇女们的脑袋，一个个都在振舌欢呼，发出“噜噜噜……”的响声。新郎赫利勒·肖克特、他的胞兄易卜拉欣·肖克特，以及亚辛、法赫米站在门口迎接她们。赫利勒笑容可掬地走到新娘面前，把胳膊伸给她，但阿依莎慌得一动也不敢动。玛丽娅赶紧碰碰她的手，她才挽住新郎的胳膊。新郎挽着新娘朝里走。当他俩穿过拥挤的庭院时，人们把鲜花和糖果抛向新娘和随行的妇女，直到她们走进内宅门。尽管阿依莎和赫利勒的婚约已签了一个多月，但他俩手挽手地并肩而行的场面还是引起亚辛和法赫米，尤其是法赫米的诧异。诧异之中夹杂着羞愧和近乎不满的感觉，仿佛他们的家连这些合法的婚礼仪式都接受不了似的。这种影响在凯马勒身上表现得尤其明显，他惶恐不安地拽住母亲的手，指指走在众人前面上楼的这对新人，好像在请求母亲出面制止一件劣迹昭彰的丑行似的。亚辛和法赫米想悄悄地观察父亲的脸色，看看这独特的场面会给他留下什么印象。他们俩迅速地把全场扫了一眼，却没有发现父亲的影子。他既不在门口，也不在这个正面墙边搭了舞台，台前放着一排排沙发和椅子的院子里。其实，艾哈迈德和几个知己朋友正在男宾客厅里，自进门起就没有离开过，并且决定在晚上婚礼结束前不离开，以避开厅外喧闹的人群。没有什么比他在阿依莎婚礼之夜出现在家人面前更使他为难的了：一方面，他不愿意在这个喜庆的日子里仍然对他们严加管束；另一方面，他无法承受看着他们纵情玩乐的情景。家人们对他的威严和专断已经司空见惯，如果让他们发现他还有另一副面孔，那就让他无地自容了。如果这件婚事由他来操办，那婚礼一定办得无声无息。但肖克特的遗孀在这件事情上坚决反对他的建议，而且态度一点也不松动。她坚持要把婚礼办得风风光光热热闹闹，还决定请名歌女嘉丽莱和歌唱家沙比尔临场助兴。

凯马勒无拘无束，兴奋得忘乎所以，仿佛他就是今晚的新郎。他是屈指可数的几个可以在内宅女客厅和有舞台的院子里随便进出的人之一。他陪母亲在女客厅里待了很长时间，他东张西望地看着女人们华丽的衣着和金银首饰，倾听她们以男婚女嫁为话题的谈话和逗趣，还和她们一起听嘉丽莱的低声吟唱。歌女嘉丽莱坐在女客厅里，满身珠光宝气，肥胖得像一乘轿子，她唱了几支小调后当众饮酒。凯马勒十分喜欢这种新奇而有吸引力的欢乐气氛。更重要的是，阿依莎也在这里，她打扮得光彩夺目，这是他以前做梦也没想到的。母亲为了照看好他，哄他陪在身边。但过了一会儿，她改变了初衷，低声打发他去两个哥哥那儿。这是因为发生了她始料不及的事情后不得不这样做：他兴致勃勃地一会儿打量着阿依莎的衣服，一会儿看看她的华丽饰品，对她亭亭玉立的身材十分惊讶，甚至稚气十足地公开评论某些女客人，例如有一次他指着新郎家的一位女亲眷大声对母亲说道："妈妈，你看这位太太的鼻子，不是比海迪洁姐姐的鼻子还大吗?"当嘉丽莱演唱时，他竟出乎意料地随着班子一起唱起了合唱部分："可爱的小鸽子，叫我怎么回答?"于是，歌女把他叫过去，让他与演出班子的人坐在一起。由于这一点和其他一些原因，他吸引了大家的目光，女客们开始逗弄他。但是母亲对他引起的闹剧很不放心，她心疼孩子，一方面怕他再调皮，另一方面不愿意这么多人好奇的目光围着他，所以尽管心里不愿意，还是让他离开这里。他来到男客们中间，穿过人群中，最后站在法赫米和亚辛之间。当沙比尔唱完“嘉米勒，你为何要爱她”后，他又开始到处游逛。路过男客厅时，他来了好奇心，朝里面张望，谁知刚把头伸进去就撞见了父亲的目光，便吓傻了站在原地不动，甚至连目光也收不回来了。父亲的一个朋友——穆罕默德·阿夫特看见了他，招呼他进去，他不得不听从，免得父亲发火。他胆战心惊而又无可奈何地走到那人面前，像士兵出操似的，挺直了身子，两臂紧紧贴在两侧站着不动。那人拉住他的手，问道：

“真乖，孩子，几年级了？”

“三年级……”

“太好了，太好了，听过沙比尔唱歌吗？”

他虽然在回答穆罕默德·阿夫特的问题，但从一开始就注意到自己的回答要让父亲满意。这最后一个问题他不知如何回答，于是犹豫了一会儿。那个人见他迟疑，温和地问道：

“你喜欢唱歌吗？”

“不喜欢！”孩子肯定地回答道。

在座的有些人想对此回答说些什么，但是艾哈迈德对他们使了个眼色，他们才忍住了。穆罕默德·阿夫特先生继续问道：

“你不想听点什么吗？”

“我喜欢听尊贵的《古兰经》。”凯马勒回答时眼睛瞅着父亲。

响起了一片赞赏声，大家放他走了，他没听见人们在背后是怎么议论他的。这时，法尔先生哈哈大笑，说道：

“要是他说的是实话，那这个孩子准是私生子！”

艾哈迈德·阿卜杜·嘉瓦德纵声大笑，指指刚才凯马勒站着的地方，说道：

“你们看到他比狗崽子还狡猾吧？在我面前装得那么规矩的样子！有一次我回家时，听见他正在唱《树上的鸟儿》……”

“嘿，可惜你没看见他站在两个哥哥中间听沙比尔唱歌时，两片嘴唇随着歌声在启合，完全合拍，连你艾哈迈德·阿卜杜·嘉瓦德先生恐怕都望尘莫及啊。”阿里先生说。

这时，穆罕默德·阿夫特问艾哈迈德：

“你最好告诉我们，他唱《树上的鸟儿》时，唱得好不好？”

“老狮生小狮嘛。”艾哈迈德哈哈大笑，指指自己说道。

“愿真主怜悯生育你们这些后代的母狮吧！”法尔先生大声嚷嚷。

凯马勒仿佛从噩梦中清醒过来似的，赶紧离开男客厅后，便来到胡同里到处是欢乐的孩子们中间，不久就恢复了愉快的情绪。他走来走去地炫耀那身新衣服，对于今晚享受到的自由感到由衷的快活，他可以在这里的任何地方随便走动，没有人会阻拦他或监视他。当然，那个可怕的男客厅他是不肯再去了。在他那个时代，这是一个多么美好的夜晚啊！只有一件事使他郁郁寡欢，那就是他想到阿依莎要搬到这里来住，人们把这里称做“她的家”。他不同意她搬过来，任何人都不能说服他，不管是用正当的理由劝说还是用物质来引诱，都无法让他认可，但她还是搬了！他再三追问，父亲既然连女眷在窗户里露出身影都不允许，怎么同意女儿搬走呢？他得到的回答只是哄堂大笑。他责怪地问母亲，为什么对阿依莎如此狠心，竟把她送到别人家里？母亲回答他说，有一天他长大后，人们也会在振舌声中把宛如阿依莎那样漂亮的姑娘送到他身边的。他问阿依莎是否真的高兴离开大家？她回答说“不”，可是嫁妆都已经送到这个陌生男人的家里了，接着阿依莎被送了过去。他可是喝水都要把自己的嘴唇放在阿依莎嘴唇抿湿过的瓶口上喝的呀！是的，眼前的欢乐会使他忘却许多事情，但是，却忘不了在他那无忧无虑的心灵上蒙上的那一丝愁绪，它犹如晴朗的夜空中遮住了皎洁月亮的一片乌云。奇怪的是，那天晚上他喜欢歌声胜过了其他一切。不管是与孩子们一起玩耍，还是观看男男女女无拘无束的说笑，甚至享用丰盛的晚宴，都不如歌声美好。他全神贯注倾听嘉丽莱和沙比尔唱歌，那认真劲与他的年龄很不相称。不管是女客还是男客，看到他的神情，谁都感到不可思议，但是家里人谁也不感到奇怪，因为大家都知道他在家里常跟阿依莎学唱歌，还知道他的嗓子好，家里人除了阿依莎，就数他的嗓子好。尽管父亲的嗓子是全家最棒的，但大家听到的只是他的吼声，没有听见他唱歌。凯马勒听嘉丽莱和沙比尔唱歌听了很长时间，意外地发现更喜欢沙比尔的歌声和他班子的演奏，并记住了一些歌词，比如“你为什么多情，难道就为了这些?”等等。在这场婚礼之后，他在自家平台的常春藤和素馨花棚架下面，反复吟唱了很长时间。

艾米娜和海迪洁像凯马勒一样，享受到一定程度上的欢快和自由。她们也和他一样，从来没有度过像今天这样热闹的夜晚，大家亲热地在一起，欣赏歌声，随便谈笑。尤其是艾米娜，作为新娘的母亲受到特别的关照和礼遇，这是她平生从未有过的，因此心里格外高兴。连海迪洁的心事，也在婚礼灯火中消融了，如同黑暗在晨光中隐退一样。她在温柔的笑声、甜蜜的旋律和风趣的谈吐中忘却了自己的忧愁。即将与阿依莎离别的感觉，在她纯真的心里产生了一种新的郁闷，更使她的自我忧愁不复存在。离别的感觉产生了真诚的挚爱和同情，使旧愁在新愁面前化为乌有，怨恨也在宽宥面前荡然无存，正如一个人对另一个人既爱又恨，到了分手时，在离愁的面前恨就冰消瓦解，只剩下了爱。此外，她的内心里恢复了自信。当她刻意在身上和脸上修饰打扮后出现在人们眼前时，女客们的目光都被她吸引过来了，禁不住对她美言几句，这使她心里充满了希望和幻想，对未来的幸福生活产生了憧憬。

亚辛和法赫米紧挨着坐在一起，他们一会儿闲聊、一会儿听歌。新郎赫利勒·肖克特这天晚上感到十分幸福，在疲于应酬之中还不时地抽空到他们俩这里坐一会儿。虽然这里是一片喜庆和欢乐的气氛，但亚辛心里总感到不大舒服，眼睛里闪出茫然若失的神色，不时地在思忖：能不能有机会喝上一两杯酒解解馋呢？因此，他附在他们俩的老朋友——新郎赫利勒·肖克特的耳边，低声问道：

"这个夜晚就这么过去呀，有没有花头呢？"

赫利勒·肖克特对他使了个眼色，安慰道：

"我专门在另一个房间为几个像你这样的朋友摆了一桌。"

亚辛这才放下心，又振作起了精神闲聊、逗趣和听歌。他并不奢求尽情痛饮，在这种亲戚、朋友、熟人聚集的地方，能喝上一点酒也就满足了。何况父亲就在不远的男客厅里。他虽然窥见了父亲的生活秘密，却没有动摇父亲在他心目中固有的地位。父亲依然在令人尊敬和畏惧的牢不可破的城堡里，他对他依然是顺从和崇拜。就是他暗中窥视到父亲的秘密，他也不想泄露给任何人，连最亲近的法赫米也不例外。由于这一切原因，他起初只是想喝上一两杯，以满足难以克制的酒瘾，从而更好地去享受欢笑、闲谈、听歌，以及其他的乐趣。在他看来，没有酒这一切便索然无味。法赫米的心情和亚辛大相径庭，他没有、也不相信能有什么事情可以滋润他的心田。新娘一到，他的哀怨便不期而生。当他和亚辛陪新郎去迎接新娘时，心里还是坦坦荡荡的，不料一眼看到了紧跟在新娘身后的玛丽娅。薄如蝉翼的丝面纱遮不住她那白皙的脸，她满脸笑容，对周围的人们问候，陶醉在抛撒鲜花和振舌的欢呼声中，法赫米的心怦怦跳动起来，两只眼睛紧盯着她，直到她走进内宅。等他回到座位上时，已经神不守舍了，宛如一只小船突然遇到了飓风平静不下来。不过，他在看见她之前还是平静的，他像一个健忘的自得其乐的人那样，与人闲聊，把忧愁置之脑后。

的确，这么久以来，他以为自己的心已经摆脱了痛苦，忘记了一切。但是，脑子里只要想到她，或者听到有人提到她的名字等等，他的心就会痛苦地跳动。他的忧愁时断时续，犹如一颗正在发炎的龋齿，有时候平安无事，但一嚼到食物或硬的东西，立即剧痛起来。这时，爱情在他胸膛里冲撞，仿佛要求出来透透气。它大声疾呼，表明自己一直被禁锢着，安慰或淡忘并没有让它得到释放。他一直祈望求婚者不要发现她，直到他能够享有充分自由、决定自己命运的时候。时间几天、几周、几个月地过去，一直没有人向她求婚，他觉得实现愿望的可能性大了。但他没有真正放心，不安和恐惧交替袭击他，不断破坏他的心境，扰乱他的梦想，制造各种痛苦，引起他莫名的嫉妒。尽管这都是些幻觉，但它的残酷程度决不亚于事实，因为这些幻觉有可能变成现实。生怕被人夺爱而又迟迟未发生被人夺爱的灾难，反倒成为造成新的不安和恐惧，以及随之而来的痛苦和嫉妒的原因。每当他痛苦难熬时，他真盼望灾难马上降临，让他把命定的愁苦瞬间承担下来，在那以后或许他会绝望，再也不会产生这种引起快乐和安宁的幻想。在这个喜庆的场合，在亲友的众目睽睽之下，他不能让忧愁驾驭自己，可是玛丽娅跟在新娘身后的情景给他留下的影响，不可能毫无反应就自动消失。

既然他不能表现自己的忧愁，不能暴露内心的隐私，那只好反其道而行之，兴致勃勃地谈笑，假装欢快和幸福。但是，只要独自安静下来，哪怕只是短短的几秒钟，他的心里就会感到自己与周围的气氛格格不入，感到孤寂。他慢慢地意识到，看见玛丽娅充当伴娘，又激起了他胸中的爱情，就像突如其来的噪音使心事重重的人难以入眠一样。在这一个晚上，他至少心里是踏实不了的。周围的一切，都不能使他从自己的脑海中抹掉她的身影，不能抹掉她在抛撒鲜花和振舌的欢呼声中、在热烈的迎亲气氛中动人的笑容。那是纯情的微笑，它体现了渴望平静和快乐的坦荡的心。那是美妙的微笑，它暗示着微笑者的心里没有痛苦。她的表现刺痛了他的心，使他意识到只有他一个人忍受着痛苦的折磨，承担着种种烦恼。可是，他现在不是也像那些尽情欢乐的人一样在纵声大笑，随着音乐在摇晃着脑袋吗？谁能担保看到他这种状况的人不会上当受骗，如同他猜测她那样地猜测他呢？这样想使他得到了一丝安慰，可是这种安慰可靠吗？他无法肯定，仿佛一个患伤寒病的人在询问自己："我能像以前患这种病的某人那样痊愈吗？"法赫米想起了几个月前凯马勒从她那里带回来的口信，她说："你去告诉他，在漫长的等待岁月中，如果有人来求亲，我不知道该怎么办。"这几句话里到底有没有言外之意呢？他又在思量这个以前思量了几十遍的问题。说实在的，一个人不管怎么吹毛求疵，也不能因为口信中的某句话去责备她，绝不能视而不见口信中所包含的理智和智慧。但这使他感到无可奈何，从而迁怒于她。因为这种机智和聪明无法满足于他奔放的感情。

他又回到现实中来，回到欢乐场合上，回到跌宕的爱情里。他所以这样激动，倒不单纯是因为看到了她，或许是因为他第一次在一个远离他家的新的地方——肖克特家的院子里看到了她。他以前从未在自己家庭以外的地方看见过她，她总是出现在那个老地方，使他机械地以为只有那样才合乎日常习惯。当她突然出现在一个新的地方，这使她在他的眼里有了新的形象，给他心田里送来了一种新的生活方式，并唤醒了隐藏着的旧有的生活方式，这两种生活方式使他产生了如此激烈的震动。这或许也是因为她出现在远离他家的这个地方，远离了与那个家分不开的严格的规矩，这种规矩在他与她之间筑起了一道令人失望的大坝。她在这种自由开放的环境里，打扮得从未有过的漂亮，显得落落大方。她在这婚礼庆典中使他产生了种种爱情和交往的遐想。所有这一切，都使她走出深闺，来到一个他的心不难看到希望的地方，仿佛她在对他说："看看吧，你看我现在在哪里？你只要上前一步，就可把我搂进怀里！"但是这个希望立刻撞到了荆棘丛生的现实，造成了激烈的震动。或许是因为在这个新的地方见到她，才使她在他心目中进一步根深蒂固，深入到他的生活和记忆中去。各种图像如果和我们经历所涉及的各个不同的地方联系起来，就能在我们心中留下更深刻的印象。过去，玛丽娅是和家里的平台、长满常春藤和素馨花的花园、问凯马勒英文单词、咖啡会、在书房与母亲谈话、凯马勒带回的口信等联系在一起的。从今晚起，她还将同怡心园胡同、肖克特家的庭院、欢乐的聚会、沙比尔的演唱、阿依莎的婚礼，以及他听到看到和感觉到的一切联系起来。这样的联系过程，不使他有头晕目眩的激烈震动是不可能的。

沙比尔休息的时候，嘉丽莱的歌声从俯临庭院的窗子传到男人席间。她唱着《我的心上人不在》，他津津有味地听着，把全部感官都集中到歌声上。这并非是嘉丽莱的歌声使他入迷，而是猜想玛丽娅此刻也正在倾听着。这句歌词同时在他俩的耳边倾诉，使他俩处于同一种状态中：共同倾听，或许还有共同的感受，为他俩创造了精神交融的机会。这一切使他赏识歌女的嗓音、喜欢歌词和旋律，以便在共同的感觉中与自己的心上人相会。在很长的时间里，他总是力图通过将心比心来洞悉她的内心世界；按照自己心灵的感触去探索她的心灵感触，以便冲破两人间的距离和厚实的墙壁，在她的心中生活片刻。此外，他还力图摸清这句歌词在那颗可爱的心灵里产生什么影响，当她听到"我的心上人不在"、"时间悠悠，没有音信"的时候，心里有何感受？她是沉湎在回忆的海洋中没有忘记他呢，还是她的记忆的浪花中从来没有出现过他的身影？难道痛苦和忧伤没有像针一样刺扎她的心，让她的心阵阵抽搐吗？抑或她一直是无忧无虑，听到这歌声感到无比的欢乐？……

他想象着她摘下了面纱，显得满脸春风，精神焕发，正专心地欣赏着歌曲，唇边泛着她来到这里时他看到的那种微笑。这微笑表明她已经忘却过去，心里根本没有他，这使他深感痛苦。或许，她正在和海迪洁或阿依莎聊天，她特别喜欢同她们闲谈，尽管她们所谈的只是一般邻居姑娘常说的那些普普通通的话，并没有什么值得他注意和烦心的事情，但却让他浑身不舒服。是啊，姐姐和妹妹对她的态度一直让他不可思议，这倒不是由于她们俩不拿她当回事，她俩其实是很喜欢她的，但她俩对她的喜欢和对其他邻居姑娘一样，仿佛她仅仅是一个普通的邻居少女。她俩对她来访只是一种普通的欢迎，没有激动的表示，如同他遇见一个过路的姑娘或法学院的女同学一样。她俩是如何谈论她的呢？她们说“玛丽娅说什么”或“玛丽娅做什么”，都是直呼名字，就像提到其他人的名字，比如乌姆·赫奈斐的名字一样，他听起来总不是味道。要知道他只有一两次在别人面前提到过她的名字，那名字他听起来有一种特殊的感觉。当他一个人独处时，一想到她的名字就有一种神圣的感觉，仿佛他提到的是脑海里那些具有梦幻般五色光环的令他肃然起敬的名字。一提到这个名字，就得和“愿真主喜爱他”或“愿真主赐他平安”① 一起说……在她俩眼里这个名字和她本人怎么就没有神圣和神秘感呢？

嘉丽莱的歌声结束时，喝彩声和掌声四起。他集中注意力听着，因为

---

① 这两句是穆斯林常用的祈祷词。

这里面有玛丽娅的喝彩和鼓掌声，其注意的程度超过了对歌曲本身的关注。他多么希望能从这些喝彩声中判别出她的嗓音，从掌声中分辨出她的掌声。但是，其难度不亚于从拍击海岸的惊涛声中分辨出某个浪花的声音。因此，他只好把自己的爱不加区别地献给所有的喝彩声和掌声，正如一个母亲，她听到从学校里传出小学生们的声音，她的孩子也在其中，便为所有的孩子祈求平安和幸福一样。

一直和几个知己好友待在男客厅里的艾哈迈德，这时内心孤独的感觉并不亚于自己的儿子法赫米，尽管原因不同。悦耳的歌声从院子里传进来，拘束地待在客厅里的朋友们再也沉不住气，先后离开了他，到听歌的人群中去娱乐了。男客厅里只有几个认为陪伴艾哈迈德先生比自己娱乐更有乐趣的人。他们坐在那里，一个个保持着不同往常的严肃神情，仿佛都在尽什么义务，又好像是在参加追悼会。当艾哈迈德邀请他们参加婚礼时，他们就预料到这一点了。他们知道他具有双重性格，与朋友们在一起时是一种性格，在家人面前时又是另一种性格。他们全都清楚，在“婚礼之夜”这种欢庆的场合，他们得正襟危坐，不苟言笑，而不能与那种什么也不庆祝的晚间聚会等同。没过多久，他们就把这种一本正经的样子，当做悄悄开个玩笑的话题。有一次，阿夫特先生的笑声刚要放大，法尔先生立即把食指放在嘴唇上，让他小点声，接着附在他耳边小声警告道：“当心，朋友，别忘了我们在参加婚礼!”又有一次，大家忍了许久不说一句话，阿里先生扫视了一下朋友们的面孔，然后把手举到脑袋旁像感谢似的说：“多谢各位帮忙，愿真主保佑你们。”艾哈迈德先生见状叫他们到外面去找朋友们玩一玩。但是阿夫特先生用责备的口吻说：“在今晚这样的情况下，我们能丢得下你吗？不是‘患难之中见知己’吗?”艾哈迈德先生忍俊不禁地说：“唉，只要再举办几次婚礼，真主就会宽恕我们。”在艾哈迈德的眼里，婚礼除了要在欢庆的场合被迫摆出一副严肃的神情外，还包含着其他一些意义。这是具有他这样与众不同性格的父亲所特有的。

他一想到女儿出嫁，心里总有一种别扭的奇怪感觉，尽管他的理智和信仰都不认可这种感觉。这并不意味着他不愿意把两个女儿嫁出去。说实在的，他和所有的父亲一样，希望女儿幸福。但是，他常常这样想：倘若婚姻不是让女儿幸福的惟一手段，那该有多好！倘若真主创造女孩时，使她们具有不必结婚的本性，那又该有多好！他甚至还想：要是我一个女儿也没有，那不是更好了吗？然而，这种种愿望是没法实现的，也不可能变成现实。所以，他不得不盼望把两个女儿嫁出去。就像一个人没有希望再活下去时，常常希望能死得光荣或死得安乐一样！他总是有意无意地用各种方式表达这种厌恶情绪。他曾对几个朋友说："你们问我对生女儿有何想法吗？我认为这是一桩我们无法逃避的倒霉事。但是，感谢真主，养女儿无论如何总有个义务。我这样说并不意味着我不疼爱女儿。事实上，我疼爱她们和疼爱亚辛、法赫米和凯马勒一样，根本没有区别。但是，我知道自己总有一天要把她们送到陌生人身边，心里就不能平静，这种陌生人在我面前不管表现得如何出色，只有真主才能洞悉他的内心！一个柔弱的姑娘，远离父亲的关爱，面对一个陌生男人有什么办法呢？一旦她父亲死了，那个男人把她休了，她只好到兄弟家去过寄人篱下的生活，那将是怎么样的结局呢？对我的儿子，哪一个我都不担心，无论发生什么事情，他们总是男人，有能力面对生活。可是女儿呢……真主啊，保佑我们吧！"有时他还会坦率地说道："说真的，养女儿是件麻烦事。你没看见我们现在如何不遗余力地训导、教育、关心和保护她们吗？可是到头来却要亲自把她们送到陌生人身边，任其随意摆布……赞颂全归真主，就是不顺心，也要赞颂真主。"

艾哈迈德这种奇特的牵肠挂肚的感觉，具体地转化为一种挑剔的目光，在新郎赫利勒·肖克特身上找毛病。这双咄咄逼人的目光，不找到令他心理满足的缺点决不肯收回来。肖克持家与他家几代交往，情谊深厚。他挖空心思地挑刺，仿佛自己的女婿不是肖克特家的人，不是人见人夸，说他是出身望门、英俊潇洒的青年人，且具有不容否认的许多优点。他久久地注视着他那白嫩的面孔、打不起精神的懒洋洋的目光，从中找到女婿像个畜生一样饱食终日无所事事的证据。他自言自语地说："这小子简直是头公牛，只知道吃和睡！"他先承认女婿有优点，然后再硬搜索出某些缺点安在他身上。他这样做无非是一种感情逻辑的结果，反映了他内心自相矛盾的心理：既希望把女儿嫁出去，又厌恶女儿结婚。承认优点使他情愿把女儿嫁出去，挑剔毛病又使他的敌对情绪得到宣泄，就像一个抽鸦片的人，既觉得抽了舒服，又害怕后果严重，便一面不遗余力地赞颂它，一面又千方百计地诅咒它。不过，和几个知心朋友在一起，他假装忘却了这些奇特的感觉，一会儿聊聊天，一会儿听听歌，借以解闷。接着，他心中又感到心满意足，祝福女儿幸福，过上美满的生活，连他对赫利勒·肖克特的批评目光，也变成了不掺杂恼怒的揶揄的神情。

客人们开始入席了。亚辛第一次离开了法赫米，跟着赫利勒·肖克特来到可以开怀畅饮的特别摆出的那桌酒席上。刚开始时，亚辛非常谨慎，生怕喝醉出洋相，所以喝了两杯就说够了。他勇敢地——或者说怯懦地——抵制了诱惑。后来瘾上来了，想起美酒带来的快意，精神一亢奋，意志就消退了，心想再喝一点，不要过量，饮了第三杯，赶紧逃离筵席。但是，他这时一只眼睛望着天园，另一只眼睛看着火狱；他把喝剩的半瓶酒藏在一个隐蔽的地方，以便实在忍不住时再享受。宾客们酒足饭饱后回到座位上，一个个精神焕发，无拘无束地谈笑风生，这种快乐的情绪感染了周围的气氛。

内室里，歌女嘉丽莱已经醉得不能控制自己，她扫视着女宾客的脸问道：

“哪一位是艾哈迈德·阿卜杜·嘉瓦德先生的太太？”

她这一问，吸引了所有在座人的目光，引起了大家的注意，也使艾米娜怯生生地一声不吭，困惑不解地凝视着她的脸。歌女接着又问了一遍，于是肖克特的遗孀指着艾米娜说：

“她就是艾哈迈德的太太，你问这个干什么？”

歌女用犀利的目光端详了她一会儿，接着发出银铃般的笑声，用满意的语气说道：

“真漂亮呀，凭天房[①]的权利起誓，艾哈迈德先生的福气真是无人可比哪！”

艾米娜羞得宛如处女似的，她不仅感到难为情，还惶惑和惊慌地暗自思忖：这个歌女为何要打听艾哈迈德·阿卜杜·嘉瓦德的太太？她说“艾哈迈德先生的福气真是无人可比哪”的口吻，显然同他很熟悉，这到底是怎么回事呢？阿依莎和海迪洁也有同感。海迪洁转动着两只眼睛，一会儿盯着歌女，一会儿望望她的几个女友，仿佛在问她们对这个“醉女人”的看法。但是嘉丽莱并没有理会自己的话所引起的震动，又把目光转向新娘，像刚才审视她母亲那样看她，然后把眉毛一挑，十分欣赏地说道：

“真是美若天仙啊，凭真主的使者起誓，真是有其父必有其女，一瞧见你这双眼睛准会使人想到他那双眼睛。”说到这里，她哈哈一阵大笑，继续

---

① 又称“克尔白”（意为“立方形体的房屋”），指麦加“禁寺”内一座方形石殿。它是伊斯兰教的圣地，全世界穆斯林做礼拜时的正向。

说，“你们一定在纳闷，这个女人从哪里了解艾哈迈德先生的？我认识他比他太太还早呢！他家原先住在我们的街区，从小与我耳鬓厮磨，我们的父亲是至交！……怎么？你们以为歌女就没有父亲吗？我父亲可是个走运的私塾先生呢！……你信不信，尊贵的太太？”

这最后一个问题是冲着艾米娜的。生性温柔厚道的艾米娜心怀恐惧，不得不克制着内心的慌乱，回答道：

“愿真主宽恕令尊，我们都是阿丹和哈娃的子孙。”

嘉丽莱眯缝起两只眼睛，左右摇着脑袋，仿佛对往事的不胜感慨和得出的教训已经够了似的，也好像她那醉意蒙眬的脑袋觉得这样晃动颇有快意。然后，她接着说：

“我父亲是一个很讲忌讳的人，但我生来就好玩，对什么都无所谓。我好像从小就有魅力。那时我在楼上放声一笑，街上男人的心全都会想入非非。我父亲一听到我的高声说笑，就会狠命地揍我，臭骂我一顿。可我命中注定要过这种出卖色相、醉生梦死的生活，教训管什么用呢？他呕心沥血全白费了，最后撒手归天享福去了，而我命中注定拿他骂我的那些难听话，当做生活的口号……唉，这就是世界！愿真主让你们享尽世上的善良，保佑你们规避世上的邪恶吧！……不管怎么说，真主让我们大家都能得到男人，不论是合法的还是非法的……”

一阵哄堂大笑，盖过了房间各个角落里发出的惊奇的叹息声。最逗人发笑的恐怕是后面这句随便说说的祈愿词，同前面（至少从表面上看是）一本正经说出来的那番话有矛盾。换句话说，她前面装得郑重、严肃，最后却开起了玩笑，前后多不谐调啊！连心神不定的艾米娜也忍俊不禁，但她赶紧低下头，掩饰自己的笑容。女人们在这样的场合，对歌女们演出中来一些插科打诨总是心领神会，喜欢她们开开玩笑，尽管有时让人难堪，但仿佛拘谨的时间长了，需要调剂一下。

“求真主让我父亲安心定居天堂！有一天，他带来一个像他一样的好男人，要我嫁给他，”醉醺醺的歌女说到这里又格格地大笑起来，“天哪，还嫁什么人呢？我早已经是那回事了，还有什么留给丈夫呢？我对自己说：嘉丽莱，这回可要露馅了，你等着倒霉吧！”

她停下了，故意卖关子，也许是看到人们静静地、全神贯注听着她，心里很得意，她在唱歌时都没有这种效果。然后，她继续说：

“幸亏真主保佑，我终于获救了，在快要出丑的前几天，卖‘慢助力’麻醉剂的商人哈素纳·贝格勒带着我逃走了。哈素纳有个兄弟给歌女奈吉克弹琵琶，他先教我弹琵琶，后来发现我嗓子不错，就教我唱歌，还把我介绍给奈吉克当班底。奈吉克一死，我就代替了她的位置。我卖了这么多年唱，结识的情人有一百零……”她皱起眉头，在思索这个零头数字，然后回头问铃鼓手：“菲努，是多少呀？”

铃鼓手赶紧回答：

“不为先知祈祷的人，得用五个手指捂住眼睛[①]……”

又是一阵哄堂大笑。几个听得入神的女人赶紧让大家安静下来，让她继续说下去。但是歌女却霍地站起身朝房门走去。有人问她上哪儿去，她毫不理睬。但谁也没有再问她，因为大家知道这个女人好冲动，想要做什么谁也拦不住。歌女下了楼，穿过内宅，来到庭院里。她的突然出现，吸引了周围人们的目光。她索性停在那儿，看了看周围的人，同时欣赏人们对自己形象的关注。她一直盼望能向歌坛泰斗沙比尔挑战，比一比高低。她的愿望果然实现了，因为人们像打呵欠传染似的一个个把目光投向她。

---

① 比喻数目太大，说出来容易遭嫉妒者的毒眼。

嘴里都在重复着她的名字。正在专心致志唱歌的沙比尔，发觉听众的目光突然离开了他，就随着大家的视线望去，见歌女嘉丽莱正站在远处，得意洋洋地注视着他，脑袋向一边歪着，显然是喝醉了酒。沙比尔只得停止唱歌，并做个手势让班子停止演奏。然后，他把两手举到头顶，向她致意！他深知嘉丽莱容易冲动的性格，了解她有一副好心肠——这种看法与许多人迥然不同。而且他估计这个时候与她对立得冒两败俱伤的风险，于是，诚心诚意地向她表示友好，这一计策果然灵验，歌女的脸上立即绽开笑容，高声地对他说道：

"接着唱吧，沙比尔大师，我是来听你唱歌的！"

客人们鼓掌喝彩，继续听沙比尔唱下去。这时，新郎的哥哥易卜拉欣·肖克特走到嘉丽莱身边，和颜悦色地问她需要什么。他这一问使她想起了自己来这里的目的，她便大声问他，许多人都听到了，尤其是亚辛和法赫米更是听得清清楚楚：

"我怎么没看见艾哈迈德·阿卜杜·嘉瓦德先生？他躲到哪里去了？"

易卜拉欣·肖克特拉住她的手，微笑着把她领到男客厅。这时，法赫米和亚辛交换了一下目光，露出惊奇的神色，困惑地望着这一男一女走进男客厅去。艾哈迈德看见歌女摇摆着向他走来，吃惊的程度决不亚于两个儿子。他用慌乱的目光盯着她看，他的朋友们则会意地相视一笑。嘉丽莱扫了大家一眼，打招呼道：

"男人们，晚上好！"

然后，她盯着艾哈迈德，忍不住大笑着嘲讽地问道：

"我这一来让你受惊了吧，艾哈迈德先生？"

艾哈迈德像提醒似的指指外面，板着脸说道：

"理智些，嘉丽莱！你怎么在众目睽睽之下跑到这里来了？"

“你女儿出嫁，我不能不来向你道喜呀！”她好像在道歉，但脸上依然是嘲讽的微笑。

“谢谢你，小姐，”先生大为不快地说道，“可是你就不想想，你来找我会让看见的人胡猜些什么吗？”

“这就是你对我最好的接待吗？”嘉丽莱双手一拍，嗔怪道，然后对着他的朋友们说，“先生们，我向你们起誓，这个人以前非把小胡子扎进我的肚脐眼里才眉开眼笑，你们看看他现在，连见我一面都不愿意……”

艾哈迈德向她摆摆手，好像在求她：“别火上浇油了！”他恳切地说道：“真主明鉴，并不是我不愿见你，你也看到，这种场合多尴尬……”

这时，阿里先生帮腔了，他仿佛提醒歌女注意不应忘记的事情：

“你们在一起时是一对情人，分开后是好朋友，两人无冤仇。不过，他的太太和女儿在楼上，儿子们就在外面……”

歌女好像故意要逗艾哈迈德发火：

“你既然这么好色，为什么在老婆孩子面前假装正经？”

“嘉丽莱！”艾哈迈德抗议似的瞪了她一眼，说道，“真没办法，惟靠真主！”

“要嘉丽莱还是祖贝黛？你这个假圣徒！”

“我惟靠真主，祈求真主解救……”

她向他一挑眉毛，就像刚才向阿依莎挑眉毛一样，但这一次不是欣赏而是奚落。她像法官在宣读判决书似的，用平静而庄严的声音说道：

“你是跟祖贝黛鬼混还是和别的娘们胡搞，对我来说都一样。但让我气不过的是，你闻了那么多乳香（说到这里她指着自己），还把脑袋往臭婆娘里钻！”

这时，离她最近的穆罕默德·阿夫特生怕她借着酒兴讲下去，会闹到不可收拾的地步，便站起身来拉住她的手，轻轻地拽着她往门口走去，凑在她耳边低声说道：

“凭圣裔侯赛因起誓，女客们都等急了，你快回那儿去吧!”

她挣扎了一会儿，总算顺从了。她一边缓缓地往外走，一边还望着艾哈迈德说：

“别忘了向那个臭婊子问声好！看在咱们往日的交情上，我要给你一个忠告：跟她干完那事后要用酒精洗洗身子，当心她的汗水会渗你的血!”

艾哈迈德用愤懑的目光看着她出去，心里只怨自己倒霉，让自己当着这么多人的面，尤其是在他的老婆孩子面前出丑。那些人一直把他当做正经和庄重的典型，现在看清他的真面目了！当然，这件事还有希望不传到家里某一个人的耳朵里，但这种希望太渺茫。他还心存侥幸：即使他们听到这种事情，也不会洞察真相，因为他们生性朴实。然而由于很多原因，很难有保证。不过，即使按最坏的估计，他也不必着急，因为一方面他们对他绝对服从，另一方面他又牢牢地控制着他们，没有什么可以动摇得了的，就连这件丑闻也一样。再说，他的事情可能在一个儿子，甚至所有三个儿子面前败露，对此他早就有了思想准备。但他相信自己的力量，对此从未感到过不安。他教育孩子从不靠以身作则来说服，所以不怕他们看到他的荒唐而脱离正道。他认为他们在长大成人之前，不可能知道他的任何事情。他们长大了，他的秘密暴露也就无所谓了。尽管这样，都不能减轻他对刚才发生的事情的遗憾。事实上，他对这件事多少感到有些高兴，为自己的性魅力而得意。像嘉丽莱这样的女人亲自来给他道喜和他调笑，甚至对他的新欢吃醋，这在他夜间寻欢作乐的朋友圈中，可是一件有重要意义的“事件”，是一种对于像他这样将声色犬马、荡检逾闲不当一回事的男子具有深远涵义的现象！倘若这件艳事发生在远离家人的地方，那该有多幸福啊！

至于亚辛和法赫米，自从嘉丽莱走进去，直到穆罕默德·阿夫特陪她出来，他们两人的眼睛一直盯着男客厅门口。法赫米惊愕不已，感到头昏脑涨，就像亚辛听到宰努芭说“他就是我们街区的人，你一定听说过，他叫艾哈迈德·阿卜杜·嘉瓦德”时的感觉一样。亚辛心里很高兴，他的好奇心上来了，非要看个究竟不可，那种他在宰努芭房间里产生的对父亲既钦佩，又在心灵上共鸣的兴奋劲头，又在心里蠢蠢欲动了。他意识到嘉丽莱准是父亲的另一个艳情故事中的女主角，他相信父亲有着犹如金链条一样的长长一串的艳情经历，父亲的所作所为远远超出他的想象。法赫米想了好一会儿，希望能知道歌女去见父亲只是和邀请她为阿依莎的婚礼晚会的事情有关。后来，赫利勒·肖克特来了，他笑着告诉他们，嘉丽莱“取笑先生”，“她与先生多么要好，是一对老相识”……这时，亚辛再也憋不住了，不说出他掌握的秘密浑身难受。他趁着酒劲上头，要把所知道的事情和盘托出。他等到赫利勒·肖克特一走，就附在弟弟耳边，忍住笑说：“我有许多事情瞒着你，感到难以启齿，现在你已经亲眼看到了，亲耳听到了，我就可以向你透露了。”接着，他把在歌女祖贝黛家里的所见所闻一一告诉法赫米。法赫米听了大惊失色，不时地打断哥哥的话：“别说了！”“你疯了吗？”“你怎么能让我相信呢？”……亚辛详细地说完父亲的故事。法赫米由于自幼接受的信仰和观念，根本没有思想准备去理解，更不要说去消化第一次暴露在他面前的父亲的秘史。父亲是他信仰的基石、观念的支柱，他怎么能相信这些呢？乍一听到这个秘密，他的感觉与婴儿离开安定的子宫降生到动荡的世界时的感觉（如果这种想象是可信的话）一样。倘若有人告诉他，格拉文清真寺上下颠倒了，宣礼塔在下面，陵墓翻到了上面；或者听说穆罕默德·法里德背叛了穆斯塔发·卡米勒[①]，卖身投靠了英国人那样，他决不会相信，也不会使他感到慌乱。“父亲去祖贝黛家饮酒、唱歌、打铃鼓？父亲任凭嘉丽莱调情并和她热乎？父亲荒淫酗酒？这些事情竟然都凑到一起了！……果真如此的话，那他根本就不是我在家里一直把他认做虔诚和威严化身的那个父亲！究竟是真是假呢？……就是现在我还听到他在念念有词：‘真主至大！真主至大！’那他怎么又热衷于唱情歌呢？……生活简直就是在演戏，真是两面派！可父亲是个诚实的人呀，他仰头祈祷是真诚的，大发雷霆也是真实的……是父亲卑鄙下流，还是荒淫也成了美德？……”

“你吓懵了吧？”亚辛说道，“当宰努芭说出父亲的名字时，我也吓懵了，但很快我就心里平顺了，我扪心自问：他这样做又有什么不可呢？背弃信仰？所有的男人都是这样，或者说，他们应该这样！”

“这种话对亚辛来说倒挺合适。亚辛和父亲不一样，亚辛，亚辛算什么？……但是，我现在想这些干什么呀？父亲，父亲即使堕落了，也与他不一样！……不，父亲不会堕落的，一定是有些事情我还不清楚……父亲不会有错，他从没做过坏事，怎么能怀疑他呢？……无论如何，他决不会是卑鄙下流的……”

“还在出神哪？”

“你说的那些事情，我简直不敢想象！”

“为什么？你要笑对这个世界，了解这个世界！父亲唱情歌，唱情歌算什么毛病？他贪杯，请你相信我，酒比饭香！他搞女人，可是玩女人也是

---

① 穆斯塔发·卡米勒（1874—1908），埃及政治家、评论家和民族独立运动的领袖。1907 年 12 月 27 日创立祖国党，任终身主席，次年 2 月 10 日病逝。

哈里发们的娱乐！你读读《坚贞诗集》[①] 和它的注解中记载的传闻轶事吧，相比之下，我们的父亲就没有什么见不得人的。跟我一起欢呼吧：艾哈迈德·阿卜杜·嘉瓦德先生万岁！我们的父亲万岁！我要离开一会儿，趁此机会去看一下我藏在椅子底下的那半瓶酒。”

歌女一回到楼上，她和艾哈迈德·阿卜杜·嘉瓦德先生见面的消息就在内宅里传开了。女人们相互转告，终于传到了艾米娜、海迪洁和阿依莎的耳朵里。母女三人虽然是第一次听说这样的事情，可是艾哈迈德的许多朋友的太太们听到这个消息却一点也不觉得奇怪。她们讪笑着挤眉弄眼，表示她们知道的比这还多，但没有一个人拉下面子说出来。她们或许觉得当着自己女儿的面谈这种事情不合适；或许是出乎礼仪，只好在艾米娜和她的两位千金面前保持沉默。只有肖克特的遗孀同艾米娜开玩笑说：“当心点，艾米娜太太！看来嘉丽莱的眼睛盯上艾哈迈德先生了！”艾米娜假装不在意地笑了笑，她感到羞涩和惶恐，血一下子涌上了脸庞。多年来一直藏在心里的怀疑，这才第一次有了具体的证据。她虽然对命定要遇上的事情已经习惯于忍气吞声，逆来顺受，但碰到如此具体的证据，犹如有把刀子在剜她的心，感到从未有过的痛苦，自尊心被捅出了血淋淋的伤口。有一位太太接过肖克特遗孀的玩笑话，对新娘的母亲说了一句恭维话：“像乌姆·法赫米夫人这么漂亮的人，不用担心别的女人会看上她的丈夫！”听到这样的夸奖，艾米娜浑身一阵震颤，脸上恢复了生动的微笑。无论如何，她总算得到了一点慰藉，缓解了她默默忍受的痛苦。嘉丽莱开始唱一首新歌，她自己听到歌词，无名之火猛地窜了上来，片刻间几乎控制不住自己，

---

① 阿拉伯阿拔斯王朝著名诗人艾布·泰马姆（788？—846）所编辑的诗集，包括 9 世纪中叶以前阿拉伯历代诗篇 882 首。

但她立即以巨大的毅力把火气压了下去，她是一个自认没有权利发火的女人。海迪洁和阿依莎听到这个消息也十分吃惊，她俩困惑地互相对望着，眼神在询问这件事意味着什么？不过在她俩的惊诧中，既没有法赫米的那种烦恼，也没有母亲的那种痛苦，或许她俩觉得像嘉丽莱那样的领班歌女竟然走下楼去，到父亲那儿去贺喜聊天，实在是一件令人高兴的事情。海迪洁有一种本能的愿望，要看看母亲的脸。她悄悄地瞟了母亲一眼，发现她面带微笑，但她知道母亲正忍受着痛苦和不安，于是心中感到难受，立即对歌女嘉丽莱、肖克特的遗孀以及所有在座的女人恼怒起来……

到了新郎新娘入洞房的时候，一切烦恼都被置之脑后。几个星期，甚至几个月后，阿依莎穿着结婚礼服的形象依然留在人们的脑海里。

艾哈迈德一家人离开新郎家回纳哈辛大街时，漆黑的奥利亚街万籁俱寂。艾哈迈德独自走在前头，法赫米和亚辛离他几米远，跟在后面。亚辛酒喝多了，脑袋晕晕糊糊，步履跌跌冲冲，正在竭力控制自己，以免闹出笑话。走在最后面的是艾米娜、海迪洁、凯马勒和乌姆·赫奈斐。凯马勒很不情愿地跟大家一起回来，要不是父亲走在前面，他早就想挣脱母亲的手，跑回他们丢下阿依莎的那里去了。因此，他一步一回头地望望穆泰瓦里门，恋恋不舍地与尚能看见的灯光——那盏挂在怡心园胡同门上方的明亮的汽灯告别，一个工人正登上木梯把那盏灯摘下。他看看自己一家人，唯独缺少了那个除母亲外是他最贴心的人，心里像刀割般的痛苦。他抬头望望母亲，悄悄问道：

“阿依莎姐姐什么时候回家？”

母亲轻声地回答说：

“别老问这种问题，祈求真主赐她幸福吧。她会常来看我们的，我们也会常去看她。”

凯马勒生气了，又一次轻声说道：

“你们老是在笑话我!”

母亲用手指指前面，艾哈迈德的身影已快被黑暗吞没了，说了声“嘘!别说了!”凯马勒开始回想着新房里的情景，觉得奇怪极了，使他心里感到惶惑不安。他拉着母亲的手往自己身边拽，使她离开海迪洁和乌姆·赫奈斐，然后指指后面，悄悄地问道：

“你不知道那里在发生什么事情吗?”

“你指的是什么?”

“我从门缝里看见……”

母亲的心惊慌地抽紧了，她已经猜出了他指的是哪儿的门，但她仍想否定自己的猜测，还是问道：

“哪儿的门?”

“新房的门!”

“从门缝里偷看，多丢人哪!”母亲生气地说道。

“我看到的事才丢人呢!”他立即咕哝道。

“别说了!”

“我看见阿依莎姐姐和赫利勒坐在摇椅上……他……”

母亲使劲地在他肩膀上拍了一下，他才不作声了。接着，母亲凑近他耳朵，轻声说道：

“说出这样的话，真该感到害臊，让你爸爸听见了，非打死你不可!”

“他用手托着她的下巴，亲她的嘴!”凯马勒还是固执地说了出来，他仿佛觉得自己是在向母亲揭露一个他无法想象的事实。

母亲又狠狠地揍了他一下，这是从来没有过的，于是他意识到自己确实不该说，但他不明白为什么不该说，只是吓得不敢再开口。到家后，别人都走到前面去了，只有乌姆·赫奈斐留在后面关门上锁。这时，他再也忍受不了困惑，迫切想知道究竟，便壮起胆子打破沉默，恳求地问道：

“妈妈，他为什么要吻姐姐呀？”

“你再说我就告诉你爸爸！”母亲斩钉截铁地回答了他。

# 四十一

亚辛回到卧室时已经酩酊大醉。凯马勒的脑袋一挨枕头就进入了梦乡。亚辛在整个晚上，尤其是在回家的路上，为避免自己失态，竭力控制住自己，搞得神经非常疲惫。他想撒酒疯，可是看到房间太小，无法肆意发泄，只能借助聊天来排遣胸中的郁闷。他一边脱衣服，一边瞅着法赫米自我解嘲地说道：

"把我们的失意和父亲的潇洒对照一下，父亲是真正的男子汉！"

这句话触动了法赫米的痛苦和惶惑的心情，他的嘴唇上泛出一丝怨恨的微笑，只是说了句：

"还是你有福气，你真是爸爸的最佳继承人。"

"我们的爸爸是个猎艳高手，你不高兴吗？"

"我巴不得改变他在我心中的形象。"

亚辛搓着双手，兴奋地说道：

"他的真实形象更光辉、更可爱，比作为崇高典范的父亲更伟大！呵，你倘若能见到他手里打着铃鼓，面前摆着酒杯的那副样子，准会感到骄傲！了不起啊，真了不起，艾哈迈德先生！"

"那么，他的谨慎和虔诚哪儿去了？"法赫米困惑地问道。

亚辛皱起眉头，集中精神思考这个问题，但是他发现自己处于两难境地，不过他觉得这个矛盾不难统一，便自鸣得意地说：

“这根本不是什么难题，只是你的脑袋瓜爱钻牛角尖。爸爸为人谨慎，信仰虔诚，同时又喜欢女人，这不是很简单的事情吗？这不就像一加一等于二那样明明白白！也许我比较像爸爸，我信仰虔诚，也爱女人，只是不够谨慎。你本人也是信仰虔诚、为人谨慎，同时又喜欢女人的，只是你在做到自己的虔诚和谨慎时，在喜欢女人方面忽然畏缩起来，”说到这里他“嘿嘿”一笑，强调道，“喜欢女人是人的本性！”

说到最后，他或许已经忘却了为什么才这样喋喋不休的。表面上，他的话是为父亲辩护，实际上却是表露了他那血管里流动着的酒精燃烧起来的灼热感情，反映了他在时刻提防着的监视者不在身边时再也抑制不住的强烈欲望。这是酒的刺激所燃起的欲火，他的肉体疯狂地需要发泄这股欲火，他的意志已经无法对它进行遏止或安抚，但到哪儿去找发泄对象呢？时间还来得及吗？……去找宰努芭？有什么不可以呢？路很近，同床时间也不长，完事回来后就可安安稳稳地睡大觉了。这个诱人的想法使他露出舒心的微笑，已经没有脑子再去想一遍了，他要毫不迟疑地去实现它，便立即对弟弟说道：

“天气真热，我到平台上去吹吹夜间湿润的风[①]。”

说完，便走出房间，来到外面过道，摸黑下了楼梯，小心翼翼地不弄出声响。啊，深更半夜的，怎么能去宰努芭那儿呢？直接去敲门？会是谁来开门？开门的人问他有什么事他该如何回答？如果都睡了，没有人来开门怎么办？如果巡警见到后上来盘问又该怎么说？……这些想法犹如泡沫

① 埃及气候炎热干燥，所以人们喜欢湿润的风。

一样浮现在他的脑海里，然后沉入醉意的洪流被卷走。他没有为这些应该估计到其后果的事情而皱眉！相反，他笑对这些想象，把它当做慰藉自己调情前空虚寂寞的笑料。接着，他的幻想飞到宰努芭那间俯临奥利亚街和萨纳迪基亚大道交叉路口的卧室，想象着她穿着透明的白纱睡衣，丰满的乳房、滚圆的臀部和全身曲线纤毫毕现，睡衣下沿露出戴着脚镯的白里透红的小腿。想到这里，他的魂儿都出窍了，要不是黑得伸手不见五指，他恨不得一步跳下去。他来到院子里，借着暗淡的星光，这里并不太黑，尤其是他的眼睛在黑暗中久了，竟觉得星光也很亮，甚至说是光明。

他朝院子尽头的大门刚跨出两步，忽然看见厨房门外的案子上发出微弱的灯光，他的目光被吸引过去，诧异地望了一眼，发现案子旁边的地上躺着一个人，借着灯光可以认出那是乌姆·赫奈斐。显然，她是嫌厨房里闷热而睡到露天里来了。他刚要继续往前走，似乎又有什么吸引住他了，他又一次歪着头去看女仆。他站的地方离她不过几米距离，完全可以看清她的模样：女仆仰面躺着，右腿支起，被膝盖顶起的长袍边沿形成金字塔形，使左腿的膝盖以下全部裸露，左大腿也遮不严实。在一条支起和一条伸着的两腿中间，敞开一条黑糊糊的缝隙。他尽管感到时间紧迫，必须赶紧出去达到自己的目的，但怎么也无法从面前躺着的这具肉体上收回目光，或者说他已经无法收回自己的目光了。他来了精神，睁大通红的醉眼张开两片厚嘴唇，聚精会神地盯着眼前的猎物。他欲火中烧，把这个像一头肥大的母牛、占了很大空间的又粗又胖的身躯仔细打量了一番，盯住了一条腿支起、一条腿伸直中间那个缝隙。这时，奔流着的兽欲，使他丢开了出门的想法而转向厨房。他仿佛第一次发现了这个与他已相处了许多年，但并没有让他在意的女人。

乌姆·赫奈斐谈不上漂亮。她刚跨进四十岁门槛，看起来比实际年龄大，肥胖的身体，显不出任何曲线，只像一只不光滑的大肉团。再说她成年累月地待在厨房里，因此他从未正眼瞧过她一眼，尽管他自幼就和她打交道。不过，今夜他正情欲难熬，情欲蒙住了他的眼睛，使他丧失了辨别能力。这是什么情欲呢？这是只贪图女人的肉体，而不问她的年龄、姿色或其他。他追美人，也不厌弃丑女人，在“危机”中，只要是女人就行！他犹如一只狗，就是碰见一堆垃圾，也会毫不犹豫地从中觅食。这时他想到，现在去找宰努芭确实冒险，困难重重，后果难测。他不再把“深夜去找情妇，敲门，回答开门的人的问题，应付巡警”等等看作是好笑的事，它反倒变成了难以逾越的障碍，而且是最好能避免的麻烦。他微张着嘴，蹑手蹑脚、小心翼翼地向前走去。他一切都不顾了，贪婪的眼睛里只有躺在他面前的这一仿佛已经准备迎接他的肉体。他终于站在一条支起、一条伸着的两腿中间，在内在的欲火和外在诱惑的强烈刺激下，情不自禁地一点一点趴到了她的身上。或许，最初他并没打算一下子走到这一步，而是想先有点前奏作为铺垫，不应立即采取这种粗鲁的行动。这时，被他压在底下的那个身体异常恐惧地抖动了一下，他还没来得及捂住她的嘴，她就发出了一声尖叫。叫声划破了周围的寂静，重重地击在他的头上，使他惊醒过来，他忙用手掌捂住她的嘴，附在她耳边十分惊恐地说道：

“我是亚辛，我是亚辛，乌姆·赫奈斐，别害怕……”

他反复这样说着，直到他确证她已认出了他，才把捂她嘴的手拿开。这个一直在反抗的女人，终于把他从自己身上推开，坐起身，激动和吃力地喘息着。然后，用使他胆战心惊的声音质问道：

“你要干什么，亚辛？”

“别这样大声嚷嚷，我跟你说了别害怕，根本就没有什么可害怕的……”亚辛低声哀求道。

“你来干什么?”女仆虽然稍微放低了声音，但口吻依然十分严厉。

他讨好地抚摩着她的手，神经质地叹了一口气，似乎轻松了许多，仿佛认为她放低声音是对他的鼓励。

“你发什么急呢?我对你没有一点恶意，”他微微一笑，和蔼地说道，“来，到厨房里去吧……”

女仆声音颤抖，但语意非常坚决地说道：

“不，亚辛，你回房间去吧！走吧，愿真主诅咒魔鬼……”

乌姆·赫奈斐并没有考虑这话的分量，只是一时情急就脱口而出了。或许这些话没能把她的真实想法最确切地表达出来，但却不知不觉地说明她感到突然。这一突发事件没有任何先兆，他竟会像鹞鹰抓小鸡那样，乘她熟睡之际扑到她身上。她不假思索，便进行了反抗，厉声斥责他。这倒引起了他对她满腔愤怒，脑海里冒出很多想法。“怎么对付这个臭婆娘呢?她已经识破了我，让我丢了丑，我已经没有退路了！我一定要达到自己的目的，哪怕是使用暴力!”他迅速地思索着最有效的方法，以便战胜她的反抗。但是，他还没来得及拿定主意，就听到楼梯间门口处传来一阵奇怪的响声，好像是脚步声。他惊恐万状地一跃而起，把兽欲压了下去，就像一个盗贼在藏身处遭到袭击，为怕人赃俱获，把偷来的钻戒吞到肚子里去一样。他转过身对着楼梯口，想看看那里究竟是什么东西发出声音，只见父亲手里端着灯正迈步跨过门槛。他吓得魂飞魄散，绝望地站在原地一动不动，浑身的血都凉了。这时他才意识到，乌姆·赫奈斐的喊声还真起了作用，父亲卧室的后窗就是个观察点。可是到现在才想到这一点有什么用呢?他已经落入圈套，只好听天由命了。艾哈迈德气得浑身发抖，一声不响，严肃地审视着儿子的脸。他沉默良久，严峻的目光盯着儿子，手指着门，命令他进去。亚辛在这一瞬间，恨不得找个地方躲起来，但由于恐惧和慌乱，他竟然站着一动不动。父亲急了，满脸怒容一触即发。他持灯的手开始颤动，摇曳的灯光照在他的脸上，眼睛里冒出火花，终于怒不可遏地大声呵斥道：

“快进去，混账东西，狗崽子！”

亚辛越发僵在那里不能动弹。艾哈迈德先生冲过去，用右手抓住他的胳膊，使劲地拽着，把他拖到门口，用力往里一推，用力之大使亚辛打了个趔趄，差点栽倒在地。他连忙站稳身子，惊恐不安地回头看了看，不管里面漆黑一片，连跑带蹿地逃了。

# 四十二

除了父亲和乌姆·赫奈斐，还有两个人知道亚辛的丑事，那就是艾米娜和法赫米。他们都听到了乌姆·赫奈斐的叫喊声，从窗口看到了父亲对亚辛的那些举动，不用多想就猜到发生了什么事情。艾哈迈德回屋后还是把亚辛的荒唐行为告诉了妻子，又详细地向她打听乌姆·赫奈斐的品行。艾米娜为女仆辩护，向丈夫介绍了她所了解的女仆的善良本性和正直为人，并提醒丈夫要不是乌姆·赫奈斐喊了那一声，谁也不知道出了那种事。艾哈迈德怔了一会儿，就又怒骂又诅咒起来，既骂亚辛，也骂自己“不该生这些孩子，他们用邪恶的欲念搅得他不得安宁”。他越说越有气，把整个家和一家人一个个都骂到了！艾米娜好像什么也不知道似的，一直缄默不语，后来也绝口不提一个字。法赫米同样佯装不知道此事，当亚辛事情败露气喘吁吁地回到卧室时，他装作在沉睡，后来也不表现出他多少知道一点。他不愿意让哥哥晓得他知道他这种现眼丢丑的事，以顾全哥哥的面子。尽管他已洞悉了亚辛的放荡堕落，尽管他的学识和文化超过了哥哥，尽管亚辛随便和弟妹们打趣逗乐，没有一点做哥哥的样子，使哪个弟妹都不会对他尊敬，但是他对亚辛一直抱有对大哥的尊敬。是的，他一直对亚辛怀有敬意，或许他坚持这样做只是因为他总是要求自己有礼貌、严肃、稳重，这些使他看起来有些老成持重。翌晨，海迪洁发现亚辛没有和父亲一起吃早饭，便诧异地问为什么，亚辛推脱说自己喜宴吃得太多，还没有消化。天生敏感而又喜欢往坏处想的姑娘认定，亚辛不吃早饭绝非因为消化不良，一定另有原因，便去问母亲，母亲也没有给她明确的答复。接着，凯马勒走出餐厅后也在打听亚辛为什么不吃早饭，他提问题既不是出于好奇心，又不感到遗憾，而是希望知道下一次“战场”上会不会没有亚辛这样的危险对手。这件事情本来过去就算了，但亚辛傍晚又离开了家，没有照例和大家一起喝咖啡。他对法赫米和母亲托词说外边有约会，海迪洁却直截了当地说道：

“这里面一定有名堂，我又不是傻瓜。亚辛要是没什么事，砍掉我的胳膊。”

这时，母亲才迫不得已地说，父亲对亚辛生气了，什么原因她也不清楚。大家猜测了半天，艾米娜和法赫米为掩饰真情，也与海迪洁和凯马勒一起说东道西。亚辛一直避免与父亲同桌吃饭，直到有一天早饭前父亲把他叫去。他对父亲叫他去谈话并不觉得突然，但感到恐慌。他早就料到会这样，每天都在诚恐诚惶地等待着，他知道父亲对他这次失足决不会只推他一把，让他差点仰面摔倒就完事的，一定会以某种办法来旧事重提。他还估计父亲甚至不会对他手软。这对于已经当了职员的他是难以接受的，因而这几天他在考虑暂时离家出走，甚至永远不回来。是啊，父亲不应该让他如此狼狈，尤其是他在祖贝黛家里认清了父亲的真面目以后，更不应揪住他的过错不放过。同样，对于他来说，也不应坐等，使自己面临会有伤他男子汉自尊心的惩罚，最好的办法是离开父亲，可是到哪儿去呢？要出走，就得一个人独立生活，这并非办不到，但从各个方面反复考虑，首先得估计一下自己的生活费用，问一问除此之外还有多少余钱可供他挥霍：

他要去阿里咖啡馆，泡科斯塔基酒吧和找宰努芭。想到这里，他发热的头脑顿时冷静下来，犹如蜡烛被大风吹灭一般，只好自欺欺人地对自己说："如果我听从魔鬼的摆布而离家出走，那就开了一个恶劣的先例，有损于家庭的颜面。不管父亲怎么说、怎么做，他总归是父亲，被父亲教训一顿谈不上受凌辱。"接着，他又用风趣的精神，自我解嘲地坦然说道："亚辛贝克，谦虚点得啦！别顾什么尊严了！凭你母亲的生命起誓，一方面是你阁下的尊严，一方面是科斯塔基酒吧里的科纳克白兰地和宰努芭的胴体，你到底喜欢保留哪一样呢?"就这样，他放弃了离家出走的想法，留在家里等待父亲找他。现在真的叫他了，他定了定神，恐惧而反感地去了。他垂着头，迈着轻轻的步子走进父亲的房间，在离父亲很远的地方站住了，连问候一声都不敢，只是等候着。父亲打量了他好久，然后摇摇脑袋感叹道：

"真主啊，长得倒仪表堂堂，留着小胡子！在路上谁见到你都会暗中称赞：多好的男子汉啊！多好的儿子啊！可是叫人来家里看看你的真面目……"

亚辛更加恐慌和羞愧了，但他仍然一言不发。父亲生气地审视着他，过了一会儿，用冷冰冰的语气直截了当地命令道：

"我决定给你完婚！"

亚辛大为惊异，几乎不敢相信自己的耳朵。他一直估计只会挨骂被诅咒，根本没想到会听到一个将改变他生活道路的重大决定，他情不自禁地抬起眼睛去看父亲的脸，直到与父亲那双蓝眼睛的锐利目光相遇，才满脸通红地垂下了眼皮，仍然缄默不语。艾哈迈德明白，儿子本来预期会受到粗暴的训斥，现在却听到这样一个"喜讯"，一定会惊异得不知所措。客观情况让他和颜悦色地与儿子说话，而和颜悦色会使亚辛误以为父亲那众所周知的威仪不过如此，想到这里，他的火气又上来了，便皱起眉头，没好气地说道：

“时间紧迫，我要听你的答复。”

既然父亲已经决定让他结婚，那父亲只想听到一种答复，他就不妨给他一个他愿意听到的答复。这样不仅服从了他的命令，而且也满足了自己的愿望。说实在的，他一听到父亲的这个决定，脑海里立即幻想出一个美若天仙的“新娘”，她归他所有，任他摆布，不由得心花怒放，那股高兴劲几乎从声音中流露出来：

“你的意见就是我的意见，爸爸！”

“你到底想不想娶老婆？说呀！”

亚辛当然想结婚，但经济上又没有准备，只好小心翼翼地表示：

“既然这是你的意见，我真心诚意地同意。”

父亲的语气不再那样咄咄逼人，说道：

“我替你说的是我的朋友穆罕默德·阿夫特先生的千金，他在哈姆扎维街开布店。像你这样的牛脖子，还抵不上人家姑娘的手指甲呢。”

亚辛微微一笑，讨好地说：

“多亏爸爸，我会配得上她的！”

父亲用锐利的目光瞥了他一眼，仿佛看穿了他的这种拍马奉承，说道：

“听你的说话，谁也不会想到你会干出那种事情。口是心非的东西，从我面前滚开吧！”

亚辛刚要走，父亲一摆手又让他站住了，好像顺便想起似的，追问了一句：

“彩礼的钱你大概准备好了吧？”

亚辛又心慌了，无话可答。父亲火了，责备地问道：

“你虽然有了工作，可仍是吃我的穿我的，就和你当学生时一样，你的工资都干什么啦?”

亚辛的嘴嚅动着，仍然没有出声。父亲恼怒地摇摇头，回想起一年半以前儿子刚找到工作时自己叮嘱他的话：“你已长大成人，可以独立了，如果我现在就要你负担自己的生活费那也合情合理，父子之间的惯例都是这样。但我一个钱也不要你，为的是你可以节省几个钱留在手上，一旦需要用钱时好拿得出来。”他这样做，说明他相信儿子。事实上，他决想不到自己这么严格地教育和管束孩子，竟然还会有儿子挥霍金钱，想不到这个年轻的儿子竟然变成了酒色之徒。他认为，酗酒和玩女人是他生活中的一种消遣，既不损害人格，也不损害他的形象；但若是他哪一个儿子“沾染”上了酒与色，那就是不可饶恕的罪过。因此，他发现这个年轻人在自家院子里干的丑事后，十分气愤，但并不担心什么。因为在他看来，乌姆·赫奈斐诱惑不了任何年轻人，除非这个年轻人正经老实到傻乎乎的程度。说老实话，他并没有怀疑儿子行为放荡，但他想起自己曾经常发现他热衷于打扮，总是喜欢穿昂贵的西装和衬衫，系高级的领带，他当时就不放心地警告他不要手头太松。但警告归警告，他并没有太在意，一则是因为他不认为讲究穿着是种罪过；二则是因为儿子仿效和追求的正是他自己身上的一些无大碍的行为，因而触动了他的同情和宽容心，但是宽容的后果是什么呢？现在总算一清二楚了：儿子把钱都用在毫无意义的奢侈上了！父亲气得直喘粗气，咆哮道：

“给我滚出去!”

亚辛走出父亲房间。他惹恼父亲生气的，并不是在他去房间时预料的那件丑事，而是他的挥霍。以前，他从来没有为钱的事情担心过。他大手大脚花钱，从不考虑，也无安排，口袋里有钱就花，花光为止，根本不顾人们常说的“将来”，仿佛这“将来”是并不存在的东西。听父亲训斥一顿，他离开房间时虽然有些慌乱和害怕，但心里却感到宽慰，因为他意识到父亲那一声“滚出去”并不只是意味着赶他出房间，还说明父亲准备负担他的结婚费用。这就像一个孩子缠着父亲要一个基尔什，父亲被惹火了，给了他一个基尔什就一把将他推出房门，孩子只想到如愿以偿的欢乐，却忘掉了挨推的痛苦。父亲独自在房间里生气，反复地想：“这个畜生，长得又高又大，却一点脑子也没有。”儿子胡乱花钱使他怒不可遏，好像他对自己生活的奢侈觉得是理所当然。他认为挥霍与他的其他嗜好一样，只要不使他倾家荡产，不让他忘记自己的职责，不败坏他的人格，就没有什么了不起。但是，他怎么能保证亚辛会掌握好分寸呢？还有，专横霸道和自私自利使他允许自己这样做，却反对亚辛也那样。可是他疼爱孩子，对儿子的唯唯诺诺产生了恻隐之心，这种同情带有骄傲的心理，表现为自信和不相信别人。

与往常一样，他的火气来得急，去得也快。想到这里，他的心情平静了，面容舒展了，换了一种温和、宽容的新的态度来对待这件事情。“蠢牛，你想仿效爸爸吗？那就不要只学一面而忽略其他许多方面。如果你有本事，就做一个完完全全的艾哈迈德·阿卜杜·嘉瓦德，否则你得守好本分。你难道以为我真的是为你大手大脚而生气，真的想让你自己出钱娶老婆？去你的吧！我是希望你学会理财之道，我会出钱给你完婚的，但你手头总得有足够的钱吧？我的这个希望已经泡汤了。你难道以为我只是当场抓住你，知道你强奸未遂才想给你找媳妇吗？强奸，多丢脸哪！你怎么下流到这种程度？真是和你妈一样下贱！你以为我怕丢脸才给你找媳妇？错了，笨驴！从你当了职员后，我就在为你的幸福操心了。怎能不操心呢？你是第一个使我成为父亲的人，你和我一起忍受了你那可诅咒的母亲给我们的痛苦！再说，为你完婚难道不是我的权利吗？特别是你那个已经坠入情网的弟弟学业未成，要为那头公牛完婚我还得等上好多年，谁知那时候谁还活在世上？……”接着他回想起一件与他目前的态度密切相关的事情。他想起自己如何向穆罕默德·阿夫特讲述亚辛的“罪行”，说他如何呵斥他，如何拉他推他，最后为儿子向对方的女儿求亲。事实上，他在向亚辛提起这件事情前，早已与穆罕默德·阿夫特说妥了。当时穆罕默德·阿夫特对他说道：“你的儿子已经长大成人，有了工作，成为一个有责任的人，难道你不认为应该改变对待他的态度吗？”接着，他笑了笑继续说，“有些父亲，一定要等到子女们公开起来造他们的反，才不得不改变自己的作风。显然，你就是这种父亲！”当时，他信心十足地回答：“时代会变，我和几个儿子的关系绝对改变不了！”说这句话时，他是无限的得意和自信。可说过之后，他对儿子的态度事实上也随着情况的变化有所改变，只是他尽力不让任何人察觉到他希望变化的想法。他接着说道：“说实在的，我现在真不愿意对亚辛，甚至对法赫米动手。我推亚辛也实在是在气头上，没想到竟会使出那么大的劲……”当时，他还回想起陈年旧事继续说道：“当初先父——求真主怜悯他——管教我的时候，比我现在对待孩子们要严厉得多。不过，他自从让我到店里来帮忙以后，对我的态度很快转变了；等我娶了亚辛的母亲后，我们之间才有了父子情谊。我甚至自信到这种程度，竟然出面反对他最后那次结婚，说他年龄大了，而新娘太年轻。他也冲着对我说道：‘你想管我吗，牛犊子？这事跟你有什么关系？我比你更有能力使任何女人得到满足！’我忍俊不禁，对他道了歉，让他心里快活极了。”想到这一些，他的心中冒出一句谚语“儿子长成人，父子成兄弟”，感到做好一个父亲真是不容易！他以前根本没有这样的感觉，有生以来这是第一次想到。

就在这个星期的一天傍晚，母亲在大家喝咖啡时宣布了亚辛订婚的消息。法赫米早已从亚辛本人那里听到了这件事。海迪洁立即把亚辛订婚和她前两天得知父亲曾对亚辛发火的事情联系起来，以为亚辛和法赫米一样，也是由于想结婚而惹父亲生气的。她像探询似的公开亮出了自己的看法，亚辛既羞愧又慌乱地瞟了母亲一眼，呵呵地笑着说：

“对，爸爸的发火和我订婚，有密切的关系……”

海迪洁半开玩笑半挖苦地假装数落几句：

“爸爸生气是情有可原的，因为你阁下不可能在他的好朋友穆罕默德·阿夫特面前为他增光！”

亚辛反唇相讥地回敬道：

“如果爸爸的那位好朋友听说自己的女婿有你这么一位妹妹，爸爸的处境就更尴尬了！”

“亚辛也会像阿依莎姐姐那样离开我们吗？”凯马勒问道。

“他不会离开，倒是还会带个新姐姐来，也就是新娘来我们家。”母亲微笑着告诉他。

凯马勒听到这个出乎意料的回答，心里很高兴。亚辛是他的“故事员”，常给他讲故事，说奇闻，逗他快乐。亚辛能留下，他感到满意，但他立即又问道：“阿依莎为什么不留下来呢？”母亲告诉他，这是传统习惯，新娘要搬到新郎家里去，倒过来不行。凯马勒不明白是谁订下这种规矩的，他多么希望能颠倒过来呀！他宁愿牺牲亚辛和他那些有趣的故事。但是他不能公开说出自己的愿望，只好用流露着这种想法的目光凝视着母亲。惟独法赫米因这个消息而感到忧伤，他当然为亚辛高兴，但一提结婚总会刺激他的感情，引起他的哀怨，这就像胜利的消息会使在这场胜利的战斗中失去儿子的母亲伤心落泪一样。

# 四十三

马车载着母亲、海迪洁和凯马勒向怡心园胡同驶去。难道阿依莎出嫁标志着一个新的自由时代的到来？难道他们终于能够不时地见一见光明的世界，可以呼吸一下流通的空气？不过，艾米娜并没有盲目乐观，过早地提出去看女儿。既然丈夫不允许她经常去探望母亲，那么他同样会不让她去看望自己的女儿。她不会忘记，女儿结婚这么多日子了，父亲、亚辛、法赫米甚至乌姆·赫奈斐都去看过她，却没让她去过一次，而她也没有勇气提出要求，尽管她时刻惦记着有个女儿在怡心园胡同应该去看看她。她一直沉默着，直到实在忍受不了思念之苦时，才鼓足勇气去问丈夫：

“如蒙主愿，老爷打算这几天去看看阿依莎吗？也好让我们对她放心呀！”

丈夫明白了她话里的意思，立即生起气来，这倒不是他决意不准她去看望阿依莎，而是想由他主动提出，把允许她去看女儿作为一种恩惠赐给她，免得她的要求仿佛左右了他作主似的。在类似情况下他都是这样的。因此，他讨厌她用这种狡猾的问题来提醒他。起初，他考虑到这一点时有些不快，等他发觉这一要求合情合理、不能拒绝时，便恼火起来，不由得冲她大发雷霆，说道：

“阿依莎在她丈夫家里，不需要我们谁去照料她。我去看过她，她的两个哥哥也去看过她，你还有什么不放心的呢？”

艾米娜的心往下一沉，感到唇干舌燥，十分失望，只好死了这条心。丈夫故意保持沉默，好像这事就这么定了。作为对她玩弄那种不可宽恕的小聪明的惩罚。他一直没有理睬她，只是时不时地偷眼瞧瞧她那愁容满脸的神色。直到他要动身去铺子的时候，才用冷峻的口吻简短地说了句：

“明天你去看看她吧！”

她兴奋得满脸通红，毫不掩饰地露出孩子般的喜出望外的神色。这时，丈夫又来了气，对她大声嚷道：

“以后如果她丈夫不让她来看我们，你决不能再去看她了！”

她没接口丈夫的话，心里在想着自己曾与海迪洁商量过，在向丈夫请求去看望阿依莎时不忘带上海迪洁的这一承诺，她迟疑了好一阵子，才可怜巴巴地问道：

“老爷，我能带海迪洁一起去吗？”

丈夫晃了晃脑袋，仿佛在说：“好啊，要得寸进尺了！”然后，没好气地冲她说：

“去吧，去吧！既然我同意把女儿嫁出去，就得让家里人在街上抛头露面！你带她去吧，求真主把你们都带走吧……”

她大喜过望，根本没有把最后一句她已经听惯了的诅咒的话放在心上。他无论是真生气还是假生气，总要说点诅咒话，她知道他只是嘴上说说而已，心里决不会那样的。他就如一只雌猫，在和小猫逗乐时，总装出要把它们吃掉的样子。

希望终于实现了，车子载着他们往怡心园胡同驶去。三个人中，凯马勒最高兴，一是因为去看望阿依莎，二是陪母亲和姐姐一起出门，三是坐上了马车。他怎么也抑制不住内心的喜悦，总想当众宣布或者引起人们的注意，让他们看见他在马车上坐在母亲和姐姐中间。所以，当马车驶近侯斯尼大伯的理发店时，他突然站起来喊道："侯斯尼大伯，你瞧!"侯斯尼先生抬头向他望去，见到车上不只是他一个人，便赶紧微笑着低下眼睛。母亲羞臊、慌乱得身子发软，怕儿子到前面每个铺子门前时还会这样，便拽了拽他身上夹克的角，对他这种"发疯的"行为呵斥了几句。怡心园胡同口的那所住宅已经看得见了。它完全不像办喜事那天晚上灯火通明时的样子；它显得古老和陈旧，这恰恰说明这个家庭的权势和地位，而不用说它的高大和豪华了。肖克特家族是个"世家"，但现在，特别在分家以后，子女不求上进，除了还保留着家族的姓氏外，昔日的荣华已不复存在。新娘住在二楼。肖克特的遗孀因为上了年纪，爬不动楼梯，便和大儿子易卜拉欣一起搬到底楼住。三楼整个空着，他们没有那么多人住，也没有人愿意住在顶楼。艾米娜带着女儿、儿子走进阿依莎家里时，凯马勒准备像在自己家里一样由着性子往上冲，亲自找到姐姐，表达他在上楼时就想到的那种突然相见的欢乐。但不管他怎么挣扎，母亲总是抓住他的手。出乎意外的是女仆把他们领进客厅后就走开了，让他们三人独自待在那里！凯马勒感到这家人把他们当"外人"或"客人"看待，觉得胸中发闷，心都碎了。他焦躁地一遍遍询问："阿依莎姐姐在哪里？我们干吗要待在这里?"他听到的回答只是"嘘"的一声，警告他如再出声，下次就不让他来了！但当他瞥见阿依莎急步走来时，立即转悲为喜。

阿依莎神采奕奕，脸上的笑容比她身上鲜艳的衣服和珠光宝气更加光彩夺目。凯马勒上前一把搂住她的脖子，在她同母亲和姐姐相互问好时，始终没有松手。阿依莎由于满意自己的新生活，再加上亲人来访，显得异常幸福。她向大家讲述父亲、亚辛和法赫米先后来看她的情况，谈起她对他们的思念如何战胜了她对父亲的恐惧，使她有勇气要求父亲允许他们来看她！她说道："我不知道自己的舌头竟能那么顺利地把这些话说了出来！或许这是他那新的态度的原因，我以前从未见过他这样和蔼可亲，满脸笑容。是的，凭真主起誓，他一直在微笑。就是这样我还犹豫了好一阵子，我怕他突然变脸，把我训一顿。最后，我把一切交托给真主后，就说了！"母亲问她父亲是怎样答复的，她回答道："爸爸爽快地说：'行啊！'接着，他像警告似的郑重其事地说：'但是，你别以为这是儿戏，凡事都要三思而行。'当时我高兴得心怦怦直跳，我投其所好地为他祷告了半天！"接着，阿依莎回忆再往前一些的事，叙述自己听到"亲家老爷来了，在客厅里"时的情景，她说："我立即奔进浴室，把脸上的脂粉统统洗掉。赫利勒问我为什么要这样，我答非所问地说：'快帮我个忙，我穿着露出胳膊的夏天连衣裙是不能见他的！'后来我披上毛绸披肩后才出去见他！……妈妈知道了，"她笑了笑，继续往下说，"我说的是婆婆，当赫利勒把这件事告诉她时，她笑着对儿子说：'我对艾哈迈德了如指掌，他就是这样一个人，比这严厉的还有哩！'接着她对我说：'可是你要知道，姑娘，你已经不是阿卜杜·嘉瓦德家的人了，你现在是肖克特家的人，不用那么多顾忌了……'"

阿依莎这种愉快的神情和言谈，使母亲和姐姐感到喜爱和赞赏。凯马勒像在阿依莎结婚那天一样盯着她看，不满地问道："你在家里为什么不是这样高兴呢？"她立即吃吃地笑着回答："那时候我还不是肖克特家的人。"海迪洁深情的目光凝视着妹妹。从前姐妹在一起，常常磕磕碰碰的，自从妹妹一结婚，再也没有机会争吵了。同时，由于妹妹先出嫁而产生的不快也早已烟消云散，她只怨自己命运不佳，而不再恨妹妹。所以，她的心里对妹妹只有疼爱和思念。每当她需要有人倾听她的心里话，并为她消愁解闷的时候，就深切地感到失掉妹妹的痛苦。

阿依莎又介绍起她的新家来：阳台下面是穆泰瓦里门，附近耸立着几座宣礼塔，可以看到街上川流不息的行人。这里的一切使她想起娘家及娘家附近的道路和建筑，除了名称和一些次要的景观外，两个地方几乎没有差别。“只有穆泰瓦里门我们那边可没有，”说到这里她有点泄气，“大门下面连一乘大轿子都过不去！这是赫利勒告诉我的。”她又接下去说道：“阳台下面总有三个人坐着，不到天黑是不离开的，一个是讨饭的瘸子，一个是卖鞋的小贩，另一个是用沙子算卦的人。他们就是我的新邻居。这三人中数算卦的最走运，我说不清有多少男男女女三五成群地蹲在他面前，向他了解自己的命运。我真巴不得这个阳台再低一点，能够听见他对人们说些什么了。最有趣的情景是，从洋红巷驶来的一辆公共马车和从奥利亚街赶来的一辆拉石头的大车迎面相遇，穆泰瓦里门的入口处容不下两辆车同时通过，两个车夫各不相让，都要对方后退给自己让路。两人先是和气地交涉，但越说越上火，便粗声粗气地相互指责，最后扯开嗓子破口大骂起来。两个车夫争吵的这段时间里又来了几辆驴车和手推车，把穆泰瓦里门前的道路堵得水泄不通，谁也不知该怎么疏通道路。当时我就站在窗户里面瞅着这种场面和一张张面孔，真忍不住要笑出来。婆家的院子和娘家的院子十分相似，厨房和储藏室都在院子里。这里由婆婆当家，具体活计由女仆素维依坦来做。我无事可干，当饭菜端到我面前时我才想起厨房……”

这时，海迪洁忍俊不禁，说道：

“你盼望已久的愿望终于实现了！”

凯马勒对这种谈话根本不感兴趣，但从谈话的语气中他隐约感到姐姐很“安于现状”，不由得有些生气，问道：

“你永远不回我们的家了吗？”

“对了，凯马勒先生，她永远不回你们的家了。”这时，一个声音充满了整个房间。

赫利勒·肖克特笑着走了进来。他穿着白绸阿拉伯大袍，中等身材，长着一张丰满的鹅蛋脸，皮肤白净，眼睛微微突出，厚嘴唇，大脑袋，前额窄，浓密的黑发梳得很像艾哈迈德，从头顶中间向两边分开。他的目光温和而无神，这也许就是饱食终日、无所事事的悠闲生活的标志。他弯下身子去吻岳母的手，艾米娜却羞怯和慌乱地迅速把手抽回，连声咕哝着“不敢当，不敢当”。接着，他向海迪洁和凯马勒问好，然后就随便地坐了下来，用凯马勒事后的说法，仿佛他是他们家的人。凯马勒趁着姐夫和大家交谈的机会，把他那张陌生的脸仔细打量了很长时间。这张原本是陌生的脸，却在他们生活的圈子里冒了出来，占据着令人瞩目的地位，使他有资格成为他们最亲近的亲戚，更恰当地说，成为阿依莎的丈夫。凯马勒一想到这一点，就会联想到另一点，如同想到白必然联想到黑一样。他一边久久地盯着他看，一边在心里重复着他那句充满自信的话：“凯马勒先生，她永远不回你们的家了。”不禁对他产生了不满、厌恶和怨恨，要不是赫利勒突然站起身走出去，不一会儿端来一个装满各色各样糖果的银盘子，满脸笑容地给他拣最好吃的糖果，那种不满、厌恶和怨恨可能会永远留在他的心里了。赫利勒咧嘴笑的时候，露出了两颗长得歪歪扭扭的门牙。即使这样，凯马勒还是觉得他笑容可掬。

肖克特的遗孀由一个男人搀扶着走了进来。他们见这个男人长得酷似赫利勒，猜到他准是赫利勒的哥哥。随后，肖克特遗孀的介绍证实了他们的猜测：“这是我的大儿子易卜拉欣，你们还不认识他吧？”老太太看到艾米娜和海迪洁在同易卜拉欣互相问候时有些慌乱的样子，便笑眯眯地说道：“多少年来我们如同一家人似的，可是直到现在我们有些人才第一次见面……这没什么！”艾米娜听出来了，肖克特的遗孀是在鼓励她，让她别把这当做什么大不了的事情，便笑了笑，但心里仍有些不安，暗自思忖着："天哪，丈夫会同意她们母女俩不戴面纱和这个男人见面吗？尽管两家联姻后就是一家人了，他与赫利勒一样，成了新的成员……这次见面的事告诉丈夫呢，还是缄口不提才能平安无事呢？"

易卜拉欣和赫利勒虽然年龄不同，长得却像一对孪生兄弟。他俩年龄上的差别从外表上看并不明显。易卜拉欣的头发短些，蓄着两端捻起来的小胡髭，若不是这两点，就根本看不出他和赫利勒有什么区别。他看来不像有四十岁，仿佛他的青春和形体没有受到岁月的摧残。这时，艾米娜想起丈夫曾跟她谈起已故的肖克特："从外表上看，他比实际年龄不止小二十岁"。还说："他虽然善良、高贵，但好逸恶劳，无所用心，真像头牲口！"易卜拉欣年轻时结过婚，并且有过两个孩子，后来妻儿相继死亡，尽管这样他看上去却不过三十岁，真是少见！这种残酷的遭遇他泰然处之，平安度过，重新和母亲生活在一起，过着肖克特一家人习以为常的那种安闲自在的生活。每当没人注意时，海迪洁就悄悄地向兄弟俩瞥去，琢磨他俩怎么如此相像：丰满的鹅蛋形脸庞、微微突出的大眼睛、肥胖的身躯、悠闲自得的神态。这一切使她隐藏在内心深处的好挖苦人的兴致活跃起来，她暗自好笑，把看到的各种情景储存进记忆库里，准备在家庭聚会时褒贬一番，让大家开心开心。此外，她还煞费苦心地为他俩选择一针见血的绰号，就像给自己嘴下的那些牺牲品起的绰号一样。具体地说，就像她在发现肖克特的遗孀讲话时唾沫四溅，给了她一个"机关枪"的外号一样。她又一次偷眼去看易卜拉欣，碰巧他的眼睛正在两条浓眉下关注地端详着她的脸，两人的目光相遇，吓得她羞怯和慌乱地垂下了眼皮，疑惧地思忖着：我偷眼瞅他，他会怎么想我呢？接着，她想起自己的容貌，不安地揣摩：我的外貌会给他什么印象呢？天哪，他是否会讥笑我的大鼻子，就像我嘲讽他的肥胖和懒洋洋的神态呢？她越想越不安……

凯马勒坐得很不耐烦。他虽然见到了阿依莎，但只是作为客人见了面，除了得到一些糖果外，他的愿望一点也没实现。他来到新娘身边，向她打了个手势，她明白他想单独与她在一起，便起身拉住他的手走出会客室。她以为陪他在正厅里坐一会儿也就行了，没想到他却拉着她的手走到她的卧室，然后把门“砰”地一声关上了。这时他才笑逐颜开，双眸闪着光。他端详了她好长时间，然后在房间里东瞧瞧西看看，闻着新家具的气味和从新人手上、身上散发出来的留在房间里的香水味。他瞅瞅柔软的被褥和被子上放着的一对枕头，枕头上面是两只玫瑰色靠枕，便问姐姐：“这是什么?”“小靠枕。”阿依莎回答。“你们把它当枕头用?”他又问。“不，是摆着作装饰的。”她微笑着回答。“你睡在哪儿?”他指着床问。“睡在里边。”她回答时还是满脸笑容。他仿佛想确认新郎是否和她睡在一张床上，便问道：“赫利勒先生呢?”她轻轻地拧了一下他的腮帮子，回答道：“睡在外边。”这时，他一回头见到那张摇椅，感到奇怪，便走过去坐在上面，并让姐姐紧挨着他坐下。姐姐坐下后，他就闭上眼睛，隐藏住怀疑的目光，沉浸在回忆之中。他记得在阿依莎的新婚之夜，他把从门缝里看到的情景轻声告诉母亲时，挨了一顿严厉的训斥，这事他至今疑惑不解。在好奇心的强烈诱惑下，他心里真想把秘密透露给她听，当面问她那是怎么回事，可是说出那种怀疑毕竟不好意思，只好勉强克制住自己的欲望。不一会儿，他抬起清澈的眼睛，满面笑容地望着姐姐。阿依莎也对他笑了笑，俯下身去吻了他一下，然后站起身，带着甜蜜的笑容，说道：

“来，把你的口袋塞满巧克力!”

# 四十四

一群群的孩子们挤在住宅门前和两宫间街人行道上欢呼雀跃，从这些声音中可以清楚地听出凯马勒在大声喊道："新娘的汽车来啦！"他一连喊了三遍。亚辛拨开挤在院子门口的人群，走了出来。他穿戴一新，神采奕奕地走到马路上，站在门前往纳哈辛街的方向望去，看到了新娘的车队，便大模大样地缓步走上前去。在这幸福、庄严的时刻，尽管里里外外，楼上楼下有无数双眼睛在注视着他，他还是显得那么镇定自若，毫不局促，完全像个真正的男子汉。或许正因为感到众人的目光都落到他的身上，他才处之泰然，鼓起勇气克制住身心的颤抖，以免露出成年男子深以为耻的羞怯；或许他知道两家的男人都在院子里近门口处等候着，他父亲正站在那些人的后面关注着，目光并未投向他。他克制住激动的心情，望着那辆扎着花彩的汽车。花车载来了一个多月前就已经许配给他的妻子，尽管尚未见过一面；或者说给他带来了希望，这是他用一个个梦想编织起来的、能让他满足的幸福。汽车在住宅门口停了下来，后面跟着停下一长排汽车。亚辛做好了迎亲的准备，心里乐滋滋的，产生了一种愿望，希望能够透过白绸面纱第一次看看新娘的面容。汽车的门打开了，走下一个黑人女仆，四十岁左右，身体健壮，皮肤光润，眼睛大大的，从她那自信和轻柔的动作上可断定她是新娘陪嫁过来的女仆。她往旁过一闪，像个哨兵似的挺直身子站着，然后微笑着露出洁白的牙齿，用铜铃般的声音招呼他：

“请你来接新娘吧！”

亚辛走到车门边，往车内略微一探身，看到新娘穿着白色婚礼服，坐在两个姑娘中间，同时闻到一股迷人的幽香。他把胳膊向新娘伸过去，车内美好的气氛弄得他眼花缭乱，几乎什么也看不见了，仿佛被强光照花了眼似的。新娘羞怯地一动不动，坐在她右边的姑娘抓住她的手，让它挽住新郎的胳膊，并笑吟吟地轻声说道：

“勇敢些，宰奈卜！”

一对新人并肩走进了门。新娘娇羞地用一把大鸵羽扇隔在他俩之间，挡住自己的头和脖子，不让新郎看见。他们从两排迎亲的人群中间穿过院子，后面跟着新娘家请来的送亲的女客们，一边走一边振舌发出欢呼声，根本不理会站在离她们只有咫尺之处的艾哈迈德先生。就这样，在这座安宁的大宅内，第一次当着它的专制主人的面，发出雷鸣般的振舌欢呼声。这一家人听到了这种欢呼声都感到惊异，但惊异之中也夹杂着欢乐和善意的幸灾乐祸，因为它冲破艾哈迈德曾作出的严厉的决定：长子办喜事的这天晚上要像平常一样度过，不准妇女发出振舌欢呼声，不请歌手不娱乐！艾米娜和海迪洁、阿依莎相视而笑，她们集中在面临院子的那扇窗子前向外张望，想看看艾哈迈德对妇女们的振舌欢呼声有何反应，只见他陪着穆罕默德·阿夫特先生又说又笑。艾米娜喃喃地说道：“他再不痛快，今晚也得赔出笑脸来！”乌姆·赫奈斐趁此机会，混进女人们中间，身体像个琵琶桶似的，放开喉咙发出的振舌欢呼声特别响亮，盖过了所有的欢呼声。在阿依莎和亚辛的订婚仪式上，由于惧怕老爷而失去了表示欢乐、喜庆的机会，这一次总算弥补过来了。她一边颤动着舌头，一边向艾米娜母女三人走去，逗得她们捧腹大笑。然后，她对她们说道："振舌欢呼吧，哪怕一辈子欢呼一次也好呀！他决不会知道今天晚上是谁在振舌欢呼的！"亚辛把新娘送到内宅门口后，回来时碰到了法赫米。法赫米的嘴唇上泛出了一丝窘迫和同情的苦笑，或许这就是那阵"违反禁令的"欢快的喧闹声在他心中留下的痕迹。他偷偷地看了父亲一眼，又回过头来冲着哥哥的脸无可奈何地浅浅一笑。亚辛带着几分不悦的口吻说道：

"办喜事的晚上不让大家乐一乐、叫一叫，有多扫兴啊！如果同意请个歌女或歌手来演唱助兴，对他有什么坏处呢？"

这本来是全家人的愿望，但他们想不出办法直接向艾哈迈德提出，便鼓动亚辛去托穆罕默德·阿夫特向父亲说，但艾哈迈德婉言拒绝了，他坚持要把这次喜事办得安安静静，只备一顿丰盛的晚宴权作庆贺。亚辛遗憾地叽咕着：

"一辈子只有一回的新婚之夜，连个喜庆的气氛也没有！入洞房也没有鼓乐伴奏和歌声相送，就好像一个跳舞的没有伴奏在扭动身子一样！"

接着，他的眼睛里闪出一丝快活的狡黠的微笑，揶揄道：

"毫无疑问，我们的父亲大人只有在歌女们的家里才能看得惯她们！"

凯马勒在楼上接待女客的地方逗留了很长时间，然后下楼到底层接待男宾的地方去找亚辛，发现大哥正在院子里查看厨师搭建的活动厨房，便兴高采烈地跑过去。他已经完成了大哥交给他的任务，说道：

"你交代我的事情我都办到了。我跟着新娘进了新房，等她揭去面纱后，我把她仔仔细细看了一遍。"

"嗯，她的身材怎么样？"亚辛把他拉到一边，笑嘻嘻地问道。

"和海迪洁姐姐的身材差不多。"

两个人都失声笑了。亚辛又问：

“在这些方面都不错吧？有没有阿依莎那么可爱？”

“不，阿依莎姐姐漂亮多了！”

“去你的，你是想说她长得像海迪洁一样？”

“不，比海迪洁姐姐好看。”

“好看许多吗？”

凯马勒若有所思地摇摇头。亚辛急不可待地又问道：

“你说说，她哪一点长得可爱？”

“她鼻子小小的，像妈妈的鼻子；眼睛大大的，也像妈妈……”

“还有呢？”

“皮肤白白的，头发黑黑的，身上非常好闻！”

“谢天谢地，愿真主赐你福祉。”

亚辛仿佛觉得弟弟还想说点什么，便有点担心地问道：

“还有什么你都说吧，不用害怕！”

“我看见她掏出手帕，然后擤鼻涕！”凯马勒厌恶地撇了撇嘴，仿佛他认为打扮得花枝招展的新娘这么做实在不像话。

亚辛忍俊不禁地说道：

“别说啦，一切都很好，求真主恩赐一个圆满的结局吧！”

他用忧郁的目光扫视着冷冷清清的院子，整个院子里只有厨师及其几个徒弟，还有几个男孩和女孩在玩耍。在他的想象中，婚礼应该张灯结彩，鼓乐齐鸣，宾朋满座，可现在什么也没有！这是谁决定的偏不那样做的呢？父亲！就是那个在寻欢作乐中散发着汗水的人……这个人多么不可思议呀！他自己追求着真主禁止的一切，却禁止家里人合法的娱乐！他回想起父亲在祖贝黛房间里面对酒杯和琵琶的情景，一个奇怪的想法不由得跃入脑际，他过去从来没有这么清晰地意识到，他的生身父母的天性竟是如此的相似！

他们俩在不顾传统习俗，追求声色，沉溺欲望享受方面是一模一样的。倘若他母亲也是个男人，那种狂欢、豪饮的劲头决不会亚于父亲！他们两人很快分道扬镳，正是因为他那样的男人忍受不了她那样的女人，而她那样的女人也忍受不了他那样的男人。要不是得到现在这位善良的妻子，父亲的夫妻生活不可能稳定持久！想到这里他笑了起来，这一笑并非由于高兴，而是对这个“奇怪的想法”的感叹：“现在我总算知道自己是怎么样的人了，我不过是这一对色鬼妖女的儿子，所以我不可能成为另外一个样子！”接着他又问自己：没请生母参加婚礼，于情于理讲得过去吗？虽然他坚持认为自己做得合情合理，但心里仍有疑问。

在婚礼前几天的一个晚上，父亲对他说道：“我看你应该通知你的母亲，如果你愿意的话，可以请她参加你的婚礼。”父亲这么说或许是为了良心上说得过去。他认为，父亲只不过是嘴上说说而已，心里有另外的想法。他不能想象父亲愿意他到那个不三不四的男人——他母亲换了几任丈夫后，又嫁给了那个人——住的地方去，当着那个卑劣小人的面讨好母亲，请她出席自己的婚礼。如果为了婚礼或为了得到世界上的任何幸福，某一天他非得去和那个女人、那件丑闻、那些可耻的回忆重新联系上的话，他宁愿放弃婚礼和幸福！他当时这样回答父亲：“倘若我真有生母的话，我当然要首先邀请她来参加我的婚礼！”他蓦然注意到孩子们正瞅着他说着什么，他特别看了几个女孩一眼，笑嘻嘻地大声问她们：“小姑娘们，你们才这么大就梦想结婚吗？”接着，他朝内宅的门望去，想起海迪洁昨天讥诮他的话：“明天你在客人面前可不能羞羞答答的，否则，他们一下子就会猜到真情，知道是父亲给你成的婚，是他出钱给你备的彩礼，负担了办喜事的一切开销。你应该不停地走来走去，男客们的几个房间都要去活动，与他们说说笑笑，楼上楼下忙个不停，再查看厨房，大声吆喝，好让大家以为这婚礼是你自己操持的，你是真正的主人！”想到这里，他又笑了起来，决定按海迪洁那种嘲讽式的忠告去做。

他衣冠楚楚，仪表堂堂，高大肥硕的身躯充满青春活力，尽管没有什么事情，还是上上下下忙个不停，在客人们中间穿来走去，这样一活动倒把那些不期而至的种种想法置之脑后，心情平静地享受着美好的新婚之夜。他一想到新娘，兽性的情欲就使他浑身战栗起来。接着，他想起自己一个月以前在琵琶手宰努芭那儿度过的最后一夜的情景，他当时告诉她自己快要结婚了，并向她告别，她假装恼火地骂他：“狗崽子，你一直瞒着我，达到目的后才把消息告诉我！未到手的总比已到手的要好，对不对？你这个挨千刀的杂种！”无论是宰努芭还是别的女人，都没有在他心里留下任何痕迹，他生活的这个方面已经永远地拉上了大幕。他或许还会饮酒，他不认为自己嗜酒的欲望会不复存在。至于女人，他认为自己的面前有个百依百顺的美女，不会再去觊觎萍水相逢的女人。新娘是一种新的乐趣，能满足使他心灵不安分的那种强烈的性饥渴。他开始设想未来的生活，设想今天夜里、最近几个夜晚、整月整年、甚至整整一辈子的生活。他的脸上闪现出情不自禁的喜悦神色，法赫米看了，目光中充满了好奇、不动声色的羡慕和难以抑制的感伤。到处乱跑的凯马勒忽然跑来，眉飞色舞地对亚辛说道：

“厨师告诉我，客人们吃不了那么多糖果，会剩下好多好多……”

# 四十五

家庭咖啡会上增加了一张新面孔，这就是宰奈卜那洋溢着青春活力和新婚喜悦的面孔。楼上，父母卧室旁边的三间房间里多了新娘的嫁妆，除此以外，亚辛的结婚并没有使家里的整个规矩有所改变。父亲的治家之策，还是要求人们不折不扣地服从他的权威和意志；持家方面，母亲只听一人安排。这些与办喜事前一模一样。事实上，大家的心理上突然发生了变化，这种变化围绕着人们的想法而展开，并在各自的表情中流露出来。宰奈卜占据这个长媳的位置，不是一件容易的事。他们夫妇俩和家里其他人生活在一个屋檐下，大家很难不在感情和感觉中产生具有实质内容的变化。母亲用希望和戒备的目光观察着儿媳妇，想到自己注定要和她共同生活很多年，甚至整个余生，便问自己她到底是怎样一个人呢？她那妩媚的微笑后面隐藏着什么呢？……总而言之，她接待儿媳就像房东接待新房客一样，既寄托希望，又小心提防。至于海迪洁，她和嫂子虽然客客气气，但她盯着嫂子的锐利目光中带着与生俱来的刻薄和挑剔，挖空心思地寻找她的缺点和不足。宰奈卜嫁给大哥成为家庭的一员，她是心怀不满的，只是把不悦深藏不露罢了。新婚后的最初几天，新娘待在自己的房间里，海迪洁与母亲在厨房里干活时就问母亲："难道厨房是她不该来的地方？"母亲心里也有种种想法，颇为困惑，听到女儿这种攻击性的话语感到一些宽慰，但她还是采取为儿媳辩护的立场，回答道："耐心些，她是刚过门的新媳妇嘛！""谁规定我们得侍候新媳妇？"海迪洁的口气是不以为然的。"难道你愿意让她单独开伙？"母亲仿佛给自己提问似的问道。海迪洁大声反驳道：

"她要是花她爸爸的钱，不花我爸爸的钱，那倒无所谓？我的意思是，她应该跟我们一起干活。"结婚一个星期后，宰奈卜决定下厨房去干一些活儿，可海迪洁打心里不喜欢嫂子的这种帮忙，她吹毛求疵地挑剔她干的活，一会儿对母亲说道："她不是来帮你干活的，而是来行使那种她或许认为自己应有的权利的。"一会儿又冷嘲热讽道："我们常听说阿夫特先生一家不简单，他们吃的是普通人家吃不到的东西……可是你看她烹调的东西，哪一样是我们未听说过的新奇东西？"

一天，宰奈卜建议做"塞加西亚"吃，说这是一种在她娘家非常受欢迎的食品。艾哈迈德先生家里第一次吃这种饭，大家普遍说好，尤其是亚辛，特别喜欢吃，以至连母亲这样和善的人也不免产生了一丝嫉意。海迪洁简直气疯了，她把这种食品嘲弄了一番：

"人家说要做塞加西亚，我们说'大师傅活到老学到老'，那就学点手艺吧。可是我们见到的是什么呢？米饭加肉汁，做成'布里梯卡'的样子，味道不伦不类。就如新娘出嫁时穿戴打扮得花枝招展，等到脱掉婚礼服，还不是一个由血肉和骨头组成的普通姑娘。"

婚礼刚过两星期，海迪洁就当着母亲、法赫米和凯马勒的面说，新娘虽然皮肤白净，姿色中等，但为人死板，就像"塞加西亚"一模一样。她说这话的同时，却在潜心研究做"塞加西亚"的几个要点，她在烹调方面的聪明才智是大家公认的！有时，宰奈卜好心好意说句话（至少在那个时候她还不可能有恶意），也会引起种种猜测，对她产生怀疑。例如，一有机会她就喜欢夸耀自己的土耳其血统，夸耀她的礼仪和风范。她还喜欢向大家讲述自己跟父亲一起乘自备马车，到一些正当娱乐场所和公园去游玩时的所见所闻。母亲听了这些话，心里极为诧异，甚至到了慌乱的程度。她第一次听说有这种生活，觉得不可思议，很不以为然。她的内心深处认为这种异乎寻常的自由是大逆不道，再怎么责备也不过分。儿媳妇夸耀自己的土耳其血统，尽管夸耀时还是很讲礼貌，且毫无恶意，但也使母亲极为反感。宰奈卜虽然性格温顺和内向，但还是为自己的父亲和丈夫深感自豪，她认为自己有了这样的父亲和丈夫，就处于一种无人可及的地位。但她内心的这些想法并没有在表面上流露出来，所以宰奈卜发现母亲在注意地听着她讲，脸上露出礼貌的微笑。

倘若不是母亲竭力维护相安无事的局面，海迪洁早就暴跳如雷了，那么后果就不堪设想。虽然如此，她还是采取转弯抹角的方式发泄自己的怒气，只不过这种方式不会惹起是非、影响和睦相处罢了。例如，当她听嫂子说到外出游玩时，不便公开表示反对，便夸大地显出惊讶的样子，或者盯着嫂子的脸大叫一声："真是不可思议！"或者用手掌拍着胸脯，说道："你在公园里散步，游园的人都看见你啦！"或者说什么"真主啊，真想不到竟会有这样的事情！"此外，她还可能说一些不带恶意的话，但却故意拿腔拿调拖长声音，使语气里包含着多种意思。就像父亲在诵读《古兰经》时，发现旁边哪个儿子破坏了制度或不讲礼貌，无法公开斥责，以免破坏礼拜，便只好故意拖腔拉调地诵读，让孩子听明白是在呵斥他一样。因此，海迪洁只要单独和亚辛在一起，就要向他发泄憋在心头的怒火："天哪，你的媳妇竟是个到处乱跑的人！"亚辛笑着对她说："那是土耳其的生活方式，你明白不了的！"于是，她想起嫂子炫耀土耳其血统时的神气，心里极为不快，说道："我想过了，少奶奶为什么总是炫耀自己的土耳其血统？原来是隔了她十七八代的老祖宗是土耳其人！当心啊，大哥，土耳其女人到最后都会发疯的!”亚辛反唇相讥道：“我宁愿喜欢发疯的女人，也不愿看见一个让神经健全的人一见她的大鼻子就会发疯的人!”在众人眼里，海迪洁和宰奈卜之间的一场风波在所难免。法赫米提醒海迪洁要管住自己的嘴巴，以免惹是生非。他还指了指凯马勒，警告说他经常在家里人和新娘之间转来转去，犹如在花丛中飞来飞去传送花粉的蝴蝶！但是，出乎他的意料，也出乎一家人的意料，命运把这一触即发的姑嫂矛盾解决了。因为，肖克特的遗孀带着阿依莎来走亲戚，带来了谁做梦也未曾想到的事情，老太太当着海迪洁的面对母亲说道：

“艾米娜太太，我今天特地来替我儿子易卜拉欣向海迪洁求婚的。”

这是一件毫无先兆的大喜事，大家盼了很久，它却这么出乎意料地降临了。在母亲听来，老太太的声音仿佛是美妙的乐曲，她一时不知该说什么，只觉得心中一块石头落了地，浑身舒坦宁馨，真有点欣喜若狂啊！

“你对海迪洁比我还好。她就是你的女儿，有你的照顾，她一定会比在她家里还要幸福得多。”母亲说话时声音都在颤抖。

两个母亲围绕这个幸福的话题唠叨开了。海迪洁却心乱如麻，根本没有听见什么。她羞怯慌乱地垂着头，眼睛里经常出现的那种刻薄讥讽的神情不见了，显出罕见的温顺表情。千思万绪涌上心头，她随着思绪在想：这次求婚来得多么突然！它没有来时，似乎那是可望而不可即的；一旦来了，又突兀得令人难以置信。她百感交集，心潮起伏，竟然顾不上高兴……“替我儿子易卜拉欣向海迪洁求婚”，他精明吗？他那没精打采的样子让她见了直想挖苦几句，可他相貌堂堂，是有名望的男士，他到底精明吗？

“两姐妹嫁到一家去，真是走运啊!”

肖克特遗孀的声音是在肯定这件事，让各方认可它，没有什么可怀疑的。易卜拉欣和赫利勒一样，是个有钱有地位的人，真主为她安排了多么好的命运啊！她曾为阿依莎在她之前结婚有一种说不出的苦楚，但万万没想到正是阿依莎出嫁给她打开了一直关闭着的幸运之门。

“亲姐妹成了妯娌，多么好啊！家里最令人头痛的媳妇不和的问题一下子解决了，”老太太说到这里笑了笑，“那么就剩婆媳问题了，我想这个问题容易处理！”

“妯娌是亲姐妹，婆婆就是不折不扣的妈妈了。”

两位母亲互相说着客气话。海迪洁爱上了给自己带来喜讯的肖克特遗孀，就像在阿依莎订婚的那天憎恨她一样。今天就该把这个消息告诉玛丽娅，决不能拖到明天。她不知道是什么促使她产生这个迫切的愿望，或许是因为玛丽娅在阿依莎订婚那天早上对她说过：“他们等你订了婚再说，有何不可呢？”当时，这句明显无恶意的话，使天性多疑的她一肚子不痛快。肖克特家婆媳走后，亚辛故意寻衅地取笑她：

“其实，我自从见到易卜拉欣·肖克特以后，心里就在思忖，这个看来连黑白都分不清的像公牛般壮实的家伙，总有一天会找一个像海迪洁那样的人当妻子，那才相配呢！”

海迪洁微微一笑，一声不吭。亚辛感到诧异，又大声说道：

“难道你终于懂得礼貌和害羞了？”

玩笑归玩笑，他脸上的表情是满意和喜悦的。这时，凯马勒忐忑不安地提出一个问题，扰乱了大家的心绪：

“海迪洁姐姐也要离开我们吗？”

“怡心园胡同离这儿并不远啊。”母亲说这话既是在安慰儿子，也是在安慰自己。

但是，凯马勒还不敢完全自由放任地把心里的话一吐为快。只有到了晚上，当他单独与母亲在一起时，他才盘腿坐在母亲对面的沙发上，用抗议和责怪的口吻问道：

“妈妈，你是怎么想的嘛？你已经失去了阿依莎，难道还要失去海迪洁？”

母亲对他解释道，她并没有失去她俩，看到她们姐妹俩幸福，她心里高兴。

“她也要走了，或许你以为她会回来的，就像阿依莎走时你想的一样。但她不可能回来了，就算来看看你，也只是个客人，喝杯咖啡就说再见了。我老实地说吧，她决不会回来的！”凯马勒像在提醒母亲注意一件她过去未曾注意到、这一次还会忽视的事情，警告地说了上面这番话。接着，他又像警告又像规劝地说道：

“你会孤单单一个人，连个伴儿也没有，谁帮你打扫和洗衣呢？谁帮你在厨房干活呢？谁晚上陪你坐一会儿呢？准跟我们说说笑笑呢？谁也没有了，只有一个乌姆·赫奈斐。这下可好了，她可以随便偷吃我们的东西了！”

母亲再次向他解释，说结婚是幸福的。他抗议道：

“谁告诉你结婚就是幸福？我敢肯定，结婚绝不是幸福！一个人远离自己的妈妈怎么会有幸福呢？”接着，他又激动地往下说，“再说她并不愿意结婚，如同阿依莎以前不想结婚一样……有一天晚上，我爬到海迪洁的床上，她亲口对我说不要结婚！”

可是母亲告诉他，女孩子总是要结婚的。他禁不住脱口而出：

“谁说女孩子一定要到陌生的家里去？如果有个男人让她坐在摇椅里，托住她的下巴，你怎么办？”

母亲赶紧喝住他，不准他再讲毫无意义的事情。于是他两手一拍，警告地说：

“随你的便……你等着瞧吧！”

那天晚上，艾米娜高兴得合不上眼，兴奋的心情宛如明月驱走了黑暗似的。她夜不能寐，等到后半夜丈夫回来，立即把喜讯告诉了他。丈夫对女儿的婚事尽管有许多古怪的想法，听到这个消息还是很高兴，醉昏昏的脑袋顿时清醒了。可是他突然又板起面孔问道：

“易卜拉欣看见过她吗？”

艾米娜心里思忖道：“难道他这种难得的高兴连半分钟也维持不了？”她惴惴不安地嗫嚅道：

“他母亲……”

“我是问易卜拉欣看见过她没有？”丈夫粗暴地打断她的话，追问道。

艾米娜这个晚上感到的喜悦第一次被吓跑了，回答说：

“我们在阿依莎房间里的时候，他作为家里人进来过一次，我也没觉得什么。”

“可是你为什么没告诉过我？”他怒吼道。

什么事都会成为不幸的根源，难道他要残忍地断送女儿的前途？她的眼眶里不由得噙满泪花，顾不得他横眉竖眼，情不自禁地说道：

“老爷，海迪洁的命运和幸福都在你的手中，她不可能再有这么好的运气了。”

他狠狠地瞪了她一眼，嘀咕了几句，仿佛愤怒使他回到了祖先那种只会用声音大小表达感情的时代。但他也仅此而已，或许他的心里从一开始就同意了，只是不摆一摆威风决不肯说出“同意”两字，就像一位政治家，尽管他认同对手为之奋斗的目标，但为了维护以我为主的原则，总得攻击对手一样。

# 四十六

蜜月过去了。在婚后的新生活中，亚辛整个身心都交给了妻子。他是在暑假期间结婚的，白天不用去上班，晚上也不外出游逛，除了去买瓶科纳克白兰地之类的东西必须出去外，他寸步也不离家。除了夫妻生活，他没有什么事情可做，没有什么问题可考虑，甚至对什么都不感兴趣。他的全部精力、热情和乐观的精神全部倾注在新婚生活中，这是一个自以为正在实施庞大的肉欲享受计划的最初几个步骤，并打算将这个计划一天天、一月月、一年年实施下去的人所必然出现的情况。但是，婚后刚过二十多天，他就意识到自己对生活中在某个方面不知不觉的变化过于乐观了。他平生第一次感到极度的厌烦，这是一种在人内心深处的疾病。过去，不说在宰努芭那儿，就是跟卖椰枣的女人在一起，他也从未厌烦过，因为这些女人并不属于他，而现在的宰奈卜则完全在他手中，和他生活在一个屋檐下，归他所有。谁知这种安谧的“王国”竟是那么乏味。这个王国表面上使人心驰神往，欲罢不能，实际却是平淡无味，令人恶心，犹如愚人节赠送人的假巧克力，外皮一层糖衣，里面却包着蒜泥。心灵和肉体的亢奋，到头来只是靠习惯性的、没有激情和新鲜感的、纯理性的、冷冰冰的、一再重复的机械动作去实现，那是多么不幸的悲剧啊！就像祈祷词中的朴实精神和睿智，在有口无心者的叨念中变得毫无意义一样。亚辛暗自思忖：他的激情为何消失了？魔鬼要把他引向何方？得到了满足，厌倦的情绪从何而来？迷恋女人的疯劲都到哪里去了？新婚之夜的亚辛和宰奈卜在哪儿呢？美梦哪里去了？这是结婚的原因还是他自身的原因？这样再连续几个月又会怎么样呢？不是说他对妻子已毫无兴趣，而是对她的兴趣不像把斋人期待美味那么迫切。使他烦恼的是，他在等待她的亢奋，却发现她已高潮后归于平静。

她有求必应，从不拒绝。更确切地说，她的精力更充沛，要求更迫切，这使他更加困惑不解。折腾了很长时间，他困乏得实在睁不开眼睛想睡时，她却把小腿搁在他的腿上，仿佛仍不满足，以至于他在心里嘀咕："真奇怪，我的结婚梦想却让她实现了！"此外，他发现她被搂抱时总是羞羞答答的。开始时他还满心欢喜，后来情不自禁地回想起他原以为会永远告别的那些往事。宰努芭和其他女人从他心底里浮上脑海，宛似飓风过后海面上浮起的沉渣一样。这并不是他对家庭生活根本没有好感。事实上，他是充满良好愿望钻进夫妻生活小窝的。但是，经过衡量、对比和回味，最终发现新娘并不是打开女人世界的神秘钥匙。他不知道如何忠实于那些为他铺设了婚姻之路的良好愿望，现在看来，至少他原先的梦想是天真的，他原以为依偎在妻子的怀里可以不再需要外面的世界，将与妻子相伴终生，看来这个愿望是难以实现的。那只是单纯对性的梦想。从今以后，他会觉得与过去的世界和习惯一刀两断那是困难重重的，没有必要那样做。他应该不时寻找各种方式摆脱自己的烦恼、忧虑和失望。即使是一个好的歌手，如果在晚会上老是唱同一首歌，那么，听众就会渴望换一个节目。何况走出家庭的樊篱，使他有机会接触已婚的朋友们，也许从他们那里能找到解决那些令他困惑不解的问题的答案。当然，这里面也不会有包治百病的良药。今后他怎么还会相信有包治百病的良药呢？现在他最好不要考虑长远规划，这种规划转眼间就会成为对他的想象力的讽刺。应该一步一步地安排自己的生活，看一步走一步，随机应变。那么就从接受他妻子的建议，出去走走开始吧。

一天晚上，亚辛夫妇未向家里任何人打招呼就离家外出了，尽管傍晚他俩还和大家在一起。他俩出去的时间这么晚，另外这件事又是发生在艾哈迈德家中，所以它自然成了一件奇闻，引起了人们各种猜疑。海迪洁立即把新娘的女仆努尔叫来，问她是否知道少奶奶去哪里了？女仆用洪亮的声音若无其事地回答道：

“小姐，他们去库施克什贝克剧院了。”

“库施克什贝克剧院！”海迪洁和母亲异口同声地惊叫起来。

他们对库施克什贝克这个名字并不陌生，它很早就闯进了人们的记忆中，人人都在学唱它的歌曲，尽管如此，这个名字对于他们来说，还是像传奇中的英雄或空中的妖怪——齐柏伦飞艇一样，显得那么遥远。亚辛带着妻子到那里去，这就是非同小可的事了，简直和上刑事法庭差不多。母亲的眼睛看了看海迪洁和法赫米的脸，好像很恐惧地问道：

“他们什么时候回来？”

“后半夜，或许天快亮的时候。”法赫米回答时嘴角挤出一丝无奈的笑容。

母亲打发女仆走开，等到脚步声消失以后，才激动、急切地说道：

“亚辛他是怎么搞的？刚才和我们在一起时头脑还很清楚的，他不想想他爸爸知道后会怎么样？”

“亚辛是有头脑的，不会想出这种事情。”海迪洁恼怒地说，“他的毛病不是糊涂，而是耳根子太软，不像个男人。如果不是她唆使他去的，你们就砍掉我的胳膊！”

法赫米凭着遗传的本性，尽管对哥哥胆大妄为的行为不满，但出于缓和紧张气氛的愿望，便说道：

“亚辛本来就嗜好去游乐场所。”

海迪洁听了法赫米的辩护更加冒火，冲动地唠叨起来：

“我们可以不谈亚辛和他的嗜好，让他去喜欢的游乐场所好了，他就是在外面玩个通宵，那也随他去！可是他不应该陪着妻子出去玩，这不可能是他的主意。或许是她给的暗示，他无法拒绝，他在她面前像只小猫一样温顺。依我看，是她抛弃不了这种愿望，你们没听她常讲跟父亲外出游览的所见所闻吗？倘若不是她暗示，他决不会带她去库施克什贝克剧院的。真丢人！现在这些日子，连男人们都怕遇上澳大利亚大兵，吓得老鼠似的躲在家里，她却要往外跑！”

一家人发表着各自的看法，不管是攻击、辩解还是保持中立，心里都很气愤。只有凯马勒一人瞪着两只眼睛，一言不发地听着这场激烈的争论，不理解为什么要把去库施克什贝克剧院看成是一种不可饶恕的罪行，值得如此争论，惹得大家不愉快。市场上卖的那种小玩偶不就叫库施克什贝克吗？小玩偶脸上笑嘻嘻的，留着长胡子，穿着肥大袍，缠着头巾，身体一跳一跃的，十分滑稽，许多欢快的歌不就是唱的他吗？凯马勒记得其中的几首，他和他的朋友——父亲店铺里的伙计嘉米勒·哈姆扎维的儿子富阿德一起学唱过。在他的心目中，这个和蔼可亲的人物是和笑话、欢乐联系在一起的，他做了什么坏事要受到他们如此的责怪？或许大家不快乐是因为亚辛不该陪妻子外出，跟库施克什贝克无关。如果真这样的话，那他也要为亚辛的胆大妄为捏一把汗，特别是母亲朝拜侯赛因那件事及其后面发生的一连串事，至今在他脑海里挥之不去。是的，亚辛应该一个人去，如果需要有个伴儿，那就应该带他去。尤其是他正在暑假期间，再说他的成绩是出类拔萃的。顺着这个思路，他不由自主地脱口而出：

“他带我去不是挺好的吗？”

他的问题与大家的谈话很不谐调，犹如一首地道的东方乐曲中插进一段奇怪的外来曲调。海迪洁说：

“今后我们更应该原谅你缺心眼了！”

法赫米忍俊不禁地说道：

“鹅的儿子会浮水嘛！”

不过，这句谚语法赫米自己听起来也觉得不顺耳，母亲和姐姐惊异地瞪着他，这更证实了这句话的恶劣效果。他意识到自己说走了嘴，便懊恼又羞愧地纠正道：

“鹅的弟弟会浮水，这才是我原来想说的。”

这番谈话总起来说可分为两个方面：一是海迪洁对宰奈卜横加指责；二是母亲担心惹出祸事。然而母亲并没有把自己心里想的都说出来。那天夜里，她明白了以前未曾明白的许多事情。不错，她对宰奈卜常常产生反感和气恼，但毕竟没有发展到厌恶或憎恨的地步。不管有无道理，她都认为是媳妇的自命不凡在作怪。但是今天她发现媳妇破坏了习俗礼法，竟然做出在她看来只有男人们才可以做的事情，十分震惊。她是一个在四面高墙中被幽禁了半生的女人，是一个为朝拜侯赛因陵墓、而不是去库施克什贝克剧院就在健康和安全方面付出代价的女人。在她的眼里，媳妇的行为简直是不能容忍的。在她无声的批评里夹杂着一种痛苦和义愤的感觉。她按照自己的逻辑反复地思忖：“如果不给宰奈卜惩罚，生活将变得不堪设想。”就这样，这颗纯洁和虔诚的心在和一个嫁进门的女人相处的第一个月里，就沾染上了愤怒和怨恨，而这颗心在自己长期以来的生活中感受到的只是刻板、专横和劳累，只知道顺从、谅解和赤诚。当她回到自己卧室时，不知道自己究竟是祈求真主把亚辛的“罪过”掩盖起来（像她自己在子女们面前所说的那样），还是希望亚辛——更恰当地说是他的妻子——得到惩罚，受到应有的训斥和管教呢。夜里，她仿佛对尘世间所有的事情都不问不闻，只关心一件事：维护家规免遭破坏，保护它不受到挑衅性的侵犯。她对礼仪表现出的热忱几乎到了残酷的程度，她把与常人相同的各种脆弱的感情掩埋在内心深处，并以忠实、美德和恪守教规的名义聊以自慰，借此逃避良心的痛苦折磨，就像她以自由或其他崇高原则的名义，做着出自本能的被压抑的美梦一样。丈夫回来了，她的决心依然没变，但是一见他的面，立即产生了畏惧，舌头也不听使唤了。她的心怦怦跳着，心不在焉地听着他说话和回答他的问题。她不知如何说出脑海里翻腾着的想法。时间在过去，离睡觉的时间越来越近了，一种神经质的愿望迫使她把这件事说出来。她多么希望这件事情能自我暴露啊！例如，亚辛夫妇在父亲睡下之前回家，那么丈夫就会发现亚辛的行径，那么，轻率的新娘就会听到公公对她这种举动的斥责，用不着她做婆婆的过问。毫无疑问，她的烦恼就会得到宽慰。她急切不安地等待着有人敲大门，等了很长时间，最后丈夫呵欠连连，有气无力地说道：

“把灯熄了吧！”

看来她是失败了，可舌头倒灵活了，便用颤抖、微弱的声音自言自语似的说道：

“时间这么晚了，亚辛和他媳妇还没回家。”

“和他媳妇？他俩去什么地方了？”丈夫瞪着她的脸，吃惊地问道。

她咽了一口唾沫，胆颤心惊的，既怕丈夫怪罪，又怕自己处理不当，但她不得不回答：

“听女仆说，他们俩去库施克什贝克剧院了！”

“库施克什？”

他的声音很高，恶狠狠的。两只被酒精烧得通红的眼睛直冒火星。他声色俱厉地向她提出一个又一个问题，睡意从他脑袋里飞得无影无踪了，执意要坐着等到两个“迷途者”回来。他怒气冲冲地等待着，吓得她瑟瑟发抖，仿佛是她犯了罪，她不由得感到懊悔起来。她刚把这个秘密说出来就立即后悔了，好像泄露秘密就是为了懊悔似的。此刻她倘若能够弥补自己的过失，就是付出再昂贵的代价也在所不惜。她恨透了自己，谴责自己搬弄是非害人。她如果真想纠正他俩的过错而没有歹心的话，那么为他俩遮掩一下，到明天再指出他俩的错误，岂不是更好？可是她屈从了歹毒的感情，故意使坏，为小夫妻俩设置了他俩从未想到过的陷阱。她自怨自艾，懊悔之火无情地烧灼着她那备受折磨的心。她羞愧地祈求真主怜悯他们大家。时间在缓慢地过去，每一分钟都在痛苦地撞击着她的心灵，终于听到了丈夫痛苦地揶揄道：

“库施克什先生回来了……”

她的眼睛朝着开向院子的窗户望出去，侧耳细听，果然听到了关大门的嘎吱声。丈夫站起来离开了房间，她也机械地站起来，畏缩和羞怯地站在原地不动，心怦怦地乱跳。接着，她听到丈夫粗声粗气呼唤从外面回来的小两口：“到我房间里来！”这时，她恐惧到了极点，逃跑似的溜出房间。丈夫回到他的座位上，亚辛和宰奈卜跟在他身后进了房间。父亲故意不理亚辛，用深沉的目光凝视着儿媳妇。过了一会儿，他尽管不动声色，但口气坚决地说：

“孩子，你好好地听着！你爸爸和我称兄道弟，我们是至交，关系十分密切。所以你就是我的女儿，和海迪洁、阿依莎一样。我决不想为难你，可是有些事情我不能不说，对它保持沉默是不可饶恕的罪过。比如像你这样年轻的女人在外面玩到后半夜，这是一种越规的行为，别以为有丈夫在身边就情有可原了。你的丈夫不知自尊，碰到事情时根本靠不住。而且很遗憾，他本身首先是惹是生非的人。我相信你是无辜的，更确切地说，你是没有责任的，你只是顺从了他的恶习。我希望你帮我管好他，下次再不能迁就他了……”

年轻女人闷闷不乐，不知所措。她虽然在娘家享受着一定程度的自由，但也没有勇气与公公顶嘴，更不用说对抗了。她在婆家刚生活了一个月，就染上了服从的习惯，全家人对公公的意志都是诚恐诚惶地顺从。她心里暗自在抗议，她父亲曾不止一次带她去看电影，并认为那是很平常的事。公公有什么权利禁止丈夫允许她做的事情呢？再说，她深信自己并没有破坏礼法，更没有违背妇道。她心里就是这样想的，当然想的内容更多，但是面对逼视着她的那双眼睛和他昂着头那个像手枪似的对准她的大鼻子，她一句话也说不出来。她装出彬彬有礼、愿听教诲的样子，隐藏起心里的感情，就像旋钮一关，把收音机里所有的声波全部隐藏起来一样。接着，她没想到公公似乎像挑衅似的，问她道：

“你对我的话有不同意见吗？”

她摇了摇头，双唇微微动了动，似乎想说“没有”，但没有说出来。公公又对她说道：

“我们说好了，你回房休息吧！”

宰奈卜面色苍白地离开了公公的房间。这时，父亲转过身瞧着低头不语的亚辛，非常痛惜地摇摇头说：

“这件事十分严重，我有什么办法呢？你已经不是孩子了，否则我早就砸烂你的脑袋了。真遗憾哪！你是一个男子汉、职员，还娶了媳妇，如果夫妻生活都约束不住你，还要胡作非为，我能拿你怎么办呢？难道这就是我对你教育的结果吗？”接着，他改成了恨铁不成钢的口气，“你怎么这样混蛋？懂得做男人吗？你的尊严到哪儿去了？……凭真主起誓，我简直难以相信会发生这种事情！”

亚辛既不抬头也不言语，父亲以为他沉默是由于害怕和认错了，怎么也没想到他是喝醉了酒。但是儿子不哼不哈并没有使他出足气。这个错误太严重了，必须果断处理，即使不能采用老的办法使用棍棒来惩罚，那也得狠狠教训一顿，否则这一家子人就没法管了。想到这里，他问道：

“难道你不知道我禁止妻子外出，就连朝拜侯赛因陵墓也不行吗？你怎么昏了头，竟敢带着媳妇去那种下流的地方一直玩到后半夜？混蛋，你这是在把自己和媳妇推向无底深渊，你被哪个魔鬼附了身啦？”

亚辛认为闭口不言是最安全的，话一多必然会醉态毕露。尤其是他的幻想对这种严重的局面毫不在乎，千方百计地溜出这个房间飞到遥远的天际。在他那醉意蒙眬的脑袋里，那儿的景象时而翩翩起舞，时而跌跌撞撞……父亲的声音虽然使他心里产生恐惧，却不能压住舞台上小丑的歌声。这些歌声犹如恐怖之夜的鬼魂，不时地跃进他的脑海，不由自主地在他心里轻声传出：

肤如凝脂的大美人，
我卖掉衣服求一吻！
你双颊像炼乳一般，

又香又甜又可口，
赛过奶粥[1]、果仁酥，
我的绝代佳人！

歌声在恐惧之中消失了，但很快又跳了回来。父亲对他闷声不响已经不耐烦了，火气冲天地吼叫道：

“你给我开口，说说你的看法，我决不能轻易放过这件事！”

亚辛担心再不说话会有严重后果，只好尽力控制住自己，提心吊胆地慌忙说道：

“她父亲一直对她比较宽容，”他感觉不对，急忙改口道，“但我承认这是我的错……”

父亲不理会后面一句话，抓住前面一句话做文章，愤怒地嚷道：

“她现在不是在她父亲家里！她既然成了我们家的人，就必须遵守我家的规矩！你是她的丈夫，是她的主人，惟有你的手，才能随心所欲地调教她成为什么样子！告诉我，她跟你出门，是谁的主意，是你还是她？”

亚辛虽然醉意未消，但已意识到父亲为他设置的陷阱，恐惧的心理促使他推卸责任，便咕哝道：

“她知道我打算出门，便求我带她一起去……”

父亲双手一拍，说道：

“你算什么样的男人？她一说这话就应该给她一巴掌！女人变坏都是男人惯出来的。不是每个男人都能管得住自己媳妇的！”

---

① 一译“甜奶粥”，用糖、奶、大米或淀粉制成。

接着，他更火冒三丈：

“你倒好，带她到女人们半裸着身体跳舞的地方去?”

父亲在楼梯口把他叫住时被吓飞了的那些光怪陆离的幻影，重新浮现在他眼前。那些歌曲余音未绝，又在他头脑里回荡：“肤如凝脂的大美人，我卖掉衣服求一吻……”这时，他突然听到父亲威吓地说道：

“我们家有家规，你是知道的，如果想留在家里，就得好好遵守它!”

# 四十七

梳妆打扮是阿依莎做得最好的一件事，尽心尽力地为姐姐打扮仿佛是她生活中的头等大事。海迪洁真的要做新娘了，万事俱备，只等过门了。海迪洁有个习惯，对别人的帮助很少说好话。所以今天她打扮停当，显得标致，却硬说这首先归功于她的丰满！自从那个碰巧看到她的男子向她求婚以来，她对自己的“美丽”不再怀疑了。因为她要出嫁，家里喜气洋洋，但这一切情景都不能冲淡她内心深处想到行将离别而产生的惆怅和激动，这也是像她这样的姑娘必然有的心情。她深爱着自己的亲人和家里的一切，从无比崇敬的父母，直到平台上养着的鸡、常春藤和素馨花。世界上没有任何东西能赢得她心里这么深沉的爱。甚至像出嫁这样让她一直心急火燎地盼望着的事情，也不能减轻她离别的痛苦。订婚以前，她似乎没有完全领会到家庭的可爱与亲切，或许是生活中不遂心的事情接二连三发生。使她心情沮丧，因而把自己真挚、深厚的感情掩盖起来。爱犹如健康，当你拥有它的时候感到无所谓，一旦失去后才备感珍贵。当她不用为自己的归宿担心时，面临着从一种生活转向另一种生活时，她的心又不能不感到极大的恋恋不舍，好像是既要赎罪又舍不得付出昂贵代价似的。

凯马勒一声不响地望着姐姐，不再问她是否还回来，因为他知道出嫁的姑娘是要离开家的。他只是轻声轻气告诉两个姐姐："我放学后会常去看望你们的！"姐妹俩都表示欢迎。不过他知道，希望姐弟间还像原先那样亲热是不现实的。他去看望过阿依莎好多次，却发现阿依莎已不像原来那样了。她满身珠光宝气，变成了另外一个人，接待他时格外热情，反而使他感到疏远。再说，他刚和她单独在一起，姐夫就进来了。姐夫终日守在家里，闲得无聊就抽纸烟、吸水烟，时而还弹弹琵琶作为消遣。海迪洁也决不会比阿依莎好到哪里去。家里跟他做伴的只有宰奈卜一个人了，但她对他从来没有表现出他所喜欢的那种亲热，只是当着母亲的面，她才做做样子，仿佛是在巴结母亲。母亲一离开，她就对他不理不睬，如同根本没有他这个人似的！宰奈卜虽然不觉得海迪洁一走她将失去什么珍贵的东西，但是她对海迪洁出嫁这一天家里笼罩着的沉闷、严肃的气氛大为不满，便借题发挥地宣泄自己心中对公公专制霸道的做法所抱有的愤慨和不满，冷嘲热讽地说道：

"像你们这样的人家真没见过，硬把正当的事情当做不正当的……真霸道！"

她不愿一句客气话都不说就送走海迪洁，所以，她对海迪洁的能力大大地夸奖了一番，说她是一个能博得丈夫欢心的"家庭主妇"。阿依莎完全同意这种说法，补充道：

"要不是舌头太厉害，她这个人真是十全十美的！宰奈卜，你总领教过了她的舌头吧？"

宰奈卜忍俊不禁地回答：

"我可没领教过，感谢真主！但我听说过．领教过的人个个称厉害！"

一阵哄堂大笑，笑得最响的是海迪洁。这时，竖起耳朵倾听外面声音的母亲突然大声制止他们："别出声！"大家立即安静下来。外面传来一阵嘈杂的声音，海迪洁不禁惊叫起来：

“拉德旺先生死了！”

玛丽娅和她母亲在这之前曾来打过招呼，说穆罕默德·拉德旺先生病重，她们不能参加海迪洁的婚礼。因此，海迪洁一听到这种嘈杂的声音，就断定拉德旺先生离开了人世，这并不奇怪。母亲急忙跑了出去，几分钟后又回来了、十分难过地说：

“真的是穆罕默德·拉德旺谢赫死了……事情凑在一起了，真让人尴尬！”

“有什么可尴尬的？”宰奈卜说道，“我们的理由就像太阳一样正大光明。我们不能推延婚礼，也不能阻止新郎在自己家里办喜事。赞颂真主，幸好新郎家比较远！至于这里，已经够冷清的了，难道你们还要更沉闷些？”

但是，海迪洁的脑子里立刻有了其他的想法，认为它是一个不祥之兆。她的心害怕地收紧了，感到惊恐不安，自言自语地咕哝道：

“这是怎么回事？真主啊！”

母亲看出女儿的心事，也担心起来。但她不愿顺从这种突然产生的想法，更不愿女儿去相信它，便装出满不在乎的样子，说道：

“对真主的安排我们无能为力，生死都在真主的手中，认为凶兆的想法来自魔鬼……”

亚辛和法赫米穿好衣服后，也到海迪洁这里来。他们告诉母亲，由于时间紧迫，父亲一个人代表全家去拉德旺家里吊丧。接着，亚辛凝视着海迪洁，笑着戏谑道：

“拉德旺先生知道你要走了，不做他的邻居了，他就拒绝在这个世界活下去了。”

海迪洁露出惨淡的笑容作为回答。亚辛并没有领会这种笑容后面的含义，他仔细地端详着她，装出满意的样子，点着头感叹地说道：

“俗话说得好，‘芦苇一打扮，也可成新娘’，这话一点不错……”

海迪洁板起面孔，表示不想跟他斗嘴，然后呵斥道：

“别闹了！拉德旺先生在我出嫁的日子过世，我心里正认为它是不祥之兆呢！”

“我不知道你们俩究竟谁欠了谁？”亚辛笑着说，说完又笑了一阵，说，“他死你倒不必担心什么，不必费那么些脑子去胡思乱想。我为你担心的可是你的舌头，它才是你最可能惹祸的东西！我不厌其烦地劝过你，现在还是那句话，把你的舌头好好放在糖水里泡一泡，让它变得甜甜的，对新郎说些甜言蜜语……”

这时法赫米温和地插嘴道：

“别管拉德旺先生的事情，你今天结婚，今天就是个大吉大利的日子，是全世界望眼欲穿的日子，你没听说已经宣布停战[①]了吗？”

“我差点把这件事忘了！”亚辛喊了起来，“在你的结婚日子里还发生了我们生活中惟一的奇迹，多年来大家盼望的事情今天终于实现了，战争结束了，威廉投降了。”

“那么，物价就不会再涨了，澳大利亚人该走了？”母亲问道。

“当然，那当然，”亚辛笑着回答，“物价不涨了，澳大利亚人要走了，海迪洁小姐的舌头也不那么厉害了！”

法赫米的眼睛里露出沉思的神色。过了一会儿，他仿佛自言自语地

---

① 指 1918 年 11 月 11 日在法国康边森林签订的“协约国对德停战协定”，史称“康边停战协定”，结束了第一次世界大战。

说道：

“德国人被打败了！谁能想得到呢？从今天起，阿拔斯或穆罕默德·法里德都没有希望回国了，哈里发国家的希望也化为泡影了。英国人还在走运，我们正在倒霉，大权在英国人手中……”

“英国人和富阿德国王都没想到会取得胜利，他们一个打败了德国人，一个做梦也没想到会当上国王。”亚辛说到这里沉默了一会儿，然后又笑着继续说，“第三个人的运气也不比他们差，那就是我们这位新娘，她做梦也未必想到会嫁个这么好的新郎。”

海迪洁警告似的瞪了他一眼，问道：

“非要让我离家前说你一顿才舒服吗？”

亚辛只好让步，求饶道：

“我最好还是要求停战，因为我不比威廉和兴登堡的地位高……”

接着，他瞅瞅法赫米，发现他的脸上流露出满腹心事的样子，和眼前的喜庆气氛格格不入，便对他说道：

“把政治置于脑后吧！准备好好乐一乐，享受美味的食品和可口的饮料！”

海迪洁虽然思绪万千，憧憬着一个又一个美梦，但是今天早晨的一件事给她留下了深刻的印象，几乎使她忘却了种种忧虑。今天是她一生中新生活的开始，父亲把她找去单独谈话。父亲对她十分温厚和慈祥，那些话像一帖灵验的药方，消除了她连走路都跌跌撞撞的畏惧心理。父亲对她说的那番亲切的话语，在她心里产生了一种从未有过的奇特感受，父亲说：

“祈求真主指引你的步伐，使你万事如意，心情愉快。我对你的嘱咐最好的就是这么一句话：不论大事小事都要以你妈妈为榜样。”

她吻过父亲伸给她的手后就离开了房间，心情激动得几乎看不清面前的东西。她一直反复地想："父亲是多么温厚、体贴和慈祥啊!"她心里充满幸福的感觉，一直想到父亲的话："不论大事小事都要以你妈妈为榜样。"她把这话告诉了母亲，母亲听的时候满脸绯红，不停地眨着眼睛。

"难道这不意味着他把你看成是贤妻良母的典范吗?"海迪洁说到这里笑了起来，"你是多么幸运的女人啊！谁能相信这一切呢？我仿佛正在做着幸福的美梦！想不到爸爸把这么美好的感情都藏在了心底!"

海迪洁说完后久久地为父亲祈祷，感动得热泪盈眶。

这时，乌姆·赫奈斐进来告诉大家，汽车已经到了。

# 四十八

家庭咖啡会上少了阿依莎后，现在又不见了海迪洁。海迪洁走后留下的空缺是无法填补的，仿佛她带走了咖啡会的灵魂、生气和乐趣，使它不再有逗趣、欢笑、斗嘴。正如亚辛心里所思忖的那样："她在我们当中好比菜里的盐，盐本身不是美味，可是菜里没盐还有什么滋味?"然而为了讨好妻子，他没有公开说出自己的看法。他虽然对结婚感到失望，认为在家里已经找不到医治自己痼疾的药物，但至少也不愿意伤害妻子的感情，以免她对自己每天晚上对她声称去"咖啡馆"消夜的行为起疑心。他只是喜欢说说笑笑，很少有什么正经的，现在失去了经常跟他取笑逗乐的伙伴，这个传统的咖啡会就没有多少乐趣让他留恋了。此刻，他正盘腿坐在沙发上，一边喝咖啡，一边望着对面沙发上正在闲聊的母亲、妻子和凯马勒。他对宰奈卜阴沉着脸摆出一副端庄的样子百思不得其解，想起海迪洁说她"死气沉沉"，觉得妹妹真有眼力。接着，他翻开《坚贞诗集》中的《卡尔巴拉姑娘》读起来，不时向凯马勒讲解他读到的内容。他朝右边瞥了一眼，发现法赫米似乎想说什么。他想说什么呢？想谈穆罕默德·法里德，还是要谈穆斯塔发·卡米勒？不知道，反正他要说话是肯定的。他今天从学校里回来以后，脸上阴云密布，就像即将下雨的天气一样。是不是逗逗他，让他说话？不，不需要。这不，他正神情严肃地望着自己，仿佛要诉说什么，过了一会儿，法赫米问道：

“你听到什么新闻没有？”

他向我打听新闻？我知道无数的新闻，比如结婚是最大的骗局啦、新娘过几个月就会变成像蓖麻油那样难喝啦……不要为得不到玛丽娅而伤心，初出茅庐的政治家！你还要别的新闻吗？我这儿多着呢。但我肯定这些新闻你是绝对不感兴趣的，况且要我当着老婆的面说出来，我还没有勇气呢！他情不自禁地在心里想起了谢里夫①的诗句：

思念话儿万万千，
只是目前无法提；
倘若没有“监视人”，
早把吾心掏给你！

过了一会儿，亚辛又反问弟弟：

“你指的是什么新闻？”

“今天学生中间流传着一则奇怪的消息，我们整天都在议论这件事。说由赛阿德·宰格鲁勒帕夏②、阿卜杜·阿齐兹·法赫米贝克③和阿里·舍阿

---

① 谢里夫·里达（970—1016），阿拉伯阿拔斯王朝的著名诗人，擅长颂诗、矜夸诗、悼诗和情诗。

② 赛阿德·宰格鲁勒（1860—1927），埃及民族运动的领袖，曾任教育大臣、司法大臣等职，1918年11月13日．即第一次世界大战结束后两天，他与另两人进见英国高级专员，他们的要求被蛮横拒绝后，即于1919年初组成一个七人代表团，受权向巴黎和会提出埃及的民族要求。代表团组成之时，被史学家认为是华夫德（阿拉伯语“代表团”一词的音译）党成立之日。由于英国当局的镇压，逮捕并放逐了赛阿德·宰格鲁勒等人，和平请愿演变成武装起义。

③ 阿卜杜·阿齐兹·法赫米（1870—1948），埃及政治家。是1918年进见英国高级专员的三人之一，后又成为埃及七人代表团成员之一，1921年脱离华夫德党，后任司法大臣、国务大臣等职。1941年成为立宪自由党主席。

拉维帕夏[1]组成的埃及代表团，昨天前往英国高级专员公署，会见了英国国王派驻埃及的代表[2]，要求取消保护权，宣布埃及独立。”法赫米说这些话时神情十分严肃。

亚辛耸起双眉认真地听着，眼睛里流露出惊诧和怀疑的神色。赛阿德·宰格鲁勒这个名字倒不陌生，但对这个人印象不深，只是模模糊糊地记得他和一些重大事件有关。但由于那些事件时间久远早已淡忘，根本没有在他那颗不怎么关心国家大事的心里留下什么印象。否则的话，即使很长时间，他也能回忆起来的。另外两个名字他是第一次听到。名字陌生无关紧要，如果法赫米说的话属实，那么他们所从事的运动倒是至关重要的，因为，他无论如何想象不出，英国人刚刚战胜德土同盟[3]，怎么能要求他们同意埃及独立呢？他问弟弟：

“你了解这几位吗？”

法赫米巴不得这几位都是祖国党[4]的成员，因而回答哥哥时语气里颇有点懊丧的情绪：

“赛阿德·宰格鲁勒是立法议会副议长，阿卜杜·阿齐兹·法赫米和阿里·舍阿拉维是立法议会议员。说真的，我对后两位一无所知。就是赛阿德，我也只有一些初步印象。我听许多祖国党的同学在谈论他，也是众说纷纭。有人说他不过是英国人的走狗而已，也有人承认他有许多伟大的品质，应该把他和祖国党杰出人物相提并论。不管怎么说，他和他的两个同

① 阿里·舍阿拉维（生卒年不详），华夫德党早期成员。
② 即当时的英国驻埃及高级专员雷金纳德·温盖特爵士。
③ 第一次世界大战期间的1914年10月29日，土耳其站在同盟国方面参战，与德国结成同盟。
④ 这里指1907年12月27日成立的祖国党，成员为知识分子特别是青年学生，是和民族党（1907年9月21日成立，代表英国占领当局的利益）、立宪改革党（1907年12月9日成立，代表埃及王室和保皇派利益）并列为当时埃及政治舞台上的三大势力。

事已经大胆地迈出了一步，据说是他倡导这样做的，这一步干得漂亮，十分光荣。在以穆罕默德·法里德为首的祖国党的精英们被放逐以后，还没有人像他这样挺身而出这么做过……”

亚辛装作认真的样子听着，以免法法赫米以为自己对他的热情谈话不尊重。他仿佛自我设问似的重复着弟弟的话：

“要求取消保护权，宣布埃及独立？”

“我们还听说，他们为争取独立要求去伦敦。为此，他们在会见英国国王的代表雷金纳德·温盖特爵士时提出了这一要求！”

亚辛无法再掩饰自己的惶惑了，他的脸上也流露出不解的神情，便稍稍提高声音问道：

“独立，你说独立是真的吗？独立是什么意思？”

法赫米神经质地激动起来：

“我是说把英国人从埃及赶出去，或者像穆斯塔法·卡米勒所提出的那样，让英国人从埃及撤走……”

这是多么美好的愿望啊！亚辛生来不爱谈论政治，但是每当法赫米跟他谈政治时，也总能敷衍几句。他一方面不愿惹弟弟生气，另一方面也使自己得到一种有趣的消遣。这种谈话有时还会引起他的注意，尽管他不会达到狂热的程度。他甚至还会产生与弟弟相同的愿望，只是他采取藏而不露的消极的方法。不过他的一生肯定很少关注公众的事，仿佛他除了享受生活的乐趣外，没有别的目标。所以，他的心里并不准备郑重其事地对待弟弟的这些话，只是又一次问道：

“难道真有这种可能吗？”

“只要我们活着就不要绝望，哥哥！”法赫米激动地说，语气中带着一丝责备。

这句话和所有类似的话一样，引起了他心里的嘲笑，但是他仍装出一本正经的样子问道：

“我们怎样才能把他们赶出去呢？”

法赫米考虑了片刻，皱起眉头答道：

“赛阿德·宰格鲁勒正是为了这个目的，才和他的两位同事要求赴伦敦呢！”

母亲全神贯注地在听着他们的谈话，想尽量多了解一些事情。每当他们谈论与家庭琐事不相干的国家大事时，她总是这样十分用心地听着。她对这些事情饶有兴趣，尽力想搞明白，一有机会还会毫不迟疑地插入几句，并不在乎她的观点常常让儿子们同情地笑她无知。但是，没有什么能够折断她展翅欲飞的鸟翼，不让她关心国家大事。她关心国家大事，就像她关心凯马勒的宗教课、关心凯马勒根据她的宗教和神话知识讲给她听的历史和地理常识一样。由于她的认真，她多少了解了一些有关穆斯塔发·卡米勒、穆罕默德·法里德和流亡国外的阿拔斯等人的情况。这些人对哈里发国家的忠诚，使她对他们的爱戴倍增。在她的眼里，他们都快达到她所敬仰的圣徒的地位了。当法赫米提到赛阿德·宰格鲁勒和他的两个同事要求去伦敦的时候，她突然打破沉默，问道：

“伦敦是什么地方？”

“伦敦是大不列颠的首都，巴黎是法国的首都，开普是开普殖民地的首都……”凯马勒用小学生背书的腔调抢着回答。接着，他凑近母亲的耳边说，“伦敦是英国人的地方！”

母亲大吃一惊，对法赫米说道：

“他们要去英国人的地方要求英国人离开埃及？这可是一点不明智了！比如，你心想要把我从你家赶走，怎么还能上我家来呢？”

法赫米的话被母亲打断，心里很不高兴，他带着责怪的神情，微笑地望着母亲，可母亲还以为儿子被她说动了，继续说下去：

“英国人在我们国家待了这么多年，他们怎么能要求英国人离开这儿呢？别说你们，就是我们这些人出生的时候，他们就已经在这儿了。我们做邻居生活了这么多年，讲‘人情’也不该跟他们过不去，怎么可以跑到他们的国家公开对他们说：‘你们从我们那里滚出去！’”

法赫米无可奈何地苦笑一下，亚辛却哈哈大笑。宰奈卜一本正经地说：

“他们这几个人怎么有这种胆量，竟敢去英国跟英国人说：‘滚吧，英国人！’英国人一发火，在那儿把他们杀了有谁知道？英国兵不是闹得我们在大街上走路都没有安全感吗？别说我们闯到他们国家去会怎么样了！”

亚辛本想和婆媳俩谈一些简单的话，以满足自己渴望说笑的心理。但他发现法赫米一脸不高兴，便对他的恼怒产生了同情，把脸转向他，继续刚才被打断的话：

“他们的话有点道理，只是没能很好表达出来。弟弟你说，赛阿德·宰格鲁勒能对目前被公认为世界霸主的国家怎么样呢？”

母亲以为亚辛是帮她说话的，便点头表示同意。她接着说道：

“阿拉比帕夏是最伟大、最勇敢的人物，无论是赛阿德还是其他什么人，总比不上他吧？他骑马杀敌，英勇无比，可是他遇上英国人又怎么样了呢，孩子们？还不是被英国人俘虏后流放到远处去了……”

“妈妈，”法赫米实在忍不住了，既像恳求又像不耐烦地问道，“能不能让我们说说话呀？”

母亲怕惹儿子生气，不好意思地笑了笑，然后改变了激动的口吻，仿佛随之看法也改变了。她用温和的抱歉的口吻说道：

“我的孩子，每个作出努力的人都会有福分的，让他们去吧，真主会保佑他们的，说不定他们还能赢得伟大的女王的同情呢！”

“你说的是哪位女王？”法赫米不禁诧异地问。

“维多利亚女王①呀，孩子，她不叫这个名字吗？我经常听我父亲说起她，据说她下令把阿拉比流放，但据说又十分欣赏他的勇敢……”

“她连勇士阿拉比都放逐了，更不用说文弱的赛阿德了！”亚辛调侃道。

“不管怎么样，她终究是个女人，”母亲说道，“毫无疑问，女人的心肠总是软的。只要他们好好跟她说说，懂得如何讨好她，她会抚慰他们的……”

亚辛觉得母亲的逻辑很有趣。她谈起历史上的那个女王犹如谈论玛丽娅的母亲或别的女邻居似的。他不想再跟法赫米搭腔，只顾逗引母亲说下去：

“你说，他们怎么好好跟她说呢？”

听到亚辛的这个问题，母亲非常高兴，这等于他承认她有资格谈论“政治”了。她便坐正身子，紧皱双眉，郑重其事地思考着第一次“谈判”会出现什么情况。不过法赫米没容她考虑出结果，就很不高兴地简短地告诉她：

“维多利亚女王早已死了，你不用瞎操心了！”

这时，亚辛注意到从窗户缝里透进来的夜色，意识到该离开“咖啡会”出去消夜了。他心里很明白，法赫米渴望把这个话题谈下去的愿望尚未得到满足，自己不宜一走了之。所以他要对弟弟关心的事表示一定程度的关切，于是一边站起身一边说道：

“他们都是些大人物，不用说十分明白自己所冒的风险，或许他们早就

① 维多利亚（1819—1901），英国汉诺威王朝的末代女王，1837 年至 1901 年在位。

有了成功的办法，让我们祈求真主保佑他们成功吧。”

他一边往外走，一边指指宰奈卜，让她跟他回房间去给他准备衣服。法赫米目送着他走出去，眼睛里带着怒火。使他恼火的是，他竟找不到一个知音，与他那颗火热的心产生共鸣。爱国主义的话题在他的心里激起了多么伟大的梦幻。他的眼前出现了一个新的世界、新的祖国、新的家园和一些新的亲人，所有的人都生气勃勃，热情奔放。但是，家里这种令人窒息的气氛，亲人们这种冷淡、单纯和漠不关心的状态，使他清醒过来。他感到忧郁和痛苦，胸中仿佛有一股无名之火无论如何要冲破压抑窜向天空。此时此刻，他多么盼望黑夜瞬间过去，使自己投身于学生兄弟们的集会，满足自己对爱国热情和自由奔放的渴望，并在那种沸腾的爱国热情中，进入充满梦幻和光荣的世界中。亚辛问他赛阿德·宰格鲁勒能对今天被公认为世界霸主的国家怎么样，说实在的，他并不知道赛阿德·宰格鲁勒能做些什么，也不知道他自己能够做些什么，但是他心里强烈地意识到有些事情是他应该做的。也许，他在现实世界里还没有找到楷模，却感觉到它就深藏在自己的心灵和血液中。他多么应该在现实生活中亮明这一点，或者说，让那种枯燥无聊、怪诞不经的生活结束吧。

# 四十九

艾哈迈德先生店铺前面的马路上和往常一样挤满了行人和车辆，马路两旁鳞次栉比的商店里顾客盈门。十一月的天气温暖宜人，马路上空点缀着水汽蒸发后的轻纱似的烟雾，太阳透过薄薄的云雾照射在格拉文和贝尔古格两座清真寺的宣礼塔上，变得银白耀眼，宛如浮光跃金的湖面。无论天空还是地面，都是艾哈迈德每天见惯的情况，没有什么异常的变化。但是在他的心里，在与他有关系的人们心里，甚至在所有人的心里，都激荡着一股汹涌澎湃的波涛，人人激昂兴奋，改变了或几乎改变了原来一潭死水的心境。就连艾哈迈德都说，他从来没有经历过这样的日子，所有的人都在谈论着同一个消息，每个人的心里都涌动着同一种感情。在父亲面前向来噤若寒蝉的法赫米，这次却没等父亲开口，就把自己听到的关于赛阿德·宰格鲁勒会见英国驻埃及高级专员的消息主动向他详细叙述了一遍。当天晚上，朋友们聚在一起寻欢作乐时，也有人证实了这个消息是千真万确的。他的店铺里，不止一次地有许多素不相识的顾客争相议论这个消息。更出乎人意料的是，好久没有露面的穆泰瓦里·阿卜杜·萨姆德谢赫今天早上突然闯进店里，他诵念了《古兰经》，得到了一份白糖和肥皂，但还意犹未尽，用从来没有过的报喜者的口吻传播赛阿德·宰格鲁勒会见高级专员的消息。艾哈迈德开玩笑地问他估计这次会见会有什么结果。谢赫回答说："异想天开，让英国人离开埃及是异想天开！你以为英国人疯了吗，不动刀枪他们就肯从我们国家撤回去？一定要打一仗，不打就不能把他们赶出去！我们的代表或许能够成功，哪怕只是把澳大利亚人轰走，恢复过去的太平也好呀，不是吗？"

在这些消息频传、群情激奋的日子里，艾哈迈德也受到了感染，变成了一个有极大爱国热忱和政治兴趣的人。他等待着、期望着，心情激动地翻阅着各种报纸。可那些报纸大多数像是在一个陌生的国度里发行的，根本无动于衷，毫无激情可言。他见到朋友们总露出探询的目光，急切地希望他们带来新消息。穆罕默德·阿夫特先生疾步走进店里时，他就是这样接待他的。来者目光炯炯、动作洒脱，看来决不是顺路上店铺来串门、喝杯咖啡聊聊天的。从他的神态可以看出他和自己一样心中有事，所以，艾哈迈德看到他从嘉米勒·哈姆扎维正在接待的顾客中间挤过来时，便主动开口问道：

"早安，狮子！有什么消息吗？"

阿夫特先生紧挨着账桌坐了下来，脸上露出得意的微笑。艾哈迈德问他的这个问题，正是他遇见的每个朋友和熟人都要问的。这个问题肯定了人们承认他在这些极其重要的日子里的重要性。因为他跟埃及的一些重要人物有着亲戚关系，这就使他成为这些商人与一些高级官员和律师相沟通的桥梁，随着时间的推移，把他们联系成一个团体。虽然艾哈迈德先生凭着自己的为人和性格，在自己的圈子里享有惟我独尊的地位，但在景仰政府官员和有封号的大人物的朋友们那里，穆罕默德·阿夫特的这种亲戚关系从未丧失过其重要性，在"新消息"比水和食物还重要的日子里，这种亲戚关系的重要就更加凸显了！阿夫特先生把右手里的一张卷着的纸打开，

说道：

“这是一个新的步骤，我不仅是一个传递消息的人，而且还要把这份能带来幸福的委托书送到你们这几位最尊贵的朋友手中。”

他把委托书递给先生，微笑着低声说道：“看吧！”艾哈迈德接过委托书，读道：

“吾等签署此委托书，特委托赛阿德·宰格鲁勒帕夏、阿里·舍阿拉维帕夏、阿卜杜·阿齐兹·法赫米贝克、穆罕默德·阿里·欧罗巴贝克、阿卜杜·拉梯夫·米克巴提、穆罕默德·迈哈姆德帕夏、艾哈迈德·鲁特菲·萨伊德贝克等七位先生为吾等之代表，授权彼等会同彼等所选择的人士，采取各种合法的和平手段，去争取埃及的完全独立。”

艾哈迈德从人们议论的有关国家命运的消息中，已经听说了埃及代表团成员的名单，现在读到这些名字，脸上露出欣喜的神色，问道：

“这是怎么回事？”

“你没看见这些签名吗？”阿夫特先生热情地说道，“在这些名字下面签上你的名字吧！把嘉米勒·哈姆扎维叫过来，让他也签个名。这是代表团印制的委托书，让民众在上面签名，有了它，代表团就具备代表埃及人民的资格了……”

艾哈迈德拿起笔签上了名字。他那双蓝眼睛熠熠发光，露出如愿以偿的欣喜心情；脸上亲切的微笑，显示出幸福和自豪的感觉：他委托赛阿德·宰格鲁勒帕夏和他的同道们代表自己去争取独立！这些人虽然刚刚出名却深得人心，触动了人们压抑在内心深处的感情，这犹如一种新药，尽管是初次使用，却让病人对久治不愈的痼疾产生了治愈的希望。他把哈姆扎维叫过来，让他也签了名，然后转身看看朋友，郑重其事地说道：

“看来这件事是一本正经的啰！”

阿夫特先生一拳捶在桌子边上，强调道：

“千真万确！每一件事情，只要有毅力、有决心，就不难办到。你知道为什么要印这些委托书吧？据说那个‘英国人’十一月十三日上午曾质问赛阿德和同去的另两个人是以什么身份说话的，所以代表团就主动印制了这些委托书让群众签名，以证明他们是以埃及人民的名义讲话的……”

“倘若穆罕默德·法里德还在国内，那就好了。”艾哈迈德感叹地说。

“参加代表团的也有祖国党的人呀，穆罕默德·阿里·欧罗巴贝克、阿卜杜·拉梯夫·米克巴提就是祖国党的，”阿夫特说着，双肩一耸，仿佛要把所有的往事抖掉似的。“我们都还记得赛阿德当年被任命为教育部大臣时所引起的轩然大波，后来出任司法大臣时也是这样。我至今还记得清清楚楚，在他被提名当大臣时，《旗帜报》[①] 表示欢迎，后来却又对他进行人身攻击。我不否认自己当时是倾向于批评他的人一边，因为当时我对已故的穆斯塔法·卡米勒过分崇拜。但是赛阿德一直在证明他是值得大家信赖的，最近他发起的这场运动更使他在人们心目中占据了最重要的位置。”

“说得对！这的确是一场伟大的运动，让我们祈求真主使它获得成功。”说到这里，艾哈迈德露出关切的神情，问道，“你看会允许他们去吗？一旦去了，你认为他们会做些什么呢？”

穆罕默德·阿夫特先生卷起委托书，站起身说道：

“不久就知道了。”

两个人朝店门口走去的时候，艾哈迈德又来了开玩笑的兴致，他附在朋友的耳边悄悄说道：

---

① 《旗帜报》是 1900 年穆斯塔法·卡米勒等人倡办的日报，1907 年祖国党成立后成为该党喉舌，是埃及民族独立运动的舆论阵地。1914 年停刊。

“在这张全民委托书上签字真使我兴奋极了，就像喝醉了酒，搂着祖贝黛在灌第八杯酒呢！”

提到酒和祖贝黛，穆罕默德·阿夫特的脑海里立即出现了那副诱人的情景，并且像醉了似的，激动得摇头晃脑喃喃地说道：

“明天我们就会听到消息的。”

说完，他就离开了店铺。艾哈迈德紧跟其后，微笑地说道：

“以后再看吧！”

他回到账桌前时脸上还带着调侃的微笑，心里依然激动不已。只要远离自己的家，他遇到生活中的大事都是这样，在需要严肃的时候他就一本正经，一旦找到机会他就毫不迟疑地开玩笑逗乐，以缓和严肃的气氛。喜欢逗趣是他无法改变的天性，但有一种神奇的能力，能使他把严肃和诙谐协调起来。他的严肃妨碍不了他的诙谐，他的诙谐也破坏不了他的严肃。诙谐在他的生活里不是锦上添花的奢侈品，而是和严肃并驾齐驱的生活必需。所以没有一天他能够过纯粹严肃的生活，或只把注意力集中在严肃的事情上。因此，他的“爱国主义”仅仅是一种感情，只是在心灵上参与，并不会去改变他已经习惯了的生活方式，不愿用另外的生活方式来取代。所以，他虽然赞赏祖国党的政治主张，却从来没有想到加入祖国党，甚至不肯参加祖国党举行的集会。参加这些活动不是浪费他的“宝贵”时间吗？祖国并不需要他的时间，而他却迫切需要将每分每秒都花在家庭、经商上，尤其是同知心密友一起寻欢作乐！那么，就让时间完全用在他的个人生活上，对于国家，他只献上自己的心愿和感情，必要时，他也会献上钱财。每当需要进行募捐时，他都是慷慨解囊的。这样，他从来没有感到自己还没有完全尽到责任，恰恰相反，他的爱国主义在朋友们中间都是公认的。这是由于人们虽然有心，但不一定能付出感情；能大方献出感情的，又不见得能像他那样仗义疏财，所以这爱国者的桂冠就戴到了他的头上。这个美名传开后，他心里引以自豪的众多优点中又增加了一个优点。

他已经慷慨地付出了那么多，无法想象“爱国主义”还会进一步要求他付出。他那颗迷恋声色、喜好逗趣的心虽然已经拥挤不堪，但还是容纳下了民族情感。这种情感尽管在他心中只占有容身之地，却是那么深刻有力，抓住了他的灵魂，使他忧虑不安。这种民族情感不是凭空产生的。他在小时候听到前辈们讲述阿拉比的英雄故事，就已经产生了那种情感。后来又读到《旗帜报》登载的文章和演讲稿，这种情感宛如烈火一样燃烧起来。当他听说穆斯塔法·卡米勒逝世时，竟像个孩子似的号啕大哭，那是一个多么令人激动而可笑的独特情景啊！他的朋友们被他感动是因为他们中没有一个人这样伤心过。到了晚上他们聚在一起寻欢作乐时又想起这件事，都又大笑了一阵，因为他们难得看到这位“笑神”也会痛哭流涕！今天，在漫长的战争结束之后，年轻的领袖已经逝世，他的接班人被放逐[①]，阿拔斯回国的希望完全破灭，土耳其失败，英国人胜利了，在经过这一切之后，或者说，尽管发生了这一切，竟然会流传着种种新奇的消息，带来神话般的事实：当面向英国人要求独立，在全民委托书上签字。打听下一个步骤，掸掉灰尘使人心的本质闪光，人们的心灵被希望照得亮堂堂的，这一切之后会是什么呢？

他是个习惯于屈服的和平主义者，因而再思索也不会有结果。他急切盼望夜幕早点降临，这样他就可去参加欢乐聚会。在那里，政治话题成了饮酒取乐中的“特色”节目和吸引着他去消夜的另一种诱惑，比如和祖贝

① 年轻的领袖指祖国党创始人穆斯塔法·卡米勒，于 1908 年 2 月病放。他的接班人指继承祖国党主席的穆罕默德·法里德，于 1912 年 3 月被迫流亡国外。

黛的色相、朋友的情谊、美酒情歌等等已经浑然一体。在这种迷人的气氛里，谈论政治宛如一种精神享受和随手可得的乐趣，使大家的心里充满热情和欢乐，而不致觉得这是一种难于胜任的事情！……他正想着这一切，嘉米勒·哈姆扎维突然走过来对他说道：

“赛阿德帕夏的公馆有了一个新名称，你还没有听说吧？人们把它称为‘民族之家’……”

他向伙计凑过头去，听他讲述这个消息的来由……

# 五十

在争取祖国自由的同时，亚辛也决心要不屈不挠地为争取自己的自由而作斗争。婚后几个星期，他就厌烦了循规蹈矩的生活，重新开始了夜生活。他这样做是经过内心斗争的。作为对自己婚后新行为的辩解，他常常反复思忖着这么一个道理：当他陶醉在结婚的美梦中的时候，并不想婚后再回到咖啡馆和科斯塔基酒吧去放纵。他真诚地认为，自己对夫妻生活有那么美好的憧憬，他会永远告别夜生活。谁知，婚姻生活带给他的竟是无法排遣的失望，他的神经再也无法忍受这种无聊乏味的生活和他所称的空虚的生活。于是他那颗被娇纵惯的敏感的心，竭尽全力逃避到花天酒地、醉生梦死之中，沉湎在咖啡馆和酒吧里，把一切置之脑后。这次回去，并不像过去对结婚抱有美好希望时那样，是为了一时作乐点缀生活；而是在对婚姻产生了痛苦的失望之后，他的生活中仅存的惟一享受了！他就像一个怀着希望离乡背井的人在希望破灭后懊丧地返回家乡一样。一直对他亲亲热热、奉承讨好的宰奈卜，在那天他冲破父亲设置的严格的传统礼教的樊笼，带她去库施克什贝克剧院后，更觉得丈夫可敬可佩了……就是这个宰奈卜，对于丈夫晚上丢下她外出，一夜又一夜深更半夜喝得摇摇晃晃回来，感到是一个沉重的打击，她实在难以忍受，不免要向他发发牢骚。他早就料到，夫妻生活中自己这种突然的变化不可能不引起风波，因此从一开始他就估计到她会用各种方式来表示反对。但不管是责备也好，争吵也好，他都作了适当的准备，决心寸步不让，要以那天夜里他从库施克什贝克剧院回来后，父亲教训他的话为准绳："女人变坏都是男人惯出来的。不是每个男人都能管得住自己老婆的！"照父亲的话去做。所以，宰奈卜刚要开口规劝他时，他就立即告诉她：

"用不着难过，亲爱的！自古以来，总是女人待在家里，男人外面走。所有的男人都是这样。忠实的丈夫即使只身在外，也会像妻子在身边一样，忠贞不渝的。再说我晚上出去玩玩，只是为了散散心，找点快乐，使我们的生活变成一种完美的享受。"

妻子以"担心他的身体"为借口，婉转地规劝他不要每天喝得醉醺醺的。他听后哈哈大笑，语气温和但态度坚决地回答道：

"所有的男人都是一醉方休的。我的身体越喝越结实。（说到这儿又放声大笑）不信去问问我的父亲和你的父亲！"

尽管没有希望，但她还是缠着他争辩。他心里烦透了，态度越发强硬，过去还怕激怒她，今天可无所谓了，他要告诫她，男人有想干什么就干什么的绝对权利，女人则必须循规蹈矩，绝对服从。他说道：

"看看我的继母，你哪一天见到她反对过我父亲的行为？他们就这样相安无事，成为一对幸福的夫妻，使整个家庭和睦。这种事情你以后就不要说了！"

如果任凭他的感情，他就用不着讲究策略多费口舌了。对婚姻的失望常常使他迁怒于她，产生了一种犹如报复的心理，有时甚至带有某种隐隐约约的仇恨情绪。尽管这样，他还是不伤害她。他知道父亲与岳父穆罕默德·阿夫特先生过从甚密，他最担心的是她向岳父诉苦，而岳父又向父亲抱怨。后来他铁定了心：如果出了什么他最不愿看到的事情，大不了他搬出去独立生活，而不顾今后有什么后果。不过，他所担心的事情并未发生。他那年轻的妻子尽管很伤心，却表现出是一个“有理智”的女人，仿佛和他的继母属于同一类型的女人，能够考虑到自己的处境，安心接受客观现实，相信丈夫一再表白自己是忠实的，他的夜生活并不荒唐的话，在狭小的家庭范围内过着痛苦和悲伤的生活，有时在家庭咖啡会上发泄发泄，也得不到任何人的认真支持。在这种把服从男人当作生活信条的环境中，她又能怎么样呢？艾米娜太太就对她的抱怨很反感，对她妄图把丈夫拴在身边的奇怪想法表示愤慨，因为在她的想象中，女人就该跟她一样，而男人也就是她丈夫的那种样子。她不认为亚辛享受自己的自由有什么奇怪的，反倒觉得宰奈卜的抱怨是闻所未闻的怪事。只有法赫米一个人能够理解嫂子的苦衷，并且主动在哥哥面前为嫂子说话，当然他从一开始就知道自己主持公道也是白费口舌，但因为兄弟两人近来常在哈纳·赫利利[①]的艾哈迈德·阿卜杜胡咖啡馆见面，这就使他敢于向哥哥进言。

这家咖啡馆低于地面，仿佛是在山里开凿出来的一个深洞内。咖啡馆上面是古老街区的几间旧宅，馆内过道的两旁各有一排单间雅座，中央有一个喷水池。咖啡馆昼夜灯火通明，具有湿润的、静谧的、梦幻般的气氛。亚辛看中这家咖啡馆，一方面是由于这家咖啡馆离科斯塔基酒吧很近；另一方面是因为他和宰努芭断绝往来后不便再去奥利亚街上的阿里先生咖啡馆。再说这家咖啡馆所特有的古色古香的风味，与他钟情于诗情画意的心灵一拍即合。至于法赫米，他作为一个用功的大学生，原先从来不泡咖啡

① 开罗老城内的一个著名的商业区。区内纵横交错的一条条狭窄的小路两旁，小商店鳞次栉比，以出售日用品和具有民族特色的小商品为主。

馆的，但在那些日子里，学生们和其他各阶层的人常常凑在一起商量国家大事，他也一改自己的习惯，顺应了大众的“通病”，和同学一样，认为古色古香的艾哈迈德·阿卜杜胡咖啡馆幽静安全，可以避人耳目，于是选中这里作为聚会的场所，每天晚上来这里交谈、商讨、预测和等待事件的发展。于是兄弟俩常常在这里的一间雅座里会面，但时间不长，等法赫米的同学到了，或者亚辛要去科斯塔基酒吧时，两人就分手。有一次两人见面时，法赫米表示对哥哥这种与新婚生活相抵触的行为不可理解，暗示它造成了宰奈卜的痛苦。亚辛对法赫米的提醒付之一笑，认为弟弟不了解情况却要规劝别人，实在是幼稚，他完全有理由嘲笑他。不过，他并不想直接为自己的行为进行辩解，只是含蓄地发泄胸中的郁闷说：

“当那天你想娶玛丽娅而遭到父亲的反对时，我毫不怀疑你是非常悲痛的……我跟你说，我作为过来人知道自己在说些什么，要是你当时能知道结婚之后是怎么回事，你一定会为结不成婚而赞颂真主了！”

法赫米惊奇得有点火了，他没想到亚辛一开口就把“想娶玛丽娅”这几个词放在一起，这些词勾起他的许多心事，在他心灵的舞台上上演了一幕幕令他无法忘却的悲剧。他之所以显得格外惊奇，或许是为了掩饰种种回忆在他心里激起的哀伤和感慨；或许正因为如此，他才说不出一句话来。亚辛沮丧和厌烦地摆摆手，继续说下去：

“我真没想到结婚之后竟是这样的空虚，老实说，结婚不过是一场虚假的美梦，就像所有的恶劣骗局一样，是冷酷无情的！”

法赫米听了哥哥这番话感到无法理解，心中不禁生疑。他是一个青年人，感情生活的源泉虽多，但都向着一个目标奔腾而去，这个目标具体就体现在“结婚”概念下的“妻子”。他难以容忍他放荡的哥哥竟用刻薄的嘲讽来亵渎“结婚”这个神圣的概念。他不胜惊讶地低声问道：

“可是嫂嫂是个完美的女人呀！”

“完美的女人！”亚辛挖苦地说道，“那当然，谁说她不是一位大家闺秀？谁说她不是出身名门？她长得漂亮，又有教养！可是我不明白是什么魔鬼驾驭着夫妻生活，使这一切优点统统成为微不足道的东西，使人厌倦就像我们访贫问苦时给予穷人大量的荣誉称号，这能让他们幸福吗？”

“你说的话我一个字也听不明白！”法赫米真诚坦率地说。

“等着吧，你总有一天会明白的。”

“那么，人们为什么自一开始就要结婚呢？”

“因为结婚像死亡一样，警告和防范都没有用！”接着，亚辛又像是自言自语似的说道，“我被幻想捉弄得好苦，它让我飞进了比梦想还要美妙的神奇世界，我一直在问自己：我真的能和一位年轻貌美的姑娘永远生活在一个家庭里吗？其实那只是梦想！我可以肯定地说，再没有什么比让你和一位美女永远在一个家庭里生活更大的灾难了！”

法赫米正忍受着青年人的感情煎熬，难以想象亚辛的这种厌烦情绪，便困惑不解地喃喃细语道：

“或许你看到了毫无缺点的表面现象后的东西！”

亚辛苦笑着说道：

“我抱怨的正是这毫无缺点的表面现象！事实上，我的抱怨就是集中在‘美’本身！正是它，使我厌烦得像得了不治之症。它就像一个新词，当你第一次理解它的含义时感到很有意思，等你翻来覆去读它，久而久之，你就觉得它和‘狗’‘虫’‘功课’等等用滥了的词一样失去了新鲜感和亲切感，甚至你会忘记了它的原义，使它成为一个既无意义，也无处可用的怪词。也许别人在你的文章中发现了这个词，会欣赏你的才学，而你却对他们的无知感到惊讶。你别问厌烦‘美’是一种什么滋味，因为厌烦看来没有什么可摆得上台面的理由，它是一种必然的事实……要避免失望是困难的。你不必对我的话感到诧异，我体谅你，因为你是从远处看，‘美’就像海市蜃楼，只有从远处才能看到……”

尽管亚辛的语气显得十分痛苦，但是法赫米还是怀疑他动机不纯，因为他知道哥哥行为乖张，一开始就想谴责他不通人情。现在他倒发一番牢骚，说穿了还是迷恋婚前的那种放荡生活！他坚持拒绝放弃自己最珍贵的希望，决不为它唱挽歌。亚辛只顾倾诉自己的苦衷，没有注意弟弟的神情。他又继续往下说，脸上第一次出现了灿烂的笑容：

“到现在我才真正理解了爸爸！我才懂得了他为什么那么肆无忌惮地追求肉体的享受！我结婚只有五个月，就厌烦透了，他怎么能有二十五年的耐心而不换换口味呢？”

法赫米对哥哥谈话中将父亲扯进来感到不安，便说道：

“就算你的抱怨是源于人类本性的不幸，可你主张的解决办法……”他本想说“是违背公平的原则的”，但为说得更有逻辑性，便改口说道，“难道不是违背教规吗？”

亚辛认为对宗教只要有信仰就足够了，根本不用什么教规和戒律。他信口回答道：

“教规也支持我的意见。教规允许娶四房妻子，还不包括在哈里发的宫殿里和大财主们的私宅里多得数不胜数的女奴，那就说明如果和‘美’熟悉了，相处久了，必然使人厌烦、生病甚至死亡！”

法赫米笑着说道：

“我们的祖父就是晚上与一个妻子同枕，早上又换一个妻子，或许这就是他遗传给你的……”

“也许是吧。”亚辛叹着气咕哝道。

直到这时候，亚辛还不敢将他的反习俗的梦想付之实行。是的，他到咖啡馆，又进酒吧，但在迈出最后一步之前他犹豫了，他没有去找宰努芭或其他的女人。他为什么这样顾虑重重、举棋不定呢？或许他对夫妻生活多少还有一点责任感，或许他还惧怕教规上对“私通的丈夫”的惩罚，他知道这种惩罚是与对“私通的未婚男子”的惩罚大不相同的[①]，或许他失望的情绪十分强烈，超过了他追逐世俗享受的愿望。以上这些并不能形成他在堕落道路上的真正障碍，无法阻挡他的生活进程，而父亲的所作所为和自己妻子“明智”的态度对他是一种无声的诱惑，他的心里一直想着父亲的风流生活，他的头脑里又将妻子比做继母，于是他以父亲和继母的生活为蓝本，勾勒出一幅他同妻子未来生活的蓝图。是啊，他但愿宰奈卜能够像继母一样，安于命中注定的生活。那么他就可以像父亲一样，半夜以后回来有一个平静的家和一个温顺的妻子。这样，也只有这样，夫妻生活在他看来才是可以接受的，才具有令人向往的好处。“女人除了需要一个家庭，需要得到性的满足外，还奢求什么呢？什么也不要了！她们是一群驯服的动物，应该像对待家畜家禽那样对待她们。是啊，驯服的动物不能过问我们男人特有的生活。她们就应该在家里等着我们空闲的时候来玩弄她们。要我当一个忠实于夫妻生活的丈夫，老是在同一副面孔、同一个声音、同一种味道中转悠，那简直要我的命！一个女人就是那么几个动作，那么几种声音，翻来覆去，颠来倒去，动作越看越死板，声音越听越没劲。不

① 伊斯兰教道德规范只承认两种合法的两性关系：建立在合法婚姻基础上的夫妻关系，奴隶主对女奴的占有。这两种关系以外的所有性行为，构成“私通”罪。已婚自由人男女之间私通，判处一百鞭刑，然后处以石块击毙。未婚自由人男女私通，判处一百鞭刑，外加流刑一年。埃及当时早就废除了这种刑罚。

行，决不行！我不是为了这个结婚的。别人夸奖她长得白净，可我还喜欢皮肤棕色的甚至黑色的呢！别人赞叹她身段美，可我觉得胖瘦各有风味！别人称道她出身高贵、举止文雅，难道推小车的姑娘就没有优点了吗？义无反顾地一往向前吧……”

# 五十一

艾哈迈德正在埋头算账，忽然听到高跟鞋碰击门槛的声音，便本能地抬起头，留神望了望。进来的是一个女人，一身肥肉裹在米拉叶里；黑色的面纱遮到鼻梁上，露出白皙的前额和两只画过眼睑的眼睛。艾哈迈德满脸笑容，表示十分欢迎。他一眼就认出来者是乌姆·玛丽娅太太，或者可以称她拉德旺的遗孀。嘉米勒·哈姆扎维正忙于接待顾客，他便请她坐在账桌边。这女人晃晃悠悠地走过来，在一张小凳上坐下，四边的肉都满了出来。坐停后，她道了一声早安。虽然她的问候和他的欢迎都是循规蹈矩的，是接待“女顾客”时常有的那种客气，但是店铺账桌周围这个角落的气氛却有一股不纯净的电流。女人垂下眼睑，面纱遮不住的部分露出羞态；男人大鼻子两旁的眼睛里放出异彩。这是无形无声的电流，只要相互一碰，立即激发出火光燃烧起来……他仿佛早就怀着模糊的希望和压抑的梦想在期待这次访问。穆罕默德·拉德旺先生的过世激起了他的欲望和幻想，犹如严冬的消逝唤醒了大自然和生物界的青春活力一样。拉德旺先生一死，障碍没有了，他不必再为顾及大义而压制自己的情欲。他可以把亡人看作是一个普通的邻居而不是朋友，而且已经死了。他过去为了顾全体面，对这个女人视而不见，现在则可以尽情欣赏她的美貌，表达自我感受，追求应有的生活和享受。他对祖贝黛的感情已经消退，她已像过了季节的瓜果。这个女人也觉得这次访问和上一次不同，他是一个正在发情的公兽和毫无约束的情人。尽管这次访问是清白的，他的心里却有沉重的感觉，但他竭力排除这种感觉，并证实了她上次来访时有卖弄风情的暗示和使人有非分之想的表情。这次来访本身就肯定了他的猜测，如果不是像他猜想的那样，她没有必要到这里来！作为一个调情老手，他最后决定先试探一下。他温和地笑着对她说：

“感谢你的赏光！”

女人有点慌乱地答道：

“你太客气了，我是回家路过你的铺子，顺便进来买些日用品。”

他认为这是“借口”，他还是相信如果没有其他动机，她用不着亲自来这里买日用品。尤其是她凭本能和直觉就该知道，既然上次来已有了暗示，这次来必然会引起他的疑心，再说，她的话在他看来是一种毫不掩饰的“搪塞”。她急于辩解，这更使他有了信心，他说：

“这太好了，使我有机会向你问候，为你效劳！”

她简单地谢了一句，他并没有注意听，他在考虑下面的话怎么说。按理说，他应该委婉地提一提她已故的丈夫，祈求真主怜悯他，但这一来就破坏了眼前的气氛，这不合适。他心里又想，是采取攻势，还是按兵不动，引诱她先出招？这两种办法各有各的趣味。不过，他没有忘记她亲自前来，这一点本身就是她主动迈出了一大步，所以他必须很好地接待她。于是，他仿佛把前面的话补充完整似的，说道：

“尤其是有这么好的机会见到你！”

她的眼皮和眉毛同时动了一下，这也许是由于羞怯，也可能是出于慌乱，或许两者兼而有之。但是，这个动作首先表示了她已经领会了他这几句客套话中含有的意思。他认为她的羞羞答答与其说是对他的话的反应，还不如说是促使她来访的内心感情的反应。他对自己最初的猜测更有了把握，便用温存的语调把刚才那句话强调了一遍：

“是啊，有这么好的机会见到你！”

“我不认为你会把见到我看成是什么好机会！”她说这话带着嗔怪的语气。

这种嗔怪的语气使他心里十分舒服和满意。但他却抗议道：

“常言道：猜疑是罪过。”

她摇了摇头，似乎在告诉他“话可不能这么说”，然后说道：

“不只是猜疑，我的话确有根据，你是一个心里明白的人，我也不是糊涂虫，你别装傻了，我们俩谁也不要糊弄谁！”

丈夫去世还不满两个月的女人竟然说出这种话来，不禁使他心里产生一种既想嘲讽挖苦，又深为痛苦的感觉。虽然这样，他还是主动为她寻找各种借口，不愿朝其他方面想。他在心里说：“她丈夫患病这么些年，她一直忍耐着，也真难为她了。”接着，他竭力摆脱这种突如其来的想法，装出难过的样子，说道：

“生我的气了吗？真是倒霉透了，我怎么这么倒霉呢！”

“我在来这儿的路上就对自己说‘最好还是不去吧’，现在我只能埋怨自己不该来！”她有点冲动地说道，也许是她发现这地方太窄，也不是这么一来一去调情的地方。

“你真生气了，太太？我可得好好想想有什么地方得罪你了！”

她别有用心地提出一个问题：

“如果你向一个人问候打招呼，那个人不仅没有回礼，甚至连个表示也没有，你会怎么想呢？”

艾哈迈德立刻意识到她指的是上次来时，她曾对他挑逗，而他却沉默不语。于是他假装不明白她的暗示，也打哑谜似的与她周旋：

“或许由于某种原因他没听到吧？”

“他五官灵敏，听觉尤其好，不可能听不到。”

他的嘴角上不由得浮现出得意的微笑，像一个罪犯开始招供似的说道：

“他没有回答问候或许是因为不好意思，要不就是由于敬畏真主。”

“不好意思？他根本就不会不好意思！至于另一个借口，只要是真心诚意，哪里还会顾忌那个？”她不加掩饰地脱口而出，这使他佩服，他的心弦被震动了，不由得笑出声来，但立即又把笑声收住，悄悄地朝嘉米勒·哈姆扎维望去，见他正忙于接待几个顾客。然后，他咕哝道：

“我不喜欢再提当时使我为难的心境，但是，只要允许我反省悔过和得到谅解，我就不应失望！”

她不屑一顾地问道：

“谁知道你有没有反省？”

“真主作证，我已经痛苦地反省很长时间了！”他说话的口吻热情，这是经过多年的锤炼才达到的程度。

“那悔过呢？”

“我要用十倍的报偿来回答对方的问候！”他边说边用火辣辣的目光紧盯着她。

她又撒娇地说道：

“谁告诉你可以得到谅解呢？”

“谅解难道不是善良人的品性吗？”他巧言令色地说道，接着又陶醉似的加了一句，“谅解常常是进入天堂的密码。”

他凝视着她那双带着甜蜜微笑的眼睛，接着说：

“我说的天堂就在两宫间街和纳哈辛街相交的地方，特别美妙的是，它的门开在一条僻静的小胡同里，监视者的眼睛看不到，门口也没有人守卫！”

他猛然想到，自己正在探索的这座打算前往的天堂，原先的看守者已经“作古”到天上的天堂去当守卫者了。想到这里，他心里很不是滋味，生怕这个女人也会意识到同一个具有讽刺意味的事实。当他发现对方正神思恍惚地处于一种梦幻般的情态中，便叹了一口气，心里祈求真主宽恕。这时，嘉米勒·哈姆扎维接待完了顾客，走到这位太太跟前，为她准备要买的东西。艾哈迈德趁此机会沉思起来。他先想到自己的儿子法赫米曾要求他向这个女人的女儿玛丽娅小姐求婚，被他一口拒绝。这真是真主给的灵感，当时他仅仅以为自己在执行真主不让他们结合的意愿，压根儿没想到使自己的儿子避免了作为丈夫来说最大的悲剧。难道女儿跟母亲会有什么不同？这是个什么样的母亲呢？简直是祸水！对他这样的猎艳之徒来讲，她也许是个奇珍异宝，可放在家里就会带来血淋淋的灾难。你看，她的丈夫卧床不起，像个活尸似的这么些年，她走了一条怎么样的道路呢？种种迹象表明只能是一条路，恐怕许多邻居也早已耳闻。倘若他家里有人注意观察这些事情的话，他的妻子不会直到现在还对她那么亲热，那么信赖。在先前那次可疑的来访之后，他曾产生过一个阻断这个荡妇和他那纯洁家庭之间往来的想法，但当时找不到既能达到目的又不引起怀疑的两全之策。现在他认为时机已经成熟，可以暗示她渐渐松动以至最终断绝她与自己的妻子之间的关系，当然他要拼凑出光明正大的理由，既达到目标又不伤害她的自尊心。在这一刻，这个女人离他的心越近，而离他所尊敬的人格越远。哈姆扎维把她需要的货备齐了，她站起身，向主人伸出手。主人微笑着与她握手告别，轻声说道：

“再见!”

她一边举步往外走，一边喃喃地说道：

“我会恭候你的……”

她离开时怀着幸福的感觉，陶醉在胜利和得意之中。但是，她还给他留下了让他苦恼的事情，这苦恼在他日常生活中占据了重要的地位。从现在开始，他得认真想出一个摆脱祖贝黛的最妥善的办法，这就像关心英国军事当局会有什么做法、英国人会不会赖着不走、赛阿德·宰格鲁勒有什么打算一样。确实，每当他红运高照、获得一种新的幸福时，随之而来的必然是让他煞费苦心，就像运气后面总要拖一条长长的尾巴，这似乎成了惯例。人们对他的厚爱使他获得了最大的快慰，倘若他不是特别珍惜这份厚爱的话，本可以轻而易举地甩掉歌女祖贝黛，因为他对她已经失去了兴趣，爱情之花已经枯萎，玩腻之后就像淹没在臭水坑里，只有恶心的感觉。但他不愿意招致别人的怨恨和恼怒。当他心里厌烦得难以克制时，巴不得对方首先提出散伙，让他成为被抛弃者，而不是一个遗弃者。他真希望与祖贝黛的关系能同他以前与其他歌女那样平静地分手。她们虽也有烦言，但暂时的痛苦和烦恼都被他精心挑选的分手纪念品给冲淡了。以后，情人变成了要好的朋友。可是，他估计祖贝黛对他还没有厌烦，那么，她能心甘情愿地接受他的赠礼与他分手吗？他能指望送上厚礼她就原谅他狠心拆伙吗？你能证明她是个像嘉丽莱一样心胸开阔、宽宏大量的女人吗？这事必须深加考虑，找出万全之策。他长叹一声，宛如在感叹爱情易逝不长久，心为情累多磨难。接着，他又出神地想象着天黑以后的情景，他仿佛看到自己在黑暗中摸索着道路，慢慢走向约会的那所房子，那个女人正端着灯在等待他的到来……

# 五十二

“英国单方面宣布对埃及实行保护，这既非是埃及人民要求，又未得到埃及人民的承认。因此，这种保护是一纸空文，不具法律效力。它即使是战争的需要，也理应随着战争的结束而废除。”

法赫米清晰、缓慢、一个字一个字地说着，凯马勒聚精会神地听写着，把注意力集中在词的拼写上而并不理解这些词的意义，因而写得有对有错。母亲、亚辛和宰奈卜都专心地听着这堂新课。法赫米在家庭咖啡会上给弟弟听写或辅导做别的功课，这是大家习以为常的事。可是今天听写的内容连母亲和宰奈卜都觉得新鲜。亚辛笑嘻嘻地望着法赫米说道：

“我看你心里尽是这些东西了。你让这个可怜的孩子做听写，除了这种可能会把人送进大牢的爱国主义的政治演讲词外，真主就没给你新的灵感？”

法赫米立即纠正哥哥的看法，说道：

“这是赛阿德·宰格鲁勒在经济和立法会议上对占领当局所讲的一段话。”

亚辛既惊奇又关注地问：

“他们怎么答复他？”

“他们根本就没答复。这是面对不讲宽厚和公正的恶狮的怒吼，所有的人都为他捏把汗，纷纷打听他的情况。”法赫米激动地说道。接着他又叹息一声，怒不可遏地说下去，“代表团被禁止出国，鲁世迪帕夏辞去政府职位，国王接受了辞呈，使大家很失望。怒吼是必然的。”

说完，他匆匆跑回卧室，拿着一张卷着的纸回来。他把那张纸展开递给哥哥，说道：

“我这里不光有讲演，你读读这份秘密散发的传单，上面有代表团致国王书。”

亚辛接过传单，读了起来：

国王陛下：

在本书上签名的埃及代表团全体成员，荣幸地代表全国人民向国王陛下发出如下的呼吁：

交战各方既已同意以自由和正义的原则作为和谈之基础，并宣布一切被战争改变了其宗主关系的民族均有民族自决的权利，那么，我们就有责任在巴黎和会上争取国家独立，保卫民族自决权。随着土耳其统治的瓦解，强权已从政治领域内消失，我国已成为自主的国家。英国所宣布的保护权，未经埃及人民同意，应属无效。事实上，宣布为保护国也是战争的需要，所以，随着战争的结束而理应取消。鉴于这些情况，并考虑到埃及已对那些主张弱小民族自由权的人支付了力所能及的赔款，巴黎和会决无理由拒绝承认我国按照和会所确立的原则争取政治自由。

我们曾向侯赛因·鲁世迪帕夏首相阁下呈请允准出国，他表示相信我们确能表达全国人民的意愿，应允帮助我们达到目的。

我们最终未能成行，是被暴力而不是法律限制在国内，使我们不能尽心尽职地捍卫我们这个不幸民族的事业。当全国人民对此纷纷抗议之时，而他实在无法继续留在其位上承担政府责任，便和他的同事阿德里·叶坤帕夏阁下提出永久性辞职。他们两人刚正不阿的人格和真诚的爱国主义精神受到人民的敬重。

人们本以为两位大臣捍卫自由的坚决立场一定会得到陛下强有力的支持。在埃及，没有一个人能够料到代表团出行问题的否决，最后竟导致两位大臣的辞职并被接受。[①] 因为这样一来，贪赃枉法之徒就会对我们竭尽污蔑之能事，制造种种障碍，不让我们能够向和会申述埃及人民之要求，这无异于宣告甘心让外国人永远统治我们。

我们知道，由于王兄侯赛因素丹的出走而出现王位空缺，陛下或许从家族考虑不得已继承了伟大父王的王位。但是埃及人民从另一角度出发，认为陛下考虑到家属状况，而在强加给埃及的临时保护时期接受王位，不会因此而放弃为国家独立而殚精竭虑。然而，陛下以接受两位尊重人民意愿的大臣的辞职来了结代表团问题，显然与陛下热爱祖国、尊重人民的意愿的言行背道而驰。陛下的顾问们在此严峻的形势下为何无视人民的情绪，实在令人费解。埃及人民要求陛下——埃及人民的伟大解放者穆罕默德·阿里的最明哲的子孙——不惜任何代价，全力支持埃及人民获得

① 赛阿德·宰格鲁勒等三人的要求被英国高级专员拒绝后，即组成一个七人代表团，通过广泛签名，受权向巴黎和会提出埃及的民族要求。但他们前往伦敦谈判，然后转赴巴黎参加和会的要求未获当局同意。在群情激愤之中，侯赛因·鲁世迪首相左右为难，辞去职务，局势更为动荡。英国采取镇压手段，逮捕赛阿德·宰格鲁勒等人，引发了埃及1919年武装起义。

独立。陛下的决心高于一切。侯赛因·鲁世迪帕夏辞呈中的言词，任何一位具有民族尊严的埃及人读到后都不会继任他的职位，陛下的顾问们怎么能忽略这一点呢？他们怎能不想到，拼凑任何违背人民意愿的内阁是注定要失败的呢？

陛下！请原谅我们对此事的干预，如果不是在这种紧急的情况下，恐怕是不合时宜的。但目前此事头等重要，存有任何顾虑都不利于陛下所效忠的祖国。陛下居于国家元首的崇高地位，理应对祖国负有最大的责任，人民对此寄予极大的希望。我们深信陛下定能听取忠言，为此恳请陛下就当前危机作出最后决定之前，充分考虑人民的意见。我们谨向陛下强调，陛下的臣民举国上下无一不要求独立。阻挠人民实现他们的愿望将冒天下之大不韪，陛下的顾问们本应三思而行。为祖国效劳的责任和对陛下的忠诚敦促我们把人民的感情呈报陛下：人民渴望独立，担心殖民主义者及其走狗玩弄手法，为此吁请陛下履行对人民之职责，与人民同仇敌忾，站在人民一边为实现民族独立大业而奋斗。陛下定有能力这样做……

亚辛看完传单后抬起头来，眼睛显出不安的神色，心激动得怦怦直跳，但是他却点着头说道：

“这封致国王书真了不起啊！我对校长去说这样的话，不得到警告处分才怪呢！”

法赫米不以为然地耸耸双肩，说道：

“但目前此事头等重要，除了祖国的利益外，我们不该有任何顾忌。”

他随口表达的感情和传单上写的一样。亚辛不禁笑着说道：

“你保存了传单我并不觉得奇怪。你仿佛有生以来就在等着这场运动，准备全心全意投入进去。我不是没有你这种感情和愿望，但是我不赞同你保存这份传单。尤其是在内阁已经辞职，戒严令正式实施之后！”

法赫米自豪地说：

“我不光是保存传单，而且还在尽一切力量散发呢！”

亚辛吓得目瞪口呆，刚要说话，母亲就抢先开了口，不安地说：

“我简直不相信自己的耳朵，你是个有理智的人，为何要给自己找麻烦呢？”

法赫米不知道怎样回答才好，他感到自己心血来潮说的话招来了尴尬的境地。他觉得没有什么比跟母亲谈清这件事情更困难的了；要让母亲相信“为祖国冒险是一种责任”那比登天还难！在她的眼里，祖国就像剪下的指甲那样无足轻重。在他看来，把英国人从埃及赶出去，比说服母亲相信赶走英国人的必要性或让她痛恨英国人要容易得多。一谈到驱逐英国人，母亲就天真地问：“孩子，你为何这样恨他们呢？他们不是和我们一样都有孩子、有母亲的人吗？”法赫米没好气地对她说：“可是他们占领着我们的国家！”母亲觉察到儿子讲话的口气里带着火气，就不再言语了。她掩饰着同情的目光，倘若这目光能说话，它一定告诉他：“你不应该这样！”……有一次，他对母亲的逻辑很反感，便对她说：“一个民族如果被外国人统治，是无法生活的！”母亲不理解地说：“可是英国人统治我们这么长时间了，我们不是照样活着吗？你们几个不都是在他们统治下出生的吗！孩子，他们既不杀人，又不捣乱清真寺，穆罕默德的民族[①]一直过得挺好的嘛！”法赫米无可奈何地指出：“假如我们的圣人穆罕默德还活着，他决不会甘心

① 指阿拉伯人。

受英国人的统治！”母亲用明智的口吻说：“这话倒是对的，可我们怎么能跟真主的使者相比呢？真主总是派天使来帮助他……”法赫米气恼地对母亲大声嚷起来：“赛阿德·宰格鲁勒打算做的事情，就是过去天使们做的事情！”母亲举起双臂，仿佛在阻挡灾祸似的，提高了声音：“别说这种话，孩子，祈求真主宽恕你！真主啊，怜悯和宽恕他吧！”……这就是母亲，现在她已经知道他在散发传单，面临着危险，他又该怎么回答她呢？看来只好撒谎了。于是，他装出满不在乎的样子说道：

“我只是说着玩的，你不用瞎操心了。”

“这样我就放心了，孩子，”母亲说话的语气里带着哀求，“你是有头脑的人，千万别让我失望啊！这些事与我们无关，如果帕夏他们认为应该把英国人赶出埃及，那就让他们自己去赶吧！”

在他们谈话的过程中，凯马勒似乎在尽力回想着什么事情，等大家谈到这儿，他大声喊叫起来：

“昨天阿拉伯语老师跟我们说，民族独立必须依靠本民族儿女的万众一心才能实现！”

母亲生气地大声说道：

“老师这话是对年纪大的学生说的。你不是跟我说过，你们班里有已经长胡子的学生吗？”

凯马勒天真地问道：

“法赫米哥哥不也是年纪大的学生吗？”

“不，你哥哥不能算年纪大的学生。这个老师真是莫名其妙，为什么要跟你们说这些与上课毫无关系的事呢？他安的是什么心！”母亲一反常态，恼怒地说着，“他真想当个爱国者的话，就该把这些话带回去跟自己的孩子说，用不着跟别人家的孩子说！”

要不是宰奈卜插话扭转了话题，这场谈话还会激烈地继续下去。宰奈卜为了讨好婆婆，就顺着婆婆的意思把那个阿拉伯语老师挖苦了一通："他不过是个没出息的'穆加维尔'①，承蒙时代的错爱，被政府造就成一个有地位的人物！"刚才还在激愤不已的母亲，一听到儿媳对"穆加维尔"如此轻蔑，立即激动起来。尽管媳妇是在替她帮腔，但她出于内心对父亲敬重的感情，无法对此保持缄默，便转过身，对着宰奈卜平静地说道：

"孩子，你怎么能瞧不起最高尚的人呢？谢赫们都是先知的后代。我们指责这个阿拉伯语老师是因为他不安分守己，有悖自己高尚的职业。也许他根本不愿意做一个真正的'穆加维尔'和谢赫。"

亚辛一见母亲突然改变谈话对象，就知道是什么原因，于是赶忙插话，以消除妻子无意中说出的这句话留下的不良影响。

① 原意为"邻居"，这里指伊斯兰教经学院的学生，尤其指爱资哈尔大学的学生。

# 五十三

“看看这条马路，再看看这些人，谁还能说灾祸没有发生呢?”

艾哈迈德没有必要再看了，因为人们都在情绪激动地互相询问、议论着。他的朋友们谈得都很热烈，言词中带着忧虑、悲伤和愤怒。每一个朋友和顾客都在七嘴八舌地传播着同一条消息，大家一致认为赛阿德·宰格鲁勒和他的战友们已经被捕，并被押送到一个秘密地点去了，无人知晓是在开罗城内，还是开罗城外。穆罕默德·阿夫特气急败坏地涨红了脸，说：

“用不着怀疑这消息是否可靠，坏消息总有股冲鼻子的味道……代表团上书国王以后，尤其是用强硬的口气致函英国首相、严词驳斥英国的通牒之后，我们不是早就预料到会出现这种情况吗?”

“他们竟然逮捕了伟大的帕夏们!”艾哈迈德闷闷不乐地说，“这是多么恐怖的事件啊！你看英国人会怎样处置他们?”

“只有真主知道，整个国家在戒严令中都喘不过气来。”

这时，铜器店老板易卜拉欣·法尔先生跑了进来，气喘吁吁地说道：

“你们没听见新消息吗？马耳他!”他双手一拍，继续说，“他们全被流放到马耳他岛上去了，已经没有一个人在埃及了，赛阿德·宰格鲁勒和他的战友们都被流放到马耳他岛上去了!”

所有在场的人都异口同声地叫了起来：

“流放！”

一提起“流放”，人们不约而同地想起小时候听说的关于阿拉比帕夏的遭遇和他的悲惨结局，勾起了他们伤感的陈旧记忆。他们都抑制不住内心的惊惧，暗自思忖：难道同样的命运又要降在赛阿德·宰格鲁勒和他的战友们身上？难道他们从此和祖国永远隔绝开来？难道这种伟大的理想从此被扼杀在摇篮里？艾哈迈德感到一种前所未有的巨大悲伤，这种翻腾在心里的沉重的悲伤充斥了整个胸膛。在这种心绪下，他感到沉闷、沮丧、透不过气来。人人面面相觑，愁眉不展；个个缄默不语，无声呐喊。他们嘴巴里都是一股苦味，愁苦、阴郁的目光中有申诉、呐喊和怒吼！在易卜拉欣·法尔先生之后，朋友们接二连三地来到这里。大家都在重复着同样的消息，希望能从别人嘴里听到一些可以平息心中激愤的宽慰话，但是他们得到的只是无声的缄默、悒郁的愁苦和强抑的怒火。

“难道今天的希望会像过去一样成为泡影？”

谁也没有回答。提出这个问题的人反复扫视着大家，依然没人说话。人人心慌意乱，虽然大家怕承认这一点，但也不可能有答案。赛阿德·宰格鲁勒被流放了，这已是确凿的事实，但是过些时日他能回来吗？他怎样回来？什么力量可以让他回来？看来他是回不来了，那么，这些宏大的希望寄托在谁身上呢？这个新的希望根植于火热的生活和牢固的信念中，有这种希望的人，决不肯向失望屈服，但他们还不知道如何使这种希望在心灵中重新燃烧起来。

“这消息会不会是谣传呢？”

谁也没有理睬这句话，谁都对这句话不理不睬无所谓，因为说这句话的人无非是想摆脱压抑的失望，哪怕是在虚幻中也好呀！

“逮捕他的是英国人，谁能制服英国人呢?”

“好一个超群出众的人物，只可惜他一生中只放出瞬间的异彩就消失了!”

“真是人生如梦啊！他马上就会被人们淡忘，就像早上回味梦境似的，只留下淡淡的印象。”

“只有真主是永存的!”一个人痛心疾首地喊道。

大家异口同声地喊起来：

“那当然，真主是至仁至慈的!”

提到真主就好像有磁极一样，把大家的心吸引在一起，把被失望打散的幻想重新聚集起来。那天晚上，朋友们的聚会失去了欢声笑语，大家沉浸在忧伤之中，这是二十五年甚至更长的时间以来，第一次出现的情况。他们忧心忡忡，谈话全都围绕着被放逐的领袖。即使有人犯了酒瘾，有人在悲伤和欲望间挣扎，但为尊重大家的情绪，适应现场的情况，也会克制住自己的欲望，与大家同悲苦。谈话持续了很长时间，想讲的话都掏空了，大家只好沉默不语。刚静下来不久，他们就隐约感到不安，酒瘾作祟起来，但他们看来都在等待勇敢的人提出来。谁知，穆罕默德·阿夫特突然说道：

“我们该回去了吧。”

话是这样说，心里可不这样想，他只想提醒大家：如果再这么干坐着耗时间，还不如散席回家。大家相处已久，相互间只要稍有提示便心知肚明。在阿夫特先生这种提示的鼓舞下，面粉商阿里·阿卜杜·拉希姆说：

“今天发生了这样不幸的事，我们难道不喝一杯解解闷再回家吗?”

他的话对大家起了抚慰作用，正像一位外科大夫从手术室出来，对病人家属说：“赞颂全归真主，手术很成功”时，所起的作用一样。但有一个人还在悲痛沮丧和喝酒欲望之间斗争，他为掩饰胸中能饮琼浆玉液的喜悦，犹如抗议似的说道：

“像今天这样的日子我们还喝酒？”

艾哈迈德故意瞪了他一眼，取笑道：

“让他们喝吧，咱们俩回去怎么样，狗崽子？”

他们第一次纵声大笑起来，立即拿来几瓶酒。艾哈迈德仿佛要为这样的行为寻找借口似的，说道：

“大丈夫不会因为一时的欢乐而改变内心的意愿！”

大家都表示赞同他的话。那是他们犹豫了很长时间后才去顺应酒瘾呼唤的第一个夜晚。艾哈迈德对着酒瓶大为感慨，立即说：

“赛阿德·宰格鲁勒奋起斗争是为了给埃及人造福，而不是让他们吃苦，所以我们在为他忧虑之时，用不着为喝点酒感到愧疚。”

忧伤并不妨碍他逗乐，不过那天晚上大家的心情都不痛快。艾哈迈德后来描述那天晚上时说：“那天晚上大家病恹恹的，靠喝酒来医治心灵！”

家里传统的咖啡会被以前从未有过的沉闷气氛笼罩着。法赫米眼睛里噙着泪花，发表了激情的讲话，亚辛遗憾又悲痛地倾听着。母亲希望说点什么来驱散这种愁闷的气氛或减轻这种灾难的影响，但又怕词不达意会适得其反。不一会儿，她也受到感染，为那个被迫离开家庭和妻子、被流放到远方去的谢赫忧虑起来。

“真是令人痛心的事情，”亚辛说道，“我们的领袖阿拔斯、穆罕默德·法里德、赛阿德·宰格鲁勒全都被他们放逐到远离祖国的地方去了。”

法赫米十分激动地说：

“这些英国人真卑鄙！他们在患难之中我们还好言好语跟他们对话，而他们的回答却是军事戒严、流放和驱逐……”

母亲不忍看着儿子这样激动，便丢开领袖们的厄运，体贴地抚慰道：

“孩子，你要爱惜自己啊！真主赐予我们怜悯！”

母亲这种温柔的口气使法赫米更激动了，他瞧也不瞧她一眼，大声喊道：

“如果我们对这种恐怖还不表示应有的愤慨，今后祖国就无法生存！为祖国作出牺牲的领袖就白白受迫害，国家就不可能太平！”

“幸好巴希勒帕夏也在流放者之列，”亚辛思索着说道，“他是一个威震四方的部落首领，他被放逐，他的属下不会善罢甘休的。”

法赫米恼怒地唱反调：

“那么其他人呢？难道他们就没有人支持？……这不是一个部落的问题，而是整个民族的问题。”

他们就这样一刻不停地谈下去，而且越谈越气愤，越谈越激昂。两个女人既同情又恐惧，一声不响。宰奈卜不能理解，他们干吗要这样感情冲动，她不明白这样冲动有什么意义。赛阿德和他的战友们被流放了，倘若他们像“真主的奴仆们”一样安分守己地生活，肯定谁也不会想到放逐他们。但他们不愿这样，偏要干那些必然会招致不幸后果的重大的事情，其实干这些事情有什么必要呢？不管他们怎样，法赫米为什么要气得发疯呢？赛阿德是他的父亲还是他的哥哥？亚辛这个每天不喝得酩酊大醉不上床的人，怎么也这样痛心疾首？难道像他这样的人也真的会为赛阿德等人被流放而难过？她的生活本来就味同嚼蜡，就连这短暂的咖啡会的温馨气氛也被法赫米那种毫无意义的愤怒给破坏了，这还有什么乐趣呢？她一边在想着这些问题，一边既惊奇又气恼地不时瞅瞅丈夫，好像在对他说：“你要是真的这么忧虑，那么今晚——就今天一个晚上——就别去酒吧了，行吗？”但她并没有开口，她很明智，不会对他们谈得火热的气氛泼冷水。

母亲的情况与儿媳相似。她看到法赫米火气越来越大，虽然并不惊慌，但也很快失去了制止他的勇气，只好默不作声地听着慷慨激昂的议论，把烦恼隐藏起来。对于引起这场风暴的原因，她是理解的，这点与亚辛的妻子大相径庭，因为她的头脑里还有对阿拉比的回忆，她的心还在为阿拔斯先生抱憾。说实在的，她并非不明白“流放”的含义，只是不像法赫米等年轻人那样仍然抱着希望，她和丈夫以及丈夫的朋友们的想法不谋而合，认为既然流放就回不来了。不然的话，阿拔斯先生怎么还没回来呢？难道还有人比他更应当回到祖国的吗？如果赛阿德·宰格鲁勒一直被流放，法赫米就一直要悲痛下去吗？唉，这些日子真倒霉透了！睡觉前听到一个传言，醒来又听到一个传说，坏消息搞得人心惶惶，心绪都被破坏了！她多么盼望恢复太平，让家庭聚会像过去那样快乐，让法赫米欢欢喜喜地谈天说地啊！她多么盼望……

“马耳他！这里就是马耳他！”

正在看地中海地图的凯马勒手点着图上的一个岛屿，突然抬起头来喊道，然后怀着胜利的喜悦瞧瞧哥哥，仿佛找到了赛阿德·宰格鲁勒本人似的。但他发现哥哥满脸愁容，对他不理不睬，于是觉得讨了个没趣，便尴尬地又回头看地图了。他对着地图仔细看了很长时间，目测着马耳他和亚历山大之间的距离、马耳他和开罗之间的距离，尽情地胡思乱想，宛如看到了马耳他岛的真实风貌和人们正在谈论着的被流放到马耳他岛去的伟大人物。他听法赫米说过，赛阿德·宰格鲁勒是被英国人用刺刀逼着抓走的，他便想象赛阿德·宰格鲁勒是被几个人用刺刀挑着抬走的，既没有痛苦的呻吟，也没有大声的呐喊，就像他想象的那样，可是对像哥哥在另一次谈话中描述的“犹如巍巍高山矢志不移”，他真想问问哥哥，被挑在刺刀上还能像高山一样坚定的人一定是个有法术的神奇大师吧？但他看到激愤的情绪已经吞没了咖啡会上平和的气氛，便只好等合适的机会再开口问清楚了。

法赫米深信，亚辛对他的观点即使没有抱着不以为然的态度，也会采取旁观者的立场，和他谈论难以宣泄满腔激情，最终，他对坐在这儿感到烦躁，他的心告诉他应该去艾哈迈德·阿卜杜胡咖啡馆和同学们相聚。在那里，有许多和他同呼吸共命运、心灵相通的人，大家争先恐后倾吐心底燃烧着的情感和看法；在那里，他发自内心的怒吼有人回应，可以在渴望自由的开放气氛中接受那些大胆、热情的思想。于是他凑在亚辛耳朵边悄悄地说道：

"去艾哈迈德·阿卜杜胡咖啡馆！"

亚辛从心底里舒了一口气。他正在为如何找到一个冠冕堂皇的理由退出谈话去消夜，而又不给法赫米火上浇油，免得他更加气愤而为难。他的忧虑不是装出来的，起码不是完全装出来的，这个严重的消息确实使他感到震惊。不过，倘若只有他一个人的话，他不用费多大劲就会把它忘掉的。他从来没有见过法赫米这样怒火冲天，为了照顾法赫米的情绪，尊重他的感情，不失礼节，他只好硬着头皮与他攀谈，搞得神经紧张精疲力竭。离开房间的时候，他自言自语地说道："为了爱国主义运动，我今天付出的精力够多的，现在我的身体该放松放松了！"

# 五十四

厨房里不断传出捶击面团的声音，法赫米睁开了眼睛。卧室里的窗户都关着，黑乎乎的，只有百叶窗缝里透进几缕微弱的光线。听到凯马勒有节奏的轻微呼吸声，他便转过脸去看看旁边的床铺。接着，生活的回忆纷至沓来。这是一个新的黎明，他从沉睡中醒来，这一夜他身心交瘁。他不知道明天清晨自己还会不会在这张床上醒来，抑或他永远不会再醒过来。不仅他不知道，任何人也不可能知道这一点，因为死神正在开罗的大街小巷上游荡，在各个角落翩翩起舞。真奇怪，母亲还是按多少年来的老习惯在那里和面；凯马勒依然在呼呼大睡，在美梦中翻身；他听到房间天花板上有双脚踩到地面的声音，说明楼上的亚辛正在起身下床；父亲呢，或许正站在喷头下洗着冷水澡呢？晨曦初露，柔和的霞光徐徐升起。一切都在继续它习以为常的生活，仿佛什么事情也没有发生过，好像埃及没有发生重大的变故，呼啸的子弹没有射向人们的头颅和胸膛，圣洁的鲜血没有染红大地和墙面……

法赫米苦笑着叹了一口气，闭上了眼睛，万千感慨涌上心头，形成汹涌澎湃的激流，翻卷的浪花中带着热情、希望、忧愁和信念。的确，在过去的四天时间里，他过着一种惊心动魄的生活。这种生活他以前从未经历过，或者说他只是在冥想之中看到过它的幻影。这是一种圣洁而高尚的生活；是一种为了比生命更宝贵、更庄严的光辉事业，而心甘情愿地奉献自己的生活。在这轰轰烈烈的几天里，生命面对死神，毫不在乎地同它搏斗，勇敢顽强，不顾一切地向它进攻。生命刚逃脱死神的魔爪，又再次向它扑击过去，毫不顾忌后果。这种生命被一种无比强大的力量所推动，始终向着异常光明的目标，从不偏离；它把命运交托给真主，感到真主无所不在，就像空气从四面八方包围着它。生命作为手段，渺小得不如微尘；生活作为目标，伟大得可容天地。生与死结成兄弟，齐心协力支撑着新的希望，生用战斗死用牺牲，共同为新的希望而效力。倘若没有这次可怕的“爆发”，生命一定会忧郁而死，它不可能迈着平静而缓慢的步伐，在前人的尸骨和希望的废墟上继续前进。这场“爆发”必不可少，它使全国人民包括他自己将胸中郁积的怒火发泄出来，就像地震释放地球内部积聚的能量一样。

事件发生时，他正按时去上课，于是他二话没说便投身其中。这事件是什么时候发生的？如何发生的？他只知道当时自己正坐着车去吉萨法律学院，发现车上有几个学生正挥舞着拳头在议论：表达我们心愿的赛阿德·宰格鲁勒帕夏被流放了，现在要么释放赛阿德·宰格鲁勒帕夏回来继续斗争，要么我们和他一起被流放。乘客们也纷纷加入了他们的谈话，表达决心。甚至连售票员也忘掉了自己的职责，站在他们身边聆听，不时插上几句。这是多么激动人心的时刻啊！他度过一个悲伤、绝望的漆黑之夜后，心里重新燃起了希望。他深信，这种熊熊燃烧的烈火决不会熄灭。他们下车后走进校园，立即发现整个校园里是雷鸣般的怒吼声。他们的心早已飞了过去，接着快步跑到同学们身边，他们的心在告诉他们：重大事件即将发生。

不久，一个学生带头高喊："罢课！"这个新名词法赫米过去从未听说过。同学们腋下夹着法律书，大声叫着罢课。这时，校长沃尔顿先生走过来，用一种不同寻常的温和态度劝告大家进教室。一个青年学生登上通往文书办公室的最高一级台阶，慷慨激昂地演讲起来，作为对校长的回答。面对这种情况，校长只好溜走了。法赫米全神贯注地倾听着，两只眼睛牢牢地盯着那个学生的眼睛，一颗心急促地跳动着。他多么希望也站在那个同学的位置上去发表一通演说，把自己心里燃烧着的激情倾泻出来啊！可是他对演说还没有做好充分准备，便只好跟同学们一起喊那些发自内心的口号。他激动地仔细听着那人演说，讲完一个段落，就跟同学们一齐高呼："独立万岁！"然后继续聚精会神地谛听。口号给他注入了新的活力。等那人再讲完一个段落时，他又跟着大家高呼："废除保护权！"然后又激动地挺直身体，继续听讲。他一边听，一边咬紧牙关，以免激动的泪水夺眶而出，直到演讲者又讲完一个落段时，他又跟着人们一起高呼："赛阿德万岁！"这是一个新口号。那一天，一切事物看起来都是新的！这个口号喊出了他的心声，触动了他的心弦。随着口号声，他的心有节奏地跳动着，仿佛是他的心声在口腔中的回响，或者说就是他的心声。

他想起在这次事件"爆发"之前的那个他整夜都在忧郁和苦闷中度过的夜晚，当时他那克制着怒火的心里就在默默地呼喊着这句口号。过去，他那压抑的感情，他的爱、激情、抱负、对理想和梦想的追求，都是那么渺茫，那么无所寄托，直到赛阿德·宰格鲁勒发出呐喊后，才把他吸引到领袖的身边，犹如正在天空中回翔的鸽子听到哨声向主人飞去一样。后来，司法部英国法律顾问的代表艾莫斯先生来了，他分开人群向前走，同学们高呼口号来迎接他："废除保护权！废除保护权！"艾莫斯先生向同学们讲话，冷峻之中带着几分绅士风度，他劝告大家回教室上课，呼吁他们把政治交给父辈们去处理。这时，一个学生反驳道：

“我们的父亲们都被关进大牢了，在一个法律被践踏的国家里，我们决不学法律了。”

发自心底的口号声惊雷般响彻云霄，那个代表只好溜之大吉。法赫米真希望刚才那两句话是他说的，那该有多好！这是他第二次“希望”了。他感到千言万语涌上心头，真想一吐为快，但总有人抢在头里把他要说的话说出来了。他更加热血沸腾，只好自我安慰地等待新的机会来补偿。事情进展极快。有人号召走出校门，他们便组成游行队伍，离开学校奔向工程学院，那里的学生立刻汇入了游行队伍。然后再到农学院，该校学生好像早已约好似的，高呼着口号迎着他们跑来。接着又先后到医学院和商学院。当队伍走到宰奈卜广场时，已经是一支浩浩荡荡的游行队伍了。一群群市民参加了进来。“埃及万岁！”“独立万岁！”“赛阿德万岁！”的口号声响彻四方。游行队伍每前进一步，大家的热情、信心就增高一分，因为他们到处都看到许多人自发地加入进来，自觉地跟着呼口号。这些人个个都激情满怀、怒火冲天，他们的情感在游行中得到宣泄。

游行队伍的形成使法赫米深感惊奇，几乎压过了他参加游行的激动，他诧异地思忖：“这一切是如何发生的?”清晨他还是那么悲观失望，只过了几个小时，还没到中午，他就已经参加了激动人心的游行了。游行队伍中发出的每个声音都是他心底的声音，他们与他喊着同样的口号，相互用不可动摇的信念支撑着，一定要坚持到底。他是多么兴奋、多么激动啊！他的灵魂在无边无际的希望的天空中翱翔，对自己曾垂头丧气以致引起亲人们的种种猜疑深感羞愧。在这个不寻常的日子里，宰奈卜广场出现了一个新的现象：一支骑警马队在英国警督率领下飞驰而来，扬起一路尘烟，马蹄踏得地面都在颤动。他无论如何也不会忘记，自己是怎样用茫然的目光望着这种从未经历过的危险的场面。他环顾四周，看到一张张严肃的面孔上带着激动和愤怒的神色，便神经质地叹了一口气，挥舞着拳头高喊起口号。马队包围了游行队伍。在这动荡的人山人海中，他只能看到周围人头攒动的一小块地方。不一会儿，他们听说警察逮捕了许多领头的和对抗驱散令的学生。这时他产生了这一天里第三个“希望”：希望自己也被捕，但是他千方百计的活动着也没有走出游行队伍的范围。

但是，这一天和次日相比，可以说是平静的。第二天是星期一，从清晨起就开始了总罢工、罢课、罢市。各个学校的学生打着校旗，汇集了不计其数的市民举行了游行。埃及觉醒了，变成了一个新的国家。埃及人民汇集在各个广场上，准备战斗，把长期压抑着的怒火发泄出来！法赫米置身于人群之中无比兴奋和激动，犹如一个迷路的人突然找到了分散已久的亲人。游行队伍声势浩大，经过外国大使官邸区时，人们用各种语言表示抗议。当队伍来到达瓦维恩街①时，游行的人群中忽然发生了巨大的骚动，有人大声喊道：“英国人！”话音刚落，枪声大作，子弹的“嗖嗖”声压过了口号声，第一个被击中的人倒下去了，其余的人情绪激昂，挺身继续向前；有一些人停住了脚步，大部分人散开了，跑到附近的住家和咖啡馆里躲避。法赫米属于最后一种人，他藏在一扇门背后，心慌得怦怦直跳，除了性命外，什么都顾不得了。他就这样不知维持了多长时间，直到四周完全寂静下来以后，他才探出头看了看，走出来。他走在路上还不敢相信自己逃过了一劫。回到家时，还是一副失魂落魄的样子。他独自一人平静下来时，心情十分难过，真希望自己在游行中牺牲了，至少也该成为一名坚定分子。他受到了良心的清算，十分痛苦，决心将功赎罪，好在赎罪的机

① “达瓦维恩”的阿拉伯文原意为“行政机关”。这条街当时是政府机关比较集中的地方。

会多得很，而且就在眼前。

星期二、星期三的情况和头两天一样，几天里的欢乐和悲伤也差不多：游行示威，高呼口号；接着是子弹横飞，有人牺牲。法赫米怀着满腔激情，全身心地投入革命的风浪中，他那崇高的感情升腾到遥远的天际，不但将生死置之度外，而且幸免于难反感到于心不安！随着愤怒情绪和革命行动的发展，他越发斗志昂扬，信心倍增。电车工人、汽车司机、清洁工人也纷纷罢工，整个首都呈现一派凄凉、悲壮和狂怒的景象。不久又传来律师和政府职员即将罢工的消息，更加振奋人心。祖国的心脏在革命的洗礼中生机勃勃地跳动。鲜血决不会白流，被流放的人决不会被人们遗忘。尼罗河畔地动山摇，人民已经觉醒。

法赫米在床上翻了一个身，把心从回忆的海洋中收回来，又一次听到捶面团的声音。他扫视着卧室，从关着的百叶窗外透进来的曙光照亮了各个角落。母亲正在揉面！她每天早晨都要揉面，无论发生什么事都不会影响她做饭、洗衣和整理房间。再大的事也不会妨碍她做这些日常的琐碎小事。社会的胸膛能够包容一切大小事，欢迎它们同时进行。但是且慢，母亲并不是个生活的旁观者，她生养了孩子们，孩子们就是革命的生力军；生力军要吃饭、补充营养，母亲便烧饭给他们吃的。由此可见，生活中的琐碎小事并非是无足轻重的事情……可是能不能有一天发生一件使所有埃及人都受到震动的大事，就像五天以来大家在家庭咖啡会上所说的那样？是啊，这一天太遥远了！接着，一个问题跃上他的脑海："如果父亲得知他这几天一直在参加'圣战'① 会怎么想呢？专横跋扈的父亲会怎样呢？温柔

① 原指穆罕默德与麦加多神教徒进行的战争。后指在伊斯兰旗帜下为宗教而进行的战争。现可泛指穆斯林为正义事业而进行的战斗。

慈爱的母亲又会怎样呢?”他困惑不安地笑了，心里明白他在那种情况下可能遭到的麻烦，决不会少于他的秘密被军事当局得知后会遇到的麻烦。他撩开胸口的被子，从床上坐起来，嘴里咕哝道：“生死无所谓，信念最重要。死胜于屈辱。让我们将生死置之度外，为明天的希望而欢呼！欢迎，自由的新的早晨！让真主主宰万物，裁定一切!”

# 五十五

任何人也不能声称自己的生活哪一方面都没有受到革命的影响，就连凯马勒在来回学校的路上长期享有的自由也受到了干扰。这种突然的变化使他很难受，心里十分不满，但又无可奈何。这是由于母亲吩咐乌姆·赫奈斐每天送他上学、接他回家，一路上不让他乱跑。遇到游行，不许他停留观望，更不准他心血来潮自由活动。游行示威和局势动荡的种种消息充满了母亲的脑海，学生们受到野蛮镇压的几起事件震动着她的心。这几天她始终提心吊胆，焦虑万分。她真想把两个儿子留在身边，等局势安定后再去上学，但是她没法实现自己的愿望。尤其是法赫米向她保证决不参加罢课，而她对他的“理智”又是绝对相信的。何况艾哈迈德得知学校禁止年龄小的学生参加罢课，因而不同意她把凯马勒留在家里。这样，她只好十分不情愿地让兄弟俩去上学。她让凯马勒接受乌姆·赫奈斐的监督，对他说道：“倘若我能随便外出的话，我一定亲自接送你。”凯马勒竭力反对母亲的做法，因为他不用想就意识到，这样一来就什么事情也瞒不住母亲了，彻底断送了他在路上可以玩一玩甚至做点恶作剧的机会。这样，他一天中仅有的短暂的幸福时刻就会变得和他往返两所监狱——家庭和学校一样没有意思。此外，他心里十分讨厌让这个女仆陪伴走路，因为她身体臃肿、步履蹒跚，会招行人注意。但他却不得不服从这种安排，特别是父亲也这样命令过他。于是他在女仆走近他身边时尽可能发泄满肚子怨气，数落她一顿，让她跟在身后，保持几米远的距离。星期四早晨，也就是开罗举行游行示威的第五天，他们俩就这样一前一后走到海利勒·阿加小学。到了校门口，乌姆·赫奈斐就按照女主人每天在家里对自己的交代，走到门房跟前问道：

“学校里有学生吗？”

门房心不在焉地回答：

“有的进去了，有的来了又走了，校长对谁都不干涉！”

这种回答使凯马勒感到突如其来，糟糕透了。他本以为可以听到这两天来听惯的答复：“学生们在罢课。”这样，两个人可以掉头就走，他可以自由自在地打发一整天了。革命虽然离他很远，但他心里很欢迎革命。门房今天新的回答意味着他要被“关”进学校里，他心里想逃避这种结果，便对门房说：

“我也要走的。”

他离开了学校，女仆跟在他身后，问他为什么不进去上课。他犹豫一下，有生以来第一次央求她告诉母亲说学生们还在罢课。在不住地央求和讨好中，他还在他们俩路过侯赛因清真寺时，为她祈祷长寿和幸福。但是乌姆·赫奈斐却不能不把听到的情况如实告诉女主人。母亲便教训了他一通，责备他不该懒惰，并且让女仆把他送回学校。于是，他们俩又一次离开家，一路上他用尖刻的话骂她背叛和不讲信义。进了学校，凯马勒发现学校里只有为数不多的几个年龄小的学生，大多数学生还在罢课。凯马勒班上年龄小的学生比别的班上多，但也只到了三分之一的学生。老师吩咐学生复习旧课，他自己伏案批改作业，不再管学生了，实际上等于罢课。

凯马勒打开课本装出读书的样子，但一点读书的心思也没有。待在学校里无所事事使他感到沮丧，既不能与大家一起参加罢课，又不能回到家里，享受这几天特别的日子慷慨赐予他的安闲。他在学校里感到从来没有过的浑身不舒服。

他在想着外面罢课、罢工、罢市的人们，惊异又好奇地想象着他们的情况，思忖着这些人到底是怎么回事。他们究竟像母亲所说的那样，是一些既不爱惜自己，又不顾念亲人，拿生命当儿戏的“冒失鬼”，还是像法赫米所描述的那样，是一批同真主的敌人，也是同他们自己的敌人进行斗争的、甘愿自我牺牲的英雄？他倾向于母亲的看法，因为他恨那些参加罢课的大年龄学生。那些大年龄学生在他和同他年龄相仿的小同学心中留下了极坏的印象。大年龄学生们胡子拉碴，在学校操场上总是仗着自己身高体壮，粗暴、傲慢地对待小同学，欺侮他们。不过他也不是完全信服母亲的看法，因为法赫米的话很有说服力，在他心里具有不容忽视的地位。他不能否定哥哥描述的那些英雄，他甚至希望自己能在一个安全的地方观看他们的流血斗争。世界在发生变化，这是毫无疑问的。不然的话，为什么埃及人都参加了罢课、罢工、罢市，与军队战斗？那是什么军队？是英国兵吗？是的，就是那些一听到提起他们、路上的人就会吓得跑光的英国鬼子！……这世界上发生了什么事？人们怎么有这么大的变化？这场惊心动魄的斗争可歌可泣，把它的本质性的东西深深地刻在了这个孩子的心里，使他有意无意地把赛阿德·宰格鲁勒、英国人、学生、烈士、传单和游行示威等名词联系起来，成为在他内心深处具有感召和启发的力量，尽管他对这些名词的意义还搞不清楚，还需要探索和思考。

尤其使他无所适从的是，一家人对这些事件有着不同的反应，有时甚至持互相矛盾的态度。他发觉法赫米情绪激昂，对英国人恨之入骨，猛烈抨击；对赛阿德·宰格鲁勒则十分怀念，哀痛之言催人泪下。亚辛议论这些消息时，采取关心而不兴奋，遗憾而不冲动的态度，并不影响他继续过着自己习以为常的生活：他照常谈笑风生，阅读诗集和小说，然后外出消夜到深更半夜。至于母亲，她不停地祈求真主使天下太平，恢复安定的日子，使埃及人和英国人都心情舒畅。最怪的是嫂嫂宰奈卜，那些事使她吓破了胆，找不到出气的对象，便把怒火完全发泄在赛阿德·宰格鲁勒身上，指责他是造成这种动乱的罪魁祸首。她说："要是他像普通老百姓一样安分守己、太太平平地过日子，那么谁也不会跟他过不去，这场烈火也烧不起来了。"正因为如此，凯马勒一想起这场斗争就会热血沸腾，一想到死亡则忧心忡忡，尽管他心里对死亡并没有清晰的概念，他周围也没有谁死去。那一天，海利勒·阿加小学的学生第一次号召举行罢课，他本以为有机会可以看看游行，甚至可以参加游行，哪怕仅仅在校园里游行一下也好呀，可是校长却急忙把年龄小的学生关在教室里不让出来。他当时是多么遗憾啊！一次大好的机会就这样丧失了，他只能在教室里用一种惊喜交集的心情，倾听墙外高呼口号的声音。他心中暗喜，或许因为一切都变得乱糟糟了，于是把每天按部就班的枯燥生活也刮跑。

今天，就像那天失去了可以在家里享受玩耍的机会一样，失去了参加游行的机会。他只得满腹怨恨地待在这个索然无味的位置上，两眼盯着课本连一个字也看不进去。他和同桌的小伙伴偷偷地整理了好几次书包，每次都小心翼翼的，恨不得这漫长的一天早点过去。突然，隐隐约约的声音吸引了他的注意力，那是从远处传来的一种异常的声音，要不就是他发生了耳鸣。为了证实自己的感觉，他环顾四周，发现同学们都抬起了头，先是互相交换眼色，然后一起往临街的窗户望去。声音是真实的，不是幻觉。这是由许多声音汇合而成的巨大的声音，仿佛是远处传来的惊涛骇浪声。

接着，这个声音越来越大，可以听出是嘈杂的人声。这嘈杂声越来越近，教室里一阵骚动，先是叽叽喳喳有人交谈，后来有人高声喊道：“游行队伍！”凯马勒的心怦怦直跳，两眼射出惊喜又激动的目光。嘈杂声越发逼近了，最后在学校周围响起了雷鸣般的清晰的口号声。几天来装满心间的那些名字现正在他耳边轰鸣：“赛阿德·宰格鲁勒万岁！独立万岁！废除保护权！……”口号声更近了，更响亮了，终于响彻整个校园，小学生们全都惊呆了，深信这股洪水一定会把他们淹没，但是他们却以天真的喜悦心情来迎接它，毫不顾及后果，热切盼望能冲出去参加动乱。忽然，他们听到一阵急促杂乱的脚步声正朝他们走来，紧接着门“哐啷”一声被推开，爱资哈尔大学和其他学校的一群学生，宛如水库开闸时汹涌而出的大水一下子涌进了教室，高声喊道：“罢课……罢课！谁也不能留在教室里！”刹那间，凯马勒发现自己被卷入了波涛滚滚的洪流中，身不由己地被推着向前，他恐慌极了，但又无法反抗，只好被裹挟着缓慢地向外移动，就像磨盘里慢慢晃动的咖啡豆一样。他的两只眼睛不知道往哪儿看才好，只见大家挤成一团，乱喊乱叫，震耳欲聋，直到头顶上出现蓝天的时候，才知道自己已经来到了马路上。人潮涌动，前后挤压着，使他几乎透不过气来，惊惧得不停地尖声大叫。这时，他感到有一只手抓住了他的胳膊，使劲拽着他在人群中挤出一条路，一直把他送到人行道的墙边才松手。他气喘吁吁地看看四周，想找个地方躲起来。忽然，他看见了卖果仁酥的哈姆丹铺子，铺子的卷帘铁门已经放下，但没放到底，门槛上方还留下一条缝。他赶紧跪下身爬进铺子。站直身子后，他看见熟识的哈姆丹大伯正在店内，还有两个女人和几个小学生。于是，他把背靠在放货架的一边墙上，胸脯一起一伏仍在喘气。他听到哈姆丹大伯说道：

“人群里有爱资哈尔大学的学生，有其他学校的学生，还有工人和市民……所有通向侯赛因清真寺的道路上都挤满了人。在今天之前，我从没想到这块土地上能有这么多的人。”

一个女人诧异地问道：

“已经向游行队伍开枪了，他们为什么还要游行呢?”

“祈求真主指引他们，”另一个女人感慨地说道，“唉，他们都是父母的骨肉啊!”

“从来没见过这样的事情，祈求真主保佑他们。”哈姆丹大伯说道。

人们拼命喊着口号，声音震天动地。口号声有时在近处，就像在铺子里发出的回声；有时在远处，听起来犹如嘈杂不清的巨雷轰鸣，像萧萧寒风似的一阵接一阵。这此起彼伏、高低不同的声浪，说明游行队伍在继续缓慢地向前行进。每当你以为一个声音即将沉寂，另一个声音马上又响了起来，声音一个接一个，仿佛永远没完没了似的。

凯马勒把全部注意力集中在耳朵上，惶恐不安地凝神谛听着。过了一会儿，没有发生什么可怕的事情，他才松了口气，心里恢复了安定。后来，他终于能够想到周围突然发生的一切很快会过去。于是，他在思忖什么时候可以回到家中，向母亲讲述自己的惊险经历。“一眼望不到头的游行队伍冲进我们的教室，我不由自主地被汹涌的人流卷到大街上，我和大家一起高呼：赛阿德·宰格鲁勒万岁！废除保护权！独立万岁！我在游行队伍里，从一条街走到另一条街，直到遭到英国兵的攻击，开枪向我们射击。”母亲听到这些一定会吓得哭出来，几乎不相信我还能捡回一条命，会瑟瑟发抖地念诵着《古兰经》经文……“一颗子弹‘嗖’的一声从我脑袋边飞过，它的尖啸声直到现在还在我耳边回响。人们像发了疯似的东窜西跑，要不是有个人把我拉到一家铺子里，我恐怕也没命了……”

一阵混乱的惊叫声和杂沓的脚步声打断了他的思路。他的心怦怦直跳，瞄瞄周围几个人的脸，发现他们都眼睛盯着门口，仿佛预料有人会给他们当头一棒似的。哈姆丹大伯走到门口，弯下身子，从卷帘铁门下的空隙往外张望，接着退回来，赶紧把卷帘铁门拉到贴紧地面，惊恐地咕哝着：

“英国兵!”

外面许多人在惊叫：“英国兵，英国兵!”有人在大声喊道：“不要慌，坚持住!”还有人在呼口号：“誓死保卫祖国！祖国万岁!”……觊马勒听到不太远的地方枪声大作，他小小年纪这是第一次听到枪声，但一听就知道是枪声，吓得他浑身哆嗦。两个女人惊叫一声，忍不住哭了起来。哈姆丹大伯声音颤抖地念叨着：“万物非主，惟有真主；万物非主，惟有真主……”凯马勒惊恐万状，感到有一股死亡的冷气正在流遍他的全身。枪声不停，车轮的隆隆声和战马的嘶鸣声震耳欲聋，还有人们拼命奔跑的脚步声、喊叫声、倒地的呻吟声，以及其他各种声音。这一刻，对躲在店铺内的人来说，如同在等候死神的来临。随后是可怕的沉寂，好像整个大地都痛昏过去，失去了知觉。凯马勒用颤抖的、嘶哑的声音问道：

“他们走了吗?”

哈姆丹大伯把食指放在嘴上，轻轻地说了声“别说话!”接着，他诵念起《古兰经》科尔希节。凯马勒已经说不出话来，只好默默地念诵着“你说：他是真主，是独一的主!”这段经文既然能够在黑暗中驱逐魔鬼，也许它也能赶走英国人。直到中午时分，店铺的卷帘铁门才拉上去。凯马勒走出来，先在冷冷清清的马路上走了几步，然后撒开两条腿跑开了。经过艾哈迈德·阿卜杜胡咖啡馆的台阶时，他看见一个人正往上走，他一眼就认出那是哥哥法赫米，便急忙跑过去，好像一个溺水的人发现救命工具似的，一把抓住了哥哥的胳膊。法赫米吓了一跳，一瞧是弟弟，大声问道：

“凯马勒！打枪的时候你在哪里?”

"我在哈姆丹大伯的铺子里，我听见了枪声，什么都听到了……"凯马勒听出哥哥的嗓子嘶哑了，拼命大叫却喊不响。

"快回家去吧！"法赫米急忙说道，"别告诉任何人说你碰见过我，听到没有？"

"你不跟我一块儿回家吗？"凯马勒不安地问道。

"不，我现在不回去，"法赫米急急忙忙地说道，"我要到往常回家的时候再回去。别忘了，你根本没有碰见过我。"

说完，他推了弟弟一把，不让他有机会再啰嗦。凯马勒就势跑了起来，一口气跑到哈纳·贾法尔大街口，看到一个人影站在马路中间，手指着地上在向一群人说着什么。他顺着那个人手指的方向望去，只见地上有一摊血，上面盖了薄薄一层土。他听到那个人用沉痛的口吻说道：

"这神圣的血在呼吁我们坚持战斗。真主让这些鲜血洒在烈士侯赛因的陵墓前，就是要我们以先烈为榜样，战斗到底，真主与我们同在！"

凯马勒害怕地赶紧把目光从被鲜血染红的大地上移开，发疯似的跑开了。

# 五十六

黎明时分，艾米娜起床后小心翼翼地摸黑向房门走去，生怕惊醒丈夫。这时，她听到马路上传来一阵奇怪的声音，宛如蜜蜂的嗡嗡声。她每天这个时候起来，听到的只是收垃圾小推车的辚辚声、上早班工人的咳嗽声，以及做完晨礼归来的人在万籁俱寂中不时高呼“万物非主，惟有真主”的声音，却从未听见过这种奇怪的声音。这到底是什么声音？她感到困惑，不由得想去看个究竟。她轻手轻脚地来到正厅里临街的窗子前，打开窗户探出头去。外面一片昏暗，虽然天边晨曦初露，但亮度不够，看不清什么。声音越来越大，她也越发感到纳闷。最后终于听出那是一些人在说话，只是搞不清这些人是干什么的。她的眼睛对黑暗开始有些适应了，便往下面张望起来，只见两宫间街的路面上和纳哈辛街以及洋红巷相交的路口晃动着一些模模糊糊的人影，还有一些像小金字塔形的东西和像小树一样的东西。她慌忙离开窗口，下楼奔向法赫米和凯马勒的房间，但她又犹豫了，是叫醒法赫米让他看看那里是什么东西，帮她解开这个谜呢，还是等他睡醒后再说？最后她决定收起自己的愿望不要惊扰儿子，反正快出太阳的时候他自己会醒的。于是她先去做晨礼，然后在好奇心的驱使下又回到窗户那儿探头张望。在黎明前的黑暗和晨曦微露的交接中，东方出现鱼肚白，曙光照亮了宣礼塔和圆屋顶。她能够大致看清街上的情况了，便用眼睛搜寻着那些在黑暗中让她胆战心惊的影子。当她看清楚了的时候，不由得惊叫一声，连忙转身来到法赫米的卧室，不顾一切地把他叫醒。法赫米一骨碌从床上坐起身，不安地问道：

"你怎么啦，妈妈?"

她气喘吁吁地说道：

"我们楼下的马路上挤满了英国兵!"

法赫米从床上一跃而起，奔到窗前一看，只见两宫间街上有一小股部队把守着各个路口，并且搭了几顶帐篷，停着三辆卡车，士兵东一群西一伙的。帐篷附近每四支枪架在一起，枪头向上互相支撑，枪托朝下分开着地，成金字塔形。帐篷前面站着一名哨兵，像一尊雕像似的，其他士兵三三两两地分散开来，口操外国语说说笑笑。他又朝纳哈辛街望去，看见纳哈辛街和萨加大道的交叉路口也有一股军队。他还在两宫间街的另一侧、赫兰富什胡同口上看见了另外一股军队。乍一见这种情景，他脑海里即刻冒出一个可怕的想法：这些士兵是来抓他的！但他马上意识到这种想法是愚蠢的，恐怕那是由于他从睡梦中惊醒，神志尚未完全清醒产生的错觉。再说，自革命爆发以来，他一直有被追捕的感觉。随后他渐渐弄明白了真实情况：由于这一带接连不断地发生游行示威，占领当局被搅得焦头烂额，于是派兵来管制。他透过窗孔向外观望，凝视着士兵、帐篷、枪支和卡车，心里充满了恐惧、悲哀和愤怒。最后，他从窗口转过身来，脸色苍白地低声告诉母亲：

"你说的不错，他们是英国兵，是来进行威吓，要从源头上阻止示威游行……"

法赫米开始在房间里踱来踱去，心里怒不可遏地沉吟："这是痴心妄想，痴心妄想!”他听到母亲说道：

“我去叫醒你爸爸，把这情况告诉他。”

母亲说这句话好像拿出了最后一招，仿佛丈夫既然能解决她生活中的一切问题，那么也有办法解决这个问题，使全家平平安安。然而法赫米却感伤地说：

“别去打扰爸爸，等他睡醒后再说吧。”

母亲惊恐地问道：

“这些英国兵就驻扎在咱们家门口，孩子，我们该怎么办呢?”

“我们该怎么办?”法赫米茫然不知所措地晃了晃脑袋说，接着又用自信的口吻回答，“不用惊慌，他们不过是来恫吓参加游行的人的。”

母亲口干舌燥，做了个吞咽的动作，说：

“我害怕他们会闯进居民家里来骚扰……”

法赫米考虑片刻，喃喃地说：

“不会的，倘若他们的目的是侵犯民宅的话，就不会那么太平地待到现在了……”

法赫米对这种说法没有完全的把握，但他认为只能这样解释了。母亲又问道：

“他们在我们这儿要待到什么时候呢?”

“谁知道呢?”他回答时眼睛里流露出迷惘的神色，“他们搭起了帐篷，看来是不会很快离开的。”

法赫米注意到母亲问话的口气，好像他是驻军司令似的，不禁哑然失笑，但他掩饰住两片失去血色的嘴唇间泛出的嘲讽般的微笑，同情地望着母亲。他思索片刻，本想与母亲开开玩笑，但严峻的形势使他打消了这个念头。于是，他又一本正经起来，就像亚辛向他叙述父亲的“花边新闻”

时，虽然这些新闻令人好笑，但是了解父亲隐私所产生的忧虑使他怎么也笑不出来一样。这时，母子俩听到一阵急促的脚步声。接着，亚辛和宰奈卜先后冲进房来。亚辛眼皮浮肿，头发蓬乱，一进屋就大声问道：

“看见英国兵了吗？”

宰奈卜也大声嚷嚷：

“我听见了他们的声音，往窗外一望是他们，便赶紧叫醒了亚辛。”

“我敲了爸爸的房门，他醒来后我把情况告诉了他。爸爸亲自看了看英国兵，吩咐谁也不准出门，谁也不准卸除门闩。”亚辛继续说道，“可是他们要在这儿干什么呢？我们该怎么办呢？难道我们国家就没有政府来保护我们吗？”

“我看他们是不会为难没参加游行示威的人的。”法赫米对哥哥说。

“可是我们躲在家里要到什么时候呢？家家都有妇女和孩子，他们怎么可以在居民楼下驻兵呢？”

法赫米烦闷地嘟哝道：

“别人怎么样，我们也只好怎样了，让我们忍耐等待吧……”

宰奈卜显得神经质地大声嚷道：

“我们耳闻目睹的尽是让人感到恐怖和忧愁的事情。愿真主惩罚这些不是人养的东西！”

这时，凯马勒睁开了眼睛，没想到大家都聚集到自己的房间来了，便吃惊地打量着他们。接着，他在床上坐起身，用询问的目光望着母亲。母亲来到他的床边，用冰凉的手抚摩着他的大脑袋，心不在焉地低声诵念《古兰经》开端章。凯马勒问道：

“你们怎么都到这儿来了？”

母亲想尽可能委婉地让他知道这个消息，和蔼地说：

“今天你不用去上学了……”

“是因为外面有游行队伍吗？”他兴高采烈地问。

“英国兵把路都堵死了！”法赫米颇为恼怒地回答。

凯马勒恍然大悟，这才明白大家集中到他房间里来的原因。他茫然地打量着每个人的脸。然后跑到窗前，透过窗子注视着外面，过了好一会才转过身，走回原处。

“有那么多枪，四支四支地架在一起，”他像求救似的望着法赫米，恐惧地小声问道，“他们要杀我们吗？”

“他们决不是来杀什么人的，只是来追捕参加游行示威的人……”

一阵短暂的沉默，凯马勒突然自言自语似的嘀咕道：

“他们的脸长得多好看！”

“这么说，你真的喜欢他们？”法赫米挖苦地问他。

“非常喜欢，我原先以为他们都长得像魔鬼呢。”凯马勒天真地回答。

法赫米痛苦地说：

“谁知道呢，说不定你见到了魔鬼也会喜欢上它们的长相的！”

这一天，家里的门一直紧闭着，临街的窗户一扇也没有开过，连换换空气或见见阳光也不敢。艾哈迈德第一次在早餐桌上侃侃而谈，他以见多识广者的口吻说道，英国人要严厉禁止示威游行。为此，他们派兵占领了经常出现示威游行的那些街区。他主张这一天大家都待在家里，等待事态明朗再说。从亚辛敲门把他叫醒起，他心里一直忐忑不安，但他依然能自信地说话，保持着平素的威严，不让任何人看出他的不安。法赫米也是第一次大胆向父亲表示不同的看法，他恭敬地说：

“可是爸爸，如果我待在家里，学校会以为我也参加罢课呢！”

艾哈迈德自然不会知道儿子法赫米也参加了游行示威，于是说道：

“这也是迫不得已的措施嘛。你哥哥还是个职员呢，他的处境比你更难，可是这理由毕竟是摆得上台面的……”

法赫米没有勇气与父亲争辩，一方面是害怕惹父亲生气，另一方面他觉得父亲吩咐不准出门，正好使他有理由待在家里而不受良心的责备，不到被渴望喝他这样的学生的血的英国兵占领的大街上去。早饭后，父亲回卧室休息，母亲和宰奈卜立即去料理日常家务。这正是三月下旬，风和日丽，春光明媚。三兄弟登上平台，坐在常春藤和素馨花的棚架下面。凯马勒对鸡窝发生了兴趣，觉得十分好玩，便走过去，一面撒食喂鸡，一面赶着鸡跑，高兴地听它们咯咯地叫，并顺手将鸡蛋捡起来。与此同时，两个哥哥正在谈论令人振奋的消息，人们传说革命的烈火已烧遍了尼罗河两岸，从北到南。法赫米讲述了他了解到的各种情况：有人捣毁了铁路，破坏了电报系统，卡断了电话线，各个省都举行了示威游行，革命者奋不顾身地与英国兵进行战斗，同时发生了好几起血腥屠杀，许多人英勇牺牲。他还谈到抬着几十具烈士遗体的大出殡，以及由于学生罢课、工人和律师罢工，首都已陷于瘫痪，市里除了轻便马车外，没有任何交通工具。然后，法赫米热情地说：

“这还不是真正的革命？让他们野蛮地屠杀吧，屠杀只会使我们前仆后继！”

亚辛点点头，感叹道：

“真没想到我国人民竟有这么顽强的斗争精神。”

“我国人民有着顽强的斗争精神。既然英国人逼我们造反，我们只好揭竿而起，让革命烈火从阿斯旺到地中海，在全国熊熊燃烧吧，它是永远扑不灭的。”法赫米说道。他在革命精神的鼓舞和革命光辉的照耀下，仿佛已经忘却了自己在革命爆发前的绝望心情。

“连妇女们也上街游行了！”亚辛唇边现出微笑说道。

这时，法赫米背诵起哈菲兹[①]。歌颂妇女游行的几句诗：

妇女们集体上街抗议，
我伫立观看她们游行。
黑长袍本是巾帼的标记，
群星灿烂冲破黑暗。
穿街过巷，目标明确：
一直朝赛阿德家走去！

亚辛的心被震动了，笑着说道：

“我真应该把这首诗背下来。”

法赫米脑海里突然闪出一个想法，伤感地问道：

“唉，不知这些革命的消息是否能传到被流放的赛阿德那里？这位伟大的谢赫是知道自己并没有白白作出牺牲呢，还是在流放地已陷于绝望？”

---

① 哈菲兹（1870—1932），埃及近代著名诗人，被誉为“尼罗河诗人”。

# 五十七

他们在平台上待了大半个上午。亚辛和法赫米兴致勃勃地观察着英军的小军营，只见几个士兵支起了炉灶，开始准备做午饭。从洋红巷通往纳哈辛街的入口处到两宫间街，没有一个行人，却有许多英国兵分布在那里。突然响起一阵哨声，许多士兵列队集合，荷枪实弹乘上一辆卡车，朝法官公馆方向驰去，这说明那附近地区又爆发了游行示威。法赫米看到这一切，心情十分激动，脑海中浮现出火爆的场面。

后来，两兄弟离开了平台，留下凯马勒一个人在那里随意玩耍。他们俩来到书房，法赫米捧起书，复习最近几天荒疏的功课。亚辛拿着《坚贞诗集》和《卡尔巴拉姑娘》走出书房来到大厅，准备用这两本书来消磨难挨的时间。出不了门就像被囚禁，又像被大坝截住的水一样。他最爱看侦探小说和其他小说，不过也喜欢诗歌。他通过最简便的方法来接触诗歌，一看就明白的他浅尝辄止，碰到难懂的欣赏一下韵律就满足了，极少去看书上的注释。有时会背下几句诗，摇头晃脑地吟诵一通，对它的内容也只是一知半解，甚至牵强附会地理解出与诗毫不相干的意思来。但不管怎样，他的脑海里终归记住了一些诗句和韵律，这可是他的资本，可以在情况与他差不多的人面前炫耀一下，有时使用的场合还算说得过去，但大多数场合是滥用一气。哪一天他心血来潮想写信的时候，便像著书立说似的精心准备，把他死记硬背下来的一些华丽词藻堆砌进去，其中不乏真主使他开窍想到的名诗佳句。所以被熟人们誉为精于修辞。事实并非如此，而是那些人不学无术，被他那些漂亮的词句唬住了。

以前，他从来没有像今天这样空闲过，既然不能出外走动，又没有任何娱乐，只得一小时一小时地熬过去。或许阅读能帮助他减轻一些苦闷，尽管阅读本身也需要有耐心。平素他养成了在每晚外出消夜之前的短短时间里悠闲地看点书的习惯，其他时间从不碰书。即使在那段看书的时间里，读书也不妨碍他参加咖啡会上的闲聊。他常常读几行诗就与家人们聊一会儿，或看几页书就把凯马勒叫到身边，给他讲书中的故事。见弟弟饶有兴趣地听着，不禁心花怒放。这样看来，不论是诗歌还是小说，都不能解除他像今天这样整整一天的寂寞。他读了几行诗，看了几章《卡尔巴拉姑娘》就厌烦了。他感到乏味无聊，便在心底里诅咒起英国人。到了吃午饭的时候，全家人又一次围坐在餐桌旁。母亲端来肉汤、红烧鸡和大米饭，几个碟子里放着奶酪、橄榄和干酪汁，由于戒严出不了门，所以一点蔬菜也没有。最后，母亲端来了蜜枣当甜食。除凯马勒外，这顿饭谁也没有胃口。父亲和两个儿子由于在家待了半天，既无所事事，又不能活动，食欲自然欠佳了。吃完饭他们就可以用午觉来打发空闲了，特别是父亲和亚辛，正好利用这充裕的时间美美地睡上一大觉。快到黄昏时亚辛才起床，来到楼下参加家庭咖啡会。不过，今天的聚会很短，因为母亲不忍心让丈夫独自一人待在房间里，所以没过一会儿就和他们告别上楼去照看丈夫了。亚辛、宰奈卜、法赫米和凯马勒又闲聊了一会儿，气氛很不好。后来法赫米起身告辞，叫上了凯马勒到书房去看书。这样，大厅里只剩下亚辛夫妇了。

“从现在到后半夜，干些什么呢？”这个烦人的问题纠缠了亚辛很长时间。以往这段时间在外面充满了欢乐，今天被暴力强行改变，这犹如一根被折下来的树枝成为干柴一样，使他愁肠百结，诅咒连连。倘若没有军队包围，他眼下一定是坐在艾哈迈德·阿卜杜胡咖啡馆里他喜欢坐的雅座上，喝着绿茶，和爱泡咖啡馆的熟人聊天，被那古色古香的气氛所吸引。他喜爱那里的因年代久远而洼进地面的一个个雅座。

艾哈迈德·阿卜杜胡咖啡馆是他最喜欢的咖啡馆。要不是为了特别的目的——俗话说"追求是一种疾病"——他决不会去其他地方消遣的。过去吸引他去埃及俱乐部的目的，是为了接近卖椰枣的女人；后来转移到奥利亚街上阿里咖啡馆去的，是因为它对面就是女琵琶手宰努芭的家。他每次更换咖啡馆都是有目的的。甚至他在咖啡馆里所结识的朋友，也是随着目的而改变。如果不是为了某种目的，也就无所谓咖啡馆和朋友了。现在，他不是告别了埃及俱乐部和那儿的朋友吗？他不是离开了阿里咖啡馆和那里的熟人吗？那些人已经从他的生活中消失了。即使再与他们中的某个人邂逅相遇，也许他会装作不认识或者远远避开。现在他去艾哈迈德·阿卜杜胡咖啡馆和那儿的熟人闲聊，只有真主知道他明天又会去哪家咖啡馆，结交哪些朋友呢！事实上，他每次去艾哈迈德·阿卜杜胡咖啡馆都待不了多久便会悄悄溜到科斯塔基食品店，更确切地说，是去科斯塔基食品店里面的秘密酒吧，在那儿要上一瓶红酒，或是他喜欢称呼的那样，来一瓶"老规矩"。在人心惶惶的今天晚上，到哪儿去搞一瓶"老规矩"呢？一想起科斯塔基酒吧，酒瘾使他全身发痒，他的眼睛里立即显露出百无聊赖的神色，像囚犯似的烦躁不安。待在家里真是度日如年，让人够难受的，脑子里再想到在酒吧的饮酒作乐，飘飘欲仙的情景，更使他痛苦不堪。他越是这样想象，对他折磨就越厉害，恼怒也越深。他内心响起了祝酒曲，迫不及待地想开怀畅饮，喝得脑袋发热，浑身舒畅，酒给人们带来的是欢乐和喜悦。直到今天晚上他才意识到，自己离开酒一天就无法忍受。他没有为自己意志薄弱成为酒的奴隶而悲哀，也不会对自己酗酒感到自责，尽管酗酒后常会由于微不足道的原因而酿成大祸。他绝对不会责备或埋怨自己，他把自己痛苦的原因归咎于英国兵在家门口戒严。他欲火中烧、酒瘾难忍，可以让他一醉方休的“酒泉”就在不远的地方，却无法前往。

他向宰奈卜瞥了一眼，发现她正目不转睛地盯着自己的脸，仿佛在对他嗔怒道：“你为什么这样神不守舍？为什么闷闷不乐？难道我在这里丝毫不能为你排难解忧吗？”在他们四目相接的一瞬间，他领会了她的心声，但对她既悲愤又恼怒的责备又不理不睬。相反，这种责备更使他恼羞成怒。说句心里话，再没有比迫不得已和她整夜守在一起更令他恼火的了！和她在一起，他没有欲望，得不到乐趣，连借以浇愁的酒也没有，他全是凭着酒后的亢奋才忍受着夫妻生活的。他偷偷地看看她，诧异地思忖：“她不还是她吗？新婚之夜不就是她使我神魂颠倒的吗？在接下来的几夜甚至几个星期里，不就是她让我爱得发狂的吗？可她如今为何激不起我的情欲呢？她发生了什么变化呢？我怎么对她如此腻烦呢？她的美貌端庄就不能让我摆脱酒瘾吗？不就是推迟一两天喝嘛！”正如以前多次发生的那样，他这时会想起宰努芭之类的女人伺候男人的绝招和颠鸾倒凤的技巧，认为妻子在这些方面一无可取之处。的确，宰奈卜是他第一次和女人长期生活的尝试。无论是女琵琶手还是卖椰枣的女人，都未曾长期与他同居过。一旦他有了新的相好，可以毫无顾忌地离开她们。他想到自己这些苦闷，想到多少年后对这些苦闷的回忆，便认识到生活并不是他过去所想象的那样。这时，他听到宰奈卜在问他：

“待在家里你大概不高兴吧？”

亚辛此刻根本忍受不了和她在一起，更别说她的指责了。她那句嘲讽般的话在他心里引起了一种犹如鲁莽地揭开他疮痂的感觉，于是他不顾对方的难过，坚决地直言道：

“是不高兴。”

她本来并不想跟他吵嘴，可他的口气深深地刺伤了她的自尊心，便气愤地说：

“这能怪我吗？真奇怪，你连一个晚上不外出消夜都忍受不了吗？”

他的火气也上来了，反诘道：

“你倒说说看，家里有哪一点能让我待得下去的？”

她气呼呼地站起来，几乎要哭出来似的说道：

“那么我给你让出地方，但愿你能称心如意！”

她仿佛逃跑似的转身便走。他目光呆滞地望着她的背影，自言自语地说道：“真是个大笨蛋，她竟然不知道真主注定她要独自在我们家待下去。”这几句拌嘴虽然让他发泄了一点怨气，不过他是不愿发生争吵，因为闹翻后他就会更加寂寞无聊了。倘若他愿意的话，他完全能够哄她高兴，可是他的感情已经麻木不仁。没过几分钟，他就平静下来了，耳边回响起他对她说的那两句刻薄话，觉得那些话确实太冷酷无情，根本没有必要那么说，似乎感到有点后悔。这倒不是他突然发现自己心里的某个角落还深藏着对她的爱，而是他希望对她还是以礼相待，这也许是出于对岳父的尊重，也许是因为害怕父亲。即使在困难的时期，他想用强硬的手段逼她服从自己的政策也不例外。在这个家庭里，发火已是司空见惯的。父亲在家时，他一个人垄断了家里所有的发火权利。除此之外，他们谁也不讲涵养。

不过这一家人的怒火犹如闪电，来得快，去得也快，事后还会有各种的遗憾和懊悔。亚辛虽然有些懊悔，但放不下架子，不肯去与妻子言归于好，反而自言自语道：“是她惹我发火的。难道她不能好好地跟我说话吗？”

他总是希望她能忍耐、大度、宽容，使他可以为所欲为而毫无顾虑。妻子气走之后，他对被囚禁家中更加心烦，就走出大厅，来到平台上。宁静的夜晚空气宜人，沉沉夜色笼罩着一切，常春藤和素馨花棚架下黑洞洞的。繁星像珍珠般熠熠发光，直接对着天穹的平台另一半则稍微亮一些。平台的一端与玛丽娅家隔着围墙，另一端即常春藤花园的尽头，在那儿可眺望格拉文清真寺。亚辛在这两端来回踱步，浮想联翩，百感交集。正当他徐步走到棚架口时，突然听到轻微的声音，也许那是低声细语，不，那是起伏的喘气声。他惊异地注视着黑暗处，大声问道：

“谁在那儿?”

传来一个他十分熟悉的铜铃般的声音：

“少爷，我是努尔。”

他立即想起努尔是妻子陪嫁过来的女仆。她每天晚上就睡在鸡窝旁边堆放杂物的木板房里，他朝平台那一头望去，辨出了她的身影离自己只有一步远的地方，黑乎乎的宛如凝滞浓重夜色的一部分。她那亮闪闪的白眼珠，好像用粉笔在黑板上画的一对小圆圈。他一声不响地继续溜达，脑海里不由自主地浮现出她的形象：一个四十岁左右的黑女人，身体健壮，膀大腿粗，胸脯高耸，臀部硕大，油光光的脸上长着一对明亮的眼睛和两片厚嘴唇。她野劲十足，别有风味，这是她来到他家后给他的印象。忽然，他胸中迸发出一种想扑向她的欲望，就像一串爆竹出乎意料地炸响。这种欲望是那样强烈和无法控制，仿佛它集中了他生活的目标。他被它左右着，犹如阿依莎出嫁那天晚上他在庭院里见到乌姆·赫奈斐时扑向她一样。它使他万念俱灰的心里又产生了蓬勃的生机。一股焦躁的激情顺着他的血液流遍全身，情绪顿时激昂起来，沮丧和烦闷被狂热和激动的情欲所取代。所有这一切都在刹那间发生。他来了劲，走动着，思索着，幻想着。起初，他的往返路线是从平台的一端到另一端，后来不知不觉地缩短成三分之二，接着又减少到一半。每当从女仆身边走过时，那种难以压抑的欲望就刺激他一下。她不就是一个黑女仆吗？不就是一个女佣人吗？女佣人有何不可呢？他已是拈花惹草的老手了。搞女人不一定要找宰努芭那样的，只要身上某一部位吸引人就行。比如，蝙蝠胡同卖椰枣的女人，虽然腋下有狐臭，两腿沾泥巴，但她有一双乌黑发亮的眼睛，这就一俊遮百丑了。哪个女人的相貌也不可能十全十美，在欲火中烧急待发泄时，只要是女人，长得再丑也可凑合。他在乌姆·赫奈斐身上寻找刺激，把独眼算命的女人拉到凯旋门后面去鬼混，都是这个理。不管怎么说，努尔的身体丰满结实，和她接触毫无疑问会激起人的活力，享受强烈的刺激。此外，她是个黑人女奴，这种人见识多，花样新，和她交欢定有独特的感受，可以证实人们关于这类女人能够使人精血旺盛，热情不减的传说。

周围一片漆黑，显得十分安全。他情欲亢奋，神经紧张，心脏越跳越快。他用锐利的目光朝她那边望了一眼，向她走去，打算从她身边走过时“碰巧”无意蹭她一下，借机进行试探，再决定是否公开自己的意图。这样比较保险，免得她也像乌姆·赫奈斐一样傻，搞得全家都知道，成为又一桩丑闻。他凝视着她那个方向，迈着缓慢的脚步向前走去。尽管夜色浓重，他还是希望能通过眼睛把自己的想法传进她的心里，让她了解他胸中熊熊燃烧的欲火。他离她越来越近了，心跳得更加厉害。不一会儿，他走到她身边，用胳膊肘往她的上身蹭了一下，继续往前走，仿佛是无意碰到了她。但是，他在碰到她身体的瞬间，一阵战栗传遍了全身。遗憾的是并没有碰到他想要碰的地方，就这样也已使他神思恍惚，灵魂出窍。等走到平台尽头，神志稍微清醒一些的时候，才记起自己碰到的只是软绵绵的肥肉。对方本能地向后退了一步，这使他认为她并没有怀疑到他的动机，便转身决定再试探一次。他将胳膊又向她伸去，胳膊肘终于碰到了她的乳房，这一次他的感觉真真切切，而且没有像不小心碰到立即把胳膊缩回来，反倒将胳膊肘移到另一只乳房上轻轻地抚摩，根本不在乎对方的怀疑。这时，他在心里寻思：毫无疑问，她能领会我的意图，也许她已经察觉到我居心不良，想避开到一旁，只是动作迟钝了一些，或者她是大吃一惊，吓呆了。但无论如何她并没有用手把我推开，而是沉默地一动不动。看来她决不会像院子里那个臭娘一样突然喊叫起来。那就再试一次吧。这一次他有点急不可耐，快步向她走去，到她面前时才放慢脚步，伸出胳膊肘朝她那像充满气的小皮囊似的高高胸脯上蹭了一下。他的胳膊有点哆嗦，这说明他还犹豫不决，放心不下。他刚想赶紧逃离，继续往前走，可一发现她是那么俯首帖耳、呆头呆脑的，他那仅剩的一点点理智也被疯狂的欲火吞没了。于是，他站住不动了，用由于性欲冲动而颤抖的柔和声音问道：

“努尔，是你在这儿?”

“是的，少爷!”女仆一边说一边往后退。他生怕她溜走，便步步往前逼，直到她的背脊靠到墙上时，他的身子快贴住她了。

他想说几句话来表明心迹，让她了解他内心的激情。他犹如一个挥舞着拳头的拳击手，在寻找机会给对方以致命的打击。

“你怎么还没有回自己房间去?”他提问时吐出的气息都喷到了她的前额上。

“我想透透气。”女仆回答，她已被他围住，难以脱身。

贪婪的兽欲占了上风，他不再犹豫了，伸手揽住她的腰，不顾她挣扎拒绝，亲热地把她拉到怀里，把自己的脸贴在她脸颊上，凑在她耳边悄悄地说道：

“去屋里吧!”

女仆惶恐不安地咕哝道：

“不能这样，少爷！”

她那铜铃般的清亮声音在寂静的空中回响，使他有点惊慌。她倒不是故意提高嗓门，只是她不习惯小声说话，或者说，她说话时即使把声音压得最低，听起来还是那么响亮。不过他的惊慌很快就不见踪影了，这一方面是他的欲火越烧越旺，另一方面由于她尽管嘴里说“不能这样”，语气里却没有反抗的意思。于是，他拉起她的手，低声细语地说道：

“来吧，宝贝！”

她任凭他拉着，也许那是出于心甘情愿，也许那是出于顺从。他激动极了，浑身颤抖，狂吻着她的脸颊和脖子，兴奋地问道：

“怎么好几个月里我都没有看见你？”

“不能这样，少爷！”她说话时的口气很平静，毫无反抗的意思。

“你这样忸怩作态真可爱，让我更加想你！”他笑着说。

但走到屋门口时，她才有了一点反抗的表示：

“不能这样，少爷！”然后就像警告似的，补充了一句，“屋里到处是臭虫……”

他一边推她进去，一边贴在她脖子后面喃喃低语道：

“努尔，为了你，就是睡在蝎子窝里我也愿意！”

她就这样尽了女仆的义务，体现了这个词所包含的最细微的含义。在黑暗中，她顺从地让他搂着。他把嘴唇贴在她嘴唇上，冲动和疯狂地吻着。她安安静静地任他摆布，就像一个不扮演角色的旁观者，直到他激动地对她说：“你吻吻我！”说完又把嘴唇贴在她嘴唇上狂吻，她也回吻了他！他让她坐下来，她又是那句“不能这样，少爷！”她反复就是这么一句话，使亚辛感到好笑。他把她按到地上，她一点也没有抗拒。他从她半推半就之中尝到了一种新的滋味，便尽力寻求更多的乐趣。她一再重复这句话，嘴上拒绝，实际上顺从。就这样，他把时间给忘了。到后来，他仿佛觉得周围的黑暗在晃动，或者说，是一种怪影在黑暗中乱舞。这或许是由于他待的时间太长了，人感到疲劳造成的幻觉。他待了多长时间，确实连他自己也不清楚。或许并不是这个原因，而是他脑子里炽热情感的激流在他的双眸中撞出的幻觉的火星。但是且慢，屋子的四壁怎么也摇摆起来了？一道微弱的光亮冲淡了黑暗，隐秘随之暴露。他抬起头定睛一看，看见了从板壁缝中漏进来的暗淡灯光。接着，外面响起他妻子呼唤女仆的声音：

“努尔，你睡了吗？努尔，你看见亚辛少爷没有？”

亚辛吓得心惊胆颤，立即一跃而起，急忙抓过衣服，慌慌张张地往身上套。同时用惶恐的目光扫视着四周，希望能在杂物堆里找个藏身之处。但事与愿违，这里根本没有地方可藏身。这时，外面越来越近的拖鞋声刺激着他的耳朵。女仆忍受不住，几乎要哭出来似的说道：

“都怪你，少爷，现在我怎么办呢？”

他狠狠地在她的肩膀上捶了一下，她才不敢出声。他惊恐万状，绝望地盯着门口，身子不由自主地往后退，直退到离门口较远的一个角落，身体贴着板壁僵立着。宰奈卜一路喊过来，却无人回答。过了一会儿，房门被推开了，宰奈卜端着灯的一条胳膊首先伸进来，她大声喊道：

“努尔，努尔！”

“我在这儿，少奶奶！”

女仆无法再沉默了，她悲郁地低声回答，声音显得有气无力。

“你怎么睡得这么早呀，老婆子！”宰奈卜的声音里带着恼怒和责备说道，“没见到亚辛少爷吗？老爷要找他，我楼下和院子里都找遍了，到平台上还是没找到他，你看到过他吗？”

话音未落，她的头已经伸进屋内。她发现女仆手足无措地坐在那里，不由得有些诧异，然后本能地往右边瞥了一眼，目光顿时落到丈夫的身上，只见他肥大的身躯紧紧地贴在板壁上，满脸羞愧，仿佛瘫软了一样。两人面面相觑了片刻，亚辛赶紧垂头闭眼。一阵死一般的沉默之后，年轻的女人突然发出一声嚎叫，她一边往后退，一边用左手捶打着胸口大声嚷着：

“你……你……你竟干这种不要脸的丑事！”

宰奈卜浑身发抖，手中端着的灯也不停地在摇曳，因而映在门对面板壁上的灯光在不停地晃动。她转身就跑，嚎啕大哭声划破了周围的宁静。亚辛咽了一口唾沫，自言自语地说道：“又跟上回一样丢人现眼！”他神思恍惚地呆立着，忘掉了身边的一切，过了一会儿，才清醒过来。他发觉自己还在现场，便赶紧离开木板房，来到平台上，并没想到要离开平台。他不知道自己该怎么办，不知道这件丑事会宣扬到什么程度：仅仅是妻子知道，还是会传到其他人的耳朵里？他开始埋怨自己不该那样惊慌，不该那样懦弱，他应该追过去，不让她把这件丑事宣扬开去。他心烦意乱地思忖：他该怎么对待这件事呢？能采取强硬的措施解决吗？倘若还没有传到父亲耳朵里，或许可以的。这时，他听到从那间倒霉的木板房方向传来一阵声响，他朝那边望了一眼，只见女仆的身影出了屋门，她手里拿着一个大包袱，急急忙忙地走向平台楼梯口，从那儿下楼去了。他毫不在意地耸了耸肩膀。这时他感到有点凉，用手一摸胸口，发觉忘了披上法兰绒外衣，急忙又跑回木板屋……

# 五十八

一大清早就有人来敲门，来的是街区主任。艾哈迈德出面接待，街区主任告诉他，当局委派他通知临时驻扎部队的本街区住户：英国人只是对付游行示威者，其他一切照常。因此，他的店铺应该开门营业，学生要去上学，职员必须上班。街区主任还提醒他注意当局发布的禁止游行和罢课的命令，要对学生进行管束，以免被怀疑参与罢课。通知使这个家恢复了活力，一家人生气勃勃地迎接新的一天的开始。男人们昨天在家里被禁了一天，今天恢复了自由，都不禁吐出了一口气。大家感到又可以太平无事、放放心心地过日子了。

街区主任走后，亚辛自言自语地说道："外面的情况正在好转，可家里却是一团糟！"说老实话，昨夜发生的丑事使家里大多数人都跟着倒霉被折腾了一夜。宰奈卜在女仆房间里亲眼目睹的那幅可怕的情景在脑海里总是挥之不去，她悲伤，牢骚满腹，咽不下这口气。她要寻找一切方法发泄胸中的怒火。她故意大声嚎叫，让公公听到。公公听见后立即跑来询问，丑事就这样传开了！她气得几乎发疯，不顾一切地把事情原原本本告诉了公公，她对他怀有一种对任何人都没有的畏惧心理，要不是正在气头上，她决没有勇气当面对他讲述这些的。她要为自己被践踏的尊严和痛苦的忍耐进行报复。其实她的忍耐有时是心甘情愿的，大多数时候是无可奈何的。她攻击丈夫道：

“他跟那个黑女人搞！跟那个女仆人搞！跟那个可以做他妈妈的人乱搞！他在家里就这样，在外面更不知会如何胡作非为呢？”

宰奈卜并非因吃醋而哭泣，也许她的嫉妒一时被强烈的厌恶和愤恨掩盖住了，就像烈火被浓烟掩盖住一样。发生这件事以后，她似乎宁死也不愿和丈夫待在同一个屋檐下，哪怕是一天也不行！是的，她当晚就离开自己的卧室，在客厅里过了一夜。这一夜她大多数时间醒着，像发高烧似的胡思乱想，偶尔迷糊一会儿，就像是坐卧不宁的病人一样。天一亮，她就打定主意离开这个家，也许只有这样才能减轻她的痛苦。就算公公，他又能怎么样呢？丑事已经发生，他也无能为力。尽管他在家里说一不二，但也决不会给亚辛应有的惩罚来让她解气。他顶多也只是把儿子训斥一顿，发一通火而已。而这个不要脸的家伙低着脑袋听完训话后，照常会去干那种肮脏的事！那绝对不行。艾哈迈德要她把这件事情交给他处理，并且劝导她好半天，说忍耐是像她这样的女人不可缺少的美德，对丈夫的过错要能忍耐、会原谅。但是她既不能忍耐，也不能原谅。他跟一个四十多岁的黑女仆乱搞！这不能原谅，绝对不能原谅！她要毫不迟疑地离开他，回到父亲身边，把丈夫的事情全部告诉父亲。她要在娘家住到亚辛改邪归正、回心转意。如果那时他来向她忏悔，并保证痛改前非，还可破镜重圆。否则，两人就一刀两断，让这里的生活，包括它好的和坏的方面，统统见鬼去吧！

亚辛以为宰奈卜是个有理智的贤淑女子，虽有满腹委屈和苦恼，也会藏在心里。在这一点上，他可是大错特错了。其实，她从他婚后恢复夜生活开始就忧心忡忡，曾向母亲吐露过自己的心事。母亲是一个明事理的女人，没有把女儿的牢骚透露给丈夫。她嘱咐女儿要忍耐，说男人们都喜欢在外消夜，她的父亲也不例外，他们喝酒也很平常。她认为女儿的婆家是一个很不错的家庭，尽管女婿每天出去夜游，爱喝得酩酊大醉，但毕竟半夜后还是回到女儿身边的呀。宰奈卜无可奈何地听从了母亲的劝告，尽力克制自己，一再忍耐，努力强迫自己安于现状，对任何事情尽量往好的方面想，特别是当胎儿已经在她腹中蠕动，预示着她将成为令人羡慕的母亲后，更是为美好的梦想而生活着。也许她内心深处怀着怨恨，但她想到母亲的劝告，看看婆婆的为人处事，便也安于现状了，承认既成事实而自我满足。就是在这种情况下，她心里还不时地产生怀疑：丈夫每天晚上出去喝酒后还干些什么？她曾经把自己不安的心情说给母亲听，连丈夫对她感情冷淡的事也没有向母亲隐瞒。但是这位明事理的母亲告诉女儿，感情冷淡并非一定是她想象的那些原因，而是一种“自然”的情况，所有的男人都这样。再过几年，随着年龄的增加和经验的丰富，她就不会再拿这当回事了……即使她的猜疑没有错，又能怎么样呢？难道她能因为丈夫搞女人就离开家吗？不行，一千个不行！倘若一个女人因为这一类的原因就抛弃家庭，那么哪一个家庭里还有女人呢？男人可能会迷恋上这个或那个女人，但只要妻子能够成为他的最后归宿，那么他总会回家的。能忍耐的女人总会有好报的。母亲还跟她提起那些无缘无故被丈夫休了的女人和丈夫同时娶了几房妻子的女人的不幸。说她的丈夫即使是一个用情不专的男人，总比那些男人强吧？再说，她丈夫只有二十二岁，将来会醒悟过来，成为一个顾家的男人，养儿育女安心过日子的。这也就是说，即使她的猜疑没错，也只能忍耐，更何况她只是怀疑，拿不出证据来呢！母亲反复给她讲这些道理，终于使女儿不再任性，丢开自己的想法，相信忍耐是对的，心甘情愿地忍耐下来。但是平台上发生的这桩丑事使她受到了致命的打击，她好不容易记住的大道理顿时无影无踪了，仿佛从来没有听到过似的，她心中的大厦全部崩溃了……

但是艾哈迈德并没体会到儿媳深受刺激这一事实，还以为她会听从他的劝导，但是他肚子里窝的火是难以平息的，决不能把这种丑事随随便便放过去。女仆很知趣，事情暴露后马上溜走了。亚辛却没有离开平台，他惶恐地思考着如何应付即将到来的风暴。终于听到父亲扯着响鞭似的大嗓门在喊他，他的心怦怦乱跳，但他没有回答，也不想回答，只是沮丧地僵立在那里。谁知父亲竟闯到平台上来找他了。父亲气冲冲地站立片刻，目光四下张望，看见儿子的身影便朝他走来，在离他很近的地方停住脚步，两条胳膊交叉在胸前，昂着脑袋看着他，一副盛气凌人的样子。父亲故意沉默不语，他沉默得越久，亚辛就越痛苦、越恐惧。艾哈迈德仿佛要用沉默来表达任何言语都无法表达的愤怒，也仿佛表明他本想拳打脚踢地狠狠教训他一顿，只是觉得他已长大成人，并且娶了媳妇才没那样做。然而他再也没有耐心沉默了，他浑身发抖，开始把亚辛狠狠地责骂：

“混账东西，你竟敢在我的眼皮底下干这种不要脸的事情！你趁早带着邪念下地狱去吧！……你玷污了我的家门，下流的东西！家里有你就要出丑闻。结婚前你还有点不像样的理由，现在你还有什么可说的？……就算是畜生，我的话也该把它教训好了，而你却像顽石一样无动于衷！一个家里有了你这种活宝，它就该受诅咒！……”

这几句话像连发子弹似的，随着他的满腔怒火迸发出来。亚辛站在父亲面前低头不语，一动不动，仿佛快要溶入黑暗之中。艾哈迈德叱呵累了，便转身离开平台，一边走还一边骂个不停，回到自己房间时还在七窍生烟。盛怒之下，他认为儿子的荒唐行为是种大逆不道的罪过，该千刀万剐；却没有想想，像亚辛这样的过失，自己过去并非没有过，儿子只是老子的翻版罢了。他也不想想，自己已经四十五岁，儿女们都已长大，有的还结婚成了家，可他还经常干儿子干的事。这倒不是他在盛怒之下忘记了一切，而是他认定这种事情他可以做，家里其他人绝对不允许。他可以为所欲为，他们则必须恪守他给他们制定的家规。他这样动怒或许是认为亚辛的所作所为是对他的意志的“挑战”，“漠视”了他的存在，将他希望儿子们应有的形象“丑化”了。对此他真是越想越气。但是他的怒火没有持续多长时间，心里就逐渐恢复了平静——这已经是他的老习惯了。不过他表面上，仅仅是表面上，还是愁眉不展，十分难过。只有在这种时候，他才能从不同的角度来分析亚辛的“罪过”，并用冷静的理智来进行思索，终于透过表象看到亚辛是熬不住外界强加给他的寂寞，寻找乐趣不当所造成的，来作为自我解嘲。他脑袋里首先想到的是，要为犯了过失的儿子找个借口。这并非是他喜欢宽容，他在家里是讨厌宽容的，他不过是想找到这种借口后，可以有“理由”宽恕儿子悖逆他的意志。他在心里自言自语道：“我的儿子还不敢不惟命是从，他决不敢违抗我的意志，但是由于某种原因他犯了错误……”

难道他能用正处于容易轻浮和荒唐的年龄来作为宽恕亚辛的理由吗？不能！年纪轻只能作为干这种丑事的原因，不能成为违抗他意志的理由。否则，法赫米甚至凯马勒都可以把他的教诲当做耳边风了。那么就用儿子已经长大成人作为借口吧。既然儿子已经成年，就不必对他的意志惟命是从，他可以有自己的独立意志，哪怕只有一点点，从而免除他作为父亲对儿子应负的责任。他仿佛在心里嘀咕道：“他没有违抗我的意志，他决没有那样的胆量。但是他已经长大成人，不能再把他的罪过当做是违抗我的意志了。”无须多言，他决不会在儿子面前承认儿子有这种独立意志的权利，就是儿子敢于向他要求这种权利，他也决不会答应。倘若不是发生了这件丑事，使他处境尴尬，不得不找出儿子违抗他的意志的理由，就算在心里他也不肯承认儿子有这种权利的。即便在这种情况下，为了使自己更加心安理得，他也不忘提醒自己：他教训亚辛次数虽不多但态度很粗暴，很少有父亲像他这样要求的，也很少有孩子能够服服帖帖全面接受严父教育的。

艾哈迈德想来想去又想到宰奈卜身上，他对她没有丝毫同情，他安慰她只是看在她父亲的面子上。她父亲是他的好友，他认为这个年轻的女人不配有那样的父亲。一个贤慧的妻子，无论发生什么情况，都不会像她那样出丈夫的丑。她大哭大闹得多么凶啊！那么令人难堪！要是有一天，艾米娜也突然对他这个样子，他作为一家之主该怎么办呢？可是，她哪里能跟艾米娜相比呢？再说她怎么那么恬不知耻，竟把看到的情况一五一十学说给他听！呸！亏她说得出口！这个年轻的女人若不是穆罕默德·阿夫特的千金，非得让亚辛好好教训她一顿，就是他这个做公公的也不会轻易放她过门，一定要狠狠地呵斥她一通，作为口没遮拦的惩罚。亚辛当然不对，可是她的过错更大。接着他又想到了亚辛，不禁暗自好笑地想着他们父子俩怎么会有同一种天性。毫无疑问，这种天性是祖上遗传给他的。谁知道，也许这种天性也正在外表温文尔雅的法赫米胸中燃烧着呢？恐怕还不仅是法赫米吧。有一天他提前回到家中，不就听到凯马勒在唱“树上的鸟儿……”吗？当时他在门外站了一会儿，那不仅是为了佯装是在儿子唱完歌时才回来的，而且是为了欣赏儿子那清脆的歌声，看看他有多大的能耐。等到孩子唱完歌，他才用力敲门进去，一边朝里面走，一边咳嗽，掩饰心中无人知晓的喜悦。觊马勒唱起歌来还真有点他的风格，他在儿子们的生活中发现了又一个“自己”在成长，真有说不出的高兴，至少在他心情极好的时候是那样。

但是且慢！亚辛有他独特的天性，跟他的天性大相径庭。就“天性”一词的确切含义而言，他和亚辛的天性根本不是一回事。亚辛是一头瞎了眼的畜生，那回栽在乌姆·赫奈斐身上，这回和努尔在一起被当场抓住，总是满不在乎地在烂泥坑里打滚！他从来就不会这样。不错，他很理解亚辛不得不像坐牢一样熬过这一夜是多么苦闷，因为他也有同样的感受，就像失去什么心爱之物似的感到沮丧和难受。但是，假设他也像亚辛那样在平台的花园里散步，碰巧遇到一个女仆，就算这个女仆很对他的胃口，他会不会去逗引她呢？不会，绝对不会！是什么原因使他不会那样做呢？难道是地点不合适？顾忌家人？还是早过了不惑之年？啊，想到这最后一个原因，心里颇为不快，似乎有点羡慕亚辛正当青春年华，是那么疯狂！

不管怎么说，他们父子的天性截然不同。他不像儿子那样不讲条件什么女人都要；他搞女人讲究安乐舒适，是一种享受。他严格选择对象，他所看中的女人除了通常意义的天生丽质外，社会上也往往八面玲珑。他贪恋女性美，包括女人的姿色、仪态和风度。嘉丽莱、祖贝黛、乌姆·玛丽娅以及其他几十个与他有染的女人，都不乏女性美，起码是在某一方面不同凡响。此外，还必须有舒适的环境和好友相陪，以及随之而来的觥筹交错、打情骂俏、靡靡歌声，这样他才心境愉悦，情绪高涨。每当他找到一个新的情人，用不了多久，她就会摸透他的心思，给他创造出弥漫着鲜花、香料和麝香等的温馨气氛，使他心荡神怡。就像他迷恋纯情的美一样，他还追求能增加他闪闪发光的社会声望的美。令人瞩目的地位和名闻遐迩的声誉也是他心驰神往的。他在知心好友面前总是津津乐道自己的艳遇和众多的情人，只有个别的情况例外，比如他和乌姆·玛丽娅的关系就必须严守秘密，不能声张。但他这种追求“社会影响”的外遇，并没有使他牺牲对于“美”的享受，因为在这个领域内，姿色和名声是并行不悖、形影不离的。姿色往往是开辟通向显赫地位和名声的神秘工具。他曾热恋过许多当代著名歌女，她们哪一个也没使他失望，都满足了他猎美爱艳的心理。这使他联想到亚辛的卑贱行为，他生气地在心中反复念叨：“跟乌姆·赫奈斐搞！跟努尔搞！真是畜生！”亚辛这种怪癖跟他毫无关系，他不用多想就知道其根源。他不会忘记亚辛是那个女人生的，是她把那种下流卑贱的天性传给了亚辛。亚辛旺盛的性欲遗传于他，但这种低级下流的做法则由他母亲负责。第二天早晨，他又认真地考虑如何妥善处理这个问题，本想把亚辛夫妇叫到跟前使他们俩冰释前嫌，并且分别找他俩教训一番。但转念一想，还是找个比早晨更宽裕的时间来处理为好，于是暂时把这件事搁了下来。

当法赫米问哥哥为何没到餐厅吃早饭时，亚辛只是简单地回答：“出了点小事情，以后跟你说。”法赫米本来不知道父亲为什么生哥哥的气，后来听说女仆努尔不见了，便猜出是怎么回事了。那天早上全家人都跟往常不同：亚辛一大早就离开了家，宰奈卜一直待在自己房间里没露面，男人们走出大门时个个不安地低着脑袋，不敢看英国兵一眼。母亲站在阳台的窗孔后面，祈求真主保佑他们免遭任何不幸。她不愿过问平台上发生的那件事情，便径直下楼去厨房了，她一直在等待着宰奈卜像往常一样仍下厨房帮她干活。她不认为儿媳这样大吵大闹是由于尊严受到了损害，而是觉得她在装腔作势地撒娇，心里很反感。她暗自说：“宰奈卜怎么能以为自己有任何女人都没有得到过的权利呢？”

毫无疑问，亚辛是错了，玷污了这个纯洁的家庭，可他只是对不起父亲和妻子，与她这个继母没有关系。比起这个年轻女人来，她不像天使一样幸运吗？……她在厨房等了好久仍不见儿媳下来，觉得自己不能袖手旁观，应该去安慰安慰宰奈卜，于是就上楼到儿媳房间前喊了一声，无人答应。她推门进去，房间里不见宰奈卜的人影。她喊着宰奈卜的名字，又从一个房间找到另一个房间，寻遍了整幢房子的每个角落，还是没有找到。最后，她拍着手说道："天哪，难道宰奈卜真的愿意离家出走了吗？"

# 五十九

艾米娜整个白天都心神不安，惟恐丈夫或儿子在来去的路上被英国兵拦住。法赫米第一个回到家里，她一见他，心里安定了几分。但是她发现儿子愁容满脸，便问道：

“你怎么啦，孩子?”

“我讨厌看见这些英国兵!”法赫米满肚子牢骚，大声说道。

“你可不能露出厌恶的神情，”母亲哀求地说道，“你如果心疼妈妈，就千万别那样做!”

即使母亲没哀求，他也不会那样做的。他没敢向英国兵挑战，哪怕是瞪他们一眼都不敢。他只是在他们允许通行的地方目不斜视地走着自己的路。他一路回家时，心里在嘲笑英国人，想道：倘若他们知道他刚刚参加过示威游行，曾像作战似的与英国兵拼搏过，或者是知道他今天早晨散发了数十张传单，鼓动人们起来同英国人进行斗争，他们会怎样对待他呢?他坐了下来，回想着这一天的所见所闻，考虑着一小部分已经办成的事情，和绝大部分今后想办的事情。就这样，他晚上考虑计划，白天按照自己的想法去做。无论是白天还是黑夜，他的心里都受着两种感情的激励：一种热爱自己民族的感情和另一种渴望战斗、消灭敌人的感情。他每天夜里都做着各种美梦，时间或长或短，梦醒后他却为美好的幻想不能实现而悲伤。这些梦接二连三，都来自于白天的战斗：他犹如刀枪不入的勇士，冲在队伍的最前面，夺取敌人武器，向敌人发动进攻，把英国鬼子打得落花流水；在歌剧院广场发表演说，英国人被迫宣布埃及独立；赛阿德·宰格鲁勒从流放地胜利归来；他和伟大的领袖见了面并聆听了领袖的教诲；玛丽娅出现在创埃及历史新纪元的现场。说实在的，这些日子里他心里千头万绪，玛丽娅的身影已经退居遥远的一角，就像月亮在暴风呼啸时隐藏在云层后面一样，但总不时浮现在他的梦幻中。这时，母亲在系头巾，突然不安地说：

"宰奈卜一气之下回娘家去了。"

啊，他几乎忘记了早晨哥哥和一家人的表现都异乎寻常的事，现在他可以肯定自己发现女仆努尔不见了的时候所作的猜疑。他不好意思地避开母亲的目光，生怕她看出自己心里的想法。尤其是他确信母亲已经知道事情的经过，并不排斥她已经意识到他也知道了事情的真相，或者至少已经猜出了这件事。他不知道该对母亲说些什么，尤其是他从来不习惯和母亲说言不由衷的话。在他看来，再没有什么比不对母亲讲老实话，而用花言巧语欺骗她更可恶的了。因此，他只能含糊其辞地说一句：

"愿真主改变这种情况……"

母亲没再说什么，仿佛宰奈卜回娘家只是鸡毛蒜皮的小事，她只是告诉他一声，他也只是随口祷告一句就足够了。法赫米几乎笑出声来，差一点暴露了他的心情，但他立即忍住了。他意识到母亲心里的感受与他一样，只因缺乏表演天资，不会装模作样，故而有点慌乱。母亲不会说谎，她那纯朴的天性有时迫使她说出真情。还好，母子俩窘迫的时间并不长，只过了几分钟，他们就看见亚辛朝他们走来。奇怪的是，亚辛的脸上是一副若无其事的样子，他即使不清楚事情又有了新的发展，对家里会有什么麻烦在等待着他也该有所考虑吧。法赫米对此倒不十分意外，因为他知道哥哥从不把他人感到棘手难办的事情放在心上。其实亚辛是怀着另外一种心情，他正自豪地感到自己经历了一次成功的冒险而忘记了他在家里所面临的麻烦。事情是这样的：他快走到家门口时，突然被一个英国兵拦住了，好像是从地底下钻出来似的，吓得他浑身颤抖，心想这下可大难临头了，至少他得在附近几家店铺的店主、顾客及路上行人的众目睽睽之下，受到一场难堪的凌辱。但是他毫不犹豫地对自己进行了自卫。他请求对方放他过去，并口气温和、友好地对那个英国兵说道：

“先生，劳驾你让我过去。”

谁知那个英国兵微笑着向他要火柴。真的，他对他满脸笑容。他一下被搞糊涂了，以致没弄明白英国兵说的话，直到让对方重复一遍才恍然大悟。他从来没有想到英国兵也会这样微笑。即使他认为英国兵会像普通人一样微笑，但也没有想到某个英国兵会对着他这样有礼貌地微笑。他喜出望外，竟一时不知所措，只是僵立在那儿，过了一会儿，他才集中思想为那个笑容可掬的“伟大”士兵提供这种举手之劳的服务。亚辛不吸烟，身边没有火柴，他跑到卖蚕豆的达尔维希哈吉那里买了一盒火柴，然后又跑到英国兵面前把火柴给他，士兵接过火柴，说了声：

“谢谢！”

亚辛还陶醉在英国兵那神秘的微笑中尚未清醒过来，又听到这么一声道谢，真好像喝够了威士忌又来了一杯啤酒那样过瘾。他沾沾自喜，眉开眼笑，胖脸的两颊绯红，仿佛这句“谢谢”是一枚授予他的勋章，能保证他在兵营前面安全地来来往往。那个兵刚一转身要走，他就由衷地表示友好说：

“祝你好运，先生!”

他高兴得如同喝醉了酒似的走回家中。今天他多么幸运啊！一个英国人——不是澳大利亚人或印度人——对他微笑，向他道谢！在他的想象中，英国人是人类完美的典型。也许他表面上也像所有的埃及人一样憎恨英国人，但他内心深处却尊敬和崇拜他们，甚至认为英国人是用与其他人种不同的泥土做成的。这个英国兵向他微笑还感谢他！他也尽己所能按英国的发音方法用那几句英语作了正确的回答，取得了辉煌的成功，应该得到感谢！他怎么能相信他们会做出人们指责的那些野蛮行为呢？可是，他们既然这样温文尔雅，为什么会把赛阿德・宰格鲁勒流放呢？……他的目光一落到继母和法赫米身上，激动的情绪转瞬即逝了，他们俩的神色使他马上回想起他那件暂时忘却的伤透脑筋的事情，意识到自己又一次要面对一大早就逃避开的那个问题。他用手指指楼上，问道：

“她怎么没有下来和你们在一起，还在怄气吗?”

艾米娜和法赫米交换了一个眼神，然后不安地咕哝道：

“她回娘家去了。”

亚辛惊讶和不安地扬起了眉毛，问道：

“你为什么让她走呢?”

“她是悄悄走的，谁也不知道。”艾米娜叹着气说道。

亚辛觉得应该说句什么话来维护自己在母亲和弟弟面前的面子，于是满不在乎地说：

“随她去哪儿!”

法赫米不愿再沉默了，免得哥哥以为他已经知道了这件秘密，并怀疑是母亲告诉他的。于是，他坦然地问哥哥：

“怎么会有这样的麻烦事呢?”

亚辛用审视的目光瞪了弟弟一眼，努努嘴，摇摇手，宛如在告诉他“没有什么麻烦事”。

“现在的女人真难和她们和睦相处啊！”说完，他转身望着母亲说，“过去那样的贤慧太太哪里还有啊？”

艾米娜低下头去，显得颇不好意思，实际上是在掩饰快按捺不住的微笑。她的脑海里将亚辛现在这种受委屈的正人君子的形象和昨晚在平台上被当场抓了个现形的形象联系起来，不禁感到好笑。亚辛心乱如麻，但表面上强作镇静，因为在母亲和弟弟面前不便显露出来。尽管他对夫妻生活感到极大失望，但是还从未想过要放弃它。他认为夫妻生活毕竟是一种安定的避风港，何况他已得知即将身为人父的喜讯，而这正是他满心欢喜的。他一直希望妻子守在家中，站在他背后，让他经历各种生活后回到她身边，就像旅行家年终时回到家乡一样。他心里十分清楚，妻子这一走必然在他和父亲之间，以及他和岳父之间产生新的纠纷，使他做的这一切丑事暴露在光天化日之下，弄得臭气熏天，人人掩鼻……这个狗女人！他本来已下定决心要引诱她承认她也有错，并且比他有过之而无不及。或许他对此很有把握，甚至可以肯定基本办得到。他发誓要让她赔礼道歉，由他采取各种手段教训教训她。但是她却一走了之，使他的计划彻底泡汤，把他推进了一条死胡同。这个狗女人！

突然，一声尖叫冲破了笼罩着整个住宅的宁静，打断了亚辛的思路。他转过头看看法赫米和母亲，发现他们也在不安地仔细倾听着。喊声接连不断，分明是一个女人在喊叫。他们面面相觑，好像在询问这个声音来自何方，是什么原因：是死人了，还是发生了斗殴，或者是呼救声？艾米娜立即祈求真主保佑，使全家人免除灾祸。法赫米说道：

“这喊声很近，也许就在咱家门口的路上。”

突然他皱紧眉头站起身，自言自语地说：

“莫非是英国兵在纠缠过路的女人?”

他赶紧奔向阳台，母亲和亚辛随后跟过去。但是喊声已经停止，无法判断声音来自什么方向。母子三人透过窗孔朝外望出去，只见一个女人反常地站在马路中间，被行人和店铺里的人们围着。他们一眼就认出了这个女人，异口同声地喊了起来：

“乌姆·赫奈斐!”

刚才是母亲打发乌姆·赫奈斐去学校接凯马勒的。一见这个情形，母亲不由得说：

“怎么没见凯马勒和她在一起呢？她为什么像个木头人似的站在那儿?凯马勒，真主啊，凯马勒在哪里?”接着她本能地激动起来说，“原来是她在叫喊，我现在才知道那是她的声音……凯马勒在哪里？你们替我想想办法呀……”

法赫米默默无言，亚辛也一声不吭，两个人都在观察着马路，特别注意看英国兵营，因为人们的目光，首先是乌姆·赫奈斐的目光在注视那里。兄弟俩不怀疑刚才是乌姆·赫奈斐在叫喊，因而引来了那么多人围观，于是他们凭直觉意识到，一定是有什么危险威胁着凯马勒，她才大声呼救的，而且让她恐惧的显然是英国兵。但是究竟发生了什么危险？觊马勒在哪里?这孩子到底出了什么事？……母亲仍不断地催促他们想办法，他们不知道如何安慰母亲，恐怕他们自己还需要人来安慰呢！凯马勒到底在哪里呢?英国兵有的坐着，有的站着，有的有目的地走动着，各人都在忙自己的事，好像什么事情也没有发生，也没有人围观。亚辛突然拍拍法赫米的肩膀，大声说道：

“你看见两宫间街那边的英国兵围成了一个圈吗？凯马勒就在圈子中间

站着呢！”

母亲忍不住大声喊叫起来：

“凯马勒被英国兵围起来了，天哪，那就是他，真主啊，快给我想想办法呀……”

四个高大的英国兵手挽手地围成圈站着。法赫米的眼睛曾往那里瞧了好几遍也没有发现凯马勒，这一次才从一个背对着他们站立的英国兵叉开的双腿中间看见了凯马勒的身影，他正站在圈子里面。他仿佛觉得他们会把弟弟当皮球似的踢来踢去，甚至会把弟弟踢死。此刻，他完全顾不上害怕了，转过身来语调急促地叫嚷道：

“不管会有什么后果，我一定要去他那儿！”

但是亚辛一把按住了法赫米的肩膀，坚决地说：“不能去！”接着，他脸带微笑，声音平静地对母亲说：

“别害怕！他们若是想对弟弟怎么样，早动手了……你看，凯马勒好像在跟他们说着什么呢，不是吗？你再看看，他手里拿着的那块红色的东西是什么？我敢打赌，那是一块巧克力！你放心吧，他们是在逗弟弟玩呢！”说到这里，他长叹一口气，“没出什么事，这场虚惊可把我们吓坏了！”

亚辛放心了，立刻想起自己刚才和英国兵的幸运相遇，英国兵中还是有人和蔼斯文的。为证实自己的说法，安抚母亲受到惊吓的心，他指指一直站在那里的乌姆·赫奈斐说道：

“你们看，乌姆·赫奈斐不再喊叫了，这说明她已看出不会出事情，没有必要叫喊了。围观的那些人也都放心地从她周围散开了。”

艾米娜声音颤抖，喃喃低语着：

“凯马勒回到我身边，我才能放下心啊。”

三个人的目光集中朝凯马勒望去。起初他的身影只是时隐时现，后来英国兵仿佛相信他不会再考虑逃跑了，便松开手放下了胳膊，收拢起叉开的腿，这时他们才完全看清楚凯马勒。从孩子的嘴唇张合和借助表达思想的手势上看去，他正笑着与英国兵进行交流，双方还能相互理解，说明英国兵多少会说几句阿拉伯语。但是他跟他们在说些什么，他们又跟他讲些什么，这可是谁也猜不出来。不过他们总算能够放心了，就连母亲也终于平静下来，不再叫喊和哀求了。她亲眼看着这种奇特的情景，既诧异又担忧，只能沉默不语。这时，亚辛笑了起来，说道：

“我们曾以为这些英国兵占领了我们的街区，会给我们带来无穷无尽的麻烦。显然，我们是过分悲观了。”

法赫米虽然对英国兵对待凯马勒的举动放下心来，但他对亚辛的看法不以为然，他目不转睛地望着弟弟说：

“他们对待成年男女或许就不会像对待孩子这样了，你也不要过分乐观。”

亚辛几乎很冲动地想谈谈自己经历的这次幸运的奇遇，但他很快控制住了舌头，以免激怒法赫米。接着，他缓和地讨好弟弟道：

“愿真主保佑我们摆脱他们的伤害。”

艾米娜急切地询问：

“他们为什么不做让人感谢的事，放了凯马勒呢?”

可是，凯马勒那边出现了新的情况，只见一个英国兵跑回附近的帐篷，片刻后搬来一把木椅子放在凯马勒的面前。孩子立即跳上椅子，笔挺地站着，双臂贴身下垂，宛如正在进行队列操练。他的红毡帽已经滑到了后脑勺上，露出了前额突出的大脑袋的前半部分，大概他自己还没有察觉。他怎么啦？他这么站着究竟要干什么？没容他们多想，就听到凯马勒放开嗓门嘹亮地唱了起来：

亲爱的，你是我的心肝，快点回故乡。

亲爱的，你是我的心肝，当局征走我的儿郎！

他用清脆的嗓音一节一节地唱着，周围的英国兵望着他咧着嘴高兴地笑，在和着拍子击掌。其中一个士兵似乎弄懂了歌词大意，感动得大声喊道："回故乡……回故乡！"听众如此兴奋，凯马勒大受鼓舞，便放开嗓子唱得更加圆转自如，唱完时赢得一片掌声和喝彩声。母亲和哥哥站在阳台的窗孔后面也一起叫好，心里充满着喜悦和同情。是的，他们三人不仅在凯马勒唱完后跟着叫好，而且在他唱的过程中都用心在随着他唱，既同情他的际遇，又为他担心。他们祈求真主赐他平安，让他歌唱成功，生怕他唱错或走调，仿佛他在代表全家人唱歌，或者说他们都在借他的喉咙歌唱，似乎他们一家人的尊严——不管是个人的还是集体的——都维系在歌唱的成功之上。艾米娜在这种心情下忘记了自己的恐慌。就连法赫米的心思一时间也全部集中在唱歌上，希望弟弟圆满成功。当凯马勒声情并茂地唱完这首歌时，他们才深深地舒了一口气。他们企盼凯马勒赶快回家，千万别再发生什么意外，让大家空欢喜一场。看来这"独唱会"快结束了，凯马勒已经从椅子上跳下来，同英国兵一一握手告别，又挥手向他们致意，然后朝家门口跑来。母亲和两个哥哥急忙从阳台上来到大厅里迎接他。凯马勒气喘吁吁地跑了进来，满脸通红，前额直冒汗。他的眼睛、面容以及全身都流露出心花怒放的神情。他那颗幼稚的心里充满了无比的幸福，他要千方百计把它倾吐出来，让家人与他共享。这幸福宛如奔腾咆哮的洪水，河床已容纳不下，它要泛滥到田野，淹没两岸的大片土地。这时，他只要稍微留点神，就能从大家的脸上看出自己的冒险行为给他们造成的心理影响。但是他只顾兴奋，看不到这些了。他大声地告诉大家：

“我有一条新闻，你们决不会相信，也不会想象到的……”

亚辛哈哈大笑，讥诮地问道：

“什么新闻呀？我亲爱的心肝！”

这句话就像黑暗中突然闪耀而出的光辉，使他的眼睛顿时雪亮，让他看清了他们脸上惊魂未定的神色，知道大家已经看到了他的冒险行为。他本想用不可思议的话语使家人大吃一惊，现在看来已经丧失这个机会了。他双手拍打着膝盖咯咯地笑起来，然后收住笑，问道：

“你们真的看到我了吗？”

这时乌姆·赫奈斐开了口，抱怨地说道：

“最好大家都看到了我那副狼狈相！我吓得连骨头都软了，你还高兴个什么？真主啊，怜悯怜悯我吧，可别再发生这样的事情了！”

女仆还没有脱掉身上的米拉叶，看起来如同一个鼓鼓囊囊装满木炭的麻袋包。她脸色苍白，显得疲惫不堪，眼睛里流露出一种无可奈何的神色。艾米娜问她：

“发生了什么事情？你为什么要大声喊叫？多亏真主仁慈，我们没看到什么可怕的事情。”

“太太，今天发生的事我这一辈子也忘不了，”女仆靠着门说道，“我们回来的路上，一个英国鬼子突然蹿到我们面前，指指少爷凯马勒要他跟他走。少爷一害怕，拔腿就往洋红巷跑，又被另一个鬼子拦住，他喊叫着拐向两宫间街……我害怕得心都快跳出来了，便用尽力气大声呼救，眼睛始终跟随着少爷，只见他躲开一个鬼子又碰到另一个鬼子，被他们包围起来……我真是吓得要死，只觉得两眼一黑，便什么也看不见了。人们朝我围过来，我还是不停地叫喊，听到理发师侯斯宁大伯对我说：‘这些狗养的杂种，真主会保佑孩子不受伤害的。万物非主，惟有真主，他们不敢把孩子怎么样的……’啊，太太，真是圣裔侯赛因显灵相助，使我们躲过了这场劫难!”

“我根本没有喊叫过!”凯马勒抗议道。

乌姆·赫奈斐用手拍着胸脯，说道：

“你的喊声刺穿了我的耳朵，把我都急疯了!”

凯马勒道歉似的低声说道：

“我原以为他们要害我呢，谁知有一个人冲我吹口哨，拍拍我的肩膀，然后给了我……”说到这里他按了按自己的口袋，“一块巧克力，我就不害怕了……”

艾米娜的愉快心情消失了，也许她的愉快本来就是虚假的，因而匆匆消失。事实上，她一刻也不能忘记凯马勒受到了惊吓，她必须好好祈求真主保佑儿子不要得惊吓后遗症。她向来认为，受惊吓的感觉不可能瞬息即逝。惊吓是种说不清道不明的变态感觉，群魔会乘机附身，就像蝙蝠喜欢黑暗一样。一个人，尤其是小孩，一旦受到惊吓，必定凶多吉少，后果堪忧。因此，她认为儿子必须得到更多的照应，要严加防范免遭不测，应该诵读《古兰经》，焚香或戴护身符。她忧心忡忡地说道：

“他们吓着你啦！这些该死的英国佬!”

“巧克力就是对防治惊吓有特效的护身符，”亚辛看出了母亲的心思，故意开了一句玩笑，然后问凯马勒，“你们是用阿拉伯语交谈的?”

凯马勒很欢迎这个问题，因为它又一次给他敞开了想象和冒险的大门，可以借助它来摆脱目前的烦恼。于是他又脸露喜色地回答道：

“他们说的阿拉伯语怪怪的，要是你能亲耳听到就好了!”

他立即模仿着他们的腔调说了几句，把大家都逗笑了，连母亲也露出了微笑。亚辛很羡慕小弟，又问道：

“他们跟你说了些什么？”

“说的话可多啦！他们问我叫什么名字？家住在哪里？你喜欢英国人吗？……”

“最后这个问题你是怎样回答的？”法赫米讥笑地问道。

凯马勒犹豫地注视着哥哥，亚辛抢先代他回答道：

“他当然会说喜欢他们啦，你想让他怎么说呢？”

然而凯马勒激动地补充道：

“但我也对他们说了，要他们把赛阿德·宰格鲁勒帕夏放回来！”

“真的吗？他们怎么回答呢？”法赫米不禁放声大笑，追问着。

哥哥的笑声使凯马勒恢复了愉快的心情，他说道：

“他们有个人揪住我的耳朵对我说：‘赛阿德帕夏，不行！’……”

亚辛又问道：

“他们还说了些什么？”

凯马勒天真地回答：

“他们问我……家里有没有姑娘？”

从凯马勒回到家后，母子三人还是第一次严肃地交换了眼色。法赫米关切地问道：

“你跟他们怎样说的？”

“我告诉他们，阿依莎姐姐和海迪洁姐姐都出嫁了，可是他们听不懂我的话，我便说家里只有‘尼奈’[①]，他们问我‘尼奈’是什么意思，我告诉了他们。”

---

① 埃及方言“妈妈”一词的音译。

法赫米瞥了亚辛哥哥一眼，似乎在跟他说："听见没有？我的估计没错吧！"接着他嘲讽地对亚辛说道：

"他们给他巧克力可不是白给的！"

"没什么可不放心的，"亚辛淡淡一笑，咕哝道。他不愿意让这片乌云使大家的心情忧郁起来，便问凯马勒，"他们怎么让你唱起歌了呢？"

"我们在谈话时，他们有一个人低声哼起了歌，我就对他们说让我来唱一首歌给你们听听！"凯马勒笑着回答。

"好一个勇敢的少年！"亚辛哈哈大笑地说道，"你被他们围在中间不感到害怕？"

"有什么可怕的，"凯马勒自豪地说，接着又赞叹起来，"他们长得真好看呀！我从未见过比他们更漂亮的人，蓝眼睛、黄头发、白皮肤……个个都像阿依莎姐姐那么好看！"

说完，他突然朝书房跑去，仰起头望着墙上同阿拔斯国王、穆斯塔法·卡米勒和穆罕默德·法里德肖像挂在一起的赛阿德·宰格鲁勒的肖像，然后又回到大厅，说道：

"他们比赛阿德·宰格鲁勒帕夏还要好看呢！"

"你可真是个叛徒！"法赫米遗憾地摇摇头，"一块巧克力就把你收买了……你已经不是一个不懂事的小孩子了，说出这种话是无法让人原谅的，你每天上学都学什么了？真没出息！"

乌姆·赫奈斐拿来了火盆、咖啡壶、杯子和装咖啡的盒子。母亲为传统的聚会开始煮咖啡，一切都恢复了正常。只有亚辛又想起了他那被气走的妻子。这时，凯马勒躲到一边，从口袋里摸出那块巧克力，剥去闪光的玫瑰色包装纸，显然，法赫米的责骂已经消失在空气中，此刻他的心中只有受宠爱的愉快感觉……

# 六十

亚辛和妻子之间的纠葛到了不可收拾的地步，这是谁也未曾料到的。宰奈卜回娘家的第二天，穆罕默德·阿夫特就出其不意地来到艾哈迈德的铺子里。艾哈迈德握手问候的手还未抽回去，阿夫特就开口说道：

“艾哈迈德先生，我来这里提个要求，可能的话，今天就该让宰奈卜离婚，而不要拖到明天！”

艾哈迈德听到这话顿时愣住了。确实，亚辛的行为已经伤透了岳父的心，但他没想到穆罕默德·阿夫特这样的好人竟然会为女儿提出离婚。他万没想到亚辛的这些“过失”竟然会闹成离婚，更不曾料到提出离婚要求的居然是女方。他想，这世道真是颠倒过来了。他不肯相信阿夫特提出这样的要求是出于真心，便用他一向能打动朋友心的和蔼可亲的口吻说道：

“真该让老朋友们都到场来见证一下，你竟然对我这样咄咄逼人！……你听我说，凭咱们的老交情，你也不该提到离婚一词啊……”

艾哈迈德观察着朋友的脸色，期待自己的话对他产生影响。但是他看见阿夫特皱着眉头、绷着脸，一副拿定主意不容商量的样子，于是他感到问题的严重和不妙。他请对方坐下，阿夫特坐下后脸色更阴沉了。艾哈迈德对亲家十分了解，知道他是个执拗和固执的人，一旦犯起脾气来，便会不顾友谊和交情，盛怒之下甚至会六亲不认。于是艾哈迈德说道：

“万物非主，惟有真主！你先别着急，咱们心平气和地谈谈……”

“我们的友谊牢不可破，可是现在只好先把它放在一边，”阿夫特浑身冒火，说话的口气也像在喷吐怒火似的，“你的儿子亚辛令人无法相处，这是我在了解了所有情况之后得出的结论。我那可怜的女儿真是受够了气！那么长时间她都强忍着痛苦不让我知道，直到出了这种让她气炸了肺的事情……你那宝贝儿子整夜在外面鬼混，天亮前才醉得跌跌撞撞回家，还要侮辱和欺凌我女儿！她那么长时间一直忍耐着，可忍耐的结果是什么呢？结果是在自己家里当场抓住他和黑人老妈子在胡搞！”说到这里，他往地上啐了一口唾沫，“连黑人老妈子都要，谁受得了？我女儿怎么受得了？凭天地万物之主起誓，我女儿来到这个世界上不是为了受这种气的！你比谁都清楚宰奈卜在我心中的地位，我绝对不能再让她过这种日子了！凭天地万物之主起誓，如果对这种事情我还不出面说话，我就不是穆罕默德·阿夫特了！”

一个老生常谈的故事，但牵出了一个新的情况，艾哈迈德感到震惊和打击，那就是亲家说亚辛“天亮前才醉得跌跌撞撞地回家”！难道他也去泡酒吧？从什么时候开始的？怎样泡上酒吧的？噢，现在他没有时间去考虑这件事和烦天恼地，先要把对方的情绪稳定下来。这时必须沉着冷静，控制住自己，控制好事态，绝不能火上浇油使事情恶化……于是，他用歉疚的语气说道：

“你生气我更生气。不幸的是，你说的这些，除了最近发生的这件事外，凭真主起誓，我是一无所知，甚至连想都没想过。关于前晚发生的事，我已经狠狠地教训了他，恐怕没有哪一个父亲会像我这样严厉教训儿子的，还要我怎么样呢？从他小时候起我就对他严加管教，但是这个世界上有许多魔鬼，总和我们的意愿作对，嘲笑我们的决心，破坏我们良好的愿望。”

穆罕默德·阿夫特竭力回避艾哈迈德的目光，低头看着账桌说道：

“我来不是为了责怪你，更不是要揭你的短处，你是一位别人不可企及的模范父亲。但是这改变不了令人痛心的事实，亚辛完全不是你所希望的那样。照他眼前的情况，他这个人不适合夫妻生活！”

“话可不能这么说，老兄！”艾哈迈德有点责备地说。

“无论如何他不配当我女儿的丈夫，”阿夫特的语气虽然缓和下来了，但依然固执己见，“他能找到可以接受他的妻子，但不是我的女儿。我的女儿受不了这个气，她是我的掌上明珠，这点你比谁都清楚！”

艾哈迈德把头凑到老友的耳边，好像在竭力掩藏自己的笑意似的说道：

“做丈夫的像亚辛这样并不少见吧？酗酒、胡搞、作乐的丈夫不知有多少！”

穆罕默德·阿夫特心里对这句类似开玩笑的话虽有同感，但觉得这时候说不合时宜，便皱着眉头冷漠地说道：

“你恐怕是在指我们这伙人，或者说指的就是我。不错，我是酗酒，作乐，搞女人，但是我……不，是我们大家，没有那么下流吧！他搞的是一个黑女仆，难道我女儿能和一个黑女仆共侍一个男人？不，不行，凭天地万物之主起誓，我女儿决不能再做他的妻子，他也不配当她的丈夫！”

艾哈迈德意识到，穆罕默德·阿夫特或许和他的女儿一个样，什么都可原谅，就是不能容忍亚辛不分主仆，与黑女仆搅在一起。他知道亲家公土耳其人的脾气像骡子一样执拗。接着，他又想起自己把打算向穆罕默德·阿夫特提出为亚辛向宰奈卜求婚一事的意思告诉好友易卜拉欣·法尔时，这位好友曾经说过：“她当然是个名门闺秀，穆罕默德·阿夫特又是我们的好朋友、老兄弟，他的女儿就是我们的女儿。不过你得好好考虑一下这个姑娘在她父亲心中的地位，你得想好，如果有一星半点触犯宰奈卜，穆罕默德·阿夫特决不会善罢甘休的！”话虽这样说，艾哈迈德却认为不能以别人的尺度来衡量他的情况。他一直引以自豪的是，尽管穆罕默德·阿夫特发起脾气来什么情面也不顾，但在他们两人交往这么漫长的岁月中，他从未向他发过脾气，连一次也没有！

“别着急嘛！我们尽管在枝节问题上出现分歧，但大的原则还是一致的，你不这样认为吗？黑女仆也好，歌女也好，不都是女人吗？”

穆罕默德·阿夫特气得脸红脖子粗，一拳头捶在账桌上，暴跳如雷地吼道：

“你这算什么话！仆人就是仆人，主人就是主人，怎么能一样？照你那么说，你干吗不找老妈子当姘妇？亚辛一点也不像他父亲！遗憾的是，我女儿已经怀孕了，我真讨厌自己将有一个血管里流着这种肮脏血液的外孙！”

最后这句话刺痛了艾哈迈德，使他心头火起，但他涵养工夫极深，能够把怒火压在心里。他对朋友和熟人的涵养工夫就像他在家人面前发脾气的本领一样。于是，他心平气和地说道：

“我看这件事咱们放一放，再说吧！”

“希望你立即答应我的要求！”穆罕默德·阿夫特恼火地说。

啊！艾哈迈德怒不可遏了。他并非把离婚看作是什么难以接受的解决办法，只是惋惜两人一辈子的交情，另一方面他还不甘心失败。他不是一个善于为人排忧解难、让夫妻破镜重圆、朋友和好如初、息事宁人的和事佬吗？他怎么能甘心失败、不为儿子着想接受离婚呢？他的涵养哪儿去了？他的能力哪儿去了？他的文雅哪儿去了？

“我跟你攀亲，就是为了加强我们之间的友谊，我怎么能同意让我们的友谊遭到损害呢？”

穆罕默德·阿夫特不以为然地回答道：

“我们之间的友谊是牢不可破的！我们又不是小孩子。但是我不允许损害我的尊严！”

“他们结婚还不到一年就分手，人们会说什么呢？”艾哈迈德心平气和地说。

“有头脑的人决不会说我女儿不对！”穆罕默德·阿夫特傲慢地回答。

啊，又是这样！但他还是很有涵养地咽下这口气。他对亲家盛气凌人显得颇为反感，但他对自己无力挽回局面更为恼火。因此，对方频频向他开火使他浑身不舒服，不过他最关心的是对自己的失败如何辩解。他开始宽慰自己：离婚的大权在我一个人手中，我同意就可离婚，我拒绝谁也没办法。穆罕默德·阿夫特对此一清二楚，所以他自恃两人间有深厚的友谊，才来提出这个要求，此外，他一无办法。只要我说个“不”字，他就无言以对，他的女儿不管愿意不愿意，都得回到亚辛身边。可是这么一来，老交情立即不复存在。如果我说个“行”字，离婚就成为事实，不但友情保持了，而且他还会称道我，今后再找个借口恢复中断的婚姻关系也就不难了。那么，离就离吧！离婚虽然是种失败，但只是暂时的失败，却能体现自己的宽宏大度和高贵品格，过一段时间或许能转败为胜。他刚打定主意要采取这种妥善的办法，心里感到有点坦然了，但又产生了责怪朋友做得太过分的想法。于是，他含蓄地说道：

“离婚一定要我同意才行，对吧？不过你既然这么坚决，我也不会不顾你的希望，这既是看在你的面子上，也是为了顾全我们之间的友谊，虽然你跟我提这种事实际上已经不顾友谊了……”

穆罕默德·阿夫特舒了一口气，这也许是为如愿以偿而高兴，也许是对朋友的责怪而不快，也许两样都有。接着，他第一次用平心静气的口吻坚决地说：

“我一再说我们之间的友谊是牢不可破的！你从未亏待过我，恰恰相反，你慷慨地满足了我的要求，尽管心里不乐意……”

“是呀，”艾哈迈德难受地重复着他的话，“尽管心里不乐意。”

穆罕默德·阿夫特从眼前消失后，他开始发火，憋在心中的怒火爆发出来，吞没了自己、穆罕默德·阿夫特和亚辛，尤其是亚辛，他暗自想：难道我们之间的友谊真能牢固不破，不受因离婚而产生的流言蜚语的影响？啊，为了不使生活遭受这种残酷的震动，他不惜任何代价。但是这怨谁呢？是怨这个具有土耳其人固执的老朋友，怨魔鬼，还是怨亚辛，对，就该怨亚辛而不是别人。

“你给我招来了麻烦，我们那么多年相处中的疙瘩加在一起，也没有你这次麻烦大！”回到家里，他愤怒和鄙夷地对亚辛说道。接着，他把穆罕默德·阿夫特的话回味了一遍，教训儿子道，“我对你真是大失所望，我只有依赖真主了。我培养你、教育你、关心你，花了那么多心血，到头来是什么结果呢？你成了酒鬼、流氓，竟然有老婆在身边还要去强奸低贱的女仆。除了真主，谁还能把你怎么样？我万万没有想到会生出你这么一个混账儿子来。不管是过去还是今后，一切由真主安排，我还能把你怎么样呢？你要是还未成年的话，我真想砸烂你的脑袋。可是时光会让你头破血流的，现在你就遭到了应有的报应！那个尊贵人家已经提出与你离婚，认为你一钱不值！”

他对亚辛或许还有一点同情，但在盛怒之下，所有的感情都变成了鄙视。亚辛的青春年华和英俊魁梧，在他的眼里全都不屑一顾，只认为他正如该死的穆罕默德·阿夫特所说的那样，是一个下流坯！这小子连一个女人都管不住，真是没用的东西！他轻薄无德，婚姻很快就破裂，使他这个做父亲的也脸上无光。这小子真是太没出息了！就让这小子贪杯、贪乐、贪色吧，只要对老子惟命是从也就罢了。可让女方提出离婚毕竟是奇耻大辱，经历这种失败这小子还怎么抬得起头！这也正如该死的穆罕默德·阿夫特所说的那样，亚辛一点也不像他父亲。我确实是为所欲为，但始终保持着艾哈迈德的尊严。我所感悟的为父之道，就是要把孩子们培养成正直与清白的典型。如果让他们像我一样放纵又保持尊严和体面，那实在太难了。真让人痛心哪，我在与海尼娅所生的儿子身上花费了那么多心血，全都付之东流了！

"爸爸，你答应了？"亚辛的声音像个临终的人发出的。

"嗯，答应了，"父亲粗声大气地回答道，"为了保持我们多年的老交情我只好同意，至少在眼前这是最合适的解决办法。"

亚辛的手掌神经质地一张一合，机械地动着。他脸上的血仿佛抽干了，变得苍白。他感到莫大的耻辱，只有母亲的行为让他有今天这样的感觉。他的岳父提出来离婚！换句话说，也就是宰奈卜提出离婚，至少是她同意离婚！他们俩到底谁是可休妻的男人，谁是女人？人扔掉鞋子不足为奇，哪有鞋子抛弃人的道理！父亲怎么能甘心忍受这种从未听说过的耻辱呢？他用怨恨的目光凝视着父亲，流露出他内心求救的哀鸣。他克制着自己，用不带任何反抗甚至异议的口气，似乎只是想提醒父亲也许还有更合适的办法，问道：

"难道就没有其他办法来纠正一个丈夫的过错吗？"

艾哈迈德理解儿子的心情，不免有点感动，因此不惜坦率地说几句心里话：

“我明白你的意思，我选择这样做，表明我们是高尚的人。穆罕默德·阿夫特天生有个顽固的土耳其人的脑袋，可他的心如黄金般纯洁，走到这一步并非没有挽回的余地，事情尚未定局。我不会忽视你的利益，尽管你实在不争气，让我难以说上好话。这件事你就交给我，按照我的想法办吧……”

按你的想法办！谁能反驳你的想法呢？要我结婚的是你，让我离婚的也是你；你可以让我活，也可以让我死！不光是对我，对海迪洁、阿依莎、法赫米都一样，都得听你的！不，凡事总有个限度，我已不是小孩子了，而是和你一样的大人，我的命运应由我来决定，休掉她，还是让她老老实实地回家来，全应由我作主！什么穆罕默德·阿夫特、宰奈卜，还有你们的交情，关我屁事！

“你怎么不说话呢？”父亲问道。

“我听你的安排，爸爸！”亚辛毫不迟疑地回答。

这是什么生活、什么家庭、什么父亲呀？他只知道呵斥、教训、告诫别人；好好地呵斥你自己、教训你自己、告诫你自己吧！难道你忘掉了祖贝黛？忘掉了嘉丽莱？你自己唱歌、喝酒，却让我们看伊斯兰教长的缠头巾和信士长官的宝剑[①]，我已经不是小孩子了，你还是管好你自己吧，我的事情由我自己处理！“你结婚吧。”“遵命，老爷！”“你离婚吧。”“遵命，老爷！”你这个该诅咒的父亲。

---

① 这里借用“伊斯兰教长的缠头巾”表示“道貌岸然”，借用“信士长官（中世纪阿拉伯帝国元首哈里发的称号）的宝剑”表示“独断专行，说一不二”。

# 六十一

侯赛因街区自从被英国兵占领后，这里的游行示威活动一定程度上减少了。艾哈迈德恢复了他那一度被迫中断的老习惯，星期五中午带着儿子们去侯赛因清真寺参加聚礼。这是他的老习惯，多年来始终如此。儿子们一到十岁左右他就带他们去参加聚礼，尽早在他们心灵中建立起信仰，借此求得自己、儿子们和一家人的吉祥。父子三人个个身高体壮、容光焕发，活像一头头骆驼。每星期五中午父子三人像一队骆驼似的去清真寺时，大概只有艾米娜一人心里不踏实，她站在阳台的窗孔后面目随着他们，生怕他们引人注目，招人嫉妒，便提心吊胆地祈求真主保佑他们免遭人们的毒眼。有一天，她忍不住向丈夫谈出了自己的担心。艾哈迈德听到妻子的提醒最初也有同感，但不久他就不再担心了，对妻子说道："我们去礼拜是履行宗教的义务，它带来的吉祥能使我们真正免遭任何灾难。"

法赫米从小就喜欢履行一切宗教功课，他总是满心喜悦地去参加主麻聚礼。这首先是出于他对宗教的真实情感，其次才是服从父亲的意愿。他熟知穆罕默德·阿卜杜胡[①]和他的弟子们的观点，从中得到不少启发，更坚

① 穆罕默德·阿卜杜胡（1845—1905），埃及著名的宗教改革家，近代复兴运动的奠基人之一。

定了他的信仰。因此，全家人中只有他对祈福禳祸的咒语、画符、护身符和圣人的神通持怀疑态度，只是他生性温和，不愿公开表示怀疑，更不愿表示轻视。父亲不时地把穆泰瓦里·阿卜杜·萨姆德谢赫给的护身符带给他，他表面上十分乐意地接受下来。

亚辛跟父亲去做聚礼，那是迫于无奈。假如能随他的心意，他决不会在哪一天让自己肥硕的身体挤进礼拜者的行列中。这倒不是因为他信仰不坚定，而是由于他天性漫不经心和懒惰怠懈。所以每逢星期五他从清晨起就不痛快，等到该去清真寺时他才怨恨地穿好衣服，然后像个俘虏似的跟在父亲身后。不过，每走近清真寺一步，他的怨恨就减少一分，进了清真寺后他就心情开朗地做起礼拜，祈求真主宽恕他，赦免他的罪过。但是他并不向真主表示忏悔，好像内心害怕真主接受他的忏悔后，他就得变成弃绝一切享受的苦行僧。他喜欢生活中的享受，认为没有这种享受生活就失去了意义。他心里一清二楚，忏悔是一种义务，不忏悔是决不会得到宽恕的，但他希望在“适当的”时候再进行忏悔，以便今世和来世都不受到损失。因此，尽管他懒散、怨恨，最终还得感谢家庭迫使他履行像主麻礼拜这样重要的宗教功课，以便到世界末日真主进行清算时，可以抵消他的部分恶行，减轻他的罪责，尤其是他除了参加主麻礼拜外，几乎从不履行其他功课。

凯马勒是最近才被父亲带去参加主麻礼拜的。他已经十周岁了，参加礼拜十分自豪和高兴。他隐约有一种感觉，主麻礼拜使他被承认是成人了，使他和法赫米、亚辛甚至父亲有相同的地位了。特别令他高兴的是，他可以放心地跟在父亲的身后，再不会被父亲赶回去。在清真寺内，他并排站在父亲身边，跟着同一位伊玛目[①]礼拜。不过他在主麻礼拜中却难以像每天在家里做日常礼拜那样专心。这是因为在人数众多的大场面中，他的举止有点慌乱，生怕一不留神出什么差错，会被父亲的某个感官所察觉。再说他爱侯赛因胜过爱自己，但置身在侯赛因清真寺内，他对侯赛因的感情竟妨碍了他作为礼拜者对真主应有的虔诚。

就这样，纳哈辛街上又一次出现了这父子几个的身影，他们快步朝法官公馆广场走去。父亲走在头里，亚辛、法赫米、凯马勒依次跟在他后面。他们在清真寺内各自席地而坐，和大家一道伸着脖子望着演讲台，安静地聆听着主麻呼图白。[②] 艾哈迈德在专心听着讲演，但心里却在不停地祈祷。他尤其为亚辛祷告，仿佛觉得大儿子时乖命蹇，应给予更多的同情和怜悯。他久久地为亚辛祈祷，祈求真主改善他的处境，纠正他的过错，弥补他失去的幸福。就在此时，讲演中历数的罪过使他不得不扪心自问，面对自己的行为。讲道者声若洪钟，铿锵有力，使人震撼，使他觉得伊玛目就是自己，他在揪着他的耳朵大声呐喊，甚至感到对方在直呼他的名字："艾哈迈德呀，你管好自己吧！不能再淫荡和酗酒了，快向真主忏悔吧！"他心中忐忑不安，十分烦恼，就像穆泰瓦里·阿卜杜·萨姆德谢赫那天与他争论清算[③]问题时的心情一样。他聆听主麻讲演时，常常出现这种情况，于是他不住地祈求真主宽恕和怜悯。但是他和大儿子亚辛一样，从不向真主忏悔，即使忏悔也只是口头上说说，并非出自内心。他嘴里说"真主啊，我忏

---

① 伊玛目，原义为"站在前列的人"、"首领"等。这里指穆斯林集体礼拜时，站在前面主持礼拜者，一般由清真寺教长主持。

② 呼图白，阿拉伯语"演讲"一词的音译，指伊斯兰教教长或阿訇在聚礼和宗教节日礼拜时对教徒讲道的讲词。

③ 伊斯兰教信奉真主将对人们进行最终审判和总清算，归信真主为一神并做善事者永居天园（天堂），不信者或作恶者堕入火狱（地狱）。"天园""火狱"是伊斯兰教的专用说法。

悔!”而心里仅仅是要求宽恕和怜悯。他的口和心仿佛是两件乐器，在同一个乐队里奏出两种不同的音调。他不想用另一种眼光来看待生活，也不想让生活以另一种面貌呈现在他面前。当他被不安和烦恼缠得不能自拔时，他就要采取祈祷和乞求宽恕的方式奋起自卫。他说道：“真主啊，你最了解我的心、我的信仰和我的爱。真主啊，你让我更加虔诚地履行你的命令，使我更有能力行善吧！真主啊，做一件好事可得十倍的报偿，我一定多做好事。真主啊，你是宽大仁慈的!”通过这样的祈祷，他的心才逐渐恢复平静。

亚辛却没有父亲这种随机应变的能力，他根本不认为有这种必要，从来没有一天考虑过这样的问题。他迷恋生活，渴望享受；他信仰真主，相信真主确实存在。他随波逐流，没有任何抵触和拒绝。讲道者的言词冲击着他的耳鼓，使他条件反射似的在心里暗暗祈求真主怜悯和宽恕。他心里很坦然，毫无危机感。他认为真主是最仁慈的，决不会将他这样的穆斯林判入火狱。他的罪过并未伤害过任何人，何况将来还可以忏悔！等到忏悔的“那一天”，以前所有的罪孽都会一笔勾销！

他偷偷地瞥了父亲一眼，咬住嘴唇，竭力抑制住与周围气氛极不和谐的笑意，心想：他真的是在专心听呼图白吗？他的脑袋里到底在想什么呢？他每次做主麻礼拜时都是在痛苦地反思，还是在装模作样？不，他什么也不是。父亲和我亚辛一样，相信真主的仁慈宽大。倘若万事真像演讲者描述的那么严重，父亲早就在两条道路中选择一条了。他又偷偷地瞧了父亲一眼，发现他像一位心慈面善的大好人，端坐在人们中间，凝视着演讲台，他对父亲油然而生挚爱和敬佩之情，原来的怨恨消失殆尽。在离婚那天，他对父亲怨恨到了极点，甚至牢骚满腹地对法赫米说：“你的父亲毁坏了我的家庭，使我成为人们耻笑的对象!”现在他已经忘记了那种怨恨，忘记了离婚、丑事和一切往事。再说，这个讲演者本身并不见得比父亲好，他可以认定这个人比父亲更加放荡。有一次，他在艾哈迈德·阿卜杜胡咖啡馆里听他的一位朋友谈起过这位讲演者，说："他的信仰只有两条：天上的真主和地上的孩子。他是个感情冲动的人，别看他在侯赛因清真寺道貌岸然、目不斜视的样子，可在格勒阿区却把男孩搞得哇哇乱叫！"尽管这样，亚辛并未鄙视这个伊玛目，反而对他抱着同自己父亲同样的看法，觉得他们都是隐藏在还没被敌人冲破的前线战壕里的士兵。

这时，领拜人高声召唤大家祷告，人们全都起立，一个挨一个地排好，站满了清真寺宽敞的大厅。清真寺变成了人的海洋，这使凯马勒想起那天在纳哈辛街区被卷入游行队伍中的情况。人们穿着套装、肥袖敞袍和阿拉伯大袍站成一条条长长的平行线。接着，所有人合成一个整体，向着一个朝向，做着统一的动作，低声反复念诵祈祷词，喃喃之声汇成的声潮在大厅各个角落里回荡，直到伊玛目高呼"萨拉姆"① ……这时，有秩序的行列散开了，人们恢复了自由，各奔东西。有的去拜谒侯赛因陵墓，有的直朝大门走去，有的等与熟人谈话或等拥挤的人群慢慢散去……人流分化组合，恰似惊涛骇浪扑向海岸，高涨，涌起，成团，然后宛如瀑布飞泻而下，分成许多细股水流，向各个方向流去。

凯马勒渴望的幸福时刻来到了，那就是拜谒圣裔侯赛因的陵墓，亲吻墓壁，诵念开端章，这既是为自己，也是受母亲之托代母亲进行拜谒。他跟着父亲，随一群人开始慢慢移动……谁知一个爱资哈尔大学的青年学生，突然从拥挤的人群中冒出来引人注目地粗暴地挡住他们的去路，然后伸开

---

① 阿拉伯语"平安"一词的音译，一译"色俩目"。集体礼拜结束时，领拜者高呼"萨拉姆"后，做礼拜的人即可散去。

双臂，让人们从旁边过去。他自己被人流挤得连连后退，但他用充满敌意的锐利目光盯着亚辛，并且铁板着脸，阴沉沉的脸上满是怒火。艾哈迈德惊愕不已，他瞅瞅大学生，又看看身旁的亚辛。亚辛更是感到莫名其妙，他询问似的瞧瞧大学生又望望父亲。人们注意到这种场面，纷纷投来诧异和好奇的目光。这时，艾哈迈德忍不住颇为不快地问那个人：

“兄弟，你为何这样瞧着我们？”

那个学生指着亚辛，用雷鸣般的声音喊叫道：

“奸细！”

父子几个一听此话，好像当胸挨了一枪，顿时感到天旋地转，目瞪口呆地僵立在那里。与此同时，人们都在惊恐和恼怒地重复着“奸细”这两个字，开始围拢上来，小心地把他们父子几个围在圈子里，周匝水泄不通。父亲首先清醒过来，他虽然不清楚这到底是怎么回事，但他意识到一味地沉默和畏缩是极端危险的，于是愤怒地朝那个学生嚷道：

“谢赫先生，你说什么话？谁是奸细？”

青年人并不理会他，而是再次指着亚辛大声喊道：

“当心点，诸位！这个家伙是卖国贼，是英国人的奸细，他混在你们中间探听消息，然后给他无恶不作的主子去送情报。”

艾哈迈德怒不可遏地朝青年人迈进一步，不由自主地大声叫嚷着：

“你在胡说八道！你不是个罪犯就是个疯子。他是我的儿子，既不是卖国贼，也不是奸细。我们都是爱国者，这一带的人都了解我们，就像我们了解自己一样。”

青年人轻蔑地耸耸双肩，演讲似的大声说道：

“他是个卑鄙的英国奸细，我亲眼看见他好几次在两宫间街与英国人亲密地交谈。我是有证据的，他敢否认吗？我可以同他当面对质！……打倒卖国贼！”

清真寺内各个角落里响起愤怒的声音，口号声此起彼伏，有人喊“打倒奸细！”有人喊“惩办卖国贼！”

站在他们父子身边最近的那些人的眼睛里凶光毕露，只要谁发出指示或带个头，他们准会扑上去抓住这个奸细，惟一使他们不敢贸然上前的是因为艾哈迈德紧贴着儿子激动地站着，仿佛要拼命保护儿子不受到伤害，宁愿代他承受一切威胁。凯马勒吓得呜呜直哭，泪流满面。亚辛站在父亲和法赫米之间，早已吓得魂不附体。他用几乎谁也听不见的颤抖的声音说：

“我不是奸细……不是奸细……真主作证……我说的是实话……”

但是人们的愤怒已经达到了极点，他们挨肩擦背，一层层地围得风雨不透，七嘴八舌地在威吓着“奸细”。这时，拥挤的人群中突然有人大声喊道：

“慢着，先生们！这位先生叫亚辛，是纳哈辛学校的文书……”

“管他什么纳哈辛学校还是哈达迪学校的，我们要严惩卖国贼！”人们的声音像狮吼一样。

这个人硬从人群中往里挤，虽然十分困难，但他毫不退缩，当终于挤到最前面时，他举起双手，大声喊道：“诸位听我说，请听我说……”等人们的声音稍微平静一些，他指着艾哈迈德说：

“这位是艾哈迈德·阿卜杜·嘉瓦德先生，纳哈辛街区的名人之一。他家里不可能有什么奸细。大家稍微安静一下，事情是会搞清楚的。”

“这不关什么艾哈迈德还是穆罕默德先生的事，”爱资哈尔的学生怒火冲天地喊道，“反正这个家伙是奸细，不管他父亲是什么人。你们被杀的儿子的坟墓都挤不下了，我亲眼看见他与屠杀你们儿子的刽子手在一起又说又笑！”

话音刚落，无数的声音高喊起来：

“用鞋底揍他！”

人群中一阵激烈的骚动，四周暴怒的人们挥舞着鞋子和靴子。亚辛顿时感到天塌地陷，完全绝望了，他的目光扫视四周，见到的都是怒气冲冲、深恶痛绝的面孔。艾哈迈德和法赫米本能地站到亚辛两边，仿佛要保护他不受伤害，或者是要替他分担灾难。其实，他俩也同样感到绝望和压抑，仿佛被人扼住了喉咙。凯马勒由呜咽变成号啕大哭，他的哭声几乎盖过了人群的怒吼。那个大学生首先发动攻击，他向亚辛猛扑过去，一把抓住他的衬衣领口往外拽，想把他从父亲和弟弟的庇护下拖出来，好让人们用鞋子准确地抽打他。但是亚辛用力地抓住那人的两只手腕，父亲也动手干预了。法赫米有生以来第一次见到父亲如此冲动，便也怒形于色，不顾面临的危险，伸手朝大学生的胸口狠命推了一把，使他朝后打了个趔趄。他警告地大声喝道：

“你胆敢上前一步，当心点！”

爱资哈尔大学生发疯似的大喊大叫：

“大家揍他们……”

就在此时，响起一个有力的声音，大声命令道：

“等一等，谢赫先生！大家都等一等！”

众人的目光朝喊声望去，只见一个年轻人随同三个年龄、衣着相仿的伙伴十分自信和果断地迈着坚定的步伐走过来，挤进包围圈，站在青年谢赫和被他指控为“奸细”的人中间。人们纷纷相互低声问道：“警察，是警察吗？”当爱资哈尔学生伸手与那四个人中领头的人热情握手时，大家才停止议论。领头的人语气果断地问大学生：

“奸细在哪儿？”

谢赫鄙视而憎恶地指指亚辛。领头的那个年轻人转过脸，用严峻的目光把亚辛上下打量了一番，刚要开口说话，法赫米上前一步，仿佛是有意让来人注意到自己。那个人一看见他，立即诧异地瞪大眼睛，不相信似的咕哝道：

“是你？”

法赫米的脸上泛出一丝苦笑，用不无自我解嘲的口吻说道：

“他指的奸细是我的哥哥！”

领头的年轻人回过头问爱资哈尔大学生：

“你能肯定自己说的话属实？”

“他说的话或许没错，”法赫米抢先回答，“他看见我哥哥与英国人说话，可他完全误会了。英国兵驻扎在我们家门口，我们进进出出都要碰到他们，有时不得不应酬几句，就是这么回事。”

大学生还想说什么，但领头的年轻人一摆手，示意他不要说了。接着，他把手放在法赫米的肩上，对众人说：

“这位年轻人是圣战者的朋友，我们在一个委员会里工作，我完全相信他的话。请大家让他们走吧。”

谁也没再说什么，爱资哈尔大学生毫不迟疑地走开了，人们也随即散去。领头的年轻人同法赫米握了握手，也和他的同伴们离开了。法赫米抚摩着凯马勒的头，弟弟停止了哭泣。父子几人沉默不语，各自在抚平心头的创伤。艾哈迈德看见几张熟人的脸，他们围拢过来安慰他，责备那个爱资哈尔学生冒冒失失所犯的大错误，让他原谅那些跟着瞎起哄的人们，并且强调说他们不遗余力地保护了他。艾哈迈德对他们表示感谢，尽管他并不知道这些人是什么时候来的，是否真的保护过他。艾哈迈德心中很不是滋味，一气之下改变了拜谒侯赛因陵墓的想法，闭着嘴、板着脸朝清真寺大门走去，儿子们心情沉重默默地跟在他的身后。

# 六十二

走到马路上，艾哈迈德的气才平顺下来。离开了参与及观看这一“事件”的人们，他的心里舒畅了些。这时，他对一切都感到厌恶，对它们都要诅咒。他一路上几乎什么也没看见，仅有两次和熟人打招呼，那也是勉强敷衍，这可是他从来没有过的。他的心思都集中在自己身上，想到当众受辱，不禁又怒火中烧：像个俘虏似的，丢尽颜面地站在一群卑劣小人中间，真不如立即死去！一个长满虱子、自命为爱国者的饿死鬼，竟然那么厚颜无耻地侮辱我，一点面子也不给，根本不顾我的年龄和地位，真是气死我了！如果对这样的侮辱不当一回事，那就不是我艾哈迈德了，而且还当着我几个儿子的面！……没什么大惊小怪的，你的儿子才是真正的祸根！这个畜生老惹是生非，让你麻烦不断，永远操不完的心。那么多丑闻都出在我的家里，使我和最好的朋友也有了裂痕。今年还闹起了离婚风波……他的事情到此为止了吗？没有！海尼娅的儿子呀，你就非得要去和英国人公开交谈，让我付出代价，受到这帮不三不四家伙的攻击。你把他们都领到你妈那儿去吧，让她的情人博物馆里再补上几个英国人和澳大利亚人吧。“看来我一辈子也摆脱不了你招惹的麻烦啦?”

他气恼地脱口而出说了这句话，把想教训亚辛的念头强压了下去。他虽然恼恨这个儿子，但对他的处境还是动了恻隐之心。他看到儿子脸色苍白、惶恐不安的样子，就不忍心再训斥他了。亚辛闯的祸已经够他应付的了，况且给他制造麻烦的还不仅仅是亚辛一个人，还有那位“英雄”呢！不过，让后者的事情搁一搁，先了结了公牛的问题再说。亚辛在家里是头公牛，在酒馆里是头公牛，在乌姆·赫奈斐和努尔面前更是头公牛，可真正遇到事时他却是个孬种，一点也没有用，完全是个窝囊废！这些狗崽子，真主会让他们断子绝孙，家破人亡的！啊，我的两条腿为什么要走回家呢？为什么我就不能远离这被毒化了的空气吃上一口安稳饭呢？艾米娜要是知道这件事，一定会哭天哭地的，没必要让她承受更多的烦恼和忧虑！那么，就找个朋友，好好地跟他说说我的遭遇，倾诉一下心中的烦闷吧。不行，我还有一件不能拖的麻烦事比这更重要。这个英雄他闯下的新的祸事，必须立即设法解决，不能拖到明天，否则一旦出事，我哭……哭……再哭也没有用了！到那时，你这个做父亲的，也该是受诅咒的了！

法赫米刚刚换好衣服，就被叫去见父亲。亚辛虽然神情沮丧、心灰意懒，还是禁不住咕哝了一句：

“这回轮到你啦！”

法赫米假装没听懂哥哥这句话的含义，问道：

“你是什么意思？”

“卖国贼的戏演完了，该轮到圣战者了！”亚辛总算恢复了一点精神，笑着说道。

法赫米多么希望朋友在清真寺里那种人声嘈杂、群情激愤的情况下为平息大家气愤情绪而说的那句话不被人注意，谁知偏偏没有被人忽略。这不，亚辛就提到这件事。毫无疑问，他父亲叫他肯定是谈这件事。他深深地叹了一口气，去父亲房间。父亲盘腿坐在沙发上，手里拨弄着一串念珠，双眼中露出思虑重重的神色。他彬彬有礼地向父亲问候了一声，然后恭顺地站在离沙发两米远的地方。父亲微微点了点头，与其说是回答他的问候，不如说是表示他不悦，似乎告诉儿子："你这么有礼貌完全是装出来的，我再也不会上你的当了！但总得礼尚往来，我尽管不愿意，也只好还礼了。"接着，他用怀疑的目光注视着儿子，好似探照灯在黑暗中搜索着隐藏的东西，果断地问道：

"我把你叫来，是想了解情况，我要知道所有的事情，你那个朋友说你是'参加圣战的朋友'，'在同一个委员会里工作'，你得把这一切立即给我讲清楚！"

近几周来，法赫米虽然已经习惯了应对各种风险，甚至经历了枪林弹雨的洗礼，但面对父亲的盘问，他的心里还是像参加革命前一样，觉得自己什么也不是，感到恐惧。他在紧张地思索着，要找出一个让父亲不生气、自己有退路的办法。他温顺有礼地回答道：

"这事情很简单，爸爸！我朋友可能是为了帮我们解围才说得那么煞有介事。"

父亲已经失去了耐心，说道：

"这事情很简单，好嘛，那它到底是什么事情呢？你必须给我讲清楚！"

在这一瞬间，法赫米的脑子里在思考着这件事的各个方面，以便找出一个既合情合理，又能让人相信的回答。随后他说：

"他所说的那个委员会，其实不过是几个朋友聚在一起议议国家大事。"

父亲怒不可遏地吼道：

"难道聊聊国家大事你就获得了圣战者的称号？"

父亲的语气表明他根本不相信儿子的话，仿佛他无法忍受儿子对他的玩弄。他脸上阴云密布，凶相毕露。法赫米为了保护自己，急忙承认一些比较有分量的事实，以便父亲相信他是惟命是从的。他像一个为了获得宽大处理而主动招供的罪犯，畏畏缩缩地说：

“我们有时候也散发一些激发爱国热情的呼吁书。”

“散发传单！你是说散发过传单？”父亲惶恐地追问。

但是法赫米赶紧摇头否认，他害怕承认“传单”这个词，因为当局公告中明文指出，凡散发传单者将被处以极刑。他想出了一个可以减轻自己交代将招来的危险，委婉地说：

“那只是一些鼓励人们热爱祖国的号召。”

父亲的手一松，念珠落在膝盖上，他掩饰不住自己的恐惧，拍着双手说道：

“你竟敢去散发传单！你……”

艾哈迈德极度的恐慌和愤怒，两眼神色黯然：他竟敢去散发传单！他是“圣战者的朋友”，“我们在一个委员会里工作”！难道他非要到卷进洪流才甘心？他一向喜欢法赫米文雅、懂道理、聪明，要不是他认为表扬对儿子不利，而严厉是管教的良策，他早就对法赫米赞不绝口了。像这么一个温顺的孩子怎么会去散发传单呢？怎么会去参加圣战？怎么会跟那个人在一个委员会里工作？艾哈迈德并不轻视圣战者，绝对不会，他一直在热情地关注圣战者的消息，每次祷告都要祈求真主保佑他们成功。听到各种有关罢工罢课、破坏通讯、阻断交通甚至流血战斗的消息，他对他们不但寄予希望，而且怀着崇高的敬意。但是，倘若他的哪个儿子参加了这种活动，那就得另当别论了。仿佛他的儿子应该站在时代潮流之外，他们的活动范围得由他来规定，而不能受到革命、时代和其他人的影响。

革命和革命活动只要远离他的家庭，无疑是功德无量的大好事，一旦涉及到他的家庭，威胁到他的安全和儿子们的生命时，革命的意义、色彩和滋味都完全变了，它就成了一种糊涂、疯狂、不孝和无耻的行为。让革命的烈火在外面熊熊燃烧吧！让他只用他的心来参加革命吧！让他力所能及地为革命捐献钱财吧！……他确实已经这样做了。但这个家庭是他一个人说了算的，没有谁能与他分权。家里有谁想参加革命，他首先要革他的命而不是革英国人的命。他白天晚上都在祈求真主怜悯九泉之下的烈士们，敬佩人们传说的烈士家属的坚强勇气；但是他决不允许自己的哪个儿子去抛头颅洒热血，也不愿意自己有烈士家属的那种勇气。法赫米怎么胆敢跨出这种发疯的步子呢？他怎么能让自己最心爱的儿子去冒这种明显的危险呢？……艾哈迈德感到从来没有像现在这样愁肠百结，即使在清真寺身临窘境时也没有这样过。他禁不住使用严酷、恫吓的口吻，如同英国巡警官似的问道：

"你不知道散发传单的人被抓住后会给予什么惩罚吗?"

气氛紧张，法赫米不得不拿出全副精力来对付这种局面。父亲的问题提醒他回想起不久前发生的震撼人心灵的往事：当他被推举为学生执行委员会委员时，主席曾向他提出过一系列问题，其中就有这个问题，连用词和意义都一个样。当时他激情满怀，坚决果敢地回答道："我愿为祖国献出一切!"现在又提出同样的问题，而情况却完全不同，他感到这真是一种讽刺，只好采用让父亲觉得不必过于紧张的口吻，温顺地回答道：

"我只是在几个要好的同学们中间散发一下，不散发给别人，所以一点也不危险，出不了事……"

父亲仿佛是在用盛怒来掩饰自己的担心，他粗声粗气地叫嚷着：

"对于自己要找死的人，真主是不会保佑他平安的。仁慈的真主命令我们不能自投于灭亡①!"

---

①"你们不要自投于灭亡。"见《古兰经》第二章第195节。

他真想找几个《古兰经》章节来引证自己的意思，可是他只能背诵礼拜时常念的几个短章节，又担心自己诵错字句，犯下不可饶恕的罪过，因此只是把这个意思重复地说一说也就罢了。不料法赫米却用有教养的口吻说道：

"但是真主也鼓励穆民们进行圣战呀，爸爸!"

话一出口，法赫米自己也觉得惊讶，他怎么会有胆量当面对父亲说这种话，把他原先遮遮掩掩的想法坦陈出来了！或许是有了《古兰经》做护身符，他才无所畏惧，相信父亲在这种情况下不会再指责他。对于儿子的勇气和理由父亲感到猝不及防，不过他想发火却没有发出来，因为发火虽然能使儿子沉默不语，却不能驳倒他提出的理由。于是，他暂时把儿子的放肆搁置一边，先批驳他的理由。驳斥的依据自然得从《古兰经》中去寻找。这样才能将误入歧途的儿子引向正道，然后才能按自己的心愿与他清算。这时真主使他豁然开朗，他说：

"那是指为真主而战!"

法赫米把父亲的话作为讨论和辩论的题目，他又一次鼓起勇气说道：

"我们的战斗正是为了真主，一切正义的战斗都是为了真主。"

艾哈迈德心里相信儿子的话是有道理的，但这随之使他产生了自己不如儿子的感觉，因而立即又升起了怒火。他发火并不单纯是因为儿子不知天高地厚，而是担心年轻人执迷不悟会葬送性命。他不再与儿子争论，责问道：

"你以为我是叫你来辩论的吗?"

法赫米意识到父亲这句话里的警告意味，梦想顿时破灭，不由得张口结舌地说不出话来。父亲气恼地说下去：

"为真主而进行的圣战，也就是说只有为了真主而进行的战斗，即为宗教而战斗。这是无可争辩的！现在我问你，你到底还听不听我的话？”

“我当然听你的话，爸爸！”法赫米赶紧回答。

“那么，立即断绝与革命的一切联系，就是只向你要好的朋友散发传单也不行！”

世界上没有任何力量能够阻碍法赫米履行爱国的义务！他决不会后退，哪怕是一步也不行。时代是一去不复返的。从他内心深处产生的生命的光和热，照亮了他的整个灵魂，它不能夭折，想让他亲手扼杀它，那无异于痴心妄想。这一切都是无庸置疑的事实。但是，他为什么不想一个办法让父亲满意，不让他发火呢？他不能冒犯父亲，也不能公开违抗他的命令。不错，他能够造英国人的反，几乎每天都冒着枪林弹雨同他们对着干。英国人是既可怕又可恨的敌人，而他的父亲则是既可怕又可亲的人。他与其说畏惧父亲，还不如说崇拜父亲，要他忤逆顶撞父亲是一件难以做到的事！此外，他还有一个不容忽视的感觉：造英国人的反是崇高的神圣行为，而反抗父亲则是可耻的恶劣行为，有什么必要这样做呢？他何不先一口答应下来，表示顺从，然后还是按照自己的意愿行事呢？反正在这个家庭里，说谎并不是什么见不得人的事。在父亲的淫威下，不借助谎话的保护，谁也不能太太平平。他们对这一点彼此心照不宣，而且在情况危急时还会同谋合作。母亲趁父亲外出时偷偷去侯赛因清真寺，当时她打算让丈夫知道自己的行为吗？亚辛在外酗酒，他自己仍爱着玛丽娅，凯马勒在哈纳·贾法尔大街上和赫兰富什胡同里调皮玩耍，不借助谎话的保护能行吗？说谎不是他们竭力避免发生的事情，倘若他们对父亲句句说实话，那他们就尝不到一点生活的乐趣。想到这里，法赫米平静地说道：

“我一定听从你的，爸爸！”

儿子说得这么干脆，父亲也不再言语，两个人心情都舒畅了。法赫米以为父亲的盘问到此结束，自己平安过关了。父亲则认为已经把儿子从深渊中拯救出来。就在法赫米等待父亲叫他离开时，父亲突然站起身走到衣柜前，打开柜门把手伸进去……法赫米睁大眼睛观察着父亲，不知父亲想做什么。过了一会儿，父亲捧着《古兰经》回到座位上，仔细看了儿子一眼，把经书递给他说：

“你凭《古兰经》对我起誓！”

法赫米不及细想，像躲避猝然朝他扑来的火舌似的本能地后退了几步。他慌乱、惊恐、绝望地凝视着父亲的面孔，僵立在那里。父亲拿着《古兰经》的手一直伸着，诧异和疑惑地望着儿子。接着，他的脸火烧似的通红，两眸里闪射出令人生畏的目光，仿佛不相信自己眼睛似的，诧异地问：

“怎么，你不想起誓？”

法赫米一动没动，目瞪口呆地说不出一句话。

“你刚才是在骗我？”父亲问话的声音是平静的，只是有些颤抖，这预示着一场怒火即将爆发，犹如闪电预示马上有雷鸣一样。

法赫米依然是老样子，他只是垂下眼睛，避开父亲的目光。父亲把《古兰经》放在沙发上，终于大声吼叫起来，那声音使法赫米觉得似乎有无数只巴掌落到了他的脸颊上。

“你敢骗我，狗崽子！我不允许别人戏弄我！你把我当做什么人啦？又把你自己当做什么人？你这个罪恶的毒虫！你这个狗娘养的，竟敢装模作样地愚弄我这么久！我决不会婆婆妈妈地下不了手，你听见没有？到什么时候我也不会婆婆妈妈的！你们这些狗崽子，都在哄骗我，让我成为人们的笑柄！我要亲自把你交给警察，你听明白没有？狗崽子，我要亲自动手，我说到做到，我，我……”说着，他又拿起《古兰经》，“你给我起誓……我命令你起誓！”

法赫米吓得魂飞魄散，两眼盯着波斯地毯上的图案却什么也没看见。这些图案他不知看过多少遍，早已印在他的脑海里，现在却变得杂乱无章，一片模糊。时间在一秒一秒地过去，他越来越开不了口，更加绝望了。除了这样绝望地消极抵抗外，他实在没有其他办法。这时，父亲拿着《古兰经》站起来向他走近一步，咆哮道：

“你以为你已经长大了？你以为你可以自作主张了？如果我想揍你的话，照样能让你脑袋开花！”

听到这话，法赫米情不自禁地流泪了。这倒不是他害怕父亲的威吓，他已横下一条心，不管受到什么伤害都无所谓；他只是想缓解一下父亲的压力，松弛一下内心的斗争。接着，他紧闭双唇，忍住泪水，并对自己刚才的懦弱感到羞愧。不过他终于能够说出话来了，这一方面是因为他情绪非常激动，另一方面是要掩饰自己的羞愧。于是，他连连哀求父亲说：

“宽恕我吧，爸爸！我对你是惟命是从的，但是现在我办不到。我们在齐心协力地工作，不用说我不愿意，就是你也不会愿意我打退堂鼓，成为逃兵的。如果我背离了大家，那活着还有什么意思？再说我们所做的事情什么危险也没有，不像别人搞示威游行那样重大的工作。已经有很多人为国捐躯了，在为那几十位烈士送葬时，人们喊的都是爱国的口号，连烈士的家属也高呼口号，却没有一个人哭泣。我并不比烈士们高贵，我的生命算得了什么？任何一个人的生命算得了什么？爸爸，别生气，请你想一想我说的这番话吧！我再向你说一遍，我们做的工作微不足道，绝对是安全的，没有什么危险！”

他激动不已，再也无法站在父亲面前了，便转身从房间里跑了出去。他一出门差点撞在亚辛和凯马勒身上，他们俩正站在门外偷听，脸上露出惊恐的神色。

# 六十三

亚辛朝艾哈迈德·阿卜杜胡咖啡馆走去。在半路上，法官公馆广场那里遇到了他母亲的一位亲戚，那人心事重重地朝他走来，边与他握手边说道：

“我正要去你家找你……”

亚辛猜想一定是母亲那些令人烦恼的事，心中顿时感到不快，便冷漠地问：

“如蒙主愿，她没事吧？”

那人满脸愁容地说：

“你母亲病了，实在病得很重，已经一个多月了，可我在这个星期才听说。人们起初以为她只是心里不痛快，都没有过问，后来病情越来越重，经医生检查，才确诊为重症疟疾。”

听到这个意外的消息，亚辛大吃一惊。他原以为对方要谈的又是离婚、结婚、争吵以及诸如此类的事，压根儿没想到母亲病了。他百感交集，说不清心里是什么滋味，急忙问道：

“她现在的病情如何？”

“很危险！虽然一直在治疗，但未见有好转。确切地说，病情越来越严重。她让我来找你，要我如实地告诉你，她感到自己活不长了，盼望你能立即去看看她！”那人毫不隐讳地说道，这话的意思亚辛一听就明白。接着，他又特意交待几句，“你不能犹豫了，应当立即去看她！这是我的忠告和希望，真主是宽大仁慈的。”

这个人的话或许有些夸大其词，意在催促他快去看望母亲，但决不会无中生有。那么就去看看吧，即使仅仅出于尽义务也该去一趟啊！就这样，亚辛重新穿过位于金库街和蝙蝠胡同之间的去嘉马利亚街的路口。右边是梯赫胡同，那里有个卖干果的女人给他留下了令人寒战的阴暗回忆。再前面就是那条令人痛心的马路，快要见到那家水果店了，他低下目光，像漏网的小偷那样悄悄地溜了过去。一想到自己曾决心不再来这个地方，不免感到痛苦。除了死神，没有任何力量能让他回到她身边！死？她真的走到了生命的终点？我的心为什么这样怦怦乱跳，是由于痛苦还是因为悲伤？我不知道，我只感到害怕。如果她离开了人世，我就永远不会再到这个地方来了！一切往事都会被遗忘的，留下的遗产会转到我的名下，但我总是有点害怕……这些卑鄙的想法让我喘不过气来，真主啊，保佑我们吧！

即使我能过上无牵无挂的富裕生活，我的心也摆脱不了痛苦，直到她临终前我才捧出一颗做儿子的心与她告别。母子总是母子，不是吗？我不过是受了点折磨，但我不是禽兽，也不是石头。然而死神倒是陌生的，我从没遇到过它，我希望事情不要以它来结束。我们大家都要死的，这难道不是千真万确的吗？我不应该害怕。这几天里，从达瓦维恩街、各个学校，甚至爱资哈尔大学，日夜不断地传来死亡的消息。在阿西尤特[①]，每天也有人牺牲。连可怜的卖牛奶的富里，昨天也失去了儿子。这些烈士的家属又

---

① 埃及中部尼罗河边的一个中等城市，是南北交通的枢纽。

该怎么办呢？难道他们哭一辈子？他们哭上一阵也就逐渐淡忘了。这就是死神，呸！……虽然我现在是无法逃避死神的烦扰了。我身后的家里有个顽固的法赫米，前面这里有垂死的母亲，生活真是叫人烦透了！如果这是个诡计，我看见她安然无恙，那该怎么办呢？她将会付出高昂代价的，肯定得让她付出代价。我不是任人摆布的玩具或供人戏耍的笑料。她只有在弥留之际才能见到儿子！唉，她会给我留下什么财产呢？当我走进她的家时，会不会碰见那个男人？我真不知道怎样跟他见面。我们的目光相遇的瞬间是多么可怕呀！他这个该死的家伙。我是装作不知道他是谁呢还是把他赶出去作为对付他的办法。我会采取他意想不到的各种粗暴手段对付他的。但我们总得在一起参加葬礼吧，这真是滑稽可笑的事情。你想想看，跟在灵床后面送葬的一个是她最早的丈夫，一个是她最后的丈夫，他们中间是一个流泪的儿子，那个时候，我一定会淌眼泪的，不是这样吗？我怎么费力也没法把他从出殡的行列中赶走的，那么直到最后一刻我还要忍受耻辱，然后把她埋葬。是啊，把她埋了一切就结束了。可是我总感到恐惧、痛苦和难过。祈求真主及其天使保佑，这就是那家罪恶的水果店，就是那个家伙！他一定认不出我了，决不会认识我了。我们一辈子都在演戏，“大叔，我妈妈叫你……”

女仆给他开了门，还是一年前给他开门的不认识他的那个女仆。她好像纳闷地望了他一望，然后立刻眼睛一亮，似乎恍然大悟：“哦，你呀，她正在等着呢！”接着她给他让开路，指指门里右边的房间说道：

“请进屋吧，少爷！那里没别人。”

最后这句话尤其引起他的注意，仿佛对他的顾虑作了恰到好处的回答。他意识到母亲已经为他的到来作好了安排，便朝房间走去，到了门口，先咳嗽一声，才推门进去。母亲躺在左边的一张床上，正抬起眼睛望着他。

她的眼睛已失去了往日的光泽，呆滞无神地望着他，好像从很远的地方在看他。尽管她的目光微弱，似乎行将熄灭，对事物已没有什么反应，但她紧盯着他的脸庞，说明她已经认出了他。她的唇边泛出淡淡的微笑，表现出满足、喜悦和感激。她身上的毯子一直盖到下颌，仅露出脸。脸上的变化比双眼的变化大得多：丰满的面颊干瘪了，圆脸庞变成了长脸，红润的面容变得苍白没有血色，松弛的皮肤下腭骨和颧骨高高突出，完全是一副令人心酸的垂死相。他茫然失措地站在那里，简直不相信竟有这么一种力量，敢于玩弄如此残酷的把戏。他的心惊恐不安地抽紧了，犹如看到了死神的到来。他失去了一个成年男子的自持力，仿佛又成了当初那个没有父亲的孩子。接着，一种不可抗拒的情感把他推到床边，他俯下身去，用难过的口吻喃喃地说道：

“你怎么样？不要紧吧？”

他胸中充满了真挚的怜悯，一股热流涌上心头，把多年来的痛苦化解得无影无踪，就像患了瘫痪等绝症者，面临突如其来的袭击，症状顷刻间消失一样。他仿佛又见到了童年时代的母亲，他爱她，爱那个还没有让他的心里埋上痛苦的母亲、他注视着母亲那枯瘦的面容，心中重新涌起若干年前他尚未产生痛苦时对母亲的那种挚爱之情。他紧紧抓住这种感情，就像一个生命快到终点的病人紧紧抓住回光返照时的清醒一样。他用一个估量到有许多对抗力量正威胁着自己的那种人应有的狠劲，紧紧抓住这稍纵即逝的感情，这说明痛苦一直在他心底熊熊燃烧，使他预感到自己一旦抓得不紧，就会被忧伤钻进空子，使他纯粹的感情中掺杂其他感情，从而破坏了他的情绪。女人从毯子里伸出一只瘦骨嶙峋、青筋毕露、黑中带青、形似千年古墓里木乃伊的手。他激动地捧住母亲的手，听到她有气无力地用嘶哑的声音回答道：

“你看，我已不像人样了。”

“祈求真主怜悯，你会好起来的!”亚辛咕哝道。

母亲包着白纱巾的脑袋祷告似的动了一下，似乎说：“愿真主应允你的祈求!”她用手示意儿子坐下，他便在床沿坐了下来。儿子的到来使她有了新的力量，话多了起来：

“起初，我只是一阵莫名其妙的颤抖，以为是神经上的小毛病。人们劝我去朝拜天房烧烧香，于是我就去拜谒了侯赛因清真寺和圣女清真寺①，烧了各种各样的印度香、苏丹香和阿拉伯香，可病情却越来越重。有时我不停地颤抖，觉得都快见真主了；有时我全身冰冷冰冷的，有时又像着了火似的发烧，烧得我尽说胡话，后来他……”说到这里，她发觉自己说漏了嘴，赶紧改口，“后来请了医生来看，可是也不见起色，恐怕我这次是没有希望了……”

亚辛温柔地攥紧母亲的手说：

“不要对真主的怜悯感到失望，真主的慈悲是无边的……”

她那没有血色的嘴角上泛出一丝软弱无力的微笑，说道：

“听到你这句话我就满足了。尤其使我高兴的是你说了这句话，你与所有的人都不同。你对于我来说，比世界上任何东西都宝贵。你说得对，真主的慈悲是无边的，只怨我的命运不济。我不隐讳自己犯过许多错误和过失，只有真主是没有过失的……”

母亲的话中有种认错的味道，他听了颇为不安，胸口发闷，真想一下子逃开去，耳边不想听到那些令他难以忍受的往事，即使是用悔恨和赎罪

---

① 开罗市内的有名清真寺之一，寺内有一陵墓，传说埋葬着先知穆罕默德的外孙女宰奈卜（682年卒），因而被称为圣女宰奈卜清真寺，简称圣女清真寺。

的口吻。他的神经紧张起来，几乎想换一个话题，他恳求母亲道：

“你别说那么多了让自己累着。”

她微笑着抬起眼睛望着儿子，说道：

“你这一来，我又有了精神，让我跟你说说吧，我这一辈子没有亏待过别人，我只想和其他人一样追求心情舒畅，然而命运老是作难我。我没有亏负过任何人，可是许多人都欺侮我。”

亚辛觉得自己希望平平静静度过这个时刻已经不可能了，他那纯洁的感情正面临着遭到破坏。于是，他用刚才的口吻恳求道：

“别人好坏不去管它，现在你的身体比什么都重要！”

母亲温柔地抚摩着他的手，好像在求他给予她同样的温存。接着，她低声说：

“我失去了好多东西，没有对真主尽到应尽的义务。我真想多活几年，让我补上失去的东西。不过我的心一直是充满信仰的，真主可以作证。”

“一切在于心诚，”亚辛既像是为母亲，又像是为自己辩护似的，说道，“对真主来说，心诚比把斋和礼拜都重要。”

母亲感激地抓紧儿子的手，然后改变话题，表示欢迎地说道：

“你终于回到了我的身边！我一直没敢让人去叫你，直到我病成现在这副样子，感到自己快告别人世了，不能不见你一面就断气，才打发人去叫你。我并不怕死，就怕你不肯来！可是你毕竟心疼母亲，还是来同母亲见上最后一面。感谢你，我为你祈祷，祈求真主接受我的祈祷。”

亚辛非常激动，一时竟不知道怎样表达自己的感情。他想对母亲说几句充满感情的话，但又说不出口，好像不好意思或不习惯似的，因为他一向对她冷酷无情，早已唾弃了她。但是他发现手可以表达自己的柔情，便使劲按住母亲的手掌，咕哝道：

“真主会保佑你平安的。”

她反复向儿子表示感谢和为他祈祷，一会儿重复刚才说的那两句话，一会儿换上另一种说法，但不离原来的意思。她时断时续地说着，有时显得十分吃力地咽口唾沫，有时沉默片刻喘口气。亚辛见状多次希望她别说话了，但她对他只是微微一笑，又继续说下去。后来，她想起一件重要的事情，才停了下来，脸上突然显出心事重重的神色。她问道：

“你结婚了？”

亚辛有点烦恼地扬起双眉，涨红了脸。可是母亲误解了他的这种表情，赶紧抱歉似的说道：

“请别见怪！我只是很想见见你的妻子和孩子，真的，但是只要你幸福，我就心满意足了。”

“我现在没有妻子，离婚快一个月了。”亚辛忍不住脱口而出。

她的双眸里第一次闪出关切的目光，倘若她的眼睛中还可以射出光芒的话，这时一定会闪闪发亮。可是，这双眼睛里现在只能射出一种在浓密幕布后透出来的暗淡的白光。她喃喃地说道：

“孩子，你离婚了？这让我多难过呀！”

“别难过！连我自己都不难过，也没有什么可遗憾的，”亚辛连忙说道，接着微微一笑，“是她自找苦吃，走啦。”

母亲用同样的口吻问道：

“谁给你找的这个女人，是你父亲还是你继母？”

“真主选择的，一切都是命中注定！”他的语气表明他不想谈这个话题。

“这我知道，可是到底是谁给你找的这个女人？是不是你那个继母给找的？”

“不是，是爸爸找的。他挑选得并没有什么不好，一个好人家的闺女。

不过，我已经说过了，我们没有缘分!”

“什么缘分不缘分的，还不是你爸爸看中谁就是谁!”她冷冷地说。停顿片刻后，她又问道：“怀孕了吗?”

“怀孕了。”

她叹了一口气，说道：

“真主是不会让你爸爸过好日子的!”

他故意不接母亲的话茬，自己身上长了脓疱不敢碰它，只好故意沉默，希望她也能别说了。两人都沉默下来，她闭上眼睛，好像疲惫了。但只过了一会儿，她又睁开眼睛，朝儿子笑了笑，用没有一丝激动的口吻，温和地问道：

“你能把过去的事情忘掉吗?”

他颤抖了一下，心中产生一种不可抗拒的愿望，决心避而不谈这个问题。他低下目光，恳求地说道：

“别提那些事了，让它永远过去吧。”

或许他的心并未意识到自己说了些什么，但他的嘴巴却道出了应该说的话。或者说他的话真实地反映了他此刻的心情，因为在这一瞬间，他的整个身心都沉浸在周围的气氛之中，或许真的就该“让它永远过去吧”。这句话在他的耳朵里和心中产生了一种奇特的反应，使他忐忑不安，但他不肯仔细考虑它。他要逃避开这个问题，抓紧他一开始就决心牢牢不放的那种真挚的感情。这时，母亲又问：

“你还能像过去幸福的日子里那样爱妈妈吗?”

亚辛轻轻地抚摩着母亲的手，回答道：

“我爱妈妈，我祝愿妈妈平安!”

当他发现母亲憔悴的脸上露出安详和喜悦的神色时，自己心里的不安和痛苦得到了宽慰。接着，他感到母亲紧紧攥住他的手，犹如在向他倾诉内心的感激之情。母子俩久久地互相凝视着，目光是那么平静，带着微笑，充满幻想，使房间里充满了安谧、亲善和忧伤的气氛。母亲显得不想说话了，或许她已疲惫不堪，没有力气再说话。只见她的眼皮渐渐下垂，终于闭上了眼睛。他询问似的望着她，一动也没动。过了一会儿，她的嘴唇微微张开，断断续续地发出轻微的鼾声。他坐直身子细看着母亲的脸，随后闭上眼睛，回忆着一年前最后一次见到她时的容貌，心头不由得收紧了，一路上紧追着他的那种恐惧感又朝他袭来。天哪，他还能再见到她原先的那副容貌吗？倘若她能恢复那种容貌，他会以怎样的心情来见她呢？他不清楚，也不愿去想象这种不着边际的事。他不想绞尽脑汁，他希望在事后追思而不是事前考虑。他又陷于恐惧不安之中，真是奇怪！他在听她谈话时，一直存在想逃避的愿望，总以为她睡着了就万事大吉，但她刚入睡，他独自待着，心头又涌上了恐惧的感觉。他恐惧，莫名其妙恐惧。他真希望她立即醒过来继续和他说话！可他要等到什么时候呢？让她睡到明天早晨吧！他决不会让自己长久地成为恐惧和不安的猎物的，他所忍受的痛苦总得有个极限。明天，最多后天，就可知道是祝贺她康复还是哀悼她死亡了。他心里到底是希望她康复还是死亡呢？不必为这个问题费尽心思，管她是死是活，都用不着事先考虑。他最多只能说：如果命中注定我们现在就像一对朋友那样永别，那么，糟糕的生活也算有个圆满的结局了。如果真主再让她活下去……

他出神地想着，目光忽然落在对面柜门穿衣镜上。镜子映出了整张床，只见母亲盖着毯子，上半身几乎完全被他的身影挡住，只有一只手还在外面，那是她刚才伸出来对他表示欢迎的。他轻轻地拿起这只手，把它放进毯子里，然后小心翼翼地给她掖好脖子周围的毯子，又看了看穿衣镜，刚才的想法又浮上心头！明天，也许这张穿衣镜映出的是一张空床！她的生命，也可以说任何人的生命，都不会比镜中的幻影更长久！不是这样吗？他越想越害怕，在心里嘀咕道："不能再没完没了地痛苦下去，我该走了。"他的目光刚离开镜子，就发现桌上放着一具水烟筒，长长的烟管绕在烟筒上，活像一条蛇。他一看到它，心中立即感到诧异和不快，很快，诧异和不快被厌恶和愤怒所代替。喔，就是那个男人！这水烟筒无疑是他的！他想象着那个男人盘腿坐在床和桌子中间的沙发上，拿着烟管，悠然自得地吸足一口烟慢慢吐出来，母亲在一旁为他扇着炭火……啊，这个男人现在在哪里？是躲在家里的什么地方，还是在外面？会不会躲在他看不见的地方窥视着他？他再也不能守着这具水烟筒待下去了。他回头望望母亲的脸，发现她仍熟睡着，于是就轻手轻脚地站起身朝门口走去，在外面过道里遇见了女仆，便告诉她：

"太太睡着了，我明天早上再来看她。"

走出住宅大门时，他又回过头来对女仆说：

"明天早上我再来。"

他好像是在提醒那个男人注意他再来的时间，以便让他避开。出门后，他直奔科斯塔基酒吧，像往常一样喝起酒来。但他喝得没有滋味，因为心头的恐惧和不安久久挥之不去，使他疲惫不堪。尽管他的脑海里做着心安理得地继承财产的美梦，但怎么也抹不去母亲的病容和死神的阴影。当他半夜时分回到家里时，发现继母正在楼下等他，他吃惊地望望她，忐忑不安地问道：

"我母亲怎么啦？"

艾米娜低下头，轻声说道：

"一个小时前思慕宫那边有人来报信，说你母亲过世了。孩子，你要节哀啊！"

# 六十四

凯马勒和英国士兵们越混越熟，已经交上了朋友。家里人拿亚辛在侯赛因清真寺受围攻一事来说服他断绝与英国兵的交往，可是凯马勒回答说他年纪小，不会被人指责为奸细的。为避免家里人不让他去英国兵那儿，他每天放学回来让乌姆·赫奈斐把书包带回家，自己径直去英国兵营玩。看来不动用父亲的威力管束他实在没有办法了。但是一家人认为没这种必要，尤其是看到他在兵营里玩得很快活，受到欢迎和款待，因此，就连法赫米也睁一只眼闭一只眼，有时甚至还观看他在士兵中间的活动，说他“像一只猴子在野兽出没的森林里玩耍”。

“你们跟老爷说一说吧。”乌姆·赫奈斐这么建议。她抱怨说，正是由于这种该诅咒的友谊，那些英国兵对她很放肆，有的甚至模仿她走路的样子，恶劣到“真该砍掉他们的头”。但是谁也没有理睬她的提议，这不仅是因为怜悯孩子，而且也是为他们自己着想，生怕父亲追究起来，就会知道他们把这种情况隐瞒了很长时间，也会怪罪他们的。或许他们还抱有一种希望：孩子和英国兵搞好关系后，他们出入家门时和过往的路上可以避免遭受戏弄和伤害！

对凯马勒来说，到兵营玩耍是他一天中最幸福的时刻。按“朋友”这个词的含义来说，并不是所有的英国兵都是他的朋友，但没有一个英国兵不认识他。他见到朋友就和他们热情地握手，对于其他人则只是举起手打个招呼。有时他去的时候正碰上某个朋友在站岗，他就满脸带笑地走过去，把手伸给对方。但对方还是笔直地站着一动不动，似乎根本不认识他，又好像变成了一尊雕像。他不明白对方这样做是故意装得不认识他，还是生了他的气。而旁边其他人却在纵情大笑。还时而有这样的情况：他正和朋友们玩耍时，突然响起一阵警哨，士兵们赶紧跑进帐篷，片刻后跑回来时已经穿好军装、戴上钢盔、背着步枪。这时，停在两宫间街路边的卡车开到马路中间，英国兵立即奔过去跳上卡车，直到车里装满人才开走。眼前的情景使孩子意识到，准是附近某个地方发生了游行示威，这些英国兵是去驱散队伍的，他们和游行队伍将有一场战斗。但是在这时候，觊马勒关心的是用目光在拥挤的人群中寻找自己的朋友，发现他们后便瞪大眼睛望着他们，好像在与他们告别。当卡车载着他们朝纳哈辛街驶去时，他还摊开两只手，祈求真主保佑他们平安，接着还念开端章！

但是，每天傍晚他在兵营里玩耍不超过半个小时。这是他放学回来后可以晚到家的最长时间。在这半个小时里，他的所有感官每一分钟都在亢奋之中。他围着帐篷转悠着，在一辆辆卡车中间细细欣赏；站在架成金字塔形状的步枪前打量着它们的每一部件，尤其是那个可以使人致命的枪口。士兵们不让他太靠近枪，只能站在一定的距离外，他心里痒痒的，真想玩一玩枪，至少碰一碰它。如果他来的时候正好赶上是英国兵饮茶的时间，他便跟随朋友们到搭在洋红巷口的炊事棚里去，排在领茶队伍的队尾，领上一杯加牛奶的茶和一块巧克力，坐在路边的围栏上与他们一起喝茶，全神贯注地听他们唱军歌，等待着轮到自己唱歌。

兵营的生活在他心里留下了深刻的印象。大大地丰富了他的想象力，使他浮想联翩。这些深深地刻在了他的心坎里，就像母亲给他讲的那些幽冥世界的奇闻轶事和神话传说，就像亚辛说的简直把他的心灵带到神秘世界去的那些故事，就像他在平台上置身素馨花、常春藤和一盆盆鲜花之间面对蚂蚁、鸟雀和小鸡的生活，白日清醒时产生的那些梦想和幻影一样，给他留下了难忘的记忆。后来，他索性在自家平台同玛丽娅家平台分隔的那堵墙边，建立起一个设备齐全的兵营。他用铅笔支起手帕当做帐篷，用小木棍做步枪，将木片当卡车，椰枣核为士兵，在兵营附近放上一些石子代表游行队伍。开始演示时，他一般都是将椰枣核分成几堆，有的放在帐篷里面和入口处，有的放在枪支周围，还有四颗石子放在一边，其中一颗代表他自己。他先模仿英国兵唱着军歌，然后又为石子唱着“你们每年来看我一次吧”或者“亲爱的，你是我的心肝”的歌，把它们排成几行，高呼着“祖国万岁！废除保护权！赛阿德·宰格鲁勒万岁！”接着吹着口哨移到兵营这边，把椰枣核也排好队，每一排的头上放着一颗椰枣，然后一边推动木片一边模仿着发出卡车开动的声音。停下木片后，他把椰枣核放在木片上，再一次推着它向石子驶去，双方发生了战斗，双方的牺牲者倒了下去！

他不允许自己的个人感情影响战斗的过程，至少在开始阶段和中间阶段是如此。他只有一个愿望：战斗是“引人入胜的、真实的”。双方都有进有退，伤亡相当，结果不明，谁胜谁负都有可能。但战斗不能拖延太久，必须分出胜负，有个结果，这下他可为难了：到底哪一方获胜呢？这一方里有以朱利恩为首的他的四个朋友，那一方是和法赫米心连心的埃及人！最后，他终于决定胜利属于游行队伍，让卡车载着幸存下来的，包括他的四个朋友的英国士兵撤退。另一次战斗是以体面的和解结束的，他让交战双方的人员围着一张摆满茶杯和各种糖果的桌子，一起唱歌共同祝贺。朱利恩是他最要好的朋友，这个人不仅仪表堂堂、性情温和，还能说一口流利的阿拉伯语。每次邀请他喝茶的总是他。此外，他比其他英国兵更喜欢听他唱歌，几乎每天都要请凯马勒唱“亲爱的，你是我的心肝”。他先是聚精会神地听着，然后怀着深情地哼道：

快点回故乡，快点回故乡！

凯马勒发现朱利恩思恋故乡，对他倍感亲近。有一次，他竟像是为朱利恩指出摆脱苦闷的出路似的，认真地对他说：

“你们把赛阿德·宰格鲁勒帕夏放回来，你们就回自己的国家吧！”

但是，朱利恩不仅没有像凯马勒期待的那样愉快地接受建议，反而像以往类似情况下那样，要求他不要再提赛阿德·宰格鲁勒了，他说：

“赛阿德·宰格鲁勒，不要！”

就这样，照亚辛的说法，埃及人的第一次谈判失败了！有一天，不知怎么回事，一位“朋友”将自己画的一幅漫画送给凯马勒。看到这幅漫画，凯马勒不由得一惊，很不愉快地自言自语道：“画的是我吗？不，画的不会是我！”但他心里却认定画的就是他，不是别人，虽然画得只有一点点像。他抬头环顾四周，发现他们都在哈哈大笑，便立即意识到这是开玩笑，他应该高兴地接受这种玩笑才对，于是和他们一起笑起来，以此来掩饰自己的困窘。法赫米看到这幅漫画时，惊异地仔细看了一会儿，惊叫道：

“天哪，所有的缺陷一个未漏，反而更突出了！瘦小的身体、细长的脖子、大鼻子、大脑袋、两只小眼睛……”说到这里，他笑着补充道，“看来你的朋友惟一欣赏的是你那身漂亮合体的套装。这也不是你的功劳，而是应归功于妈妈，她把家里的一切都弄得体体面面的！”

他又用幸灾乐祸的目光瞥了凯马勒一眼，说道："原来这就是他们喜欢你的秘密呀！他们是拿你的长相和过分的打扮来取乐，用俗话说，你在他们眼里不过是个'小丑'！你这么背叛，得到的是什么呢?"

但是法赫米的话没有起作用。凯马勒知道哥哥对英国人恨之入骨，认为这是他在耍手段离间他和英国兵的关系！有一天，他照例去英国兵营，发现朱利恩正站在马路边上的墙边，注意地望着已故的穆罕默德·拉德旺家的那条胡同。他朝朱利恩走去，对方正在打着手势发出神秘的暗示，他弄不清是什么意思，却不知为什么本能地停下了脚步。不一会儿，他受不了好奇心的诱惑，从马路对面的帐篷后面绕过去，悄悄转到朱利恩的身后，顺着对方的目光望去，发现这条短短的死胡同底上，拉德旺家的一扇窗户里闪现出玛丽娅的面孔，她明显地在微笑着表示回答！他站在那里，翻来覆去地瞧瞧英国兵又望望那个姑娘，感到迷惑不解，几乎不相信自己的眼睛，玛丽娅怎么厚颜无耻地出现在窗户里呢？她竟敢这样明目张胆地与朱利恩眉目传情，他对她做着手势，她对他微笑作答！是呀，这种献媚的微笑现在还印在她的双唇哩！她的双眼直勾勾地盯着朱利恩，甚至都没有注意到他就在这里！他故意做了一个动作，朱利恩一回头发现他站在身后，立即说着外国语，并放声大笑起来。玛丽娅大吃一惊，赶忙退了回去。他茫然不解地望着英国兵，玛丽娅的退避使他心生疑虑，但是他对这件事情还是感到莫名其妙，不可理解。

"你认识她吗?"朱利恩亲切地问他。

凯马勒一言不发，只是点了点头。朱利恩离开几分钟，回来时拿来一大包东西，把它交给凯马勒，指指玛丽娅的家，说道：

"你去把这交给她。"

凯马勒吃惊地连连后退，头摇得像拨浪鼓似的。

这件事一直留在他的脑海里。虽然他从一开始就感到这件事非同寻常，但真正意识到它的严重性还是在傍晚家庭咖啡会上他讲起这件事情的时候。母亲一听就惊呆了，她正襟危坐在位子上，手里拿的咖啡杯悬在空中，既不往嘴里送，也不放回盘子里。坐在母亲对面沙发上的法赫米和亚辛急忙站起身，跑到母亲和凯马勒坐的沙发面前，瞪大眼睛望着凯马勒，露出了关注、惊讶和慌乱的神色，这种举动完全出乎凯马勒的预料。艾米娜咽了口唾沫，问道：

"你真的看见了吗？会不会看错了呢？"

法赫米烦躁不安地追问：

"是玛丽娅吗？真的是玛丽娅？你能肯定自己说的？"

"他向玛丽娅打手势，玛丽娅又对他露出微笑，是这样吗？你真的看见她在向他笑吗？"亚辛问。

艾米娜把茶杯放回盘子里，手托着头，用威胁的口吻说：

"凯马勒，对这样的事情编造谎话是真主不能宽恕的罪孽啊！孩子，你说的不是真的吧？"

凯马勒当即用信仰发了誓。法赫米绝望和痛苦地说道：

"他说的不是谎话，凡有头脑的人都不会指责他在说谎。你们想想看，像他这样年纪的孩子，能编出这样的故事吗？"

"我怎么能相信这样的事情呢？"母亲的声音十分悲哀。

"是呀，的确令人无法相信！"法赫米自言自语地说道。接着，他的语气变得严峻起来，"可是它毕竟发生了，发生了啊！"

最后这句话像匕首扎进了他的心。他重复说着这句话，仿佛在故意一次又一次地用匕首捅着自己的心。的确，他最近很忙忽略了玛丽娅，没有时间去想她。她的身影只是偶尔出现在他梦幻的边缘。听到她做出这等辱身败名的事情，他的心像被什么捅穿了似的。他神思恍惚，迷迷糊糊的，不知道自己忘记了她还是没有忘记，对她是爱还是恨，自己这样火冒三丈是出于自尊还是嫉妒……他的思绪就像一片干枯的树叶，被狂风吹得漫天乱舞……

“这种事情叫我怎么相信呢？我一直信任玛丽娅，就像信任海迪洁和阿依莎一样。玛丽娅的母亲是一位贤淑的妇女，她的父亲——求真主赐给他幸福的归宿——也是一位高尚的人，他们是我们的老街坊，是一家好邻居啊……”

一直沉思着的亚辛这时用带有讽刺的语气说道：

“有什么可奇怪的呢？品德高尚的父母未必就不生邪恶的子女，自古以来就是这样！”

艾米娜似乎不愿相信自己被蒙骗了这么多年，反驳道：

“真主作证，我从来没有发现她有什么邪恶之处！”

亚辛小心翼翼地应对道：

“我们谁都没有发现，就连最会挑毛病的海迪洁也没有发现，可见比你和我都聪明的人都被她骗过了！”

法赫米难过地喊道：

“我从哪里能看出这种毛病呢？这事简直不可思议！”

听了亚辛那番话，怒火在他心中熊熊燃起。他先是迁怒于亚辛，然后恼恨所有的人，不管是英国人还是埃及人，不论男人还是女人，女人尤其可恶。他胸中憋闷难受，希望找个隐蔽的地方独自去顺顺气，让自己舒畅一些。但是他没有离开，犹如被粗绳拴在了那里。

亚辛转向凯马勒，问道：

“她什么时候看见你的？”

“朱利恩回过头来看见我的时候……”

“然后她就从窗前躲开了?”

“是的。”

“她发现你看到她了吗?”

“我们两人对望了一会儿。”

“可怜的姑娘！毫无疑问，她现在一定正在忧心忡忡地想象着我们在一起怎样议论她!”亚辛讥讽地说道。

“可恶的英国佬!”法赫米拍着手喊道，“还有穆罕默德·拉德旺的女儿!”

艾米娜摇着头，感慨地咕哝着:“想不到啊!”

亚辛思索片刻后说道:

“跟英国人眉来眼去，这是一个姑娘很难做得出来的事。伤风败俗到这种程度，决不会是偶然的……”

“你这话是什么意思?”法赫米追问。

“我说她以前一定有过失检点的事!”

“看在真主份上，你们别谈这件事了!”艾米娜恳求道。

亚辛似乎没有听见母亲的话似的继续说:

“玛丽娅是个爱浓妆艳抹的姑娘，这可是你和海迪洁、阿依莎都可作证的……”

“亚辛!”艾米娜大声喊道，声音里充满了责备和呵斥的意味。

“我是想说我们一家人生活得太闭塞了,”亚辛退让似的说道,“对周围的事情几乎一无所知，我们尽量把人们想象成和我们一样的好人。玛丽娅跟我们来往了这么多年，我们却不知道她的真实面目，直到让一个孩子无意中发现，我们才明白真相!”

说完，他笑着抚摸凯马勒的脑袋。这时，艾米娜又恳求道：

“看在真主的分上，你们换个话题吧！”

亚辛微笑着不再说话，大家全都沉默不语。法赫米在他们中间再也待不下去了，他要应答心里那个在呼唤他赶紧逃离这个地方的声音，远远离开人们的耳目，到一个能静下心来的地方去，把这次谈话从头到尾逐字逐句回味一遍，细细琢磨，把事情搞搞明白，看清楚自己处于什么情况再说。

# 六十五

时间已过午夜，艾哈迈德·阿卜杜·嘉瓦德先生趁着漆黑夜色，从位于死胡同里的乌姆·玛丽娅家走出来。自从英国兵在这里安营扎寨以来，整个街区天一黑就黑灯瞎火，一片死沉沉的。原先喧闹的咖啡馆寂静无声，路边设摊的小贩销声匿迹，夜市商店早早关了门，马路上甚至没有行人。除了兵营里透出的灯光外，四周没有一点生气。艾哈迈德来来往往虽然还没有碰到过英国兵找他的麻烦，但是每当走到兵营附近时，他的心里总是直打鼓，有些惊慌不安。尤其是后半夜拖着疲惫的身子有气无力地回家时，一路上就只求平安无事了。

他朝纳哈辛街的方向走着，然后向右一拐直奔自己的家。他偷偷溜一眼岗哨，进入这条路上最危险的地带。这里是兵营的灯光照得到的地方，每次走到这一段路时他就产生恐惧，生怕自己成为哪个英国兵猎取的对象。于是，他加快脚步，想尽快通过那里，进入家门前的黑暗中。但是他刚刚迈出一步，就听到身后有个粗暴的沙哑声音操着外国语吆喝一声。他虽然不懂外国话，却从这短短一声吆喝的蛮横语气中，意识到这是对他下达一个不容违抗的命令。他只好收住脚步，提心吊胆地回头一看，发现另一个全副武装的英国兵正向他走来。这是怎么回事，为什么对他有这种态度？

难道是对方喝醉了酒？还是一时心血来潮，故意刁难他？莫非他想拦路抢劫？

看到那个英国兵离他越来越近，他的心怦怦直跳，喉咙干得要命，酒意早从脑袋里不翼而飞了。那个英国兵在离他只有一步远的地方站住，一只手指着两宫间街的方向，用命令的口吻迅速而简短地说了一句话，他自然一个词也听不懂，只好用失望和恳求的目光凝视着英国兵的面孔。与对方无法沟通，使他倍感痛苦，否则的话，就可以让对方相信自己是没有嫌疑的好人，起码可以听得懂对方在说些什么。接着，他脑子一转，见英国兵指着两宫间街，敢情是以为他不是这个街区的人，命令他离开。于是，他指指自己的家，想让对方明白他就住在那儿，现在正回家去。但是英国兵气恼地咕哝一句，不理睬他，固执地指着那个方向，并且朝那个方向一歪脑袋，好像催他赶快过去。最后，那个英国兵好像不耐烦了，上前抓住他的肩膀，使劲把他扭转过来，推着他往前走。艾哈迈德身不由己地朝两宫间街走去，那个英国兵紧跟在他身后。他吓得几乎浑身骨头都散架了，只能听天由命了。

他稀里糊涂地走着，经过了兵营，走出两宫间街。兵营中透出的灯光逐渐消失了，他淹没在一片黑暗和沉寂之中。他只看到一幢幢房屋的黑影，只听到身后那个英国兵沉重的脚步声。那两只脚机械而有节奏地发出声响，令人胆战心惊，仿佛是在列数着他的生命还剩下几分钟，甚至是几秒钟！是啊，说不定什么时候身后的士兵一勾扳机自己就一命呜呼了。看来随时都有死的可能，他在黑暗中瞪大双眼，恐惧地紧闭住嘴，干渴得冒火的喉咙每咽一口唾沫，喉结就会神经质地动一下。突然，地上出现一束亮光，他的目光被吸引过去，吓得他的心往下一沉，几乎像小孩子那样惊叫起来。他定睛一看，发现那是一个光圈在来回晃动，这才意识到那是押送他的英国兵在黑暗中用手电筒照路。

惊魂甫定，他恢复了神志，但几乎还没有舒口气，又被恐惧所吞噬。他害怕英国兵在送他去死，于是脑子一直在思考着这件事。他像一个落水的人，在拼命挣扎之中看见一条鳄鱼朝他袭来，后来看清那不是鳄鱼而是浮草，他正庆幸自己没有受到鳄鱼的侵袭而舒了一口气时，却马上想到自己随时会溺水而亡，这种真正的危险吓得他再也透不过气来。这个英国兵要把他押到哪里去呢？他要是会说外国话，一定要问个明白！看来英国兵要把他继续往前押，一直送进凯旋门的公墓里。那里不会有人的踪影，连个动物也没有，哪里还会有巡警呢？只有他孤零零的一个人落在一个无情的英国兵手中！他什么时候受过这样的折磨？还记得吗？那是噩梦，是呀，那是一场噩梦！他在病中不止一次地做过噩梦，噩梦再可怕有时也有希望，会使做梦的人产生一种感觉，觉得这是梦，而不是真实的，过些时候甚至立即可摆脱这种恐怖。可是这场灾祸哪儿有摆脱的希望呢？他现在很清醒又没睡着，身后那个全副武装的英国兵是一个真实的人而不是幻影。这条马路是他受屈辱、被押着走的见证，是一条可怕的可以感觉得到的道路，而不是幻觉。他所受到的折磨是确确实实的，毋庸置疑的。只要他稍有不从，脑袋就会落地……这是毫无疑问的！

在与乌姆·玛丽娅告别时，她还对他说："明天见！"明天？他还看得到明天吗？这可要问身后那两只把大地踩得发颤的脚，还要问那支上着锋利刺刀的步枪！她还跟他开玩笑说："你嘴里喷出的酒气快把我熏醉了！"现在酒气没了，魂儿也被吓飞了，这只是几分钟前的事……调情本是他生活中的一切，现在他生活中的一切是受折磨。这前后相差不过是几分钟时间，仅仅是几分钟呀！

当他走到赫兰富什胡同时，黑暗中闪出一道亮光把他的目光吸引过去。

他朝路的前方望去，发现另一个英国兵手里晃动着手电筒，押解着几个人，但他看不清被押解的究竟是几个人……他心里想道：难道英国兵接到命令，夜间走路的人都要逮捕？他们要把抓到的人押送到什么地方去呢？被抓的人会受到什么处罚呢？他良久地思忖着，越想越惊慌。好在看到了几个新的牺牲者，他心里又有了些许的安慰。刚才他还以为只有他一个人呢，现在看来并非如此。起码不会只有他一个人倒霉。他在这场灾难中有了同伴和他共命运，他们使他不再感到孤独。越往前走与那几个人的距离越近，他倾听着他们的脚步声，感到格外亲切，就像沙漠中迷路的人听到顺风吹来的人声一样。这时，他最迫切的愿望便是与那几个人汇合，管他是熟人还是陌生人，他要与他们在一起。这样，他们的心跳动在一起，共同走向不可知的命运。那几个人肯定和他一样是无罪的，为什么要逮捕他们呢？他既不是革命者，也不从事政治活动，甚至还不是个青年人，为什么要抓他这样的人呢？难道英国人能看透他们的心，能猜出他们的爱国情？抑或他们逮捕了领袖们之后又要抓老百姓了？要是他懂英语，就可问问那个英国兵了！法赫米在哪里？得让他来问问。他痛苦地思念起家里人来，法赫米、亚辛、凯马勒、海迪洁、阿依莎和孩子们的母亲在哪儿呢？一向把他看成是专断威严、高尚尊贵的全家人怎么能想象到他眼下所遭受的屈辱呢？家里人难道能想到一个英国兵狠命地推他、差点把他推倒，接着又像赶牲口一样押着他走吗？一想到家人他就难过，思念他们几乎要掉下泪来。

一路上他路过许多只见黑影的住宅和店铺，他认识它们的主人。这些咖啡馆，是他过去，尤其是年轻的时候经常去消遣的地方。如今他沦为俘虏路过这里，它们既不搭救他，甚至连一点同情的表示也没有，这真让他难过。他真切地感受到，自己目前所蒙受的耻辱，是在这里遭到的最大的凌辱。他翘首仰望天空，思绪飞向了洞察他内心的真主那里。但是，他只能思念真主而嘴里无法念诵真主的美名，甚至细声念诵也不行，因为他身上的酒气和做爱的汗味还未去掉，没有脸面呼唤真主的名字。一想到他满身污秽难以得到拯救，或者说他一贯放荡不羁理应遭此厄运，不由得恐惧倍增，心里充满不吉利的感觉，几乎完全绝望了。快到柠檬市场时，除了那已经听熟的脚步声外，黑暗中又传来另一种不明原由的声音。他既害怕又怀着希望地往前走去，瞪大眼睛注视着黑暗的前方，竖起耳朵仔细倾听，终于听到了一阵嘈杂声，只是听不清是人声还是牲畜的声音。过了一会儿，他才听清是喧哗声，不由得自言自语道："是人声！"顺着马路一拐弯，他的眼前出现了许多跳动着的光亮。起初他以为又是一些手电筒，但细看才知是许多火把。借着这火把的光亮，凯旋门一角映入眼帘，门下站着许多英国兵，还有许多埃及武装警察。看到他们这些人趾高气扬的样子，他的血涌上了心头：我明白他们抓我来的目的了，看来再走几步路就到目的地了！英国兵和埃及武警为什么要结集在凯旋门那儿呢？他们为什么要将各处的市民赶到这儿来呢？不一会儿就可以明白了？一切都将真相大白？祈求真主保佑，我把自己交托给真主！我如果还能活下去的话，这下半辈子一定要记住这种可怕的时刻。是枪毙，是绞死，还是又一个丹沙微惨案[①]？难道我要被载入烈士名册？难道我的经历也会变成革命故事，成为穆罕默德·阿夫特、阿里·阿卜杜·拉希姆、易卜拉欣·法尔等人传说的故事，就像原来我们在晚间相聚时互相讲的那些传闻一样？你能想象得出朋友们夜间相聚而你的位子却空着的情景吗？求真主怜悯你！当初……当初……

---

① 丹沙微，埃及北部的一个村庄。1906 年 6 月 13 日，五个英国军官闯入该村，恣意践踏庄稼，射杀家鸽误伤村民，并引燃打谷场。村民们奋起自卫，扣押了三个英国军官，其余两个逃脱，其中一个半途中暑死亡。英国当局趁机报复，在该村架设绞架，成立特别法庭，把四名村民绞死，一大批村民被判苦役或鞭笞，造成丹沙微惨案。

他们会为你痛哭，他们会久久想念你，然后才把你忘掉。我的心怎么跳得这样乱呀？把自己托付给真主吧！真主啊，你在我们周围保佑我们免除灾难吧！当他走到大兵们站着的地方时，他们用冷酷、阴森和可怕的目光望着他。他的心立即沉入深渊，胸骨间引起一阵剧烈的疼痛。唉，是不是应该停下脚步呢？他的心里充满了彷徨和犹豫，两只脚也越发沉重……

“进去!”一个警官指着凯旋门大声命令道。

艾哈迈德朝那个警官望了一眼，目光中露出询问、央告和求救的神色。接着，他从两边站着士兵的路中央走过去时，吓得几乎连眼前的东西都看不清了。他真恨不得用双臂把脑袋抱起来。来到凯旋门的拱顶下面，一看那种情景，不用打听立即明白是怎么回事了。他看见有一条像渠道似的深沟拦腰截断了道路，一群群的市民在警察的监视下不停地用提篮运土填沟，只见他们干得卖力、认真，不时畏惧地偷偷瞥一眼把守在凯旋门口的英国兵。一个警官走过来，扔给他一只提篮，用恐吓的口吻粗声粗气地说：

“跟他们一道干活吧!”接着又低声补充一句，“动作快点，免得皮肉受苦!”

这是他在这段恐怖时间里听到的第一句还算有“人情味”的话，心里顿时感到一丝宽慰，堵在喉咙里的气终于顺了。他弯腰抓起提篮绳，轻声问那个警官：

“干完活就放我们走吗?”

警官用同样轻的声音回答道：

“大概会吧。”

艾哈迈德深深地叹了一口气，真想放声大哭，感到自己获得了新生。他用左手撩起大袍的下摆，掖在腰带上，以免妨碍干活。他拿起提篮走到门边堆满了土的人行道上，用双腿夹住提篮，双手往提篮里扒土，装满后提起它送到深沟那里，倒掉土后再返回来。和他一道干活的人很多，有老有少，有的戴着红毡帽，有的缠着白头巾。由于贪生怕死，这些人干活都非常卖力。他正在装土的时候，突然有人用胳膊捅了他一下，回头一看，原来是一位名叫额尼姆·哈米杜的老朋友，在嘉马利亚街开油坊，也是他们聚会中的常客。两人见到对方都很高兴，立刻低声交谈起来：

“你也落到他们手里了？”

“比你早呢，前半夜就被抓到这儿来了。我看见你接过提篮，于是在来来回回中间有意一点点往这边挪，好不容易才到你旁边。”

“太好了，太好了，我们的朋友中间还有谁在这儿？”

“我只碰见你一个人。”

“那个警官说，干完活会放我们走的。”

“我也听说了，愿真主听见你的祈求。”

“我的膝关节都被折腾散了，愿真主使他们早日完蛋！”

“我的膝盖早就不听话了！”

两个人相视苦笑了一下……

“这条沟是怎么回事？”

“据说是侯赛因街区的小伙子们在天刚黑时挖的，为的是阻挡卡车。听说真有一辆卡车翻进了沟里！”

“这消息确切的话，那可谢天谢地了！”

当两个人第二次在土堆边相遇时，已经有些习惯眼前的处境了，胸怀渐渐疏朗起来，竟然情不自禁地露出了笑容，像建筑工人一样往篮里装土。额尼姆小声地说道：

“真主会满足我们的，这些狗崽子会得到报应的……”

“我还想向他们讨工钱呢！”艾哈迈德微笑着咕哝道。

“你是在哪儿被抓的?”

“家门口。”

“岂有此理!”

“你呢?”

“我当时正在服‘慢助力’麻醉剂，可现在我已经完全清醒了。英国佬真是比可卡因还厉害哪!”

“他们真是令人作呕!”

在火把的照耀下，人们在土堆和深沟之间来来往往地忙碌着。门洞里到处弥漫着尘土，使人透不过气来。人人气喘吁吁，脑门上直冒汗，满脸泥垢，被尘土呛得不停地咳嗽，一个个宛如从深沟里钻出来的幽灵。但是不管怎么说，他不再是一个人了，身边有了这位朋友，有了这些同一街区的人，有了那些与他们心连心的埃及警察。也就是说，这些埃及警察都被解除了武装，原先挎在腰间的带金属鞘的军刀不见了，但仍有着埃及心。忍耐吧，再忍耐吧，也许这块乌云会消散的！你难道能想象自己干到天亮甚至日上三竿吗？加把劲干完它吧。不就是运土填平这条沟吗？可这条沟是不会一下子填满的，抱怨也没有用，再说能向谁去抱怨呢？幸亏你的身体结实，尽管酗酒放荡了半夜，总算还抗得住。现在几点了？周围没有东西可以看出究竟是几点了。倘若没有碰上这件事，我早就可以洗洗脸，擦擦头，喝上一杯解渴的玫瑰露，正躺在床上享受睡梦的甜美了。我们也被卷入了革命烈火中，这是可庆贺的事，为什么不呢？整个国家都在闹革命，每天甚至每小时都有人牺牲，成为烈士。不过，看报纸上的消息是一回事，在刺刀的威逼下运土填沟又是另一回事。在自己家里安睡的人哪，祝贺你们！真主啊，保佑我们吧！我不是革命者，但也被抓来做苦工。真主啊，用你的力量击败这些不信仰你的人吧！我们是无能为力的，我不是革命者。

法赫米是否想象到威胁着他的危险有多严重吗？他现在还在温习功课，不会知道他爸爸正在受着什么样的罪。他那天对我说“不”，这是他有生以来第一次不听我的话。虽然他说“不”时噙着眼泪，但对我来说都是一样的，反正他是违抗我的意志！这件事情我没有向他母亲提起过，我决不会告诉她的，我能向她暴露自己的无能吗？她对我的威严害怕得发抖，我能向懦弱的她求助吗？不行！让她什么都不知道吧！法赫米说他决不会去冒险的，是真的吗？真主啊，你回答我吧。如果法赫米说的不是真话，我一辈子都不会原谅他。真主啊，祈求你保佑法赫米！真主啊，祈求你保佑我们所有的人在这种日子里免除灾祸吧！现在几点钟了？只要天一亮，我们便可免遭杀害了，他们决不会当众杀害我们的。还有多少时间天才亮呢？

“喉咙里尽是土，我往地上吐了一口，一个英国鬼子就狠狠地瞪了我一眼，吓得我头发都竖起来了！”

“别吐了，学学我吧，我吞下去的土够填平这条沟了！”

“你这样倒霉，也许是被祖贝黛诅咒的！”

“也许是吧……”

“填她的那条沟是不是比填这条沟要舒服？”

“不，比这更累！”

两人对笑了一下，额尼姆叹息了一声，说道：

“哎哟，我的腰都累得直不起来了！”

“我也一样。不过我们能为圣战者分担一些痛苦，这也算是一种安慰。”

“我真想当着英国兵的面扔掉提篮，放声高呼‘赛阿德万岁’，你看行吗？”

“是不是‘慢助力’重新发作了吧？”

“真倒霉！我只用了黄豆那么大小的一粒，喝了三口茶送下去，便起身前往泰姆贝克什街区，到哈姆扎维家里去听阿里·迈哈姆德谢赫说唱。不到午夜我就离开了那儿走回家，心里在寻思：‘瓦莉娅正在等着我呢，可不能让她失望……’谁知一个猴崽子突然抓住我的脖子，把我赶到了这里。”

“愿真主让你得到补偿。”

“阿敏[1]！”

这时英国兵又分别从侯赛因大街和纳哈辛街押送来两批人。这些人立即被强迫加入了“苦力”的行列。艾哈迈德朝四周望了一眼，只见这里到处是人，深沟周围的四面八方都是人，在土堆和深沟之间不停地来回忙碌着。在火把的映照下，他清楚地看到这些人个个疲惫不堪、气喘吁吁，他们的脸上带着无比屈辱和恐惧的神色。人多意味着吉祥和安全，英国人决不会把这么多人都杀害，不会加罪于这些无辜的人。那些闯祸的人究竟在哪儿呢？挖沟的那些小伙子们躲到哪里去了？他们现在是否知道，他们挖了这样的深沟，遭罪的却是自己的同胞呢？这些不知天高地厚的年轻人，他们以为挖了这条沟就能让赛阿德·宰格鲁勒回到国内，就能把英国人赶出埃及？如果真主保佑我大难不死，我在余生一定放弃夜生活。放弃夜生活吗？是的，外出消夜太不安全了，但这样的生活还有什么乐趣呢？在革命中生活是没有滋味的。闹什么革命，任何一个英国兵都可以把你抓来，让你用双手装土和运土！就连法赫米也对你说“不”字！这世界什么时候才能恢复本来的面貌呢？我怎么有点头痛了？不仅头痛，还感到恶心呢，真想休息几分钟啊。我只想休息！白希洁[2]现在睡得正香，艾米娜还在等我回家，就像瓦莉娅正在等着额尼姆一样。孩子们哪，你们绝对想不到父亲

---

① 宗教用语，基督教译为“阿门”。表示所有一切祈祷，均是“诚心所愿”，祈求真主允准。

② 玛丽娅母亲的名字。

竟会落到这步田地！真主啊，我的鼻孔和眼睛里都是尘土！圣裔侯赛因，保佑我们快把深沟填平吧！可填到现在，倒进去这么多土了怎么还不够呢？先知使者的外孙[①]啊，难道这是壕沟之战[②]吗？讲道的先生就是这样称呼那次战役的，当时先知穆罕默德曾和守城的穆斯林一起干活，亲自挖土垒沟！那次异教徒没有得逞。都是异教徒，为什么今天的异教徒反倒得势了呢？这是时代的不幸，也是我的不幸，难道英国军队要在我的家门口驻扎到革命结束？

"你听，是不是鸡在叫了？"

"是鸡叫！天快亮了吗？"艾哈迈德侧耳细听了一会儿，喃喃地说道。

"快亮了，可是这条深沟在天亮前是填不平的。"

"嗯，天亮前填不平！"

"最急人的是我想小便，真憋得够呛。"

这一句话使艾哈迈德想到了自己的下腹部，觉得它也胀得难受，浑身上下不舒服，毫无疑问，原来有这方面的原因。他感到小腹越来越胀，仿佛越想越厉害了。他说道：

"我也憋得慌……"

"这活怎么办呢？"

"毫无办法！"

"你看，那个猴崽子站在商店前对着玻璃橱窗撒上了！"

"哎哟哟……"

---

① 这里指圣裔侯赛因，他是穆罕默德的外孙。

② 公元627年，穆罕默德在麦地那抵御十一个部落、约万余人的联军围攻时，利用麦地那三面熔岩环抱的天险，在城北挖一条壕沟，率领三千人据城坚守一个多月，取得胜利，史称"壕沟之战"。

“现在我觉得，撒尿比把英国人从全埃及赶走还重要！”

“把英国人从全埃及赶走？还是先让他们滚出纳哈辛街吧！”

“天哪，你看，英国兵还在往这里带人呢！”

艾哈迈德看到又一批人正穿过马路朝沟这边走来。

# 六十六

下午四五点钟时，艾哈迈德才从睡梦中醒来。他被抓夫的消息迅速传遍了亲戚朋友，他们纷纷上门来探望，庆贺他平安归来。他向亲友们叙述事情的经过，尽管这不是什么轻松愉快的事，但他讲起来却带着风趣和夸张，引起人们七嘴八舌的议论。艾米娜是第一个听丈夫这段历险故事的人。他对她讲述自己的遭遇时是那样沮丧和疲惫，几乎不相信自己真的被放了回来。她听到这件事后悲痛万分，刚伺候丈夫睡下后离开，眼泪就涌了出来。她祈求真主保佑她全家安好，怜悯他们。她久久地祈祷着，说得舌头都发麻了。但是，当艾哈迈德发现自己被朋友们围住，尤其是被易卜拉欣·法尔、阿里·阿卜杜·拉希姆、穆罕默德·阿夫特等知心好友围住时，他的元气已经恢复得差不多了。于是他说笑逗乐的本性又来了，情不自禁地把它说成一件趣事，好像在向朋友们介绍自己的一桩风流逸事。

楼上坐满了客人。艾米娜在帮助乌姆·赫奈斐准备咖啡和各种饮料，家里人都聚在底层。一楼大厅里亚辛、法赫米、凯马勒、海迪洁、阿依莎重新聚在母亲那个传统的咖啡会里。与他们在一起的还有赫利勒·肖克特和易卜拉欣·肖克特。这两兄弟与大家一起坐了大半天，当听说岳父醒来后，便上楼去看望他了。于是，大厅里只剩下他们兄弟姐妹五个了。由于父亲的不幸遭遇，忧伤一天来笼罩在他们心头，现在总算烟消云散了。知道父亲恢复了精神，压在他们心中的石头落了地，胸中的手足之情又蠢蠢欲动，准备像过去在无忧无虑的日子里那样谈笑风生。但在没有亲眼看到父亲之前，心里还不能完全踏实。轮到他们去见父亲了。他们一个接一个来到父亲跟前，亲吻他的手，祝他长寿和平安，然后像军人似的有次序、毕恭毕敬地走了出去。对亚辛、法赫米、凯马勒，父亲只是伸出手让他们吻，一句话没有说。而对海迪洁和阿依莎，他不仅朝她们微笑，而且还和蔼可亲地问她们的身体和近况，这是她们结婚后父亲才有的态度。凯马勒发现父亲这种态度，真是又惊又喜，仿佛是他享受到了这种待遇。

说真的，每当姐姐回娘家，凯马勒总是全家人中最高兴的一个。她们一回来，他就沉湎在无比的幸福之中，只是在想到最终还将分别时，心里才掠过一丝不快。这种分别总是由两个姐夫中的一个——易卜拉欣或赫利勒发出信号，他们俩不管谁只要伸一下懒腰或者打个呵欠，然后说一声“我们该走了”，那就是一个不容违抗、必须服从的命令。不管是海迪洁还是阿依莎，谁都不会说“你先走吧，我明天再回去”。不过，久而久之他终于看惯了两个姐姐和她们丈夫之间的那种奇怪的关系，承认了丈夫的权威性，对姐姐们偶尔回家与他们待上一会儿也就感到心满意足，非常幸福，没有更多的奢求了。尽管这样，他一看到两个姐姐回家，还是禁不住满怀希望地说道：“要是你们能回家来住，像从前那样多好啊！”这时，母亲便会急忙插嘴：“愿真主保佑她们俩，千万不要因为你这种良好的愿望而遭到厄运！”姐姐们结婚后，最使他感到不解的是她俩的肚子突然发生了变化，还有随之而来的时而像闹病一样可怕的、像神话一样神秘的现象。他从而记住了一些新名词，诸如怀孕、害喜，以及看到了呕吐、不舒服，还要吞服干泥丸之类的东西。阿依莎的肚子怎么回事？它已经大得像个吹足气的皮水袋了，要大到什么时候为止呢？海迪洁的肚子看来也同样日夜长大。满头金发、皮肤白嫩的阿依莎害喜尚且要吞泥丸，那么海迪洁不定吃什么呢！但是海迪洁并不像他所担心的那样，她只想吃酸的。这使他提出一连串的问题，但哪一个也没有得到满意的回答！母亲说，阿依莎的肚子——海迪洁的肚子随后跟上——将要生出一个让他会喜爱的小娃娃来。可是这个小娃娃现在住在哪儿？他怎样生活的？他能听会看吗？他听见什么，看见什么呢？他是怎么来的？从哪儿来的呢？……他追根究底提出的这一系列问题虽然没有被人忽视，但得到的回答总是模棱两可的，和他知道的那些关于圣徒、魔鬼、符咒、护符以及母亲知道的那些东西一样说不清。因此，他颇感兴趣地问阿依莎：

"这个小宝宝什么时候出来呀？"

"耐心点嘛，没有多久了！"阿依莎笑着回答。

"我估计有九个月了，对吗？"亚辛问道。

"嗯"，阿依莎回答，"可是我婆婆偏说只有八个月！"

"婆婆就是这么个人，"海迪洁恼怒地说道，"别人说东她偏说西，与人不同！"

大家都知道海迪洁经常与婆婆发生争吵，于是互相交换了一下眼色，然后笑了起来。

"我想建议你们搬到我们家去住，"阿依莎说道，"等英国人撤出这条街后再回来。"

"对呀，为什么不呢？"海迪洁热情地说，"我们家十分宽敞，就是你们去住也不会觉得逼仄。爸爸和妈妈可住在中间那层，即同阿依莎住一层楼，你们可同我住在一起。"

"谁跟爸爸去说呢？"凯马勒的口气里带着催促，他对姐姐的建议很高兴。

“谁去说也白搭，”法赫米耸耸双眉，说道，“你们都知道，爸爸是不可能同意的。”

“可是爸爸喜欢晚上外出消夜，免不了碰上英国兵找麻烦，”海迪洁惋惜地说道，“这些英国兵多可恶啊！深更半夜把父亲抓去运土填沟！唉，想起这事我就头晕。”

“我在等待轮到吻他手的时候，仔仔细细打量了他，我心里直打鼓，两眼噙着泪花，直到把他全身上下都看遍后才放下心来，”阿依莎说道，“那些该千刀万剐的狗崽子们！”

亚辛笑了，他一边朝凯马勒做着小动作，一边提醒阿依莎：

“别这样骂英国人，我们家里还有他们的朋友呢！”

“爸爸要是知道夜里逮住他的那个英国兵就是凯马勒的朋友，或许会感到高兴的。”法赫米挖苦道。

“知道他们是这种人，你还喜欢他们吗？”阿依莎微笑着询问凯马勒。

“他们要是知道那是我爸爸，是决不会对他不好的！”凯马勒羞愧得满脸通红，慌乱地咕哝道。

亚辛禁不住纵声大笑，但又急忙用手捂住嘴，警惕地望望天花板，生怕自己的笑声传到楼上去。过了一会儿，他嘲笑弟弟说：

“你最好还是说要是他们知道你是埃及人，他们就不会侵占埃及和蹂躏埃及人了，可惜他们并不知道呀！”

“这种话你还是留给别人去说吧！你不也是英国人的朋友吗？你能否认？”海迪洁毫不留情地说，然后又用同样辛辣的语气问凯马勒，“你跟英国人交朋友的事情被人们知道后，还敢去侯赛因清真寺参加聚礼吗？”

亚辛立即明白她攻击的是什么，便装出无可奈何的样子说道：

“既然你已经结了婚，有了一些权利，自然就可以攻击我啦!”

“难道我以前就没有这种权利吗?”

“从前有也是真主的恩慈，不过精神上遭受不幸的姑娘结了婚后口气就硬了！你得好好感谢先圣们，感谢乌姆·赫奈斐为你请符咒和给你吃药丸!”

“你继承了母亲的遗产变成了财主后，”海迪洁忍住笑意，反唇相讥道，“就可以不管是对是错，有权利攻击别人了?”

“大哥变成了财主?”阿依莎仿佛压根儿不知道这件事，她高兴得像个孩子似的说道，“这可真让人高兴哪！亚辛先生，你真的发大财了吗?”

“少奶奶，你听着!”海迪洁说道，“我给你算算他的财产吧：哈姆扎维街上的店铺、奥利亚街上的房产，还有思慕宫路的住宅……”

“求真主保佑我‘免遭嫉妒者嫉妒时的毒害’。”亚辛眯缝起眼睛，摇晃着脑袋说道。

海迪洁不顾亚辛打断她的话，继续说下去：

“还有首饰、现金等看不见的东西，数额就更大了。”

“凭你的生命起誓，这些东西全没了，全被偷走了，”亚辛真心遗憾地喊道，“全被那个狗崽子给偷走了！我让爸爸去问他，母亲有没有留下首饰或者现金，那个老贼说，‘你们自己找吧，真主明鉴，她生病期间都是我掏的腰包为她治病的!’你们听听，都是他这个洗衣妇的儿子掏的腰包!”

“唉，真可怜!”阿依莎感慨地说道，“病在床上身边连个亲人和朋友都没有，只让一个贪图她钱财的男人照顾着！离开人世时也没有一个为她难过的人……”

“没有一个为她难过的人?”

海迪洁在房间里指了指卧室里那件挂在衣架上的亚辛的衣服，讥讽地反驳道：

“你没看到那衣袖上的黑箍？那不是为她难过的标志吗？”

“我的确为她很难过，”亚辛郑重地说，“祈求真主怜悯她，宽恕她！我们在最后一次见面时已经消除了一切隔阂，不是吗？祈求真主怜悯她、宽恕她，也宽恕我们。”

海迪洁微微低下头，扬起眉毛眼睛朝上望着亚辛，就像从眼镜上面看人似的，说道：

“喔唷唷，大家听听我们这位先生说的大道理吧！”然后她向亚辛投去怀疑的目光，说：“不过我看你并没有真难过！”

“感谢真主，该为她办的事我全办了，”亚辛用恼怒的目光瞪了她一眼，“我为她举行了连续三夜的追悼仪式，每星期五我都去扫墓，给她供奉鲜花和水果……难道你还想让我打嘴巴嚎哭、往自己头上扬土吗？男人悲伤的形式可不同于女人们。”

海迪洁摇了摇头，仿佛说：“鬼才相信呢。”接着，她叹息道：

“哦，男人是这样难过的！可是，凭你的生命起誓，你跟我说老实话，难道那些店铺、房产和住宅没有减轻你的难过心情？”

“无怪乎有人说，脸孔丑的人嘴巴厉害……”

“谁这么说的？”

“你婆婆！”亚辛微笑着回答。

阿依莎笑了。法赫米也笑了起来，问海迪洁：

“难道你们婆媳之间的关系还没有改善？”

“她们之间的关系，在英国人和埃及人和好之前是改善不了的。”阿依莎代替姐姐回答。

“那个老太婆真是蛮不讲理，”海迪洁第一次愤愤不平地说婆婆，“真主会惩罚她的，凭真主起誓，我是无辜的，老是受她的气。”

“妹妹，用不着起誓，我们都相信你。”亚辛挖苦道，“等到受难日真主跟人们清算的时候，我们会替你作证的！”

“你跟婆婆相处得怎么样？”法赫米又问阿依莎。

“还可以。”阿依莎回答时同情地望着海迪洁。

“那当然啦，你的妹妹阿依莎多会做人啊！”海迪洁大声说道，“你知道她是怎样低三下四讨好婆婆的吗？真会见风使舵啊！”

“不管怎么说，你婆婆有一副好心肠，你该真诚庆贺自己！”亚辛装得一本正经地说。

“真正该庆贺的是你，”海迪洁冷言相讥道，“如蒙主愿，你不是很快就要娶第二个妻子了吗？”

亚辛禁不住笑了起来，说道：

“愿真主听见你的意愿。”

“真的吗？”阿依莎关切地问。

亚辛沉思片刻，然后有点认真地说：

“信士不会第二次被洞穴里的蛇蝎咬，可是谁能料到明天会如何呢？说不定会有第二次、第三次、第四次……”

“我早就料到你会这样的，”海迪洁大声说道，“你真是爷爷的好孙子呀！”

所有的人一阵哄堂大笑，连凯马勒也笑了。过了一会儿，阿依莎惋惜地说：

“宰奈卜真可怜哪！她本是个温柔善良的姑娘……”

“温柔善良？她可是个大笨蛋！她父亲也像我们爸爸一样，独断独行。倘若她能按照我的意愿跟我过日子，我决不会亏待她……”

“别说这种话了，还是维护自己的体面吧，不然会让海迪洁幸灾乐祸的。”

“她活该得到这种报应，”亚辛不屑地说道，“让她跟她父亲过一辈子吧！”

“可是她已经怀孕了，哥哥！”阿依莎喃喃地说，“难道你愿意自己的孩子让别人养大了再接回来？”

啊，这句话击中了要害。让孩子在母亲的身边成长，就像他这个做父亲的孩童时代一样。他所遭受的种种不幸，他的孩子或许都会遇上，甚至会有过之而无不及。随着年龄的增长，也许孩子对母亲或者父亲的憎恨的心理会与日俱增。那无论如何是不幸的事。他惆怅地说道：

“那就让孩子的命运像他爸爸的命运一样吧，我无能为力！”

大家全都沉默不语。过了一会儿，凯马勒问海迪洁：

“姐姐，你的孩子什么时候出来呀？”

“他还在上一年级……”海迪洁摸着自己的肚子，笑着回答。

“姐姐，”凯马勒端详着海迪洁的面孔，天真地说，“你怎么这样瘦呀？你的脸变丑了！”

大家全都捂着嘴笑了，笑得凯马勒感到羞愧，不知所措。但是海迪洁并没有生凯马勒的气，反而顺着弟弟的话笑着说：

“实话对你们说吧，我在害喜的那些日子里，把乌姆·赫奈斐辛苦了好多年为我堆积起来的肉都赔进去了。我一瘦，鼻子就显得更大了，眼窝陷得也更深了。我心里想，‘这个男人’那样转动着眼珠子挑媳妇，结果是白费心思了！”

大家再次哄堂大笑。亚辛说：

“其实，你丈夫才是个受气的人呢！他是一副英俊面孔笨肚肠，和你真可谓珠联璧合啊!”

海迪洁对亚辛置之不理，她指着阿依莎对法赫米说道：

“我的丈夫和她的丈夫是一对糊涂虫！两个人几乎白天黑夜都不离开家，既无所用心，也无所事事。她的丈夫成天就知道抽烟、弹琵琶，简直像个节日沿街卖唱的叫花子。我的丈夫呢，他老是躺在床上吸烟、唠叨，搅得人头发晕……”

“望门贵族都是不干活的!”阿依莎辩驳说。

“算了吧!”海迪洁揶揄地说道，“你当然应该为这样的生活辩护啦。说真的，真还没见过像你们这样般配的一对呢！你们俩都是懒懒散散、温温顺顺、无声无息的，简直就像一个人。法赫米先生，凭先知起誓，她丈夫整天都在抽烟、弹琵琶，而她终日梳妆打扮，在穿衣镜前走来走去……”

“她总是显得美艳动人那有什么不好呢?”亚辛反问道，但没等海迪洁开口，他就急忙问她，“告诉我，妹妹，如果你生下的孩子和你长得一模一样，你怎么办呢?”

“听凭真主的安排，随便他长得像他爸爸，或者像他外公、外婆或阿姨，”海迪洁已经受够了亚辛的攻击，她一本正经地回答，随之又笑了起来，“如果他一定要长得和他妈妈一样，那么，他比赛阿德·宰格鲁勒帕夏更配被流放!”

“姐姐，英国人可不在乎漂亮不漂亮，”凯马勒用很有经验的口吻说道，“他们就非常喜欢我的脑袋和鼻子。”

“他们说是跟你交朋友，实际上是拿你开玩笑!”海迪洁用手拍着胸脯，大声说道：“愿真主再让齐柏伦飞艇来搞得他们不安宁。”

阿依莎亲切地看了法赫米一眼，说道：

“你这样咒骂，有的人可真高兴啊!”

“我们家里有人不懂事，与英国人交朋友，我怎么高兴得起来呢?”法赫米微笑着咕哝道。

“你对他的教育白费心血了。”

“有些人怎么教育也是没用的。”

“难道我没有要求朱利恩把赛阿德·宰格鲁勒帕夏放回来吗?”觊马勒意识到大家说他，很不服气地问道。

“下一次你就让他凭着你那被他欣赏的大脑袋发誓。”海迪洁笑着说道。

法赫米不止一次地感到，周围的亲人们一有机会便引他说话，让他高兴。但是，这丝毫减轻不了这些日子充塞在他心里的寂寞感。这种感觉常常使他觉得与他们貌合神离。在这种热闹的场合，他却感到孤单和凄凉。与那些欢声笑语不断，甚至拿赛阿德·宰格鲁勒帕夏被放逐一事开玩笑的兄弟姐妹们在一起，他依然格格不入，他的心里充满了苦闷和激情。他偷眼望望每一个人，发现大家都很快乐：阿依莎虽然因为怀孕略显疲态，却还是那么喜气洋洋，自在快乐；海迪洁又说又笑，十分活跃；亚辛精神饱满，兴高采烈。这些人有谁会关心这几天发生的事件呢？谁会在乎赛阿德·宰格鲁勒帕夏是在这儿还是被流放？谁又会关心英国人撤不撤走？他是孤独的，至少在这些人中间他是孤独的。往常他对人们不关心国家大事的态度还是宽宏大量的，但这一次却感到气愤和恼怒，这或许是因为他近几天心情实在不佳的缘故。他常常估计会听到玛丽娅出嫁的消息，想到这点，他就感到愁闷和痛苦，但他无可奈何，只好绝望地接受现实。随着时间的流逝，他几乎也就习以为常了。他的情感已退让给伟大的事业，直到发生了朱利恩和玛丽娅的事，他才大为震动。她向英国鬼子暗送秋波是想嫁给英国人吧？要不这是什么意思？难道是在勾引对方？玛丽娅难道是水性杨花的姑娘？他过去的梦想中的那个姑娘在哪里呢？等到只剩下他和凯马勒单独在一起时，他又让弟弟把事情的细节仔细复述了一遍：你是怎样发现的？那个英国兵当时站在什么地方？你当时又在什么位置？你是否肯定站在窗口里的就是玛丽娅？她当时真的在看那个英国兵吗？你见到她在向英国兵微笑吗？……他提出一连串的问题，随后紧咬牙关，仿佛要把正在折磨着他的痛苦和不幸强行咽下。他还问了一个问题：她是否一发现你在看她就吓得退回去了？接着，他想象着当时的情景，一个个场面，一幕幕情景在脑海里闪过，久久地想象着她含情脉脉的微笑，仿佛看见了她那两片张开的嘴唇，就像阿依莎结婚那天她在肖克特家的院子里陪着新娘时微笑那样。

“看样子妈妈今天是不会来跟我们坐一会儿了。”阿依莎说话的声音里带着遗憾。

“家里的客人太多了。”海迪洁说道。

“我担心来了这么多人，英国兵会怀疑我们家在开什么政治性会议呢。”亚辛开着玩笑。

“爸爸的朋友多得足以遮住太阳。”海迪洁骄傲地说。

“我看见是穆罕默德·阿夫特先生带人来的。”阿依莎说。

“在我们降临到人间之前，他就是爸爸最要好的朋友了。”海迪洁赞同妹妹的说法。

“所以爸爸才狠狠指责我伤害了他们的交情。”亚辛摇晃着脑袋叽咕道。

“难道儿女离婚不会使亲密的朋友产生隔阂？”

“只有你爸爸的朋友例外！”亚辛微笑着回答。

“谁会愿意跟爸爸作对呢？凭真主起誓，世界上没有谁能像他这样，”阿依莎自豪地说，然后叹息一声道，“我一想起爸爸昨天夜里遭遇的事，头发都要急白了！”

看到法赫米沉默不语，海迪洁心里不是滋味。她认为用间接的方法让他舒展愁眉是不可能的，于是打定主意，采取直截了当的方法。她侧过头去望着他问道：

“弟弟，当初你想娶玛丽娅未能如愿，现在看起来是真主对你的仁慈啊，对不对？”

法赫米既惊异又难为情地望着姐姐。大家的目光很快集中到他的身上，就连凯马勒也关心地看着他。室内寂静无声，这种深沉的缄默表明大家的心中早就压抑着这样的感觉，只是假装不知或有意回避才一直没有说穿，现在终于被海迪洁大胆道破了。大家看着法赫米，法赫米却一声不响地等待着别人来回答，好像这个问题是他本人提出来的。亚辛觉得再这样沉默下去，会使法赫米更加痛苦，应该打破僵局，消除痛苦，于是故作高兴地说道：

“弟弟本是个追求完美的人，真主喜欢这样的圣徒……”

“别提这种我早已把它置之脑后的老问题了！”法赫米感到困窘和羞怯，简单地说。

“不光是法赫米哥哥被她蒙骗了，就是我们大家都没看透她。”阿依莎用辩解的口吻说。

海迪洁可不承认自己眼拙，尽力为自己辩护道：

“不管怎么说，我过去从来没有对她满意过，尽管当时并不知道她有多坏，但总觉得她配不上弟弟。”

“别提这种我早已把它置之脑后的老问题了！”法赫米装出毫不在意的样子把刚才的话重复了一遍，“管她跟英国人还是跟埃及人呢，都与我无关。我们不谈这事了！”

这时，亚辛又在心里琢磨玛丽娅的“问题”：她是怎样一个人呢？以前她虽然在他面前匆匆走过，但他从来没有留心观察过她。后来法赫米看上了她，他对她就更没有非分之想了。直到她的丑事在他们家人中传开，这才引起他的注意。他久久地在心里问道：她是个怎样的姑娘呢？他真想仔仔细细地看看她，盼望能摸清她的心思。英国兵到这个街区来是为了杀人而不是调情的，她却让英国兵对她钟情。每当说起她时，他只是顺应谈话气氛而对她表示愤慨，而心里却对这样一个大胆的“丢人现眼的姑娘”异常兴奋。因为她就住在附近，与他家仅一墙之隔。春情涌动的兴奋感在他宽大结实的胸膛内使他产生了猎取她的野心。在这个街区里，再没有哪个女人像玛丽娅那样使他动心了，只是看在亲爱的法赫米极度伤心的分上，他才仅仅限于遐想，在想入非非中获得乐趣。

“我们该走了。”

听到易卜拉欣和赫利勒从外面走廊传来的脚步声和谈话声，海迪洁边说边站起身来。大家也相继站了起来，有的伸伸懒腰，有的整理衣服。只有凯马勒还坐在原来的座位上，忐忑不安、伤感地望着大厅的门口。

## 六十七

艾哈迈德先生坐在账桌前，伏在账本上专心致志地做着日常工作，暂时忘却了各种各样流血冲突纷纷传来的消息，以及这些消息给他个人和整个社会带来的忧虑。他竟然变得像喜爱欢乐的聚会那样喜爱铺子了，因为这两种情况同样可以把他从身处地狱般折磨中的思绪里解脱出来。店铺里的气氛是忙忙碌碌的，都是些讨价还价、买进卖出、赚取利润以及其他一些日常的事务。一如既往的生活使他多少产生了一些信心，认为一切都可能恢复原样，回到过去的稳定和平安中去。平安？它到哪里去了？什么时候才能回来？就是在这个店铺里，人们也悲痛地低声议论着流血的消息。顾客们不再只是讨价还价买东西，他们开口总要传播一些消息，对一些事件表达沉痛的心情。在一袋袋大米和咖啡豆之间，他听到了布拉克[①]战斗、阿西尤特大屠杀以及抬着几十张灵床举行集体葬礼的情况，还听说一个青年人从敌人手中夺取了一挺机枪，企图躲进爱资哈尔大学，但未获成功，他身中数十弹，倒在血泊中死去。他躲进自己的店铺里本想忘却一切，谁知还会时不时地听到诸如此类血淋淋的消息。在死神的阴影下，生活是多

① 开罗的一个非中心城区。

么不幸啊！但愿革命加快步伐，尽早成功，使他本人和他的家人不至于受到伤害！他并不吝啬钱财，也可付出感情，但要他献出生命那就另当别论了。倘若真主要降灾于人间，那必然会出现生灵涂炭、鲜血横流！革命不是使人激情满怀的“美景”，它来来回回威胁着他的安全，威胁着他那个“不听话”儿子的生命。他对革命的热情冷却下来了，但对革命的目标仍不失憧憬。他梦想着独立，盼望赛阿德·宰格鲁勒帕夏能归来，可是最好不通过革命、流血或恐怖来实现。他的心与人们一起高呼口号，随着情绪激昂的人们一起激动，但是他的理智却因贪生怕死而抵制革命的洪流。他独行其是，就像一棵大树，被飓风吹打着树枝，其树根却毫不动摇。他十分珍惜自己的生命，那就让他颐养天年吧。法赫米信仰什么都无所谓，只要不为之付出生命。可法赫米这个忤逆之子，连救生圈也不要，就投身到这个洪流之中……

“艾哈迈德先生在吗？”

艾哈迈德听到了声音，感到有人冲进了店里，仿佛是被人推进来的。他从账本上抬起头，发现穆泰瓦里·阿卜杜·萨姆德谢赫已经站在铺子中间，转动着两只烂眼睛在寻找账桌方向。他不禁喜上心头，脸上绽开了笑容，大声招呼来者：

“请过来，穆泰瓦里谢赫，真是福星上门哪！”

谢赫的脸上出现了自信的神色，身子前后摇动地朝前走去，宛如骑在骆驼上。主人从账桌后探过身子，紧紧握住谢赫的手，喃喃地说道：

“椅子在你右边，请坐吧！”

穆泰瓦里谢赫把手杖靠在账桌边，在椅子上坐下，双手放在膝盖上，说：

“愿真主保佑你安然无恙！”

“你的祝愿太好了，我多么需要这样的祝愿啊！”艾哈迈德由衷地表示，然后看看正在给顾客称大米的嘉米勒·哈姆扎维，说道，“别忘了把谢赫的那包东西准备好。”

“谢赫的事忘不了！”传来嘉米勒·哈姆扎维的声音。

谢赫摊开两只手，仰起脸，双唇不住地蠕动，念念有词地祈祷起来，只听到他断断续续地发出一些声音。然后他恢复原来的姿势，沉默片刻，便让对方先做祷告：

“先为正道之光①祈祷吧。”

“愿真主赐最大的福给他，并使他平安。”主人热情地祈祷道。

“祈求真主怜悯你那名声很好的父亲。”

“愿真主最大地怜悯他。”

“其次，我祈求真主保佑你看到家庭美满，子孙幸福。”

“阿敏！”

接着，谢赫叹息着说：

“我祈求真主让我们的阿拔斯先生、穆罕默德·法里德和赛阿德·宰格鲁勒帕夏回到我们中间。”

“真主啊，你应允我们的祈求吧。”

“求真主惩罚过去和现在作恶多端的英国人吧。”

“赞颂强大无比、赏罚分明的真主！”

这时，谢赫清了清嗓子，用手抹了一下脸颊，说道：

“昨天夜里我梦见你在向我招手，所以我一睁开眼就决定来看你。”

艾哈迈德脸露微笑，但微笑中不免露出忧愁：

---

① 指先知穆罕默德。

“对此我并不感到意外，因为我迫切需要你的祝福，愿真主使你吉祥倍增。”

谢赫把脸凑向先生，同情地问：

“听说你在凯旋门遇上了一点麻烦，是真的吗?”

“是的，”主人笑着回答，“是谁告诉你的?”

“我路过额尼姆·哈米杜的油坊时，他叫住我，对我说：‘你没听说英国人是怎样对待你的好友艾哈迈德先生和我的吗?’我听了大吃一惊，让他把事情说清楚，他才对我讲了那件令人吃惊的事。”

于是，艾哈迈德又把事情原原本本叙述了一遍。近几天来，这件事他已经重复了几十遍，但依然不厌其烦。

谢赫一边仔细听着，一边低声诵念着《古兰经》“科尔希节”。

“孩子，你惊慌了吗?你恐惧到了什么程度?告诉我……我们无能为力，惟有依靠真主……你当时相信自己会平安无事吗?你难道忘记惊吓总归会有后遗症的?你已经祷告了好久，求真主解救!这不错，但是你必须带上护身符!”

“怎么能不带!护身符能使我们吉祥如意。可是穆泰瓦里谢赫，孩子和他们的母亲会不会受我惊吓的连累?”

“当然会的。他们心灵脆弱，经不住残暴和恐怖的影响，一定也受惊了!给他们每人请一道护身符吧，它能消灾弭祸!”

“你是个吉祥和福音者，穆泰瓦里谢赫。真主使我大难不死，但还有一种灾祸在威胁着我，使我寝食难安。”

谢赫又一次把脸凑向艾哈迈德，同情地问道：

“祈求真主宽恕你，孩子，还有什么事呀?”

艾哈迈德用悒郁的目光凝视着谢赫，烦躁地咕哝道：

“我的儿子法赫米……”

“愿真主保佑他。”

谢赫扬起两道白眉毛，又像询问又像吃惊地说，过了一会儿才祈祷道。

“他开始不听我话了，”主人痛心地摇着头说，“这事只好托付给真主了。”

谢赫向前伸出双臂，好像要挡住灾难似的大声说道：

“求真主保佑，法赫米也是我的儿子，我知道得一清二楚，他的天性是孝顺厚道的。”

“可他在这种流血的日子里，总是像那些年轻人那样做危险的事情!”艾哈迈德十分生气。

“你是个说一不二的父亲，这是毫无疑问的，”谢赫诧异和不肯相信地说，“我简直想象不出你的哪个儿子敢不对你惟命是从。”

这句话扎伤了艾哈迈德的心，使它鲜血直流。他胸中十分烦闷。过了一会儿，他觉得应该把儿子的忤逆行为往轻里说，以免在谢赫面前，同时也在自己心灵里面，落得个懦弱无能的名声。

“当然，他还不敢公开顶撞我。可是我要他凭《古兰经》发誓不再参加革命活动，他却哭了，光哭却不敢说一个‘不’字。我该怎么办呢？我既不能把他关在家里，又不能到学校去监视他，我担心像他这样的年轻人会克制不住自己而卷入这几天的风潮中。我该怎么办呢？是用揍他去吓唬他，还是索性打他一顿？可是对于一个连死都不怕的人来说，威吓能起什么作用呢？”

“他参加游行了吗？”谢赫用手抹抹脸，不安地问道。

“没有，”主人耸耸宽阔的肩膀说，“但他在散发传单。当我追问时，他说只在几个朋友中间散发。”

“他怎么去做这种事情呢？他是个很温顺的孩子，干这种事的可是另外一种人呀。难道他不知道英国鬼子都是一群野兽，残暴得连半点怜悯心也没有的吗？他不知道这群野兽日夜都在嗜饮可怜的埃及人的鲜血吗？你得对他好言相劝，开导开导他，让他认清黑暗和光明。你告诉他，你是他父亲，你爱他，你为他担心。至于我嘛，立即为他准备一个特种护身符，在祈祷中，尤其是晨礼中一定为他祈祷。万能的真主不但过去，就是今后也一定会保佑我们的！”

“死人的消息接二连三地传来，时时刻刻都在向人们发出警告，必须引以为戒，不知道法赫米到底中了什么邪？”艾哈迈德心情忧郁地说，“卖牛奶的富里的儿子转眼就丢了性命，法赫米陪我去吊了丧，安慰了那个可怜的父亲。那个小伙子出去送酸奶酪时，路上遇见了游行队伍，便身不由己地参加了进去。只过了个把小时，他就倒在爱资哈尔广场上了。这也是命中注定，我们无能为力，惟有依靠真主。我们确属于真主，我们必定只归依他①。到了他该回家时还没有回来，他父亲着急了，赶紧到顾主们那儿去打听，有的说他送来酸奶酪后就走了，有的说他没有像往常那样去他们那儿。最后他问到卖奶油粉丝的哈姆罗什，在那儿看到了自己家放酸奶酪的大盘子和盘子里一些没有送出去的酸奶酪。哈姆罗什告诉他，那个小伙子把这些东西放在他那儿，参加游行去了。可怜的富里一听这个消息简直疯了，他立即奔向嘉马利亚警察署，那里的人让他去埃尼宫医院找找看，到了那里，他发现儿子已经躺在停尸间了，这才彻底弄明白了事情经过。我们到他家吊丧时，富里对我们讲述了这件事，他说他知道这孩子是怎么死的，只好当他不在自己身边。我们感受到这位父亲丧子之痛的程度，听到

---

①《古兰经》第二章第156节。穆斯林听说有人死亡时必说这句话。

了他们一家人的痛哭。可怜的孩子送了命，可赛阿德·宰格鲁勒帕夏依然没有回来，英国人也没有滚蛋。法赫米就算是一块石头也该悟出点道理来了！可我那个最好的儿子呀，赞颂和感谢全归真主!”

“我认识这个可怜的小伙子，是富里的长子，对不对?”穆泰瓦里谢赫悲痛地说道，“他爷爷是养毛驴的。我当初常租用他的毛驴去艾布·苏欧德先生那儿。富里有四个孩子，失去的儿子是他最喜欢的。”

嘉米勒·哈姆扎维这时第一次插嘴道：

“这些日子人们真是疯了似的，全都失去了理智，连小孩子也一样。昨天，我的儿子富阿德对他妈说，他也想参加示威游行!”

“孩子们这样去闯祸，大人们就会遭殃!”艾哈迈德不安地说，“你儿子富阿德是我儿子凯马勒的朋友，在同一所学校里念书，你说他，不，是他俩会不会受到蛊惑，偷着去参加示威游行？唉，现在真是什么怪事都有啊!”

“那倒不至于，先生，”嘉米勒·哈姆扎维后悔刚才不该失言，赶紧补充一句，“对于富阿德这种天真的愿望，我已经毫不留情地教训了他一顿。凯马勒少爷出门总有乌姆·赫奈斐陪伴，你根本不用担心，真主会保佑他，关照他的。”

三个人全都沉默了，店铺里只有嘉米勒·哈姆扎维用纸包东西的沙沙声，他在准备送给穆泰瓦里·阿卜杜，萨姆德谢赫的物品。接着，谢赫叹了口气，说道：

“法赫米是个有头脑的孩子，他那高尚的心里自然看不惯英国人。这些英国人！求真主保佑，你难道没听说英国人在阿齐兹亚和巴德尔辛的所作所为吗?”

艾哈迈德正心乱如麻，没有心思再打听什么。这些日子他的耳朵里灌满了各种各样的消息，估计谢赫也说不出什么更新鲜的了。于是，他扬了扬眉毛，装出关注的神情听谢赫说下去：

“前天我登门拜访了阿拔西亚街上一座豪华别墅里的贵族夏达德·阿卜杜·哈米德贝克，他留我吃了午饭和晚饭，我送给他和他的家属几个护身符，他跟我谈起了在阿齐兹亚和巴德尔辛发生的事情……”

谢赫说到这里停顿了一下，艾哈迈德问道：

“你说的就是那个有名的棉花商吗？”

“正是他！夏达德·阿卜杜·哈米德贝克是最大的棉花商。你或许认识他的儿子阿卜杜·哈米德贝克·夏达德①。有些日子他不是与穆罕默德·阿夫特先生关系很密切吗？”

“我想起来了，”艾哈迈德慢条斯理地说道，以便有时间思索，“战争发生前我在穆罕默德·阿夫特先生家的聚会上见到过他一次，后来听说他在阿拔斯被废黜后也被驱逐出国了，他有什么消息吗？”

穆泰瓦里谢赫觉得阿卜杜·哈米德·夏达德贝克的消息只是个放在括号里的小插曲，他急于言归正题，便赶紧接口：

“他一直在国外，带着妻子子女住在法国，夏达德贝克总担心在死前见不到远在异国的儿子了。”

说到这里他又停顿了一下，然后左右摇晃着脑袋，用唱赞圣诗似的悠扬声音说：

“半夜两三点钟，正当人们熟睡的时候，几百名全副武装的英国兵把这

① 阿拉伯人的全名一般由“本人名·父亲名·家族名（相当于姓，有时也可用祖父名）”组成，但平时使用时常用“本人名·父亲名”或“本人名·家族名”。这里的阿卜杜·哈米德是本人名，夏达德是父亲名，而他的父亲叫夏达德·阿卜杜·哈米德，这说明此人的名字取用了祖父的名字。

两个小镇包围了……”

艾哈迈德神色紧张地注意听着。英国兵在人们熟睡时包围了那两个小镇？他们的做法不是与驻扎在我家门口的那些英国兵一样吗？他们已经开始侵犯我了，下一步还会打什么坏主意？

谢赫拍打着膝盖，就像在为自己的吟唱打着拍子，继续说下去：

“他们闯进两个镇长家里，命令他们交出武器，然后冲进内宅，抢劫首饰，侮辱妇女，抓住妇女的头发往外拖。妇女哇哇哭叫呼救，可是谁敢上前搭救呢？真主啊，你怜悯怜悯这些软弱无力的人们吧！”

闯进两个镇长的家里？政府任命的镇长也遭此厄运？我不是镇长，我的家也不是镇长住宅，我只是一个普通的老百姓，英国人会把我们这些人怎样呢？……一想到艾米娜会被英国兵抓住头发往外拖，这不是命中注定要我发疯吗？我会不疯吗？

谢赫继续摇晃着脑袋往下说：

“他们强迫两位镇长带他们到镇上的谢赫和财主家，然后破门而入，把贵重物品一抢而空，接着强奸妇女，还开枪打死了企图反抗的女人。真是作孽呀！男人们都被他们打得皮开肉绽……到他们离开时，这两个镇里所有值钱的东西都被洗劫一空了，没有一个女人不被糟蹋……”

所有值钱的东西被洗劫也就算了，没有一个女人不被糟蹋这可怎么得了！真主的慈悲在哪里呢？真主的惩罚又在哪里呢？远古时代有大洪水和努哈方舟[①]，而穆斯塔法·卡米勒英年早逝了！你想想看，这帮英国兵如此造孽，你与他们岂不是不共戴天？他们犯下的是什么样的罪恶呀！真是丧

① 努哈是《古兰经》的故事人物。他受真主派遣向族人传布一神教义，族人不愿放弃多神信仰。真主便将以洪水惩罚其族人。遂命努哈造舟，将世上每种动物各取一对，及信仰一神的眷属载到舟内，以躲避洪水。洪水过后，不信真主者皆被淹殁。

心病狂呀！……

谢赫在膝盖上拍了三下，继续讲下去，这时他的声音已经颤抖了，近乎哭泣道：

“他们在居民的茅屋上浇上汽油，在两个小镇上放起火来。镇里的人都惊醒了，吓得发疯一样逃出家门，到处是惊叫声和呻吟声，熊熊大火四下蔓延，两座小镇顿时变成了火海。”

“真主啊，创造天地的真主啊！”艾哈迈德下意识地叫了起来。

“英国兵还在两个燃烧着的小镇周围设下埋伏圈。镇民们为逃离火海只能往镇外跑，连他们养的家畜甚至狗和猫也跟着人们逃命。但等到镇民们一跑过来，他们就截住男人拳打脚踢，拦住妇女强奸并抢劫她们的首饰。哪一个不依就被打死，谁的丈夫、父亲、兄弟敢于动手救助，立即遭到枪杀！”

接着，穆泰瓦里谢赫朝发呆的艾哈迈德瞧瞧，双手一拍，大声说道：

“他们把剩下的人赶到附近兵营里，逼着他们在早已准备好的文件上签字，承认一些莫须有的罪名，承认英国人对他们的惩罚是罪有应得。艾哈迈德先生，这就是在阿齐兹亚和巴德尔辛所发生的事情。这仅仅是英国兵犯下的惨无人道的暴行之一。真主啊，你都看到了！真主啊，你可以作证！”

店铺里是一片凄凉、悲哀的沉默，每人都在思忖和想象之中。最后还是嘉米勒·哈姆扎维打破沉默，他叹息一声，高声喊道：

“真主是存在的！”

“说得对，”艾哈迈德大声附和伙计的话，用手指指四方，“真主无所不在！”

“你告诉法赫米，”穆泰瓦里谢赫对艾哈迈德说：“就说穆泰瓦里谢赫劝告他远离会丧命的危险。你告诉他，万事要依靠真主，只有真主能消灭英国佬，就像真主从前消灭那些公开对抗他的人那样！”

接着，谢赫转身拿起手杖。艾哈迈德向嘉米勒·哈姆扎维打了一个手势，伙计便将礼物送到谢赫手中，然后扶他起身。谢赫和两个人握过手后，边往外走边说道：

“‘罗马人已败北于最近的地方。他们既败之后，将获胜利。’① 伟大的真主说得对！”

①《古兰经》第三十章第2、3节。罗马人和波斯人作战，在约旦河附近的一次战役中失败。罗马人信一神教，而波斯人不是，麦加多神教徒因而挖苦穆斯林，这两节经文是鼓励信一神教的穆斯林要坚定信仰，鼓足精神。接下去的经文说罗马人在数年之间就可获胜。

# 六十八

天快亮了，曙光正在摆脱黎明前的黑暗渐渐显露出来。女仆从怡心园胡同赶到艾哈迈德的家来告诉艾米娜，阿依莎快临盆了。正在厨房里忙碌的艾米娜把手上的活儿交给乌姆·赫奈斐，匆忙朝楼梯走去。乌姆·赫奈斐露出不悦的神情，她在这个家当了那么多年的佣人以来，或许是第一次不高兴：阿依莎临产，难道她没有权利去帮忙吗？她应该和艾米娜一样有这个权利，阿依莎来到世界上一睁开眼睛就是躺在她的怀抱里。这个家里的每个孩子都有两个母亲，一个是艾米娜，另一个就是她乌姆·赫奈斐。在这种紧张的时刻，怎么能让她不在阿依莎身边呢？你还记得自己生孩子时的情况吗？在泰姆贝克什街区的一所房子里，半夜十二点了，你丈夫和往常一样还没有回家，你孤零零的一个人，只有既是朋友又是接生婆的乌姆·哈赛妮娅在场。如今乌姆·哈赛妮娅在哪里呢？她是不是还活着？赫奈斐在我痛苦的呻吟中降临了人间，后来又在我痛心的哭喊中离开了人世，他死时还在摇篮里，倘若他活到现在，已是个二十岁的小伙子了！我家小姐正在经历着临产的痛苦，而我只能留在厨房里准备饭菜。

艾米娜心里充满了喜悦和担忧。她生第一个孩子的那一天，心里就是这种感觉。现在阿依莎要生第一个孩子了，马上要当母亲了，就像她当年生海迪洁当上母亲一样。生命就是这样永无休止地延续着。她来到丈夫面前，告诉他这个喜讯，语调十分温柔和谦恭。这一次她是再拘谨不过了，只是在语气中流露出想立即动身去女儿那里的热切愿望。丈夫平静地听她说完，吩咐她快去，不要拖拉！她匆匆忙忙地换上衣服，觉得生孩子这件事倒给她这样的懦弱女人享受到特权，有时还创造出奇迹。

母亲刚走不久，三兄弟先后醒来听说了这个消息，脸上露出欣喜的笑容，相互交换着询问的目光：阿依莎要当妈妈了，这不是怪事吗？有什么可奇怪的！母亲生海迪洁时岁数比阿依莎还小呢。母亲去那儿是要亲自接生吗？他们两个人都在笑，这是冲着我的。对了，那个臭娘儿们也快要生孩子了！你说的是谁？宰奈卜嘛。啊，爸爸能听到你的话，那该多好！阿依莎要当母亲了，我要当父亲了。我也要当舅舅和叔叔了。喂，凯马勒先生，你也要当舅舅和叔叔了！今天我应该不去上学了，我要到阿依莎姐姐那儿去。好极了，吃早饭时我就请爸爸同意这样做！好啊，我们需要更多的新生儿，以弥补英国人的屠杀造成的人力不足。我就是不去上学也没有什么不正常的。四分之三的学生已经罢课一个多月了。你把这个情况告诉爸爸吧，他听了你的道理，一定会往你脸上扔蚕豆盘子的。好啊，再过一二个小时，一个新生命就要诞生了，爸爸要当外公，妈妈要当外婆了，我们也成了舅舅。这真是了不起的事情！在这同一个时刻，有多少新生儿将看到世上的光明呢？与此同时，又有多少人会告别人世呀？我们应该去告诉外婆。如果我不去上学，就可以到赫兰富什胡同去给外婆报喜。我们跟你说过，你上不上学跟我们无关，你自己去跟爸爸说，他会欢迎你的想法的。啊呀，也许阿依莎现在正痛苦着呢。亲爱的姐姐，你真可怜哪！金头发蓝眼睛都不会使你生孩子的疼痛有丝毫的减轻。真主啊，保佑她平安吧。果真她能平安，我们愿喝野石榴根汁、点燃蜡烛。她生下的究竟是男孩还是女孩呢？是男孩好还是女孩好呢？当然是男孩子好。她或许会和妈妈一样，头胎生个女孩，为什么不能像爸爸那样先有个男孩子呢？哈哈！等我放学的时候小孩子已经生出来了，我肯定看不到他是怎样出生的了。你想亲眼看到他是怎样出生的吗？那当然！这种愿望只能等到你自己的孩子诞生时才能实现！

听了这个消息，凯马勒最为激动，不由得心驰神往，浮想联翩。若不是感到学监正在密切地注视着他，会把他的举动记录下来告诉父亲的话，他早就禁不住诱惑，要逃学去怡心园胡同了。他身在学校，心却已飞到怡心园胡同去探听那个新生命的情况了。他盼望这个新生命降临人间已经有好几个月了，他的心里一直希望了解这个新生命在肚子里的秘密。他不满六岁的时候，有一次曾见到母猫下崽。当时他听到母猫在平台上喵喵嗷叫，引起了注意，赶紧跑过去，只见常春藤棚架下，一只母猫痛苦地蜷缩着，两只眼睛都凸了出来。过了一会儿，母猫身上露出一团血红的东西，吓得他大声喊叫着往后退。当时的情景浮现在他的脑海里，久久不能消失，使他再次感到恶心难忍，不安和烦躁的感觉像浓雾一般在他周身弥漫。但是，他不能让害怕的心理控制自己，不愿在想象中将阿依莎和母猫挂钩，这两者一个是人，一个是动物，人和动物有着天壤之别。那么在怡心园胡同究竟发生了什么事情呢？阿依莎身上会出现什么新奇的变化？……一连串令人困惑的问题无法得到满意的答案。当天下午，他一放学就狂奔着径直朝怡心园胡同跑去。

凯马勒气喘吁吁地冲进肖克特家的院子里。他正要朝内宅走去时，无意中朝外客厅瞥了一眼，谁知竟和父亲的目光撞到了一起。父亲双手放在两腿间的手杖柄上坐在那里，他不由得像被钉在原地，呆呆地瞪着两只眼睛，仿佛中了催眠术似的目不斜视、一动不动。他只感到自己不知不觉犯了大错，只好伫立着准备接受惩罚，恐惧得浑身直打哆嗦。直到艾哈迈德转过脸去和身边的人说话，他才咽了一口唾沫，收回了目光。这时，他发现易卜拉欣·肖克特、亚辛和法赫米全在客厅里，便一溜烟地逃进了内宅。他连蹦带跳地上了楼，来到阿依莎的住处，推开半掩着的房门走了进去，撞见姐夫赫利勒·肖克特正站在前厅里。卧室的门紧闭着，从里面传出说话的声音，他听出有母亲和肖克特遗孀，还有一个人的声音听不出是谁。他向姐夫问好，然后笑眯眯地望着他问道：

"姐姐生了吗?"

"嘘。"姐夫把食指放在嘴唇上警告他别作声。

凯马勒意识到姐夫不喜欢他询问，甚至不欢迎他这个时候擅自闯进来，这和他以往对他的态度大相径庭。凯马勒因此感到难堪，心中不知为什么产生了不安，他想走近那扇紧闭着的房门，但刚挪步就被姐夫的喊声制止了：

"别过去!"姐夫的喊声虽然简短却带着烦躁不安的情绪。

凯马勒转过身，用询问的目光望着姐夫。但赫利勒用方言急急忙忙对凯马勒说：

"快下去吧，机灵的弟弟，到楼下去玩吧!"

孩子的心都碎了，只好脚步沉重地退回来。没想到今天熬了一整天才有机会来看望姐姐，却碰了个不软不硬的钉子，真叫他难受。他刚要跨过门槛，就听到从紧闭房门的卧室里传出一种奇特的声音，开始时又尖又高，继而变得粗重、嘶哑，最后是像临终时喉头发出的咯咯声，冗长而凄惨。这种呻吟中断了一阵，接着又是一阵撕心裂肺的喊叫。凯马勒乍一听这个声音觉得十分陌生，简直搞不清是谁的声音，但仔细一听，却分辨出那是临产前的喊叫和呻吟。毫无疑问，这是阿依莎的声音，是阿依莎在经受痛苦的煎熬。当传来又一阵钻心的喊叫声时，他完全肯定了自己的猜想，不由得浑身颤抖起来。他的脑海里又浮现出昔日母猫下崽的情形，仿佛看到了姐姐正痛苦地扭曲着身子在那儿。他转过脸去看姐夫，发现姐夫一会儿攥紧拳头，一会儿伸开，嘴里喃喃自语："仁慈的真主啊，真主！"他似乎看到姐姐的身子正在一屈一伸地扭动，正像姐夫的两只手一样。他再也克制不住自己，哭着跑了出去。他快到内宅门口时，听到身后有脚步声，转身抬头一看，原来是女仆素维依坦急急忙忙下楼来。女仆从他身边匆匆过去，没有注意到他，站在那里呼唤她的主人易卜拉欣。大姐夫应声过来，她对他说了句："感谢真主，大少爷！"此外再没说什么，也不等他的吩咐，便毫不迟疑地转身上楼去了。易卜拉欣满面春风地回外客厅去了，只剩下凯马勒一个人呆在那儿，不知如何是好。但是没过多久易卜拉欣又回来了，后面先跟着艾哈迈德，接着是亚辛和法赫米。凯马勒闪到一边让他们过去，然后忐忑不安地跟随他们上了楼。赫利勒在房门口迎候他们，只听到父亲对他说道：

"赞颂全归真主，全都平安吧？"

赫利勒愁眉不展地咕哝道：

"无论如何，赞颂全归真主。"

"怎么啦？"艾哈迈德关心地问道。

"我得请医生去。"赫利勒低声回答。

"是孩子吗？"艾哈迈德不安地问道。

"不，是阿依莎！"赫利勒摇头否认，回答说，"她的情况不大好，得赶紧去请医生。"

赫利勒说完就走了，显然把焦虑与不安留给了人们。易卜拉欣请大家到会客室去坐，几个人沉默地走了进去。不一会儿，肖克特遗孀来了，她微笑着向大家问好，这让大家放心了些。然后，她坐下来说：

“可怜的孩子折腾了那么长时间，一点力气也没有了。但是这是暂时的，待一会儿就会缓过来的。我深信自己说的没错，可是赫利勒今天显得不同寻常的胆小怕事。不过请医生来看看也没有坏处。”接着，她压低声音自言自语地说，“医生就是我们的真主，真主就是医生。”

艾哈迈德一反平日在子女们面前的那种威严和冷峻的态度，带着局促不安的神情问道：

“她怎么样了？我能看看她吗？”

“过一会儿吧，”老夫人微笑着说，“你会看到她安然无恙的，都怪我那个疯疯癫癫的儿子，平白无故地闹得你们心神不定。”

艾哈迈德的一颗心在健壮宽阔的胸膛里、在威严果断的仪表下忍受着无比痛苦的折磨，两只呆滞的蓝眼睛里噙着泪花……女儿到底发生了什么意外？为什么要去请医生？为什么老太婆不让我去看望她？事实上，亲切的微笑和体贴的话语，尤其是我的微笑和话语一定能减轻她的痛苦。结婚，有了丈夫，经历了痛苦！她在家里可从没吃过一点苦。我心爱的漂亮的小女儿呀，愿真主怜悯你！子女们受到伤害的威胁，破坏了我的生活趣味。法赫米，看他那黯然神伤的样子，他也很痛苦。他能理解痛苦的意义吗？他哪能体会父母的心情啊！这个老太婆那么平静而有信心地说：都是她儿子平白无故地闹得我们心神不定。真主啊，但愿是这样！真主，你最了解我，救救我的女儿吧，就像你把我从英国兵的手中解救出来一样。我的心受不了这样的折磨，只能期待真主的开恩，只有真主才能够保佑我的子女免遭一切厄运。不然的话，生活还有什么味道呢？如果我的身上扎着锋利的刀子，怎么还会有欢乐、欣喜、嬉笑可言呢！我的心为儿女们祈祷平安，因为这是一颗做父亲的心，没有了烦恼才能享受生活的乐趣。我还能心情舒畅地去参加晚上的欢聚吗？我希望自己欢笑时的笑声是发自清静的内心深处。我现在的心是忐忑不安的，犹如绷紧的弓弦。法赫米的事已经够我烦的了，就像牙疼一样搅得人痛苦不堪！消灭世上的痛苦吧！这对真主来说不是什么难事。消灭世上的痛苦吧，哪怕只是短暂的时间也行。在那种世界里，让我看着他们安然无恙，那时我才能尽情欢笑、歌唱和玩乐。最仁慈的真主啊，保佑阿依莎吧！

过了二十分钟，赫利勒请来了医生。他们急忙走进卧室，随手关上了房门。艾哈迈德知道医生来了，就站起来走到会客室门口，站在那里望了一会儿紧闭的房门，然后又回到原来的位子上坐下。这时，肖克特遗孀说道：

“等会儿你听医生一说，就相信我的话了。”

“医生总归有办法的。”艾哈迈德仰头喃喃低语道。

他很快就能了解实际情况了，无论结果如何，他可以走出疑虑的迷雾了。他的心在不停地快速跳动着，不用多少时间了，忍耐些吧！他坚定地信仰真主，毫不动摇，那么就把自己的事情交给真主吧！不管医生在里面待多久，总是要出来的，到时候就可以问个究竟了。医生？女人生孩子还要请医生？这是他从来没想到过的！把一切暴露给一个陌生男人，难道不是这样吗？可他是医生，有什么办法呢？最重要的是祈求真主帮助她渡过难关，让我们祈求真主赐予平安吧！艾哈迈德在忧心之外又感到丢脸和愤慨。医生的检查大约进行了二十分钟，然后卧室的门开了。艾哈迈德站起身，立即走到厅内，三个儿子跟在他的身后。他们把医生围了起来。这位医生原来就和艾哈迈德认识，他微笑着与艾哈迈德握了握手，说道：

“好了，没什么事。”然后，他郑重其事地说，“他们请我来是看产妇的情况，可是我看真正需要关心的倒是孩子。”

在这一个小时以来，艾哈迈德才第一次舒了一口气，脸上泛出宽慰的笑容，说：

“这么说我可以放心了！”

“是的，”医生故作惊讶地问道，“可是你不关心外孙女吗？”

“我还不知道怎么尽外祖父的责任呢！”艾哈迈德笑着回答。

“难道孩子没有活的希望吗？”赫利勒问道。

“寿命在真主手中。”医生皱起眉头说，“我发现女孩的心脏跳动得十分微弱，可能活不过今天晚上。如果能平安过了晚上，那就度过了危险期。不过，我认为这孩子的寿命不会太长，估计不会超过二十岁……可是谁知道呢？寿命只有真主来掌握的。”

医生离开后，赫利勒嘴边泛出一丝遗憾的苦笑望着母亲说：

“我打算用你的名字给孩子取名，叫纳伊曼。”

“医生都说寿命在真主手里，难道你对真主的信仰还不如医生吗？”老太太挥着手责怪儿子说，“就让孩子叫纳伊曼吧，应该取这个名字，以示对我的敬重，如蒙真主允许，她会像祖母一样长寿的！”

艾哈迈德在心里说，这个浑蛋小子，平白无故地请医生上门来看自己的老婆，实在是个大笨蛋！他不禁怒火中烧，但还是压制着，用温和的语气说道：

“的确，人在担心害怕时就会头脑发昏，你在事前也得考虑一下，怎么能慌慌忙忙把一个陌生男人带到家里随便地看你妻子呢？”

赫利勒没有回答，他转动着眼睛扫视了一下周围的人，然后严肃地告诉大家：

“千万不能让阿依莎知道医生说了些什么。”

# 六十九

“马路上发生了什么事？”

艾哈迈德边问边从账桌后急忙站起身来，走向店铺门口，嘉米勒·哈姆扎维和一些顾客跟了过去。纳哈辛街并不是一条清静的马路，而是一条与“清静”沾不上边的街道。嘈杂声日日夜夜从不间断，到处是小贩的吆喝声、顾客的还价声、商人的招徕生意声以及行人的谈笑声，所有的人都在扯开喉咙喊着。人们相互交谈，都像发表演讲一样，以致一些最私密的事情也会传遍四方，飞上宣礼塔顶。除了这些嘈杂声外，还不时有公共马车的辚辚声和载货车辆的隆隆声。总而言之，这条马路没有一刻的清静。但是，这时一种突如其来的喧嚣声由远方传来，起初似惊涛拍岸，然后越来越高，越来越大，最后变得好似狂风怒吼，席卷了远远近近整个街区。即使在这条嘈杂的马路上，这声音也显得十分异常。艾哈迈德以为又是有人义愤填膺地在进行游行示威。近些日子来，人们一听到非同寻常的声音都会这样想。但是在喧闹声中夹杂着喜庆的振舌欢呼声，他不禁纳闷地走到门口去看个究竟。他刚到门口就撞见本街长老急匆匆地走过来，满脸春风地对他大声说：

“你听到消息了吗？”

“没有，”艾哈迈德虽然还没有听说什么事，双眼里却闪烁着乐观的神色，问道，“有什么好消息吗？”

“赛阿德·宰格鲁勒帕夏被释放了。”长老兴奋地回答。

“真的吗？”艾哈迈德情不自禁地大声问。

“阿伦比[①]刚刚发布公告，宣布了这一喜讯。”长老毫不含糊地说。

紧接着两人热烈拥抱。艾哈迈德十分激动，两眼噙着泪花。然后他克制着激动，笑着说道：

“我们知道，阿伦比发布的公告一向都是警告性的，从来没有过好消息，究竟是什么让这个老家伙改变了呢？”

“永不改变的惟有真主，赞颂真主！”长老说。

长老和主人握了握手离开了店铺，他边走边大声呼喊：“真主至大，真主至大！胜利属于信仰真主的信士们！”

艾哈迈德站在店铺的门槛上，怀着孩童般的天真和欢乐的心情，纵目朝马路的四方望去，寻觅着这个幸福的消息在各个角落引起的反响：一家家店铺门口挤满了人，店主和顾客在互相庆贺；一扇扇窗户里映出喜悦的面孔，里面传出妇女们振舌的欢呼声；纳哈辛街、萨加大道、法官公馆广场上自发结成了许多游行队伍，同声高呼：“赛阿德，赛阿德，赛阿德！”宣礼员登上宣礼塔最上层赞颂真主，进行祈祷和欢呼。几十辆轻便马车载着数百名穿着米拉叶的妇女排队驶过，她们翩翩起舞，唱着爱国歌曲。一眼望去人潮涌动，说得更确切些，都是欢呼的人群。在人山人海中，大地消失了，墙壁隐没了，处处都响彻着欢呼赛阿德的声音，仿佛整个天空变成了一张不停旋转的巨大唱片，反复放送着赛阿德这个名字。人们互相传

---

① 埃德蒙·阿伦比（1861—1936），英国元帅，1919—1925年任英国驻埃及高级专员。

递着一条消息：英国兵正在收起建在各路口的营帐，准备开回阿拔西亚街区，人们情不自禁地欢呼雀跃起来，热烈的场面经久不息。艾哈迈德从来没有见到过这样的场景，他转动着两只闪亮的眼睛四处观望，激动的心在剧烈地跳动，心里随着跳舞的妇女在喊着："侯赛因啊，这个战役胜利了！"这时，嘉米勒·哈姆扎维把头凑到主人耳边说道：

"各家店铺都在分发饮料，还挂起了旗帜！"

"你也照着办，要办得更好，这要看你了！"艾哈迈德热情地说，然后又用颤抖的声音叮嘱，"把赛阿德的画像挂在'奉安拉之名'这句条幅下面。"

嘉米勒·哈姆扎维犹豫地望着主人提醒道：

"挂在那儿太显眼了，外面都看得见。是不是再等一等，等局势平静下来再说，这样不是更好吗？"

主人毫不在乎地说：

"恐怖和流血的时代已经一去不复返了！你没看到游行队伍从英国兵的眼皮底下走过也没什么事吗？把画像挂上去，一切信赖真主吧！"

恐怖和流血的时代过去了，不是吗？赛阿德·宰格鲁勒帕夏恢复了自由，也许现在正在赴欧洲的途中。我们距离独立仅一步之遥了，或者说只差一句话就可获得独立了。在游行中欢呼声取代了过去的枪声，我们中活下来的人完全是幸运的宠儿，大家穿过了弥漫的硝烟，平安地走了出来。愿真主怜悯那些烈士吧！那么法赫米呢？他已摆脱了难以估量的危险，他没有危险了。赞颂真主，感谢真主！是的，法赫米得救了，你还等什么呢？赶紧向真主跪拜祈祷吧！

傍晚，全家人聚在一起时，每个人的嗓子都嘶哑了，说明大家都欢呼了一整天。这是一个幸福的傍晚，家人们的眼睛里和嘴唇上都洋溢着喜气，一言一行都体现出幸福的心情。就连艾米娜也和儿子们一样，沉浸在幸福之中，为和平的恢复感到欣慰，为赛阿德重获自由而高兴。她说道：

“我从阳台上看到的情景是我从来没有见到过的。我想，难道末日[①]降临了？难道真主摆上了天秤[②]？难道这些妇女们都发疯了？她们的欢呼声一直在我的耳朵里响着：‘侯赛因啊，这个战役胜利了！’”

亚辛抚弄着凯马勒的头发笑着说：

“那是人们在用欢呼声给撤离的英国兵送行，就像人们摔水罐送别讨厌的客人一样！”

凯马勒一声不响地望着大哥。艾米娜又接着问：

“真主终于满足了我们的愿望，对吗？”

“这是毫无疑问的。”亚辛回答道，然后望着法赫米问道，“你说呢？”

法赫米显得像天真的儿童一样兴高采烈，说道：

“要是英国人没有接受我们的要求，他们是不会释放赛阿德·宰格鲁勒帕夏的。帕夏即将奔赴欧洲，他会争取到独立回来，这是人人都确信的事情。不管今后怎样，一九一九年四月七日将作为革命胜利的一个象征永垂史册。”

“这是一个多么令人难忘的日子啊！”亚辛继续说道，“职员们也公开参加了游行，我真没想到自己会有那么大的力气，竟然走了那么多路，喊出那么高声音的口号！”

“要是我能亲眼看见你激动地高呼口号该多好！”法赫米笑着说道，“亚辛居然也参加了游行，还激动地呼口号！这真是不同寻常的情景啊！”

---

① 伊斯兰教认为在世界末日（一说指复生日，另说指人类总死亡的一天），被真主复活的人们将跪在真主面前，逐个地接受真主的审判。

② 天秤是末日审判中用以衡量穆斯林在世时善恶的量器。

这确实是奇特的一天，亚辛被汹涌的人流卷进奔腾咆哮的波涛之中，好像一片轻飘飘的树叶随波逐流。他几乎不能相信自己还会恢复理智，躲进平静的瞭望塔，用望远镜从容不迫、无动于衷地观望着各种事情！听到法赫米的话，他开始回忆参加游行的情况，用异乎寻常的声音说道：

“我们走在人群中，说也奇怪，每个人都忘记了自己，仿佛变成了一个新人！”

“你是真的感到激情沸腾？”法赫米关心地问道。

“真的，我为赛阿德·宰格鲁勒帕夏欢呼，喊得嗓子都哑了，我的眼睛里不住地涌出泪水。”

“你是怎么参加游行的？”

“我在学校里听到赛阿德·宰格鲁勒帕夏获释的消息，真是高兴极了。我们不就是盼望这件事吗？突然，有老师提议去参加外面的大游行，我本来并不想和他们一块儿去，只想溜回家，可是又不得不跟他们走，只想找个机会滑脚。可是你猜这以后怎么啦？我发现自己身处汹涌澎湃的人海之中，周围热烈的气氛包围着我，我不由自主地忘却了自己，不知不觉被卷入这股洪流中。请你相信，我和所有的人一样热情、充满希望！”

“真叫人不可思议！”法赫米摇着头喃喃说道。

“你难道以为我是一个没有爱国心的人吗？”亚辛朗声大笑说着，“不，我只是不喜欢乱喊狂叫和暴力行为，我不认为热爱祖国和热爱平安是不可调和的。”

“倘若这两者之间难以调和又怎么办？”

“那我先要平安！”亚辛毫不犹豫地笑着回答，“首先是自己平安。难道非要我献出生命祖国才能幸福吗？祈求真主启示我，我决不会拿自己的性命开玩笑，但是我只要活着就会热爱祖国。”

“这才是智慧的眼光呢！”艾米娜说，然后望着法赫米问道，“难道你有别的看法吗？”

“当然没有，”法赫米不动声色地说道，“妈妈说得对，哥哥是有智慧的眼光。”

凯马勒不甘心自己孤立在谈话之外，何况他自信今天他的确发挥了重要的作用，于是插进话来：

“我们也停课了，但校长对我们说：你们都还小，出校门游行会被人踩倒的。他允许我们在校园内游行，我们便集合在操场上久久地高呼口号。”说着，他高喊一声“赛阿德万岁！”继续说下去，“我们喊了很久，再也没回教室去，因为老师们都到外面参加游行了！”

亚辛朝他投去嘲笑的目光说：

“可惜，你的朋友们都走了！”

“他们该大祸临头了！”

凯马勒不假思索地说出这句话，却并非是他的真实感情。他所以这么说，一方面是迫于形势，另一方面是面对亚辛的挖苦想掩饰一下自己的尴尬。他的心里正忍受着痛苦。他没有忘记，放学回家的路上，他是怎样站在英国兵营原先驻扎的空地上，噙着泪花转动着眼睛默默四处观望，十分伤感。今后在相当长的时间内，他都不会忘记在两宫间街人行道上的茶会上他的歌声博得喝彩的情景，他从英国兵，尤其是朱利恩那里得到的好感，以及他与那些他认为高人一等的出类拔萃的先生们之间的友谊！这时，艾米娜说道：

“赛阿德帕夏这个人真有福气啊，全世界都在欢呼他的名字，就连我们的阿拔斯先生当年也没有享受过这样的礼遇。毫无疑问，他是一个虔诚的信士，因为真主只将胜利赐给信士们。真主帮助他战胜了那些打败了齐柏伦飞艇[1]的英国兵，还有比这更伟大的胜利吗？这位英雄一定是出生在盖德尔之夜[2]的。”

“你热爱赛阿德帕夏吗？”法赫米笑眯眯地问母亲。

“只要你热爱他，我就热爱他。”

法赫米伸开双掌，不以为然地扬了扬眉，说道：

“这么说就没意义了！”

母亲似乎有点不知所措地叹了口气：

“以前，我每听到一个不幸的消息，心里就非常难受，我常对自己说：‘倘若赛阿德不那么折腾，哪会有这些事呢？’可是，既然大家都热爱他，那么真主也一定是喜欢他的。”

说到这儿，她又长叹一声，声音清晰地补充道：

“我真为那些死难者难过。有多少母亲现在正在痛哭啊！今天的欢庆会使多少母亲更加伤心啊！”

法赫米向亚辛使了一个眼色，对母亲说道：

“真正爱国的母亲对儿子为国捐躯会欢呼的。”

母亲用指头塞住双耳，高声喊道：

“真主啊，你听听我的儿子在说什么吧！儿子死了，母亲还会欢呼！哪有这种事？大地上能有这种事吗？只有在大地下魔鬼的世界里才会这样吧！”

法赫米开怀大笑，然后沉思片刻，两眼闪烁着笑意说道：

“妈妈！我透露给你一个重大的秘密，现在也该公开了。我早就参加过

---

① 指狂妄不可一世的德军。

② 又称“平安之夜”。指伊斯兰历九月二十七日夜。相传安拉于该夜开始颁降经文。

游行示威，和死神遇见过!”

“你？不可能!”母亲不相信地端详着儿子，嘴唇上泛出一丝淡淡的微笑说，“你是我身上的肉和血，你和我心连心，你不会像别人那样的……”

“凭伟大的真主起誓，我说的都是真话。”法赫米对母亲微笑着，肯定地说。

母亲脸上的笑容转瞬即逝，失神地瞪大双眼，瞧瞧法赫米又望望亚辛。亚辛也用询问的目光望着弟弟。接着，她咽了口唾沫，轻声说道：

“真主啊，我怎么能相信自己的耳朵呢?”说着，她慌乱又痛苦地摇摇头，“你呀!”

法赫米本来就估计到母亲听到这件事后会吃惊的，可是没想到她会惊恐到这种程度。他原以为危险已经消除，承认已无大碍。所以，他赶紧对母亲说：

“这已成为历史了，事情已经过去，你现在不必这样惊慌了……”

“别说了!”母亲动了气，语气强硬地说道，“你一点也不心疼妈妈，愿真主宽恕你吧!”

法赫米困窘地笑着。这时，凯马勒机灵地笑着告诉母亲：

“你还记得那天我躲在店铺里听到放枪的事情吗？那天我回家时，在一条行人稀少的路上见到了法赫米，他关照我别跟任何人说我看见他了。”然后他望着法赫米，关切和期望地问，“哥哥，你跟我们说说在游行中看到的事吧！怎样会打起来的？人们是怎样死的？你没放过枪吗？……”

“事情已经过去了，”亚辛赶紧插嘴，对母亲说道，“你现在还担心什么，重要的是应该感谢真主救了他。”

“你早就知道了这件事?”母亲冷冷地问他。

亚辛急忙声辩：

“不，凭我死去的母亲起誓，”他感觉不对马上又改口，“凭我的宗教、信仰和真主起誓，我一无所知！”

说到这里，他站起来走到母亲身边，把手放在她的肩上，温情地劝慰道：

“应该担心的时候你很放心，怎么在应该放心的时候反倒担心起来了呢？赞颂惟一的真主吧！危险过去了，已经太太平平了。你看，法赫米不是好好地在你跟前吗？”说着他笑了，“从明天起，我们白天黑夜都可以在开罗大街上随便走动了，不用再害怕或担心了。”

法赫米一本正经地说道：

“妈妈，希望你不要平白无故地自寻烦恼，让大家一起难过。”

母亲叹了一口气。她张了张嘴，想要说什么，但只是动了动嘴唇什么也没说。她的脸上显出惨淡的微笑，表示答应了法赫米的要求，然后低下头去，不让大家看到那双泪汪汪的眼睛。

# 七十

当天夜里法赫米拿定主意，无论如何要去向父亲赔罪。翌日早晨，他决心毫不迟疑地去按想好的做。他在违抗父命的这些日子里，尽管对父亲没有恼怒或挑战的情绪，但心里总有犯罪的感觉，他那颗对父亲从来都是惟命是从和极度信赖的心深感负疚。不错，他嘴里没有顶撞过父亲，但在行动上却违背了他的意愿，而且是一而再、再而三地违背。况且在父亲把他叫到自己卧室谈话的那一天，他拒绝起誓，还哭着宣布坚持己见，不服从父亲的意愿。所有这一切，尽管出自良好的心愿，却使他成为一个不孝之子，他可不愿意让自己背上这种恶名，也承受不起这种恶名。他前些日子并没有急于向父亲赔罪，这是由于他怕心灵的创伤尚未痊愈之前就被揭开旧伤疤，因为他估计父亲会要他承认错误，再次要求他起誓，这样他不得不再次拒绝，结果他想取得父亲的谅解，却变成了强调自己的忤逆。今天的情况和过去不同了，他的心里充满了胜利的喜悦，整个祖国都沉醉在成功与幸福之中，他和父亲间的误解应该立即冰消云散，一刻也不能让它存在。只要向父亲赔罪，一定会得到父亲的原谅，这是他迫切希望得到的。只有这样，他才有纯一不杂的真正幸福。早饭前一刻钟，他走进父亲的卧室，发现父亲一边在卷起礼拜毯子，一边还在念念有词地祈祷。不用说，父亲已经注意到他，但故意不理他，径自走到沙发前坐下，根本没朝他瞥一眼。这时，站在门口的法赫米感到心慌和畏怯。父亲用冷漠的目光瞪着他，仿佛在问："站在那儿的是谁呀？来干什么？"法赫米克制着自己的慌乱，轻手轻脚地走到父亲跟前，恭恭敬敬地俯身捧起父亲的手吻了一下，沉默良久，才用几乎让人听不见的声音问候道：

"爸爸，早安！"

父亲依然默不作声地盯着他，仿佛没有听见他的问候。法赫米慌恐地低下眼睛，语气里流露出失望的心情，喃喃地说道：

"我很抱歉……"

父亲还是不说话，坚持沉默不语。

"真是十分抱歉，这些天来我的心情一直无法平静，自从……"

他发觉这样说恐怕得提起他一心想回避的那天发生的事，便赶紧打住没往下说，哪知父亲却不耐烦地冷冷地问道：

"你想干什么？"

父亲终于开口了，法赫米感到十分高兴，他轻松地吁了一口气，似乎没有感觉到父亲对他的冷漠，他恳求道：

"我要你对我满意……"

"从我面前走开！"父亲烦躁地说道。

法赫米感到卡住他脖子的失望之手稍稍松动了些，便赶紧抓住时机：

"只要得到你的谅解我就走开。"

"我的谅解？你为什么得不到我的谅解？"父亲的口气突然变成了冷嘲热讽的，"你又没做真主不容许的那些让人生气的事！"

开口说话总比沉默不语好，冷嘲热讽又比开口说话好上百倍，法赫米宁愿被挖苦。父亲的挖苦就是走向宽恕的第一步。父亲真生气的话就会掴耳光、拳打脚踢或者痛骂，甚至连打带骂全用上。挖苦是和解的第一个吉兆，你该抓住机会说话。说话吧，作为一个明天或后天就要成为律师的人，这是你的机会！说吧，响应祖国的号召，不再被认为是违背父亲大人的意愿！在真正的爱国行为中，我又没有做什么大不了的事情，只是在朋友中发发传单而已。给朋友们发发传单算什么呢？哪能与不惜献身的人相比呢？我明白父亲大人的意思，你是为我的生命担忧，并非不让我尽爱国的义务。我只是尽了一点义务，我深信自己事实上并没有违背你的意愿！还有……还有……

“真主知道，我从来没有想要违抗你的意愿。”

“废话！”父亲严厉地说，“现在没有必要再违抗了，你就来假装顺从，为什么在今天以前你不来向我赔罪？”

法赫米忧郁地说道：

“全国都在流血，在深重的苦难之中，我在悲伤中忙得顾不上……”

“忙得顾不上向我赔罪？”

“除了顾不上赔罪，还忙得连自己都顾不上了。”他热情地说道，然后又放低了声音，“得不到你的谅解，我再也活不下去了。”

父亲皱起了眉头，倒不是装得生气，而是要掩饰儿子的话在他心里唤起的深情。这才像话，否则还成话吗？这小子可真会说话，颇有点口才，不是吗？今天晚上，我一定把他的话说给朋友们听听，看他们对这些话有什么反应，看他们会说些什么？父亲英雄儿好汉！他们应该会这样说的。早先就有人对我说过，如果我能读完大学，肯定是一位擅长雄辩的律师。我虽然没受过多少教育，也没当过律师，可能言善辩，日常谈话就像在法庭上一样，显示了我的口才。有多少律师或高级职员在我面前都畏缩得像只小麻雀，就是法赫米也未必能达到我这样的地位！朋友们会哈哈大笑地对我说：的确，父亲英雄儿好汉。可法赫米拒绝起誓这件事依然让我痛心。但是他参加了革命，尽管只是做了一些外围的工作，难道不值得我引以为荣吗？早知真主能保佑他活到今天，那时让他去做一些更伟大的工作该多好！今后我就可以说儿子曾经为革命出生入死。难道你们以为他只是像告诉我说的那样发发传单吗？这小子投身到流血斗争中去了。艾哈迈德先生呀，我们目睹了你儿子的爱国行为，只是在那些危险的日子里没敢告诉你，现在已经太平无事了，说说也无妨……你否认自己的爱国主义情感？为华夫德党收集募捐的人不是表扬过你吗？凭真主起誓，倘若你还是个年轻人，一定会比你儿子做得更多。但是，他毕竟违背了我！不，他只是没有听你的话，却顺从了你的心！现在我该怎么办？我的心想宽恕他，可又怕他对违背我的意愿不当回事！

“我决不能忘记你违背了我的意愿！你以为一大早费点唾沫说几句废话就能打动我吗？”

法赫米刚想再说点什么，这时母亲走了进来，说道：

“早饭准备好了，老爷！”

她出乎意外地发现法赫米在房间里，不由得一怔。她来回打量着父子俩，多待了一会儿，也许想听听他们在谈什么。但是，她看到他们都一声不响，怕是自己突然到来造成的，便知趣地赶紧退出去。父亲站起来，准备去饭厅。法赫米闪到一边，显得很难过。这种情绪没有逃过父亲的眼睛，他沉吟片刻，最后心平气和地说道：

“今后跟我说话不许再这样糊涂。”

说完，他离开了房间。法赫米感激地跟在父亲身后，脸上露出了笑容。当他们穿过了正厅去饭厅时，他听到父亲讥诮道：

“赛阿德·宰格鲁勒帕夏获得释放，你大概自以为是立了头功的吧！”

法赫米心满意足地离开了家，径直去爱资哈尔大学。他在那儿和学生最高委员会的委员们一起开会，讨论组织盛大的和平游行的事宜。这次游行已获当局批准，是一次全国性的欢庆大会，将吸引各阶层民众参加。会开了很长时间，会后委员们分头去执行自己的任务。法赫米接到的任务是负责高中学生的集合，便乘车前往车站广场。他的任务和其他人相比，虽然往往是一些不十分起眼的工作，但他每次总是一丝不苟、慎重而愉快地完成任务，把它看做是自己毕生获得的最大幸福。不过，他在这场圣战中总有点淡淡的隐痛，这只有他自己明白：他对自己不能像许多同志那样奋不顾身地去战斗感到不满。不错，学生会发起的每一次示威游行，他从没有畏缩过。可是当满载英国兵的卡车一出现，尤其是枪声四起，看到有人倒在血泊中时，他总是吓得魂不守舍……一次，他浑身发抖躲进咖啡馆；另一次，他撒腿就逃，漫无目的地跑了很多路才发现自己进入了穆加维尔公墓。他怎么能与布拉克游行中的旗手相比呢？这次游行也被称为布拉克大屠杀。在游行中，旗手中弹时还双手紧握着大旗，坚定地站在队伍的最前面，用尽力气高呼口号！他怎么能同这位旗手牺牲时许多冲上去护旗被一排排子弹穿透胸膛的烈士相比呢？他怎么能同那个在爱资哈尔区从英国兵手中夺取机枪，最后血洒大地的烈士相比呢？他怎么能同所有那些被人们传诵的壮烈牺牲的烈士们相比呢？在法赫米的眼里，英雄们的事迹是伟大高尚的、光彩夺目的。他常常倾听内心的呼唤，激励自己以英雄们为榜样，勇往直前。但是，他的神经总是在关键时刻顶不住，战斗的浪涛刚刚掀起，他就发觉自己落在了后面，尽管他不再躲藏或逃跑。事后他又下定决心要加倍努力和斗争，满足自己的无限愿望，摆脱心中的彷徨和痛苦。他有时也会自我安慰道：“我只是一个赤手空拳的战士，即使没有做出壮丽的英雄业绩，但每一次我都毫不迟疑地投身到战斗中去了。”

在去车站广场的途中，他观察着行人和车辆，显然所有的人都朝着集合地点奔去。有学生、工人、职员和市民，他们有的坐车，有的步行，每个人的脸上都带着舒坦的微笑，一起去参加这次获得官方允许的和平大游行。他和人们怀着同样的心情，不再像过去每次奔赴游行集合地时那样，总是心惊肉跳；每当眼前晃现出死亡的阴影时，心跳就越发沉重。那都是过去的事情了，如今他走在路上心情舒畅，嘴角含笑。圣战不是结束了吗？他安全地经历了圣战，既没损伤什么，也没得到什么。没得到什么？他真愿意经受一下成千上万人所遭遇到的苦难，譬如坐牢、毒打，或者受点不至于丢命的伤！经历圣战而毫发未损，作为对一个像他这样赤胆忠心和热情奔放的人来说，岂不令人抱憾终生！这好比一个用功的学生没有拿到毕业文凭一样。你能说自己不为幸免于难而感到高兴？你真的愿意牺牲吗？不！你只是想受点伤而又不危及生命，不是吗？是的。你本可以如愿以偿的，可为何临阵畏缩了呢？你不能保证自己受伤而不致命，坐牢定能短期内释放。你其实并不讨厌目前的安全无恙，只是希望在圣战中受到些伤害而又不改变这种美好的结局。倘若再有机会参加圣战的话，你应该拿出视死如归的决心来，行吗？就这样，他去参加和平大游行时心情是舒畅的，但良心上总觉得不安。

下午一点钟左右，离预定的游行时间还有两个小时他就来到了车站广场，站在了指定的位置上——车站门口。这时广场上只有几个指挥游行的人和零零散散的人群。天气温和，四月的阳光照得人身上暖洋洋的。等了没有多少时间，人们便陆续从四面八方汇集到广场上，各自朝指定的地点走去。法赫米兴致勃勃地开始自己的工作。尽管他的任务很简单，只是把一群群学生安排到各自的校旗下列队，但是心里却充满了骄傲和自豪的感觉。他指挥的学生中，许多人的年龄比他大，有的甚至超过了二十二岁甚至二十四岁，蓄起了小胡子，刚刚十九岁的他在拥挤的队伍中看起来像条小尾巴。他发现人们都关注地望着他，并且在低声谈论着。他听到有人提到他的名字，同时提到了他的身份："法赫米·艾哈迈德·阿卜杜·嘉瓦德，最高委员会的代表。"他的心弦颤动了，连忙紧闭双唇，不让脸上流露出由于受到大家的"敬重"而产生的羞怯的笑容或局促不安的神态。是的，他必须显出最高委员会代表应有的形象，保持严肃和庄重，这才符合圣战青年先驱的要求，以便让注视他的人把他想象成有英勇事迹的同志。他没有什么英勇事迹，这赤裸裸的事实尽管刺痛了他敏感的心，但是他的奢望决不因此减退，让他们去任意想象吧。他只不过发发传单，是畏缩在后面的一名战士，仅此而已！而今天他却被派来领导中学生，被人们看作是个了不起的领袖。难道人们对他的工作看得比他自己估计的还重要？人们对他是多么尊敬和爱戴啊！他们来这里集合都听他的指挥。要不要发表演说呢？没有必要成为演说家，不是吗？你不当演说家照样可以成为伟大的人物。

但是，等到学生最高委员会去见领袖时，演说家们争先恐后高谈阔论，你却一言不发，这有多大的损失啊！不，那时我决不会沉默不语的，我一定会说话的，不论是否说得好，我都要倾吐衷肠。什么时候你能站在赛阿德·宰格鲁勒帕夏的面前呢？什么时候你能看见他，大饱眼福呢？那时我的心将会剧烈地跳动，我的眼睛将会热泪盈眶。那将是伟大的一天，所有的埃及人会倾城而出迎接领袖。今天和那一天相比真是微不足道，就像是一滴水和大海相比。啊，真主！广场上已是人山人海，连通往广场的各条大街，包括阿拔斯大街、努巴尔大街、法嘉来大街等，全都挤满了人。这是盛况空前的一次游行，看来有十万人吧！一眼望去，到处都是红毡帽和缠头布，有学生、工人、职员，还有伊斯兰教的谢赫、基督教的神父以及宗教法官……谁能想到有这样的盛况呢？人们连火辣辣的阳光都不理会，这就是今天的埃及！为什么不把爸爸也叫来呢？亚辛说得对，身处人海之中，每个人都忘记了自己，超越了自己。我个人的苦恼哪里去了呢？早已无影无踪了。我的心跳得多么厉害呀！今天晚上以及今后很长时间内我都会谈论这件事。妈妈听说后会不会又发抖呢？这是一个多么壮观的场面，使人肃然起敬，而不会使人担惊受怕。我想看看那些鬼子的脸上对这种场面有什么反应。喏，那边就是他们的兵营，就在广场边上，那面可恶的旗子还在空中飘扬，许多脑袋挤在窗户里，他们正在嘀咕什么呢？那个岗哨犹如塑像什么也看不见。你们应该明白：你们的机枪消灭不了革命！不久你们就会看到赛阿德·宰格鲁勒帕夏胜利回国，将出现在这个广场上。你们用武力将他流放，我们赤手空拳迎他回来。你们在撤退之前是会看到这一切的。

庞大的游行队伍开始出发了。人海接连不断地掀起波涛，汹涌澎湃；爱国的口号声此伏彼起。整个埃及变成了一支游行队伍，变成了一个人，喊着同一个口号。游行队伍一队接着一队，延绵不断，真不知有多长。他想，等到自己所带领的队伍在车站门口移动时，最前面的队伍恐怕已经抵达阿比丁宫了。游行队伍第一次顺利前进，没有机枪封路，没有飞啸而来的子弹，没有石块横飞……他不禁张嘴笑了。他看到紧靠着自己前面的那支队伍动起来了，就转身对他“统率”的队伍举起双手，队伍随即动了起来，准备出发。他一边高呼口号，一边倒退着走。他继续履行着带领队伍和呼口号的任务，一直来到努巴尔街口。这时，他把领呼口号的任务交给身边的一个人。围在他身边的人，嘴唇在不安地颤动，都在急切地等待轮到他们呼口号，仿佛心里憋得难受，不喊几句实在不痛快。法赫米这时才把身子转过来，脸向前走。他一会儿伸长脖子朝前望去，连绵不断的游行队伍见不到头；一会儿又左右张望，发现人行道上和家家窗户、阳台和屋顶上都挤满了人，也跟着在喊口号。目睹这壮观的场面，他心里充满了力量，信心倍增。这成千上万围观的人们仿佛是在他四周筑起了铜墙铁壁，是子弹穿不透的力量。警察部队在刺杀和攻击演练结束后，开始维持秩序。他们骑着高头大马，来回巡视，好像是跟在游行队伍后面，履行职责的卫队。这是革命胜利的证明。警察局长？那个人不就是警察局长腊斯勒贝克吗？对，就是他。他对他是再熟悉不过了。那个人是警察局副局长，他骑着马跟在局长身后，傲岸而呆滞的目光望着天边，犹如在对游行队伍行进得这么太平表示无声的抗议。这个人叫什么名字来着？在血腥屠杀的那些黑暗日子里，人们的耳朵里充斥着此人的名字，怎么能忘记呢？那个人名字中的第一个字母是基姆[①]，不是吗？可是打头的音节是“加”、“基”还是“朱”呢？他怎么就是想不起来了呢？朱利恩！唉，这个可恶的名字怎么会悄然潜入他的意识中呢？这个名字宛如飞卷的沙尘落到他身上，压灭了他的热情。心既然死了，我们怎么能响应激情和胜利的呼吁呢？心死了？一分钟以前还是活的嘛。不能向悲哀投降，不能让你的心远离游行队伍！你不是早就和自己约定要忘记这件事吗？实际上你不是已经把它忘记了吗？玛丽娅，她是谁呀？那是早已翻篇了的往事！我们要为未来而不是为了过去生活。呵，想起来了，他叫基兹，基兹先生，这个基兹先生就是警察局副局长的名字，愿真主诅咒这个恶棍。继续喊口号吧，只有这样才能将突然降落到你心上的沙尘掸除干净！他领着游行队伍渐渐走近了艾兹贝基亚公园。公园里大树参天，婆娑树影高出了沿途马路边飘扬着的数不清的旗帜。这时，他发现远处歌剧院广场上密密麻麻的人头，就像长在一个覆盖

① 阿拉伯语第五个字母的名称，这个字母的三个长音分别是“加”“基”“朱”。

整个大地的巨大躯体上一样。他激动地使劲高呼口号，众人齐声响应，犹如雷霆响彻大地。他们快到公园围墙边时，猛地响起一声刺耳的爆裂声。他的喉咙顿时喊不出声音了，惊恐地环顾四周，询问发生了什么事。这是一种熟悉的声音，一个月以来它经常刺激他的耳鼓。在宁静的夜里，他常常会想起这种声音，感到它就在耳边回荡。但是，他对它始终不能习惯。一听到它，他的血就凝固了，连心脏也停止了跳动……

“枪声？”

“不可能，他们不是宣布可以游行吗？”

“你以为他们不会出尔反尔？”

“可我没有看到英国兵呀！”

“艾兹贝基亚公园就是一座巨大的兵营，里面驻满了英国兵。”

“会不会是车胎爆裂呢？”

“也许吧。”

法赫米放心不下，便竖起耳朵细听周围的动静。不一会儿，又是“啪”的一声。啊！不用怀疑了，和刚才一样，那是枪声。子弹究竟射到了哪里呢？今天不是和平的日子吗？他发现游行队伍里出现了一阵骚动，它来自队伍的最前方，犹如一艘汽船驶过河中间，掀起浪涛涌向岸边。接着，成千上万的人朝后退，整齐的游行队伍顿时被冲散，两边的人墙不复存在。发疯似的人流东冲西突，人们慌乱地四处奔逃，相互碰撞，乱作一团，愤怒和恐惧的惊叫声响成一片。凄厉的子弹声一阵接一阵，愤怒的呐喊和痛苦的呻吟越来越响。人海中掀起了波涛，咆哮着冲向各个出口，洪流所过之处成为空落落的一片。逃吧，不能不逃了，再留在这里不是中弹身亡也会被推倒踩死！他想逃跑，想后退，至少得换个地方，但他还是屹然不动。人们都四散逃命了，你为什么还站在这儿？只剩下你一个人了，赶快逃吧！

他的四肢松软乏力，但也开始缓慢地动了起来。多么响的嘈杂声啊！可大喊大叫什么呢？你还记得这是怎么回事吗？你这么快就忘得一干二净了！你想干什么？喊口号？喊什么口号呢？你只是想发出呼喊？可是呼喊谁呢？呼喊什么内容呢？你的心里在说话，你还听得见吗？你还看得见吗？这是在什么地方？空荡荡的，什么也没有，周围黑得不能再黑了，只有一种像钟摆那样有节奏的轻微的动作，心血随着它在流淌……伴随着轻微动作的是窃窃私语声。那边是公园的大门，对吗？一阵痉挛传遍全身，他渐渐一无所知了。参天的大树在悲恸中摇晃着枝叶。苍天呢？高高的蓝天无边无垠。一切都消失了，只有平静的苍穹露出微笑，一点一滴地降下安宁。

# 七十一

艾哈迈德·阿卜杜·嘉瓦德听到店铺门口传来脚步声，便从账桌上抬起头。只见三个青年神情严肃庄重地朝他走来，一直到账桌前站定，向他问候：

“你好！”

“你们好！”艾哈迈德站起身，很有礼貌地回答，然后指指椅子说，“请坐！”

但是他们只表示感谢并没有坐下，站在中间的那个说：

“阁下是艾哈迈德·阿卜杜·嘉瓦德先生吧？”

“是的，有什么事吗？”艾哈迈德笑着答道，双眼中闪出疑问的目光。

他们想干什么？来买东西？看来不是。买东西何必迈着军人的步伐！买东西也用不着说话这样严肃！再说时间已是晚上七点多了，难道他们没有看见哈姆扎维正在把一袋袋东西放回货架，准备关店门了吗？他们是不是来募捐的呢？可是赛阿德·宰格鲁勒帕夏已经获释，革命已经结束了呀。现在最适合我的事只有夜游！喂，小伙子们，你们要知道，我可没有闲工夫接待你们，我还没有洗头擦脸、喷洒哥隆香水哩，我还要梳理头发、修理胡子、更换衣服呀！你们有什么事啊？他一边想着，一边注视着说话的人，觉得好像有点面熟。以前见过他？在什么地方？什么时候？想一想吧，反正肯定这不是第一次见面。哦，想起来了……他脸上显出喜悦的神色，微笑着说道：

“你不就是那天在侯赛因清真寺里及时为我们解围的那个青年吗？”

“是的，先生！”青年低声回答。

我猜得一点没错。愚蠢的人们不是老说什么喝酒损害记忆力吗？让他们看看我的记忆力，又该作何感想呢？你看，你看，这些人的目光预示着什么，显然不是好兆头！真主啊，祈求你化凶为吉，保佑我们免受魔鬼的祸害！不知为什么，我的心抽紧了，他们来到这里难道是为了……

“法赫米？你们是来找法赫米的吧？”

那个青年垂下了目光，声音颤抖地说道：

“我们的任务真是难以启齿啊，先生！但我们不得不完成这个任务，愿真主使你承受得了！”

主人的身体猛然往前一倾，伏在账桌上，大叫道：

“承受？承受什么？法赫米出事了？”

“我们万分沉痛地告诉你，”青年非常悲痛地说道，“我们的兄弟和战友法赫米·艾哈迈德……”

主人感到事情不妙，双眼里闪出绝望的神色，不肯相信似的大声询问：

“法赫米他怎么啦？”

“他在今天的游行中牺牲了。”

“法赫米是一位高尚的爱国者，他的壮烈牺牲永垂千古！”右边的那个青年说道。

这噩耗犹如晴天霹雳把主人震呆了，他说不出一句话来，两眼失神地望着什么。一时间大家都沉默不语，就连嘉米勒·哈姆扎维，也像被钉在货架前面呆住了，用惊惧的目光望着主人。最后，还是站在中间的那个青年打破沉默，喃喃地说道：

“失去法赫米我们感到无限悲痛，但我们只能以信士应有的忍耐来接受真主的决定。先生，你是一位虔诚的信士……”

他们在安慰你。这个青年不知道，你是最善于在这种情况下安慰别人的人！这些话对于一颗遭遇重大打击的心能起什么作用呢？一点用处也没有！几句安慰的话哪能使烈火平息下来？慢着，在他们开口之前你的心里难道就没有想到过这种灾祸？当然想过。我的眼前曾经出现过死神的影子，可是现在当你真的听到噩耗时，却又不肯相信它，或者说你没有勇气去相信它。我怎么能相信法赫米真的死了呢？几个小时之前，法赫米还来向你请求谅解。他今天早晨离开我们时还是那样结实，充满着希望，还是那么高兴！他死了，死了……难道从今以后，无论是在家里，还是在地球上的任何地方，我都再也见不到他了？没有他，这个家还成什么家呢？失去了他，我还成什么父亲？对他所抱有的一切希望能在谁身上实现呢？看来是没有希望了，只能忍耐！忍耐？唉，你感到刺心的剧痛了吗？这才是真正的痛苦！过去你老是自欺欺人，说什么你是个痛苦的人。不，今天以前你并没有痛苦过，现在才是真正的痛苦！

“先生，鼓起勇气来吧，把一切托付给真主吧！”

艾哈迈德抬起头望着那个青年，有气无力地说：

“我还以为斗争已经结束了呢！”

“今天的游行是一次和平的游行，”那个青年激愤地说，“是经过当局同意的，各阶层的人士都参加了游行。开始时太太平平，可是到了半途的艾兹贝基亚公园时，谁知公园围墙后面平白无故地射出雨点般的子弹。没有任何人招惹过英国兵，好话坏话都没说，就连喊口号也没有用过英语，避免惹起他们的反感，但他们是一群杀人狂，依仗着枪杆子，突然对我们开火！我们一致决定向保护当局提出强烈抗议，据说阿伦比将为英国兵的这种行为道歉。”

“可是死了的人又不能复生！”艾哈迈德说话时依然有气无力。

“啊，真叫人难过！”

“他从没有参加过危险的游行，”艾哈迈德痛心地说，“今天可是他第一次参加呀！”

三个青年人交换了一下颇有含义的目光，谁也没说什么。艾哈迈德好像被围得窒息了似的，长叹了一口气，问道：

“事情临到谁头上就是谁的，我现在到哪儿去找他呢？”

“他在埃尼宫医院里，”青年回答，他发现主人急着要动身，便伸手拦住说，“明天下午三时正，我们在那儿将为他和另外十三位烈士兄弟举行葬礼……”

主人焦急地大声打断他的话：“难道不能让我在家里为他举行葬礼吗？”

“别误解，我们准备在群众集会中为他和他的战友举行葬礼，”那个青年很有力地说道，接着用恳求的语气说道，“现在埃尼宫医院仍处于警察部队的警戒中。你不妨等一等，在举行葬礼之前，我们一定安排让烈士家属去同遗体告别。法赫米的葬礼不能像普通葬礼那样在自己家里举行。”

说完他伸出手与主人告别：

“望节哀顺变，多多保重！”

另外两个青年也相继和主人握了手，深表哀悼，然后三个人一起走了。

艾哈迈德用手撑着头，闭上了眼睛。嘉米勒·哈姆扎维带着悲怆的语调在安慰他，可是他一点也听不进去。他在铺子里再也坐不住了，于是离开座位，迈着沉重的步子缓缓地走了出去。他应该摆脱眼下紊乱的心绪，可是他甚至不知道自己有多么悲伤！他真想独自静下来待一会儿，可是去哪儿呢？过了一两分钟后，家里将变成地狱，朋友们马上会来吊唁，不让他有静思的机会。他什么时候才能好好想一下自己遭受的沉重打击呢？他什么时候才能丢开尘世间的一切烦恼呢？看来，那一天还十分遥远，但毫无疑问一定会有的。到了那时候他才能得到最大的安慰。是的，他会有时间独自静下来，将整个身心投入到悲痛之中。那时候，他会仔细地审视自己过去、现在和将来的立场，回顾儿子从童年、少年到青年这短短一生的各个时期，想到儿子给他带来的希望和留下的记忆，他会听凭泪水尽情流淌，甚至哭干最后一滴泪水。确实，他今后有的是时间，会让人羡慕，何必那么焦躁呢。好好想一想星期五聚礼后父子之间发生的那次争论，或者回忆一下今天早晨父子间的那番赔罪和责备的话，这能引起他多少的反思和伤感啊！能让他流下多少眼泪啊？岁月给了他多少幸福，他为何还那么烦恼不堪呢？

艾哈迈德抬起昏昏沉沉的脑袋，那对灰暗的眼睛看见了自家的阳台，这才第一次想起艾米娜，他的两条腿几乎不听使唤了。怎么跟她说呢？她听到噩耗后会怎么样呢？她可是个见到麻雀掉在地上都会落泪的柔弱的女人啊！你难道不记得她听到富里的儿子中弹牺牲后是怎样泪如泉涌的吗？那么，她得知法赫米牺牲后又会怎么样呢？法赫米牺牲了！孩子呀，难道你真的就是这样的结局？我可怜的爱子啊！艾米娜，我们的儿子牺牲了，法赫米献出了生命！天哪，难道你要像过去命令不准振舌欢呼那样禁止号啕大哭吗？你会不会放声大哭？会不会任凭妇女们痛哭？现在她或许正坐在亚辛和凯马勒中间喝着咖啡，心里在纳闷法赫米为什么迟迟不归。法赫米将一直不会回来了，你永远见不到他了，甚至连他的遗体和灵床都见不到，这是多么残酷的事情啊！我还可以到埃尼宫医院看他最后一眼，而你却永远见不到他了。我决不能允许她去和遗体告别，这是残酷还是仁慈呢？这样做有什么用呢？他发现自己已经站在了家门口，刚要伸手敲门，想起自己口袋里带着钥匙，就掏出钥匙开门走了进去。这时，他听见凯马勒正用甜润的歌喉，唱着：

每年都来看望我一次，
哪怕一次也别落下！

# 译后记

1988年诺贝尔文学奖得主——埃及著名作家纳吉布·马哈福兹（1911—2006）在阿拉伯现代文学史上享有独特的地位。

马哈福兹1911年12月11日生于嘉马利亚街区，这是开罗保持伊斯兰传统的旧街区之一。他的家庭内没有什么艺术气息，却有浓郁的宗教氛围。父亲是政府部门的一名小职员，遗传给他内向的性格；身处侯赛因清真寺所在的街区，又使他身受伊斯兰传统风俗的感染。他从小耽于幻想，爱好文学，1930—1934年在开罗大学文学院哲学系学习，毕业后进入政府部门工作。1938年任开罗大学理事会秘书，次年到宗教基金部抵押局工作，这使他有机会广泛接触社会各阶层尤其是底层百姓，切身体验他们的喜怒哀乐，充分了解埃及社会的结构及其存在的各种现实问题，搜集了不少素材，为日后的写作奠定了坚实的基础。五十年代末马哈福兹调到文化部艺术局，1966—1968年出任埃及电影委员会主席，不久升为埃及文化部顾问。1971年底退休后加入《金字塔报》编辑部，曾任国家文学艺术最高理事会小说分会理事。他经历了埃及政治和社会史上最重要的大动荡、大变革时期，从反对英国殖民占领的爱国斗争，到1952年七·二三革命以及这以后的种种胜利和挫折，丰富的阅历使他的作品充满时代气息。

大多数学者认为，穆罕默德·侯赛因·海卡尔在法国期间撰写的长篇小说《宰奈卜》（1912 年发表）是埃及长篇小说的真正诞生。争取独立和解放的 1919 年革命，产生了许多可歌可泣的英雄事迹，活跃了埃及文坛，小说成为表现这种民族精神最有力的形式之一。掀起现代阿拉伯文化复兴运动的骁将都是游历过欧洲或熟悉欧洲文明的文人，通过他们，埃及文学和欧洲文学交流日益频繁，大量外国文学作品译成阿拉伯语，一批贴近生活、反映民族感情的长篇小说问世，例如塔哈·侯赛因的《日子》（第一部 1929 年出版）和易卜拉辛·马齐尼的《作家易卜拉辛》（1932）。陶菲格·哈基姆的《灵魂归来》（1933）标志着埃及小说“黎明时期的结束”，是埃及长篇小说创作已经成熟的里程碑。

纳吉布·马哈福兹虽深受陶菲格·哈基姆现实主义风格的影响，但他的创作却从历史小说起步。他发表的第一部作品是 1932 年从英文翻译过来的《古埃及》（詹姆斯·贝京著），这是一本研究古代埃及人历史的小册子，从学术意义上说没有多大的价值，但它通过故事来讲解历史却情趣横生。受这部作品的启发，他产生了写历史小说的想法，法老时代的古埃及文明成了他发泄民族情感的最好题材。《木乃伊的苏醒》（被收集在 1938 年出版的第一部短篇小说集《疯语》中）就是他在这方面的处女作。这篇小说虚构生死两界的会面，让已成木乃伊的法老时代大将昊尔恢复生命，与土耳其出身、极端鄙视埃及人，尤其看不起埃及农民的一位帕夏（代表当时的埃及统治者）展开唇枪舌剑的对决，揭露后者外强中干的本质，捍卫埃及人的尊严。接着，他创作了三部历史小说：《命运的嘲弄》（1939）、《拉杜比丝》（1943）、《底比斯之战》（1944），让读者在欣赏曲折生动的故事情节中意识到历史按照上苍的旨意，有着不以人的意志为转移的独特运动轨迹，谁妄图扭转它必将受到命运的嘲弄；上苍的旨意是公正的，统治者为所欲为、官场腐败会导致毁灭；只有符合历史潮流的英雄才能救国救民，驱逐外来侵略者，实现富国强兵。这三部小说都取材于法老时代，穿插着动人的爱情故事，采用借古喻今的手法，鞭挞社会时弊；通过描写埃及人民历史上反抗异族侵略的光辉业绩，来支持国内方兴未艾的民族独立运动。作者在这三部历史小说中注重精神的力量和人的社会价值，体现道德观念和人道主义原则，形成阿拉伯历史小说的一大流派。

《新开罗》（1945）描述文学院的三个学生：无比虔诚的马蒙，除了安拉、德行和伊斯兰教外，他完全拒绝政治；相信科学社会主义学说的马克思主义者阿里·塔哈，他虽然撰文揭露社会腐败，为社会主义鸣锣开道，却无法将理想变成现实；反对前两者的马哈朱卜，他既相信超人的价值，又极端自私自利，甚至在父亲瘫痪后无法工作时仍拒绝辍学赡养家庭。这三个同学一起毕业。马蒙获得奖学金赴法国留学；阿里·塔哈在大学图书馆里找到一份工作，同时攻读硕士；小说主人公马哈朱卜希望高薪，但开始时并没有如愿以偿，便去求一个地位显赫的同乡帮忙，最后得到理想的职位，条件是娶他上司的情妇为妻，但得让上司和他的情妇依然维持原来的关系。他后来发现，这个女人早年是阿里·塔哈的女友，因为阿里·塔哈生活拮据而抛弃了他。马哈朱卜的上司升为部长后任命他为办公室主任，正当他梦想飞黄腾达时丑事败露，部长辞职，他也一蹶不振。这部小说标志着作者的目光已经转到了现实，为他走批判现实主义道路奠定了基础。紧接着，《哈纳·赫利利》（1946）、《梅达格胡同》（1947）、《海市蜃楼》（1948）、《始与末》（1949）等小说相继问世，使他蜚声阿拉伯文坛。这些现实主义的小说都通过中产阶级家庭或个人的不幸经历，表现整整一代人的社会悲剧，具有深刻的社会意义和相当强的揭露力量。评论家们普遍认为，这些小说真实地记录了当时社会的美与丑，反映它的积极面和消极面，使人们意识到社会存在的各种问题。作家注意文学作品形式和内容的统一，为适应当时读者的欣赏水平，采取比较直露的描写和合乎逻辑发展的情节，引起读者的关注。

到了五十年代马哈福兹创作了开罗三部曲《两宫间》(1956)、《思慕宫》(1957)、《怡心园》(1957)，作品通过一个中等商人家庭三代人的生活、矛盾、冲突和斗争，展现了 1917 到 1944 年间埃及丰富多彩的生活画面和风云变幻的历史事件，因而被阿拉伯和东西方评论界誉为“极为真实的历史性作品”，使他获得极大的国际声誉，赢得了“阿拉伯当代小说旗手”的称号。三部曲里有几点值得注意：一是政治信仰归属现象；二是性堕落现象；三是双重道德现象。三部曲里除了女的不参与社会公共生活外，几个主要人物都有明显的政治倾向。第一部小说中用了相当多的篇幅描写 1919 年革命及其给埃及社会带来的影响。主人公的一家人都是真心实意地支持华夫德党，第二个儿子法赫米更是亲身参加革命活动，并在一次游行中被背信弃义的子弹击中，为革命献出了年轻的生命。第二部小说主要描写第二代人。主人公的最小儿子凯马勒和他的朋友由于家庭出身不同而各有自己的政治信仰，从中反映出埃及的社会结构和社会矛盾。到了第三部作品，主人公的两个外孙竟然一个是穆斯林兄弟会成员，另一个参加了共产党活动，最后都被捕入狱。性堕落现象在三部曲里不断地出现，是埃及当时新兴资产阶级追求性欲享受的真实写照。主人公和他的朋友每晚花天酒地，与歌女们行苟且之事；他的两个儿子竟然不约而同地在妓院相遇；女邻居不仅和主人公一度有染，而且与未来的女婿共享床第之欢，而她的女婿在把她的女儿娶进门后，又与他父亲包养的情妇重温旧情……诸如此类的性堕落现象反映了埃及当时旧的道德禁锢已被冲破，新的道德观念尚未建立，一些人放纵自己的行为。在这种情况下必然出现双重道德现象，三部曲里的主人公在妻子和孩子们面前道貌岸然，不苟言笑，不仅自己按时祷告，而且每星期五都带孩子们去清真寺参加聚礼，俨然是一位好父亲；可一到晚上他就换了一副面孔，与朋友们觥筹交错，与歌女们共度良宵，在熟人面前谈笑风生，在家人面前冷若冰霜。政界领袖阿卜杜·拉希姆帕夏更是对青年们公开推崇双重道德论。开罗三部曲真实客观地记录了当时的社会现实，揭露了社会阴暗面。作品的描写还深入人物的内心世界，用比较大的篇幅反映人物的心理活动轨迹，例如在《思慕宫》中有一段描写凯马勒早晨醒来后的心理活动就用了整整五页纸。大多数评论家认为，三部曲达到了阿拉伯现实主义小说的顶峰，至今还没有一部小说能够超过它。值得一提的是，三部曲早在1952年七·二三革命前几个月已经完成，但到1956年作者才决定将它发表，因为革命后他要用自己的目光观察革命给社会带来的变化，看看这部作品有无问世的必要。

写完三部曲以后，马哈福兹的写作题材有了本质的变化，在内容上虽然依然走现实主义道路，反映当时社会生活以及各种社会思潮，但是在写作风格上却逐渐偏离了现实主义，走上表现主义的道路。表现主义是20世纪初在德国美术界和音乐界出现的一种艺术风格，后被移植到戏剧中，接着各种文艺形式都受到其影响。它被认为是“对现实主义的根本性革命”，其作品不再客观地展现世界，故事情节不再拘泥于时间和空间两大因素，事物和事物之间不再由现实逻辑组成自然的关系，而是通过展现世界来表达作者内心的感受，“人物近似于一种象征或典型，环境不再详细地交代，而是与布景差不多，情节的选择依赖于主要思想的提炼。”[①]《我们街区的孩

① 见纳吉布·马哈福兹：《我的新流派和小说的未来》，载阿拉伯文《作家》杂志第35期（1964年）。

子们》(1960)这部小说的世俗化倾向引起了很大的反响，受到宗教界的注意，爱资哈尔权威人士发布裁决，“禁止传阅或出版”此小说，“无论读、听或议论，均在受禁之列”[①]，一些极端分子认定“这部粗陋鄙俗的小说嘲讽尊严的真主和所有先知，还在其中声称那该死的魔鬼伊布里斯是正确的”[②]，为他后来遇刺埋下了祸根[③]。

《小偷与狗》(1961)、《鹌鹑与秋天》(1962)、《路》(1964)、《乞丐》(1965)这些社会哲理小说力图探索人的存在价值和当代人的道德观念等问题，主人公因各自的原因和所处的环境而普遍缺乏安全感和稳定感，存在焦虑紧张的情绪和与世格格不入的心态，作品被认为具有典型的表现主义风格。在《小偷与狗》这部作品里，这种感觉、情绪和心态是和社会公正问题联系在一起的，它涉及犯罪心理学，提出了如何对待社会犯罪现象；《鹌鹑与秋天》反映出新的政治状况给一些人带来的危机，小说主人公由于华夫德党而飞黄腾达，革命后受到清洗，为社会所不容，感到“在自己的大城市里是个流放犯，无人追捕的逃犯”，空有抱负而无法实施，只能沉湎酒色逃避现实，忍受寂寞和痛苦，产生病态的心理；《路》的主人公在母亲临死时才知道自己并不是遗腹子，他的父亲是个有权有势的头面人物，于是他的寻父之“路”成了一种具有追求自由、尊严和体面的过程，但他始终摆脱不了屈辱的过去所带来的阴影，造成人格变异，最后因与年轻的有夫之妇共同谋害她那年迈的丈夫而锒铛入狱；《乞丐》里出现的是另一种悲

① 见埃及《爱资哈尔》杂志，伊历1409年5月号。

② 见纳迪亚·艾布·麦吉德、伊沙姆·阿卜杜·嘉瓦德：《文学大家与极端头目的对峙：录音带上刺杀纳吉布·马哈福兹的计划》，载《鲁兹·尤素福》杂志第3463期（1994年10月24日）。

③ 参见《金字塔报》1994年10月15日和16日的有关报道。年近20岁的凶手从未读过纳吉布·马哈福兹的作品，却由于深受伊斯兰原教旨主义的影响，认定他是个背叛伊斯兰教义的作家，因而该杀。时年83岁的纳吉布·马哈福兹身受重伤，但被抢救过来了。

剧：某律师勤奋工作，财富大增，但精神上缺乏社会信念和艺术价值，因而感到生活空虚和乏味，患上“资产阶级病”，每夜拈花惹草，甚至街头女郎也来者不拒，将梦幻当现实，导致人格分裂。

马哈福兹由于受西方文艺潮流的影响，后又创作了《尼罗河上的絮语》(1966)、《米拉玛拉》(1967) 等抽象派作品。《尼罗河上的絮语》触及埃及当时的重大社会问题，即埃及知识分子脱离大众生活，躲进象牙塔里孤芳自赏的现实。整部小说的场景几乎没有超出停泊在尼罗河上的一艘花船的范围，人物和情节具有模糊性和非理性，通过漫无目的的聊天编织漫不经心的网络，让读者自己去品味。《米拉玛拉》的基本出发点虽然是反映埃及1961 年宣布实行社会主义后社会各阶级之间的关系变化和社会状况，但采取了抽象主义的手法，给予读者充分发挥想象力的空间。为了表彰马哈福兹在小说创作上的巨大贡献，1970 年他被授予小说艺术国家荣誉奖。

此后，他在进一步发掘民族遗产的基础上，融现代主义和现实主义于一体，力图走出一条既民族化又现代化的道路，在《雨中情》(1973)、《卡尔纳克咖啡馆》(1974)、《我们区里的故事》(1975)、《半夜三更》(1975)、《平民史诗》(1977)、《爱的年代》(1980)、《续天方夜谭》(1982)、《王座前》(1983)、《伊本·法杜玛游记》(1984) 等作品中，表现了他炉火纯青的艺术思想。例如，1982 年发表的《往事如烟》(直译为《余时不多》)通过描写埃及一户人家三代人在 1936—1980 年期间的生活，反映埃及社会的变化。女主人公苏尼娅·梅哈蒂是这个大家庭第一代人的妻子、第二代人的母亲、第三代人的祖母。她的祖先是上埃及的科卜特人，后来皈依了伊斯兰教。家族宗教信仰史上的这一重大转变，说明埃及信奉基督教的科卜特人和信奉伊斯兰教的阿拉伯人本是一家人。苏尼娅一家就是埃及的缩影，它经历了国内外、街区里和家庭内发生的各种事件，反映了埃及社会的变化，体会到历史是“活生生的变化”，目前历史运动的原动力是“意识形态”，华夫德党和穆斯林兄弟会等意识形态的斗争导致“自由军官团”运动，然后是社会主义和资本主义的斗争；华夫德党执政，然后被赶下台；华夫德党批准1936年卖国的《埃英同盟条约》，1950年再一次执政后又宣布废除这个条约；接着是1948年的革命和这个革命的失败，1952年1月开罗大火；当年发生七·二三革命，推翻了法鲁格王朝，建立共和国，次年七月签订撤军协议，1956年6月最后一批英军撤离埃及，7月将苏伊士运河收归国有，10月英、法、以发动侵埃战争，其结果却是让埃及新的领导集团名声远扬；革命初期反对华夫德党时，穆斯林兄弟会幸灾乐祸，到头来自己也受到毁灭性打击；后来埃及与叙利亚合并，过了三年又分道扬镳；革命领袖威信如日中天，1967年六月战争失败后一落千丈……潮起潮落，成功后有挫折，胜利后又失败，历史在不断推陈出新中前进，人们在问：“明天将会给我们带来什么？”但是孙子辈们仿佛与民族的历史毫无关系，他们认为一切都是从1952年七·二三革命开始。

于是，作者在1985年出版的《生活在真理中》一书里，选择了几个法老时代的人物，让他们经历现代的各种事件，体会现代人的情感，回过头再去解释法老时代的历史，反映历史事实的真谛。这部中篇小说情节荒诞，悬念迭生，充满了意识流，却反映了作者将传统与现代结合起来的风格。同一年发表的中篇小说《领袖被杀的日子》并不在于记录历史事件，它通过阿勒万和琳黛这一对男女青年真诚相爱，但由于男方家庭贫寒而无法成为夫妻的故事，显示作家对历史的审视。这对情人经过十一年的煎熬后彻底绝望，琳黛只好嫁给官运亨通的恩维尔，不久发现此人与其说要她当妻子，还不如说要她当花瓶去陪伴实业界人士，她不愿充当这种角色，断然离了婚。小说让人感到这一代青年人无能为力，有理想却不努力去实现，只是寄希望于“上面”，盼望产生奇迹。另外，人与人之间的关系十分冷漠，即使国家元首被暗杀许多人也无动于衷。阿勒万当天仍去找恩维尔的妹妹鬼混，撞见恩维尔后，两人发生口角，阿勒万一拳击毙对方。他去找琳黛承认事情后便到警署自首，然后进入监狱。“历史事件”发生在人们面前，人们却并未意识到它就是历史，也就是说“历史失去了它的历史性”。通过小说来表达自己的哲理思想，这是纳吉布·马哈福兹作品的特点之一。

作者在谈及自己的创作历程时说：“开始时我既写长篇小说又写短篇小说，但长篇小说难以出版，短篇小说却发表了。我当时写短篇小说或许只是想发表……因此，当我的长篇小说容易出版时，就不再写短篇小说……可是在三部曲以后，也就是说在 1952 年以后我就没有写过长篇小说。《我们街区的孩子们》与其说是长篇小说还不如说是一部史诗，《小偷与狗》《路》《乞丐》等等都是中篇小说……我目前处于一个正在成型的新社会里，有许多未知的和陌生的东西……要不断地观察、注视和跟踪这个迅速变化的世界……只能用短小精悍的作品来及时反映它。”[①] 于是，他又钟情于短篇小说，出版的短篇小说集就有《真主的大地》（1962）、《声名狼藉的家》（1965）、《黑猫酒馆》（1969）、《伞下》（1969）、《无始无终的故事》（1971）、《蜜月》（1971）、《罪》（1973）、《金字塔高原上的爱情》（1979）、《魔鬼在打呼噜》（1979）、《目睹梦景》（1982）、《秘密组织》（1984）、《玫瑰早晨》（1987）、《虚假的黎明》（1990）等等。马哈福兹甚至创造出“会话体小说”这种新形式，例如被收进短篇小说集《蜜月》里的《三十五层的一个窗口》，小说通过会话来勾勒各种矛盾和冲突，抨击埃及社会的清谈

---

① 侯赛因·伊德：《纳吉布·马哈福兹的生平和文学历程》，第 253—254 页，埃及黎巴嫩—埃及出版社，1997 年版。

之风。这种小说似剧本却保留了小说的基本要素，不经过改编无法在舞台上演出。他发现，对不断变化的社会现实难以“彻底了解”，因而不适合采用现实主义，便尝试用各种文学创作手法，使他的作品犹如百花盛开的园圃。但是，他的作品尽管形式上时有创新，其内容却始终立足于埃及社会，具有醇厚的阿拉伯风味，不愧为阿拉伯当代小说的杰出代表。

1988 年他被授予诺贝尔文学奖，获奖理由是“他通过大量刻画入微的作品——洞察一切的现实主义，唤起人们树立雄心——形成了全人类所欣赏的阿拉伯语言艺术”。当年荣获埃及最高奖赏——尼罗河勋章。1994 年 10 月，已届耄耋之年的马哈福兹在开罗寓所外遇刺，虽幸存下来，但握笔已难。他仍坚持写作，2005 年出版了自己最后的作品——短篇小说集《七重天》。2006 年 8 月 30 日，马哈福兹逝世，享年 95 岁。葬礼备极哀荣，举国送别。军乐齐奏，六马引车，棺覆国旗，国家元首亲自扶棺送葬。

他一生共出版了近五十部长篇小说、中篇小说或短篇小说集，不少被搬上舞台或银幕。还发表了数百篇散文和新闻专访。他的一些作品被译成汉语在内的十余种文字，赢得了广泛的国际声誉，被推崇为阿拉伯文学的一代宗师。

图书在版编目（CIP）数据

两宫间/(埃及) 纳吉布 · 马哈福兹著；陈中耀,陆英英译.
-- 上海：上海文艺出版社, 2020
(新丝路文库)
ISBN 978-7-5321-7471-3
Ⅰ.①两… Ⅱ.①纳… ②陈… ③陆… Ⅲ.①长篇小说－埃及－现代 Ⅳ.①I411.45
中国版本图书馆CIP数据核字(2020)第150241号



发 行 人：毕 胜
责任编辑：曹 晴
封面设计：周伟伟

书　　名：两宫间
作　　者：(埃及) 纳吉布 · 马哈福兹
译　　者：陈中耀 陆英英
出　　版：上海世纪出版集团　上海文艺出版社
地　　址：上海市绍兴路7号　200020
发　　行：上海文艺出版社发行中心
　　　　　上海市绍兴路50号　200020　www.ewen.co
印　　刷：上海华教印务有限公司
开　　本：710×1000　1/16
印　　张：37.5
插　　页：2
字　　数：366,000
印　　次：2020年10月第1版　2020年10月第1次印刷
I S B N：978-7-5321-7471-3/I.5944
定　　价：128.00元
告 读 者：如发现本书有质量问题请与印刷厂质量科联系　T：021-66243241